Unsortiert

Torsten Markwirth

Unsortiert
neue überarbeitete Auflage

Roman

TWENTYSIX
Verlag

Bibliografische Information der Deutschen Nationalbibliothek:
Die Deutsche Nationalbibliothek verzeichnet diese Publikation
In der Deutschen Nationalbibliografie, destaillierte bibliografische
Daten sind im Internet über dnb.dnb.de abrufbar.

TWENTYSIX – Der Self-Publishing-Verlag
Eine Kooperation zwischen der Verlagsgruppe Random House und
BoD – Books on Demand

Herstellung und Verlag:
BoD – Books on Demand, Norderstedt

ISBN: 978-3-740749019

Der Radiomoderator unterbrach das Lied wegen einer Verkehrsmeldung.

„Vorsicht, Geisterfahrer auf der A 61 … Fahren Sie äußerst rechts, überholen Sie nicht, wir melden, wenn die Gefahr vorüber ist."

Dietrich Nolte fluchte.
Er stoppte an seinem tragbaren Radio-Kassettenrekorder die Aufnahme, spulte die Kassette zurück.
‚Mad World' von ‚Tears for fears' wäre einer der Titel gewesen, den er zurzeit gerne besäße, dem er im Radio schon eine ganze Weile auflauerte.
Von seinem spärlichen Taschengeld war Musik auf Vinyl kaum erschwinglich.
Daher hatte Dietrich das Mitschneiden aus dem Radio perfektioniert. Die Bandposition seiner jeweils aktuellsten Kassette war immer akribisch am Ende des letzten Titels eingestellt; so konnte er jedes Musikstück sofort aufnehmen, das im Radio gespielt wurde.
„The dreams in which I'm dying are the best I've ever had … It's a very very mad world" Sänger Curt Smiths Song war schon nach nur einer Minute Spielzeit brüsk durch den Falschfahrer beendet worden.
Dietrich konnte nicht wissen, dass zwanzig Jahre später dieses Lied in langsamerer Balladenfassung von Michael Andrews nachgespielt und neu interpretiert werden würde, noch viel weniger konnte Dietrich erahnen, dass er dann genau die gleiche Ansicht über seine eigenen Träume haben würde.

Unterbrechungen eines Liedes durch den Radiomoderator waren intolerabel und mussten umgehend wieder von der Kassette gelöscht und überspielt werden. Jedes aufgenommene Stück wurde säuberlich auf die Kartonage der Kassettenhülle eingetragen. Interpret – Titel – Spieldauer. Letztere stoppte Dietrich mit seiner brandneuen Armbanduhr mit Digitalanzeige ab. Die Spieldauer musste unbedingt hinzu.
Er schrieb in akkuraten Druckbuchstaben, die Titelaufzeichnung erschien ihm professionell wie auf den kommerziellen Schallplattenhüllen, sah man von gelegentlichen orthographischen Havarien bei den überwiegend englischsprachigen Titeln ab.
Seine Eltern waren der Ansicht gewesen, Französisch als erste Fremdsprache sei von Vorteil, da schwieriger, Englisch kam für Dietrich erst vor zwei Jahren in der Quarta hinzu, da konnte das Niederschreiben eines Liedtitels zu einem Problem werden, besonders bei längeren und mit noch unbekannten Vokabeln gespickten Titeln oder bei undeutlich artikulierendem, nuschelndem Radiomoderator.
Im Nachhinein detektierte Orthographiefehler auf der Kassettenhülle waren für ihn intolerabel. Weder das Belassen des Makels noch das Ausbessern durch Ergänzungen, Durchstreichungen und ähnliche für den Betrachter sichtbaren Interventionen waren akzeptabel. Die Kassettenhülle wurde in

diesem Fall komplett neu geschrieben, was mit zunehmendem Fortschritt im Englischunterricht mit der Zeit gelegentlich notwendig wurde.

‚Mad World' wäre der genau 460. Musiktitel in seiner gut sortierten und archivierten Sammlung geworden. War die Aufnahmekapazität einer Kassette erschöpft, wurde diese nie mehr überspielt oder gelöscht. Sie bekam dann eine fortlaufende Nummer, und es erschien Dietrich fast eine heilige Handlung, mindestens aber eine feierliche Zeremonie, säuberlich die Kassette mit der vergebenen Nummer zu versehen. Die hierzu vom Hersteller mitgelieferten Klebeblättchen wurden nach Beschriftung von ihm liebevoll, fast zärtlich auf den beiden Seiten der Kassette symmetrisch angebracht. Die Kassetten wurden numerisch und gemäß ihrer Chronologie in einem separaten Regal streng sortiert aufbewahrt.

Sein Freund Jasper beneidete ihn um seine Musiksammlung. Dietrich erfüllte es mit Stolz, wenn sich Jasper gelegentlich Titel von ihm überspielte. Er hatte sich hierfür eigens ein Gerät mit zwei Kassettenlaufwerken von seinen Eltern gewünscht, damit entfiel das mit merklichem Qualitätsverlust einhergehende Kopieren mittels eines Überspielkabels. Es verfügte zudem über eine Dolby Rauschunterdrückung und wurde daher von zahlreichen Klassenkameraden mit neidvollen Blicken bestaunt.

Da die Hausaufgaben wie üblich gleich nach dem Mittagessen erledigt, begann Dietrich, dem weiteren Radioprogramm folgend, sein Zimmer aufzuräumen. Er verbrachte Hefte, Bücher und Schreibutensilien ordentlich in seinen Ranzen und rekapitulierte den bisherigen Tag.
Auf dem Rückweg vom Gymnasium saß er im Bahnbus nur eine Reihe hinter Hannah. Dietrich vertrug das Busfahren nicht sonderlich, selbst die jetzt schon vier Jahre andauernde Übung von zweimal täglich halbstündigen Fahrten zum Gymnasium und zurück hielten sein Gleichgewichtsorgan nicht davon ab, häufig ein Gefühl des Unwohlseins, gelegentlich auch der manifesten Übelkeit zu generieren. Verschiedenste Techniken der Linderung dieses Übels waren erprobt worden, angefangen von Variationen der Sitzposition im Bus, der Verhaltensweise während der Fahrt - Lesen oder gar Schreiben war sehr ungünstig – selbst diverse Medikamente blieben erfolglos. Die Busfahrt kostete daher immer ein gewisses Maß an Anstrengung, an die er sich jedoch langsam gewöhnt hatte und die in der letzten Zeit mehr und mehr in den Hintergrund trat.
Wegen Hannah.

Dietrich liebte Hannah. Sie war wie er selbst vierzehn Jahre alt, aber eine Klassenstufe unter ihm in der Untertertia. Sie sahen sich morgens immer, mittags gelegentlich – in Abhängigkeit vom Stundenplan – im Bus. Sie hatten noch nie länger miteinander gesprochen.

Die Wochenenden, vormals herbeigesehnt, mutierten nun zu Tagen der Traurigkeit, der Sehnsucht nach der Schulbusfahrt, nach Hannah.

Der Schulbus, dessen alleiniger Anblick vormals erhebliches Durcheinander in Dietrichs Vegetativum des Verdauungstraktes hervorrufen hatte können, ähnlich dem historischen Experiments Pawlows zum bedingten Reflex, in welchem Pawlows Hund vor jeder Fütterung einen Gong vernommen hatte, und dem dann später beim alleinigen Hören des Gongs immer sichtbar schon das Wasser im Munde zusammenlief und Speichelsekretion einsetzte ohne dass jemals eine Mahlzeit folgte – dieser gleiche Schulbus generierte nun völlig andere Sensationen, andere Empfindungen, bedingte einen Pawlowschen Reflex anderer Art, bedingte ein Durcheinander in anderen Bereichen von Dietrichs jungem Körper.

Hannahs fast noch kindliches Stupsnäschen stand in Kontrast zu prominenten, beinahe scharfkantig erscheinenden Jochbeinen, smaragdgrüne, listig blickende Augen standen farblich komplementär zu karminrot getönten, glatten Haaren, in allen Richtungen halblang vom Kopf abstehend. Ihr Haupt hielt sie in kühner Haltung, das Kinn leicht erhoben, das kecke Gesicht wirkte ein wenig durchtrieben. Ihr schlanker Hals, der während ihres manchmal etwas zu lauten Lachens bedrohlich die Jugularvenen wie zwei mittelgroße Schlangen hervorbrachte und ein kräftig ausgebildetes Platysma zuckend erscheinen ließ, wurde häufig von einer Vielzahl unterschiedlich langer, klimpernder Ketten und Kettchen umspielt, die locker auf ihre kleinen, aber durch enge T-Shirts betonend zur Geltung gebrachten Brüste endeten, meist kleine Anhänger tragend. Ihre ganze Erscheinung hatte etwas Verwegenes, ihr Verhalten mit ihren Klassenkameradinnen erschien Dietrich selbstbewusst, extravertiert und extravagant.

Hannah war vor einem Vierteljahr zugezogen und eines Morgens wie aus dem Nichts kommend plötzlich im Bus erschienen.

Dietrich war ihr verfallen.

Er beobachtete sie analysierend vom ersten Tag ihrer Erscheinung an. Wie durch einen magischen Zwang musste er sie betrachten, anstarren, beobachten, jedes noch so kleine Detail wahrnehmend, jede kleinste Veränderung registrierend, jeden Gesprächsfetzen mit ihren lachenden Schulkameradinnen in Erinnerungsengrammen ablegend.

Auch die interessantesten Neuigkeiten seines über die Jahre konstanten Sitznachbarn und Freundes Jasper hielten ihn nicht ab, die Busfahrten von Woche zu Woche stärker und stärker nach Hannah zu schauen, zu starren, jeden kurzen Augenkontakt analysierend und bewertend.

Das erste Mal im Leben verliebt - welcher Mensch kann sich daran nicht erinnern?

Dietrich hatte etwas Bange.

Er hatte Bange vor Hannah, ihrer offensichtlichen Selbstsicherheit und Stärke wegen, und er hatte Angst vor seinen Eltern und ihrer ungewissen Reaktionen auf seine Empfindung.
Er fürchtete sich, Hannah über ein simples „Hallo" oder „Morgen" hinausgehend jemals anzusprechen.
Seine ihm voll bewusste Schüchternheit wurde noch durch das Problem ergänzt, außer dem regelmäßig von Schülerhorden überfüllten, lauten Bahnbus kaum nennenswerte Gelegenheiten zu haben, Hannah irgendwo an anderer Lokalität zu treffen.

Seine Mutter trat durch die Türe und ließ sich die Fertigstellung der Hausaufgaben bestätigen, kontrollierend den Blick über den Ordnungszustand seines Zimmers schweifend.
Lobend schenkte sie ihm ein Lächeln.
Dietrich liebte seine Eltern sehr, wenngleich ihm bewusst war, dass sie vielleicht etwas strenger, ordnungsliebender und konsequenter erschienen, etwas ‚unlocker' waren, wie Jasper sich auszudrücken pflegte.
Als Einzelkind aufgewachsen, empfand Dietrich, eine normale Kindheit durchlebt zu haben.
Aber was ist schon ‚normal'?
„Herr Doktor, mein Stuhlgang ist völlig normal", sagte der Patient mit der angeborenen Bauchspeicheldrüsenerkrankung. „Aber Sie machen doch Tag für Tag acht bis zehn Pfund in die Schüssel!" entgegnete der Arzt erstaunt. „Ist doch normal, oder?" meinte der Patient, der durch seine angeborene Fettverdauungsstörung Zeit seines Lebens niemals normal proportionierte Stuhlmengen gekannt oder gesehen hatte.

Er hatte die Anekdote in einem Roman gelesen und behielt davon eine differenzierte Sichtweise des Begriffes ‚normal' zurück. Es erschien ihm dennoch ‚normal', in einer konservativ orientierten Kleinfamilie als Einzelkind aufzuwachsen, mit dem Vater, einem Berufsoffizier der Bundeswehr, versehen mit der Strenge eines alten Patrons, einem gelegentlichen Hang zur Pedanterie, aber Aufrichtigkeit und Liebe zu seinem Sohn. Es erschien ihm ‚normal', eine sehr fürsorgliche Mutter zu haben, die halbtags einer geregelten Bürotätigkeit im Einwohnermeldeamt des Kleinstädtchens nachging. Es erschien ihm ‚normal', dass ihn seine Eltern sehr liebten und ihn nicht spüren ließen, dass sich durch den Kauf des kleinen Einfamilienhauses gewisse Turbulenzen in der Haushaltskasse aufgetan hatten. Für Dietrich war es ‚normal', dass bei Problemen und Schwierigkeiten seine Eltern engagiert auf dem Plan standen und tatkräftig agierten. Ein solches Problem hatte in seiner Kindheit in Form des ‚Sauberwerdens' bestanden. Dietrich dachte nicht gerne daran, allein der Begriff verärgerte ihn.
War man denn zuvor ein ‚unsauberer' Mensch?

Und wurde man alleinig durch die Kontrolle seiner Ausscheidungsorgane ein ‚sauberer' Mensch?

Noch das kleinere, überschaubarere Problem in seinen Kindertagen hatte sein Einnässen dargestellt. Bis zu seinem zwölften Geburtstag hatte er nachts regelhaft Windeln getragen und auch tagsüber hatten sich gelegentlich großflächige gelbe Flecken in der Unterhose mit dem bekannten beißenden Geruch gefunden. Zahlreiche kinderurologische Konsultationen waren ohne Erfolg geblieben.
Problematischer war, dass sich bei ihm auch die Kontrolle seines Stuhlgangs nicht zeitgerecht eingestellt hatte. Ab dem Kindergartenalter hatte er gelegentlich zum großen Geschäft die Toilette aufgesucht, dann auch meist erfolgreich. Aber mindestens genauso häufig war auch etwas in die Hose gegangen, oft keine größere Menge, aber olfaktorisch für die nähere, manchmal auch weitere Umgebung detektierbar, über das Ausmaß eines Flatus deutlich hinausgehend und damit belästigend und gelegentlich peinlich. Die Beunruhigung der Eltern wuchs, als dieser Zustand auch in der Grundschulzeit seinen Fortgang fand.
Ihm erschien es im Nachhinein ‚normal', dass die Geduld seiner Eltern in Bezug auf diesen Punkt begrenzt war.
Nachdem ausgiebige Untersuchungen bei diversen Pädiatern, Internisten, Proktologen und Neurologen organische Ursachen weitgehend ausgeschlossen hatten, begann die Stimmung und der Nervenzustand seiner Eltern weg von anfänglicher Besorgnis und fürsorglicher Zuwendung hin zu einem weniger auf Empathie sondern auf konsequenter, zielorientierter Verhaltenskorrektur mit festgelegten erzieherischen Maßnahmen zu kippen.
Seine Eltern schlugen nun den Weg ein, durch ein ausgeklügeltes System von streng festgelegter Bestrafung und Belohnung das Fehlverhalten ihres Sohnes in Bezug auf seine Ausscheidungen wieder ins Lot zu bekommen.
Dietrich würde Jahre später lesen, dass eine solche Strategie von Strafe und Belohnung eine prinzipielle Technik in der Verhaltenstherapie bei psychischen Erkrankungen sei, dennoch hatte es für ihn immer noch etwas von der Dressur eines Zirkuspferdes und im Nachhinein fühlte er sich ein wenig wie der Hund Pawlows in seinen experimentellen Verhaltensstudien. Andererseits hielt er die Reaktion seiner Eltern im Nachhinein für ‚normal'.
Das obere Eskalationsende im Strafkatalog betraf das Szenario des gleichzeitigen Einnässens und Einkotens in jeweils relevanter Menge an ein und demselben Tag bei Abwesenheit strafmildernder Umstände wie etwa einer zeitweiligen Durchfallerkrankung oder besonderen seelischen Erschütterungen. Dieser schlimmste Fall, der ‚worst case', wie man in Bälde auf neudeutsch bevorzugt zu sagen pflegen wird, war im Mittel zweimal die Woche aufgetreten.
Sein Vater hatte einen genauen Katalog bezüglich der Quantität und der Qualität von Dietrichs Unpässlichkeit erstellt.

Eine wesentliche Bezugsgröße war das Corpus delicti in der Unterwäsche gewesen, wobei als unterster Grad einer Verschmutzung der Terminus der ‚Bremsspuren' gebräuchlich war und für sich allein nur eine geringe festgelegte Strafe in Form von eintägigem Fernsehverbot nach sich zog. Der Vater hatte zur Graduierung der Unpässlichkeit ein Punktesystem, separat für beide Ausscheidungsorgane, entwickelt, ausgehend von einem Punkt bei minimaler Verschmutzung bis zu fünf Punkten bei größeren Hinterlassenschaften. Auch Zwischenstufen in Form von halben Punkten waren gebräuchlich.

Bei mehrfachem Eintreten eines Unpässlichkeitsereignisses innerhalb eines Tages waren die jeweiligen Punkte addiert worden, wobei häufig die Mutter in seiner Abwesenheit die Punktvergabe vornehmen hatte müssen.

Die Gesamtpunktzahl des Tages hatte der Vater anankastisch penibel in ein Notizbüchlein eingetragen, am Monatsende einen Mittelwert gebildet und somit einen raschen Überblick über die sich abzeichnende Entwicklung gehabt.

Manche unschöne Szenen blieben als Gedächtnisnarben zurück.

Dietrich erinnerte sich gelegentlich an den Sommerurlaub auf Mallorca.

Er war sieben Jahre alt gewesen und am Strand war etwas sichtbar in die Badehose gegangen.

Sein Vater hatte ihn coram publico die Hose ausziehen lassen und ihn anschließend johlend, im Genick packend, einem jungen Kätzchen ähnlich, mit seinem Gesicht in Richtung der nach links gekehrten Badehose, im Sand liegend und ihren größeren, bräunlichen, übel riechenden Inhalt für alle Umstehenden entblößend, hineingedrückt.

Die Blicke der vielen anderen Kinder, ihr Spiel unterbrechend, und der Erwachsenen, in ihrer Unterhaltung stockend, blieben als Narbe in seinem Gedächtnis zurück.

Dietrich blickt auf Tage, an denen er morgens in der Grundschule gehänselt – besonders die Tage mit Schulsport waren dafür prädestiniert gewesen – und er dann abends von seinem nach Hause kommenden Vater gemäß dem Gesetzeskatalog bestraft worden war, was im Falle des Einkotens meistens Schläge bedeutet hatte. Symbolhafterweise waren die Schläge, übrigens immer vom Vater, auf Dietrichs Hinterteil ausgeführt worden bei nach vorn gebeugtem Rumpf des stehenden Delinquenten. Die Schläge mit bloßer Hand waren von minderer Stärke gewesen und daher ohne eigentlichen physischen Schmerz. Aber er empfand schon als kleines Kind, später in der Adoleszenz noch mehr, das Moment der Erniedrigung, der Entwürdigung allein durch die Einnahme der bücklingshaften Körperhaltung in Erwartung der Klapse.

Nicht minder schlimm waren für ihn die begleitenden verbalen Vorhaltungen gewesen.

Die Mutter hatte dabeistehend lediglich larmoyant geschluchzt; sein Vater hingegen hatte sich in rüden Schimpfkanonaden ereifert. „Zu blöd zum Scheißen", „schlimmer als ein dreckiges Schwein", waren Dietrich als verbale Entgleisungen im Gedächtnis.
Gab es Tage mit abendlich sauber gebliebener Unterhose, wurde belohnt, ebenfalls nach festgesetztem Katalog.
Am meisten hatten Dietrich damals die glücklichen Gesichter erfreut, die frohen Augen und die Liebe seiner Eltern, die dann erblüht war.
Weniger wichtig waren für ihn die festgelegten Zuschläge zum Taschengeld gewesen, die sich vervielfacht hatten, wenn mehrere saubere Tage unmittelbar hintereinander gefolgt waren.

So sehr er sich in dieser Zeit auch bemüht hatte - die Kontrolle oder besser Nicht-Kontrolle seiner Ausscheidungsorgane war durch die Maßnahmen seiner Eltern völlig unbeeinflusst geblieben, sodass sich das Ritual der Bestrafung und Belohnung noch einige Jahre hingezogen und das Notizbüchlein des Vaters sich mit endlosen Zahlenkolonnen gefüllt hatte, am Monatsende einen im Wesentlichen gleich bleibenden Punktwert bildend.

In seinem zwölften Lebensjahr war von einem auf den anderen Tag plötzlich fast nichts mehr in die Hose gegangen, zeitgleich für beide Lokalitäten. Es war fast so, als habe Dietrichs vegetatives Nervensystem und die Muskelzellen seiner Sphinkterorgane einen Schalter umgelegt – die gelb-braunen Unterhosen, der pedantische Straf- und Belohnungskatalog, das anankastisch geführte Notizbuch des Vaters gehörte der Vergangenheit an. Nur noch ganz selten, wenn er erkältet oder sehr aufgeregt vor einer anstehenden wichtigen Klassenarbeit war, nässte er nachts noch eine kleine Menge in den Pyjama. Lediglich ein- oder zweimal im Jahr blieben noch größere ‚Bremsspuren' in der Unterhose zurück.

Wenn er rückblickend darüber nachdachte, konnte er seine Eltern gut verstehen und hegte keinen Groll. Vielleicht wäre er genauso vorgegangen – was hätten sie auch sonst tun sollen? Einfach darüber hinweg sehen, wenn man sich als Gymnasiast in die Hosen macht und stinkt und nachts eine Windel braucht, in Sanitätsgeschäften in Erwachsenengröße gekauft? Dietrich war froh, das Problem hinter sich gelassen zu haben, wenngleich ein Gefühl der Scham zurückblieb, wenn er sich erinnerte, mit dem Geruchsaroma einer frequentierten Männertoilette in der Schule gesessen oder bei Freunden gespielt zu haben, maliziöse, naserümpfende Blicke in seinem Rücken spürend.

Dietrich wechselte nun gedanklich von dem Problem der Vergangenheit zu dem Problem der Gegenwart und dies trug den Namen ‚Hannah'.

Er wusste nicht mehr, wie und wann es begonnen hatte, dieses für ihn neue Gefühl.

Sein Tagebuch konnte ihm hierüber keine Auskunft geben. Es enthielt ohnehin mehr Zahlen als Worte.

Es waren die kleinformatigen Taschenkalender mit dem Postleitzahlen- und Verkehrsschilderverzeichnis sowie der mikroskopisch kleinen Straßenkarte auf den letzten Seiten.

Dietrich sortierte gerne, schon als Kleinkind im Kindergarten hatte er seine Spielzeugautos und später seine Playmobilmännchen sortiert, gezählt, katalogisiert verwaltet; die Spielzeugmännchen waren meist in Reih' und Glied wie eine preußische Gardekompanie ausgerichtet.

Er liebte Zahlen.

Sie hatten für ihn etwas beruhigend Wohltuendes.

Er schrieb sich die Ergebnisse aus dem Fußballtraining einschließlich seiner erzielten Tore in sein Tagebüchlein, seine Schulnoten, die Resultate und Punktestände unzähliger Computerspiele auf seinem Commodore C64, Zwischen- und Gesamtsummen aufaddierend. In der Sexta und der Quinta hatte er mit seiner neuen Digitaluhr, einer der ersten mit Stoppuhrfunktion, die exakte Fahrzeit des Schulbusses bestimmt. Nicht nur die Rekordzeit von 17 Minuten und 59 Sekunden fanden Eingang in sein Büchlein, jede genaue Hin- und Rückfahrzeit wurde täglich dokumentiert und monatlich quersummiert. Tagesgeschehnisse in prosaischer Form fanden nur wenig Erwähnung, an machen Tagen wurden ausschließlich Zahlen in das kleine Diarium notiert.

Sie beruhigten, die Zahlen.

Ihm stand nie der Sinn danach, Gefühle, Stimmungen oder Vertrauliches den kleinen Seiten zu schenken.

Diesbezüglich misstraute er auch ein wenig seinen Eltern.

Wenn sie darin läsen …

Was würden sie sagen – was werden sie sagen, wenn sie von Hannah erführen?

Allein ihr Äußeres würde den Ausschlag geben, ihre oft unkonventionelle Kleidung, ihre Frisur würden ihr den Eintritt ins traute Häuschen verwehren.

Dietrich vermutete, sein konservativer Vater wäre hier noch intoleranter als seine Mutter.

Mit tiefen Sorgenfalten im jungen Gesicht stellte sich Dietrich die Prüfung eines sonntagnachmittäglichen Teetrinkens mit Hannah vor.

Er kannte sie ja nur aus dem Bus, also eigentlich gar nicht, aber er konnte sich durchaus ausmalen, dass ihr extravagantes Äußeres auch mit extrovertiertem Benehmen und Verhalten, mit einigen diplomatischen Havarien und Fauxpas an der Kaffeetafel assoziiert sein könnten.

Aber dies war ja erst das zweite Problem, das erste war ja, sie überhaupt anzusprechen.

Dann könnte man weitersehen.

Ein Aspekt in Bezug auf Hannah fand doch Eingang in seinem statistischen Tagebüchlein. Er versah jeden Tag abends mit einer Schulnote.

So wie Politiker in demoskopischen Erhebungen und neue Automodelle in den einschlägigen Journalen benotet, wurde jeder Tag auf diese Weise qualitativ beurteilt. War Hannah einmal aus irgendwelchen Gründen werktags nicht im Bus erschienen, konnte der Tag noch maximal ein ‚ausreichend' erreichen. Auch halbe Noten waren zulässig und gebräuchlich. Gab Hannah auf ein Begrüßungsnicken, ein „Hey" oder ein „Morgen" - die bislang einzige verbale Kommunikation, zu der sich Dietrich getraute - hin keine Antwort, war die ‚sechs' unausweichlich, egal, was an diesem Tage sonst noch passierte. Zu seinem Leidwesen geschah dies gelegentlich; Hannah schaute dann oft in seine Richtung und reagierte auf sein „Hallo" stumm bleibend mit einem etwas törichten, abwesenden Blick in unveränderter Richtung, manchmal eine halbe Minute andauernd, an eine Absence bei kleinen Kindern erinnernd. Solche Tage schmerzten. Auch körperlich, denn regelhaft stellten sich dann abends anhaltend brennende Bauchschmerzen ein.

Manchmal lächelte Hannah ihm aber auch zu, grüßte zurück mit einer etwas lauten, aber weichen Stimme.

Zwei mögliche Begegnungen am Tag, frühmorgens und mittags, konnten über Wohl und Wehe in Dietrichs Herzen entscheiden.

Und über die Tagesnote in seinem Kalenderbüchlein.

Er weinte oft. Abends, in seinem Jugendbett, wenn es niemand sah. Manchmal fühlte er sich wie Francois, den Kellner in Stefan Zweigs ‚Stern über dem Walde', der Gräfin Ostrowska verfallen. Einer von seinen Lieblingen unter Zweigs Werken. Francois sprach in der ganzen Novelle nicht ein einziges Wort mit dem Objekt seiner leidenschaftlichen Liebe, er bediente die Gräfin lediglich zum Essen in einem Rivierahotel. Urplötzlich reiste die Gräfin aus dem Hotel ab, ohne etwas von Francois zu wissen, ohne etwas von ihm zu ahnen. Daraufhin warf sich Francois unter ihren wegfahrenden Zug.

Was, wenn Hannah wieder wegzöge, so plötzlich wie sie gekommen war? Dietrich stellte sich vor, sich unter den Bahnbus von Hannah zu werfen. Manchmal war ihm danach …

An diesem Nachmittag gebar er eine Idee.

Die Idee umschiffte das für ihn bislang unlösbare Problem der famous first words, das Problem der Kontaktaufnahme mit Hannah.

Nie würde er sie einfach ansprechen können …

Er würde stattdessen eine Kassette aufnehmen, mit seinen besten und schönsten Titeln, und sie absichtlich für Hannah sichtbar im Bus liegenlassen, als sei es ein Versehen, als sei sie aus der Schultasche gefallen.

Ein Köder aus Kunststoff und einem Chromdioxidband auf dem Bahnbussitz.
Hannah müsste die Kassette finden, dann sollte sie ihn ansprechen. „Hey, du hattest deine Kassette vergessen. Habe mal 'reingehört. Echt gut. Hast du noch mehr Musik?"

Dietrich machte sich sofort ans Werk. Titel für Titel wanderte über sein Doppelkassettendeck und produzierte den Köder.
Inmitten der Aufnahme vernahm er ein pfeifendes Störgeräusch.
Beim Leiserstellen wurde ihm die Ursache der akustischen Phänomene gewahr.
Seine Mutter schrie und johlte in der Küche, einem heulenden Derwisch gleich. Dietrich hatte nach dem Teekochen vergessen, den Elektroherd abzustellen. Am Ort des Geschehens war es bereits merklich wärmer als im Flur, die betreffende Herdplatte hatte Weißglut.
So wie seine Mutter.
Sie lamentierte lautstark und malte pyrophobisch aus, über welche Mechanismen womöglich die Küche in Flammen geraten und das ganze Haus hätte abbrennen können. Sie war außer sich während ihrer Tirade.
Dietrich hörte kaum zu.
Er war ganz weit weg, unerreichbar für der Mutter Lamentationen.

*

Hannah saß in seinem Zimmer.
Dietrichs Operation war ein voller Erfolg gewesen.
Die Dinge traten ein wie erwartet und erwünscht.
Seine Eltern besuchten an jenem Tag eine Ausstellung und konnten nicht vor 21 Uhr zurück erwartet werden. Freies Operationsfeld.

„Du hast eine echt starke Musiksammlung", schwärmte Hannah, seine selbst gefertigten, liebevoll sortierten Kassetten durchstöbernd.
Sie tranken Kaffee, Dietrichs Puls war aber auch ohne Koffein dreistellig.
Hannah hatte zu ihren Ketten passende Armreifen, die bei jeder Bewegung klapperten und klirrten. Sie trug modische Sandalen, Dietrich starrte auf ihre bloßen Füße.
Er sah gerne auf Füße.
Er erwischte sich oft, nach den Füßen von Mädchen zu stieren.
Hannah hatte den eleganten griechischen Fußtyp, bei dem der zweite Zeh den Großzeh an Länge überragte. Man sah ihn recht selten, die meisten Mitmenschen blickten auf einen ägyptischen Typ mit Zehenspitzen, die eine stetig abfallende Linie bildeten.

Hannahs wohl unbewusstes Spiel mit den Zehen wirkte auf ihn fast hypnotisierend, mindestens aber sehr erotisch. Sie trug ein sehr kurzes, hautenges T-Shirt, ihren wohlgeformten Bauchnabel gelegentlich entblößend. Ihre Gestik, ihr Lachen erschien fröhlich. Er starrte von den Füßen auf den sich gelegentlich zeigenden Nabel ihres asthenischen Körpers. Er versuchte, seine Stimme kontrolliert und ruhig klingen zu lassen, seine Artikulation erschien ihm durch einen sehr trockenen Mund etwas unnatürlich, eine Folge des hohen Sympathikotonus.

„Ich nehme dir gern mal eine Kassette auf.“
Hannah lächelte ihm zu. „Du bist echt süß.“
Nie in seinem Leben würde er diese Szene, diesen lasziven Blick, diese Worte vergessen.
Es entstand eine kurze, peinliche Pause.
Dietrich hatte sich vorgenommen, kontrolliert und überlegt vorzugehen und bei diesem ersten Treffen mit Hannah noch nicht aufs Ganze zu gehen. Erst einmal den Kontakt stabilisieren, unter Kontrolle halten, ausbauen. ‚Kontrollierte Offensive‘ – hatte nicht Otto Rehagel, der Fußballtrainer, diesen Begriff geprägt?
Er blieb an diesem Nachmittag dem Konzept treu.
Es war auch schon so maximal aufregend.
Er spürte seine Transpiration unter den Achseln.
Ob man es roch?

„Du liest viel“, bemerkte Hannah, sein akkurat sortiertes Bücherregal abschreitend. Sie hielt Zweigs ‚Ungeduld des Herzens‘ in den Händen.
„Ich lese so querbeet alles Mögliche“, stammelte er und schämte sich seiner vermuteten Gesichtsröte.
„Der Titel hört sich sehr schön an. ’Ist was anderes als das, was die Jungs sonst so im Regal haben“, meinte Hannah vieldeutig. „Leihst du mir das ’mal aus?“
„Klaro“, er freute sich ob ihres Interesse an Büchern und Stefan Zweig insbesondere.
„Sag mal, können wir hier irgendwo eine rauchen?“ fragte Hannah.
Sie gingen in den kleinen, gepflegten Garten.
Hannah rauchte lässig, die Asche auf den akkuraten, englischen Rasen schnippend.
Dietrich wusste nicht recht den Text, der jetzt angebracht wäre.
Er hatte noch nie geraucht. Macht es starken Mundgeruch?
Aber vom Küssen war er ohnehin noch weit entfernt.
Er starrte auf Hannahs Zehen. Und auf ihren Bauchnabel. Ganz kurz auf die mandarinenkleinen Brüste und auf ihr Lächeln. Erstaunt über die Ruhe und Kontrolliertheit seiner Stimme fragte er sie, seinem festgelegten Plan

folgend: „Sollen wir uns mal wieder treffen? Morgen Abend ist im Haus der Jugend eine Disco …“
Er hatte diesen Satz vorher lange und ausgiebig geübt.
Er kam perfekt über seine Lippen, man hätte meinen können, er sei Stammgast im Haus der Jugend, war er doch erst ein einziges Mal dort, zu einem Brettspielnachmittag.
Hannah schien eine Sekunde überrascht, dann lächelte sie ihn an. „Ich würde mich ganz arg freuen“, sagte sie und hauchte ihm ein zartes Küsschen auf die Wange.
Dietrich schüttete endogene Glückshormone aus, für einen Moment wähnte er sich im Elysium. Nachdem die Zigarette zu Ende geraucht und die Kippe in einem Rhododendronbusch gelandet war, verabschiedete sich Hannah. „Bis morgen Abend …“

Sein kalkulierter Plan sah vor, seine Eltern über die Abendaktivität des nächsten Tages aus taktischen Gründen besser nicht in Kenntnis zu setzen.
Er würde ihnen erzählen, nach dem samstagnachmittäglichen Fußballspiel den Abend bei Jasper zu verbringen. Sollte er seinen Freund einweihen? Besser nicht, Jasper hat bislang noch nie Interesse an Mädchen bekundet, es würde zu kompliziert werden.
Dietrich schauderte angesichts der geplanten Lüge.
Er hatte seine Eltern noch nie so bewusst und gezielt belogen.
Aber es musste sein.
Die Wahrscheinlichkeit war nicht abschätzbar, keine Erlaubnis für die Disco zu bekommen.
Dann besser die Lüge, auch wenn sie einen miserablen Beigeschmack bei ihm hinterließ.
Er entsorgte Hannahs gebrauchte Kaffeetasse. Alle Spuren mussten getilgt, alle Zeichen und Indizien eines statt gehabten Damenbesuchs beseitigt werden. Der zarte Lippenstift am Tassenrand wurde einer besonderen Reinigung zugeführt, nach Spülen und Abtrocknen wanderte das Geschirr an seinen angestammten Platz in den Schrank.
Dietrich fühlte sich wie ein Krimineller am Tatort.
Er inspizierte kurz die Toilette, um dort nichts Verdachterregendes vorzufinden. Bei Mädchen weiß man nie …
Dann kam der Garten dran.
Die Aschekrümel wurden fein säuberlich aufgesammelt und auf das links angrenzende Nachbargrundstück verbracht. Es dauerte ein wenig, bis Dietrich die Zigarettenkippe im Rhododendron gefunden hatte, diese wurde dann mittels Wurf ebenfalls in den Nachbargarten befördert. Zurück in seinem Zimmer ordnete er gedankenversunken seine Bücher. Jedes hatte einen angestammten Platz, es hatte etwas Beruhigendes, sie wieder in ihre gefällige Ordnung zu bringen. Auch die Kassetten sortierte er wieder in die festgelegte Reihe.

Der Tag war sehr gut gelaufen.

Bis seine Eltern zurückkamen, wollte er fernsehen. Zum Abspannen.

Plötzlich beschlich ihn eine leichte, unbestimmte Nervosität.

Seine Eltern durften nichts wissen, kein Krümelchen finden.

Daher ging er sicherheitshalber nochmals in den Garten und inspizierte den Rasen.

Keine Asche mehr, im Gesträuch keine Kippe mehr, aber die hatte er doch weit ins Nachbargrundstück geschleudert. Oder? Lieber noch mal nachsehen, sicher ist sicher.

Beruhigter ging er wieder zurück vor den Fernseher, nahm aber kaum das Programm wahr. ‚Ich würde mich arg freuen ...' Ihre Worte klingelten in seinem Kopf. Ihren Bauchnabel, ihre schlanke Taille und seine ganz kurzen Blicke auf ihre kleinen Mandarinen-Brüste in Gedanken erregten ihn. Dietrichs Glied erigierte.

Da flackerte nochmalig seine Angst auf.

Wie ein eben gelöschtes Feuer, das wieder anfängt, kleine Flammen zu schlagen.

Seine Eltern ...

Er musste nochmals den Garten kontrollieren.

Es windete mittlerweile recht frisch, die Aschekrumen auf dem Rasen hätte es wohl auch so schon fortgetragen, aber er musste nochmals nachsehen.

Keine Asche mehr da.

Es beruhigte.

Er musste auch nochmals nach dem Rhododendronbusch schauen, auch wenn es keiner Vernunft entsprach.

Ich habe die Kippe sicher weggeschleudert. Auf das Nachbargrundstück ...

Er durchstöberte den Busch.

Keine Kippe.

Jetzt war er sicher, sein Puls verlangsamte sich.

Er ging wieder ins Haus, nahm wieder vor dem Fernseher Platz.

Es wäre auch zu peinlich gewesen, hätten seine Eltern Zigarettenrückstände im Garten vorgefunden.

Nicht auszudenken.

Seine Eltern waren ausgesprochen nikotinfeindlich.

Dietrich erschauderte.

Nach den Fernsehnachrichten loderte die Angstflamme schon wieder auf.

Aus dem Nichts heraus.

Waren die Aschekrümel sicher weg? Und die Kippe?

Er sammelte sich. „Bin ich verrückt geworden?" Ihm wurde der Terminus ‚Jemand hat mir den Kopf verdreht' klarer ...

Ich war schon dreimal draußen nachsehen ...

Gut, ich gehe jetzt noch ein einziges Mal hinaus und kontrolliere den Garten, ein allerletztes Mal. Definitiv!
Er ging hinaus, es dämmerte schon etwas.
Nichts, keine Asche auf dem Rasen, keine Kippe im Rhododendron.
Zur Sicherheit ging er in die Hocke und inspizierte den relevanten Rasenabschnitt aus der Nähe direkt oberhalb der Grasnarbe.
Hoffentlich sieht mich so keiner ...
Nichts, keine Asche.
Dietrich atmete tief durch.
Oh Mann, alles im grünen Bereich.
Erleichtert und beruhigt ging er nach drinnen.

*

Haus der Jugend, 21 Uhr.
Sie hatten keine konkrete Zeit vereinbart.
Dietrich positionierte sich strategisch günstig am Thekenende, den Eingangsbereich und die Tanzfläche unter guter visueller Kontrolle.
Vom Fußballspiel nachmittags war ein blauer Fleck am Oberschenkel zurückgeblieben, er hatte geduscht und sich in Schale geworfen.
Er bestellte sich ein Weizenbier.
Ein Bier erschien ihm genau richtig für den geplanten Abend.
Genau die richtige Menge, für die optimale Lockerheit sorgend, um mit gelöster Zunge frei und flockig sprechen zu können.
Genau richtig, um ohne Nervosität die Tanzfläche betreten zu können.
Genau richtig, Hannah später in der Kuschelrunde bei langsamer Musik aufzufordern.
Seine Erkundigungen hatten nämlich in Erfahrung gebracht, dass gegen 23 Uhr, zum Ende der Jugenddisco hin, überwiegend langsame Balladen gespielt würden.
Ein einziges Bier - genau die richtige Menge für die Eröffnung.
Und auch das richtige Maß für seinen limitierten Geldbeutel.
Mehr Alkohol könnte nach seiner Erfahrung zu Problemen führen, man musste sich unter Kontrolle halten, keine Aktion sollte unüberlegt und unkontrolliert ablaufen.

Das Publikum war noch übersichtlich, einige Gleichaltrige, einige schon Ältere in kleinen Grüppchen in Gesprächen herumstehend.
Hannah war noch nicht erschienen.
Er nippte an dem Hefeweißbier, er fühlte sich trotz der inneren Spannung gut.

Es war niemand da, den er näher kannte. Vielleicht ein Vorteil, keine taktisch störenden Kumpel oder Freunde, die sein Unternehmen durch ihre Anwesenheit gefährden könnten.

Die Ersten wagten sich auf die Tanzfläche, die Musik wurde lauter, die Lichtorgel aktiviert.
Das Bier war fast leer, er fühlte sich leicht und ruhig.
Was wird sie anhaben?
Er selbst trug ein schickes weißes Hemd und seine beste Jeans.
Das Haus der Jugend füllte sich nun zusehends. Dietrich observierte den Eingangsbereich.
„Wartest' auf jemand?" Eine kleinwüchsige Blonde nahm den Nachbarhocker in Beschlag. Das Mädchen schien in Dietrichs Alter zu sein.
Er bejahte brummelnd.
„Ich auch! Mein Freund kommt erst um halb zehn." Die Blondine bestellte sich einen Orangensaft und besah sich die Tanzfläche, dabei unentwegt weithin sichtbar kaugummikauend.
Dietrich musste schmunzeln, wie er sie da sitzen und ihre marzialischen Kaumuskeln ihr Mahlwerk verrichten sah, als gehöre sie der Gattung der Ruminantia an. Hat sie nicht auch Kuhaugen?
Pünktlich erschien ihr Freund, küsste kurz die ruminantische Blonde und die beiden verabschiedeten sich auf die Tanzfläche, kaugummikauend, nahezu synchron.

Mittlerweile war es zehn Uhr durch.
Leichte Nervosität beschlich ihn.
Er bestellte nun doch ein zweites Weizenbier, immer noch an seinem beobachtenden Platz sitzend.
Hannah war nirgends.
Was ist los?
Er trank das zweite Bier schneller als geplant, beinahe ein wenig hektisch.
Dietrich saß jetzt seit über einer Stunde unbewegt auf seinem Beobachtungsplatz an der Theke, seinem Gesäß einen unförmigen Barhocker zumutend.
Niemand nahm von ihm Notiz.
Wie ein Nichtsnutz saß er da, als halte er Maulaffen feil. Seine Großmutter hatte diesen Ausspruch immer benutzt, wenn Dietrich irgendwo nichts tuend herumlungerte. Dietrich schmunzelte, sich des Ausspruchs der lieben Oma erinnernd. Ein Begriff aus seiner frühesten Kindheitserinnerung. In einem Historienroman erfuhr er den originären Sinn dieser Formulierung. Im Mittelalter waren Kerzen zur Beleuchtung der reichen Bevölkerung vorbehalten, während das übrige Volk häufig Kienspäne abbrannte. Hierzu wurde der Span in einen einfachen Halter verbracht, der oft in Form eines Tieres, den Span im Maul haltend, geformt war. Beliebt war hierbei die Form eines Affen, was zur Namensgebung führte. Da Maulaffen nicht besonders

gefragt waren - wer einen hatte, brauchte keinen mehr und sie hielten fast ewig - hatten es Händler, die sie feilboten, nicht besonders leicht. Auf Märkten sah man sie tatenlos in der Ecke stehen und ‚Maulaffen feil halten'. So wie Dietrich auf seinem unbequemen Hocker, der langsam das Gefäß schmerzen ließ.

Sein Herz stockte. Es war Viertel vor elf, es wurde bereits die erste Kuschel-tanzrunde gespielt. Zahlreiche Pärchen besetzten die Tanzfläche, sich eng aneinanderschmiegend, streichelnd, hier und da auch küssend. Frank Duval schmachtete aus den Boxen, die kuschelnden Pärchen wogten langsam bedächtig zur Musik.
Hannah war nirgends.
Wo bleibt sie denn nur?
Er konnte sie unmöglich übersehen haben, das Terrain war ja übersichtlich. Er bestellte ein drittes Weizenbier, wohl wissend, dass damit seine übliche Toleranzgrenze erreicht, wenn nicht sogar überschritten war. Er trank rasch, unkontrolliert. Grimmig sah er die tanzenden Pärchen.
Was ist passiert? Vielleicht ist sie krank geworden?
Das wäre noch eine der tröstlicheren Möglichkeiten.
Oder hat sie mich einfach versetzt?
Der Gedanke durchbohrte ihn wie ein Pfeil.
Es schmerzte.
Dietrich überflog seine Barschaft und entschied sich für ein viertes Weizen-bier.
Er nahm am äußeren Geschehen nicht mehr teil.
Die Musik wurde wieder schneller und lauter, aber Dietrich hatte sich jetzt umgewandt und sah statt auf den Eingangsbereich nun in sein Glas in das trübflüssige Getränk. Die Observierung des Terrains wurde aufgegeben. Die Schlacht des Tages war verloren. Die ‚Sechs' für den heutigen Eintrag in sein zahlendominiertes Diarium stand fest. Er trank, das Bier wirkte etwas lindernd. Er spürte leichten Schwindel.
„Nous avons perdue une bataille, pas la guerre - Wir haben eine Schlacht verloren, aber nicht den Krieg." Dietrich erinnerte sich aus dem Französisch-unterricht an den Ausspruch Charles de Gaulles während der deutschen Besatzung 1940.
Das musste jetzt das Motto sein.
Das vierte Bier war geschafft.
Musikalisch und lichteffektmäßig wurde die zweite Kuschelrunde einge-läutet, die Pärchenbildung setzte wieder ein. Die langsamen Balladen dröhnten aus den zahlreichen Lautsprechern.
Er empfand es wie einen durchbohrenden zweiten Pfeil.
Pünktlich um Mitternacht war in der Regel Schluss mit der Jugenddisco, Dietrich beschloss bis zum bitteren Ende auszuharren, die Schmerzen tapfer zu ertragen.

Nicht dass es hieße, er sei ja gar nicht mehr da gewesen.
Nach einem Toilettengang orderte er das fünfte, finale Weizenbier.
Teurer Abend.
Das letzte Lied wurde angekündigt, viele strömten schon nach draußen, einige von den Eltern zur Abholung erwartet.
Er bezahlte und verließ als einer der letzten den Ort.

*

Montagmorgen.
Die körperlichen Misslichkeiten nach dem frustranen Abend waren abgeklungen.
Auf dem Nachhauseweg von der Disco hatte er sich mehrfach übergeben, säuerlich riechende, gelblich braune Lachen in recht regelmäßiger Distanz hinterlassend.
Er war dann zwar gut eingeschlafen, aber frühmorgens ungeplant wach geworden.
Sein Leib hatte rebelliert, sein Herz gebrannt.
Er hatte beim Frühstück vor seinen Eltern etwas von 'Darmgrippe mit Magenbeschwerden' gemurmelt.
Schon wieder eine Lüge.
Schon wieder vor seinen Eltern.
Im Laufe des Sonntagnachmittags hatte sich Dietrich zumindest körperlich stabilisiert.

Dietrich war früh an der Bushaltestelle, die üblichen Gestalten standen herum, ausnahmslos Schüler, Banalitäten des Wochenendes erzählend.
Hannah stieg gewöhnlich bereits an einer früheren Haltestelle zu.
Wird sie im Bus sein?
Wird sie von einer Erkältung erzählen, von Fieber, das sie am Samstag plötzlich heimgesucht habe und deshalb nicht kommen konnte?
Dietrichs Spannung wuchs.
Der Bus hielt.
Als er einstieg, wusste er auf der Schwelle stehend plötzlich Bescheid:
Er würde sein Waterloo erleben.

Dieses Gefühl der Vorahnung im Bauch, ging er am Fahrer vorbei den Gang nach hinten.
Zwei Jahre zuvor hatte an einem Sonntagnachmittag das Telefon geklingelt, er war allein zu Hause gewesen. In diesem Augenblick hatte er vor dem Abheben des Hörers bereits gewusst, dass seine Großmutter gestorben war, ob-

gleich sie unerwartet aus völliger Gesundheit heraus an einem plötzlichen, überraschenden Schlaganfall verschieden war.
Die Vorahnung jetzt im Bus war genau wie damals.
Déjà vu.

Dietrich stand jetzt leicht trancehaft direkt vor Hannahs Sitzreihe,
Hannah schaute nicht zu ihm, sie lachte schnatternd mit ihren Freundinnen.
Er blieb stehen, wartete, sammelte seinen ganzen Mut und sagte leise: „Hallo. Guten Morgen ... Wo warst du denn Samstagabend?"
Jetzt sah Hannah ihn an, die smaragdgrünen Augen bedrohlich funkelnd, einer Katze gleich. „Ach, ich hatte keinen Bock."
Es versetzte ihm einen Schlag. Hinter ihm standen ein halbes Dutzend eingestiegener Schüler im Gang, geduldig wartend bis er weiter gehen würde.
Dietrich schluckte, taumelte, schwankte, angeschlagen wie ein Boxer nach einem mächtigen Hieb. Er war überrascht über die Kraft, noch einen Versuch zu machen. „Vielleicht können wir uns einmal woanders verabreden und treffen ... Ich habe auch eine neue Kassette für dich in Arbeit."
Es entstand eine kurze Pause.
Ohne Veränderung in ihrem katzenhaften Blick entgegnete Hannah: „Lass es gut sein. Vergiss es einfach."
Es sollten die letzten Worte sein, die Hannah jemals in ihrem Leben an Dietrich richtete.

*

Es war eine fürchterliche, eine infernalische Breitseite gewesen.
Er hatte keine genaue Erinnerung mehr an die folgenden Minuten und Stunden des Tages.
Er muss zombiehaft in den hinteren Teil des Busses gewankt sein und den Vormittag in der Schule völlig delirant verbracht haben.
Auf der somnambulen Rückfahrt von der Schule blieb es ihm erspart, Hannah zu sehen.
Sein Freund Jasper redete monologisierend über Belangloses, ihm konnte die Veränderung Dietrichs nicht entgangen sein, aber er sprach ihn nicht darauf an.
Der erste Versuch einer Nahrungsaufnahme endete mit stechenden Oberbauchschmerzen.
Verstört rettete er sich in sein Zimmer.
Auf dem Schreibtisch sah er Hannahs Musikkassette.
Er legte sich auf sein Bett und weinte leise, kaum hörbar, fast lautlos.

22

Drei Jahre waren mittlerweile vergangen.

Das Schicksal hatte eine besondere Form der Marter für ihn vorgesehen.

Er musste Hannah jeden Tag im Bus sehen, Tag um Tag, Woche um Woche, Monat um Monat, Jahr um Jahr.

Sie wurde schöner und schöner, reifer, fraulicher, ihr Anblick folterte ihn grausamst.

Nie mehr hatten sie ein einziges Wort miteinander gewechselt.

Einen Freund sah er nie bei ihr, zumindest nicht im Bus oder im Gymnasium.

Was mag der Grund für die damalige unerwartete Wendung der Geschehnisse gewesen sein?

Dietrich konnte keinen Fehler in seinem überlegten Vorgehen erkennen.

Sein Schmerz nahm nicht ab.

Weder der Schmerz morgens im Bus, wenn er sie sah, noch der Schmerz abends in seinem Bett, um Schlaf ringend. Der Schmerz war immer da, immer präsent, seine Gefühle zeigten keinerlei Abklingen, keinerlei Beruhigung.

Wieso heilte die Zeit seine Wunden nicht?

Manchmal ergriff ihn auch Hass, wenn er Hannah im Bus so fröhlich und lachend, mit jedermann - außer mit ihm - philanthropisch schwatzend sah.

Ab und zu verleitete ihn seine Stimmung dann zu Gedanken an Rache, an Strafe. Er sann darüber nach, ihr auf perfide Weise weh zu tun. Doch schon kurzer Zeit später, meist noch am selben Tag, wich der Hass wieder seiner Sehnsucht.

Wo Hass ist, ist die Liebe nicht weit.

Er verstand jetzt diesen Satz, den er irgendwo gelesen hatte.

In den Stunden, in denen ihm klare, nüchterne Gedanken vergönnt waren, beeindruckte ihn diese Gegensätzlichkeit seiner Gefühle.

Trotz der inneren Stürme waren die letzten drei Jahre für Dietrich rein äußerlich in stabilen, geordneten Bahnen verlaufen. Im Gymnasium verbesserten sich die Zensuren, die Oberstufe bereitete ihm Freude.

Er spielte weiterhin Fußball im Verein, mittlerweile in der A- Jugend.

Sein kleiner, überschaubarer Freundeskreis blieb konstant, überwiegend eine Mischung aus Jungs seiner Fußballmannschaft und Schulkameraden.

Sein statistisches Tagebuch hatte er weitergeführt, die Technik der Eintragungen noch verfeinert und perfektioniert.

Er vergab jetzt keine pauschale Tagesnote mehr sondern er unterteilte abends den Tag hinsichtlich verschiedener Bereiche, für die Schule, den Sport, seine sonstige Freizeit, seine Finanzen (die sich durch mehrere Ferien-jobs zum Besseren gewendet hatten) und eine Note für seine innere Stimmung, die er an dem betreffenden Tage hatte, eine Art emotionale Note, ebenfalls quantifiziert zwischen ‚eins' und ‚sechs'.

Dietrich liebte die vielen Zahlenkolonnen der Wochen und Monate in seinem kleinen Diarium. Am Ende des Kalenderjahres generierte er eine Statistik und dokumentierte und sortierte die wichtigsten Zahlen auf der letzten Seite der Büchlein.

Mit den Fortschritten in Mathematik der Oberstufe nahm er die Kenngröße der Standardabweichung mit in seine Statistik auf.

Er schnitt immer noch Musik aus dem Radio mit, seine Kassettensammlung wuchs und wuchs.

Er archivierte und sortierte die Titel jetzt nicht nur schriftlich auf den Kassettenhüllen sondern auch in einem kleinen Datenbankprogramm seines Commodore-64 Computers.

In einer zweiten Datei hatte er auch seine gesamten Bücher, nach Autor und Genre sortiert, eingegeben und pflegte die Datenbank liebevoll bei jeder Neuerwerbung.

Das Sortieren hatte für ihn etwas Rituelles und innerlich Beruhigendes.

Seine Eltern schmunzelten manchmal, wenn sie Dietrich am Computer über seinem Musik- oder Bücherarchiv schwelgend sitzen sahen.

Seinen Freunden erzählte er nichts von seinem Archivierungshobby.

*

Für die Geburtstagsparty seines besten Freundes Jasper hatte er keine sonderlichen Erwartungen. Die meisten der Geladenen kannte Dietrich schon seit der 5. Klasse, man trank Bier, einige rauchten, es lief Musik, es wurde getanzt, die Partys folgten einem uniformen Ablauf. Einige seiner Klassen-kameraden hatten schon eine Freundin, manche prahlten von tatsächlichen oder ersonnenen Abenteuern.

Bei Dietrich war das Interesse an Mädchen nach dem Fiasko mit Hannah mit der nachfolgenden Marter seines Herzens abgeflacht. Er unterhielt sich gerne mit ihnen, er schätzte einige aus seiner Klasse als Gesprächspartnerin über Bücher, manchmal über Politik. Mehr nicht.

Ein Gesprächsthema des Abends waren die anstehenden schriftlichen Abiturprüfungen. „Ich bin froh, Mathe und Physik als Leistungskurs gewählt zu haben", meinte Dietrich zu Ingo, einem Klassenkameraden, mit dem er gelegentlich zusammen Fußball schaute. „Es ist irgendwie simpler – man rechnet lediglich alle Aufgaben richtig und schon gibt's die volle Punktzahl. Und die Note ist objektiv. Keine solche Abhängigkeit vom Lehrer, keine Subjektivität wie bei dir in Englisch und Französisch …"

Ingo nippte am Bier.

„Ich hab's nicht so mit der Zahlenrechnerei … Wie findest du eigentlich die große Blonde dort bei Jasper? Heißes Gerät oder?" Ingo bewegte sein Gesicht in Richtung Tanzfläche.

Dietrich hatte das Mädchen noch nie gesehen. „Ist die neu hier?"

„Nee, Kanadierin, au pair Mädchen bei den Nachbarn hier. Heißt Emily. Ist schon 'ne Weile in Deutschland, Jasper hat sie einfach eingeladen. Netter Zug von ihm … Habe vorher mit ihr kurz gesprochen. Voulez-vous couchez avec trois? Har har!" Lachend leerte Ingo sein Bier.

Dietrich schmunzelte. Er wusste, dass Ingo schon Erfahrungen mit Mädchen hatte, die weit über seine eigene bisherige Vita hinausgingen.

Mit lockerer, selbstsicherer Geste winkte Ingo Emily und Jasper heran. „Hey Emily – schmeckt dir endlich deutsches Bier? Mein Kumpel Dietrich …", stellte Ingo vor.

„Hey", murmelte er schlicht, fast schüchtern. Sie schien ihm zwei oder drei Jahre älter zu sein.

„Was für ein schöner alter, deutscher Name", antwortete Emily in flüssigem Deutsch mit frankophoner Melodik. Ihr blondes, gelocktes Haar war kurz geschnitten und betonte ein hübsches Gesicht. Für ihren hoch gewachsenen schlanken Körper erschienen Dietrich ihre Brüste unverhältnismäßig groß. Emily kommentierte seine Augenmotorik mit einem Lächeln. Bevor er darüber erröteten konnte, zog die Kanadierin die drei Jungs auf die improvisierte Tanzfläche. In dem Partykeller dröhnte die Musik, für das Partyambiente sorgten einige mit buntem Papier beklebte Lampen. Dietrich zappelte mit den anderen und war bedacht, nicht durch allzu unrhythmische Bewegungen aufzufallen. Er war kein guter Tänzer. Emily tanzte geschmeidig wie eine Katze, Dietrich riskierte ab und an einen Blick auf ihren Körper.

„Der Name ‚Emily' erinnert mich an einen Titel von ‚Sisters of mercy', kennst du ihn?" fragte er einige Zeit später die Kanadierin. Es hatten sich einige Pärchen der allgemeinen Konversation entzogen und in Ecken oder nach draußen in den Garten begeben. Jasper und Ingo waren verschwunden.

„Bin kein ausgesprochener Fan dieser Band, aber der Titel ist sehr ausdrucksstark gemacht. Das Mädchen Emily begeht Selbstmord, hinterlässt ihrem Freund einen Abschiedsbrief. Er findet sie im Schlafzimmer auf dem Bett liegend. Es ist fürchterlich traurig … Am Ende des Liedes schreit der Sänger immer nur noch ihren Namen. Ich habe den Titel auf Kassette, soll ich ihn dir aufnehmen?"

„Das Lied heißt ‚Emma', nicht ‚Emily'. Aber 'ist trotzdem ein geiler Song!" Die Kanadierin lächelte süffisant. Dietrich Gesicht wurde puterrot, selbst im fahlen Partylicht erkennbar. Wie peinlich. Er musste den Eintrag des Liedtitels in seiner Musikdatenbank morgen gleich umgehend ändern und verbessern, ebenso auf der Kassettenhülle.

„Morgen früh fliege ich nach Montreal zurück …"

Dietrich war erstaunt.

„Was? Dein letzter Abend hier?"

„Ja, es war eine schöne Zeit, ich habe mein Deutsch erheblich verbessert, einiges gesehen und erlebt", antwortete Emily etwas kryptisch. „Nächsten Monat fange ich ein Studium der Bildenden Künste an."

Sie unterhielten sich gut, Dietrich genehmigte sich noch ein Bier. Ihm gefiel das nun flüssige Gespräch, wie Emily über den Expressionismus referierte und er ihr über Stefan Zweig erzählte. Dietrich hatte Freude daran, der Dialog hatte einen freundlichen und freundschaftlichen Charakter ohne Hintergedanken. Er blickte auch nicht mehr auf ihre Brüste. Und nicht auf ihre bloßen Füße, in abgewetzten Espadrilles steckend. Sie war einfach ein guter Gesprächspartner. Er war inmitten einer Erzählung über die ‚Liebe der Erika Ewald', als Emily etwas sagte und ihn listig anblickte. Er hatte ihre Zwischenfrage akustisch nicht verstanden. Emily wiederholte sie und Dietrich musste sich an der Wand hinter ihm merklich abstützen, fast taumelnd.
Habe ich mich verhört?
Er begann zu schwitzen.
Emily hatte ihn einfach so aus dem scheinbaren Nichts heraus gefragt, ob er jetzt mit ihr nach drüben, in ihre kleine Einliegerwohnung kommen wolle.

„Äh, ja klar, okay." Er musste sich sammeln, sein Gehirn wurde sofort auf höchste Leistung gefahren.
Was hat das zu bedeuten? Was will sie?
Vielleicht gab es einen völlig simplen, lapidaren Grund.
Vielleicht hatte sie Kopfschmerzen und er solle sie lediglich nach drüben begleiten.
Vielleicht wollte sie ihm ein Kunstatlas zeigen oder von ihr gemalte Bilder in einer Mappe.
Oder doch mehr?
Dietrich erschauderte bei dem Gedanken.
Es würde ihn völlig unvorbereitet treffen, materiell wie gedanklich.
Er wäre ohne jeden Plan, ohne jegliche Strategie, hilflos ohne Kontrolle.

Er war jetzt maximal aufgeregt, spürte Schweiß unter den Achseln.
Sie stiegen die Treppen zum Erdgeschoss hinauf, vereinzelt standen Paare und kleine Grüppchen von Gästen herum.
Dietrich lugte nach Jasper, er war nirgends zu sehen.
Er müsste sich doch von seinem Freund und Gastgeber verabschieden ...
Niemand schien Notiz von den beiden zu nehmen.
Emily nahm ihn bei der Hand und führte ihn zum Nachbarhaus. Links vom Eingang verlief ein kleiner Pfad durch den Garten zu einer Souterrainwohnung. Er folgte und erblickte ein kleines, gemütliches Zimmer, zwei gepackte und ein noch geöffneter, halbgefüllter Koffer in der Mitte des

Raumes stehend. Es roch nach frischem Putzmittel. Emily streifte die Espadrilles ab, er erkannte schöne Füße mit dem ägyptischen Zehentyp.
„Komm, …", sagte sie, und setzte sich auf die Bettkante.
Dietrichs Neuronen entluden ihre maximale Kapazität, er überlegte fieberhaft, was jetzt käme und was zu tun wäre. Selten war er so unkontrolliert und ohne Plan in einer kniffligen Situation. Er blickte sie an und ihm war klar, dass Emily nun kein Kunstbuch holen würde und ihm keine Mappe mit eigenen Entwürfen zeigen wollte und sie auch keine Kopfschmerzen habe.

Langsam zog sie sich ihr weißes T-Shirt über den Kopf und blickte ihn mit listigen Augen an.
Ihm wurde schwindelig.
Er hatte noch nie ein Mädchen geküsst, geschweige denn darüber Hinausgehendes getan.
Er zitterte.
Sollte er etwas sagen? Sagt man jetzt überhaupt etwas?
Dietrich hasste es, in Situationen unkontrolliert hineinzugeraten, nicht wissen, was zu tun sei.
Er wusste, dass Spontaneität nicht seine Sache war.
Kein Alarmplan war zur Verfügung.

Er hatte einige Bücher über den zweiten Weltkrieg gelesen. Dietrich hielt es mit dem britischen Feldmarschall Montgomery, der jede Schlacht, jedes kleine Gefecht im Voraus bis in jede allerkleinste Einzelheit, in jegliches Detail zuvor durchdacht, durchspielt hatte, jede Eventualität berücksichtigend. Jede Schlacht hatte aus seiner Sicht kontrolliert und nach genauem Plan verlaufen sollen. Keine plötzlichen ungeplanten Husarenritte. Dies war Dietrichs Welt, Dietrichs Lebensstrategie.

Jetzt entblößte Emily ihre Brüste, den BH lasziv zu den Koffern werfend. Dietrich riss sich zusammen. Es half nichts, er musste jetzt spontan und ohne Plan unkontrolliert entscheiden und handeln.
Er hatte Angst.

Die Angst kroch plötzlich über ihn, wie die Kälte an einem klaren Winternachmittag, wenn die Sonne hinter den Horizont sinkt.
Sein Zittern nahm noch zu.
Emily knöpfte sich den Hosenknopf auf und öffnete langsam, sehr langsam, den Reißverschluss ihrer Jeans.
Dietrich versuchte sich zu sammeln und umriss die größten Problempunkte.
Er versuchte, wenigstens kurzfristig etwas Struktur in die Sache zu bringen, um das Vorgehen einigermaßen kontrolliert zu gestalten.
Problempunkt eins: Verhütung! Dieser Punkt musste jetzt geklärt werden, dazu musste er Emily ansprechen, sie fragen.

Ob die anderen Kumpel ihn gesehen hatten, wie er händchenhaltend in dieses Zimmer gegangen war? War es auffällig, dass er sich nicht von der Party verabschiedet hatte?

Einen weiteren Problempunkt sah er in der technischen Durchführung der anstehenden Unternehmung. Er hatte einmal bei Ingos älterem Bruder einen Pornofilm gesehen, gelegentlich hatte er auch abends unter der Bettdecke onaniert. Bei seinen ‚plaisirs solitaires' hatte er nicht einmal an Hannah gedacht … Es hätte ihm zu wehgetan. Er hatte damals davon wieder abgelassen aus Sorge, seine Mutter könnte die Hinterlassenschaften auf dem Laken oder der Pyjamahose entdecken.

Emily blickte ihn fragend aber lächelnd an.
Dietrich überlegte.
Der letztgedachte Problemkomplex ließ sich jetzt ohnehin nicht lösen.
Ein weiterer Aspekt war, was er danach tun sollte.
Gegen ein, spätestens zwei Uhr müsste er wieder zu Hause sein, der Weg mit dem Fahrrad dauerte zehn Minuten. Gut, es könnte auch ein, zwei Stunden später sein, aber auf keinen Fall konnte er bei Emily einfach so übernachten. Seine Eltern würden durchdrehen, vielleicht die Polizei rufen … Seine Eltern waren in diesem Punkt sehr streng. Sie würden ihm den Kragen umdrehen.
Wie verabschiedet man sich eigentlich danach? Der Pornofilm bei Ingos Bruder hatte hierüber keinen adäquaten Anschauungsunterricht gegeben.
Ein weiteres, viel vordergründiges Problem betraf seine Harnblase. Er hatte plötzlich erheblichen Drang vom letzten Bier. „Kann ich noch schnell auf die Toilette?" Dietrich versuchte, die Frage möglichst lässig, souverän, cool klingen zu lassen, was kaum gelang.

Emily lächelte anstelle einer Antwort.
Dietrich rettete sich auf das kleine WC.
Er schloss ab.
Er atmete tief durch.
Urinierte.
Dachte nochmals abschließend nach.
Wie ein Feldmarschall vor der Schlacht.
Ihm blieb auch noch die Möglichkeit der Flucht.
Einfach gehen.
Rückzug.
Ihr sagen, er müsse heim.
Ihr sagen, er sei für so was nicht zu haben, das sei nicht sein Ding, so ein ‚one-night-stand', wie es auf neudeutsch so modisch genannt werden wollte.

Rückzug … ein verlockender Gedanke. Soll Emily doch davon denken, was sie will. Morgen ist sie eh in Kanada …

„Dietrich?" rief es aus dem Zimmer, ihn abrupt aus seinen Gedanken reißend.
Er betätigte die Spülung, wusch sich rasch die Hände und öffnete die Türe.
Emily lag jetzt völlig nackt auf dem Bett.
Ihre voluminösen Brüste gingen auf und nieder.
Rasch.
Gierig.

Dietrich sah sie an, die Brüste.

Dann blickte er auf ihre blonde Scham.
Emily war wunderschön.
Aber die Angst packte ihn wieder.
Er erwog nochmalig die Fluchtvariante. Am besten zurück auf die Party und noch ein schnelles Weizenbier auf den Schock.

Emily fasste ihn an der linken Hand und legte sie behutsam zwischen ihre Schenkel.
Er erschrak über die Wärme, die Feuchtigkeit ihres Geschlechts. Ist das normal?
Und er erschrak über seine Erektion, für Emily an den Konturen auf seiner Jeans unschwer zu erkennen..
Sie atmete jetzt noch rascher, noch gieriger und wiederholte: „Komm …"

Er musste jetzt handeln, auch ohne Plan, ohne Kontrolle. „Du, wie machen wir das mit der Verhütung, ich …"
Emily zog kichernd ein einzelnes Kondom aus den Tiefen des Bettes hervor und warf es ihm hin, wie wenn sie Tauben fütterte.
„Ah, okay …" Ohne zu denken zog er sein Hemd aus. Er hatte keine Brusthaare. Er war schlank, durch wenig Fettgewebe erschien er recht muskulös.
Emily kniete jetzt auf dem Bett, schlang ihre Arme um ihn und näherte sich mit halbgeöffneten Lippen seinem Mund.
Dietrich zitterte ob eines erneuten Angstschauers. Was ist jetzt zu tun? Sollte noch etwas gesagt, gesprochen sein?
Offensichtlich nicht.
Noch nie hatte er geküsst.
Würde er nach Bier riechen?
Sanft berührten sich ihre Lippen, Dietrich hielt es für ratsam, aus Symmetriegründen beim Küssen genau das gleiche zu tun wie Emily.
Ihre Zunge fand Eingang und sie begann zunächst mit seinen Zähnen zu spielen um dann sein Inneres zu erforschen. Dietrichs Atem ging jetzt auch schneller, er kam sich ungeschickt vor, seine eigene Zunge vollführte nur einige nutzlose Hinundherbewegungen ohne Ziel. Emily führte Dietrichs Finger wieder in den blonden Wald zwischen ihren Beinen. Sie stöhnte leise.

Sein Verstand begann sich langsam zu zersetzen.
Auch seine Angst.
Ihm war es, als würde er in rascher Zeit zu viel Bier trinken, sein Gehirn zerbröselte, er verlor die Kontrolle aber auch die Angst. Ihm wurde leichter.
Er ließ sich gehen.
Sein Finger bewegte sich in ihrer Vagina, ihr Stöhnen wurde schneller und auch lauter.
Ihm wurde es bewusst:
Er verlor bewusst die Kontrolle und auch seine Angst.
Im Bruchteil einer Sekunde fragte er sich, wie merkwürdig Dinge zusammenhängen konnten. Seine Kontrolle einerseits und seine Angst andererseits. Sie standen so oft im Kampf miteinander, jetzt verlor er beides zugleich.
Er zog die Hose und die Unterhose aus.
Wie ein Baumstamm ragte sein von Natur großzügig bedachtes Glied in die Höhe.
Er riskierte ganz kurz einen Blick auf den Sauberkeitsgrad seiner Unterhose.
Alles paletti.
Emilys Augen glühten.
Dietrich schwebte.

Er sah das verpackte Kondom auf dem Laken und sein Verstand kam zurück.
Und auch seine Angst.
Sie kam zurück wie ein mächtig geschlagener Return beim Tennis.
Plötzlich war sie da, mit ganzer Härte.
Ha, da bin ich!

Noch nie hatte er sich eines Kondoms bedient.
Würde er sich blöd anstellen, es nicht anbekommen?
Es muss zwei Seiten haben, wie sind diese zu erkennen? Am schlimmsten wäre, wenn es fehlerhaft eingesetzt würde … Was, wenn durch fehlerhafte Handhabe etwas danebenginge?
Dietrich zitterte wieder beim Gedanken an eine Schwangerschaft.
Oder an eine Geschlechtskrankheit, die er sich holen könnte …
Seine Eltern würden ihn steinigen, ihn verstoßen …
Spür- und sichtbar ließ seine Erektion nach.
Er fingerte fahrig an der äußeren Verpackung des Kondoms herum. Seinen schweißigen Fingern gelang es nicht, die Plastikverpackung aufzureißen.
Emily rettete ihn aus seiner Hilflosigkeit. Geschickt trennte sie die Plastikumhüllung ab und gebar das Kondom. „Soll ich helfen …?“ Ihre Stimme hatte einen spöttischen Unterton. Sie streifte es über das nicht mehr so vehement erigierte Glied. „Ready for combat …“, kicherte sie und legte sich auf den Rücken, die Beine leicht spreizend.
Er war erleichtert.

Die Prozedur mit dem Kondom erschien ihm korrekt und lege artis verlaufen.

Es erinnerte ihn ein bisschen daran, wie er früher Hosen einkaufen gewesen und seine Mutter immer in die Umkleidekabine gekommen war und, um Zeit zu sparen, ihn rasch an- und ausgezogen hatte, während er ein wenig töricht, fast unbeteiligt passiv dagestanden war.

„Gib's mir jetzt", stöhnte Emily. Er kam aus seinen Gedanken zurück. Was sollte er jetzt tun? Er dachte nach. Nichts falsch machen!

Er begann, ihre großen Brüste zu küssen, dies erschien ihm technisch recht einfach. Emily spreizte ihre Beine noch weiter, Dietrichs eingepackter Baumstamm näherte sich seinem bestimmten Ziel. Wie jetzt hinein? Und vor allem: Wo genau …? Dietrich küsste weiter ihre Brüste, abwartend der weiteren Entwicklung der Dinge.

„Komm jetzt …", bat Emily, nahm seinen Penis in die Hand und justierte ihn in sich hinein. Er war erleichtert. Er ließ jetzt von der Behandlung der Brüste ab und stemmte sich auf die Arme. Er sah auf Emilys sich rhythmisch bewegenden Körper. Sie begann laut zu stöhnen. Sehr laut.

Dietrich bemerkte flächige hellrote Hautflecken an Emilys Bauch und auch in ihrem Gesicht. Sie keuchte.

Was ist mit den Flecken? Eine Kreislaufstörung? Ist das normal?

Sein Penis stieß auf und nieder.

Könnte es sein, dass sich das Kondom dabei ablöst? Es erscheint ja nicht sonderlich befestigt worden zu sein. Ihn ergriff die Angst. Wenn sich das Kondom während der Prozedur abstreifte, wenn 'was danebenginge … Emily bäumte sich jetzt kraftvoll auf, ihr Stöhnen war in ein helles Schreien umgeschlagen, wie zwei Tentakel umgriffen ihre Beine seinen Rücken. Würde man das Stöhnen und Schreien hören? Im Haus oder gar auf der Straße? In Ingos Pornofilm lief immer Musik nebenbei … Was mache ich eigentlich mit dem Kondom hinterher? Wohin danach entsorgen? Dietrich grübelte. Diese Frage war nicht unwichtig.

„Ich komm'!" Emily schrie jetzt laut auf. Er verspürte ein Zucken ihrer Vagina. Er bedachte für einen Moment einmal keine Probleme und Sorgen, sah Emily an, deren Augen sich jetzt bizarr an die Decke wandten und spürte plötzlich wie es ihm aufstieg – unkontrolliert und unkontrollierbar - mehr und mehr – stärker und stärker - und wie er sich entleerte.

Wow!

Das war weit besser als zu Hause unter der Bettdecke, mit der Angst im Nacken vor Mutter wegen der verräterischen Flecken.

Sein Körper senkte sich auf Emily herab, er vergrub sein Gesicht zwischen den opulenten Brüsten; Emilys Haut war feucht, immer noch von den rosa Flecken übersät, sie atmete tief, die Augen geschlossen. Dietrich fühlte sich erleichtert.

Zufrieden.
Fast wäre er eingeschlafen.

Er spürte, wie sein Glied schlaff wurde, immer noch in Emilys feuchter Höhle steckend.
Es erinnerte ihn an das Problem.
Wenn sich jetzt das Kondom ablöste … Wenn es jetzt seinen Inhalt entleerte …
Es saß jetzt ja nicht mehr so fest auf dem kleineren Glied.
Dietrich war wieder hellwach.
Seine Eltern würden ihn steinigen, ihn verstoßen, wenn …
Er zog zunächst mit aller Vorsicht seinen Penis aus der Scheide und sah vorsichtig nach unten. Das Kondom hing wie ein Säckchen mit seinem milchigen Inhalt an seinem schlaffen Glied.
Er plante, es in der Toilette wegzuspülen.
Es erschien ihm sicherer, als es nur in einen Abfalleimer zu werfen. Er hatte einmal von einer hellhäutigen Frau gelesen, die ein farbiges Kind zur Welt gebracht hatte, obwohl sie nachweislich nie mit jemand anderem geschlafen hatte als mit ihrem ebenfalls hellhäutigen Mann. Gleiches hatte jedoch nicht auf den Mann zugetroffen, der mit einer anderen Frau Geschlechtsverkehr gehabt hatte. Diese Frau wiederum hatte offensichtlich mit einer ganzen Reihe von Männern geschlafen, unter anderem auch mit einem farbigen Mann. Der treulose Ehemann hatte sich beim Fremdgehen in der Vagina dieser häufiger frequentierten Frau dort noch befindliche Samenzellen des vorherigen, farbigen Beischläfers an seinen Penis aufgelesen und diese dann beim nächsten Beischlaf mit seiner Ehefrau vital dort wieder freigelassen. Sehr robust, solche Spermien ... Dietrich schauderte bei dieser Geschichte. War es ein Roman oder ein Zeitungsartikel?
Also das Kondom mit seiner gefährlichen Fracht muss verschwinden! Es muss sicher entsorgt werden!

Er sah zu Emily.
Womöglich könnte sie sich den Kondominhalt nachträglich in ihre Vagina entleeren, wenn er gegangen war.
Um schwanger zu werden ... Wäre das möglich?
Aber warum sollte sie?
Ein zugegeben absurder Gedanke, aber diese Möglichkeit musste er ausschließen.
Spermien waren sehr widerstandsfähig!
Er schauderte wieder.
Er kannte nicht einmal Emilys Nachnamen …
Wenn sie schwanger würde … Er rappelte sich auf, ging in das kleine Bad.
Das Kondom landete in der Toilette. Dietrich betätigte die Wasserspülung.
Das Kondom war weg.

Sicher ist sicher.
Dietrich schaute in den Badspiegel.
Sein Haar war, obwohl kurz geschnitten, zerzaust.
Was ist das für ein Mädchen ...?
Fährt morgen wieder nach Amerika und hüpft vorher noch mit mir ins Bett.
Liebt sie mich? Liebe ich sie?
Eher nein.
Sie ist unterhaltsam im Gespräch über Kunst und Bücher. Sie ist sinnlich.
Aber lieben?
Dietrich wusch sich sehr sorgfältig den Penis und die Hände.
Er sah auf die Uhr.
Halb eins.
Er ging in das Zimmer zurück und legte sich zu Emily. Er schlang seine
Arme um sie und küsste wieder ihre Brüste. Es war jetzt nicht nur Über-
sprungshandlung wie vor dem Introitus, es war einfach schön. Emily genoss
die Liebkosung. Sie küssten sich, sein Zungenspiel war jetzt schon eine Spur
routinierter.
„Schön, dass du noch ein bisschen bleibst ... und nicht so einfach auf-
springst und abhaust wie die anderen ...“, sagte Emily.
Er erschrak ein wenig.
Welche anderen? Wie viele andere? Wie viele Vorgänger mögen sich hier in
den letzten Monaten gewälzt, wie oft Emily gezuckt und geschrien haben?
Befremdlich ...
„Du bist sehr lieb ...“, flüsterte Emily. Er legte den Kopf auf ihren flachen
Bauch, Emily strich über seine zerzausten Haare.

Plötzlich wieder ein Angstschauer.
Ist das Kondom im Klo auch wirklich weg? Manchmal schafft es die
Spülung nicht, für die Toilette atypische Gegenstände zu entsorgen, er hatte
es schon bei Zigarettenkippen gesehen, dass sie plötzlich wieder
auftauchten. Das Kondom muss weg sein! Wer weiß, was Emily damit
anstellte ... Womöglich käme in einigen Wochen ein Brief aus Montreal und
... Seine Eltern würden ihn fertig machen, ihn ...
Wortlos erhob er sich und ging nochmals zur Toilette.
Er öffnete den Klosettdeckel.
Nichts.
Kein Kondom mehr.
Unauffälliger Befund.
Gut ...
Er tapste zurück zu Emily.
„Was war denn?“
„Ich war nochmal auf der Toilette.“
Ihm war klar, dass seine Lüge offensichtlich sein musste, er hatte nicht ge-
spült.

Egal.

Er widmete sich wieder Emilys Brüsten, er fand Gefallen daran. Wie sie vorher gebebt haben mit ihren steifen Nippeln ...

Und wie friedlich sie jetzt daliegen wie eine romantische Hügellandschaft. Dietrich streichelte über Hügel und Tal.

„Wann fliegst du?"

„Halb zehn ab Frankfurt. Ich stehe um sechs Uhr auf, meine Gasteltern bringen mich zum Flughafen."

„Schreibst du mir die Adresse in Kanada auf?"

Emily nickte nüchtern.

Wie oft mag sie die Adresse schon aufgeschrieben haben?

Er resümierte. Er hatte zum ersten Mal mit einem Mädchen geschlafen. Es war eigentlich ganz schön - angesichts der Tatsache, dass er völlig unvorbereitet und ungeplant zu diesem Unternehmen kam.

Plötzlich kam die Angst wieder.

Wie eine Flamme.

Schon wieder.

Das Kondom in der Toilette.

Er hatte nachgesehen, es war weggespült.

Sicher?

Die Angst flackerte auf.

Das Feuer war nur scheinbar gelöscht worden. Die Flammen schlugen plötzlich wieder hoch.

Ich muss nochmals nachsehen.

Wiederum wortlos stand er auf, lief ins Bad.

Er hob den Deckel.

Kein Kondom.

Er schaute etwa eine halbe Minute in die Schüssel.

Sie war eigentlich recht übersichtlich.

Ein Standardprodukt.

Links ein kleiner Plastikbehälter, am Schüsselrand hängend, mit einem rosafarbenen Duftstein. Keine Struktur, hinter der man suchen müsste, hinter der sich ein Kondom hätte verbergen können. Es war definitiv nicht da. Dietrich spülte nochmals zur Sicherheit. Es könnte ja auch noch im Rohrsiphon stecken.

Er wartete noch kurz, bis der Wasserspiegel im Klosett wieder ruhig war. Nichts.

Kein Kondom.

Er betätigte kurz den Wasserhahn und kam wieder zu Emily zurück.

„Hab mir schnell die Hände gewaschen." Schon wieder eine Lüge. Von ‚schnell' konnte auch keine Rede sein. Außerdem hatte er noch die Klospülung betätigt. Braucht man die zum Händewaschen? Scheißegal. Dietrich war jetzt ruhiger.

„Keine Angst, ich bin nicht krank und nicht giftig ...“, kicherte Emily mit Blick auf die gewaschenen Hände. „War es für dich das erste Mal?“ fragte sie.

„Nö, ...“ log er.

Lüge auf Lüge.

Die Frage nervte ihn. Keiner sagte mehr etwas.

Er begann Emily stattdessen wieder zu streicheln. Ihren Bauch, ihre Arme.

Emily schloss die Augen.

Er dachte nach. Soll ich mit ihr nach Kanada Kontakt halten? Ein platonischer Briefwechsel? Immerhin war die verbale Unterhaltung vorher auch sehr angenehm gewesen. Bestimmt kann sie auch gut Briefe schreiben.

Seine Eltern hätten sicher nichts dagegen.

Seine Eltern ...

Wenn sie erführen, er habe jemanden geschwängert ... Jemanden, dessen Nachname er nicht einmal wusste, jemanden, den er erst seit zwei Stunden kannte ... Es wäre fürchterlich.

Ob ihn sein Vater schlagen würde so wie früher beim Einkoten? Mit nach vorn gebeugtem Oberkörper auf den Hintern? Obwohl er jetzt fast 18 Jahre zählte? Es wäre nicht auszumalen ...

Aber das Kondom war weggespült.

Sicher.

Oder?

Sicher.

Ganz sicher?

Wirklich ganz sicher?

Hundertprozentig?

Vielleicht habe ich nicht richtig geguckt? Vielleicht habe ich zu achtlos kontrolliert? Noch benebelt vom Sex und den Weizenbieren ... Ich muss noch einmal konzentriert kontrollieren.

Er stand auf. „Kannst du mir noch deine Adresse aufschreiben?“ fragte er und ging selbstredend zur Toilette, als wäre es das Normalste der Welt, dass man auf ein Klo geht, wenn man jemanden bittet, seine Adresse zu notieren.

Er schloss ab.

Er öffnete den Klosettdeckel.

Nichts.

Das Wasser im Ablaufrohr stehend. Ruhig.

Klar.

Auch kein Schaum, unter dem sich das Kondom hätte verbergen können.

Nichts.

Der Duftstein in seinem Plastikkörbchen. Er schien schon längere Zeit seinen unscheinbaren Dienst verrichtet zu haben, offensichtlich an Größe geschrumpft lag er in seinem bräunlich tingierten Plastikbehältnis, nur noch eingeschränkt tauglich, seine beabsichtigte Aufgabe zu erfüllen. Auch hier

kein Kondom. Weder vor, hinter, noch unter dem Duftstein. Nichts. Kein Kondom. Dietrich starrte hinein.
Ich muss sicher sein. Ganz sicher. Er konzentrierte sich.
Es war weg.
Hundertprozentig.
Wortlos kam er wieder aus dem Bad. Emily hatte zwischenzeitlich ihre Adresse auf einen Notizblock geschrieben und sich wieder ins Bett geflüchtet. „Dir scheint mein Klo irgendwie zu gefallen …", neckte sie ihn lächelnd. „Vielleicht bist du ein ganz großer Schlingel …", kicherte sie. Es war wohl nicht böse gemeint, aber Dietrich nervte es jetzt sehr. Er fühlte sich plötzlich gestresst. Er versuchte sich zu entspannen und legte sich wieder auf ihren schönen, immer noch nackten und warmen Körper.
„Es ist sehr schön, so mit dir zu liegen", sagte Emily. „Dein Körper ist so kräftig, kommt das vom Fußball? Wie lange spielst du schon?"
Er erzählte ihr von seinem Lieblingssport, den er seit seinem fünften Lebensjahr betrieb. Von der Gemeinschaft unter den Kickern, dem gemeinsamen Freuen, gemeinsamen Ärgern, gemeinsamen Gewinnen, gemeinsamen Verlieren. Es war für ihn ein gutes Thema und Emily schien es tatsächlich zu interessieren.
Doch mitten im Erzählen war sie schon wieder da.
Dietrich hatte sie schon für drei Minuten vergessen, verdrängt gehabt.
Wohl unzureichend verdrängt.
Da war sie wieder.
Die Flamme der Angst.
Und sie schmerzte.
Unbarmherzig schlug sie empor.
Das Kondom.
Im Klo.
Mit deinem Zeug drin!
Es durfte auf keinen Fall da sein.
Alles Mögliche könnte passieren.
Er stammelte jetzt beim Schwadronieren über den Fußball. Ich habe dreimal nachgesehen. Es ist weg. Aus. Weg. Runtergespült. Ganz sicher. ‚Nur noch einmal nachgucken', flehte eine Stimme in ihm. Ein einziges Mal nachkontrollieren. Eine Nachkontrolle, dann ist sie weg, die Angstflamme gelöscht. Dann bist du beruhigt …
Ihm war klar, wie absurd es wäre, nochmals zum Klo zu gehen. Das vierte Mal in 15 Minuten. Aber egal, was Emily von ihm denken mochte, er stand auf und trat den bekannten Weg an. Er unterbrach ohne jeglichen Kommentar seine Abhandlung über das Fußballspielen.
Auf dem Klo schloss er ab. Deckel auf, gleiches Ritual.
Kein Kondom im Wasser, kein Kondom am Duftstein. Dietrich beugte sich in die Schüssel hinein, wie jemand, der sich geplant übergeben muss, und

spähte unter den Klosettrand. Dieser war von oben betrachtet vielleicht nicht vollständig einsehbar.

Er richtete sich wieder auf.

Er starrte in die Schüssel.

Er beobachtete sie wie ein Zoologe ein seltenes Reptil.

Er schaute eine halbe Minute, eine ganze.

Als könnte sich irgendeine Dynamik entwickeln, als könnte sich das Reptil irgendwann einmal bewegen.

Er versuchte, sich das Bild der leeren Klosettschüssel, der kondomfreien, kondomlosen Klosettschüssel einzuprägen, wie eine Photographie im Gedächtnis behalten, als Beweis für die Nicht-Existenz des Kondoms. Als könne er mit dem gedanklichen Photo einen Beweis für sich besitzen, dass das Kondom weg sei.

Er starrte eine weitere ganze Minute in die Schüssel.

Es war schon verdammt peinlich lang.

Okay, ein abschließender Kontrollblick und dann wieder raus.

Er schaute, schloss den Deckel und wollte zur Tür. Er drehte sich nochmals um, öffnete nochmals den Deckel, schloss ihn wieder und ging zur Tür. Das Kondom war weg. Noch ein allerletzter Kontrollblick. Deckel auf. Er schaute angestrengt. Alles sauber. Er schloss den Deckel jetzt recht hektisch und hastete zurück zu Emily.

Diesmal kommentierte sie nichts, vielleicht waren ihr die angespannten Antworten auf ihre Bemerkungen aufgefallen. Sie schloss ihn in die Arme und begann nun ihrerseits, ihn auf die Brust und die Arme zu küssen. Dietrich entspannte sich. Es war schön. Für einen Moment dachte er an Hannah. Der Gedanke war nur ganz kurz, er aber schmerzte wie ein kurzer Stromstoß, er verdrängte ihn rasch. Emily nahm sich jetzt sein Glied vor. Es erregte ihn.

„Na, was sehe und spüre ich da? Mag der kleine Lümmel wieder mit mir spielen …", fragte Emily.

Dietrich erschrak.

Nochmals?

Der Anblick Emilys, ihre Berührungen, ihr Streicheln erregte ihn, aber hatte sie denn noch ein Kondom?

Klar, bestimmt hat sie eine Maxipackung …

Aber es war auch schon sehr spät, es ging auf ein Uhr zu, seine Eltern … Sie waren streng, aber sie waren gerecht und hatten bei vielen Dingen recht … Seine Eltern … wenn sie wüssten … Dietrich schauderte.

Die letzte Nachkontrolle hatte ihn doch nicht so sehr beruhigt. Hatte er nicht mehrere Minuten im Klo zugebracht?

Es war aberwitzig, war er von Sinnen?

Man sah in zehn Sekunden, ob sich in einer Toilette ein Kondom findet oder nicht. Zehn Sekunden. Hatte er beim letzten Kontrollgang geträumt? Ich muss noch einmal nachgucken. Nur ganz kurz. Ultrakurz. Ich nehme mir vor, zehn Sekunden zu gucken. Maximal. Das heißt Türe auf, kontrollieren und nach 15 Sekunden wieder rauskommen. Eine kurze, aber konzentrierte Kontrolle. Dann muss alles klar sein. Dann muss ich sicher sein … Ich könnte Emily sagen, ich wollte nachschauen, ob das Licht aus sei …

Dietrich erhob sich. Sein angespannter Gesichtsausdruck glich dem eines sich konzentrierenden Stabhochspringers vor dem Anlauf zu einem Weltrekordversuch. Er betrat die Toilette, öffnete den Deckel, schaute. Kein Kondom. Alles unverändert. Wie gehabt. Licht aus, wieder raus. Die Kontrolle war technisch gut verlaufen, dachte er beim Zurückgehen und vergaß darüber die Ausrede mit dem Licht.

„Was ist denn?", fragte Emily.

Er blickte sie an. War es ein besorgtes Fragen bezüglich seines abstrusen Verhaltens? Oder ein bittendes bezüglich ihrer Lust?

Einerlei, ihm war es egal. Anstelle einer Antwort begann er wieder vom Fußball zu monologisieren. Er schielte zum Radiowecker, in einer Viertelstunde plante er den Rückzug anzutreten. Sein Fahrrad stand noch bei Jasper an der Hauswand. Emily hörte ihm schweigend zu. Er fühlte sich wieder besser. Alles unter Kontrolle. Alles gut verlaufen, in wenigen Minuten würde er nach Hause radeln, morgen zum Frühstück von seinen Eltern liebevoll geweckt werden, man würde über dieses und jenes parlieren.

Er liebte seine Eltern sehr, trotz ihrer Strenge.

Er fühlte sich jetzt auch ein bisschen stolz. Er hatte es Emily ordentlich besorgt. Oder hatte sie das Schreien nur gespielt? Warum hätte sie das tun sollen? Das Zucken ihrer Muschi als sie kam – kann man das bewusst simulieren? Es war einerlei, er hatte jetzt auch mit einem Mädchen geschlafen, er konnte jetzt mitreden. Er stand nicht mehr hinten an.

Dietrich begann sich anzuziehen. Emily sah ihm schweigend zu.

Sind ihre Augen traurig? Er zog die Jeans hoch und fummelte sein Gemächt in bequeme Lage. Jetzt schoss schon wieder die Angstflamme wie eine Explosion in ihm hoch. Er zog die Hand aus der Hose.

Es ist völlig irre, aber ich muss es noch einmal kontrollieren. So kann ich nicht von hier weg … Ich muss sicher sein, absolut sicher sein … Ein einziges Mal nur noch. Dann gehe ich weg von hier, raus, weg, nach Hause. Eine einzige Kontrolle, egal was Emily denken mag. Sehe sie sowieso nie wieder … Die Angst brannte.

Dietrich, ein einziges Mal nachschauen, nachkontrollieren, dann bist du absolut sicher, dann kannst du sorgenfrei und beruhigt nach Hause!

Wortlos steuerte er das Bad an. Öffnete das Klosett. Alles unverändert.

Ich könnte eigentlich pinkeln, dachte er.

Nein, ich bin zur Kontrolle gekommen, nicht zum pissen. Kann ich auf dem Heimweg machen. Kontrolle!

Er beschaute sich wieder herabbeugend den Schüsselrand, inspizierte den Duftstein in seinem unsauberen Plastikbehälter.

Alles paletti.

In bester Ordnung.

Kein Kondom.

Er schloss den Deckel, atmete tief durch.

Er öffnete wieder den Deckel, sah hinein.

Alles gut.

Er schloss ihn wieder, ging zur Tür.

Die Klinke in der Hand, zögerte er.

Ein bisschen Restangst war noch da.

Eine kleine Restflamme war noch nicht ganz gelöscht.

Er musste diese, nur noch kleine Flamme jetzt endgültig austreten.

Er ging wieder zum Klosett, öffnete es und kontrollierte.

Kein Kondom.

Er schloss es.

Dietrich wurde ein wenig böse über sich.

Was mache ich hier eigentlich? Habe ich den Verstand verloren? Es war nicht so viel Bier gewesen auf der Party …

Er ärgerte sich über, ging wieder zur Tür.

Das Angstflämmchen war noch nicht ganz aus, noch immer glimmte es. Also, ich schaue jetzt definitiv ein allerletztes Mal. Konzentriert. Nicht mehr so lange starrend, sondern kurz und konzentriert. Zehn Sekunden. Ich zähle sie ab.

Er öffnete erneut den Deckel.

‚Eins', ‚zwei' ... Er zählte.

‚Zehn'.

Ein letzter Blick, Deckel zu.

Er schaute in den Spiegel. Wer ist das hier? Was ist los, was ist passiert?

Er ging zur Tür. Waren zehn Sekunden ausreichend gewesen für die Abschlusskontrolle? Man könnte in flüchtigen wenigen Sekunden durchaus ein Kondom in einer Klosettschüssel übersehen … Wenn es vielleicht am Rand hinge, farblich wenig Kontrast gäbe …

Dietrich traf eine Entscheidung.

Ein wirklich allerletztes Mal.

Eine finale Kontrolle von 30 Sekunden.

Deutlich länger als vorher.

Das müsste genügen.

Er seufzte, öffnete wieder den Deckel.

Auf den ersten Blick alles in Ordnung.

Er zählte flüsternd.

‚Eins', ‚zwei', ‚drei', …

Er starrte in die Schüssel, die Zahlen flüsternd wie ein Physiker während eines bahnbrechenden Experiments.

Die Schüssel war in Ordnung, kein Kondom, Dietrich war erst bei ‚zehn‘.
Aber zur Sicherheit bis ‚dreißig‘. Es ist schließlich die Abschlusskontrolle!
Er war hochkonzentriert.
‚Zwanzig‘, ‚einundzwanzig‘, …
Plötzlich wurde seine Spannung, seine Konzentration jäh unterbrochen.
Er erschrak wie selten in seinem Leben.
Sein Puls begann plötzlich zu rasen, bis zum Hals zu schlagen.
Er richtete sich aus seiner leicht gebückten Haltung auf und unterbrach die
Inspektion der Schüssel.

Emily stand in der Türe.
Immer noch nackt.
Er hatte dieses Mal die Türe nicht abgeschlossen. Er hatte es vergessen.
Sie sah ihn fragend an.
Besorgt.
Sie kicherte nicht.
Sie schaute ernst. „Musst du dich übergeben? Was zählst du für Zahlen?“
Sein Herz blieb stehen.
Für was hält sie mich?
Für einen Verrückten, der sich beim ersten Sex seines Lebens noch ganz
passabel angestellt hatte, danach aber in 30 Minuten zehnmal zur Toilette
geht und dort minutenlang Zahlen zählend in die Schüssel starrt?

„Dietrich, bist du krank?“ Emilys Augen waren feucht. Ihr Mitleid in ihrem
Blick tat ihm weh, ihre Frage schmerzte.
Er wusste jetzt nicht mehr, was zu tun sei.

Er hatte die Kontrolle noch nicht vollständig zu Ende geführt …
Ohne den Kopf zu wenden, starrte er nochmals in die Schüssel, kontrollierte,
zählte in Gedanken weiter, ohne zu flüstern.
‚Zweiundzwanzig‘, ‚Dreiundzwanzig‘, … ‚Dreißig‘
Dann sagte er langsam und leise: „Ich muss jetzt nach Hause.“
Er schloss den Klosettdeckel.
Er umarmte Emily kurz.
Sie gaben sich einen Kuss, flüchtig, kurz.
Er steckte rasch den Zettel mit ihrer Adresse ein und ging hektisch, beinahe
fluchtartig hinaus ins Freie.
Er atmete frische Luft, angenehme Sommerkühle.
Sein Kopf wurde langsam freier, wieder klarer.
Von Jaspers Party nebenan war noch gedämpfte Musik und vereinzelte Ge-
sprächsfetzen zu hören. Ihm ging es besser. 1 Uhr 15. Egal was immer Emily
von der Sache hält - morgen ist sie weg. Ganz weit weg.

Er schwang sich auf sein Fahrrad und fuhr ohne große Eile nach Hause. Er fiel in einen raschen Schlaf ohne längere Rekapitulation der Ereignisse dieses Tages.

Nach dem Frühstück machte er mit seinen Eltern einen Vormittagsspaziergang. Noch etwas müde von den Schlachten des Vortages legte er sich danach entspannt auf sein Bett und dachte nach.
Dass sich Emily ihn ausgesucht hatte?
Was würde sie jetzt über ihn denken?
Ist sie jetzt schon in Montreal?
Wird sie überhaupt noch an mich denken?
Ja, allein schon wegen der Sache auf dem Klo.
Bestimmt wird sie die abstruse Episode niemals aus ihrem Gedächtnis verlieren …

Was war da los gewesen? Was war das für ein Kuriosum absurdester Art auf der Toilette?
Dietrich hatte ein Fable für Naturwissenschaften.
Phänomene mussten ursächlich erklärbar sein.
Gab es für etwas keine Erklärung, so musste man systematisch danach suchen. Mit wissenschaftlich fundierten Methoden.
Er analysierte. Ich hatte Angst, das Kondom könnte noch da sein und damit könnte Unsinn geschehen. War diese Angst sonderlich begründet?
War es wahrscheinlich, dass sich Emily nach meinem Weggang nachträglich aus dem siffigen Kondom meine Hinterlassenschaft per manu in ihre Vagina einverleiben würde?
Eine völlig abstruse Überlegung.
Egal, das Kondom sollte weggespült werden.
Ich hatte kontrolliert, ob es tatsächlich weg war.
Ich war mir nach der ersten Kontrolle sicher, dass es weg war.
Wirklich ganz sicher?
Warum bin ich noch zigfach hingegangen um zu kontrollieren?
Selbst während der Handlung war mir klar, dass es unsinnig ist.
Trotzdem habe ich es getan.
Es beruhigte so …

Er überlegte. Er hatte ähnliches noch nie erlebt, noch nie von Vergleichbarem gehört.
Gut, es gab Dinge, die er häufiger nachkontrollierte.
Da er schon zweimal die Küchenherdplatte versehentlich hatte brennen lassen und seine Mutter aus ihrer Pyrophobie heraus fast durchgedreht war, schaute er ab und zu in der Küche nach, wenn er allein war und aus dem Haus ging. Er schaute auch ab und zu nach, wenn zuvor der Küchenherd gar

nicht an gewesen war. Es könnte ja sein, dass man aus Versehen den Herd angestellt hat, ihn en passant beim Vorbeilaufen streifend.

Dietrich sann weiter nach.

Er erinnerte sich, am gleichen Tag beim Verlassen des Hauses auch schon zweimal hintereinander den Herd kontrolliert zu haben. Er hatte geschaut, war raus auf sein Fahrrad gegangen und dann nochmals zurück, um ein zweites Mal zu gucken.

Gut, es war nur ein zweimaliges Gucken, nicht ein zehnmaliges wie bei Emily. Und es ging um etwas viel wichtigeres, immerhin könnte ja tatsächlich das Haus abbrennen von so einer glühenden Herdplatte.

Dietrich stellte seinen Kassettenrekorder an.

Er stoppte die Zeit der letzten aufgenommen Titel. Er schrieb sie säuberlich auf die Papierhülle und gab sie dann in seine kleine Datenbank ein, alphabetisch nach Interpret sortiert.

*

Zweieinhalb Jahre später hörte er zum ersten Mal wieder ihre Stimme.

Sie hatten sich noch einige wenige Briefe geschrieben, belanglose, dahinplätschernde Phrasen, nach einigen Monaten war der Kontakt dann abgebrochen. An einem Samstagnachmittag klingelte das Telefon, er erkannte sofort ihre Stimme und ihren frankophonen Einschlag.

„Hey Dietrich, wie geht's dir? Wollte mich 'mal wieder melden, ich bin gerade in Zürich und dachte, ich rufe dich einfach mal an."

Er war erschrocken. Schon wieder ein Ereignis ohne jegliche Vorbereitung. Unkontrolliert in dieses Gespräch gehen … Zum Glück waren seine Eltern außer Haus und er konnte einigermaßen ungezwungen sprechen. Er sammelte sich, überlegte. „Das ist aber nett von dir. Was machst du denn in der Schweiz?"

„Mein Mann ist beruflich dort. Ein wissenschaftlicher Kongress. Er ist Physiker …"

Dietrich rollte mit den Augen.

„Ich habe drei Semester Bildende Kunst in Montreal studiert, bin dann aber mit Francis schwanger geworden …"

Francis, was für ein Name …

„Unser Sohn ist jetzt bei meinen Eltern, ich habe das Studium unterbrochen, möchte aber nächstes Jahr wieder einsteigen. Was machst du so? Spielst du immer noch Fußball? Liest du noch so viel?"

Nein, ich starre viel lieber in Klosettschüsseln … Dietrich riss sich zusammen. Sie meint es nett, sie ruft mich aus der Schweiz extra an, so billig ist das auch nicht. Vielleicht sogar ein Hoteltelefon … „Ich habe letztes Jahr

42

Abitur gemacht. Es ist ganz gut gelaufen. Ich habe mich für ein Medizinstudium entschieden. Eigentlich habe ich mit Physik geliebäugelt. Irgendwie erschien mir die Medizin so ein bisschen unpräzise, nicht mathematisch genau genug. Andererseits habe ich an der Uni ein bisschen herumgeschnuppert und ich fand das Physikstudium schlichtweg zu schwierig. Auch der Arbeitsmarkt erscheint mir für Physiker problematischer. Ich habe ein Medizinstudienplatz bekommen, ich fange im Herbst an."

„Und was machst du bis dahin?"

„Ich leiste noch 145 Tage Wehrdienst ...", lachte er. Alle Wehrdienstleistenden hatten nach ungeschriebenem Gesetz ihre ‚Lage', das heißt die Anzahl noch abzuleistender Kalendertage, zu kennen. Zur Gedächtnisstütze dienten kleine Maßbändchen am Hosenbund, die tageweise durch Abreißen jedes geleisteten Tages aktualisiert wurden. „Ist ganz okay bei der Bundeswehr ..." Dietrich fühlte sich tatsächlich im Gegensatz zu den meisten seiner Zeit- und Leidensgenossen bei der Truppe recht wohl. Jeder Tag verlief nach genau festgelegtem Schema. Für jeden Tag gab es einen minutiös geplanten Tagesdienstplan. Jede Tätigkeit war klar umrissen, fest reglementiert. Alles hatte hier seine Ordnung, dies gefiel ihm. Die gelegentlichen physischen Beanspruchungen machte ihm nichts aus, er war sportlich und trainiert. Ein kleiner Wermutstropfen stellte eine gewisse soziale Isolierung dar. Seine Kameraden besuchten in ihrer abendlichen Freizeit meist exzessiv Kneipen und Bars oder innerhalb der Kaserne das ‚Mannschaftsheim', ein Etablissement, das sich von gewöhnlichen Kneipen durch die Abwesenheit von Frauen, die uniforme Bekleidung der Besucher und deren Durstquantität unterschied. Dietrich ging nur sehr selten auf Trinkgelage. Oft saß er alleine auf dem Zimmer, das hier ‚Stube' hieß, und holte Bücher aus seinem Schrank, den man hier ‚Spind' nannte. „Ich habe diesen Monat bereits ein Studentenzimmer angemietet. Du oder ihr könnt mich ja mal besuchen ..." Dietrich wusste, dass diese Einladung rein floskelhaft war.

„Hey, das ist nett von dir. Aber wir sind halt schon ziemlich ‚busy' mit unserem Francis und dann ist mein Mann auch so beschäftigt in seinem Job ..."

Schreist du auch so bei ihm?

Seine Eifersucht hatte eigentlich keinen rationalen oder emotionalen Hintergrund, dennoch nervte ihn ihre im weiteren Gesprächsverlauf perseverierenden Ausführungen über ihren Mann und ihre Familie. Er hörte nur noch mit halbem Ohr zu. Er wollte an diesem Nachmittag Jasper besuchen, einen der wenigen alten Freunde zu dem er noch Kontakt pflegte. Einige Bekannte hatte er gänzlich aus den Augen verloren. Im Fußballverein konnte er durch die bundeswehrbedingten terminlichen Unzulänglichkeiten nicht mehr aktiv mitspielen, einige Freunde hatten gleich mit einem Studium begonnen, einige leisteten Zivildienst, alle waren geographisch weitläufig verstreut. Jasper war aus nicht nachvollziehbaren Gründen zur Marine gekommen, aber an den gemeinsam freien Wochenenden trafen sie sich regelmäßig. Auch Jasper hatte einen Medizinstudienplatz, allerdings in weiter Entfernung, in München.

Er schwelgte in Gedanken ab, und das Telefonat mit Emily wurde unter banalen Phrasen und Austausch platter Höflichkeiten beendet.

Er dachte nicht mehr oft an Emily und die besagte Nacht. Viel häufiger dachte er wieder an Hannah. Sie hatte nach der zehnten Klasse das Gymnasium verlassen und war daher nicht mehr morgens im Bus gewesen. Die morgendliche Marter, die für ihn bis zur letzten Busfahrt angehalten hatte, war jäh beendet worden. Hannah hatte irgendwo eine Lehre begonnen. Nie könnte er sie vergessen.

*

Zwei Jahre später.

Jasper besuchte ihn in seiner mittelgroßen, beschaulichen Universitätsstadt. Sie schlenderten beide durch die Innenstadt, von Touristengruppen, gelegentlich fernöstlichen, umsäumt.

Die ersten vier Semester, der ‚vorklinische Studienabschnitt’, waren für Dietrich erfolgreich verlaufen. Jede Klausur in jedem Kurs, in jedem Fach hatte er auf Anhieb bestanden. Dietrich wie auch Jasper standen vier Wochen vor der ‚Ärztlichen Vorprüfung’, dem ‚Physikum’, Schwelle und Hürde zum Eintritt in den klinischen Studienabschnitt.

Er hatte Freude am Studium und an seinem bisherigen Erfolg. Mit gewachsenem Selbstbewusstsein bereitete er sich akribisch auf die anstehende große Prüfung vor. Akribisch wie seinerzeit sein Vorbild Feldmarschall Montgomery vor El Alamein. Der schriftliche Prüfungsteil bestand aus zentral gestellten Fragen, die der anglizistischen Mode gemäß ‚multiple choice’ Aufgaben genannt werden wollten.

Ihm gefiel dieser Modus sehr. Die Beurteilung der Antwort war maximal objektiv. Die angekreuzte Lösung ‚A’, ‚B’, ‚C’, ‚D’ oder ‚E’ konnte nur falsch oder richtig sein. Kein Raum für Diskussion. Wie seinerzeit in Mathematik. Richtig oder falsch, nichts dazwischen.

Die gesamten ‚multiple choice’ Fragen der vergangenen Jahre waren in dicken Paukbüchern gesammelt und wurden von den Studierenden durchkämpft. An manchen Tagen kreuzte er mehrere hundert Fragen. Es machte ihm Freude, seine Ergebnisse bei diesen Altfragen einer statistischen Wertung zu unterziehen. Die Bestehensgrenze betrug bei allen Prüfungen bei mindestens 60% richtig angekreuzte Fragen. Dietrich führte Buch über seine bisherigen Ergebnisse in den großen Fächern Anatomie, Physiologie und Biochemie und die bezüglich der Aufgabenquantität kleineren Disziplinen Histologie, Biologie, Physik, Chemie und medizinische Terminologie.

Die Prozentergebnisse trug er sorgfältig in eine weitere Datenbank an seinem Rechner ein, sortiert nach Jahrgängen und nach Fächern.
Seine Bücher und seine Musikkassetten hatte er sowohl als Datenbankarchiv als auch als reales Substrat mit in seine Studentenbude genommen.
Er war guter Dinge in Bezug auf das Examen, er fühlte sich gut vorbereitet. Alles unter Kontrolle.

Jasper machte sich etwas mehr Sorgen über die Prüfung. Er hatte in München die eine oder andere Klausur in den letzten Semestern wiederholen müssen. Ihm lag der Fragemodus des Ankreuzens nicht. „Im realen Leben hast du als Arzt auch keinen Souffleur, der dir für deinen Patienten fünf verschiedene Lösungsmöglichkeiten feilbietet, aus dem du die richtige auszuwählen hast. Ein unrealistisches Szenario, welches dieses ‚multiple choice' da vorgibt.", lamentierte Jasper.
Dietrich war froh um seine Freundschaft mit Jasper. Trotz der geographischen Distanz war sie beständig geblieben.
Dietrich hatte einige neue interessante Bekannte unter seinen Kommilitonen, als wirklichen Freund konnte er aber nur Jasper bezeichnen.
Dietrich wohnte und lebte sehr bescheiden. Seine Eltern konnten nur äußerst knapp die wichtigsten Fixkosten des Monats decken, Daher arbeitete er in den Semesterferien im Krankenhaus als Pflegehelfer, um finanziell über Wasser zu bleiben.

Plötzlich stand sie vor ihm.
Wie aus dem Nichts heraus war sie aufgetaucht.
Wie in einem Traum, in dem verschiedenste Personen und Figuren in unlogischer Art und Weise plötzlich erscheinen und wieder verschwinden.
Wie konnte es sein?
Er hatte nicht mehr so häufig, nicht mehr so vehement an sie gedacht, aber sie dennoch nie ganz vergessen.
Wenn er nach endlos langem Lernen in sein einfaches Bett gefallen war …
Er dachte manchmal daran, wie sie im Garten gestanden waren. „Du bist echt süß …" Ihre Stimme, ihre smaragdgrünen Augen, die mandarinenkleinen Brüste …

Er sah Hannah aus 20 Metern nebst einem ihm unbekannten Mädchen. Sie liefen frontal auf sie zu, sich angeregt unterhaltend. Ein Bürgersteig üblicher Breite.
Ihm stockte das Herz.
In wenigen Sekunden würden sie vor ihnen stehen.
Er fühlte sich wie der Kapitän eines Supertankers vor einer nicht mehr zu vermeidenden Kollision, unfähig der Situation zu entkommen.
Ausgeschlossen, jetzt noch rasch die Straßenseite zu wechseln oder in ein Geschäft zu entschwinden.

Nur noch wenige Meter, nur noch wenige Sekunden … Sein Puls raste, sein Blick auf Hannah fixiert.

„Hey ihr", begrüßte Jasper die beiden überschwänglich. „Was macht ihr denn hier?" Jasper umarmte beide Mädchen kurz, flüchtige Küsschen auf die sechs Bäckchen wurden gegenseitig ausgetauscht.

Dietrich stand teilnahmslos.

Von der Zeremonie ausgeschlossen.

Keine Küsschen.

Nicht einmal eine knappe Begrüßung.

Nicht einmal wahrgenommen.

Wie vom Aussatz befallen.

Von ihm wurde keine Notiz genommen. Von Jasper nicht und den Mädels schon gar nicht, die sich jetzt angeregt mit seinem Freund über ihren Einkaufsbummel und ihre bereits erworbenen Utensilien, überwiegend nichtsnutzige Accessories und Klamotten, schnatternd unterhielten.

Dietrich bestarrte Hannah.

Sie stand nur einen halben Meter vor ihm.

Sie war wunderschön.

Sie würdigte ihn keines Blickes.

Richtete kein einziges Wort an ihn.

Es war die Höchststrafe.

Dazustehen wie ein kleiner Junge.

Hannah hatte immer noch ihre Unzahl an Halsketten und Armreifen um, ein helles Geläut bei jeder Bewegung verbreitend.

Wie früher.

Er betrachtete ihre Begleiterin. Ihre körperliche Kleinheit schien sie durch eine schrille, eher unangenehme Stimme kompensieren zu wollen. Sie hatte ihre blonden Haare mit groß angelegten Sprayangriffen bearbeitet, einzelne Strähnen standen wie die Tentakel eines exotischen Tiefseebewohners nach allen Seiten weg. Die Konsistenz des Machwerks lud nicht zur Berührung ein.

Die Zeit zog sich quälend.

Die Marter war schlimmer als seinerseits im Bus.

Endlich war man an der Abschiedszeremonie angelangt.

Es wurden wieder Bäckchen geschleckt, fast angewidert wandte sich Dietrich ab.

Er wurde nicht verabschiedet.

Er stand nur wortlos da.

„Wer war denn das neben Hannah?" fragte er beim Weitergehen, einen scheinbar gelangweilten, beiläufigen Tonfall seiner Frage anschlagend.

„Ah, die Manu … Eine gute Freundin von ihr. Manu und ich waren einmal eine Zeit lang … na ja … so zusammen. Sie war in der Realschule und hatte

dann eine Ausbildung als Industriekauffrau gemacht. Es hielt nicht so lange, war auch nichts so besonderes ..."
Dietrich kam es vor, als wolle Jasper bewusst das Thema wieder verlassen. Er war überrascht. Sein Freund Jasper soll zu Schulzeiten eine feste Freundin gehabt haben? Nie hatte er davon erzählt ...
Und dann mit dieser aufgetakelten Person ...
„Hat deine Manu ab und an mal was von Hannah erzählt?" wollte er jetzt wissen.
„Nichts so besonderes, das übliche bla bla", antwortete Jasper, jetzt ebenfalls mit dem Versuch, einen scheinbar gelangweilten, belanglosen Ton anzuschlagen. Sie kannten sich beide schon viel zu lange. Jeder erkannte bei seinem Freund jeweils jede kleine und kleinste Nuance beim Sprechen, in der Sprachmelodie, jedes kleine Detail und jede winzige Abweichung bei jeder Gestik, einem alten und erfahrenen Ehepaar gleich.
Dietrich ließ jetzt nicht locker. „Vielleicht weißt du es ja ... Ich war mal ziemlich verliebt in die Hannah..."
„Ah, ...", meinte Jasper mit gespielter Ruhe. Sie standen vor einem Biergarten. Überwiegend junge Leute saßen in der Nachmittagssonne, einige Burschenschaftler in Tracht darunter.
„Ich lad' dich ein", sagte Dietrich.
Nach dem Prosit begann er zu reden.
Er hatte noch nie jemandem von seiner Liebe, seinen Gefühlen, seiner Marter erzählt.
Er hatte es auch nicht vorgehabt.
Es war bislang einer der wenigen Augenblicke in seinem Leben, in denen Spontanität in ihm aufblitzte.
Er erzählte seinem Freund jedes Detail. Die Idee mit der Kassette. Der Nachmittag. Ihre Worte. Ihr Lächeln. Ihre klimpernden Kettchen. Seine Freude. eine Glückseligkeit.
Der Samstagabend im Haus der Jugend.
Der Montagmorgen im Bus.
Alle folgenden Morgen im Bus.
Bis sie die Schule wechselte ...
Sie mussten sich beide ein zweites Weizenbier genehmigen. Dietrich hatte Tränen in den Augen. Es waren Tränen der Traurigkeit, Tränen der Liebe aus seinem Herzen und doch waren es zugleich auch Tränen des Glücks.
Des Glücks, einen solchen Freund vor sich zu haben, ihm endlich etwas längst Überfälliges anzuvertrauen.
Es entstand eine Pause.
Dietrich bemerkte, dass nun bei Jasper große Tränen über beide Backen kullerten. Mittlerweile waren alle Tische belegt, die Gäste saßen dicht gedrängt. Jaspers Gesicht bekam rötliche, langsam konfluierende Flecken. Seine Stimme stockte. Er setzte mehrmals an, etwas zu sagen. Das zweite

Bier war noch gut halbvoll, aber Jasper drehte sich zur Bedienung und
bestellte gleich noch zwei weitere Weizenbiere.

„Dietrich, ich muss dir jetzt etwas sagen. Es ist etwas sehr Schwerwiegendes. Ich habe es jahrelang in mir getragen. Es erschien mir besser so. Du
darfst mir nicht böse sein … Bitte …" Jetzt kullerten weitere, größere Tränen
aus seinen verquollenen Augen. Die Bedienung brachte das Bier. Eine
Kommilitonin. Sie senkte den Blick, als sie die beiden so sitzen sah.

„Ich sage es dir jetzt einfach. Du bist mein bester Freund … Manu erzählte
es mir, als es zwischen uns schon wieder fast zu Ende war. Sie berichtete mir
von Hannah und dir. Ich sollte es dir niemals sagen …"

Der nächste Satz traf ihn wie ein Paukenschlag.

Auf ex kippte er das noch halbvolle Glas und hielt sich dann am neuen,
frischen Weizenbier fest.

Er musste von dem großen Bolus Weizenbier geräuschvoll aufstoßen.

„Hannah war sehr verliebt in dich, erzählte mir Manu. Sie war regelrecht
vernarrt in dich. Sie fand es so herzig, so goldig, wie du schüchtern im Bus
immer nach ihr geschaut hast …"

Dietrich trank jetzt große Schlucke des dritten Biers. Die Sonne brannte. Er
taumelte auf seinem Klappstuhl.

Jasper stockte, machte eine Pause, schien nach Worten und Formulierungen
zu suchen. Er trank einen sehr großen Schluck aus seinem Bierglas. Dietrich
sah es, es war ein viel zu großer Schluck. Er wusste, Jasper nahm jetzt Anlauf.

„Es ist dann etwas dazwischen gekommen …"

Das kann man so sagen … dachte Dietrich.

„Ich weiß nicht, ob das alles so stimmt, vielleicht ist es auch etwas übertrieben …" Jasper nahm jetzt wieder einen sehr großen Schluck. Einen viel
zu großen Schluck.

„Manu erzählte mir, es sei da etwas dazwischen gekommen…"

Das hatten wir schon, Dietrich war erregt, ungeduldig.

„Sie sagte, Hannah sei an dem betreffenden Samstag nochmals nachmittags
zu dir nach Hause gefahren …"

Dietrich stutzte.

Das war neu.

Freitagnachmittag war sie bei ihm gewesen, für den folgenden Samstag
hatten sie sich für die Jugenddisco verabredet.

Samstagnachmittag war er kicken.

„Hannah habe etwas holen wollen, das sie bei dir vergessen habe. Du hattest
ihr von einem tollen Buch erzählt und wolltest es ihr ausleihen. Am Freitagnachmittag hatte sie vergessen, es mitzunehmen, da kam sie einfach Samstag
mit dem Fahrrad nochmals vorbei. Ach, was weiß ich, keine Ahnung, vielleicht auch alles Humbug, jedenfalls kam sie einfach nochmals bei dir zu
Hause vorbei …"

Ihm schwante Böses.

Jasper bestellte noch ein weiteres Bier.

„Für mich auch noch eins."

Es war erst vier Uhr nachmittags.

Jasper setzte wieder an. Er schien jetzt jede Formulierung genau zu überlegen, zu prüfen, präzise abzuwägen. Er sprach langsam.

„Also, Hannah kam zu dir, du warst nicht da. Deine Eltern waren wohl ziemlich überrascht … Na ja, du weißt ja, Hannah war nicht gerade konservativ angezogen, sie gab sich ja immer so ein bisschen flippig …"

Dietrich konnte sich die Peinlichkeit der Szene vorstellen, Hannah an der Tür vor seinen Eltern.

„Dann ist irgendwie was Komisches passiert … Anstatt mit oder ohne dem Buch gleich wieder abzufahren, geriet Hannah irgendwie an den Kaffeetisch im Garten. Ich glaube, deine Eltern haben sie auf eine Tasse eingeladen. Vielleicht zum Kennenlernen oder so …"

Zum Kennenlernen …

Feindaufklärung wäre besser gesagt, dachte er.

Jasper rutschte nervös auf dem Stuhl herum.

„Es muss dann zu gewissen Peinlichkeiten gekommen sein. Ich weiß es nicht so genau, 'ist ja auch schon eine Weile her, es hatte irgendwie mit dem Rauchen zu tun …" Dietrich stöhnte innerlich auf. „… und mit den Knigge-Regeln, so Löffel in der Kaffeetasse stecken lassen und so … Jedenfalls um es kurz zu machen – es war wohl so, dass deine Eltern nicht übermäßig begeistert von Hannah waren …" Das war sehr gelinde ausgedrückt. „Jedenfalls haben dann deine Eltern wohl die Taktik eingeschlagen, die unliebsame Hannah von dir abzuwimmeln …"

Dietrich fühlte eine unendliche Enttäuschung.

„Sie verbaten ihr, nochmals zu kommen oder sich mit mir zu treffen?" fragte er.

Jaspers Hände fingerten jetzt an dem Bierdeckel herum. Er trennte kleine Schnipsel ab, nahm wieder einen hektischen Zug Bier. Er schwitzte. „So ähnlich kann man's sagen, ja …"

Dietrich sank auf seinem Klappstuhl zusammen. Seine Eltern …

„Was meinst du mit ‚so ähnlich?'" fragte er. Das vierte Bier war jetzt zur Hälfte leer.

„Nun ja, von der Sache, vom Resultat her kann man sagen ‚so ähnlich', ja … Sie haben … sie haben lange mit Hannah gesprochen, Manu sagte, sie wäre fast zwei Stunden dort gewesen …"

Was sollte Hannah dort zwei Stunden sitzen?

Was sollten seine Eltern zwei Stunden lang denn mit ihr bereden?

„Ja und weiter?"

Jasper hatte jetzt nicht nur stumme Tränen, er begann leise zu weinen, zu schluchzen. Er verbarg sein Gesicht hinter den Händen. Manche der Gäste schauten verstohlen.

Dietrich wartete auf das Finale.

„Es ist fürchterlich, es dir zu erzählen. Anderseits ist es fürchterlich, es dir zu verheimlichen." Er bestellte ein fünftes Weizenbier.
Dietrichs Blase schien zu platzen, aber jetzt konnte er nicht auf die Toilette.
„Ich weiß gar nicht, warum mir Manu das alles erzählt hat. Es hörte sich aber glaubhaft an … Nein, deine Eltern sprachen kein Verbot aus … Vielleicht wussten sie, dass solche Verbote ja zu nichts taugen, oft bewirken sie das genaue Gegenteil … Und man kann sich ja überall und nirgends treffen … Nein, sie verfolgten eine andere, eine perfidere Strategie, Hannah von dir abzuwimmeln, es war, bitte verzeih, eine ziemlich grauenvolle Sache … Vielleicht stimmt sie ja auch gar nicht."
Dietrich schluckte.
Er hatte keine Vorstellung, keine Idee, was jetzt kommen könne.

„Du musst jetzt stark bleiben …" Jasper trennte wieder Schnipsel von den Bierdeckeln. Ein ganzer Schnipselhaufen war mittlerweile entstanden.
„Deinen Eltern war in kürzester Zeit klar, dass ihnen an Hannah als Freundin ihres Sohnes nichts gelegen sei. Sie begannen dann wohl in dem Gespräch beim Kaffee …" Jasper stockte, trank, rang nach Worten. „Sie begannen, ihr von etwas zu erzählen, sie sagten ihr, dass du … dass eine Freundin jetzt irgendwie ungünstig wäre, weil du … weil du krank seiest …"
Krank, wie denn das?

„Sie deuteten an, dass du häufiger ins Bett und in die Hosen gemacht habest … Es tut so weh, Dietrich … Aber sie erzählten, es sei ganz schlimm gewesen, immer alles verdreckt. Es sei in der letzten Zeit etwas besser geworden, sie hätten alles versucht … Sie hätten sich auch psychologischen Rat eingeholt. Dort habe man ihnen gesagt, man solle jetzt in der Adoleszenz die zuletzt tendenziell günstige Entwicklung zum Sauberwerden nicht durch Mädchengeschichten und zwischenmenschliche Intimitäten gefährden … Durch emotionale Imbalancen könnte es schnell wieder schlimmer werden und so … Hannah müsse verstehen, dass es für deine Krankheit wichtig wäre, jetzt diesen Weg so fortzusetzen und so weiter … Sie sagten es wohl nicht so direkt in diesen Worten, sie deuteten es an, schrieben es zwischen die Zeilen … Sie hatten Hannah noch ziemlich abstruses Zeug erzählt, Manu konnte mir das nicht mehr so zusammenhängend rüberbringen, die Manu ist ja auch nicht so die allerhellste, weißt du … Deine Eltern erzählten eine ganze Menge …"

Dietrich war jetzt leer.
Er hatte keinen Harndrang mehr.
„Hannah war dann jedenfalls nach Hause gefahren und hatte alles Manu erzählt. Ich glaube, Hannah hat außer mit Manu niemals mit irgendjemandem

darüber gesprochen. Warum sie dann den Kontakt mit dir so brüsk abgebrochen, keinerlei Gespräch mehr mit dir gesucht hatte, weiß ich nicht. Bleibt ihr Geheimnis. Vielleicht war sie entsetzt, geschockt, geekelt, vielleicht hielt sie dich wirklich für psychisch krank … Oder sie verhielt sich so, weil sie den Quatsch glaubte, durch sie könne die Sache wieder schlimmer werden. Es tut mir so leid, Dietrich. Ich … Ich weiß auch nicht, ob das alles so stimmt, ob …"

„Wir zahlen. Zehn Weizenbiere." Dietrich war aufgestanden, hatte der Bedienung einen Schein in die Hand gedrückt.
Er sagte kein weiteres Wort, er lief langsam aus dem Biergarten heraus.
Jasper folgte ihm hektisch.

Sie liefen durch die Fußgängerzone.
Dietrichs Blick war nach nirgendwo gerichtet.
Jasper nahm ihn an der Schulter. „Ich komm' noch mit zu dir nach Hause …"
Dietrich stand in seiner Studentenbude. Im kleinen Bad urinierte er, sah den Zombie im verschlissenen Wandspiegel. Ist das möglich? Konnten meine Eltern so etwas getan haben? So etwas fürchterliches, so etwas abartiges?
Jasper war nochmals kurz nach unten gegangen.
Er kam zurück, in einer Plastiktüte eine Flasche billigen Zwetschgenschnaps. Er schenkte in zwei Wassergläser ein, handbreithoch.
Dietrich trank mechanisch.
Er sagte nichts.
Er dachte nichts mehr.
Sie tranken ein zweites Wasserglas.
Sie saßen sich gegenüber, im Schneidersitz, auf dem Boden.
Die Flasche und die beiden Wassergläser zwischen ihnen.
Stille.
Dietrich sagte noch immer nichts.
Sie tranken.
Dietrich begann, leise zu weinen.
Die Tränen liefen fast lautlos, fielen auf sein schweißbeflecktes T-Shirt, verloren sich im Teppich.
Jasper nahm ihn in den Arm.
Er hielt ihn wie die Mutter einen riesenhaften Säugling.
Jasper hielt Dietrichs Kopf in seinem Schoß, er streichelte ihm über seine Haare.
Mit der anderen Hand trank er aus dem Wasserglas den Schnaps.
Er hielt Dietrichs Kopf und wiegte ihn hin und her, wie ein Kleinkind beim Einschlafen.
Dietrich sagte nichts, er hatte nur seine stummen Tränen.
Er war ganz weit weg.

Er kam wieder zurück.

War er aufgewacht?

Hatte er geschlafen?

Er spürte Jaspers Hand unentwegt zärtlich über sein Haar fahren.

Er sah durch das Fenster Abenddämmerung.

Er sah eine fast leere Flasche billigen Zwetschgenschnaps.

Er war immer noch in den Armen Jaspers, in unveränderte Stellung.

Er blickte ihn an.

Auch Jasper liefen Tränen aus den verquollenen Augen.

In seiner Säuglingshaltung trank Dietrich an seinem Schnaps in größeren Schlucken.

Er schmeckte entsetzlich.

Er war unfähig zur Betäubung.

Der brennende Schmerz, den er in der Kehle hinterließ, war nichts gegen den Schmerz seiner Seele.

Dietrich schloss die Augen.

Jasper wiegte ihn wieder hin und her.

Noch nie hatte er eine solche Zärtlichkeit verspürt.

Als Kind von seinen Eltern nicht, als Heranwachsender von Hannah oder Emily nicht.

Er erwachte.

In seinem Bett, mit dem Pyjama bekleidet.

Neun Uhr morgens auf dem Wecker.

Jasper hantierte an der Junggesellenspüle mit der Kaffeemaschine. „Ich habe Croissants geholt. Der Kaffee ist bald alle. Reicht aber noch. Bei dir ist immer noch alles so ordentlich aufgeräumt und sortiert ...“

Dietrich setzte sich auf.

Übelkeit, Schwindel.

Er sah die leere Schnapsflasche, die Wassergläser.

Jasper hatte den kleinen Tisch zum Frühstück gedeckt. „Guten Morgen ...“

Dietrich rieb sich die Augen, nahm Platz. Jasper schenkte ihm Kaffee ein. „Wie geht's dir?“

Dietrich nahm ein Croissant. „Ich habe gestern meine Eltern verloren.“

Jasper zuckte kurz zusammen, begann sein Hörnchen mit Butter zu bestreichen. „Was wirst du tun?“

Kurze Pause.

„Es wird alles so sein wie immer. Und trotzdem ist alles ganz anders.“ Jasper verstand nicht ganz. Er trank zum Kaffee noch separat Leitungswasser. „Du wirst ihnen also nichts sagen, nicht mit ihnen reden?“

„Nein, die Dinge werden so weiter gehen wie zuvor. Meine Eltern werden für mein Studium sorgen, in den Semesterferien werden sie mich bekochen, wir werden am Telefon Banalitäten austauschen, aber ich habe sie verloren. Geistig bin ich jetzt ein Waise.“

Jasper kaute auf dem Blätterteig. „Bitte sage niemals jemandem, dass ich es dir …"

„Ja, schon klar."

*

Dietrich kaute auf der Pizza funghi.

In der von Studenten gern frequentierten Pizzeria hatte er sich mit Jasper zusammen dazu einen Liter einfachen Rotwein bestellt. „Appelation mal a tête controlé", lachte sein Freund, mit seiner Pizza tonno geräuschvoll schmatzend.

Zwei Sommer waren seit ihrem Gespräch im Biergarten vergangen. Ihre Freundschaft war tragender und fester geworden, Jasper hatte über einen Tauschbörse den Studienplatz von München in Dietrichs überschaubares Universitätsstädtchen gewechselt.

Dietrich hatte es durch verschiedene Ferienjobs zu einem klapprigen alten VW Golf mit durch den TÜV nur noch limitierter Laufzeitberechtigung gebracht, wodurch er mobiler geworden war. Ein sparsames Vehikel, dessen Benzinverbrauch regelhaft von Dietrich bei jedem Tankvorgang quantifiziert und in seinem Taschenkalender akribisch niedergeschrieben wurde.

Er fuhr trotz gewonnener Mobilität dennoch seltener nach Hause zu seinen Eltern, beschränkte seine Aufenthalte bei ihnen im Wesentlichen auf die großen Feiertage oder Geburtstage.

Routinebesuche. Höflichkeitsaustausch.

Nie hatte er sie zur Rede gestellt.

Er hatte Angst, sie ganz zu verlieren.

Nachdem das geistige Band mit ihnen zerrissen war, wollte er nicht den völligen und damit auch den materiellen Bruch vollziehen.

Aber es war nicht nur die Angst, ihrer materiellen Hilfe verlustig zu werden, er verspürte trotz der fürchterlichen Enttäuschung, die ihm widerfahren, immer noch eine gewisse Geborgenheit bei ihnen. Sie freuten sich immer so auf ihn. Sie waren so stolz auf seine Fortschritte im Studium, seine guten Noten in den Klausuren und Examina. In der Beziehung zu seinen Eltern war etwas zerbrochen, aber nicht gänzlich kaputt. Zusätzlich übertünchte die Zeit seinen unbeschreiblichen Schmerz über das fürchterliche Vergehen.

„Ich ziehe Gynäkologie und Augenheilkunde in das nächste Semester vor", sagte Jasper, ein Aufstoßen unterdrückend. „Dann habe ich im zehnten Semester vor dem Examen noch etwas mehr Zeit zum Pauken.".

„Das würde ich auch gerne, aber ich bekomme es nicht hin. Habe die nächsten Wochen haufenweise Patienten für die Doktorarbeit einbestellt", meinte Dietrich. Er hatte im vergangenen Jahr in der Medizinischen Klinik

53

eine Dissertation begonnen. Er untersuchte Patienten mit einer besonderen Erkrankungsform der Herzkranzgefäße. Er ging in dieser Arbeit voll auf, hatte sie doch überwiegend mit der statistischen Bearbeitung einer Unmenge an bereits erhobenen und einigen noch zu bestimmenden Untersuchungsparametern zu tun. Er fühlte sich in dem Zahlendschungel wohl. Die betreffenden Patienten hatten nicht - wie bei dieser Erkrankung eigentlich üblich - Engstellen oder Verschlüsse an ihren Kranzarterien, sondern die Blutgefäße waren im Gegenteil aufgeweitet und teilweise grotesk vergrößert. Durch eine zu langsame Flussgeschwindigkeit konnte es ebenfalls wie bei den Leidensgenossen mit den Engstellen zu Herzinfarkten kommen. Dietrich versuchte Risikofaktoren zu evaluieren, die für diese Sonderform der koronaren Herzkrankheit maßgeblich seien. Mit riesigen Kolonnen von Zahlen und Daten jonglierte er in Tabellen und fütterte multivariate Analyseprogramme seines Computers.
Sein Doktorvater war erstaunt über den Enthusiasmus, mit dem Dietrich mit den Zahlen hantierte.
Sein Kontakt mit den Patienten, bei denen verschiedene, einfache Parameter untersucht wurden, eine Blutentnahme, ein EKG, ein Ultraschall, eine standardisierte Befragung, verlief nüchtern, fast kühl.
Man könnte meinen, Dietrich brachte mehr Empathie und Liebe für seine Zahlen als für die Patienten auf, die sich freiwillig für die Untersuchung zur Verfügung stellten.
„Bist du weiter gekommen in deinem statistischen Machwerk?" fragte Jasper leicht spöttisch.
„Der Bluthochdruck scheint eine besonders wichtige Rolle zu spielen, bedeutender und signifikanter als bei der klassischen koronaren Herzkrankheit. Ich habe die Hochdruckpatienten in verschiedene Schwerekategorien eingeteilt und ihre Daten gesondert in der Analyse verarbeitet. Die Korrelation mit der Ausprägung der Wanderweiterungen ist statistisch hochsignifikant ...", referierte er.
Jasper zündete sich eine Zigarette an. Für einen Nachtisch beim Italiener war das Geld zu knapp. Für einen Rotwein reichte es noch. „Hast du gestern den Typen in der Psychiatrie gesehen mit der Kippe?" wechselte Jasper plötzlich das Thema.
Dietrich erschrak.
„Im praktischen Kurs hatten sie uns statt eines leibhaftigen Patienten dieses Mal einen Film gezeigt", fuhr Jasper fort. „Da schlurpte so ein jüngerer Typ in ein Zimmer, 'sah aus wie ein Verhörraum bei der Kripo, mit einem Tisch mit Aschenbecher und einem einzelnen Stuhl. Sonst nichts drin in dem Raum. Die Kamera muss in einem Eck stationär gehangen haben, so wie in einer Bank. Kein weiterer Mensch im Raum. Der Typ begann, sich eine Kippe anzustecken und rauchte so vor sich hin, völlig entspannt, völlig normal."
Dietrich erschauderte.

Er war nicht in dem Kurs gewesen, hatte aber schon von der Filmdokumentation mittags in der Mensa gehört.

„Das hättest du sehen sollen, was dann kam …“ Jasper war jetzt in seinem Element. Er hegte großes Interesse an psychiatrischen und psychosomatischen Krankheiten. „Wir saßen schon fünf Minuten vor dem Film und sahen, wie der Mann völlig normal und unauffällig rauchte. Nichts geschah. Keiner hatte Ahnung, worin der Sinn dieser Aufzeichnung eines qualmen-den Typen bestehen sollte. Dann war die Kippe am Ende. Er drückte sie aus und der Mann saß noch ein bisschen auf seinem Stuhl herum. Er sah ein bisschen so aus, als sei ihm irgendwas unbehaglich, seine Gesichtszüge wurden gespannt, konzentriert, er schaute unstet herum. Wir saßen immer noch vor dem Film und fragten uns, was das sollte, was da abginge. Er lief jetzt schon gute zehn Minuten …“

Dietrichs Nervosität wuchs. Er wusste schon aus der Mensa, wie der Film ausging. Dennoch entschloss er sich aus einem unbestimmten Gefühl heraus, seinen Freund in seiner Schilderung nicht zu unterbrechen.

„Jetzt wurde es etwas mysteriöser“, erzählte Jasper weiter. Seine Augen leuchteten wie bei einem Forscher, der von einem bahnbrechenden Experiment berichtet. „Der Typ stand auf, lief ein bisschen in dem kleinen kahlen Zimmer auf und ab, setzte sich wieder, fummelte am Aschenbecher herum, stand wieder auf, setzte sich wieder, stand wieder auf, guckte unter den Tisch, suchte den Boden nach irgendwas Geheimnisvollem ab. Dann nahm er wieder Platz, seine Mimik war jetzt ganz versteinert, er fixierte den Aschenbecher. Unsere Spannung wuchs, keiner tuschelte mehr, alle schauten gebannt. Der Typ stand jetzt noch zig Mal auf uns setzte sich wieder nervös, fahrig, er begann zu schwitzen, Perlen auf der Stirn. Das zog sich dann ziemlich in die Länge, ich schätze so weitere zwanzig Minuten, ohne dass jetzt viel Neues passierte. Der Typ stand auf, lief herum, setzte sich, stand auf, manchmal meinte man, er würde mit sich selbst sprechen, man glaubte, der Typ würde sich selbst etwas befehlsartig zurufen. ’War nicht richtig zu verstehen. Obwohl jetzt immer das gleiche abging und die groteske Aufführung nun schon ziemlich lange lief, war es unglaublich spannend. Mucksmäuschenstille im Kurshörsaal. Absolute Stille. Der Typ stand auf, setzte sich wieder, stand auf, nervös, setzte sich wieder, stand auf, hektisch. Langsam entwickelte sich eine gewisse Neuerung in dem absurden Schauspiel, der Typ lief jetzt ab und zu zurück bis zur Eingangstür des Zimmers. Es sah aus, als wollte er wieder heraus, aber er konnte nicht. War die Türe verschlossen? Er lief immer wieder zwischen Türe und dem Tischchen mit dem Aschenbecher hin und her. Der Ascher wurde immer wieder inspiziert, auch unter dem Tisch suchte er nach irgendetwas herum. Manchmal suchte er auch den Stuhl nach irgendwas ab. Die Kamera lieferte ein gutes Bild, man konnte aber nichts erkennen, nach was der Mann da suchte, es musste wohl ’was mikroskopisch Kleines sein. Nach einiger Zeit wussten wir, dass der Typ nicht in dem Raum eingesperrt worden war, denn

jetzt drückte er ab und zu die Klinke an der Tür herunter und öffnete sie einen Spalt weit. Aber er lief immer wieder zu dem Tischchen zurück und schnüffelte an dem Aschenbecher herum. Es wurde irgendwie unheimlich … Endlich, die Unterrichtsstunde war schon fast um, wir mussten danach in den Pathophysiologiekurs, da ging der Typ nach ewig langer Zeit aus dem Raum raus. Das Zimmerchen war noch einige Sekunden zu sehen, dann war der Film einfach aus. Er hatte knapp eine Stunde gedauert."
Dietrich trank rasch an seinem italienischen Landwein und hörte sich die weitere Erzählung an, die er schon kannte.
„Dann kam der absolute Hammer. Alle saßen da und glotzten sich an. Was war da los? Professor Riefenstahl lächelte, spulte den Film zurück und sagte – und hey, Dietrich es war Totenstille im Kurs - ‚Meine Damen und Herren, jetzt kommt der entscheidende Satz, die entscheidende Information für Sie: Sie sahen hier einen unserer Patienten. Wir haben den Patienten um etwas gebeten, wir haben dem Patienten einen Auftrag gegeben.' Der Dozent machte eine kurze Pause. ‚Wir baten den Patienten um folgendes: Gehen Sie in diesen Raum, rauchen Sie so schnell Sie können eine Zigarette und verlassen Sie den Raum so schnell wie möglich wieder. So schnell Sie irgendwie können …' Dietrich, wir waren baff! Riefenstahl fuhr fort: ‚Was Sie eben sahen, ist die typische Ausprägung eines Kontrollzwangs bei einer neurotischen Zwangskrankheit, beim Anankasmus. Sie sollten noch wissen, dass wir dem Patienten sehr wohl gesagt haben, dass wir ihn bei seiner Aktion filmen und die Aufzeichnung zur Ausbildung vorführen würden. Der Patient war damit prompt einverstanden. Er wusste um die Situation, dennoch konnte er seinem Kontrollzwang nicht nachgeben. In der nächsten Stunde werden wir mit der Psychodynamik und Psychogenese der Zwangsneurose fortfahren …' Hey, Dietrich, das war eine harte Nummer. Der Typ wusste, dass er gefilmt wurde, er qualmte und brauchte dann fast eine Dreiviertelstunde, um dieses Kabuff wieder zu verlassen. Er kontrollierte wohl wieder und wieder, ob nicht irgendwelche Aschekrümelchen auf dem Tisch oder dem Boden lagen, die ein Feuer verursachen könnten. Er musste immer wieder nachkontrollieren, ob nicht irgendein Molekül Glut auf dem Tisch war und ob der Aschenbecherinhalt sicher aus war. Mann, der guckte bestimmt an die hundert Mal. Das war der absolute Hammer."

Dietrich schauderte es. Warum erzählte ihm dies sein bester Freund so ausführlich, so brühwarm? Hatte Jasper manche Zwanghaftigkeiten bei ihm bemerkt? Vermutete er einen Anankasmus bei ihm?
Er reflektierte sich.
Nur wenn niemand dabei war, ja, da guckte er manchmal mehr als einmal, ob morgens die Kaffeemaschine aus war.
Ja, er erinnerte sich, dass er gelegentlich schon fünf oder sechs Mal nach dem Lichtchen geguckt hatte, immer wieder zurückgegangen war und

schließlich den Stecker der Kaffeemaschine aus der Steckdose gezogen hatte, um Ruhe zu haben, um sicher zu sein …
Auch am Wochenende, wenn er Spaghetti gekochte hatte, schaute er gelegentlich lieber zwei- oder dreimal nach, ob der kleine Zweiplattenherd auch sicher aus war …
Er wurde aus seinen Reflexionen gerissen. „Hey, die Bettina hat nach der Mensa von einer ehemaligen Schulfreundin erzählt. Die hatte so einen anderen Zwang entwickelt. Sie wusch sich am Tag zweihundert Mal die Hände. Sie war Frisörin, gab den Beruf dann aber auf aus hypochondrischer Angst, sie könne sich durch den bloßen Berührungskontakt mit den Kunden mit Krankheitserregern anstecken. Bettina erzählte, das Mädel wusch und schrubbte sich so exzessiv, dass sie zum Schluss mehrere Stunden am Tag am Waschbecken verbrachte und die Hände völlig wund wurden. Sie machte weiter, bis das rohe Fleisch und die Haut in Fetzen hingen. Sie sei ziemlich intelligent gewesen und man versuchte ihr zur erklären, dass durch das viele Waschen die Wunden an den Händen entstünden und dass dann erst recht eine Infektion mit Krankheitserregern möglich wäre, viel wahrscheinlicher als bei ungewaschener, aber intakter Haut. Es war ihr egal, sie wusch und wusch bis sie letztendlich in einer Art maligner Krise den ganzen Tag gar nicht mehr aus dem Bad heraus kam.“
Dietrich erschauderte wieder. ‚In einer Art maligner Krise gar nicht mehr aus dem Bad herauskam …‘
Er dachte an das Kondom bei Emily.
War er auch zwangsneurotisch?
Er beschloss, dem Thema etwas mehr Aufmerksamkeit zu schenken, die nächste Stunde im Psychiatriekurs nicht zu versäumen.
Er versuchte, Jasper gegenüber ein gleichgültiges Gesicht aufzusetzen.
Er schaute Jasper in die Augen. Beobachteten die ihn? Analysierten sie seine Reaktion auf die Geschichte? Wusste Jasper etwas von seinen kleinen Macken des Alltags? Jasper war hochintelligent …
Dietrich dachte nach.
Über seinen Alltag, seinen Tagesablauf.
Auf der Suche nach zwanghaften Symptomen und Befunden.
Nein, so etwas wie dem Typ mit der Kippe in dem Psychiatriefilm war ihm noch nie widerfahren.
Obwohl er auf Emilys Toilette nicht allzu weit weg davon war …
„Ich finde Psychiatrie spannend“, riss ihn Jasper wieder aus seinen Gedanken. „Nur weiß ich nicht, was die Ärzte da den ganzen Tag so machen. Wie bekommen die in einer Klinik den Tag ausgefüllt?“
„Für mich wäre es nichts“, sagte er. „Ich muss mich um ernsthafte Krankheitsbilder, um Akutmedizin kümmern. Intensivstation, Anästhesie, Kardiologie, schnelles konzentriertes und kontrolliertes Handeln. Rasch ein Resultat vor Augen. Kampf um Leben und Tod.“ Dietrich liebäugelte mit einer

Tätigkeit in diesen Disziplinen. Wenn alles weiter glatt liefe, stünde er in zwei Jahren am Ende des Studiums, dann müsste er sich entscheiden …

Sie bezahlten, jeder für sich.
Dietrich trottete in seine Studentenbude zurück, am Marktplatz hatte er sich von Jasper getrennt, der eine andere Richtung einschlug.
Seine Gedanken hingen wieder an Jaspers Bericht über den Psychiatriefilm.
Der Typ mit der Kippe.
Macht sie aus und kann einfach nicht mehr aus dem Raum raus, muss tausendfach gucken.
So wie bei Emily auf dem Klo mit dem Kondom …
Er überlegte weiter.
Auch an seinem alten Golf hatte er öfters kontrolliert, ob die Fahrertür abgeschlossen war, wenn er das Fahrzeug geparkt hatte. Er hatte gelegentlich auch schon mehrmals kontrolliert. Zwei- oder dreimal. Manchmal hatte er dann nicht nur geguckt und visuell kontrolliert, sondern an dem Griff rüttelnd eine mechanische Prüfung vorgenommen. Eigentlich eine wenig vernünftige Maßnahme. Wollte jemand das Auto stehlen, war es nahezu einerlei, ob die Türe abgeschlossen war oder nicht. Abgesehen davon lud seine Rostlaube nicht zu einem Diebstahl ein.

Dietrich lief weiter durch die Altstadt. Auf dem Trottoir versuchte er, den Fuß nicht auf die Zwischenfugen der Gehwegplatten zu setzen. Das war auch so eine Marotte von ihm. Etwas in seinem Inneren sagte ihm, dass dies Unglück brächte. Auf die Zwischenfugen treten bringt Unglück, es passiert was schreckliches, es bringt Pech …
Gelegentlich musste er die Schrittlänge erheblich steigern oder verkürzen, um nicht auf eine Zwischenfuge zu stehen.
Ist das krankhaft?
Zumindest ist es ziemlich absurd …
Ist es ein neurotisches Symptom?
Er verneinte seine eigene Frage.
Lief er mit anderen zusammen über Bürgersteige, unterließ er diese Gangweise. Dann konnte er völlig normal laufen.
Alles unter Kontrolle … Nicht so wie der Typ mit der Kippe …
Überhaupt - in Gesellschaft anderer kontrollierte er im Alltag merklich weniger.
War nachmittags jemand zum Kaffee da, sah er nur einmal nach, ob das Kontrolllämpchen an der Maschine aus war, lediglich in einem Fall erinnerte er sich, zweimal kontrolliert zu haben, damals war er, bereits an der Haustüre stehend, unter einem Vorwand wieder zurück in sein Zimmer gegangen, um nochmals zu gucken.
Nein, er fühlte sich nicht krank und nicht zwanghaft.

Ich bin gewissenhaft, dachte sich Dietrich, ich überlasse nichts dem Zufall, plane vorausschauend, wie Montgomery vor der Schlacht. Ich lasse Vorsicht walten, es könnte ja wirklich das ganze Mehrfamilienhaus abbrennen, ließe ich die Kaffeemaschine unkontrolliert den ganzen Tag an …

Müde fiel er in seine einfache Bettstatt. Der italienische Landwein würde seine Wirkung tun und ihn rasch einschlafen lassen. Er hatte morgens schon um 8 Uhr 30 einen Patienten für seine Dissertation zu untersuchen, stellte sich daher den Wecker auf 7 Uhr.
Er ließ das Knöpfchen des Taschenweckers auf ‚Alarm' einrasten und löschte das Licht.
Nach einer Minute sah er nochmals nach, ob der Wecker gestellt war.
Er wälzte sich eine möglichst angenehme Schlafposition.
Er schloss die Augen, dachte an nichts.
Dann betätigte er nochmals die Nachtischlampe und schaute auf den Wecker. Das Knöpfchen stand auf ‚Alarm', der Zeiger zur Weckzeiteinstellung auf 7 Uhr. Dietrich löschte wieder das Licht. Alles in Ordnung. Er dachte an nichts und schlief irgendwann ein.

*

„Das Kardinalsymptom der Zwangsneurose, des anankastischen Syndroms, besteht in einem Gefühl des subjektiven Zwanges, bestimmte Gedanken zu denken und bestimmte Handlungen unbedingt und zwanghaft ausführen zu müssen. Für den Patienten ist dieses Zwangsgefühl trotz voller vernunftgesteuerter Einsicht in seine absolute Unsinnigkeit nicht unterdrückbar. Unterdrückt er es doch, resultiert eine ausgeprägte Angst. Dennoch gehören die Zwangsneurosen nicht zu den Angststörungen in senso stricto. Die Zwangserkrankung manifestiert sich zum einen in Zwangshandlungen, die oft ritualhaften Charakter tragen, und zum zweiten in Zwangsgedanken: Ideen, Vorstellungen, Impulsen, die sich andauernd wiederholen und durch Willensanstrengung nicht beeinflusst werden können. Die sich aufdrängenden Gedanken und Handlungen sind dem Betreffenden in ihrer Unsinnigkeit voll bewusst, sie werden von dem Patienten als quälend empfunden, aber er muss sie umsetzen, auch wenn sie übertrieben oder vollkommen sinnlos sind. Sie entsinnen sich des Patienten im Video der letzten Kursstunde, der so schnell wie möglich hatte rauchen sollen. Trotz seiner vollen Einsicht in die Unsinnigkeit von Dutzenden von Kontrollen auf Aschekrümel und trotz des Wissens, beobachtet zu werden, konnte er den Zwang nach Kontrolle nicht beherrschen."

Dietrich saß im Psychiatriekursus und hörte Professor Riefenstahl.

Er versuchte, äußerlich keinen anderen Eindruck zu erwecken als in früheren Vorlesungen.

Psychiatrie und Psychosomatik gehörten nicht unbedingt zu seinen Steckenpferden.

Aber seine inneren Antennen waren heute auf maximalen Empfang gestellt. Er notierte sich die Definition des Zwangs.

„Wenn sich einem Menschen bestimmte Gedanken oder Handlungsimpulse immer wieder aufdrängen und sie diese nicht verdrängen oder zumindest unterdrücken trotz Einsicht in die Unsinnigkeit derselben, so liegt ein Zwang vor. Hierbei ist der Inhalt dieses sich immer wieder aufdrängenden Gedankens oder des Handlungsimpulses nicht einmal so sehr das Krankhafte bei diesem Syndrom – nein, es ist vielmehr der dominierende Charakter und die Unfähigkeit der Betroffenen, die Zwangsinhalte zu verdrängen oder zumindest teilweise zu unterdrücken. Nehmen Sie den Zigarettenraucher aus dem Video – nach dem Rauchen kontrolliert er üblicherweise im Mittel 40 bis 50 Mal. Auch vor der Kamera, auch vor Publikum, im Wissen um die Peinlichkeit, schaffte er nicht einmal eine Reduktion seiner Kontrollen. Es gelang ihm nicht, ausnahmsweise nur zehn oder nur fünf Mal die Kippe zu kontrollieren. Der Zwangsinhalt beherrscht ihn, er dominiert über ihn und dies ist das pathologische Element bei dieser Erkrankung. Und der Patient weiß um die Unsinnigkeit seiner Zwangsinhalte.“

Dietrich schauderte. Die Zwänge beherrschen ihn … dominieren über ihn …

„Der Zwangskranke weist einen ganz erheblichen Leidensdruck auf. Die ihn dominierenden Zwänge quälen ihn und der Patient sieht keine Möglichkeit, ihnen zu entgehen oder sie wenigstens zu unterdrücken, einzugrenzen, zu reduzieren. Gelegentlich, besonders zu Erkrankungsbeginn, bei noch milder Symptomatik, nimmt die Umwelt davon nichts wahr, gelegentlich aber wird der Patient von außen für seine teilweise skurrilen Handlungen verlacht. Ich habe es letzte Stunde gesehen – auch einige von Ihnen, immerhin angehende Ärzte, haben während und nach der Videovorführung über unseren Patienten geschmunzelt. Es ist schäbig und es tut weh, dies als Lehrender zu sehen, aber die Betroffenen schmerzt es noch um ein Vielfaches mehr. Sie wissen um die Lacher, dennoch dominiert sie der Zwang weiter. Ich hätte Ihnen auch einen anderen Patienten vorstellen können, aber ich fürchtete, sie würden noch mehr Belustigung demonstrieren, die weder hier noch sonst in einer Klinik angebracht ist. Dieser andere Zwangserkrankte fährt Auto. Nach jeder Fahrt steigt er aus dem Wagen aus, steigt wieder ein und fährt die gesamte Strecke zum Ausgangspunkt zurück aus Angst, er hätte unter-wegs jemanden überfahren. Er kontrolliert die gesamte Fahrstrecke nach einem Unfallopfer. Zurück am Ziel steigt er aus und sogleich wieder ein und legt erneut eine Kontrollfahrt ein, er hätte ja wieder jemanden überfahren können …“

Das hätte mir noch gefehlt …

Da lieber nur das Türschloss am Wagen kontrollieren …
Riefenstahl fuhr fort. „Die Intelligenz zwangsneurotischer Patienten liegt meist über dem Durchschnitt, Männer und Frauen sind gleich häufig betroffen." Riefenstahl referierte über einige epidemiologische Daten zur Häufigkeit – fast ein Prozent der Bevölkerung sei behandlungsbedürftig erkrankt um dann auf die spezielle Symptomatik zu kommen. „Das Denken des Zwangserkrankten ist formal gestört, zum Beispiel durch ständiges Wiederholen der gleichen Abläufe, es ist aber auch inhaltlich beeinträchtigt. Das Denken des Zwangsneurotikers ist durch einen alles dominierenden Zweifel beherrscht. Dieser Zweifel steht über der Vernunft."
Dietrich musste an das Kondom in Emilys Bad denken.
Der Zweifel.
Der Zweifel, ob das Kondom wirklich weg war.
Der Zweifel, ob die Kaffeemaschine oder der Herd aus sei.
Der Zweifel steht über der Vernunft ...

„Der Zweifel lässt sich für den Patienten auch durch wiederholtes Kontrollieren nicht aus der Welt schaffen, er dominiert ihn. Der Zweifel regiert, beherrscht das Denken, bestimmt das Handeln."
Der Zweifel steht über der Vernunft … Dietrich schwitzte.
„Anfangs versucht der Patient, die Kontrollen vor der Umwelt zu kaschieren. Er erfindet Vorwände, um dem Zwang nachzugehen ohne Aufsehen bei den Mitmenschen zu erregen. Oftmals fällt in diesem Stadium der Patient für seine Umgebung noch nicht sonderlich auf, meist nicht einmal vom engsten Freundeskreis wird er als Kranker wahrgenommen. Bei weiterem Fortschreiten der Erkrankung kann der Patient jedoch auf seine Umwelt keine Rücksicht mehr nehmen, die Symptome sind nicht mehr versteckbar. Wie im Video – der Mann mit der Zigarette wusste um die Kamera, er nahm darauf keinerlei Rücksicht, ihm war es egal, was andere Menschen von ihm denken würden, es war ihm wichtiger, wieder und wieder nach der Asche zu schau-en. Der Zwangsinhalt dominiert völlig über ihn".
Dietrich dachte an Emily. Es ist mir egal, was sie von mir denkt, ich gehe jetzt noch mal zur Toilette …
Er erschauderte wieder.
Riefenstahl fuhr fort. „Man findet verschiedene Zwangsthemen: Die Reinigungs- und Waschzwänge beinhalten unablässiges Beschäftigen mit der Reinigung von Gegenständen oder Körperteilen, bei den technischen Kontrollzwängen werden Schlösser, Elektrogeräte, Fenster, Türen, Gas- und Wasserhähne exzessiv kontrolliert. Auffällig für die Umgebung sind die Wiederholungszwänge: Bestimmte Handlungen werden ritualhaft, gelegentlich auch in einer Art festgelegtem Zeremoniell wieder und wieder wiederholt, mehrmalig wird das Gleiche gelesen, geschrieben, vom Stuhl aufgestanden et cetera. Beim Ordnungszwang wird alles und jedes in genau festgelegter Form ritualhaft geordnet und sortiert: Bleistifte, Büroklammern,

Dokumente, Bekleidung, die unwichtigsten Dinge des Alltags. Im Unterschied zu harmlosen Alltagszwängen des pedantischen, peniblen, aber gesunden Zeitgenossen sind beim Zwangskranken die Störungen exzessiv gesteigert, sie zermürben, versklaven und ruinieren den Patienten und – das ist der wesentliche Unterschied – bei Unterlassung der Zwangshandlung resultiert unerträgliche Angst. In der nächsten Stunde werden wir dazu eventuell eine interessante Patientenvorstellung haben."
Dietrichs Sitznachbar schien demnächst in den Schlaf zu fallen. „Die Zwangshandlungen sind starre Stereotypien mit oft rituellem Charakter, die ständig, mitunter hundertfach, in Einzelfällen gar tausendfach wiederholt werden müssen; dies bedingt gelegentlich hohen Zeitaufwand und behindert den Alltagsablauf erheblich. Sie müssen sich vorstellen, dass bei fortgeschrittener Erkrankung oft viele Stunden eines Tages für die Zwangshandlungen und Zwangskontrollen in Anspruch genommen werden. Trotz Einsicht in die völlige Unsinnigkeit ist auch bei starker Willensanstrengung die stereotype Zwangshandlung nicht beeinflussbar. Ein ganz wesentliches und häufiges Zwangsthema ist für den Patienten die Verarbeitung von Zählzwängen. Diese so genannte Arithmomanie ist ein häufig zu eruierendes Phänomen bei den Zwangserkrankten ..." Riefenstahl schrieb das Wort an die Tafel. Hundertäugig gelesen, wurden Stifte und Kugelschreiber gezückt, das Wort wanderte in die Studentenkladden und Skripte.
Dietrichs Sitznachbar war jetzt eingenickt. Sein nach vorn geneigtes Haupt begann langsam zu schwanken, einem seismischen Messgerät ähnlich. Er hatte weder Kladde noch Stift, nicht einmal eine Tasche stand unter seinem Sitz.
„Bei der Arithmomanie besteht für die Zwangserkrankten ein unwiderstehlicher Drang, vieles und alles zu zählen, zu quantifizieren, zu sortieren. Sie fühlen sich getrieben, ständig die harmlosesten und alltäglichsten Dinge zu zählen: ihre Schritte, zurückgelegte Treppenstufen, Pflastersteine, Bodenfliesen, Autos et cetera. Gleichzeitig besteht oft eine magische Grundhaltung den Zahlen gegenüber: Bestimmte Zahlen stehen für konkrete Dinge, für Menschen, für Glück, für Pech, für ein Schicksal, für ein Unglück. Bestimmte Zahlen müssen unbedingt vermieden werden, dies beschränkt sich meist nicht nur auf die ‚13', nein, eine ganze Reihe von Zahlen müssen die Patienten dann zwanghaft meiden." Professor Riefenstahl schnäuzt sich die Nase.
Dietrich dachte an die Fugen in den Gehwegplatten.
Was veranlasste ihn zu denken, dass es Unglück brächte, die Zwischenfugen zu betreten?
Bin ich zwangsneurotisch?
Er schüttelte unmerklich den Kopf. Nein ...
„Zwangshandlungen sind in der Regel Folge der inhaltlichen Zwangsideen. Bestimmte magische Rituale sollen das Böse, das Unglück, das Pech verbannen, welches das eigene Denken heraufbeschwört. Bei den Kontroll-

zwängen, zum Beispiel, ob die Zigarettenasche aus oder der Herd abgestellt ist …"

Dietrich erschrak. Ob der Herd abgestellt ist …

„…müssen die Kontrollhandlungen ständig wiederholt werden, weil sich der dominierende Zweifel durchsetzt trotz Einsichtigkeit des Patienten in die Unsinnigkeit seiner Handlungen. Bei den Ordnungszwängen wird stundenlang sortiert, den ganzen Tag lang das Bett glatt gestrichen, die Kleidung im Schrank zusammengelegt und überprüft. Der Waschzwang bedingt hundert und mehr Händewaschungen am Tage, das Gefühl, dass die Hände schmutzig sind, ist jeweils nur für kurze Zeit zu beseitigen. Im Gegensatz dazu steht oft eine auffallende Verschmutzung des übrigen Körpers oder der Wohnung und Umgebung des Patienten."

Dietrich atmete etwas auf. Das kann man jetzt von mir nicht behaupten. Bei mir ist das ganze Studentenzimmer immer piccobello.

„Die Unterdrückung des zwanghaften Rituals führt wie erwähnt regelmäßig zu panischer Angst. Diese Angst ist so stark, dass dem Zweifel nachgegeben wird. Die Zwangshandlung führt zu kurzfristiger Entspannung und Angstlösung. Sobald der Patient aber die Zwangshandlung beenden will, stellt sich die Angst regelhaft wieder ein. Er entkommt der Angst nur durch ständiges Kontrollieren, ständiges Wiederholen des Zwangsrituals. Der Verlauf der Erkrankung ist im Übrigen in zwei Dritteln chronisch, gelegentlich auch rasch progredient, sodass die Patienten sich dann fast nur noch mit ihren Zwängen beschäftigen und die Zwangsrituale den Großteil des Tages in Anspruch nehmen mit der Folge einer sozialen Isolation und Problemen in Beruf und Partnerschaft."

Dietrichs schlafender Sitznachbar mit pendelndem Haupt atmete nun tiefer und langsamer. „Es gibt übrigens einen weiteren, fundamentalen Unterschied zum Wahn: Während dem Wahnkranken die Einsicht in den krankhaften Charakter seines Zustandes fehlt – er hält den Wahninhalt für real – erkennt der Zwangspatient die Unsinnigkeit seiner Handlungen, sie sind ihm völlig bewusst. Er ist jedoch machtlos, aus eigener Kraft sich gegen diese zu wehren. Gleichzeitig besteht ein ausgeprägtes Fremdheitsgefühl der Symptomatik gegenüber, eine Ich-Fremdheit, die Zwangsstörung wird als ,ichdyston' empfunden." Dietrich runzelte die Stirn. Er machte sich kurze Notizen, das Letztgesagte hatte er nicht so ganz verstanden. Ich-Fremdheit, Ich-Dystonie? Riefenstahl riss ihn aus den Gedanken. „Wir wollen uns jetzt mit der Psychodynamik und Psychogenese beschäftigen …"

Oh je, dachte Dietrich, jetzt geht's ans Eingemachte.

Was er bisher von Freud gehört oder gelesen hatte, entzog sich seinem logischen Verständnis, war für ihn nicht nachvollziehbar, auch nicht in irgendeiner Art und Weise überprüfbar. Eine Theorie in der Physik oder Chemie konnte man durch Experimente nachvollziehen, nachkontrollieren. An jedem Ort der Welt, zu jeder Zeit. Versuchsanordnungen, welche die jeweilige Theorie entweder bekräftigen oder widerlegen.

„Bei der Zwangsneurose finden wir Triebimpulse, die aus der analen Phase des Kindes herrühren …"

Dietrich und einige Kommilitonen guckten unverständig.

Der schlafende Sitznachbar guckte nirgendwohin.

Sein Haupt schwankte unentwegt, sein Atem ging noch tiefer und langsamer.

„In der analen Phase können unbewusste Wünsche hinsichtlich anal-sadistischer Komponenten wie opponieren, rebellieren, zerstören, aber auch anal-erotische Impulse wie sich selbst zu beschmutzen und zu besudeln.

Dietrich schauderte wieder.

Ein unbewusster Wunsch, sich zu beschmutzen, sich zu besudeln … Nein, das hatte er auf keinen Fall gehabt, sein Vater hatte ihn doch für das Einkoten und Einnässen abends geprügelt …

Er versuchte, wieder der Vorlesung zu folgen.

„Daneben bestehen auch genitale Impulse Krankheitsfördernd in der Genese der Erkrankung wirken eine Frustration kindlicher Triebbedürfnisse wie strenge, einengende, starr reglementierte, gefühlskalte Erziehung, pedantische Ordnung und Sauberkeit, Verpöhnung und Unterdrückung sexueller Regungen und übertriebene Reinlichkeitserziehung."

Dietrich schluckte. Er schwitzte.

Hatte er einen roten Kopf?

Er beobachtete die Kommilitonen.

Schauten sie zu ihm?

Beobachteten sie seine Reaktion?

Alle saßen da wie zu Beginn der Vorlesung.

Ein Teil hörte interessiert zu, einige schrieben eifrig, manche schauten gelangweilt, einige saßen eingenickt, sein Sitznachbar mit mittlerweile bedrohlich instabiler Kopfhaltung und weithin hörbaren, schnarchenden Atemgeräuschen.

„Der übertriebenen Reinlichkeitserziehung im Kleinkindesalter scheint eine ätiologisch besonders wichtige Rolle zuzukommen …"

Dietrich zuckte zusammen.

„In dieser Altersstufe werden die Kinder zum ersten Mal in ihrem Leben mit Regeln und Verboten konfrontiert. Die psychosexuelle Lust ist im Kleinkindesalter an die Ausscheidungsfunktion gebunden, während die Eltern zugleich mit der Sauberkeitserziehung beginnen und von den Kindern analen Befriedigungsaufschub fordern. Setzt die Sauberkeitserziehung zu frühzeitig ein oder ist zu streng, so kann dies bei den Kindern zu Entwicklung aggressiver Es-Impulse führen …"

Dietrich runzelte die Stirn. Da komme ich nicht überall mit …

Übertriebene und zu strenge Sauberkeitserziehung scheint ursächlich von Bedeutung zu sein, das habe ich kapiert.

Aber wie genau und über welchen Mechanismus? Da hakt's noch etwas …
Waren meine Eltern zu streng damals? Waren ihre Maßnahmen übertrieben?
Er glitt in Gedanken an seine Kinderzeit ab.
Das Notizbuch des Vaters.
Die Punktwertungen.
Der Straf- und Belohnungskatalog.
Die Schläge.
Auf den Hintern.
Bei nach vorn gebeugtem Rumpf.
Die verbal Schimpftiraden dabei …
Er schüttelte sich kurz, versuchte, den Vorlesungsfaden wieder aufzu-
nehmen.
„Nach dieser psychoanalytischen Sichtweise ist das wesentliche
Charakteristikum der Zwangserkrankung der unbewusste Konflikt zwischen
triebhaften Impulsen, dem ‚Es', einerseits und einer verurteilenden,
Schuldgefühle induzierenden Gewissensinstanz, dem ‚Über-Ich',
andererseits. In diesem ‚Überich'-‚Es'-Konflikt kommt es zur Abwehr der
aggressiven und sexuellen Triebregungen mit der Folge von
Kompromissbildungen in Form der Zwangssymptome."
Dietrich runzelte die Stirn. Wie bitte?
„Nach der Psychoanalyse sind die psychoneurotischen Symptome Kompromissbildungen zwischen abzuwehrenden Impulsen und Abwehr-
tendenzen. Der Patient mit seinen unbewussten triebhaften Bedürfnissen
versucht diese mittels der Zwänge abzuwehren. Die Zwangsneurotiker
haben einen sehr hohen Leidensdruck, der Konflikt allerdings, der zu der
Symptomatik führt, bleibt unbewusst." Professor Riefenstahlt machte eine
kurze Pause.
„Die Genese der Zwangsneurose beinhaltet wahrscheinlich auch noch
andere Aspekte, was vor allem die Vertreter der modernen Biopsychiatrie
betonen. Möglicherweise ist die Erkrankung auch multifaktoriell bedingt
und umfasst sowohl psychodynamische als auch neurobiologische Aspekte.
Die Biopsychiatrie betont neurobiologische Befunde, die für eine Störung
bestimmter Botenstoffe in speziellen Hirnregionen wie dem Cortex und den
Basalganglien sprechen. Eine wesentliche Rolle spielt hierbei der Botenstoff
Serotonin, der unter anderem für die Impulskontrolle von Wichtigkeit ist.
Die medikamentöse Behandlung mit Serotonin-Wiederaufnahmehemmern
und die in Einzelfällen erfolgreiche neurochirurgische Unterbindung
zwischen Basalganglien und Cortex stützen diese Hypothese. Bislang liefert
die Biopsychiatrie hier nur Hinweise und Hypothesen, aber es sind sicherlich
interessante Ansätze, die in der Forschung weiter verfolgt werden müssen.
In der nächsten Vorlesung behandeln wir die Differenzialdiagnostik und die
Therapie. Einen schönen Tag."

Die meisten Studenten erhoben sich sofort, Stimmengewirr entstand.

Dietrichs Sitznachbar erwachte mit einem grunzenden Schnarchgeräusch, blickte kurz töricht, erhob sich dann taumelnd von seinem Sitz.
Einige Studenten saßen noch und schrieben in ihrer Notizkladde.
Besonders Interessierte umringten Professor Riefenstahl, liefen ihm zum Ausgang nach.
Dietrich blieb einfach sitzen, das Gehörte rekapitulierend.
„Gehst du in die Mensa?" Jasper riss ihn aus den Gedanken. „War interessant, oder? Du hättest echt im Video den Typ mit der Kippe sehen sollen, der war der Hammer."

Er folgte Jasper und der Studentenmeute Richtung Mensa. Der Geruch billigen Bratfetts war schon auf größere Distanz zu vernehmen. Dietrich beschloss, über das Gehörte genauer nachzudenken, vielleicht in der Bibliothek Literatur darüber zu besorgen. Er nahm sich eine genauere Selbstbeobachtung vor.
Ich könnte zählen, wie oft ich in der Woche etwas zu oft kontrolliere und in mein Tagebüchlein eintragen …
So erhielte ich einen raschen quantitativen Überblick über die … die Marotte … die … die Probleme …

*

Am Abend.
Allein in seinem kleinen Studentenzimmer.
Dietrich trank ein Weizenbier.
Er dachte über den Tag, Riefenstahls Vorlesung, und über sich selbst nach.
Er würde Aspasia nach Griechenland schreiben. Aspasia war eine Kommilitonin aus Thessaloniki, die im Rahmen eines Austauschprogramms ein Semester mit ihm studiert hatte. Dietrich hatte sie in gemeinsamen Kursen kennen gelernt, nach ihrer Rückkehr in ihre Heimat hatte sich ein regelhafter Briefwechsel entwickelt.
Eigentlich waren sie sich nicht übermäßig nahe gestanden, dennoch oder vielleicht gerade deswegen war ihr postalisches Verhältnis von großer Offenheit und Ehrlichkeit geprägt.

Aspasia war der bislang einzige Mensch, dem er offen von Hannah und der intriganten Aktion seiner Eltern erzählt hatte.
Aspasia hatte nüchtern und konstruktiv geantwortet. Man müsse beide Seiten, beide Parteien hören. Er hätte mit Hannah ein Gespräch suchen sollen.
Warum sich Hannah so mir nichts dir nichts einfach nicht mehr gemeldet, den Kontakt völlig abgebrochen habe?

An diesem Punkt schluckte er.
Aspasia hatte Recht. Hannahs damaliges Verhalten gab berechtigterweise Rätsel auf.
Am Schluss ihres Briefes hatte Aspasia etwas sehr Deutliches geschrieben, aber das war ihre Art.
Aspasia meinte, wenn Hannah bei dieser kleinen Belastungsprobe an dem Samstagnachmittag bei seinen Eltern schon schlapp gemacht habe, dann sei dies kein sonderlich guter Prädiktor für eine Beziehung.
Sie schrieb wirklich ‚Prädiktor'.
„Sei froh, dass das Mädchen schon gleich zu Beginn in eurer ‚Beziehung' ihr absolutes Versagen gezeigt hatte. Dann wusstest du gleich, woran du bist. Forget her!"
Harsche Worte.
Dietrich half es ein bisschen.
Er verdrängte Hannah mehr und mehr.
Er öffnete eine zweite Weizenbierflasche.
Er schrieb in ordentlicher, sauberer und gleichförmiger Handschrift.

„Liebe Aspasia,

Dein Deutsch wird wirklich immer besser. Es ist fast perfekt. Mich freut es, dass es Dir gut geht, habe lieben Dank für Deinen letzten Brief. Heute geht es mir nicht so besonders, ich bin viel am Grübeln. Ich habe niemanden, mit dem ich darüber sprechen kann und es fällt mir auch in einem Brief schwer, die richtigen Worte zu finden.

Wir behandeln im Psychiatriekurs gerade Neurosen und insbesondere Zwangserkrankungen. Ich sinniere über die Frage, ob ich nicht selbst daran leide oder nicht zumindest leicht neurotisch bin. Ich habe einiges über Kontrollzwänge gehört und ein sehr schockierendes Erkrankungsbeispiel bei einem Patienten miterlebt. Patienten mit einer solchen Zwangsneurose müssen unablässig hundertfach, tausendfach am Tag etwas kontrollieren, etwas nachsehen, etwas verrichten, eine Art rituelle Handlung vollführen, sich unablässig waschen, säubern und ähnliches, und ihnen ist dabei die Sinnlosigkeit der Kontrollen oder Handlungen voll bewusst. Ich bin etwas erschrocken, weil ich mich manchmal selbst erwische, zwei oder auch dreimal nach-zusehen, ob ich die Kaffeemaschine abgestellt habe, wenn ich morgens aus dem Haus gehe. Ich habe schon ein zweites und drittes Mal nachgesehen, obwohl ich ganz sicher bereits ein erstes Mal voll konzentriert kontrolliert habe und sicher war, dass die Maschine aus, sogar der Netzstecker gezogen war. Ich hatte Dir früher ja schon mal davon in angedeuteter Form geschrieben. Ich habe Angst, eine Zwangsneurose zu haben oder sie zu bekommen. Habe ich sie schon? Oder eine Vorstufe davon? Professor Riefen-stahl sagte, die Zwangspatienten haben einen großen Leidensdruck, sie wissen genau um die Unsinnigkeit ihrer Handlungen und sie wissen auch um ihre Unentrinnbarkeit daraus. In vielen Fällen verläuft die Krankheit progredient und wird schlimmer und schlimmer.

Ach Aspasia, vielleicht habe ich auch nur eine hypochondrische Anwandlung. Gibt es ja häufig bei Medizinstudenten. Im Chirurgiekurs meinen Studentinnen plötzlich, einen Tumor im Bauch zu haben, in der Dermatologie suchen sich nach dem Kurs die Teilnehmer panisch nach jedweden Hautflecken aus Angst vor einem Melanom ab. Vielleicht hat mich die Medizinstudentenhypochondrie eben jetzt im Psychiatriekurs erfasst … Vielleicht bin ich halt einfach etwas genauer als andere, etwas vorsichtiger und bedachter, nicht so sorglos und unbekümmert. Vielleicht könnte man es auch Marotte nennen oder einfach einen Tick. Jeder hat doch in irgendeiner Weise einen Tick im Leben, oder? Schreibe mir einfach, was Du davon hältst. Ich werde mich derweil selbst etwas genauer beobachten.

Deine Zeilen über Hannah haben mich beeindruckt, sie haben mir geholfen. Du hast Recht, wieso hat sie den Kontakt einfach abgebrochen? Hätte nicht jeder normale Mensch die Sache erst einmal mit der Hauptperson selbst besprochen? Seit Deinem Brief ist meine Traurigkeit in dieser Richtung kleiner geworden, manchmal denke ich sogar ein wenig böse über Hannah.

Seit einer unbestimmten Zeit fühle ich mich einsam, Aspasia. Ich habe hier einige gute Freunde und viele kumpelhafte Bekannte. Ich bin oft unterwegs, auf Feten, in Konzerten, im Unisport. Aber ich erwische mich oft mit einem Gefühl von Neid, wenn ich Kommilitonen mit festen Beziehungen sehe, allein nur wenn ein Pärchen im Cafe sitzend sich unterhält. Ich sehne mich sehr nach einem Mädchen. Wahrscheinlich haben die permanenten Traumgedanken an Hannah meinen Blick in die wirkliche Welt getrübt. Ich halte jetzt mehr die Augen auf, in der Klinik, auf Partys. Es hört sich sicherlich sehr blöde an, nicht gerade romantisch. Aber es ist so. Es ist ehrlich. So wie alles, was wir uns beide immer schreiben.

Mach's gut. Es grüßt dich ganz lieb,

Dietrich

*

Die Entscheidung über seinen beruflichen Weg fiel zeitlich mit einer anderen Entscheidung zusammen, die für Dietrich damals unvorhersehbar, unkalku-

lierbar, unkontrollierbar zu einer der bedeutendsten seines bisherigen Lebens
werden sollte.

Dietrich und Jasper hatten erfolgreich das zweite Staatsexamen hinter sich
gebracht und tummelten sich nun im letzten Studienjahr, dem so genannten
‚Praktischen Jahr’, in verschiedenen Kliniken herum und erlernten schon
allerlei praktisches Handwerk für angehende Ärzte. Eine gute Gelegenheit,
in verschiedene Fachrichtungen zu schnuppern, Kontakte zu knüpfen, Ein-
blicke zu gewinnen.
Dietrich entschied sich für seinen weiteren Weg.

Schon in der Anatomie im dritten Semester hatte er großes manuelles Geschick bei der Präparation von Leichen gezeigt. Später hatte er dann im
Anatomischen Institut als studentische Hilfskraft etwas Geld verdienen
können. Seine Arbeit wurde im Jargon auch ‚Bremser’ genannt, da seine
Tätigkeit unter anderem darin bestand, die jüngeren Kommilitonen im
Präparierkurs nicht nur manuell anzuleiten sondern häufig bei ihrem Werk
‚zu bremsen’, um vorzeitige Zerstörung diffiziler anatomischer Strukturen
bei der Präparation zu verhindern.
Die manuelle Tätigkeit erfüllte ihn mit Freude, er meinte, dafür auch Ge-
schick zu haben. In den chirurgischen Disziplinen in seinem Praktischen Jahr
erntete er bei kleineren operativen Eingriffen Lob und Anerkennung.
Dietrich schätzte an den operativen Fächern das unmittelbare Ergebnis. Das
Resultat war meist sofort sichtbar. Erfolg oder Misserfolg, Sieg oder Nieder-
lage.
Nicht wie in der Inneren Medizin, wo monate- und jahrelang mit Tabletten
hantiert und larviert wurde, ungewiss ob sinnvoll oder nicht.
Die Chirurgie reizte ihn. Operationen um Leben und Tod gaben ihm einen
Kick.
Einen Teil seines Praktikums hatte er in der Klinik für Herz-Thorax-
Chirurgie verbracht, er hatte Eingriffe am offenen Herzen, Klappenrekon-
struktionen, Bypassoperationen, sogar eine Herztransplantation miterlebt.
Durch seine Dissertation in der Kardiologie war ihm schon vieles von theo-
retischer Seite her vertraut.
Gegen Ende des Praktikums in der Herz-Thorax-Chirurgie hatte er Professor
Nollendorf seine Bewerbung offeriert. Der Klinikdirektor hatte ihn zu sich
einbestellt, die guten Noten seiner bisherigen Examina gewürdigt, seine
Tätigkeit im Praktischen Jahr gelobt und ihm in kurzen knappen Worten eine
Stelle ab Herbst, unmittelbar nach dem letzten Staatsexamen, angeboten.
Professor Nollendorf war einer der jüngsten Lehrstuhlinhaber in Deutsch-
land, er galt operativ als eine Kapazität. Er war ein Mann der Tat und weniger
Worte. Er legte in der Klinik mehr Gewicht auf die Patientenversorgung und
weniger auf die Wissenschaft. Er galt als streng, bei manchen als gefürchtet.

Hierzu trug seine fälische Leibform und seine Physiognomie nicht unwesentlich bei: Nollendorf war hochgewachsen, aber nicht von schlankhohem sondern von breithohem Wuchs, sein grobschlächtig vierschrötig wirkender Körper hatte etwas eigentümlich Kastenartiges. Ein wuchtiger Kopf saß auf gedrungenem Hals über massig breiten, nahezu waagrecht verlaufenden Schultern. Ein militärisch kurzgehaltener Bürstenhaarschnitt betonte prominente Stirnhöcker. Wuchtige Augenbrauenwülste verliehen einen beinahe brutalen Gesichtsausdruck. Das massige und breite Gesicht erinnerte Dietrich an die Computerrekonstruktion eines Cro-Magnon-Menschen.

Im völligen Gegensatz dazu standen feingliedrige, zarte, zur Filigrantätigkeit befähigte Hände. Dietrich erschienen die Finger spinnenartig, wie bei einer Arachnodaktylie.

Dietrich hatte im Praktikum Professor Nollendorf bei Operationen assistieren dürfen.

„Der Mann ist eine Nähmaschine", hatte ihm ein Assistenzarzt zugeraunt.

Dietrich wusste schon damals, dass der Geschwindigkeit bei Herzoperationen eine wesentliche Rolle zukommt. Mit jeder zusätzlichen Minute an der Herzlungenmaschine verschlechterte sich das Ergebnis, das ‚Outcome' wie es jetzt auf neudeutsch bevorzugt hieß. Dietrich hatte noch drei Monate Praktikum vor sich, danach vier Wochen Lernpause vor dem letzten Examen.

Seine Eltern waren sehr stolz auf ihn. Sie hatten Tränen in den Augen, als er ihnen von der Stellenzusage in der Herz-Thorax-Chirurgie erzählte, sie umarmten ihn beide lange und mit einer Herzlichkeit und Liebe, wie er sie von ihnen als Kind nie gekannt hatte.

Auch Jasper hatte es in das Praktische Jahr geschafft, bei ihm war das zweite Staatsexamen etwas knapper ausgefallen, sein Ergebnis lag nur wenige Punkte über der Bestehensgrenze. „Ein gutes Pferd springt nur so hoch wie es muss", pflegte er zu witzeln. Jasper orientierte sich zu nicht-operativen Fächern hin, ihn interessierte besonders die alternative und naturheilkundliche Medizin. Er hatte vor, in einem kleineren Krankenhaus in der Königin der Disziplinen, der Inneren Medizin, zu beginnen um sich danach in Richtung homöopathischer Heilmethoden weiter zu entwickeln. Er wollte in der Region bleiben, so beschickte er die umliegenden kommunalen Häuser mit Bewerbungen.

Der Grund für seine geographische Sesshaftigkeit war Zoe.

Ihre Beziehung begann nach einer großen Semesterabschlussfete an der Uni. Zoe studierte Psychologie im dritten Semester. Seit einem halben Jahr bewohnten sie gemeinsam in eine Zwei-Zimmerbude.

Dietrich mochte Zoe. Er hegte keine Eifersucht, sie tat seiner Freundschaft zu Jasper keinen Abbruch.

Zoe war hochgewachsen, mit einem Meter achtzig nahezu so groß wie Jasper, und gertenschlank, fast anorektisch. Ihr brünettes Haar hatte sie oft zu zwei Pippi Langstrumpf ähnlichen Zöpfen geflochten. Sie kochten gerne zu dritt zusammen.

An einem heißen Julivormittag hatte er seinen letzten Studienpatienten im Rahmen seiner Doktorarbeit zu untersuchen. Danach benötigte er nur noch den Computer und einige Literatur, um seine Arbeit fertig zu stellen.
Ihn beschlich ein leicht melancholisches Gefühl, als er die Gänge des Forschungsbereichs in der Kardiologie betreten hatte.
Der letzte Patient war pünktlich, die Visitierung verlief routiniert, die Daten waren rasch erhoben.
Die meisten Mitarbeiter wussten um Dietrichs Abschied. Doktoranden, medizinisch-technische Assistentinnen, Biologen und andere sich in den Gängen tummelnde Wissenschaftler reichten ihm die Hand.
Dietrich war beliebt in der Kardiologie. Man tauschte sich aus über jeweilige Zukunftspläne, wünschte sich Glück und Erfolg für anstehende Examina und Projekte.

Wie viele hundert Stunden mag er in diesen Forschungsräumen verbracht haben? Wie viele Patientenbefragungen, Ergometrien, Ultraschalluntersuchungen, Laboranalysen mag er hier durchgeführt haben? Dietrich merkte beim Räumen seines Schreibtisches, beim Zusammenpacken seiner Utensilien, dass ein kleiner Lebensabschnitt jetzt zu Ende ginge.
Er merkte nicht, dass ein sehr großer unmittelbar bevorstand.

Er war fast fertig mit dem Einräumen seiner Habe, da stand sie plötzlich vor ihm.
Ihre langen, pechschwarzen Haare fielen glatt über die Schultern, in der Mitte ihrer Stirn streng gescheitelt.
Ein langer weißer Rock betonte ihre schlanke Figur und kontrastierte ihren bräunlichen Hautteint.
Yvette.
Sie war in seinem Semester und ebenfalls Doktorandin in der Kardiologie, allerdings in einer anderen Arbeitsgruppe.
Sie betrieb ‚basic research' wie es jetzt auf anglizistisch-neudeutsch hieß, und steckte stunden- und nächtelang in molekularbiologischen Experimenten in den Forschungslabors.
Sie hatten sich gelegentlich am Kopierer oder in der Klinikbibliothek gesehen, hatten platte Belanglosigkeiten ausgetauscht.
„Du hast heute deinen letzten Tag hier. Ich wünschte, ich wäre selbst soweit …", sagte sie lächelnd, dabei ihre perlweißen Zähne in ihrem hübschen Gesicht entblößend.

„Das Zusammenschreiben wird schon noch einige Zeit und Energie kosten“, antwortete er.
„Schade, dass wir uns hier nicht mehr sehen werden, es war immer sehr nett gewesen …“, fuhr Yvette fort.
Er war etwas erstaunt, freute sich über das Kompliment.
Yvette setzte wieder an: „Vielleicht könnten wir uns … äh … irgendwie ’mal treffen oder so …“
Dietrich meinte, eine Unsicherheit in Yvettes Stimme, eine Spannung, vielleicht sogar Nervosität herauszuhören. Es schmeichelte ihm.
„Wenn du möchtest, können wir ja ’mal zusammen was essen“, fügte Yvette hinzu.
„Mmh, morgen Abend koche ich bei netten Freunde, Jasper und Zoe, komm doch einfach mit …“

Yvette schien nicht übermäßig begeistert.
Ihre Stimme jetzt noch eine Spur nervöser. „Was machst du, äh, eigentlich heute Abend?“ Ihre Augen funkelten flackernd.
„Nichts.“
Yvette schien geistig Luft zu holen. „Ich, äh, ich habe heute Geburtstag, ich mache keine Party oder so was, aber ich würde gerne heute Abend was Gutes essen und ich dachte, falls du noch nichts vorhättest … und falls du natürlich Lust dazu hättest … Ich finde das ‚Avrasya’ so gut, es gibt dort tolle türkische Gerichte für wenig Geld, man sitzt auch schön und …“

Dietrichs Humancomputer war jetzt auf volle Höchstleistung gefahren, seine Neuronen vibrierten.
Die Situation war jetzt völlig klar.
Sie hatte Geburtstag und sie wollte mit ihm Essen.
Nur mit ihm allein.
Nicht zu viert bei Jasper und Zoe.
Nicht mit anderen Kommilitonen.
Mit ihm allein türkisch essen.
Er sagte prompt zu und beide versicherten, sich auf den Abend zu freuen.
Er verließ rasch die Klinik, eilte in seine Bude, räumte kurz auf und legte sich auf sein Bett.
Er schloss die Augen, um sich zu konzentrieren.
Er musste jetzt sehr scharf nachdenken.
Yvette hatte ihn angebaggert, oder?
Taucht da vor meinem Schreibtisch auf, nur um mich zu verabschieden.
Macht den Vorschlag, sich mal zu treffen, nein nicht in einer Gruppe …
Nur zu zweit …
Nur wir beide.
Ihre dunklen Augen hatten geleuchtet, als er ihr zugesagt hatte.

Plötzlich fiel ihm ein, dass er ihr gar nicht gratuliert hatte. Mist.

Gut, er würde ohnehin noch ein kleines Präsent besorgen, das ließe sich nachholen.

Aber er musste jetzt den anstehenden Abend genau und klug überdenken.

Er versuchte, sich an alles zu entsinnen, was er über Yvette wusste, jedes kleine Detail, jedes noch so kleine Gedächtnisengramm über sie berücksichtigend und wertend.

Am Ende der Analyse sollte eine Entscheidung stehen.

Er wollte den Abend kontrolliert, im Voraus geplant gestalten.

Es musste im Voraus klar sein, wie er agieren und reagieren würde.

Wie Feldmarschall Montgomery.

Er hatte noch sechs Stunden Zeit.

Zunächst analysieren, dann über das Anstehende nachdenken.

So sehr viel wusste er gar nicht über sie …

Er kannte Yvette vom Sehen her seit einigen Jahren, eigentlich seit Beginn des Studiums.

Das war aufgrund ihrer attraktiven äußeren Erscheinung, ihres betörend wirkenden südländischen Aussehens, nicht verwunderlich.

Anfänglich hatte er sie für eine Spanierin gehalten, bis er das erste Mal mit ihr gesprochen und in hanseatischer Phonetik gehörte hatte, dass sie aus Hamburg stamme. Sie schien aus einem Elternhaus mit Prosperität und Einfluss zu kommen, sie fuhr immer einen VW Golf jeweils neuester Bauart.

Zu Beginn des Studiums, in der Vorklinik, hatte sie einen Freund gehabt.

In der letzten Zeit hatte Dietrich niemand Männliches neben ihr ausmachen können.

Dietrich begann Staubzusaugen.

Er betätigte den Staubsauger täglich.

Es war immer sauber und akkurat in seiner kleinen Bude.

Beim Staubsaugen konnte er sehr gut nachdenken.

Das monotone Geräusch und das leichte, konstante Vibrieren des Geräts hatten etwas Beruhigendes, die Tätigkeit etwas Befriedigendes.

Dann sortierte er seine Kassetten.

Seine Sammlung hatte es mittlerweile auf über 6000 Titel gebracht, die auf den Papierhüllen auch weiterhin fein säuberlich, mittlerweile nahezu ohne orthographische Havarien aufgeführt waren und sich zusätzlich auch in einer elegant zu bedienenden Datenbank seines Computers wiederfanden.

Er schnitt immer noch Musik aus dem Radio mit, für Schallplatten war kein Geld da.

Wie immer beruhigte das Sortieren

Liebevoll strich er über die kleinen Hüllen.

Ich muss mich entscheiden.
Mir muss von vornherein klar sein, wie ich handle.
Keine Unüberlegtheiten wie damals bei Emily.
Ich muss mich entscheiden, was ich will …

Er dachte nach.
Einsam ist's in meinem Leben, wirklich einsam.
Wie gerne würde ich morgens mit einem Mädchen an meiner Seite auf-
wachen, mit ihr zusammen am Wochenende gemütlich frühstücken,
spazieren gehen, abends bei einem Buch oder vor dem Fernseher auf der
Couch kuschelnd zusammensitzen.

Dietrich wünschte sich Wärme.
Oft beobachtete er Jasper und Zoe und spürte Neid, wenn er spätabends nach
einem Besuch dort wieder allein in seine Bude zurücktrottete.
Es hatte auf Dauer etwas Trostloses.
Er versuchte, sich ein Leben mit Yvette zusammen vorzustellen.
Es hatte etwas Verlockendes.
Sie sieht atemberaubend gut aus, mein lieber Schwan …
Und dusslig ist sie auch nicht, sie macht eine ziemlich abgefahrene Disserta-
tion, viel anspruchsvoller als mein eigener Kram …
Je länger er nachdachte, umso mehr sagte ihm Yvette zu.
Vorausgesetzt, er läge richtig mit seiner Einschätzung über den anstehenden
Abend.
Aber gab es da Zweifel?

Er freute sich auf das Essen. Er würde ganz entspannt sein.
Yvette müsste agieren, er könnte in aller Ruhe reagieren.
Vielleicht verliefe es platonisch oder vielleicht wie bei Emily damals, wer
weiß schon …
Dietrich würde in jedem Fall kontrolliert und überlegt handeln.

Er suchte in der Buchhandlung Isabel Allendes ‚Geisterhaus' als Geburts-
tagsgeschenk aus. Er schätzte das Buch sehr. Er ließ es nicht in Geschenk-
papier einkleiden. Manche Dinge im Leben brauchen keine Verpackung …
Dietrich duschte, zog sich um und machte sich auf den Weg.
Pünktlich betrat er das kleine Restaurant, Yvette saß schon an einem klei-
nen, in der schummrigen Ecke des Raums gelegenen Zweiertischchen, ein
Mineralwasser vor sich, den Eingang observierend wie er selbst damals im
Haus der Jugend.
Sie erhob sich, eine Spur zu schnell, sie sprang beinahe auf, ihr Gesicht
strahlte. „Schön, dass du kommst!"
Er bemerkte ein leichtes Zittern ihrer schlanken Finger.
Und ihre perlweißen Zähne ihres wunderschönen Lächelns.

Dietrich gratulierte zum Geburtstag, legte das Buchgeschenk auf den kleinen Tisch. „Dass du da bist – das ist das schönste Geschenk", sagte Yvette und er war sich jetzt der Sache sicher.

Ihr Satz klang vorbereitet, geplant vorgetragen.

Dietrich war geschmeichelt, ließ sich aber nichts anmerken.

Er lehnte sich entspannt zurück, die kleine Speisekarte überschauend.

Er bestellte ein Weizenbier, Yvette blieb beim Mineralwasser.

Er fühlte sich glücklich.

Yvette sah atemberaubend aus.

In dem kleinen Restaurant saß überwiegend junges Publikum, meist Studenten. Ihm waren die Blicke der anderen Besucher in Richtung seiner Tischgenossin nicht entgangen. Vor der Bestellung entschuldigte sich Yvette zur Toilette, sie scheint wirklich nervös zu sein, mehrere Augenpaare, überwiegend die der männlichen Gäste, folgten ihr, teilweise verstohlen, teilweise distanzlos stierend.

Yvette trug einen kurzen weißen Rock bis knapp an die Knie reichend, bei ihrem Toilettengang erspähte er die Umrisse des Slips auf ihrem einladenden Gesäß.

Ihre Bluse war gefährlich weit aufgeknöpft.

Sie hatten Tavuk Sis und Cöp Sis, Hähnchen- und Kalbfleisch am Spieß bestellt, dann begannen sie, belanglos über ihre Dissertationen zu plaudern.

Über ihre Ergebnisse, ihre Probleme, über ihre Betreuer, ihre Doktorväter genannt, über ihren Ärger mit den statistischen Auswertungen, das Gerangel um die Autorenfolge bei Publikationen.

Yvette hatte eine Stellenzusage in der Kardiologischen Klinik, ebenfalls für den Herbst nach dem letzten Examen.

„Dann sehen wir uns ja noch öfter, ich fange in der Herz-Thorax-Chirurgie an", meinte er.

Yvettes Augen strahlten.

„Ich dachte, du würdest dich in deiner Heimat in Bayern bewerben ..." Ihre Freude war unübersehbar.

Dietrich musterte ihr Gesicht.

Wie würde es sein, diesen Mund zu küssen?

Wie würde es sein, mit ihr zu schlafen?

Würde sie so laut sein wie Emily damals?

Würde sie die gleichen hellroten Flecken vor dem Orgasmus bekommen?

Dietrich spürte seine Erektion.

Yvette parlierte jetzt über die Kardiologische Klinik und ihre zukünftige Arbeitsstelle auf der Station soundso. Dietrich saß da, hörte nichts und stellte sich Yvette nackt vor. Ihren nackten braunen Körper. Im Schritt wurde es härter, er bestellte ein zweites Weizenbier.

Das Essen kam und der Dialog über Dissertation und Klinik wurde unterbrochen. Auf dem Tischchen stand das obligatorischer Döner Chili Gewürz. Gerne hätte er sein Gericht mit einigen der roten Krümel versetzt aber er fürchtete sich vor länger anhaltendem Mundgeruch.
Foetor ex ore … Wer weiß was an dem Abend noch passierten würde …

Yvette versuchte, das Klinikthema zu verlassen und anderes Gesprächsterrain zu betreten. Sie gab ihm hierzu einen Steilpass. Sie schnitt das Thema Literatur an, ihr Geburtstagsgeschenk als Aufhänger nutzend. „Du hast das Buch sicherlich schon gelesen. Bestimmt verschenkst du nur Bücher, die du selbst kennst."
„Ja, beides ist richtig. ‚Das Geisterhaus' ist ein sehr schönes Buch. Ein Familienepos, exzellent erzählt, mit viel Gefühl geschrieben. Wenn es dir gefällt, würde ich dir noch Allendes ‚Von Liebe und Schatten' empfehlen", fast hätte er schenken gesagt.
„‚Das Geisterhaus' wird vor allem zum Ende hin sehr emotional und spannend. Ich erinnere mich - für die letzten hundert Seiten habe ich mir extra eine Flasche Rotwein aufgemacht, sie zur Hälfte getrunken und den Rest während des Lesens langsam ingestiert. Trotzdem habe ich über den Seiten geweint wie ein Schlosshund. Es ist … so voller Gefühl …"
Yvette blickte ihn unverändert an.
Er vermochte nicht abzuschätzen, wie das ankommen würde, was er jetzt sagte. Aber er fuhr fort:
„Oft bin ich von gefühlsarmen, manchmal auch gefühlskalten Menschen umgeben, die Kommilitonen im Semester, die Mitarbeiter in der Klinik, die Kumpel im Fußballclub, …" Fast hätte er noch seine Eltern mit aufgeführt.
„Da flüchte ich mich manchmal in meine Bücher, sie sind dann für mich wie eine Insel …" Fast wäre ihm eine einsame Insel herausgerutscht.
„Ich sehe auch gerne einen schönen Film. Es gibt auch Filme, bei denen ich geweint habe. Aber ein Buch ist dennoch etwas Größeres. Man kann sich aussuchen, wann man wie lange darin liest, man kann Passagen immer wieder wiederholend lesen. Es gibt Bücher, bei denen ich auch beim wiederholten Lesen immer wieder weinen musste. Ich schäme mich keiner einzigen Träne. Ist es nicht immer etwas sehr Wertvolles, um das man weint? Ist es für eine Sache, für einen Menschen nicht etwas ungeheuer Wertvolles, wenn es von jemandem beweint wird? Manche Kommilitonen würden mich dafür auslachen, mich ein Weichei nennen, aber ich bin stolz darauf. Ich denke, man sollte sich für keine einzige Träne in seinem Leben schämen. Egal ob es Tränen der Trauer oder der Freude sind …" Fast hätte er noch Tränen der Liebe gesagt.

Yvette betrachtete ihn mit glühenden Augen. „Es ist schön, wie du von den Tränen gesprochen hast. Es ist schön, dir zuzuhören. Du bist so belesen. Ich

schäme mich fast ein bisschen, wie wenige Bücher ich außerhalb der
Medizin in der letzten Zeit gelesen habe. Ich bin abends oft so erschöpft …"
Er hatte inzwischen sein Weizenbier leer. „Das geht mir nicht anders. Auch
meine Doktorarbeit war irre zeitaufwendig. Auch ich bin oft schon am
frühen Abend müde. Aber ein Buch kann mir auch wieder Kraft geben, mehr
Kraft, als auf der Couch sitzend die Glotze durchzuzappen. Wenn ich trotz
Müdigkeit noch lese, mich ein Roman ergreift, mich weinen lässt, dann – ja,
dann weiß ich, dass ich noch lebe."
Als hätte der türkische Ober dies als Schlusswort verstanden, begab er sich
jetzt an das Tischchen und fragte nach einem Nachtisch oder einem Mokka.
„Für mich nicht", sagte Yvette etwas zu schnell.
Sie bezahlten jeder separat die Rechnung.
Beim Hinausgehen bemerkte er, wie sich Yvettes dunkler Gesichtsteint et-
was ins rötliche färbte, wie fahrig ihre schlanken Finger in der Handtasche
nestelten, die Geldbörse verstauend. „Wollen wir bei mir noch einen
Cappuccino trinken? Ich wohne gleich um die Ecke …"
Ihre Worte schienen dutzendfach eingeübt, fast mühsam aufgesagt.
Dietrich erkannte sich wieder.
Er blickte in Yvettes angespanntes Gesicht.
Sollen wir uns mal wieder treffen? Morgen Abend ist im Haus der Jugend
eine Disco …
Dietrich entsann sich, wie er selbst im elterlichen Garten der rauchenden
Hannah eine solche Frage gestellt hatte.
Er entsann sich, wie er an der Formulierung stundenlang gefeilt, sie hundert-
fach eingeübt hatte, um einen lockeren Tonfall zu simulieren, wie er damals
vor Spannung zitternd, ihrer Antwort harrend, vor ihr gestanden war.
Jetzt war er in der Rolle des anderen.
Er hatte jetzt die Wahl, er war jetzt der König.
Er könnte antworten ‚Nein, ich bin zu müde, ich gehe heute früher schlafen'
und der Abend wäre zu Ende wie auch der Flirt beendet wäre.
Er konnte aber auch zusagen, lächeln und er würde Yvettes Augen wieder
glühen sehen.
Dietrich kostete den Moment etwas aus.
Fast etwas zu lange.
Gerade als Yvette wieder etwas sagen wollte, setzte er seine kurze Replik.
Er hatte diese Situation in seinen vorausschauenden Gedanken erwartete und
seine Verhaltensstrategie von vornherein klar festgelegt.
„Gerne!"

Beim Gang durch die Altstadt redeten sie wenig. Dietrich schien genug über
seine Bücher erzählt zu haben, Yvette schien sich innerlich zu sammeln, den
weiteren Abendablauf konzentriert überdenkend.
Sie kamen an ein Mehrfamilienhaus aus dem vergangenen Jahrhundert, die
knarrenden Stiegen rochen nach Bohnerwachs.

Yvette wohnte im dritten Stock.

In ihrem Appartement roch es nicht mehr.
Er registrierte ein ordentliches, aufgeräumtes Zimmer mit einer kleinen abgetrennten Kochnische.
Hat sie extra für mich saubergemacht oder ist sie immer so ordentlich? An den Wänden hingen zwei Kunstdrucke von Paul Klee.

„Ich kümmere mich mal um den Cappuccino", Yvette machte sich in der kleinen Kochnische zu schaffen.
Dietrich betrachtete den Schreibtisch.
Darauf lagen zahlreiche Unterlagen ihrer Dissertation, Ergebnisausdrucke, Datenlisten, Veröffentlichungen, Manuskripte. Er überflog die Blätter und verstand nahezu nichts. Es war beeindruckend. Yvette arbeitete in der gleichen Klinik, lediglich in einer anderen Arbeitsgruppe, und schon verstand er fast nichts mehr. Er kam sich fast ein bisschen töricht vor mit seiner vergleichsweise simplen Dissertation. Er hatte EKGs, Ergometrien, Patientenbefragungen und andere handfeste Dinge geleistet, Yvette dagegen arbeitete in einer Welt des Mikrokosmos, hantierte mit Genen wie er mit EKG-Blättern. „We have cloned the house keeping gene of ..." las er gerade in einer ihrer Abschriften, als Yvette mit dem dampfenden Kaffee auf einem Tablett das Zimmer betrat.
Sie hatte sich ihre Schuhe ausgezogen.
Er betrachtete ihre bloßen Füße.
Sie ist sehr klug. Hat sie den Doktorarbeitskrempel absichtlich zur Demonstration für mich ausgelegt?
Er dachte zu lange darüber nach oder er schaute zu lange auf die nackten Füße, die ihn erregten.
„Willst du dich nicht setzen?" hörte er und wurde aus seinen Gedanken gerissen.
Yvette zog ein kleines Beistelltischchen zur Couch heran, worauf der Cappuccino platziert wurde.
Es gab anatomisch keine andere Möglichkeit für ihn, als sich unmittelbar neben ihr auf der Couch Platz zu nehmen.
Auch das war sehr klug überlegt, dachte er im Stillen.
Und freute sich.

Sie saßen nebeneinander, eng, jeder trank aus seiner Tasse, keiner sagte etwas.
Da keiner sprach, keinem etwas einfiel, was jetzt zu sagen sei, trank ein jeder vor sich hin und der Kaffee war im Nu ausgetrunken.
Wenn ich in dieser Geschwindigkeit weiter heißen Kaffee trinke, blüht mir eine Gastritis, dachte sich Dietrich.
„Möchtest du noch einen?"

Wenn wir solange aus Verlegenheit Kaffee herunterstürzen müssen bis jemand was sagt, dann ... Er behielt seine Gedanken für sich und antwortete stattdessen: „Gerne."
Yvette begab sich wieder in die Kochnische.

„Ich müsste mal auf deine Toilette." Die Kombination von Weizenbier und Cappuccino hatte ihre Wirkung getan.
Auch das kleine Bad erschien ihm sehr sauber und ordentlich.
Er urinierte wie immer im Stehen.
Er kontrollierte kurz seine Unterhose.
Keine Bremsspuren, keine gelben Flecken.
Wie würde es jetzt weiter gehen?
Sein gesamter diesbezüglicher Erfahrungshorizont erstreckte sich auf das Kurzerlebnis mit Emily.
War das das Übliche?
Oder drohten wieder Überraschungen?
Er wusch sich die Hände und dachte mit Grauen an die Aktion in Emilys Bad mit dem Kondom.
Hat Yvette Kondome?
Er selbst hatte keine.

Zurück auf der Couch.
Yvette hatte jetzt leise Musik angemacht.
Irgendetwas Seichtes.
Sie tranken wieder.
Yvette setzte wieder an.
Bestimmt hat sie in der Kochnische darüber nachgedacht, die Formulierung genau überlegt ...
„Du hast vorher im Restaurant etwas sehr Schönes gesagt. Du erzähltest, du seist oft von gefühlsarmen und gefühlskalten Menschen umgeben. Mir geht das auch so. Ich ..." Sie drehte jetzt ihren Rumpf etwas zu ihm hin „Ich fühle mich oft allein und ..." Sie pausierte, setzte wieder an. „Ich kenne dich schon lange aus der Kardio. Ich habe dich oft beobachtet, du warst immer so konzentriert, so bei der Sache. Ich habe dir oft nachgeschaut. Ich habe es getan, weil ..., weil ..., weil ich dich liebe." Sie näherte ihr Gesicht dem seinen ein Stück weit an.

Ihm wurde in diesem Augenblick gewahr, dass dieser seit Menschengedenken existierende Satz noch niemals jemand zu ihm gesagt hatte.
Seine Eltern nicht.
Auch Emily nicht. Nein, Emily hatte es auch nicht gesagt.
Noch niemand.
Er war jetzt 25 Jahre alt.
Ein Vierteljahrhundert gelebt und noch nie hatte es jemand zu ihm gesagt.

Ich liebe dich.

Kein einziger.

Einfach niemand.

Eigentlich war es bestürzend.

Er blieb an diesem Gedanken einige Sekunden hängen.

„Ich liebe dich", wiederholte Yvette jetzt, ihre Stimme war wie ein zarter Hauch, ihr ebenmäßiges Gesicht näherte sich ihm jetzt noch weiter, ihre Bluse stand unverändert gefährlich weit offen.

„Ich dich auch." Seine Replik erklang sehr hölzern, sie erschien ihm ein wenig dümmlich.

Sie küssten sich fast schüchtern, er umfasste sie an der schlanken Taille. Er bemerkte an Yvette eine Geschmacksmischung aus Kaffee und Kaugummi im Mund, letzteren hatte sie sich wohl nach dem Türkischen Restaurant unauffällig gekaut.

Mist, ich stinke bestimmt nach Knoblauch und Bier...

Yvette ließ sich jetzt auf die Längsseite des Sofas gleiten, Dietrich lag praktisch auf ihr, von Yvettes schlanken Armen umschlungen. Trunken küsste er ihren Hals. Mit seiner Rechten streichelte er die Bluse über ihren Brüsten. Er verspürte einen sehr raschen Herzschlag unter seiner Hand. Ihr Rock rutsche nach oben, ihre schlanken Beine entblößend. „Seit wann hast du mich ... beobachtet?" fragte er.

„Seit unbestimmter Zeit. Vielleicht seit letztem Herbst. Das Interesse, das Gefühl entwickelte sich langsam. Anfangs war es Sympathie, dann eine gewisse Zuneigung, dann das, was ich dir sagte." Yvette strich über Dietrichs Kopf. „Die Art und Weise deiner Arbeit im Institut – sie hat mich beeindruckt. Du bist so konzentriert, stringent, organisiert, du arbeitest effizient, du bist jetzt schon mit dem praktischen Teil deiner Dissertation fertig, schreibst aber dennoch gleichzeitig super Examensnoten, spielst Fußball, bist auf Partys und ... liegst jetzt bei mir auf der Couch ..."

Dietrich wusste nichts Passendes darauf zu sagen.

Was sollte er jetzt antworten?

Dass er Yvette im Institut eigentlich auch ganz nett fand?

Eigentlich habe ich sie gar nicht sonderlich beachtet ... Habe mich auf meine Arbeit konzentriert ...

„Du bist sehr schön", sagte er, weiter zart über ihre Bluse streichend. Etwas umständlich unbeholfen öffnete er den obersten Blusenknopf. Ein feiner Spitzen BH kam zum Vorschein.

Der Anblick erregte ihn merklich.

Rasch öffnete er weitere Knöpfe, er sah auf ihren schlanken, wohlgeformten Bauch.

Offensichtlich muss ich hier den aktiveren Part spielen.

Dietrich zog sein T-Shirt aus, er saß jetzt rittlings auf ihr.

Yvette erhob sich. „Du, ich muss dir was sagen …" Ihr Blick war jetzt konzentriert, er schien beinahe etwas feierlich. „Vielleicht hältst du mich für altmodisch, für konservativ. Aber ich möchte mit keinem Menschen am ersten Abend gleich ins Bett gehen. Verstehe mich bitte nicht falsch. Aber ich … ich mag das nicht …" Sie schien nach weiteren Worten zu suchen.
Er stutzte kurz, hielt in seiner Entkleidungstätigkeit inne.
Diese Wendung hatte er nicht erwartet.
Er war beeindruckt.
Obwohl von Yvettes Körper erregt, imponierte ihm die Klarheit ihrer Ansicht. „Kein Problem. Es ist schön, dass du so denkst." Dietrich sprach aus, was er wirklich dachte. „Tut mir leid, dass ich ein bisschen stürmisch war."
Er zog sich sein T-Shirt wieder über den Kopf.
Yvettes Augen strahlten wieder. „Wir heben es uns auf …"
Sie küssten sich.

Er kam gegen zwei Uhr wieder in seine Bude zurück.
Nicht die beiden Cappuccinos waren dafür ursächlich, dass er nicht einschlief.
Dietrich überdachte die letzten Stunden.
Er fühlte sich glücklich.
Unerwartet aus dem Nichts heraus hatte sich ein hübsches und intelligentes Wesen in ihn verliebt.
Jetzt konnte auch er wie Jasper und Zoe morgens mit jemandem zusammen aufstehen, frühstücken, spazieren gehen und … noch mehr.
In Gedanken an ihren erotischen Körper fiel er nach längerer Zeit doch noch in den Schlaf.

*

Für den folgenden Tag hatten sie sich verabredet.
Yvette sollte bei ihm vorbeikommen um dann gemeinsam bei Jasper und Zoe zu Abend zu essen.
Dietrich wollte seine neue Freundin vorführen.
Mit sichtlichem Stolz hatte er kryptisch am Telefon Jasper mitgeteilt, er komme nicht allein …

Er freute sich über Yvettes Pünktlichkeit, als sie um 19 Uhr an seiner Bude klingelte.
Pünktlichkeit ist die Höflichkeit der Könige.

Sie begrüßten sich mit einem mehr freundschaftlichen als leidenschaftlichen Küsschen auf die Wangen. „Schön hast du's hier. Extra aufgeräumt oder ist hier immer so Ordnung?"
„Eigentlich letzteres …", antwortete er lächelnd.
Yvette streifte die schier endlose Parade der Musik-Kassetten ab. Sie nahm einige heraus. „Alles gut sortiert", befand sie.
Er ging noch rasch auf die Toilette, dann brachen sie auf.
Für Yvette unmerklich liefen Dietrichs Augen konzentriert kontrollierend über die Kaffeemaschine – der Netzstecker war gezogen – und den Herd – die Kontrollleuchten waren aus – und er rüttelte kurz an der Wohnungstür nach dem Abschließen.

Unten auf der Straße spürten sie die noch warme Luft eines lauen Sommerabends. Händchenhaltend liefen sie durch die Straßen, fröhlich und beschwingt.
Dietrich wurde gewahr, dass er zum ersten Mal in seinem Leben mit einem Menschen die Hände haltend, durch die Straßen ging.
Seine Augen schweiften über den Marktplatz, die Cafés, die Biergärten, nach Bekannten und Kommilitonen ausschauend.
Er fühlte sich stolz.
Sie sollten es sehen.
Ihn mit einem gut aussehenden Mädchen im Arm.
Und Yvette sah atemberaubend aus.
Sie trug eine wiederum verführerisch weit offen stehende Bluse und einen unverschämt kurzen Minirock.
Dietrich fühlte sich wie in einer neuen Welt. Da – schaut nur her …

Das Erstaunen war Jasper merklich anzusehen, als er ihnen die Tür öffnete. „Hallo ihr … zwei."
Jasper kannte Yvette nur vom Sehen, beim Eintreten musterte er Yvettes braune Beine und sah verstohlen und fragend zu Dietrich, wobei sein Blick freudige Züge trug.
Zoe war schon in der Küche zugange, Gemüse schneidend für ein Ratatouille. Jasper öffnete einen Rotwein. Der gemütliche Küchentisch bot gerade für die vier Personen Platz. Zoe kannte Yvette nicht, es entwickelte sich lockeres Gespräch. Jasper hob das Glas. „Auf das letzte Examen."
„Auf die Liebe!" prostete Dietrich zurück, die vier lachten.

Zoe war Vegetarierin, es wurden Spaghetti mit Ratatouille serviert, schmatzend wurde die Unterhaltung fortgesetzt. Eine Küchenpapierendlosrolle ersetzte die Servietten. Das bevorstehende Ende des Studiums und der neue Lebensabschnitt im Beruf wurden debattiert. Jasper hatte noch keine feste Stellenzusage. Zoe hörte interessiert zu, sie befand sich erst am Anfang ihres

Psychologiestudiums und hatte noch keine klaren Vorstellungen über ihren Berufsweg.

„Ich freue mich, in der Kardiologischen Klinik anfangen zu können", sagte Yvette, „ich kenne den Laden ja schon gut von der Doktorarbeit und der Famulatur. Ich kann neben meiner ärztlichen Tätigkeit auch weiter wissenschaftlich im Labor arbeiten und forschen ..."

„Wenn du die Zeit dazu hast ...", warf Jasper ein.

„Es ist doch sicherlich sehr interessant und verantwortungsvoll, Krankheiten dieses wichtigen Organs zu behandeln. Bestimmt hast du auch schon viele Herzpatienten sterben sehen oder?" fragte Zoe.

„Natürlich." Yvette setzte einen ernsten, fast ein wenig stolzen Blick auf. Sie fuhr fort, als habe sie schon einen immensen Fundus an klinisch-praktischer Erfahrung. „Fünfzig Prozent aller Menschen in Deutschland versterben an Erkrankungen des Herzens oder des Kreislaufs. Das sind doppelt so viele wie an Krebs. Vielen Laien ist das nicht bewusst. Unsere Arbeit in der Diagnostik und Therapie, aber vor allem in der wissenschaftlichen Grundlagenforschung ist daher ungeheuer wichtig. Sie entscheidet über Überleben oder Sterben." Yvette wurde jetzt ein wenig pathetisch preziös, fast peinlich. Alle waren mittlerweile mit der reichlichen Spaghettiportion fertig. Yvette referierte ungefragt fort. In ihrer Stimme war eine gewisse Inbrunst spürbar. „Die meisten Menschen sterben an der koronaren Herzkrankheit, das heißt an Engstellen an den Herzkranzgefäßen", fügte sie mit Blick auf Zoe, der einzigen Nicht-Medizinerin der Runde, hinzu. „Diese Engstellen sind atherosklerotischer Natur, die Bildung dieser atherosklerotischer Ablagerungen, der Plaques, ist ein Alterungsprozess, wobei wir diverse Risikofaktoren identifiziert haben, welche den Prozess triggern und beschleunigen. Die Engstellen an den Kranzgefäßen führen zu Durchblutungsstörungen des Herzmuskels und zum Herzinfarkt." Diese Erläuterung war wiederum für Zoe bestimmt, Yvette blickte sie ein wenig wie eine Lehrerin an. Alles verstanden? Kannst du folgen? „Hat ein Patient solche Engstellen durch atherosklerotische Plaques an den Kranzgefäßen, so kann man dies medikamentös behandeln oder die Engstellen mechanisch beseitigen. Dies kann durch eine Herzkatheterintervention erfolgen, dabei wird die Engstelle mit einem Ballon aufgedehnt und eine kleine Gefäßstütze, ein Stent, implantiert. Ist eine Katheterintervention nicht möglich, kann durch eine Bypassoperation die Durchblutung des Herzmuskels wieder hergestellt werden." Jetzt blickte Yvette auf Dietrich und legte ihren schlanken Arm um seine Taille. Ihre Augen glühten. Dietrich fragte sich, ob vor Liebe oder vor Begeisterung über ihre Arbeit. Jasper und Zoe hörten brav weiter zu. „Die Katheterintervention und die Bypassoperation sind gute und etablierte Therapieverfahren. Aber wir erforschen in unserer Abteilung einen neuen An-satz. Wir untersuchen die genauen Mechanismen bei der Entstehung dieser Engstellen, bei der Bildung der Plaques. Das genaue Verständnis hierüber ist die Voraussetzung für die Entwicklung von neuen Medikamenten, welche die Plaquebildung wieder rückgängig machen könnten. Die ACE-Hemmer und die Statine sind Pharmaka, für die schon nachgewiesen wurde, dass sie die Plaquebildung zumindest bremsen oder aufhalten können. Wir entwickeln Medikamente, welche die Plaques vollkommen zurückbilden können." Yvettes Augen glühten jetzt noch mehr. Dietrich genierte sich innerlich etwas.

‚Wir entwickeln …'

Yvette ist eine kleine Doktorandin. Ein kleines Zahnrad einer großen Maschinerie. Dietrich schob die Gabel auf seinem Spaghettiteller in eine andere Richtung. Der Stiel hatte direkt auf ihn gezeigt. Er mochte das nicht. Ein unbestimmtes Gefühl sagte ihm, dass das Unglück bedeute. Er drehte für die anderen unmerklich die Gabel um 90 Grad im Uhrzeigersinn. So, jetzt zeigte der Stiel gegen die Zimmerwand. So ist es besser. Sicherer … Dietrich hörte beruhigt den Fortgang der Diskussion.

Jasper setzte jetzt an. Dietrich wusste, dass Jasper in vielerlei Hinsicht nicht die gängigen Konzepte der Schulmedizin übernommen hatte sondern sich in alternativen Lehren zu Hause fühlte. Dietrich war gespannt.

„Weißt du, Yvette", begann Jasper, „das ist ja alles ganz toll, was ihr da in der Kardiologie treibt. Arme Menschen mit Brustschmerzen und Engstellen an ihren Kranzgefäßen kommen zu euch, ihr forscht an irgendwelchen giftigen Substanzen, welche die Engstellen wie durch Zauberhand auflösen können sollen, und bis ihr diese Zaubersubstanzen gefunden habt, sprengt ihr die Engstellen einfach heroisch mit dem Ballonkatheter weg oder ihr umgeht sie mit anderen Blutgefäßen, die dafür eigentlich nicht von der Natur aus vorgesehen sind. Abgesehen davon, dass nach der Ballondehnung die Engstellen immer wieder neu auftreten können, abgesehen davon, dass sich auch die Bypässe nach einer gewissen, gelegentlich gar nicht allzu langen Zeit wieder verschließen können, abgesehen davon, dass bei eurer Suche nach der Panazee eure neuen Zaubermedikamente noch in weitester Ferne sind, abgesehen davon, dass - falls ihr die Zaubermedikamente zur Verfügung haben solltet - diese wie auch die bereits vorhandenen Pillen unerwünschte Nebenwirkungen haben werden, ja, von all dem einmal abgesehen, denke ich, dass du dir dein Konzept von der Medizin, von der Kardiologie zu einfach machst. Ich möchte deine Motivation, deinen Elan ja nicht bremsen, aber ich finde, du siehst das etwas blauäugig."

Yvette nippte am Rotwein und retournierte: „Alle unsere Erkenntnisse beruhen auf wissenschaftlich erhobenen Daten. Sie fußen auf prospektiven, kontrolliert durchgeführten Studien. Waren Ergebnisse dieser Studien statistisch signifikant, wurden die Resultate zur Erkenntnis und in die Praxis übernommen. Wir betreiben evidence based medicine, wie man heute zu sagen pflegt. Alles was wir tun, ist statistisch bewiesenermaßen sinnvoll. Wenn wir einem Patienten mit koronarer Herzkrankheit ein Statin geben,

dann wissen wir, dass er damit länger lebt als ohne. Wir wissen das, weil wir
es in Studien statistisch signifikant nachgewiesen haben!"
Dietrich stieß die ständige Verwendung der ersten Person Plural etwas auf.
‚Wir' haben es in Studien gezeigt …
Während Yvette etwas erregt erschien, antwortete Jasper überlegt und
gelassen. „Hör mir doch auf mit diesen Statistiken. Man kann doch nicht das
ganze Leben nach statistischen Gesetzmäßigkeiten verbringen. Ich kann
doch nicht mein ganzes Leben nach statistischen Evidenzen planen. Ich
dürfte sonst in kein Auto steigen, die Wahrscheinlichkeit eines tödlichen
Unfalls ist statistisch größer als wenn ich zu Fuß laufe oder am besten gleich
zu Hause bleibe. Wenn ich mir jetzt eine Kippe anzünde, verringert sich
meine Lebenserwartung um ein gewisses, statistisch berechenbares
Quantum. Na und? Wenn ich jetzt Rotwein trinke, verlängert sich meine
statistische Lebenserwartung um ein gewisses Quantum, so viel verstehe ich
auch schon von Kardiologie … Aber trinke ich deshalb den Rotwein? Aus
statistischen Gründen? Nein, weil er einfach saugut schmeckt." Jasper erhob
das Glas, alle prosteten sich zu und lächelten, Yvette scheinbar gequält.
„Außerdem", fuhr Jasper fort, „sind doch viele dieser statistischen Resultate
gepfuscht. Ich will jetzt nicht sagen gefälscht, wobei es ja auch das schon
gegeben hat, nein ich meine gepfuscht. Daten wurden solange gedreht und
gewendet, in allerlei trickreiche mathematische Statistikprogramme hinein-
gefüttert, bis irgendwann einmal ein statistisches Signifikanzniveau erreicht
wurde. Wenn eines deiner etablierten schulmedizinischen Verfahren etwas
taugen würde, dann müsste es doch reichen, dass man in einer wissenschaftlichen Studie den Mittelwert und die Standardabweichung berechnet und
schaut, ob ein signifikanter Effekt zu erkennen ist. Aber so etwas gibt es
nicht! Was ist die Realität? Ich habe neulich eine Studie im ‚New England
Journal of Medicine' gelesen, eine der renommiertesten Zeitschriften der
schulwissenschaftlichen Medizin, dort war unter dem Abschnitt ‚statistical
methods' eine ganze DIN A4 Seite an Text subsummiert. Dutzende von
Zeilen, hunderte von Worten über alle möglichen ausgefeilten Testver-
fahren, eine Armada von Formeln und von mathematischem Klimbim. Es
wurde mit den Daten so lange herumgerechnet, sie solange in der
mathematischen Bratpfanne gedreht und gewendet, bis am Ende irgendwas
statistisch Signifikantes herauskam. Mit so was kann man keine Medizin
betreiben."

Yvette fühlte sich angegriffen. Sie hatte eine gewisse Gesichtsröte bekommen, blieb aber gefasst. Ruhig formulierte sie ihre Verteidigung. „Im
Grunde genommen gibt es zwei Möglichkeiten. Die eine Strategie besteht
darin, dass wir das, was wir in der Medizin tun, einer Prüfung unterwerfen,
was wir in kontrollierten Studien nachprüfen und untersuchen, ob unsere
Therapien, unser Vorgehen für den Patienten einen Vorteil erbringt oder
nicht. Für die Messung eines solchen Vorteils brauchen wir nun mal die

mathematische Statistik. Zeigt eine Behandlungsform oder ein Medikament einen Vorteil, dann übernehmen wir dieses und verinnerlichen es für unser zukünftiges Handeln, um auch den zukünftigen Menschen diesen Vorteil zu gewährleisten. Zeigt sich kein Vorteil einer Maßnahme oder ergibt sich sogar ein Nachteil durch ein Medikament, dann ergibt sich die wertvolle und wichtige Konsequenz, dieses nicht mehr wie bisher einzusetzen. Letzteres geschah beispielsweise in der medikamentösen Behandlung einiger Herzrhythmusstörungen. Die andere Strategie besteht darin, dass wir gar keine Statistik mehr betreiben. Wir behandeln und therapieren unsere Patienten einfach in den Tag hinein nach Gutdünken so wie es uns gerade passt. Im Mittelalter muss es so gewesen sein. Man verabreichte den Patienten etwas, von dem man dachte, dass es schon irgendwie gut für ihn wäre ohne Erkenntnis über Nutzen oder Schaden. Wie sollen wir in der Forschung im Labor arbeiten ohne statistische Methoden? Kannst du mir das sagen? Wie sollen wir erkennen, ob es sich um definierte Effekte oder um Zufälligkeiten handelt? Mit dem bloßen Hingucken ist es da nicht getan. Die Medizin ist halt ein bisschen komplizierter geworden als vor 500 Jahren." In Yvettes Worten war jetzt Schärfe.

Dietrich wurde gewahr, dass er offensichtlich eine starke Frau neben sich hatte, jemand, der sich nicht so ohne weiteres die Butter vom Brot nehmen ließe.

Die beiden bislang passiven Zuhörer, Zoe und Dietrich, blickten nun zu Jasper und warteten auf seine Replik.

„Ich gebe dir ja Recht. Ich will die statistischen Methoden in der wissenschaftlichen Medizin ja nicht völlig abschaffen. Ich möchte nur, dass sie ein wenig differenzierter betrachtet werden, dass man ihre Ergebnisse etwas genauer analysiert, interpretiert und kommentiert. Und dass man sich der Statistik nicht völlig unterwirft, immerhin behandeln wir ja immer noch Menschen." Jasper trank Rotwein.

„Da stimme ich mit dir völlig überein", sagte Yvette und nippte ebenso am Rotwein.

Eine Pause.

Die Runde ging an Yvette, dachte sich Dietrich. Jasper hat klein bei gegeben. Eine starke Frau, Junge, Junge.

Jasper holte wieder aus. „Eines möchte ich aber dennoch an deiner Sichtweise der koronaren Herzkrankheit bemängeln. Du sagst, es bilden sich als Alterserscheinung einfach bei manchen Menschen Ablagerungen an ihren Kranzgefäßen. Du erforschst jetzt mit ausgefeilten Untersuchungsmethoden, welche Mediatoren, welche Stoffe, welche Zellen daran beteiligt sind. Dann überlegst du, wie du diese Stoffe hemmen könntest oder noch besser – wie du den Vorgang rückgängig machen könntest. Richtig? Ich halte diese Sichtweise der Dinge für sehr kurzsichtig. Ein Beispiel: Viele Menschen bringen sich in Deutschland um. Der Suizid ist eine der häufigsten Todesursachen in vielen Altersstufen." Dietrich entging nicht der rhetorische Kniff seines Freundes, wie er Yvette nachahmte mit der Betonung der Schrecklichkeit der Krankheit zu Beginn seiner Ausführungen. „Man hat nun Gehirne von unzähligen depressiven Suizidpatienten auseinander geschnitten und mit einem ganzen Arsenal ausgefeiltester Methoden untersucht. Dabei fand man, dass die Betroffenen weniger Noradrenalin in ihrem Gehirn hatten als Vergleichspersonen ohne Depression. Ja, die statistische Analyse zeigte, dass die depressiven Menschen, die ihrem Leben ein Ende gesetzt hatten, weniger Noradrenalin als Neurotransmitter im Gehirn aufwiesen. Und was folgerten die Schlaumeier daraus? Hey, das ist ja eine somatische Erkrankung! Die Menschen wurden deshalb depressiv, weil sie einfach zu wenig Noradrenalin im Gehirn hatten, weil ihr Körper einfach zu wenig von dieser Substanz gebastelt hatte! Eine biochemische Erkrankung! Und was macht die schulmedizinische Psychiatrie? Sie verabreicht depressiven Patienten Medikamente, die einzig und allein als Wirkung die Noradrenalinspiegel im Gehirn steigern. Super, ist ja auch einfacher, bei der Visite Pillen zu verteilen, als sich mit dem Menschen und seinen Problemen zu befassen! Aber der Punkt ist doch der: Wer sagt uns denn, dass der verringerte Noradrenalinspiegel am Anfang der Ursachenkette bei der Depression steht? Vielleicht ist es doch nur ein Co-Phänomen! Vielleicht ist es nur die Folge von etwas anderem. Ich finde, ihr macht euch in der Kardiologie einfach zu wenig Gedanken über größere Zusammenhänge, was die Ursachen- und Kausalitätsforschung anbelangt."

Yvette wirkte konzentriert. Die Rolle im Mittelpunkt der Diskussion und als Verteidigerin der Schulmedizin schien ihr zu gefallen. Ihr Blick verriet Entschlossenheit. „Natürlich ist die Ursachenforschung von eminenter Bedeutung. Wir kennen bei der koronaren Herzkrankheit ja verschiedene Risikofaktoren für atherosklerotischen Ablagerungen und bitte entschuldige, dass wir sie durch statistische Methoden herausgefunden haben … Aber die Sache ist doch die: Einige Hauptrisikofaktoren sind unbeeinflussbar: Das Lebensalter, das männliche Geschlecht und die familiäre Disposition. Daran lässt sich nichts ändern. Die beeinflussbaren Risiken des Rauchens, des Diabetes, des Bluthochdrucks und des Cholesterins sind erwiesen. Womöglich gibt es noch andere Faktoren, die kausal bei der Entstehung der Ablagerungen eine Rolle spielen, aber es nützt nichts, sich darüber Gedanken zu machen, wenn jeden Tag zehn Patienten notfallmäßig mit einem akuten Herzinfarkt in die Klinik kommen, bei denen die Koronararterien verengt oder ganz verschlossen sind. Dann muss gehandelt werden, unabhängig was für mögliche Kausalitäten bei deren Entstehung vor unbestimmter Zeit eine Rolle gespielt hatten."

Jasper entkorkte eine zweite Flasche Rotwein und schenkte nach. In seiner ruhigen Art antwortete er: „Das war kein besonders rationales Argument." Er machte bewusst eine Pause, probierte am Wein.

Yvettes Teint wurde eine Spur rötlicher.

Jasper fuhr fort: „Du hast argumentiert, die Suche nach den Kausalitäten bei der Krankheitsentstehung stünde nicht so sehr im Vordergrund. Natürlich hast du Recht, dass sie bei deinen zehn Notfallpatienten mit dem akuten Infarkt nicht im Vordergrund stehen. Aber es ist ein Fehler und ein großes Versäumnis, sich nicht ausgiebig darüber Gedanken zu machen und das ist etwas, was ich an vielen von denen, die an der Front der schulmedizinischen Forschung stehen, kritisiere."

Yvette reagierte jetzt etwas pikiert, getroffen. Ihr hübsches Gesicht war jetzt fast rot. Sie antwortete schnippisch: „In welcher Richtung soll man denn nach Kausalitäten bei der Krankheitsentstehung suchen? Wie soll man denn das anfangen?"

Jasper lehnte sich zurück. „Ich bin kein ausgesprochener Freund von Tierversuchen. Aber es gibt ein interessantes Experiment: Man hat zwei Gruppen von Kaninchen übermäßig mit Cholesterin überfüttert um bei ihnen Ablagerungen an den Gefäßen zu entwickeln. Eine Kontrollgruppe wurde außer ihrer übermäßigen Cholesterinzufuhr im Laborkäfig gehalten. Eine zweite Gruppe, die genauso viel Cholesterin zum Fressen bekam, erfuhr eine besondere Art von Zuwendung, sie wurden immer vom gleichen Tierpfleger versorgt, wurden gestreichelt und gehätschelt, liebevoll umsorgt. Ansonsten waren alle Bedingungen gleich. Nach sechs Wochen hatten die Kaninchen in beiden Untersuchungsgruppen einen gleich hohen Cholesterinspiegel im Blut, die Kaninchen in der Gruppe, die liebevoll vom Pfleger umsorgt und gehätschelt wurden, hatten in der Sektion jedoch nur halb so viele Plaques in ihren Gefäßen wie die Tiere der anderen Gruppe. Ist das nicht bedeutsam? Nicht das Cholesterinfuttern war der entscheidende Faktor für die Ablagerungen sondern die Lebensumstände der Tiere!"

Yvette lächelte süffisant. „Dann muss man also die Menschen hätscheln und streicheln, und schon bekommen sie keine koronare Herzkrankheit …"

Jasper fuhr unbeirrt fort. „Sicherlich kann man psychologische Experimente nicht ohne weiteres vom Tier auf den Mensch übertragen. Aber es gibt eine ganze Reihe solcher Experimente, die zeigen, wie Lebensumstände, Dysstress und Eustress, auf Körperfunktionen und somatische Krankheiten einen wesentlichen Einfluss nehmen. Diese Aspekte werden bei eurer monomanen Sichtweise in der Schulmedizin viel zu wenig oder gar nicht berücksichtigt."

Dietrich schluckte.

Harsche Worte.

Er hatte über solche Themen mit Jasper in der Vergangenheit schon ausgiebig diskutiert, er kannte die Argumente seines Freundes zur Genüge.

„Das mit dem Eu- und Dysstress ist doch Humbug", entgegnete jetzt Yvette. Ihre Stimme wurde lauter. „Wenn ich morgen über die kardiologische Intensivstation gehe, kann man doch bei jedem Infarktpatienten irgendwelchen Dys- und Eustress in der Lebensgeschichte eruieren. Der 50-jährige

Manager hat Stress. Die 50-jährige alleinerziehende Mutter von drei pubertierenden Kindern hat Stress. Der 80-jährige Opa, der im Krieg und in russischer Gefangenschaft war, hatte Stress. Alle Menschen haben irgendwie Stress. Wie will man dies quantitativ messen und vor allem – welche Rückschlüsse soll man daraus ziehen?"

„Es geht darum", antwortete Jasper, „dass man von der monomanisch einseitigen Sichtweise der Dinge wegkommt. Dass man bei der Behandlung eines Herzinfarktpatienten sich nicht nur auf die Ablagerungen seiner Herzkranz-gefäße, den Cholesterinspiegel und den Blutdruck konzentriert. Man muss den Mensch als Ganzes sehen. Man muss ihn ganzheitlich behandeln. Es sind nicht nur Tierversuche, die hier wichtige Zusammenhänge darlegen. Mediziner und Psychologen, die sich nicht nur monoman mit einer einzigen Entität wie einem Gefäßplaque oder dem Cholesterinspiegel beschäftigen, haben eine ganze Reihe von Charaktereigenschaften und psychodynamischen Umständen herausgearbeitet, die für die koronare Herzkrankheit ursächlich sind. Und die sind mindestens genauso wichtig wie Rauchen und Cholesterin, denk an das Beispiel mit den gehätschelten Kaninchen! Hierbei im Mittelpunkt steht die so genannte Typ A Persönlichkeitsstruktur. Diese Typ A Menschen zeichnen sich durch übergroßen, meist beruflichen Ehrgeiz aus, durch maßlose Ungeduld, durch sich selbst gesetzten Erfolgsdruck, durch ein hohes Konkurrenzdenken gegenüber anderen. Es konnte gezeigt werden, dass das Herzinfarktrisiko bei dieser Typ A Persönlichkeit mehr als doppelt so hoch ist und zwar unabhängig von den klassischen körperlichen Risikofaktoren, mit denen ihr euch ausschließlich befasst. Man findet solche Befunde natürlich nur, wenn man sich auch ganzheitlich mit einem Individuum beschäftigt und ihn nicht mechanistisch am Klinikfließband abfertigt, nur den Blutdruck misst, Blut abnimmt, ein EKG aufzeichnet."

Yvette rutsche nervös auf dem Stuhl herum. Jasper fuhr fort. „Ähnlich wie beim Bluthochdruck beginnt die Erkrankung oft dann, wenn ein Mensch länger in einer chronischen Erwartungshaltung lebt. Die Infarktpatienten sind meist Menschen, die sich in Arbeit stürzen, sich beruflich an die Spitze arbeiten wollen, sich ständig getrieben fühlen und nach sozialer Anerkennung streben. Der Typus des Strebers in unserer beschissenen Ellenbogengesellschaft. Oft sind es überangepasste Menschen, bei denen der Trieb zu Arbeit und Aktivität zwanghaft ist, Menschen mit der Neigung, andere zu führen und zu dominieren. Es ist wichtig, sich mit solchen Dingen zu beschäftigen und sie zu berücksichtigen, anstatt nur in Reagenzgläsern herumzufummeln oder nur in stupider Weise Gefäßengstellen mit einem Ballonkatheter aufzudehnen. Man interpretiert das Verhalten der Typ A Persönlichkeit als die neurotische Abwehr tief liegender oraler Abhängigkeitswünsche."

Dietrich musste etwas die Stirn runzeln. Er fühlte sich wie in Riefenstahls Psychiatriekurs. Woher hatte Jasper dieses Zeugs? Vielleicht von Zoe?

„Möglicherweise stellt dies auch die abgewehrte Form des Wunsches dar, selbst oral versorgt und gehätschelt zu werden. Es wäre dann der klassische neurotische Abwehrmechanismus der Verkehrung. Die Menschen sind unfähig, sich anderen passiv und vertrauensvoll hinzugeben, sie müssen durch Flucht in Leistung und Aktivität immer wieder ihre Überlegenheit und ihren Wert beweisen. Will man den Patienten mehr geben als Bypässe, Ballons und Pillen, muss man sich mit derlei Dingen beschäftigen und in das Behandlungskonzept mit einbauen.“

„Das ist doch alles ein einziger Schmarrn.“ Yvette wurde jetzt etwas ausfällig. Jasper blieb unbeeindruckt ruhig, Zoe errötete. „Millionen von Menschen in Deutschland leiden an einer koronaren Herzkrankheit, Zehntausende im Jahr bekommen einen Herzinfarkt. Und das alles sollen arbeitsversessene Streber sein, von ihrem strengen Über-Ich getrieben? Mir geht dieses Psychogequatsche gegen den Strich – bei allen Krankheiten mit noch nicht gänzlich erforschter Pathogenese wie beim Asthma, bei der Neurodermitis oder dem Morbus Crohn kommen die Psychoheinis daher und postulieren ihre Hirngespinste, die durch nichts, aber auch gar nichts nachprüfbar sind! Erzähl diese Postulate mal den Patienten, die in der kardiologischen Klinik liegen. Hör’ dir an, was die dann sagen werden bei diesem Kappes!“
„Nun ja“, Jasper sprach leiser, „die Krankheitseinsicht in dieser Hinsicht ist oft nicht so hoch … Aber das heißt nicht, dass die Hypothesen unwahr sind. Die Verleugnung und Ablehnung der Patienten kann seinerseits auch einen unbewussten Abwehrmechanismus darstellen. Sie wollen es nicht wahrhaben, wollen es verdrängen.“
Yvette unterbrach ihn, sie war jetzt nicht mehr zu bändigen. Ihre Stimme bewegte sich jetzt an der Grenze zum Schrillen. „Das ist doch ein riesiger Humbug! Das habt ihr euch in eurer Theorie prima eingerichtet: Sobald etwas in der Tiefenpsychologie völlig grotesk oder absurd wird und hinten wie vorne nicht passt, dann rettet ihr euch mit dem Begriff der Abwehr. ‚Das ist die unbewusste Abwehr des Patienten. Er verdrängt und verleugnet das unbewusst.‘ Mit diesen zwei Sätzen könnt ihr alles und jedes auf Menschen projizieren. Wenn es nicht schlüssig, nicht stimmig ist – kein Problem – unbewusste Verdrängung und Verleugnung – ein unbewusster Abwehrmechanismus. Das ist doch alles Scheiße.“

Es trat eine Pause ein.
Es fiel jetzt den beiden bislang passiven Zuhörern die Rolle zu, die Diskussion zu entspannen. Zoe, die inhaltlich sicherlich auf Jaspers Linie war, betonte in kompromisshaften Formeln, mehrere vielschichtig ineinander greifende Mechanismen aus verschiedenen Richtungen würden in der Ursache von Krankheiten eine Rolle spielen. Sie vermengte praktisch alles von beiden Parteien Gesagte zu einem einzigen Brei und meinte, es gäbe ein

Wechselspiel aus somatischen Faktoren einerseits und psychodynamischen Aspekten andererseits.

Dietrich vertrat mehr Yvettes Auffassung. Seine diplomatische Leistung bestand schlichtweg darin, jetzt das Thema elegant zu wechseln.

Man unterhielt sich über das anstehende Examen und die Zeit danach. Beide Pärchen, das alte und das junge, planten nach der Prüfung einen kurzen Urlaub. Der Abend plätscherte dahin, bis sich gegen Mitternacht das junge Pärchen verabschiedete.

Er genoss den Spaziergang, untergehakt mit Yvette, durch die laue Sommernachtluft der Altstadt. Wie oft war er diesen Weg alleine zu seiner Bude zurück gelaufen nachdem er seinen besten Freund besucht hatte. Beschwingt erreichten sie Dietrichs Wohnstatt. Yvette zog ihn an sich und verabschiedete sich mit einem langen Kuss. „Ich liebe dich", hauchte sie um zu und bestieg ihren neuen Golf.

Dietrich betrat seine Bude. Als erstes sortierte er die Kassetten, die Yvette herausgezogen hatte, wieder an ihren angestammten und festgelegten Platz ein. Er putzte sich die Zähne, zog den Pyjama an, kroch in sein Bett und rekapitulierte den Abend. Yvettes Vehemenz in der Diskussion mit Jasper hallte in seinen Ohren nach.

Junge, Junge, Yvette hatte es Jasper ganz schön gegeben. Nicht unselbstbewusst, die Frau … Ob sie in der Liebe genauso leidenschaftlich ist wie in der Diskussion?

Er hatte Jaspers und Zoes medizinphilosophischen Ansichten schon längere Zeit gehört, es aber vermieden, trotz gegenteiliger Überzeugungen derart vehement gegen sie vorzugehen.

Er stand nochmals kurz auf, um zu sehen, ob das Licht im Bad aus war. Dann kuschelte er sich wieder in sein Bett. Gerne hätte er jetzt Yvette bei sich unter der warmen Decke. Bei diesem Gedanken schlief er langsam ein.

*

Es war wieder Zeit für einen Brief.

Liebe Aspasia!

Es ist sehr viel passiert seit unserem letzten Kontakt: Zwei lebensentscheidende Dinge!
(Dietrich sollte noch nicht wissen, wie Recht er mit dieser Formulierung behalten sollte).

Eines wichtiger als das andere. Mit welchem soll ich beginnen?

Letzte Woche habe ich das dritte und letzte Staatsexamen bestanden, ich besitze jetzt die Approbation als Arzt. Das Studium ist vorbei. Finis opera! Die Prüfung verlief glatt, ich habe konzentriert und effektiv gelernt, mich gut vorbereitet. Am 01.12. beginne ich hier in der Klinik für Herz-Thorax-Chirurgie als Assistenzarzt. Ich bin froh, aber auch zugleich ein bisschen aufgeregt. Ob beim Arbeiten alles so klappt wie beim Studieren?

Zugleich ist etwas anderes Wichtiges geschehen. Ich habe seit einigen Wochen eine Freundin. Sie heißt Yvette, wir haben uns bei der Doktorarbeit kennen gelernt. Sie ist wunderschön. Ihr pechschwarzes langes Haar und ihr dunkler Teint ließen sie durchaus als Griechin durchgehen, dabei kommt sie aus dem Norden Deutschlands, aus Hamburg. Sie ist sehr intelligent, sie hat ihr Studium in Regelstudienzeit mit guten Noten absolviert und arbeitet an einer methodisch sehr aufwändigen Dissertation.

Wir haben schon viel zusammen unternommen. Da wir beide tagsüber fürs Examen gebüffelt, trafen wir uns vor allem abends – im Kino, bei Freunden, in einem Café oder einfach zu einem schönen Abendspaziergang. Yvette ist eine starke Frau, sie weiß wo's lang geht. Sie lässt sich nicht so leicht die Butter vom Brot nehmen. Ich bin froh und glücklich, so jemanden gefunden zu haben. Und ich bin auch ein kleines bisschen stolz darauf, wenn sie in Gesprächen oder Diskussionen mit Freunden und Bekannten eine starke Figur macht.
Ja, ich bin glücklich.

Mach's gut, liebe Grüße

Dietrich

Er überflog noch einmal den Brief. Er runzelte die Stirn.
Ist der erste, originäre Gedanke immer der beste?
Ihm fiel auf, dass er in Bezug auf die großen Geschehnisse zuerst vom Examen, erst danach von Yvette geschrieben hatte.
War die Prüfung das wichtigere? Dietrich rekapitulierte.
Was war wirklich wichtiger? Die Prüfung oder Yvette?
Er überflog die Zeilen und ihm wurde etwas anderes gewahr.
Nirgends stand da ‚ich bin verliebt', nirgends tauchte das Wort ‚Liebe' auf.
Er hatte von Yvette wie von einem neuen Auto geschrieben.
‚Ich habe eine Freundin …' ‚Ich habe eine neues Auto …' Bin sehr zufrieden, glücklich, es fährt gut und sieht super aus.
Hmm … Kein einziges Wort von ‚Liebe', weder als Nomen, Verb oder Adverb.

Nichts.

Er lehnte es ab, persönliche Briefe mit einem Computer zu schreiben, mit dessen Hilfe man die Zeilen nachträglich wieder und wieder korrigieren, verbessern und verpfuschen konnte. Er schrieb Briefe immer in seiner gefälligen Handschrift mit einem alten Füllfederhalter. Daher änderte er auch jetzt nichts mehr an seinen Worten. Die ersten Gedanken sind die originären, er hatte es nun so geschrieben, so sollte es nun bleiben, basta.

Etwas verdrießlich verbrachte er den Brief in das Kuvert.

Dann legte er sich auf sein Bett und dachte nach.

Gab der Brief nicht seine Situation valide wieder?

War es nicht so, dass er glücklich und stolz war, eine attraktive und intelligente Freundin zu haben?

So wie manche glücklich und stolz über ein neues Auto sind?

Hatte er im Brief nichts von Liebe geschrieben, weil er Yvette nicht liebte?

Liebe, wodurch definiert sie sich?

Er dachte angestrengt nach.

‚Dietrich, ich liebe dich. – Ich dich auch‘.

Er entsann sich des hölzernen Dialogs auf Yvettes Couch beim Cappuccino.

Der Dialog hatte für ihn eigentlich etwas mehr formales.

Yvette hatte ihr Signallicht auf Grün gestellt.

Dietrich hatte daraufhin ebenso auf Grün gestellt.

Ich dich auch.

Bingo.

Jetzt konnten sie sich umarmen, küssen.

An den Worten, zumindest an den seinen, konnte er nicht viel festmachen.

Liebte er sie?

Kommt darauf an, was man genau darunter versteht.

Er freute sich, Yvette zu treffen, ja.

Ihre gemeinsamen Freizeitaktivitäten, ihre Gespräche waren gut und unterhaltsam verlaufen.

Anders als bei einem guten Freund war es allerdings auch nicht. Die Gespräche mit Yvette waren inhaltlich manchmal sogar recht flach, da hatte er mit Jasper mehr Tiefe, mehr Vertraulichkeiten.

Körperliches?

Auf Zärtlichkeiten und körperlichen Kontakt reagierte Yvette bislang mit einer gewissen Zurückhaltung. Sie war eher passiv, sie schien Intimitäten zu fürchten.

Er mochte es, sie zu küssen, ihr durch das schwarze Haar zu fahren, sie an ihrer schlanken Taille zu umfassen.

Aber definierte das Liebe?

Er grübelte. Ich liebe sie schon ein bisschen …

Die Woche zuvor hatten sie sich einen Tag lang nicht gesehen, da hatte er sie vermisst. Zeigte das die Liebe an?

Dietrich überlegte.

Da ich noch nie Liebe leben konnte, da ich ja noch nie eine Freundin gehabt hatte, kann ich folgerichtig auf keine Erfahrung und keinen Vergleich zurückgreifen und damit keine Wertung vornehmen. Ich lasse die Dinge jetzt einfach auf mich zukommen und werde sehen, wie es weiter geht.

Bevor er einschlummerte, erfasste ihn noch ein Gedanke. So wie er damals Hannah aus dem Schülerbus geliebt hatte, so bedingungslos, so liebte er Yvette auf keinen Fall.
Nein, dagegen, war Yvette nur eine Freundschaft.

*

Der erste Arbeitstag.

Der erste Tag an einer neuen Arbeitsstelle ist für jeden schon aufregend wie erst der erste Tag im gesamten Berufsleben!
Dietrich war früh aufgestanden, hatte ausgiebig geduscht, sich sorgfältig rasiert.
Er brachte nur wenig von seinem Müsli herunter.
Der Kaffee verursachte ein leichtes Brennen im Oberbauch.
Seine Nerven vibrierten, die feuchten Finger zitterten feinschlägig.
Er putzte ausgiebig seine Zähne.
Bevor er sich auf den Weg in die Klinik machte – der obligatorische Blick zum Küchenherd, er war ja nicht an gewesen, sowie der Kontrollblick zur Kaffeemaschine, der Stecker war draußen, das Licht des Lämpchens eindeutig aus.
Dietrich schloss die Wohnungstür.
Er ging nochmals zurück, kontrollierte die Anzeigelichter am Herd und die Kaffeemaschine.
Alles aus.
Wieder zurück ins Treppenhaus.
Mann, bin ich aufgeregt.
Ich bin durch meine Nervosität sehr abgelenkt, es ist ein sehr besonderer Tag heute. Das Nachkontrollieren war deshalb vielleicht nicht so suffizient, nicht so konzentriert wie sonst …
Ich muss noch einmal gucken!
Dietrich betrat erneut seine Bude.
Alles wie gehabt. Herd aus, Kaffeemaschine aus, Stecker draußen.
Rasch hastete er wieder ins Treppenhaus.
Er atmete durch.
Angst beklomm ihn.

Angst vor dem beginnenden Tag.

Aber auch eine andere Angstflamme.

Die, die er schon kannte.

Er schloss kurz die Augen.

Noch ein einziges Mal muss ich kontrollieren, dann bin ich beruhigt. Ein einziges Mal noch!

Er betrat wieder sein Zimmer.

Die Kontrolllichtchen am Herd waren aus. Ganz sicher. Der Herd war ja auch gar nicht an gewesen an diesem Morgen. Auch gestern nicht, auch vorgestern nicht … Wann war er überhaupt das letzte Mal eingeschalten?

Dietrich grübelte. Kann man den Lichtchen trauen? Kann man sich auf sie verlassen?

Zur Sicherheit prüfte er mit der Hand jede einzelne Herdplatte, ob sie ganz sicher kalt waren. Kontrollierend legte er die Hände auf die eisernen Platten. Kalt.

Alles in Ordnung.

Die Kühle der Herdplatten beruhigte ihn.

Die Platten sind kalt, eiskalt. Sie sind nicht an. Sie sind nicht warm.

Dietrich atmete durch. So, das hätten wir.

Jetzt die Kaffeemaschine. Sie war ja heute an gewesen, sie muss genauer und ausgiebiger kontrolliert werden als die Herdplatten!

Das Lämpchen war aus. Ganz sicher.

Es konnte ja auch nicht an sein, denn den Netzstecker hatte er ja gezogen.

Er kontrollierte.

Ja, der Stecker baumelte die Küchenanrichte herunter. Er war sicher ausgesteckt. Sicher nicht in der Steckdose.

Dietrich ging näher heran.

Er prägte sich das Bild genau ein.

Mann, jetzt geht das wieder los! Der Herd war heute nicht an, ich kontrolliere ihn fünf Mal! Die Lichter aus, trotzdem taste ich die Platten ab! Raus hier!

Impulsiv verließ er wieder seine Wohnstätte, hastete diesmal schneller, fluchtartig die Treppen herunter.

Unten auf der Straße blies ein kalter Wind.

Passanten liefen eingemummt vorbei.

Dietrich lief langsam über das Trottoir.

Er wollte sich in der Klinik zunächst im Chefsekretariat melden.

Da zuckte schon wieder die Flamme in seinem Inneren.

Aus der Tiefe seines Gehirns schoss sie blitzartig wieder empor.

Sie erfasste ihn, riss ihn aus seinen Gedanken an die Klinik.

Er war jetzt schon einige Hundert Meter von seiner Wohnung entfernt.

Dietrich blieb stehen. Sammelte sich.

Ein einziges Mal noch! Letzte Kontrolle. Eine allerletzte! Ich muss … Ich muss es noch ein einziges Mal … Es ist wichtig!

Er muss die Worte leise vor sich her gesagt haben, einige vorbei eilende Passanten musterten ihn mit fragendem Blick.

Er rannte zurück, mit seiner Tasche unter dem Arm, darin einige noch nachzureichende Unterlagen und neue und gestärkte Arztkittel.

Vor der Haustür stieß er mit einem älteren Herrn zusammen, ein Dackel kläffte.

Spurt die Treppen hinauf, Türe auf.

Wieder in der Wohnung.

Auf den ersten Blick alles wie gehabt.

Alles in Ordnung.

Auf den ersten Blick …

Jetzt eine allerletzte, aber genaue Kontrolle!

Zuerst der Herd. Volle Konzentration. Die Lämpchen, eines nach dem anderen, vier an der Zahl.

Er besah sie sich aus verschiedenen Winkeln, sie waren sicher aus. Erstes Lämpchen … Zweites Lämpchen … Drittes … Viertes Lämpchen: Alle sind definitiv aus!

Jetzt die zusätzliche Kontrolle der Herdplatten mit tastender Hand. Alle kalt. Sie sind eindeutig aus. Absolut sicher. Sie sind ja auch eiskalt!

Zur Kaffeemaschine!

Lämpchen aus.

Jetzt noch der Stecker.

Der Stecker baumelte die Anrichte herunter.

Er befand sich weit weg von der Steckdose.

Mindestens vierzig Zentimeter, vielleicht sogar einen halben Meter.

Er baumelte friedlich, von ihm konnte keine Gefahr ausgehen.

Die Kontrolle beruhigte ihn.

Sein Puls wurde merklich langsamer, seine Atmung ruhiger und gleichmäßiger, die Anspannung wich.

Im Zimmer war es völlig still.

Er musste sich das Bild noch einprägen, es als Erinnerungsengramm mitnehmen auf seinen Weg, immer abrufbar, um die Angst zu bezwingen, um sicher zu sein. Die Angstflamme muss ganz sicher aus sein, sie darf nicht wieder auflodern, nicht wieder hochschlagen, wenn ich raus gehe …

Ich zähle jetzt bis 50, dann muss ich gehen, egal was ist!

Dietrich zählte.

Alles blieb unverändert.

Sein Puls stieg jetzt wieder.

„20.“

Alles unverändert.

„30.“

Alles in Ordnung.

Nochmals die Hände auf die Herdplatten: Kalt. Sie sind eiskalt. Sicher nicht warm. Schon gar nicht heiß. Sie sind keinesfalls an …

„40.“

Der Netzstecker der Kaffeemaschine ist unverändert. Die Kaffeemaschine kann nicht an sein. Der Stecker ist ja nicht in der Steckdose. Er ist sicher draußen. Ich sehe es. Eindeutig.

„45.“

Ganz sicher. Hundertprozentig.

„50!“

Jetzt nichts wie raus!

Gehetzt spurtete er zur Tür.

Die Treppen herunter, mehrere Stufen auf einmal nehmend wie ein Flüchtender.

Unten auf dem Gehweg wieder die kalte Dezemberluft.

Sieben Schläge der Kirchturmuhr.

Um 7 Uhr 15 war Arbeitsbeginn, der Fußweg bei normalem Tempo betrug mindestens 20 Minuten. Er würde zu spät kommen. Gleich am ersten Tag!

Mit dem Auto wäre ich jetzt auch nicht schneller!

Dietrich rannte los, die Tasche untergeklemmt.

Er rempelte unzählige Menschen an, zwang Autofahrer zum scharfen Abbremsen, von Hupen und Beschimpfungen begleitet.

Die Uhr zeigte 7 Uhr 16, als er das Hauptgebäude der Herz-Thorax-Chirurgie erreichte. Die kalte Luft in seinen Lungen brannte, der Morgenkaffee in seinem Oberbauch auch. Mit rasendem Herzen und schweißiger Stirn klopfte er, völlig außer Atem, an die Tür des Sekretariats.

„Herein.“ Eine Frauenstimme.

Dietrich trat vor, die Sekretärin musterte ihn etwas erstaunt. „Ah, Sie sind's, Nolte. Der Chef ist schon los.“

Dietrichs Augen blickten entsetzt.

Er bot einen jämmerlichen Anblick, seine Oberschenkel zitterten.

„Der Chef hat Sie für heute schon eingeteilt, Sie sind auf der peripheren Station C4. Am besten, Sie ziehen sich jetzt um und gehen auf die C1, dort findet ja jetzt die Intensiv-Visite statt.“ Das Wörtchen ‚jetzt‘ wurde betont gesprochen, die Augen der Chefsekretärin blickten hierbei tadelnd auf ihre Uhr und anschließend missbilligend zu Dietrich.

Er bedankte sich, rannte atemlos durch die Klinik auf die ihm zugeteilte Station, die er vom Praktischen Jahr her kannte. Er hastete ins Arbeitszimmer, zog sich aus und streifte sich die blauen Intensivkleider über, eine Hose und ein Oberhemd, die in großen Haufen in einem Eck gestapelt waren und warf sich den Arztkittel über.

Zum Glück wusste er, wohin er zu gehen hatte.

Er hastete auf die Intensivstation, klingelte an der Schleusentür, nach unerträglich langer Wartezeit wurde per Knopfdruck geöffnet.

Die Visite war schon im Gange.

Scheiße!

Professor Nollendorf war bereits am dritten Bett. Hinter ihm folgte der ganze Hofstaat. Gemäß der Hierarchie neben ihm der leitende Oberarzt, mit dem er sich überwiegend austauschte, direkt hinter ihm die übrigen Oberärzte, die gelegentlich etwas gefragt wurden. Dann folgte eine ganze Schar Assistenzärzte. Dazwischen einige Schwestern und Pfleger. Ganz hinten bildeten die Studenten des Praktischen Jahres und Famulanten die Nachhut.

Auf diesen hinteren Rängen war von dem Gemurmel der Generale und des Feldmarschalls ganz vorne meist nichts mehr zu verstehen, zumal ein ständiges Piepen der Intensivmonitore und das Geräusch der Beatmungsmaschinen die Szenerie überlagerte.

Ohne etwas zu sagen, reihte sich Dietrich einfach hinten ein.

Der Tross bewegte sich jetzt zum nächsten Bett.

Von dem Patienten war von ganz hinten nichts zu erkennen, nicht einmal ob es ein Mann oder eine Frau, ob er alt oder jung war. Dietrich drängelte sich jetzt ein kleines Stück weiter nach vorn, um wenigstens die PJ Studenten hinter sich zu haben. Ein Student tippte ihn an. „'Hast dein Trikot verkehrt rum.“

Dietrich sah entsetzt an sich herab.

Tatsächlich! Er hatte sein Intensivhemd in der Eile links herum angezogen. Deutlich prangten die Nähte außen an seinen Schultern. Nicht zu fassen!

Er schauderte, zog den Arztkittel etwas zu.

Das nächste Bett.

Niemand nahm von weiter Notiz.

Unverständlich wurde vor dem Bett murmelnd diskutiert, Dietrich musterte die Szenerie.

Eine Unzahl von Schläuchen verlief zu dem Patienten hin und zurück, er konnte wiederum nichts von dem Menschen erkennen.

Dietrich fasste sich jetzt etwas.

Krampfhaft versuchte er, etwas von den Diskussionen am Patientenbett mitzubekommen.

So sehr er den Hals auch reckte, nur zusammenhangslose Wortfetzen drangen zu ihm.

„PC auf 15 halten … Drainage heute Mittag abklemmen … Arterenol reduzieren …“

Zwei Mal hörte er Nollendorf tönen: „Das war eine sophisticated operation gewesen!“

Dietrich runzelte die Stirn.

Nach dem letzten Bett löste sich die Versammlung auf, jeder ging seiner Wege.

Die Truppenparade war zu Ende.

Dietrich hastete zu Professor Nollendorf. „Guten Morgen, Herr Professor. Ich bin heute den ersten Tag hier und wollte mich vorstellen.“

„Kommen Sie die nächsten Tage früher“, antwortete Nollendorf unwirsch.

Es war wie ein kleiner Schlag für Dietrich. Er setzte nochmals an. „Ich bin heute auf der Station C4 eingeteilt."

„Ja", war die lapidare Replik, Nollendorf kehrte ihm barsch den Rücken zu und ging raschen Schrittes den Gang zur Schleuse herunter.

Konsterniert ging Dietrich zu seiner Station.

Der Morgenkaffee rebellierte jetzt heftiger.

Er hatte damit gerechnet oder gehofft, offiziell vor den Mitarbeitern vorgestellt zu werden.

Im Stationszimmer der C4 herrschte hektische Betriebsamkeit. „Wir müssen vier Betten frei machen! Zwei Aufnahmen zur OP morgen, zwei Verlegungen von der Intensiv! Die eine kommt schon in einer halben Stunde!" Stationsschwester Hildegard, Mittfünzigerin, hatte eine matronenhafte Erscheinung mit androgynen Zügen, hirsutistisch zierten dunkle Härchen weithin sichtbar Oberlippe und Kinn. Sie hatte nicht einmal guten Morgen gewünscht. Sie hatte auch nicht die Tatsache des ersten Arbeitstages von Dietrich kommentiert. „Herr Gilbrecht in 215 braucht eine neue Braunüle, die Infusion ist para!", rief jetzt ein jüngerer Pfleger aus dem Hintergrund. Eine weitere Schwester am Telefon gab Dietrich ein Winkzeichen. „Die Reha Klinik Bad Bergzabern ist in der Leitung. Frau Abel, Verlegung von gestern, ist dort ohne Arztbrief angekommen, sie brauchen dringend die aktuelle Medikation!" Ein älterer Patient in offenem Bademantel stand inmitten des Stationszimmers, an seinem Brustbein war eine längs verlaufende, frische Narbe zu sehen. „Herr Doktor, ich möchte Sie etwas fragen ..." Aus dem direkt benachbarten Patientenzimmer war ein schrilles, lautstarkes Rufen zu vernehmen. „Frau Malte braucht was! Sie ist wieder im Durchgang!" schallte eine Schwesternstimme hinterher.

Sein Kopf dröhnte, in den Ohren klingelte es. „Ich wollte mich vorstellen. Ich bin der Neue ... Doktor Nolte mein Name. Einige kennen mich ja noch aus dem Praktischen Jahr ..." Seine Stimme kläglich dünn.

Übertönt von dem erneut gellenden Schreien aus dem Patientenzimmer.

„Moment", sagte Dietrich zaghaft. „Ich kenne die Patienten ja noch gar nicht. Wo sind denn die Kollegen?"

„Doktor Becker ist immer noch auf Kongress", antwortete Schwester Agnes, „Dr. Ludwig hatte Nachtdienst und ist daher dienstfrei. Und die Keller musste in den OP. Heute ist großes Programm."

„Heißt das - ich bin allein?" Dietrich erschauderte.

Ja das hieß es.

Seine Nerven waren zum Zerreißen gespannt.

Mann, was ist das bis jetzt für ein Tag!

Erstmal einen Überblick verschaffen! Eins nach dem anderen!

Alle wollten gleichzeitig etwas von ihm.

Niemand hatte ihn begrüßt.

Die Rufe aus dem benachbarten Patientenzimmer waren jetzt zu einem hochfrequenten Schreien geworden.

Gut, dann erstmal dort hin!

Dietrich betrat das Zimmer.

Eine ältere Frau saß aufrecht im Bett, die Augen aufgerissen, in unbestimmte Ferne auf ein unbestimmtes Ziel blickend. „Helft mir! Hilfe!" In ihrer Stimme klang nackte Verzweiflung.

Dietrich überflog die Krankenkurve. Bypassoperation und Ersatz der Mitralklappe vor vier Tagen. Gestern von der Intensivstation verlegt.

Er trat vor sie hin. „Frau Malte, guten Morgen. Mein Name ist Doktor Nolte. Ich bin für die Station zuständig. Was kann ich für Sie tun? Was haben Sie für Beschwerden?"

Es trat eine kurze Stille ein.

Ungläubig glotzte Schwester Agnes Dietrich an.

„Doktor?" Frau Malte riss die Augen noch weiter auf, fixierte ihn.

Dietrich schauderte wieder.

Die Patientin packte ihn plötzlich mit überraschender Vehemenz am Kittelkragen und zog ihn kraftvoll näher. „Da bist du endlich! Du niederträchtiger Kerl! Ich hab's schon immer gewusst!" Dietrich blickte fragend zur Schwester, dann in die Krankenkurve, dann wieder zur Patientin. Ihre Stimme wurde jetzt wieder schrill. „Du hast mir alles genommen. Alles weggeschafft hast du! Du bist so niederträchtig!"

Dietrich erfasste die Situation. Frau Malte hatte ein Durchgangssyndrom.

Manche Patienten reagierten nach einer großen Operation, insbesondere nach Eingriffen mit einer Herz-Lungen-Maschine, mit einer zeitweiligen Desorientierung und Verwirrtheit, die sich in den meisten Fällen nach einigen Tagen wieder spontan legte, selten aber auch mehrere Wochen andauern konnte.

Dietrich setzte sich auf die Bettkante. Mit ruhiger Stimme sprach er auf die Patientin ein, er nahm zärtlich ihre Hand. „Sie verwechseln mich bestimmt. Ich habe Ihnen nichts weggenommen. Ich bin der Arzt. Ich möchte Ihnen helfen."

Frau Malte ließ sich nicht so schnell beruhigen. „Lasst mich raus hier! Ich hole mir alles wieder zurück!" Sie versuchte sich die Infusionsnadel zu entfernen. Mit ruhiger Hand hielt sie Dietrich davon ab. Mit ruhigen Worten sprach er weiter auf sie ein.

Frau Malte blickte jetzt wieder in die unbestimmte Ferne.

Er wollte weiter reden, da wurde er von der Stationsschwester am Ärmel gezogen. „Hören Sie mit dem Gequatsche auf, wir sind hier nicht in der Kuschelpsychiatrie. Geben Sie ihr endlich was!"

Dietrich sah sie fragend an. „Wie wär's mit 10 Tropfen Atosil?"

„Soll das ein Witz sein? Doktor!" Agnes' Stimme wurde jetzt fast genauso schrill wie die der Patientin.

„Gut dann 10 Tropfen Haldol."

„Doktor, jetzt hören Sie mir mal gut zu. Die Patientin ist erst vor vier Tagen operiert wurden. Sie ist noch völlig durch den Wind! Da wollen Sie mit ihren Tröpfchen kommen! Was soll das?" Agnes klang jetzt dysphorisch und aggressiv.

„Was … was schlagen Sie vor?"

„Jetzt eine ganze Ampulle Haldol intravenös und wenn's nichts nützt in einer halben Stunde noch eine hinterher! Damit legen wir sie flach!"

Dietrich musste schlucken. „Aber wenn sie dadurch Probleme bekommt … mit dem Kreislauf … der Atmung …"

„Ach Quatsch, Doktor! Kommen Sie in die Pötte! Nicht so zimperlich!"

Dietrich verließ das Zimmer, die Patientin schaute ihm nach.

Ihre Blicke trafen sich noch kurz.

In Frau Maltes Augen lag eine unbestimmte, tiefe Traurigkeit.

*

Der Tag verlief fürchterlich.

Dietrich kämpfte sich durch die Visite.

Bei jedem Patienten musste er zunächst längere Zeit die Krankenkurve durchforsten, um sich ein Überblick zu verschaffen.

Die begleitende Schwester rollte derweil genervt mit den Augen.

Gleich am ersten Tag allein … Hätte man mir nicht wenigstens eine Übergabe der Patienten machen können?

Die Visite zog sich dadurch in die Länge, die Schwestern wurden unwirsch.

Die Patienten stellten allerlei Fragen, die Dietrich nicht beantworten konnte.

Viele Patienten wurden mit Medikamenten behandelt, deren Handelsnamen ihm nichts sagten, er musste ständig nachschlagen.

Beides führte zu misstrauischen, manchmal auch ängstlichen Blicken der Patienten.

Welche vier Patienten soll ich überhaupt entlassen, um freie Betten zu bekommen?

Er erkundigte sich nach seinem zuständigen Oberarzt.

„'Ist bis heute Nachmittag im OP", kam pampig von Agnes zurück.

Naturgemäß hatten viele Patienten nach der Operation zahlreiche auffällige Laborwerte. Dietrich ordnete bei der Visite eine ganze Latte von Kontrolluntersuchungen an, die offensichtlich das übliche Maß überstieg.

Schwester Agnes reagierte ungehalten. „Doktor! Was soll denn das? Sie können das Blut demnächst morgens alleine abnehmen! Das meiste ist völlig überflüssig!"

Dietrich zuckte zusammen wie unter einem Hieb.

Sein Magen brannte.

Er unterbrach die Visite, ging auf die Personaltoilette.
Er setzte sich auf das Klosett und weinte leise.
Tränen, die keiner sehen sollte.

Wie mag es Yvette ergangen sein?
Auch sie hatte heute ihren ersten Tag in der Kardiologischen Klinik.
Bestimmt hatte sie sich stärker und selbstbewusster zur Wehr gesetzt als er.
Sie lässt sich nicht so leicht die Butter vom Brot nehmen …
Ihn erinnerte das Ganze ein bisschen an den ersten Tag bei der Bundeswehr.
Er war jetzt der Jüngste, er war jetzt der Neue.

Zum Mittagessen blieb keine Zeit.
Er arbeitete sich durch einen bürokratischen Wust an Papieren und nahm dann die neu ankommenden Patienten auf.
Dies verlief in ruhigerem Fahrwasser.
Dietrich erhob die Krankengeschichte, sortierte die Vorbefunde, untersuchte sorgfältig.
Ohne es zu bemerken, war es schon 16 Uhr vorbei. Der Oberarzt stand plötzlich in der Tür. „Na, Nolte, alles im grünen Bereich? Wie ist der erste Tag?" War der Ton spöttisch oder freundschaftlich kollegial?
„Man kämpft sich so durch."

Oberarzt Mertens schien Anfang vierzig zu sein, ein militärischer Bürstenhaarschnitt ließ Geheimratsecken zu Tage treten, kleine blaue Augen, unbebrillt, blickten listig, ruckartig, in ihren schnellen Bewegungen zuweilen hektisch, nervös anmutend, beinahe einem Nystagmus ähnlich.
Der Bartwuchs des Oberarztes erschien sowohl hinsichtlich der Quantität, mehr noch aber hinsichtlich der Geschwindigkeit seines Wachstums, auffallend besonders ausgeprägt. Nach frühmorgendlicher Rasur spross es bereits um die Mittagszeit weithin sichtbar in seinem Gesicht, am frühen Abend schon imponierte das rasant wachsende Gewächs in Form langer Stoppeln wie andernorts erst nach drei oder mehr Tagen. Im Falle offizieller Veranstaltungen am Abend war daher eine zweite Rasur am Tage von Nöten.
Hat er zu viele Androgene …?
In den seltenen Fällen eines Lächelns entblößte der oberärztliche Mund riesige, fast animalisch anmutende, aber perlweiße Zähne.
Die so genannten Tonnenzähne sind charakteristischer Bestandteil der Hutchinson Trias bei der konnatalen Lues, der Syphilis des Neugeborenen …
Dietrich entsann sich einer alten Staatsexamensfrage. Was da alles für Mist gefragt wurde …
Einen Mist, der mir leider hier nichts nützt, hier an der Font …

Oberarzt Mertens berichtete von den Operationen des Tages.
Waren seine Worte jovial oder angeberisch?

Es zog sich eine Weile hin, dann setzte man sich an den Kurvenwagen zur Kurvenvisite.
Eine Visite ohne Patient.
Nur mit den Kurven.
Es war für Dietrich interessant, der Oberarzt erklärte einiges zu den einzelnen Patienten und deren Verläufen.
Dietrich machte sich Notizen auf kleinen Essenskärtchen, die er in der Kitteltasche verstaute.
Es ging schon auf die 18 Uhr zu.
Der Oberarzt griff nach einer Kurve.
Dietrich rapportierte geflissentlich: „Herrn Nuhr habe ich schon entlassen. Es ging ihm sehr gut bei der Visite. Fäden sind gezogen. Laborwerte und EKG waren in Ordnung."
Das Gesicht des Oberarztes lief plötzlich rot an.
Erst hellrot, an den Wangen beginnend, dann das ganze Gesicht erfassend, dunkler und dunkler werdend, eine regelrechte Plethora.
Er holte ganz tief Luft.
Seine Augen funkelten böse.
Sehr böse.
Ein Schrei.
„Nolte!"
Er holte wieder Luft.
Das Dunkelrot im Gesicht unverändert.
Zornesadern seitlich am Hals prall gefüllt.
„Wie konnten Sie den Patienten entlassen? Er hatte noch keinen Ultraschall nach der OP!"
Seine Stimme war so laut, dass sie über die ganze Station zu hören war.
Die Schwestern arbeiteten unbeeindruckt routiniert weiter.

Dietrichs Zahnräder begannen sich zu drehen.
Es stimmte.
Jeder Patient sollte nach einer Bypassoperation eine Ultraschalluntersuchung des Herzens bekommen. Man beurteilte dabei nicht nur die Pumpkraft, sondern kontrollierte, ob sich Wasser im Herzbeutel gebildet hat, eine seltene, aber bedeutsame Komplikation nach jeder Herzoperation.
„Nolte, Sie Pfeife!" Mertens' Stimme wurde kein Deut leiser.
Ob es die Patienten hören konnten? Warum flippte er so aus?
Dietrich stotterte. „Ich muss es in der Hektik übersehen haben ... Ich dachte, er hätte schon ein Ultraschall ... wir brauchten unbedingt freie Betten ... die Schwestern ..."
„So ein Quatsch! Sie können doch niemand ohne Ultraschall entlassen! Nolte! Wenn der Patient mit einem Herzbeutelerguss herumläuft? Er kann irgendwann einfach tot umfallen!"
Dietrich war geschockt.

Er versprach, den Patienten so schnell wie möglich telefonisch zu kontaktieren und eine Untersuchung zu organisieren.

Die Kurvenvisite wurde fortgesetzt, der Ton wurde wieder ruhiger.

Sachlich wurden die Patienten durchgesehen.

Zum Abschluss, es war jetzt kurz vor 20 Uhr, gingen sie zu den neu aufgenommenen Patienten, die zur OP anstanden.

Dietrich hatte die entsprechenden Vorbereitungen hierfür getroffen.

Die Visite verlief freundlich.

„Sie sind ja über die Operation aufgeklärt und darüber ausführlich unterrichtet …", sagte der Oberarzt.

Die Patienten schüttelten den Kopf.

Mertens bekam wieder die rote Gesichtsfarbe.

Diesmal wurde sie sofort dunkelrot ohne die hellrote Zwischenstufe.

Er hielt die Luft an.

Die Gesichtsfarbe bekam dadurch eine bläulich-zyanotische Note.

„Ich wusste nicht, dass ich die Patienten aufklären sollte, ich dachte der Operateur selbst …" Dietrichs klägliche Stimme stotterte wieder.

„Kommen Sie bitte augenblicklich mit vor die Tür." Mertens' Stimme war gepresst. „Sie sind vielleicht eine Pfeife! Was glauben Sie wo wir hier sind? Ich stand fast acht Stunden nonstop im OP! Soll ich danach noch auf die Station kommen und alle Patienten persönlich aufklären? Was glauben Sie, für was Sie eigentlich da sind? Zum Däumchendrehen? Sie werden nach der Visite alle Patienten in aller Ausführlichkeit aufklären und das nächste Mal werden Sie dies zu rechtschaffener Zeit machen und nicht erst wenn es Nacht wird. Verstanden?"

Dietrich nickte betroffen.

Patienten, die langsam über den Gang schlurften, waren stehen geblieben und hatten dem Dialog gelauscht.

Dietrich sah kurz in ihre Augen.

Lag darin Mitleid oder Verachtung?

Wieder rein ins Patientenzimmer, Fortsetzung der Visite

Kurz nach 20 Uhr verabschiedete sich der Oberarzt auf dem Gang. „Wo haben Sie die Entlassbriefe von heute?" Dietrich schluckte wieder. „Ich habe den Patienten einen handschriftlichen, vorläufigen Entlassbrief mitgegeben." Deren Anfertigung war sehr zeitaufwendig gewesen, da er sich durch einen ganzen Dschungel an Diagnosen und Prozeduren hatte kämpfen müssen.

„Davon gehe ich aus, Nolte. Aber die diktierten, endgültigen Entlassbriefe? Wo sind die?" „Ich dachte … Ich dachte, ich schreibe sie am Wochenende, oder wenn ich zeitlich etwas mehr Luft habe, ich wusste nicht, dass sie schon am gleichen Tag …"

Mertens explodierte. „Nolte, Sie sind eine Pfeife!" Die Patienten, die auf dem Gang schlurften, drehten sich jetzt verschämt weg, schlurften in entgegengesetzte Richtung. Eine hübsche Lernschwester lief vorbei, warf Dietrich einen mitleidsvollen Blick zu.

„Nolte, ich sage Ihnen das jetzt ein einziges Mal: Am Abend sind die Arztbriefe aller entlassener Patienten fertig und zur Unterschrift bereitliegend! Verstanden? Was machen Sie hier eigentlich den ganzen Tag? Pennen? Halten Sie Maulaffen feil?“

Dietrich antwortete mit fahlem Gesicht, er würde die Briefe nach den Aufklärungsgesprächen umgehend diktieren und am nächsten Morgen früh in das Schreibbüro bringen.

„Das muss besser werden!“ war die Verabschiedung des Oberarztes.

Dietrich ging zu den neuen Patienten.

Seine Stimme war noch zittrig, aber er erklärte in ruhigen Worten die anstehende Operation.

Die Patienten saßen ängstlich auf ihren Betten, von den Schwestern im Operationsgebiet bereits von ihrer Körperbehaarung befreit.

Dietrich sprach geduldig und einfühlsam. Er erläuterte in verständlichen Worten, versuchte den Patienten Angst vor dem Eingriff zu nehmen. Zum Abschied drückte er ihnen fest und lange die Hand, wünschte gute Nacht und alles Gute.

Kurz nach halb neun.

Dietrich hatte die Kurven der vier entlassenen Patienten zusammengesucht. Er versuchte mehrmals vergeblich, den Patienten ohne Ultraschall telefonisch zu erreichen.

War ihm schon etwas passiert?

Er griff die erste Krankenkurve, er nahm sein Diktiergerät – und stellte fest, dass es keine Batterien hatte.

Tränen der Verzweiflung in den Augen.

Kurz vor 21 Uhr.

Die Pflegekräfte hatten schon den Wechsel zur Nachtschicht.

Er durchstöberte das Arztzimmer.

Nirgendwo Batterien.

Eine Idee.

Er funkte den diensthabenden Kollegen an, der Nachtschicht hatte. Vielleicht könnte er ihm Batterien oder sein Diktiergerät ausleihen.

Eine Schwester meldete sich auf seinen Funk. Der Kollege könne jetzt nicht ans Telefon, auf der Intensivstation würde gerade ein Patient wiederbelebt.

Dietrich ging ins Stationszimmer und störte die Übergabe des Pflegepersonals mit seiner Frage nach Batterien für das Diktiergerät.

Mehrere Augenpaare musterten ihn wie ein exotisches, noch nie gesehenes Tier.

Aber dann erhob sich ein älterer, ergrauter Krankenpfleger und zauberte aus einer Schublade die passenden Batterien zu Tage.

Danke …
Dietrich begann zu diktieren.
Die erste Kurve. Zehn Minuten.
Die zweite Kurve acht Minuten.
Der dritte Patient hatte einen komplexen Verlauf, Dietrich benötigte fast eine halbe Stunde.
Der vierte Patient war der Herr mit dem vergessenen Ultraschall. Dietrich formulierte das Versäumnis so diplomatisch wie möglich und schloss die letzte Kurve.
Er zog sich um.
Er bemerkte, dass er den ganzen Tag über das Hemd links herum getragen hatte. Er war nicht dazu gekommen, es umzuziehen.
Es war 22 Uhr 20, als er die Klinik verließ, draußen rieselte der erste Schnee. Es war klamm.
Auf dem Nachhauseweg hatte er Tränen in den Augen.
Nicht vor Kälte.

Zu Hause in seiner Bude.
Obwohl er außer der kleinen Portion Müsli am Morgen nichts gegessen, verspürte er keinen Hunger. Stattdessen griff er sich eine Flasche Pils aus dem Kühlschrank. Er machte sich nicht mehr die Mühe, ein Glas zu holen.
Das Bier brannte wie der Kaffee an der Magenwand.
Er rief Yvette an.
Sie war um halb neun aus der Klinik gekommen, war schon im Bett, hatte aber noch nicht geschlafen.
Sie schien sich über den Anruf zu freuen.
Ihm tat es wohl, die Ärgernisse des Tages zu berichten.
Es tat seiner Seele gut. Es beruhigte.
Yvette hatte sich wacker geschlagen, berichtete aber ebenfalls über allerlei frustrierende Erlebnisse.
Sie war offensichtlich auf einer Station gelandet mit besonders zickigen Schwestern, und einem älteren Kollegen, der selbst keine Dissertation gemacht hatte und auch nicht viel von der Wissenschaft hielt. Von daher hatte Yvette schlechte Karten, als sie ihm enthusiastisch von ihren Forschungsprojekten erzählt hatte.
Yvette klang müde und erschöpft.

Er entspannte sich.
Yvette war es in der Kardiologie offensichtlich eine Spur besser, aber auch nicht gerade blendend ergangen.
Er trank das Bier aus.
Es war schön, jemanden wie Yvette zu haben.
Es tat gut, noch spät abends mit jemandem zu sprechen.
Sie wünschten sich gute Nacht und viel Glück für den zweiten Tag.

Er stieg danach direkt ins Bett, in wenigen Sekunden schlief er ein.

*

Der zweite Tag musste besser werden.

Von Anfang an.

Dietrich zwang sich dazu, etwas mehr zu essen.

Das Müsli klebte am Gaumen und zwischen den Zähnen, es war kaum herunterzubekommen.

Er war noch etwas früher aufgestanden. Nach dem Frühstück eine kurze Kontrolle und ab ging es.

Im Treppenhaus hielt er inne. Noch eine einzige Nachkontrolle, einmal nur, 50 Sekunden, ich zähle.

Zurück ins Zimmer.

Der Herd war in Ordnung. Er war doch schon seit Tagen nicht mehr an. Aber man weiß nie.

Die Kaffeemaschine war aus, der Stecker baumelte über die Anrichte herunter.

Ich darf heute keinesfalls nochmals zu spät kommen.

Er zählte langsam laut vor sich bis 50.

Er kontrollierte den Herd, die Kaffeemaschine, den Stecker. „48“, „49“, „50.“

Dietrich rannte zur Tür, die Treppen runter.

Er erreichte pünktlich die Klinik, gab die Kassette mit den diktierten Arztbriefen im Schreibzimmer ab und fand sich umgezogen zur gemeinsamen Morgenvisite auf der Intensivstation mit dem ganzen Tross ein. Einige Assistenten grüßten freundlich, die PJ Studenten flunkerten miteinander.

Die Visite begann.

Professor Nollendorf mit seiner Entourage vornweg, die Herde hintendrein.

Zwanzig Köpfe vor sich, verstand Dietrich auch dieses Mal nichts von den Diskussionen am Patientenbett.

Er sah auch nichts Relevantes.

Seinen Kollegen im hinteren Feld des Trosses ging es nicht anders.

Bett für Bett wurde visitiert.

Dietrichs Aufmerksamkeits- und Aktivitätsniveau war im unteren Bereich.

Das letzte Bett.

Alles wie gehabt.

Vorne Gemurmel, hinten Unverständnis.

Dietrich begann sich zu fragen, was diese Veranstaltung eigentlich sollte, als er plötzlich seinen Namen vernahm.

Die Stimme klang laut und scharf.

107

Die zwanzig Köpfe vor ihm drehten sich kurz, dann traten alle zur Seite, eine Gasse bildend, direkt zum Chef und dem Patientenbett führend.

Dietrich trat langsam vor.

„Ist das Ihr Patient?" fragte Professor Nollendorf schneidend.

Dietrich sah den Patienten an.

Durch den Beatmungsschlauch und die Magensonde waren Teile des Gesichts verdeckt, ein Name war nirgends zu lesen.

Hatte er den Mann schon einmal gesehen?

War es nicht einer von den Patienten, die abends über den Stationsgang geschlurft waren?

Zwei Dutzend Augenpaare waren auf Dietrich gerichtet, knisternde Spannung in der Luft.

„Wenn der Patient von der Station C4 ist, dann ja, dann ist es mein Patient." Dietrich biss sich auf die Lippen. Was für eine dämliche Antwort … Ein Eingeständnis, seine Patienten nicht zu kennen …

„Nolte, bei Herrn Schmidt - und ich darf Ihnen helfen: Es ist Ihr Patient – war vor drei Tagen das Kalium im Blut zu niedrig. Daher wurden ihm dreimal täglich Kaliumtabletten verabreicht." Professor Nollendorfs Stimme war ruhig und sachlich. „Unter den Kaliumtabletten stieg der Kaliumwert konstant an. Bis gestern." Er machte eine kurze Pause. „Gestern lag der Kaliumwert schon über der Norm, er war schon zu hoch. Aber Sie haben die Kaliumtabletten nicht abgesetzt. Sie haben die Kaliummedikation weiter fortgesetzt, obwohl der Kaliumspiegel des Patienten schon zu hoch war. Sie haben es nicht bemerkt. Sie haben es verpennt …" Wieder eine Pause. „Heute Nacht erlitt Herr Schmidt einen Herzstillstand. Das war nicht verwunderlich, denn der Kaliumwert war mit 6,8 schon weit im toxischen Bereich. Der Patient erlitt wegen des zu hohen Kaliums eine Asystolie. Weil Sie das Kalium nicht abgesetzt haben. Sein Herz blieb einfach stehen – dank Ihrer Glanzleistung." Nollendorf zeigte sehr böse mit dem Zeigefinger in Dietrichs Gesicht. „Dank des entschlossenen Vorgehens des diensthabenden Kollegen – wo ist er, Herr Dorst?" Ein Assistenzarzt mit übermüdeten Augen trat vor. „Dank dieses Kollegen, der schon zuvor bei einer anderen Reanimation erfolgreich ein Leben gerettet hatte, konnte Ihr Patient stabilisiert werden. Dorst hat ihn erfolgreich wiederbelebt, einen passageren Schrittmacher gelegt und die Dialyse organisiert. Gute Arbeit Dorst! Sophisticated job!" Der junge Kollege bedankte sich mit einem kurzen Nicken, lächelte und trat wieder zurück in den Tross. „Nolte, was für ein Versäumnis! Was für ein Error! Sie sind dafür verantwortlich." Wieder der Zeigefinger auf Dietrich gerichtet. „Fast hätten Sie den Patienten umgebracht mit ihrer Schludrigkeit!"

Er zuckte zusammen. Sollte er etwas antworten? Gab es irgendetwas Sinnvolles zu sagen?

„Und jetzt haben wir ein richtiges Problem, Nolte! Der Patient nimmt jetzt einen Intensivplatz weg. Nur durch ihren Error! So wie er jetzt hier liegt mit

Beatmung und Dialyse können Sie ihn ja kaum mit auf die C4 nehmen o-
der?" fragte der Chef rhetorisch. „Da dieser Patient durch ihre Schlamperei
jetzt diesen Platz hier besetzt, haben wir für heute nur noch zwei freie
Intensivbetten. Das heißt, wir können heute statt drei nur zwei der geplanten
Patienten operieren! Der Patient von Oberarzt Mertens wird verschoben.
Geht nicht anders. Jetzt haben wir den Error!"
Dietrich erschauderte.
Nollendorf lamentierte nun darüber, dass durch die ausgefallene Operation
die Abteilung eine bedeutsame finanzielle Einbuße habe.
Dietrich kam es fast so vor, als sei dieser Aspekt des besetzten Intensivbettes
und der dadurch ausgefallenen OP schlimmer als die Tatsache, dass beinahe
ein Mensch verstorben war.
Jämmerlich stand Dietrich vor dem Princeps.
Er schlotterte am ganzen Körper.
Seine Arme bewegten sich unkontrolliert, tremorartig, den ‚Kriegszitterern'
des Ersten Weltkrieges ähnlich.
„Mann, Nolte, reißen Sie sich am Riemen! Dass so ein Error nicht mehr vor-
kommt!"
Die Bürstung war zu Ende.
Hinter ihm tat sich wieder die Gasse auf, sie führte nach ganz hinten, an das
Ende des Trosses.
Zitternd wankte Dietrich ataktisch nach hinten.
Angezählt wie ein Boxer kam er auf seine Station.
Error schien Nollendorfs Lieblingswort zu sein.
Was für eine Error – Visite …

Nach den üblichen bürokratischen Erledigungen machte er sich auf zur
Visite seiner Station. Dietrich war heute wieder allein. Er betrachtete die
Patientengesichter. Hatten sie von der lautstarken Kritik des Oberarztes am
Vor-abend etwas gehört? Schauten sie ihn anders an als gestern?
Er nahm sich Zeit für die Patienten und arbeitete sich konzentrierter durch
die Krankenkurven. Eine junge hübsche Physiotherapeutin schenkte ihm ein
Lächeln. „Darf ich mit Herrn Berwanger Treppensteigen?" Der Patient war
vor sechs Tagen operiert worden. Durfte er schon so weit mobilisiert wer-
den? Ihm geht es subjektiv gut …
„Nein noch nicht", antwortete Dietrich bestimmt. Jetzt nur kein Risiko ein-
gehen …

Nach der Visite nahm er zwei neue Patienten auf.
Es ging auf die Mittagszeit zu. Dietrich verspürte zum ersten Mal seit langer
Zeit ein Gefühl von Appetit, aber an Essen war jetzt nicht zu denken.
Er diktierte die Entlassbriefe des Tages, um sie am Abend dem Oberarzt
vorlegen zu können.

Da wurde das Arztzimmer ohne Anklopfen von einem Kollegen betreten. Dietrich schätzte ihn Anfang dreißig, auf seinem Namensschild war Dr. Zahn vermerkt. Er kannte ihn nicht

„Ich bin der Michael. Und wie läuft's?" fragte er locker.

„Nun ja, es geht so. Ich kämpfe mich so durch."

Doktor Zahn hockte sich lässig auf die Tischkante. „Das öffentliche Auspeitschen heute Morgen gut überstanden? Mach dir nichts draus, geht jedem 'mal so …"

Dietrich musterte seinen Kollegen. Wo kam er jetzt eigentlich her? Er erinnerte sich an ein Schild im Stationszimmer, auf dem sein Name als zur Station C4 zugehörig vermerkt war.

„Sollen wir 'mal besprechen, wie wir die Stationsarbeit für heute Nachmittag … aufteilen?" fragte Dietrich vorsichtig.

„Du, ich muss gleich wieder ins Forschungslabor rüber. Wir untersuchen neue Materialien für künstliche Bypassconduits in der tierexperimentellen Abteilung. Ich muss mich ranhalten, nächste Woche habe ich einen ‚date' beim Chef, die bisherigen Ergebnisse wollen wir in die ‚Annals of Thoracic Surgery' unterbringen. Also mach's gut, Dieter, ich muss weg. Die Wissenschaft ruft!"

Dietrich schätzte es nicht, bei einem falschen Vornamen genannt zu werden. Er sagte nichts.

Zahn eilte aus dem Zimmer, Dietrich diktierte weiter.

Was der Oberarzt heute Abend wohl wieder zu bemäkeln haben wird?

Es klopfte an der Tür. „Entschuldigen Sie Doktor …" Eine Schwester trat ein. Das erste Mal, dass ich hier eine Höflichkeit höre und erlebe. Der erste höfliche Mensch seit ich hier bin …

„Patient Gauß in 211. Sein zentraler Venenzugang ist 'raus. Er bräuchte einen neuen. Periphere Zugänge an den Armen gehen nicht, die Venen platzen immer gleich. Können Sie …?"

Dietrich legte das Diktiergerät ab. Er hatte schon ein Dutzend solcher zentraler Zugänge in eine große, herznahe Vene am Hals oder unter dem Schlüsselbein als Student im Praktischen Jahr gelegt. Das wäre jetzt eine Chance, etwas zu zeigen. „Ich werde das machen, bitte bereiten Sie alles vor."

Er diktierte zu Ende und ging dann in das Patientenzimmer.

Vier Betten.

Drei Patienten, aufrecht im Bett sitzend.

Der augenscheinlich Jüngste von ihnen schaltete einen Fernseher ab.

Die drei sahen Dietrich mit gespannten Gesichtszügen an.

Ein Patient sah nicht zu ihm.

Der vierte Patient.

Herr Gauß.

Um an den Halsvenen eine bessere Füllung zu erreichen, hatte die Schwester den Kopf des Patienten tief gelegt. Dies konnte durch simplen Knopfdruck erreicht werden, der das Bett samt Patient hydraulisch aus einer horizontalen in eine schräge Lage bewegte.

Der Kopf und die Umgebung des Patienten war bereits mit sterilen grünen Tüchern abgedeckt, die Halsseite desinfiziert, das Instrumentarium bereitgelegt.

Dietrich begrüßte den Patienten, die Antwort bestand in unverständlich grummelnden Lauten unter der Vielzahl von Abdecktüchern.

Er nahm einen sterilen Kittel und Handschuhe und tastete den Hals ab. Normalerweise lag die zu punktierende Vene seitlich der Halsschlagader, dessen Puls man mit den Fingern tastete.

Er spürte den Puls und setzte einige Zentimeter seitwärts mit einer dünnen Kanüle eine örtliche Betäubung.

„Autsch", erklang es aus dem Berg unter den grünen Tüchern hervor. Die Gesichter der drei zuschauenden Patienten zuckten zusammen.

Wie sieht Herr Gauß eigentlich aus? Dietrich konnte sich an dessen Gesicht nicht mehr erinnern. Zu viele Patienten auf einmal.

Jetzt versuchte er, mit der größeren Punktionskanüle die Vene zu treffen. Er schob die Kanüle in verschiedenen Winkeln tief in den Hals vor.

Nichts.

„Klappt´s?" fragte es aus dem grünen Tücherberg heraus.

„Wir sind gerade dabei …", antwortete Dietrich. Die assistierende Schwester reichte ihm Kochsalzlösung, um die Kanüle zu spülen.

Er setzte neu an und versenkte die Kanüle wieder tief im seitlichen Hals.

Herr Gauß stöhnte unter den Tüchern, die gaffenden Mitpatienten saßen glotzend da, die Hälse reckend.

Er spürte Schweißperlen auf der Stirn.

Er wählte einen neuen Einstichort, etwas mehr zur Halsmitte hin und versuchte es von dort weiter. Aus dem Tüchergebirge war wieder ein Stöhnen, diesmal deutlich lauter und klagender zu vernehmen.

Dietrich brach ab, nahm die kleine Kanüle und setzt noch mehr örtliche Betäubung in das Gewebe.

Er wechselte noch zweimal den Einstichort – ohne Erfolg.

Nichts.

Die Schweißperlen tropften jetzt auf seinen Kittel herab.

Er sah in die glotzenden Gesichter der anderen Patienten.

Ein letzter Versuch.

Er ließ sich von der Schwester wieder die Kanüle spülen und setzte an einer neuen Stelle, etwas weiter oben an.

Leicht glitt die scharfe Kanüle in die Tiefe.

Wie in weiche Butter.

Der Tücherhügel stöhnte wieder. „Arrgh", rief Herr Gauß.

Jetzt kam Blut aus der Kanüle zurück.

Getroffen!

Dietrichs Gehirn setzte Glückshormone frei, er hatte es geschafft. Man brauchte nur Geduld. Geduld ist das Schwert des Klugen!

„Wir haben's! Wir sind gleich so weit." Jetzt galt es, über die in der Vene platzierte Kanüle einen dünnen Draht in das Blutgefäß vorzuschieben, die Kanüle zu entfernen und auf dem liegenden Draht den mehrlumigen Verweilkatheter aus Plastik in die Vene hineinzuschieben.

Er schob den Draht vor.

Schon nach kurzer Wegstrecke ging es nicht weiter.

Der Tücherberg stöhnte jetzt laut auf.

Er zog den Draht wieder zurück, schob ihn wieder vor – es ging nicht weiter.

Ein federnder Widerstand.

Was war da los?

Er versuchte es nochmals, sofort war das laute Stöhnen aus dem Tücherberg wieder da.

Die Schwester drückte dem Patienten die Hand, die seitwärts aus dem grünen Tücherhügel hervorlugte.

Er bekam den Draht nicht weit genug in die Vene, es half nichts, er zog den Draht wieder aus der Kanüle heraus und entfernte dann auch diese.

Der Draht sah fürchterlich zerbeult aus, er verlief an seinem Ende in spiralförmigen Krümmungen.

Dietrich sah wieder in die angespannten Gesichter der Mitpatienten. Er dachte nach. Nochmals versuchen oder den Oberarzt rufen?

„Doktor, schauen Sie 'mal …" Die Schwester riss ihn aus seinen Gedanken.

Der Hals des Patienten wurde jetzt von Sekunde um Sekunde dicker und dicker. Er schwoll in kürzester Zeit an. Es musste das Blutgefäß sein.

Dietrich hatte es ja wohl getroffen, daraus blutete es jetzt.

Er zog die grünen Tücher weg und erschrak zu Tode.

Er sah zur Schwester.

Ihr Gesicht war kreidebleich, die Augen vor Entsetzen geweitet.

Der Anblick traf Dietrich wie ein Schlag. Ein Schlag wie damals vor so vielen Jahren im Schülerbus, als Hannah …

Das wimmernde Stöhnen des Patienten riss ihn aus seinen Gedanken.

Was die Schwester und Dietrich nun erblickten, war eine riesige, groteske Schwellung der gesamten Halsseite, die sich rasch auf die Gegenseite ausbreitete. Als fände hier ein unterirdisches Seebeben ungeheuren Ausmaßes statt, wurde der Hals wie eine Tsunamiwelle sekündlich größer und größer.

Herr Gauß erinnerte an ein Michelinmännchen.

Noch nie in seinem Leben hatte er einen derart geschwollenen Hals gesehen.

Er war jetzt schon so dick wie Dietrichs Oberkörper.

„Wir müssen die Stelle abdrücken!", rief er panisch und presste seine Finger auf die Punktionsstelle.

Herr Gauß schrie auf.

In den drei glotzenden Patientengesichtern war jetzt Entsetzen geschrieben.

Der Hals sah grauenvoll aus.

Trotz des Abdrückens schien er noch dicker zu werden.

Dietrich veränderte den Druckpunkt, der Patient röchelte.

„'Krieg keine Luft …"

„Rufen Sie bitte den Oberarzt", flüsterte Dietrich zur Schwester. In diesem Augenblick verdrehte der Patient die Augen und verlor das Bewusstsein.

Albtraum.

Eine apokalyptische Szenerie.

Gleich kommt der Oberarzt rein ... Dietrich vor einem Schlachtfeld. Auf einem gigantisch geschwollenen Hals herumdrückend, um ihn herum eine Unzahl blutiger grüner Tücher, der Unrat des Instrumentariums verstreut auf dem Bett und Boden, als Zuschauer drei Patienten mit apokalyptischem Blick.

Dietrich sah auf den völlig leblosen Patienten unter sich, dessen Halsseite er weiter komprimierte.

Herr Gauß machte keine Atembewegungen mehr, mit der anderen freien Hand konnte Dietrich keinen Puls mehr fühlen.

Panik.

Das ist der Untergang.

„Schwester!" Seine Stimme war jetzt laut und schrill. „Spritzen Sie dem Patienten eine Ampulle Adrenalin! Wir müssen ihn wiederbeleben!"

Die Stimme der Schwester war dagegen ganz ruhig. „Doktor .. Wohin spritzen? Wir haben doch gar keinen Venenzugang. Sie wollten doch einen Zugang legen. Wohin etwas spritzen?"

Dietrich kapitulierte.

Das war's jetzt.

Gestern hatte er nur beinahe einen Patienten umgebracht durch seine Nachlässigkeit.

Jetzt hatte er es geschafft.

Völlig leblos lag Herr Gauß unter ihm.

Er erkannte ihn jetzt auch wieder, jetzt wo die grünen Tücher verstreut am Boden lagen.

Dietrichs Verzweiflung wuchs ins Unermessliche.

„Doktor …" Die Schwester neben ihm sprach weiter mit ruhiger, sanfter Stimme. Dietrich kannte nicht einmal ihren Namen. „Doktor, vielleicht drücken Sie zu fest auf den Hals. Wenn man bei älteren Patienten den seitlichen Hals komprimiert und auf die Arteria carotis drückt, kann man über den Carotis-Sinus-Reflex einen langsamen Puls oder sogar einen Herzstillstand auslösen. Man nennt das dann auch einen hypersensitiven Carotissinus. Die betreffenden Patienten fallen dann zum Beispiel um, wenn sie sich eine Krawatte eng binden oder sich am seitlichen Hals rasieren.

Lassen Sie mich 'mal." Behutsam nahm sie Dietrichs Hände vom Hals weg und drückte selbst nur nach ganz sanft und sachte auf die Einstichstelle.

Es war wie ein Wunder.
Der Patient öffnete augenblicklich wieder die Augen. „Mein Hals …", krächzte er.
Dietrich hätte die Schwester küssen können.
Und den Patienten gleich dazu.
Herr Gauß und Dietrich bekamen zeitgleich wieder eine bessere Gesichtsfarbe.
„Ich habe das schon 'mal gesehen. Wenn man zu fest auf die Carotis drückt, kann dir das Herz stehen bleiben", sprach die Schwester weiter ohne dabei schulmeisterhaft zu wirken. „Es gibt in asiatischen Kampfsportarten Techniken, genau diese Stellen zu treffen, um den Gegner rasch kampfunfähig zu machen."

Der Hals wurde nicht mehr dicker, es blutete wohl nicht weiter.
Konnte er überhaupt noch dicker werden?
Dietrich half der Schwester beim Aufräumen der Trümmer. Der Zugang war ja immer noch nicht gelegt, sie riefen jetzt den Oberarzt.
Er bedankte sich bei der Schwester.
Sie hieß Bettina.
Dietrich nahm sich vor, sich den Namen zu merken.

Er erwartete ein Donnerwetter des Oberarztes.
Er würde laut werden und schreien wie am Vortag.
Dietrich stand wartend auf dem Gang und machte ihm sogleich Meldung.
„Ich habe versagt, Herr Oberarzt. Ich habe es nicht geschafft, bei Herrn Gauß einen zentralen Zugang zu legen. Stattdessen hat er ein großes Halshämatom entwickelt, der Hals ist sehr geschwollen. Durch das Abdrücken am Hals ist er kurzzeitig bewusstlos geworden."
Oberarzt Mertens hörte aufmerksam zu. „Kann passieren." Eine Bürstung blieb aus. „Kommen Sie mit, ich versuche es mal an der anderen Halsseite."
Die Schwester, Dietrich und der Oberarzt besahen sich das Werk. „Junge, Junge, was haben Sie denn da geschafft? Wie haben Sie denn den zugerichtet?" Der Oberarzt besah sich die zahlreichen Einstichstellen am seitlichen Hals. „Haben Sie da mit der Schrotflinte draufgeschossen oder was?" Mertens lachte über seinen Witz, seine großen Tonnenzähne bleckend.
Schwester Bettina begann, ihm beim Punktionsversuch auf der anderen Seite zu assistieren. Die enorme Halsschwellung machte die erneute Punktion nicht gerade einfacher. Herr Gauß war wieder unter dem grünen Tücherhügel.

Dietrich sah dem Oberarzt zu.

Was würde jetzt passieren?

Schafft er es auch nicht oder erst nach sehr langer Zeit?

Mertens arbeitete konzentriert, routiniert; Dietrich sah, wie er während seiner Tätigkeit unmerklich die Zunge ein wenig aus dem linken Mundwinkel herausstreckte. Es mutete drollig an, er musste innerlich schmunzeln. Ein ontologisch interessantes Symptom der höchsten Konzentration … Viele erwachsene Menschen strecken bei hohen geistigen Konzentrationsleistungen unwillkürlich ihre Zunge mehr oder minder weit aus diesem oder jenen Mundwinkel heraus. Der Hintersinn dessen kann ontologisch erklärt werden. Die allererste geistige Konzentrationsleistung eines jeden Menschen nach der Geburt besteht in der Tätigkeit des Saugens. In dessen motorischem Programm spielt die Zunge eine wesentliche Rolle. Daher behalten manche Menschen im Laufe ihres weiteren Lebens eine unwillkürliche Zungentätigkeit bei hoher Konzentration bei, sehr häufig ist es noch bei Grundschulkindern während des Unterrichtes zu beobachten, gelegentlich verliert sich das Phänomen nach der Adoleszenz, bei manchen bleibt es bis in höhere Alter bestehen.

Er entsann sich der Vorlesung eines Physiologieprofessors zu dieser Thematik.

Nach wenigen Sekunden traf Mertens die Vene, er schob mühelos den Führungsdraht vor, wechselte auf den Plastikverweilkatheter. Die Oberarztzunge verschwand wieder hinter den Tonnenzähnen. Die Aktion hatte kürzer gedauert, als Dietrich für die örtliche Betäubung benötigt hatte.

„So geht das, Junge", sagte Mertens grinsend. Die von ihren Betten aus zuschauenden Patienten sahen genauso grinsend zum Oberarzt.

Sie gingen nach draußen.

Dietrich präsentierte seine diktierten Arztbriefe, danach begann Mertens mit ihm die Kurvenvisite.

Da diese durch ständige Telefonate des Oberarztes häufig unterbrochen wurde, zog es sich bis halb acht Uhr hin bis er die Klinik verlassen konnte.

Der zweite Arbeitstag.

Was für ein Tag …

Platt und erschöpft ging er langsam Richtung Altstadt.

Einer Eingebung folgend, lief er zu Yvettes Wohnung. Es war ein schrecklicher Tag, eigentlich noch schlimmer als der vorherige.

Die Bürstung durch den Princeps bei der Morgenvisite … Das Gemetzel bei Herrn Gauß …

Das Telefonat am letzten Abend mit Yvette hatte ihm so gut getan, ihn wieder über Wasser gebracht.

Er sehnte sich nach ihr.

Er wollte ihr jetzt nicht nur, er wollte sie jetzt auch im Arm halten, den Duft ihres Haares, ihre weichen Haut spüren.

Er wollte sich einfach festhalten an ihr.
Wie mag es ihr heute ergangen sein?
In ihrer Wohnung sah er von außen Licht brennen.
Er klingelte.

Sie umarmten sich an der Türe. Yvette hatte ihr schwarzes Haar streng nach hinten zu einem Dutt frisiert. Sie schien sich über den Überraschungsbesuch zu freuen, ihre Gesichtszüge erschienen aber angespannt, ihre Augen glänzten müde. „Ich hatte heute ziemlichen Stress in der Klinik", begann sie. „Irrsinnig viel zu rödeln auf der Station und dann soll ich bis morgen ein Manuskript fertig machen für eine Posterpräsentation für den Kardiologiekongress in Mannheim. Der Chef liegt mir in den Ohren." Auf ihrem Computermonitor flimmerte ein halbfertiges Abstract, wie es im Neudeutsch der Klinik gerne genannt werden wollte. Auf dem Schreibtisch türmten sich Unterlagen und Computerausdrucke.
Er setzte sich auf die Couch und erzählte von den unangenehmen Geschehnissen seines Tages.
Yvette saß derweil am Schreibtisch.
„Armer Dietrich", sie erhob sich und nahm seinen Kopf in die Hände. Sie küsste ihn sanft auf die Stirn. „Es tut mir leid, dass du so einen schrecklichen Tag hattest."
„Sollen wir uns was zu essen kochen oder noch ein bisschen weggehen? Oder wir machen uns einen gemütlichen Couchabend?" fragte Dietrich.
„Ich muss den Entwurf bis morgen fertig haben und ich hab' noch wahnsinnig viel vor mir. Der Chef reißt mir sonst den Kopf ab. Morgen wär's echt besser. Ich brauch' einfach noch einiges an Zeit …"
Er erhob sich enttäuscht.
Er konnte seine Freundin verstehen, er kannte ihren Chef.
Trotzdem war sie da, die Enttäuschung.
„Gut, dann freue ich mich auf morgen."
Er küsste sie auf den Mund, sog ihren Körperduft ein und machte sich auf den Nachhauseweg.
Es war 21 Uhr, als er in seiner Bude zurück war.
Er bestellte sich beim Heimservice eine Pizza und holte sich ein Bier aus dem Kühlschrank.
Er hörte Musik aus seiner Kassettensammlung. Ältere Titel aus seiner Schulzeit.
Die Pizza kam, sie war schon kalt und von gummiartiger Konsistenz.
Er hatte einen Bärenhunger.
Er trank ein zweites Bier und rekapitulierte seine Patienten.
Am morgigen Tag war die Chefvisite.
Er hatte sich seine Kärtchen mit den Patientennamen und den wichtigsten Daten mit nach Hause genommen und überflog sie.

Würde sein Kollege Zahn dann dabei sein oder sich wieder im Tierstall zur
Forschung verkriechen?
Er räumte die Bierflasche weg und sortierte die gehörten Kassetten wieder
ordentlich in seine Sammlung ein. Liebevoll strich er über die sortierten
Hüllen, als wohne Leben in ihnen.

*

Der dritte Tag.
Wegen der anstehenden Chefvisite hatte er sich mit einem frischen, ge-
stärkten Arztkittel bewappnet.
Er war pünktlich zur morgendlichen Vollversammlung auf der Intensivstationsvisite erschienen.
Heute stand wieder ein öffentliches Auspeitschen vor dem Röntgenschirm
an.
Ein völlig übermüdeter Kollege aus dem Nachtdienst, rotäugig, hohlwangig,
hatte den Unbill Nollendorfs auf sich gezogen, da es ihm nicht gelungen war,
in der Nacht mindestens zwei Patienten von der Beatmungsmaschine zu
befreien, so dass sie nicht verlegt werden konnten und somit am Morgen
keine freien Intensivbetten verfügbar waren.
Dies führte zu dem Problem, dass heute keine größeren Operationen erfolgen
konnten.
Dietrich verstand im hinteren Glied jeweils nur den Chef und dessen rüde
Schimpfattacken.
Der Assistenzarzt vor dem Röntgenschirm schien sich tapfer zu wehren und
verwies auf zahlreiche medizinische Details und Aspekte, um sein Vorgehen
zu rechtfertigen. Gestikulierend stand er vor dem Röntgenschirm ähnlich
einem Schüler an der Tafel, zeigte wiederholt auf Befunde. Seine leise
Stimme war für Dietrich im hinteren Abschnitt des Trosses kaum hörbar.
Nollendorf brauste auf, seine dröhnende Stimme war jetzt über die gesamte
Intensivstation zu hören, die gleichmäßigen Geräusche der Beatmungsmaschinen und das Piepsen der Monitore übertönend. Tobend johlend ging
er zum nächsten Bett. Der Tross folgte schweigend.
Dietrich hatte sich neben Dr. Zahn positioniert. „Bist du heute mit dabei auf
der Chefvisite?" raunte er ihm zu.
„Nee, du. Ich muss gleich ins Forschungslabor. Der Oberarzt läuft ja mit. Du
weißt ja: Der Chef kommt meist pünktlich um elf Uhr. Verschiffe vorher die
schlechten Patienten …"
Er fragte flüsternd zurück: „Was meinst du damit?"
Dr. Zahn lächelte. „Na, Junge. Es gibt doch immer irgendwelche Patienten,
die man dem Chef einfach nicht so gut vorführen kann. Leute, bei denen
irgendetwas schief lief, Leute, bei denen der Verlauf nicht so in Ordnung ist.

117

Dann gibt es auch noch Patienten, bei denen medizinisch alles im Lot ist, die aber, nun ja, sagen wir mal, diplomatisch kritisch sind. Motzkis. Dysphorische Leute, die medizinisch im grünen Bereich sind, die sich aber vor dem Chef über dich beschweren. Wegen irgendeinem Kappes. Aber kein Problem, all diese Leutchen schiffst du um zehn Uhr aus. Am besten schickst du sie auf eine längere Reise, von der sie frühestens am Nachmittag zurück sind, wenn der Chef längst entschwunden ist. Ein sehr schönes und bewähr-tes Reiseziel ist die Hals-Nasen-Ohrenklinik. Immer sehr beliebt … Du schreibst ein hübsches Konsil und bittest um Abklärung einer Schwerhörigkeit. Haben ja eh die meisten. Der Patient wird dort hingekarrt, muss erstmal ewig warten. Dann das Audiogramm, die Hörprüfung, dann erst mal wieder langes Warten. Dann kommt irgend so ein HNO Doktor. Keine Sorge, den Patient siehst du vor Nachmittag nicht wieder. Falls du viele Patienten zur Ausschiffung hast, kommt auch die Neurologie als weiteres Reiseziel in Frage. Du bittest um eine Abklärung eines Schwindels. Haben ja auch fast alle, oder? Prima Sache, die Konsiluntersuchung dort dauert Stunden. Der Chef steht dann bei der Visite vor einem leeren Bett. ‚Was haben wir denn da?' wird er fragen. Erzähle ihm frei, was du willst. Die Krankenkurve ist immer zur Konsiluntersuchung bei dem verschifften Patienten. Keine Chance für den Chef. Er wird dich loben, du bist jemand, der sich um die Patienten kümmert, der sie interdisziplinär versorgt …" Dr. Zahn grinste.
Dietrich überdachte das Gehörte.
„Weißt du – die Medizin könnte so toll sein, wenn es nur nicht diese lästigen Patienten gäbe …" Dr. Zahn lächelte, einer dämonischen Fratze gleich. Dietrich wandte sich leicht angewidert ab.

Zurück auf seiner Station überlegte er, ob er Herrn Gauß über den morgens gehörten Mechanismus vor der Chefvisite in Sicherheit bringen sollte. Der Hals hatte immer noch den Umfang seines Brustkorbes. Die Idee war verlockend.
Aber Dietrich ließ es darauf ankommen.
Kein Patient wurde zu einem Konsil ausgeschifft.
Alle blieben an Bord.

Elf Uhr.
Professor Nollendorf stand auf dem Stationsflur.
Eilfertig hantierte Stationsschwester Hildegard am Visitenwagen, Oberarzt Mertens eilte aus anderer Richtung kommend hinzu.
Das erste Patientenzimmer.
Dietrich berichtete rhetorisch geschliffen die Diagnosen, den bisherigen Ver-lauf und das geplante Procedere jedes Patienten. Dabei hatte sowohl seine stramme Körperhaltung als auch seine Sprechweise viel von einer militäri-schen Meldung.

Die Ausführungen wurden von Nollendorf abgenickt, gelegentlich kam ein kurzes „Danke" oder „Gut". Er schien mit Dietrichs Präsentation zufrieden.
Bei einigen Patienten diskutierte Nollendorf mit seinem Oberarzt Details der stattgehabten Operation. Diese wurden weder von den Patienten noch von Dietrich oder der Schwester verstanden. Auch ohne inhaltliches Verständnis schien Dietrich gelegentlich gegenseitige Lobhudelei herauszuhören.
Der Patientenkontakt beschränkte sich meist auf das Betrachten einer Operationswunde oder auf die knappe Frage, wie das Befinden sei.
Der Chef nahm die Visite wie eine Truppenparade ab, der Tross gelangte rasch von Zimmer zu Zimmer.
Dietrich fühlte sich gut.
Wie ein Ordonnanzoffizier ratterte er Patientendaten wie am Schnürchen herunter.
Er hatte sie am Vorabend geübt.
Im vorletzten Zimmer kam die Mine.
Der Tross lief auf sie auf.
Obgleich Nollendorf die Krankenkurve der Patienten jeweils nur flüchtig streifte, blieb er in diesem Zimmer an einer Stelle hängen. „Moment mal, …" Nollendorf durchblätterte die Kurve. „Nolte! Was für ein Error!"
Dietrich hatte die Meldung der Patientengeschichte noch nicht zu Ende rapportiert.
„Nolte! Die Frau hat einen Kreatininanstieg von 1,6 auf 2,5! Ihre Nierenfunktion hat sich deutlich verschlechtert!"
Dietrich hatte dies bemerkt gehabt. Er hatte schon am Vortag darauf reagiert und mehr Flüssigkeitszufuhr und eine Sonographie der Nieren angeordnet. Auch engmaschige Blutkontrollen hatte er programmiert. Bevor er darauf hinzuweisen vermochte, setzte Nollendorf laut polternd wieder an: „Sie Schlafmütze! Die Nierenfunktion verschlechtert sich und die Patientin nimmt unverändert ihre Diabetestabletten! Die dürfen sie bei eingeschränkter Nierenfunktion doch gar nicht mehr geben! Sie bringen die Patientin ja sonst um!"
Dietrich schluckte.
„Sie müssen die Diabetestabletten absetzen und stattdessen Insulin verabreichen. Mann, Nolte! Ich bin ja kein Internist, aber das weiß doch jedes Kind. So ein Error! Wo haben Sie ihren Kopf?"
„Ich habe es übersehen. Ich habe versäumt, die Tabletten abzusetzen. Es tut mir leid." Dietrichs Stimme war leise, kaum noch hörbar.
„Tut mir leid, tut mir leid!" schrie Nollendorf. Der Oberarzt neben ihm senkte die Augen. Sie schienen das Oberflächenmuster des Linoleumbodens zu fixieren. „Tut mir leid! Es tut mir leid, dass wir Sie umgebracht haben! Tut mir leid, Ihre Frau ist durch unser Versäumnis verstorben! Tut mir leid, wir haben vergessen, ein Medikament abzusetzen, tut mir leid, sie ist jetzt tot! Tut mir leid! Da gibt's keine Entschuldigung! Nolte, Sie Penner! Das ist einfach schlecht! Ihre Leistung, Ihr Aufmerksamkeitsniveau ist schlecht!

Das ist ein einziger absoluter Error!" Nollendorf machte an der Spitze des Visitentross kehrt und verließ schnaubend das Zimmer, der Hofstaat ihm folgend, Dietrich zuletzt, geprügelt, in tiefer Niedergeschlagenheit.
Als er das Patientenbett streifend kurz vor der Türe stand, ergriff ihn plötzlich die Hand der älteren Patientin, um die es ging.
Sie drückte Dietrichs Hand kurz und fest.
Dietrich schaute sich um und sah in die hellen Augen der alten Frau.
Die Augen spendeten ihm einen Trost.
Die Augen und der kurze Händedruck.
Dankbar blickte er zurück.

Abend.
Dietrich saß vor dem Krankenkurvenwagen.
Der weitere Tag war unspektakulär verlaufen. Er hatte wieder neue Patienten aufgenommen, alte entlassen, die Briefe diktiert, der Oberarzt war noch vorbeigekommen, man hatte einige Dinge besprochen ohne dass Mertens noch herummäkeln musste.
Der Arbeitstag war eigentlich beendet. Er ärgerte sich über die Chefvisite. Sie lief so gut und so glatt in den ersten Zimmern und dann dieser Mist mit den Zuckertabletten.
Dietrich biss sich auf die Unterlippe.
Dauernd gab es Versäumnisse.
Er zog den Wagen mit den Krankenkurven zu sich heran.
Er würde jetzt jede einzelne Kurve noch einmal nachkontrollieren.
Prüfen, ob alles in Ordnung sei.
Er begann.
Er kontrollierte akribisch die aktuellsten Laborwerte und die Medikation.
Akte um Akte arbeitete er durch.
Alles in Ordnung.
Erleichtert schob er den Wagen ins Stationszimmer zurück.
Es war nach halb acht Uhr, er verabschiedete sich von der Spätschicht der Schwestern.
Beim Umziehen rekapitulierte er den Tag. Was für ein Fauxpas bei der Visite …
Plötzlich war sie wieder da.
Wie aus dem Nichts.
Jetzt brannte sie auch hier.
Hui da bin ich, jetzt auch in der Klinik!
Die Angstflamme.
Nollendorf hatte nicht Unrecht! Die Patientin hätte durch sein Versäumnis sterben können. Der andere Patient mit dem zu hohen Kalium ist schon fast verstorben. Dietrich! Kontrolliere sie nochmals nach! Dietrich! Die Laborwerte!

Er hängte seine Jacke wieder an die Garderobe, ging zurück ins Stationszimmer.
Die Schwestern machten gerade eine Pause, saßen Stullen kauend am Tisch. Manche rauchten, obwohl untersagt.
Er nahm sich den Visitenwagen, öffnete die erste Kurve. „'Muss noch was nachsehen", beantwortete er die fragenden Schwesternblicke.
„Sie haben wohl auch kein Zuhause, oder? Niemand, der auf Sie wartet?"
Dietrich verzichtete auf eine Antwort.
Er musste jetzt konzentriert kontrollieren.
Er arbeitete Kolonne um Kolonne der Laborwerte durch.
Zahl um Zahl. Wert um Wert.
Keine Besonderheiten.
Alles wie gehabt.

20 Uhr.
Dietrich verabschiedete sich wieder.
Die Schwestern beendeten ihre Pause und schwärmten in die Patientenzimmer aus. Ein Pfleger verblieb am Schreibtisch, über einen Wust an Papieren gebeugt.
Er ging ins Arztzimmer zurück.
Er trank Wasser aus dem Wasserhahn.
Er hatte seit dem Morgen nichts gegessen, nichts getrunken.
Mit Yvette hatte er ausgemacht, dass sie abends telefonierten und in Abhängigkeit von der Uhrzeit sich noch treffen wollten. Fürs Kino war es jetzt schon zu spät. Aber Essengehen und danach vielleicht noch zu Yvette nach Hause …
Dietrich freute sich.
Er lief die Kliniktreppen herunter, in Gedanken bei Yvette.

Als hätte plötzlich jemand mit einer magischen Fernbedienung den Fernsehsender gewechselt, waren die Gedanken an Yvette plötzlich weg und die Flamme wieder da.
Die Angstflamme.
Sie loderte wieder.
Da bin ich wieder!
Ist wirklich alles in Ordnung mit dem Labor?
Morgen früh auf der Intensivstation … Vielleicht liegt dann wieder einer deiner Patienten, der wegen dir fast über die Wupper …
Mechanisch machte Dietrich kehrt und lief wie ferngesteuert direkt retour in das Stationszimmer.
Unverändert saß der Pfleger über seinem Papierberg. „Doktor?" fragte er überrascht.
„'Muss noch ganz kurz was gucken", antwortete Dietrich getrieben. Er setzte sich wieder vor den Wagen, nahm die erste Kurve. Schlug sie auf. Das Blatt

mit den Laborwerten war in den Kurven immer an derselben Stelle abgeheftet, daher leicht zu finden.
Dietrich hatte wieder die Zahlenkolonnen vor sich.
Er kontrollierte Wert um Wert, Kolonne um Kolonne, Blatt um Blatt, Kurve um Kurve.
Schwestern, die am Zimmer vorbeiliefen und ihn durch die große Sichtscheibe sahen, blickten ihn erstaunt an, zwei jüngere schienen über ihn zu kichern.
Ihm war es egal, er musste jetzt die Werte kontrollieren.
Er kam schnell voran, schon war er bei der letzten Kurve.
Dann machte er eine kurze Pause.
Ich habe viel zu schnell kontrolliert.
Viel zu schludrig.
Ich muss nochmals von vorne beginnen.
Konzentrierter!
Und ich muss vorbeugen.
Das ist heute die letzte Kontrolle, ich kann auf keinen Fall hier weggehen und ein drittes Mal zurückkommen. Es ist so schon sehr auffällig!
Also, volle Konzentration, es muss die letzte Kontrolle sein!
Dietrich war bei der dritten Kurve. Er dachte an den Nachhauseweg.
Was mache ich, wenn die Angstflamme wieder kommt?

Er gebar eine Idee.
Er ging wieder zur allerersten Kurve zurück, schlug die Seite mit den Laborergebnissen auf. Er nahm seinen Kugelschreiber und machte an jeden aktuellen Laborwert, den er kontrollierte, einen kleinen, unscheinbaren Punkt. Immer links unten im Eck des Kästchens. So habe ich eine Kontrolle, was ich schon kontrolliert habe. Überall, wo ein kleiner Punkt ist, habe ich kontrolliert. Am Ende jeder Kolonne, ein Blick – überall Punkte – Fall beendet.
Er machte sich ans Kontrollieren.
Er war voll konzentriert.
Punkt für Punkt wurde gesetzt.
Nur wenn der Pfleger von seinem Papierberg aufsah oder jemand das Stationszimmer betrat, hielt er inne. Niemand sollte ihn bei seiner geheimen Markierungsarbeit sehen.
Kurz nach halb neun waren alle Kurven durch.
Er stand auf, wünschte einen schönen Abend.
Er machte sich auf den Nachhauseweg und erfreute sich über seinen Sieg über die Angstflamme.

*

Der nächste Tag.

Nach der Visite der Intensivstation eröffnete ihm Dr. Zahn zu dessen Überraschung, er begleite ihn auf Station. Heute keine Tierexperimente, keine Forschung, stattdessen die Niederungen des Stationsdienstes.

Sie machten gemeinsam Visite, Michael Zaun übernahm die Funktion des Sprechers, wobei nach Dietrichs Geschmack die Empathie etwas größer hätte sein können, die Patienten wurden nur kurz, manchmal sogar schroff nach ihren Befindlichkeiten befragt, hier und da auskultiert, die meiste Zeit verbrachte sein Kollege über der Krankenkurve.

Michael zeigte Dietrich einige Kniffe, erklärte ihm ein Schrittmacher-EKG. Durch die Arbeitsaufteilung waren sie bereits am frühen Nachmittag mit der Stationsarbeit fertig. Michael Zahn verabschiedete sich. „Ich muss heute ein bisschen früher weg!"

Es oblag an Dietrich, auf den Oberarzt zu warten. Dieser erschien aufgeräumt auf Station und teilte Dietrich mit, er sei in der nächsten Woche am Dienstag im OP eingeteilt.

Die Kurvenvisite mit Mertens verlief ohne Havarien.

Es war erst fünf Uhr und Dietrichs Arbeitstag war beendet.

Früh wie noch nie.

Noch nicht ganz beendet …

Er saß in seinem Arztzimmer und dachte nach. Wir waren heute zu zweit, ein erfahrener Assistenzarzt hat mitvisitiert, der Oberarzt hat vorher über die Kurven gesehen – aber ich muss einmal für mich die Laborwerte kontrollieren. Die Angstflamme darf gar nicht erst aufkommen!

Ich werde gleich bei der ersten Kontrolle die Markierungen vornehmen, wie gestern.

Ich werde sie besiegen, die Flamme in mir.

Dietrich platzierte sich ins Stationszimmer vor den Kurvenwagen, ging die Laborwerte durch.

Für jeden kontrollierten Wert ein kleiner Punkt in das linke untere Eck des Kästchens.

Wie gehabt.

Kolonne um Kolonne schritt er fort, Blatt um Blatt, Kurve um Kurve.

„Noch bei der Arbeit?"

Dietrich erschrak.

Dr. Becker, heute im Nachtdienst, stand vor ihm. „Wollte 'mal über die Stationen gehen, gucken ob alles in Ordnung ist. Und ob ich was zu Essen abgreifen kann … Was schreibst du denn da?" Beckers neugierige Augen fixierten Dietrichs Kugelschreiber über dem Laborausdruck.

„Nichts, nichts, ich gehe nur noch einiges durch." Seine hastige Antwort er-
innerte an einen beim Spicken ertappten Schüler. Er blätterte jetzt mit Hektik
in der gesamten Kurve.
„Dann wünsch ich dir was. Mach's gut." Becker zog seiner Wege.
Dietrich blätterte auf die Laborseite zurück.
Die Kontrolle ging weiter.
Punkt um Punkt wurde gesetzt.

Es war zwar schon dunkel, aber immerhin erst 18 Uhr, als er aus der Klinik
kam.
Er musste noch rasch einkaufen.
Kaffee, Bier, Milch, Müsli, Bananen.
Ordentlich wurde daheim alles verstaut.
Er rief Yvette an. Sie war eben nach Hause gekommen, für halb neun verab-
redeten sie sich.
Wieder beim Türken.
Wie beim ersten Mal.

Auch an diesem zweiten Abend beim Türken sollte Bedeutsames geschehen.

Dietrich freute sich.
Wie schrecklich wäre es, jetzt in dieser Zeit allein zu sein.
Jasper und Zoe waren im Urlaub, erst im Januar würde sein Freund eine
Stelle in der Inneren Abteilung eines kleinen, nahen Krankenhauses antreten.
Eine Vielzahl seiner Bekannten hatten Stellen in entfernteren Kliniken.
Einigen, die noch in der Nähe waren, erging es nicht viel anders als ihm
selbst, erst gegen spätabends wankten sie müde aus ihrer Klinik.
Unter der Woche waren damit soziale Kontakte aufs Äußerste einge-
schränkt.
Aber er hatte ja Yvette.
Selbst wenn er nur mit ihr telefonierte, es tat gut, jemanden zu haben, der an
seinem Leben Anteil hatte.

Sie trafen sich im Restaurant.
Dietrich war wenige Minuten vor ihr da.
Sie sah atemberaubend aus.
Er bemerkte, dass Yvette sich sehr zurechtgemacht hatte.
Für ihn zurechtgemacht.
Ihr frisch gewaschenes, offenes Haar duftete.
Sie hatte ein dezentes, vorteilhaftes Make up aufgetragen. Ein enger,
moderner Rollkragenpullover brachten ihre Brüste zur Geltung.
Sie begrüßten sich liebevoll.
Beide hatten Bärenhunger.

Sie bestellten Börek und Lamacaun, Yvette – zu Dietrichs Überraschung –
ebenfalls ein Weizenbier.
Sie erzählten sich ihre Erlebnisse des Tages.
Er beschönigte nichts, die Sache mit der Kontrolle der Laborwerte und den
geheimnisvollen Markierungen ließ er allerdings aus.
Yvette erzählte von einem Kollegen, der ständig daran arbeitete, dass sie
nachmittags nicht in das Forschungslabor gehen könne. Ihr Chef habe sie für
das Kongressmanuskript sehr gelobt.
Beide ließen sich das Essen schmecken, aßen duftendes Fladenbrot als Bei-
lage.

„Ich bin sehr froh und … glücklich, dass es dich gibt. Und dass wir hier
sitzen", sagte er.
Yvette schenkte ihm ihr wunderbares Lächeln. „Das ist sehr lieb von dir. Ich
habe noch eine kleine Überraschung für dich."
Er blickte erstaunt. Er hatte kaute am Börek. Was könnte das sein?
„Ich möchte dich etwas fragen. Es ist nur ein Vorschlag von mir. Aber es …
es würde mir sehr gefallen …"
Er verschluckte sich fast am Börek.
„Ich möchte dich fragen, ob wir vielleicht nicht zusammenziehen, uns eine
kleine hübsche Wohnung zu zweit suchen sollten", fuhr Yvette fort.
Dietrich staunte. Damit hatte er nicht gerechnet. Sie waren erst seit einigen
Wochen zusammen.
Yvette trank einen großen Schluck Bier.
Er deutete es als Zeichen für Nervosität, Spannung über seine Antwort.
Er fühlte sich gut. Schon wieder trug Yvette etwas an ihn heran, er könnte
jetzt ‚Nein' oder ‚Ja' sagen. Er hatte die Wahl. Er war der König.

Spontan sagte ihm der Gedanke zu.
Gut, er hatte in den vergangenen Jahren des Alleinlebens einige Marotten
entwickelt.
Seinen Sauberkeits- und Ordnungsfimmel.
Seinen Kontrollfimmel.
Seinen stringent festgelegten, morgendlichen Ablauf.
Auf der anderen Seite – Yvette wäre immer bei ihm.
Nach einem schlimmen Tag in der Klinik würden sie nicht nur wenige Minu-
ten telefonieren, sondern Yvette könnte ihn in den Armen haltend trösten.
Er würde an ihrer Seite einschlafen …
Und: Er würde mit ihr schlafen, oder?

Er verdrängte die Gedanken an die von seinen Marotten geprägte Lebens-
weise.

Vielleicht werde ich durch das Zusammenleben lockerer. Vielleicht würde ich morgens nicht mehr so oft nach dem Herd, der Kaffeemaschine gucken, nicht mehr so oft die Fahrertür meines Wagens kontrollieren.
Vielleicht kann ich damit meine Angstflammen austreten …
„Ja, ich würde mich darüber sehr freuen. Es wäre sehr schön, wenn wir uns jeden Tag, morgens, abends, nachts sehen und haben."
Yvette schenkte ihm ein Lächeln, wie es Dietrich noch nirgends bezaubernder hatte sehen können.
„Ich liebe dich, Dietrich." Yvette küsste ihn über Lamacaun und Börek hinweg auf den Mund.
Der freundliche türkische Kellner lächelte hinter der Theke stehend.
„Ich war so frei und habe mir bereits Zeitungen mit Wohnungsanzeigen besorgt." Da das Anzeigenstudium in dem türkischen Restaurant unpassend erschien, einigten sich beide darauf, zu ihm zu gehen. Er hatte ja noch Bier im Kühlschrank.

Zu seiner Überraschung trank Yvette, in seiner Bude angekommen, gleich ein zweites Weizenbier. Sie saßen biertrinkend auf der kleinen Couch und durchflöhten die Wohnungsanzeigen. Ihr Interesse galt der Rubrik ‚3 ZKB'. Neben den Anglizismen behaupten sich verstümmelnde Abkürzungen tapfer in diesem Neudeutsch …
Sie waren sich einig, ein Wohnzimmer, ein davon getrenntes Schlafzimmer und ein separates gemeinsames Arbeitszimmer zu benötigen. Einige Angebote beinhalteten eine bereits vorhandene Kücheneinrichtung, was sehr zusagte. Man notierte Telefonnummern, die man am morgigen Samstag anrufen wollte. Für diesen Abend war die Zeit dafür schon zu fortgeschritten.
Yvette hatte ihr Weizen flott getrunken.
Fast schon zu flott. Absicht?
Das Annoncenstudium war abgeschlossen.
Er legte seine Arme um Yvette. „Ich freue mich riesig darauf, mit dir zusammen zu ziehen. Ich liebe dich auch", sagte er.
Sie küssten sich lange.
Sehr lange.
So lange hatte Dietrich noch nie geküsst. Nicht Yvette, nicht Emily während des kurzen und kurzweiligen Abenteuers.
Er strich ihr durch ihr dunkles, schwarzes Haar.
Es fühlte sich trocken an, aber es duftete immer noch.
Yvette hatte die Augen geschlossen, Dietrich bemerkt die beträchtliche Länge ihrer dunklen Wimpern.
Seine Hände fanden den Weg unter ihren engen Pullover, sie erkundeten dort einen BH. Yvette ließ ihn gewähren.
Er schob ihren BH über ihre Brüste nach oben und zog ihr mit einer raschen Bewegung den Pullover über den Kopf.

Yvettes wohlgeformte Brüste erschienen ihm wunderschön. Sie übertrafen an Größe sicherlich diejenigen von Hannah. Mann, wie kann ich jetzt an Hannah denken ... Sie waren aber nicht so groß wie die fleischigen Hügel Emilys.

Er betrachte Yvettes schlanken Oberkörper. Ihr bräunlicher Hautteint setzte sich auch auf ihren Brüsten unverändert fort. Ob sie in ein Sonnenstudio geht?

Er liebkoste ihre Mamillen. „Weißt du, was ich jetzt am liebsten tun würde?"

Er war über die Lockerheit seiner Frage überrascht. Gleichzeitig presste er den Baumstamm zwischen seinen Beinen bewusst in Richtung Yvettes Lenden.

„Ja ...", sagte Yvette leise.

Er knöpfte den obersten Knopf ihrer engen Jeans auf. Ein weißer Slip kam zum Vorschein.

Yvette sagte nichts weiter.

Er knöpfte weiter.

Zerrte an der Jeans.

Yvette hob etwas das Becken, so dass sich die Hose leichter nach unten ziehen ließ.

Er zog die Jeans jetzt ganz aus.

Yvette war nur noch mit ihrem weißen Slip bekleidet, der einen ausgeprägten Farbkontrast zu ihrer dunklen Hautfarbe bot.

Mit einem Ruck zog er an dem verbliebenen Bekleidungsstück.

Nackt lag sie vor ihm.

Er blickte zwischen ihre Beine.

Ihre Schamhaare verliefen als sehr schmaler vertikaler Strich.

Sie muss sich die Schamhaare seitlich rasiert haben, oder?

Ihr Geschlecht lag glänzend vor ihm.

Ihm wurde gewahr, dass er selbst noch sämtliche Kleider am Leib trug. Er trat etwas zurück und begann, sich auszuziehen. Zu seinem Erstaunen erschien Yvettes Interesse an diesem Vorgang gering. Sie hatte die Augen halb geschlossen, ihre langen Wimpern hingen über ihren Bulbi.

War sie von den zwei Bieren angetrunken?

Als völlig entblößt war, durchzuckte ihn ein letzter rationaler Gedanke. Verhütung!

Kondome hatte er keine. Ohne Verhütung war das Unternehmen unvorstellbar ...

„Ich habe gar keine ... Gummis. Ich ..."

Yvette schlug die Augen auf. „Dietrich ...", murmelte sie. Ihre Finger nestelten an ihrem Geldbeutel. In dem eigentlich für Kreditkarten vorgesehenen Seitenfach kam eine Lage kleiner, weißer Tabletten zum Vorschein. Auf ihrer Rückseite waren Wochentage aufgedruckt. Sie nimmt die Pille ...

Yvette lag nackt völlig unverändert vor ihm, nur die Augen waren jetzt wieder halbgeschlossen.
Er drang in sie ein.
Yvette blieb völlig unverändert in ihrer Position.
Ihr nackter Körper unter ihm erregte Dietrich ungemein, er blickte zwischen ihre Beine, auf ihre Brüste.
Yvette bewegte sich weder, noch gab sie einen Laut von sich.
Das Auf und Ab von Dietrichs Baumstamm führte zu einem leisen, glitschigen Geräusch, zusammen mit Dietrichs hörbarem Atem waren es die einzigen akustischen Phänomene im Raum.
Mache ich etwas falsch?
Yvette lag immer noch völlig passiv, fast bewusstlos erscheinend, auf der Couch.
Er sah wieder zwischen ihre schlanken Beine.
Der Anblick erregte ihn ungemein.
Yvettes Atem ging jetzt eine Spur schneller.
Er stieß kraftvoll zu und stöhnte laut auf.
Er ergoss sich in ihr.
Yvette öffnete die Augen.

„Dietrich, ich liebe dich.“
Er antwortete nichts, er vergrub seinen Kopf in ihren Brüsten.

Er war beinahe eingeschlummert, da erhob sich Yvette und zog sich an. Er sah ihr zu, es kam ihm vor, als bekleide sie sich wieder wie nach einer stattgehabten einer medizinischen Untersuchung. Ohne Worte legte sie wieder ein Kleidungsstück nach dem anderen an, zog es zurecht, streifte es glatt.
„Ich muss morgen noch ein bisschen am Computer arbeiten. Die Dissertation muss fertig werden. Rufst du ’mal bei den Vermietern an?“ Ihre Stimme klang sachlich nüchtern.
Er hatte gehofft, sie würde bei ihm bleiben, die ganze Nacht.
Jetzt hatte er schon zweimal mit einem Mädchen geschlafen aber noch nie eine Nacht unter der Decke, eingekuschelt im Bett verbracht …
Enttäuscht zog er sich auch an.
In Nullkommanix war Yvette vollständig angezogen und streifte sich die Winterjacke über. Ein eindeutiges Zeichen, dass der gemeinsame Abend definitiv zu Ende war.
Dietrich hatte sich kaum das Hemd richtig zugeknöpft als sie ihm Gute Nacht wünschte und sie ihn zum Abschied flüchtig küsste.
Er vernahm noch die ins Schloss fallende Haustür zur Straße.
Er konnte sich gleich wieder aus- und den Pyjama anziehen, putzte die Zähne und lag noch lange im Bett wach.
Was für ein Abend …
Der Gedanke an Yvettes Körper ließ sein Glied schon wieder erigieren.

Wieso war sie nicht über Nacht geblieben? Habe ich etwas falsch gemacht?
Bin ich für sie unerotisch?
Lange schlief er nicht ein.

Am nächsten Tag tätigte er die Telefonanrufe bei den potenziellen Vermietern. Als gehört wurde, dass sich ein Ärztepärchen interessiere, wurde sogleich zur Besichtigung geladen.
Sie entschieden sich für eine helle Dreizimmerwohnung in einem sanierten Altbau an der Stadtgrenze. Die Klinik war von dort immer noch zu Fuß erreichbar. Man einigte sich auf den 1. Februar als Einzugstermin, es blieb genug Zeit für die Umzugsvorbereitungen und die Kündigung.

Dietrich hing der vergangene Tag noch längere Zeit nach.
War Yvette enttäuscht von mir?
Der Abend war so schön gewesen.
Und dann so grotesk zu Ende gegangen.
Bestimmt wird es anders werden, wenn wir erst einmal zusammen wohnen.
Er würde einfühlsam auf seine Freundin zugehen. Er nahm sich vor, sie zu erkunden, auszukundschaften, was ihr gefiel und was nicht. Vielleicht war er einfach zu tumb vorgegangen, wie er sie ausgezogen hat, wie einen Patienten in der Notaufnahme.
Dietrich war zuversichtlich.

Die neue Woche begann.
Für Dienstag war er mit dem Chef im OP eingeteilt.
Der Montag verlief unspektakulär.
Er hatte rasch eine gewisse Routine entwickelt, Schwierigkeiten zu erkennen, zu lösen oder zumindest zu umschiffen.
Dr. Lissdorf, ein jünger wirkender Assistenzarzt, der ähnlich wie Dr. Zahn die meiste Zeit im Forschungslabor zuzubringen schien, gab ihm letzte Instruktionen für die anstehende Operation mit dem Chef. Es war eine elektive Bypassoperation bei einem Privatpatienten.
„Achte auf eine gründliche Händedesinfektion. Wenn du zu kurz wäschst oder zu spartanisch desinfizierst, explodiert der Chef, bevor du am Tisch stehst. Er macht dich dann zur Minna, bevor es richtig losgeht. Am Tisch selbst: keine Kommentare. Disziplin, mach, was der Chef sagt!"
Dietrich wusste, wie man sich als Assistent in einem OP zu verhalten hatte.
Er war gespannt.

*

Dienstagmorgen. Der OP-Tag.

Die Intensiv-Visite fand wie gewohnt um 7 Uhr 30 ihr Ende, erst um 8 Uhr 15 war OP-Beginn.

Dietrich hatte noch Zeit, auf seine Station zu gehen, kleinere organisatorische Probleme zu regeln, das Blut abzunehmen, die Entlassungen festzulegen. Hiernach machte er sich rechtzeitig auf den Weg in den Operationstrakt.

Er betrat die Schleuse, wechselte die Kleidung, bewappnete sich mit Kopfhaube und Mundschutz.

Er ging in den Waschraum zur Händedesinfektion und sah das Entsetzliche. Wie vom Blitz getroffen stand Dietrich da.

Unfähig mit der Prozedur des zehnminütigen Händewaschens und der Desinfektion zu beginnen.

Ein großes Glasfenster gewährte Einblick in den Operationssaal.

Die Operation hatte schon begonnen.

Nicht nur, dass Nollendorf schon den Patienten steril abgedeckt, die Haut desinfiziert, den Hautschnitt gesetzt und schon den Thorax eröffnet hatte, nicht nur, dass das zweite Team schon zeitgleich am Bein zugange war und Venen zur Entnahme präparierte, nein, soeben wurde gar schon die Herz-Lungen-Maschine durch den Kardiotechniker in Position gebracht.

In diesem Augenblick hob Nollendorf etwas den Kopf, dessen Bewappnung mit an der Stirn befestigtem Operationsmikroskop samt Leuchte das Aussehen einer kriegerischen Science-Fiction-Figur abgab.

Er entdeckte Dietrich vor den Waschbecken und fing augenblicklich an zu schreien.

Trotz der akustisch dämpfenden Glasscheibe zwischen OP-Saal und Waschraum erschien Dietrich die Lautstärke infernalisch. „Nolte, Sie Schlafmütze! Wo kommen Sie denn jetzt her?"

Dietrich schluckte. Die Operation hatte offensichtlich schon um 8 Uhr begonnen, nicht um 8 Uhr 15 wie ihm Kollege Lissdorf gesagt hatte. „Ich dachte, Operationsbeginn sei 8 Uhr 15. Ich …" Seine Stimme war kläglich.

„Kommen Sie endlich in die Pötte und machen Sie sich fertig, Sie Penner!", johlte Nollendorf aus dem Saal.

Die umstehenden Augenpaare blickten konzentriert auf das Operationsfeld.

Dietrich begann, sich zu waschen.

Hatte er Lissdorf falsch verstanden oder hatte dieser ihn vielleicht bewusst getäuscht? Dem Greenhorn einfach eine zu späte OP-Zeit erzählen und ihn vexiert ins offene Messer laufen zu lassen …

Zu blind habe ich Lissdorf getraut …

Dietrich ärgerte sich, nicht noch zusätzlich auf den schriftlichen OP-Plan gesehen zu haben, dort waren die Anfangszeiten der ersten Operationen offiziell vermerkt.

Hätte ich bloß auf dem Plan die Zeit kontrolliert …

Er schrubbte die Hände mit der harten Wurzelbürste. Wie bei einer Selbstgeißelung schliff er sich mit dem Werkzeug bestialisch über die Finger.

Nach dem Waschen die Händedesinfektion, erst danach konnte er in den OP-Saal, die Schwester kleidete ihn in den sterilen Kittel ein.

„Mann, Nolte! Nicht mal pünktlich können Sie sein! Nicht nur Versäumnisse und Errors am laufenden Band, nein, auch noch unpünktlich sein! Halten Sie den Haken hier!"

Dietrich antwortete nichts, konzentrierte sich auf die gestellten Aufgaben.

Eine Erklärung für sein zu spätes Erscheinen vorzubringen, erschien sinnlos.

„Nicht 'mal am ersten Arbeitstag waren Sie pünktlich!" legte Nollendorf nach.

Durch die sterile Vermummung konnte man Dietrichs Erröten nur um die Augenpartie herum bemerken.

Die Operation verlief zunächst planmäßig. Abel, ein schon länger gedienter Assistent, kleinwüchsig und von etwas pyknischer Konstitution, direkt neben Nollendorf platziert, zog dann den Unbill des Princeps auf sich.

„Passen Sie doch auf, Sie Thor! Das ist ein Herz und kein Schinken!"

Dietrich konnte nicht ersehen und auch nicht nachvollziehen, was Abels Vergehen gewesen sei. Im Operationssitus blutete es jetzt etwas stärker.

„Mensch Abel, Sie Pfeife … Machen Sie sich hier am Tisch nicht so dick, ich bin der erste Operateur, ich brauch Platz am Tisch! Ziehen Sie Ihren Ranzen ein!"

Dietrich blickte in Abels Augen. Er schlug lediglich kurz die Lider nieder, um dann konzentriert weiterzuarbeiten. Es wurde nicht mehr viel gesprochen. „Halt' die Haken und die Fresse", hatte ein Assistenzkollege zu Dietrich am Vortag gewitzelt.

Dietrich war frustriert.

Nach der Operation arbeitete er mechanisch und missmutig sein Pensum auf der Station durch.

Abends erfuhr er, der Oberarzt würde heute nicht mehr kommen, einer plötzlichen Notoperation wegen.

Er kontrollierte zum Abschluss des Tages wie gewohnt noch die Laborwerte.

Er war immer noch aufgewühlt.

Wieso hat der Kollege das gemacht?

Er war jetzt überzeugt, dass ihn Lissdorf bewusst getäuscht hatte.

Wieso war ich so blauäugig, nicht mehr auf den schriftlichen OP-Plan zu sehen?

Lissdorf … dieses Schwein …

Da in Gedanken abschweifend, begann er mit der Kontrolle der Laborwerte nochmals von vorne, er nahm sich wieder die erste Kurve aus dem Wagen vor.

Er markierte jetzt einen etwas dickeren Punkt links unten in die Kästchen.

Kolonne um Kolonne wurde kontrolliert, abgearbeitet, markiert.

Gegen halb acht wankte er aus der Klinik nach Hause. Er wollte gleich Yvette anrufen, ihr von der Niederlage des Tages berichten. Er sehnte sich nach ihr, nach ihrem Trost. Dem Trost ihrer Worte, allein dem Trost, den ihre Ohren spendeten vermittels des Zuhörens. Dem Trost ihres Körpers …

Dietrich bog gerade um die letzte Ecke, da stand sie. Yvette klingelte just an seiner Haustür. „Das nenne ich aber ein Timing! Ich bin gerade aus der Kardiologie raus, da entschloss ich mich, meinen Schatz zu überraschen!" Ihre Augen strahlten, sie umarmte ihn. Sich an den Händen haltend sprangen sie das Treppenhaus hinauf. Er fühlte sich glücklich.

Sie tranken Mineralwasser. Dietrich wollte vom Fiasko im OP berichten, doch in Yvettes Kopf fand jetzt ausschließlich ein anderes Thema Platz. Die neue gemeinsame Wohnung, der Umzug dorthin und vor allen Dingen die Einrichtung – was an alten Möbeln mitgenommen würde, was neu angeschafft werden müsste.
Es enttäuschte ihn ein wenig.
Yvette hörte seinen Hiobsbotschaften aus dem morgendlichen OP kaum richtig zu, kommentierte nichts, seine Erzählung prallte an ihr ab, sie sprang sogleich wieder auf das Wohnungsthema.
Dietrich hatte sich erhofft, ein wenig Trost zu finden.
Einige wenige Worte nur.
Ein einmaliges Umarmen nur.
Ein einziger Blick des Mitleids, des Mitgefühls nur.
Ein wenig Wärme.
Einfach nur irgendeine menschliche Regung.
Nichts.
Yvette sprudelte jetzt enthusiastisch nur noch von der Wohnung, fast logorrhoisch monologisierend. Sie hatte sich eine Zeichnung gemacht und erklärte ihm, wo was hingestellt und wie alles organisiert werden würde. Es ärgerte ihn.

Dietrich war den planerischen Ausführungen über die Wohnung bislang weitgehend kommentar- und kritiklos gefolgt, einem Anweisungen vernehmenden Möbelpacker ähnlich. Yvette schritt durch Dietrichs Wohnung und teilte seine Habe dichotom in Dinge ein, die Eingang ins neue Heim fänden, und solche, die dessen nicht würdig erschienen.
Zu letzterem gehörte beispielsweise seine alte Couch. Ihr Gegenstück in ihrer Wohnung war ungleich moderner und modischer.
Wahrscheinlich auch viel teurer.
Die Begehung der Küche sonderte ebenfalls Dinge aus, nur einiges Küchengerät wurde für akzeptabel und behaltenswert befunden.
Dietrich empfand es leicht befremdlich, wie herrisch Yvette die Prozedur vornahm.

Hündisch trottete er ihr hinterher.

Er sah auf ihren einladenden schmalen Hintern.

Er hörte nur mit halbem Ohr ihren Urteilen über die weitere Verwendung der Küchengerätschaften zu. „Wir nehmen deinen Kühlschrank, meiner ist schon älter und brummt auch so laut ..." Yvette redete ununterbrochen.

Im Grunde genommen war es ihm völlig egal, Hauptsache, die gemeinsame Wohnung würde wohnlich und schön werden.

Man war jetzt mit der Sichtung wieder im Hauptwohnraum der Bude angelangt. „Die willst du ja nicht im Ernst im Wohnzimmer so aufstellen, oder?" Yvettes Blick fiel auf die Kassettensammlung, penibel sortiert in langen Reihen in zwei separaten Regalen. Es waren genau 2155 Kassetten, die ältesten hatten schon zwölf Jahre auf dem Buckel, ihre Kartonage war etwas gelbstichig, die ehemals durchsichtige Plastikummantelung milchig trüb, einem kataraktischen Auge eines Greises ähnlich.

Er fuhr zusammen.

„Wir haben ja dort einen kleinen Abstellkeller. Pack sie doch in einen Karton, die neueren können wir ja zur Stereoanlage platzieren."

Dietrich war wie vor den Kopf geschlagen.

Meine Kassetten!

In den Keller?

Durcheinander in einem Karton liegend vor sich hin rotten lassen?

„Kommt nicht in Frage", sagte er knapp und bestimmt.

Yvette hielt erstaunt inne ob der unerwarteten Unterbrechung ihres Monologs. „Dietrich, wie sieht denn das aus? Wie auf einem Trödelmarkt bei einem Ramschverkäufer. Wir wollen uns doch ein schönes Wohnzimmer machen."

Ihm stieg die Galle hoch. Es war jetzt nicht mehr nur Ärger. Es war eine Beleidigung. „Ich ziehe nur in die Wohnung, wenn die Kassetten mitgehen. Du kannst beides zusammen haben – mich und die Sammlung – oder keines von beiden." Seine Worte hatten eine nie gekannte Schroffheit. Böse blickte er seine Freundin an.

Yvettes Augen hielten angestrengt dagegen. Sie schien sich zu konzentrieren, nach einer rationalen Lösung zu suchen. Ihre Intelligenz schien ihr rasch mitzuteilen, dass an diesem Punkt nichts mehr zu rütteln war. Mehr um Bedenkzeit zu entwickeln, sagte sie: „Das ist doch ein bisschen kindisch. Ich verstehe ja, dass du sehr an deiner Sammlung hängst. Ich verstehe, dass sie dir viel bedeutet, Erinnerungen sind ... Ich möchte die Sammlung ja auch nicht wegschmeißen, nur ich ... ich meine, sie nimmt auch so viel Platz weg ... und sie sieht halt, bitte verzeih, wenn ich's so sage ... Die Sammlung macht sich optisch nicht so super im Wohnzimmer ...Sieht halt ein bisschen clochardmäßig aus."

Dietrich war jetzt sehr böse.

Meine Kassettensammlung! ‚Clochardmäßig'!

Was für ein Wort ...

Rote Flecken durchzogen sein Gesicht.
Niemand würde die Kassetten anrühren.
Niemand würde sie in ein Kellerexil verbannen.
Niemand.
Auch nicht Yvette.

Die Diskussion stand auf Messers Schneide, die Nerven lagen beiderseits blank. Während Dietrich eine sture Verteidigungstaktik betrieb ohne sich von seiner Position zu bewegen, schaffte es Yvette, eine Kompromisslösung zu finden. Das Arbeitszimmer war groß und geräumig und beherbergte bislang auf dem Plan nur wenige Möbel. Hier könnte die Kassettensammlung einen angemessenen Platz finden. Es wäre ein Leichtes, von dort Kassetten zur Stereoanlage ins Wohnzimmer zu holen.
Er akzeptierte grollend.

Yvette war gegangen, die Verabschiedung knapp und kühl verlaufen.
Dietrich holte sich ein Weizenbier aus dem Kühlschrank.
Seine Freundin war eine starke Person, aber auf seine Musiksammlung hatte er nichts kommen lassen.
Ich habe nicht klein gegeben, ich habe mich durchgesetzt.
Liebevoll strich er über die Hüllen, in Reihe chronologisch sortiert.
Ihr seid keineswegs unansehnlich. Ich verteidige euch …

Es war die erste ernstere Diskussion zwischen ihnen gewesen. Er befand es für gut, wie sie sich gestaltete. Niemand hatte sein Gesicht verloren, man war wieder ruhig und befriedet von dem Thema weggekommen. Obwohl er nichts mehr zu Abend gegessen hatte, machte er sich bettfertig und fiel bald in einen unruhigen Schlaf.

*

In den folgenden vier Wochen kämpfte er sich durch den Klinikbetrieb. Nur selten war er als Assistenz im OP eingeteilt, dann hielt er die Haken und die Fresse, wie es sein Kollege ausgedrückt hatte.
Im Routinebetrieb seiner Station machte er Fortschritte, sein Arbeitsablauf war jetzt stringenter. Er wusste, wem vom Pflegepersonal und den Ärztekollegen zu trauen war und wem nicht, wen man um Rat fragen konnte und bei wem man es besser bleiben ließ. Größere Havarien wie die der ersten Tage blieben aus.
Dietrich gewann ein wenig Sicherheit, seine Stimme zitterte nicht mehr so sehr im Dialog mit Oberarzt Mertens oder im Gespräch mit den Patienten.

Physisch anstrengend waren die langen Arbeitszeiten. Vor 20 Uhr verließ er selten die Klinik. Manchmal war es die überbordende Arbeit auf Station, manchmal der Oberarzt, der abends auf sich warten ließ, und manchmal ... ja manchmal war es wieder die Angstflamme.
Nach wie vor vollführte Dietrich abendlich in steter Regelmäßigkeit seine Kontrollhandlung und versah die kontrollierten Laborwerte mit den kleinen Pünktchen.
Immer ein Pünktchen für jeden geprüften Laborwert.
Manchmal schmunzelten die Schwestern darüber, er hatte auch schon eine Bemerkung, einen Witz darüber vernommen.
Aber das war egal.
Wichtig war, die Angstflamme im Griff zu haben.

Er hatte einige Kilo Gewicht verloren. Die Nahrungsaufnahme erfolgte auch nur noch unregelmäßig. Abends eine Pizza vom Heimservice, mittags ab und zu ein belegtes Brötchen vom Klinikkiosk. Morgens hatte er sich das Frühstück weitgehend abgewöhnt. Er nahm sich einen Joghurt mit in die Klinik, auf die morgendliche Kaffeezubereitung verzichtete er, dies reduzierte wesentlich das Ausmaß des Nachkontrollierens wenn er aus seiner Bude ging. Drei Kontrollen der Kaffeemaschine genügten dann.

Ihm graute vor seinem ersten Nachtdienst. Allein in der Abteilung, allein an der Front.
Üblicherweise wurden die jungen Ärzte hierfür erst nach drei Monaten eingeteilt, so lag noch etwas Zeit vor ihm.
Mit Yvette hatte er sich einige Male in einer Studentenkneipe in der Altstadt getroffen. Sie sah überarbeitet aus, unter ihren dunklen Augen lagen dunkle Sorgenringe. Ihre wissenschaftlichen Projekte stockten.
An einem Samstag unternahmen sie einen Ausflug ins Elsass. Nahe Obernai besuchten sie den Mont St. Odile mit seiner großen Klosteranlage und spazierten ausgedehnt durch verschneite Bergwälder. Beide atmeten tief durch. Yvette hatte an diesem Wochenende bei ihm übernachtet. Sie hatten zum zweiten Mal miteinander geschlafen.

Beide trugen eine bleierne Müdigkeit an sich.
Eine Müdigkeit vom Stress, von den Aufregungen, den Anstrengungen der ersten Arbeitswochen an der Uniklinik.
Es war nicht mehr wie in der sorglosen, friedlichen Studentenzeit ohne Verantwortung, ohne Verpflichtung.
Man stand jetzt im Krieg, war permanent unter Strom, die Nerven vibrierten, ständig waren multiple Gefahren zu umschiffen – medizinische Probleme und Fallstricke, plötzliche Notfälle bei Patienten, bösartige, Fallen stellende Kollegen, zickige und unwirsche Schwestern, dysphorische Oberärzte, drakonisch strenge Chefärzte.

Man duckte sich wo man konnte. Möglichst wenig Treffer an einem Tag
kassieren.
Ruhiges Fahrwasser halten.
Dietrich kam sich gelegentlich vor wie ein russischer Wehrdienstleistender
in der ‚Dedowschtschina', der ‚Herrschaft der Großväter'. Ein ver-
harmlosender Ausdruck für ein System, in dem die neuen Rekruten in der
russischen Armee in ihrem ersten Jahr übelst von ihren lediglich gering
dienstälteren Kameraden drangsaliert und auch schwer misshandelt wurden.

An manchen Tagen kam er spätabends so müde nach Hause, dass er die
bestellte Pizza über seinem angefangenen Bier verschlief, erst durch
anhaltend vehementes Dauerläuten vom Pizzamann wieder geweckt.

*

Den Umzug wollten sie binnen eines Wochenendes bewerkstelligen.
Freitagabend sollte ein jeder sein Bündel packen, für den Samstag hatten sie
sich einen Lieferwagen gemietet.
Dietrich kam spät, erst nach 21 Uhr aus der Klinik nach Hause.
Er bestellte beim Thailänder ein vegetarisches Gericht, öffnete ein Bier und
begann einige bereitgestellte Kartons mit seiner Habe zu füllen.
Die für die gemeinsame Wohnung nicht mehr benötigten, respektive nicht
mehr gewünschten Habseligkeiten sollten im Keller der neuen Wohnung
zwischengelagert werden und dann auf den Sperrmüll wandern.
Etwas wehmütig betrachtete Dietrich die Kisten.
Das bestellte Essen kam, er trank ein zweites Bier.
Die letzte Nacht in seiner Bude.
Wie würde es werden mit Yvette?
Noch nie hatte er mit jemand anderem zusammengelebt als mit seinen Eltern
und in der Wehrdienstzeit mit einigen jungen Männern, Kameraden genannt,
auf der Stube.
Beides war nicht vergleichbar mit der jetzt anstehenden Unternehmung.
Seinen Eltern hatte er erst retrospektiv von den Veränderungen berichtet. Sie
schienen sich zu freuen.
Dietrich war es, als freuten sie sich besonders oder überhaupt erst, als sie
hörten, Yvette arbeite ebenfalls als Ärztin und Wissenschaftlerin an der
Uniklinik.
Sie hatten Yvette bislang noch nie zu Gesicht bekommen, Dietrich hatte sie
ihnen nicht vorgeführt.

Frühmorgens fuhr Yvette mit dem gemieteten Transporter vor. Sie trug
zerschlissene Jeans, ein altes, verblichenes T-Shirt, die Haare zu einem

Pferdeschwanz gebunden, ihre Augen strahlten Aktivität aus. „Auf geht's, rein mit dem Krempel!" Auch in diesem Aufzug erschien sie ihm ungeheuer attraktiv. Die einfache Arbeitskleidung an ihr erotisierte ihn, am liebsten hätte er ihr sie in seiner Bude vom Leib gerissen. Aber nach einer innigen Umarmung drängte sie zur Arbeit.

Ein Kollege Yvettes aus der Kardiologie half beim Tragen der Möbel und der Kisten. Einem Feldwebel gleich dirigierte Yvette die beiden ächzenden Männer. Der Kollege aus der Kardiologie war wenig gesprächig. Er schien übermüdet zu sein, verrichtete die Schlepperei wie ein bezahlter, wortkarger Knecht.

Yvettes Vorstellung von der exakten Position sämtlicher Möbel wurde nicht nur durch präzise Anweisungen, sondern auch durch eine gewisse Schärfe in ihren Ordres unterstrichen. „Nein, das gehört hierhin! Das hier steht noch schräg!" Der Knecht aus der Kardiologie blieb weiter schweigsam und schuftete kommentarlos Möbel für Möbel in die Wohnung und dort in exakte, gewünschte Position.

Dietrich stieß die herrische Art in Yvettes Anweisungen ein wenig auf, aber er ersparte sich einen Kommentar.

Seine wesentliche Sorge galt den Kisten mit seinen Büchern und einem besonders gekennzeichneten Karton mit seiner gesamten Kassettensammlung. Für ihn das Wertvollste, das er besaß.

Diesen Karton trug er selbst, mit allergrößter Vorsicht, von Yvette etwas spöttisch beäugt.

Sie schafften es, bis zum Abend die wesentlichsten Dinge aufzubauen. Das Bett stand, die Couch, die großen Schränke. Für den folgenden Tag war das Ausräumen der Kisten vorgesehen. Spätabends bestellten sie sich erschöpft Lasagne und öffneten einen nicht ganz preiswerten Bordeaux.

Der erste Tag im neuen Heim.

Dietrich hatte den Kommandoton Yvettes beim Arbeiten wieder vergessen, beide freuten sich über das geleistete Tagewerk, genossen den Wein und plapperten fröhlich.

Kurze Zeit später lagen sie nackt im neuen, frisch duftenden Bett, beide von der ungewohnten Arbeit verschwitzt. Er sog Yvettes Hautgeruch ein.

Wieso empfand er ihn angenehm? Und den Achselschweiß des Getränkeverkäufers im Supermarkt unangenehm?

Er betrachtete ihren Körper.

Yvette blickte ihm in die Augen.

Sie wand ihren Blick nicht ab, auch nicht als er auf und nieder stieß.

Ihr Atem ging vielleicht ein wenig schneller, aber sie gab keinen Laut von sich, ihr Blick war unverändert auf seinen Augen, auch bei seinem Orgasmus.

Er war irritiert über diesen Umstand, er legte sich auf ihren wohlgeformten warmen Körper.
Er musste an Emily denken.
Wie laut sie war, wie sie gestöhnt und geschrien hatte …
Wie lautlos, wie passiv Yvette dagegen …
Er verdrängte die Gedanken.

*

Den Sonntag hatten sie mit dem Auspacken Dutzender Umzugskisten verbracht, abends zusammen fern geschaut, den ‚Tatort'.
Dietrich hatte es genossen.
Er sah oft Sonntagabend den ‚Tatort', aber mit Yvette im Arm auf der Couch – das hatte eine neue Dimension, eine neue Qualität.
Er war glücklich unter der gemeinsamen Decke, nahe Yvettes warmem Körper, in den Schlaf gefallen.
Es war wunderschön, mit ihr jetzt zusammen zu wohnen, er schwelgte während der montagmorgendlichen Intensiv-Visite in diesen Gedanken, geistig getrennt vom Gemurmel der Generale mit dem Feldmarschall ganz weit vor-ne vor dem Patienten und den Monitoren.
Nach dem letzten zu visitierenden Bett wurde Dietrich jäh aus seinen Träumereien gerissen.
Es kam wie ein plötzlicher Schlag.
Aus dem Nichts.
Gerade hatte er darüber nachgedacht, für die kommenden Tage Jasper und Zoe einzuladen, die neue Wohnung vorzuführen, er dachte daran, am Wochenende mit Yvette wieder einen Ausflug zu machen, vielleicht wieder ins Elsass, nach Wissembourg zum Beispiel, da kam der Keulenschlag.
„Nolte! Morgen 18 Uhr in meinem Büro!" Professor Nollendorf schritt nach seinen knappen scharfen Worten direkt in die Schleuse für den OP.
Dietrichs Puls raste.
Was war das?
Wieder eine Havarie? Wieder ein Versäumnis?
Es gab keine Geißelung vor versammelter Mannschaft, nein, er sollte in sein Büro kommen!
War es etwas Schlimmeres?
Er war noch in der Probezeit, konnte er jetzt seine Sachen packen?
Ein grauenvolles Szenario breitete sich in seinen Gedanken aus.
Gerade drei Tage mit Yvette zusammen in einer schönen Wohnung und dann das Consilium abeundi in der Herz-Thorax-Chirurgie …
Unmöglich, in näherer Umgebung eine Stelle zu finden …

Sein Magen krampfte sich zusammen, anämisch bleich erreichte er seine Station.
Was war geschehen?
Der Betrieb auf Station lief wie gehabt. Er arbeitete sich durch die Visite, er war heute wieder allein.
Oberarzt Mertens schien auf den ersten Blick unverändert, als er abends zur Kurvendurchsicht kam. Dietrich konnte nichts Außergewöhnliches an ihm feststellen.
Weiß er nichts oder ist er einfach nur abgebrüht?
Abgebrüht, sich nichts anmerken zu lassen vor seinem kleinen Assistenten, der morgen vom Chef hochgenommen würde?
Seine Angst bedingte einige Unkonzentriertheiten bei der Kurvenvisite.
Mertens reagierte unwirsch, um halb acht hatten sie die letzten Probleme besprochen.
Dietrich verzog sich mit dem Krankenaktenwägelchen ins Arztzimmer. Er arbeitete wie üblich noch die aktuellen Laborwerte durch, jede kontrollierte Zahl wurde wie gewohnt mit dem Punkt versehen.
Seine Gedanken kreisten um Nollendorf.
Er kann sehr rüde und brutal sein, diverse Gerüchte und Latrinenparolen kursieren.
Die letzte Akte war abgearbeitet.
Was kann es sein? Was soll der Grund für den Termin bei ihm sein?
Dietrich übersah das Aktenwägelchen.
Ich war nicht richtig bei der Sache gewesen, ich war unkonzentriert, in Gedanken abgeschweift …
Ich muss die Laborwerte noch mal kontrollieren.
Er begann wieder von vorn.
Er machte jetzt einen zweiten, kleinen Punkt in die andere Ecke des Kästchens, in dem der Laborwert stand.
Doppelte Absicherung heute.
Blatt um Blatt, Akte um Akte wurde kontrolliert.
Seine Gedanken umkreisten jedoch das Angstfeuer des morgigen Tages.
Das Feuer hatte einen anderen Namen: Nollendorf.
Dietrich entsann sich, wie er an seinem zweiten Arbeitstag wegen des Patienten, der wegen des zu hohen Kaliumwerts fast verstorben war, von ihm abgekanzelt wurde.
Schrecklich.
Er schloss die letzte Akte, die Uhr zeigte halb Neun.
Er sammelte sich.
Gerade als er das Aktenwägelchen aus dem Zimmer schieben wollte, züngelte neben dem schon lodernden Angstfeuer Nollendorf jetzt auch noch seine altbekannte Angstflamme.
Mann, ich bin überhaupt nicht bei der Sache. Jetzt noch einen wichtigen Laborwert übersehen – dann war's das …

Dietrich zitterte, er sah auf die Uhr.

Er konnte unmöglich nochmals kontrollieren. Abgesehen davon, dass er nicht noch eine dritte Kontrollmarkierung an den Zahlenkolonnen tätigen könnte, würde das Pflegepersonal so langsam die Akten vermissen. Bald war Schichtwechsel, da mussten zahlreiche Eintragungen von den Schwes-tern und Pflegern gemacht werden. Er konnte die Akten nicht stundenlang für seine privaten Kontrollmaßnahmen in seinem Arztzimmer halten …

Was tun?

Die Angstflamme züngelte höher.

Sein Oberbauch schmerzte.

Dietrichs Blick fiel auf den Kopierapparat im Arztzimmer.

Das ist die Idee! Er sprang auf und kopierte rasch die aktuellsten Laborwer-te jedes einzelnen Patienten aus den Akten, er würde die Kopien dann mit nach Hause nehmen und dort noch ein drittes Mal, dann in aller Ruhe und mit voller Konzentration, durchkontrollieren. Er könnte sich dann alle Zeit der Welt dafür lassen …

Eine hochkonzentrierte Endkontrolle!

Im Falle eines besonders auffälligen Befundes könnte er problemlos die Sta-tion antelefonieren und darauf reagieren. Mündlich könnte er Anweisung geben über eine zusätzliche Infusion, eine Medikamentenänderung oder eine andere Konsequenz.

Akte um Akte wanderte über den Kopierer.

Bald hatte er eine Kladde mit Kopien beisammen und schob die Akten wie-der ins Stationszimmer.

So, die Angstflamme war ausgetreten, das Laborproblem hatte er im Griff. Er machte sich auf den Heimweg.

Dietrich betrat die neue Wohnung. Er wollte die Laborwerte auf seinen kopierten Blättern wie geplant nochmals durchsehen und dann mit Yvette über den Tag und die Einbestellung bei Nollendorf sprechen.

Yvette war auch erst eben nach Hause gekommen, sie saß angespannt im Arbeitszimmer vor dem Computer. Ein flüchtiger hektischer Kuss. Ihre Au-gen waren flatterhaft auf den Bildschirm gerichtet. „Meine Ver-öffentlichung ist abgelehnt worden. Das Review kritisierte die Literatur-stellen, ich muss die ganze Literatur bis morgen überarbeiten. Der Chef hat getobt heute Morgen … Die ganze Arbeit dahin, nur wegen der Literatur-stellen …" Yvettes Züge hart und verhärmt. Kämpferisch hackte sie verbissen Zeile um Zeile in die Tastatur, neben ihr Unmengen an Aus-drucken aus der ‚Medline', der Datenbank der großen medizinischen Fachzeitschriften.

Etwas enttäuscht ging er in das neue Wohnzimmer.

Da kann ich wenigstens in aller Ruhe meine Laborwerte kontrollieren …

Er nahm die Kopien heraus und überflog die Zahlenkolonnen. Er versah die kontrollierten Werte mit einem dritten Punkt. Er wählte einen grünen Buntstift.
Punkt um Punkt wurde gesetzt, Kontrolle um Kontrolle getätigt.
Das letzte Blatt.
Alles im grünen Bereich.
Keine Auffälligkeiten, keine neuen Besonderheiten.
Kein Anruf mehr auf Station notwendig.
Es war viertel nach zehn Uhr. Von Yvette war das Klappern der Tastatur im Arbeitszimmer zu hören.
Er hatte Hunger, für eine Bestellung beim Heimservice war es zu spät.
„Möchtest du was essen, mein Schatz?", fragte er ins Arbeitszimmer hinein.
„Nein, keine Zeit. Ich schaff es sonst nicht." Yvettes Stimme klang unwirsch.
Dietrich sah in den Küchenschrank. Es war kein Brot da. Einige Mandarinen lagen auf der Anrichte. Er nahm sich ein Bier und widmete sich den kleinen orangenen Früchten, seiner Hauptmahlzeit für diesen Tag.
Er schaltete leise die Nachrichten ein.
Da stand Yvette in der Tür. „Schatz, bitte verzeih. Aber ich kann nicht konzentriert arbeiten wenn die Glotze läuft."
Dietrich schaltete aus. „Ich muss dir nachher noch von meinem Tag erzählen. Ich habe für morgen einen Termin bei Nollendorf."
„Ja. Ich hatte auch einen absoluten Scheißtag." Yvettes Gesichtszüge erschienen ihm jetzt angespannter und scharfkantiger als je zuvor. „Ich habe die Bürstung vom Chef schon hinter mir. Alles lief heute daneben. Es steckte so verdammt viel Arbeit in dieser Publikation. Monatelange Laborarbeit – und jetzt abgelehnt wegen den beschissenen Literaturstellen. Aber ich krieg's wieder hin ..." Yvette ging an ihren Computer zurück.

Er saß im neuen, sehr ansehnlichen Wohnzimmer. Er trank aus der Bierflasche. Zum Lesen war er zu platt. Schade, Fernsehen wäre jetzt das Richtige ...
Er trank schneller, räumte die Mandarinenschalen auf, putzte sich die Zähne. Nur mit der Pyjamahose bekleidet legte er sich ins Bett. Er wartete auf Yvette. Er stellte sich vor, wie sie ins Bad ginge und sich auszöge. Ihr Pyjama lag neben ihm unter der Decke. Er sog ihren Geruch an den Kleidern ein. Sie riecht schön, dachte er.
Ja, etwas kann nicht nur gut oder schlecht riechen, etwas kann auch schön riechen.
Ein Brathähnchen kann gut riechen, nicht schön.
Aber eine Sommerwiese, sie kann nicht nur einfach gut, sie kann schön riechen.
Er roch wieder am Schlafanzug. Er roch schön. Er roch nach Yvettes schönem Körper.

Von nebenan vernahm er das unverändert monotone Klappern der Computertastatur.

Er lag wach, den Schlafanzug in den Händen.

Auch ihr Kissen roch schön. Der Geruch war nicht nur schön, er war erotisch.

Er bemerkte, dass sich sein Glied versteifte. Er entsann sich des Physiologiekurses im dritten Semester. Man weiß, dass fast alle Sinnesempfindungen des Körpers im Gehirn ein rationales Zentrum, das Bewusstsein, durchlaufen. Alle Sinnesempfindungen bis auf einen! Nur der Geruch macht hiervon eine Ausnahme. Die meisten Geruchsempfindungen gelangen gar nicht ins Bewusstsein, sondern laufen in speziellen Bahnen zu phylogenetisch alten Gehirnbezirken. Dies bedeutet nichts anderes, als dass der Geruch die größte Einflussnahme auf das Unbewusste haben kann. Zahlreiche Experimente haben dies gezeigt, daher sind auch Geruchsbeeinflussungen in der Werbung verboten. Man könnte sonst einen unterschwelligen Cola- oder Softeisgeschmack im Kino verbreiten lassen, schwach, damit er gerade nicht ins Bewusstsein gelangt, aber Appetit macht…

Jetzt hatte er Appetit auf seine Freundin. Jetzt sog er wieder an ihrer Pyjamahose. Er roch an ihrem Schritt.

Wenn sie das sähe …

Der Geruch erregte ihn.

Pheromone.

Er dachte wieder an die Physiologievorlesung.

Pheromone – unterschwellige Duftstoffe, der biochemischen Kommunikation einer einzelnen Spezies dienend, Semiochemikalien, artfremde Lebewesen sind von dieser Art der Kommunikation ausgeschlossen. Eine bemerkenswerte Einrichtung der Natur, wie er befand. Ein solcher Duftaustausch ist von fundamentaler Bedeutung bei staatenbildenden Hymenopteren wie Ameisen, Wespen, Bienen.

Schmetterlingsweibchen können über viele Kilometer hinweg mittels ihrer Sexualpheromone Männchen ihrer Spezies anlocken.

Und beim Menschen?

Er schnüffelte wieder an Yvettes Hose.

Der Geruchssinn – der älteste Sinn des Menschen – der einzige Sinn des Menschen, der in keiner Weise vorverarbeitet wird – der größte Teil im Unterbewusstsein, subkortikal, jenseits des bewussten Empfindens verbleibend.

Er erinnerte sich an ein Experiment.

Das männliche Pheromon Androstenon wird von der Mehrzahl der Frauen als stinkend, mindestens aber als übel riechend beurteilt. Schnupperten sie allerdings zum Zeitpunkt ihres Eisprungs, während ihrer Empfängnisbereitschaft, empfinden sie Androstenon plötzlich überwiegend angenehm.

In welcher Zyklusphase mag sich Yvette gerade befinden?

Dietrich roch an seinem eigenen Hemd.

Nichts.

Es roch nach nichts.

Aus dem Arbeitszimmer war immer noch die Tastatur zu vernehmen.

Er schwelgte weiter in Erinnerung an den Physiologiekurs. Man fand heraus, dass Frauen während der Menstruation einen unterschwelligen, nicht bewusst wahrnehmbaren Geruch verströmen, der für Männer libidomindernd wirkt. Ein anderes identifiziertes weibliches Pheromon, das Kopulin, nomen est omen, verändert sich zyklusphasenartig. Man setzte in einem wissenschaftlichen Versuch Männern Photographien von verschiedenen Frauen vor. Unter dem Einfluss der pheromonartigen Kopuline, welche nicht bewusst gerochen oder bewusst wahrgenommen wurden, kamen die Männer unbewusst zu signifikant positiveren Bewertungen der Frauen, besonders zum Vorteil der optisch weniger attraktiven.

In einer anderen Untersuchung entdeckte man, dass Duftpheromone mit besonders ähnlichen Immunmerkmalen, den MHC Merkmalen, unbewusst eher abstoßend bei der Partnerwahl sind. Da besonders ähnliche MHC Immunmerkmale vor allem bei miteinander verwandten Menschen vorkommen, könnte die Natur auf diese Weise eine unbewusste Inzuchtbarriere installiert haben. Umgekehrt sind Pheromone bei starker Ungleichheit der MHC Immunmerkmale aphrodisierend.

Er sog wieder den Duft des Höschens ein. ‚Liebe geht durch die Nase' hatte er bei Günther Orloff gelesen.

Dietrich wünschte sich, Yvette käme jetzt zu ihm ins gewärmte Bett gekrochen. Seine Erektion wurde stärker. Von nebenan war das unveränderte Klappern der Tastatur zu hören. Die Anschläge klangen aggressiv und verbissen, Yvette schien auf die Tasten einzuhämmern, als gelte es, die Tastatur für die Ablehnung ihres Manuskriptes verantwortlich zu machen, als müsse sie jetzt dafür bestraft und gezüchtigt werden.

Es war schon nach Mitternacht.

Er wartete geduldig.

Sein wechselnd ausgeprägt erigiertes Glied begann zu schmerzen.

Seine Sehnsucht brannte.

Knapp vor ein Uhr fiel er in einen einsamen Schlaf.

*

Er wurde beim ersten Klingelton wach.

6 Uhr 15. Er stellte den Wecker rasch ab, da Yvette erst eine halbe Stunde nach ihm aufzustehen hatte. Die Kardiologie begann ihre Arbeit später als die chirurgischen Zünfte.

Er ging ins Bad, seine ersten Gedanken waren gleich beim anstehenden Gesprächstermin bei seinem Princeps. Das Angstfeuer loderte sofort, unbarmherzig, gnadenlos.
Er rasierte sich etwas gründlicher als sonst.
Er aß nichts.
Sein Oberbauch schmerzte.
Yvette lag noch im Bett.
Dietrich bereitete ihr ein kleines Frühstück. Er faltete liebevoll eine Serviette, die neben dem Teller platziert wurde. Er sah auf die Kaffeemaschine.
Nein – einen Kaffee mache ich ihr jetzt nicht. Ich müsste aus dem Haus und die Kaffeemaschine wäre noch an …
Ob es Yvette überhaupt sehen würde, ob sie die Maschine überhaupt beachtet?
Nein, kein Kaffee für Yvette.
Sicherheit geht vor …
Hastig ging er zur Tür. Ein kurzer Blick zum Herd. Er nahm den Wintermantel, noch ein zweiter längerer Kontrollblick zum Herd. Ein dritter. Ein vierter. Ein fünfter.
Alles in Ordnung.

Während der Visite auf der Intensivstation musterte er Professor Nollendorf.
Ist etwas anders als sonst? Sieht er mich heute anders an?
Auf den ersten Blick war keinerlei Veränderung auszumachen.
Er erschauderte, das Angstfeuer schlug in ihm hoch. Man kann ihm ohnehin nichts ansehen. Nollendorf ist völlig abgebrüht. Er schießt jemanden aus der Klinik ohne mit der Wimper zu zucken. Als zertrete er eine Laus.
Auf der Station begann er gleich mit der Visite. Er war unkonzentriert, fahrig, übersah Befunde in der Kurve, überhörte Fragen der Patienten, reagierte nicht auf Kommentare der begleitenden Schwester.
Die Zeit kroch entsetzlich langsam voran.
Noch acht Stunden bis 18 Uhr, noch sechs, noch vier.
Oberarzt Mertens kam früher als sonst. Weiß er was? Ist er anders als sonst?
Mertens blieb heute nur sehr kurz. Er müsse noch etwas erledigen …
Ein signum malum?
Noch eine Stunde.
Die Angst wuchs und wuchs.
Er übersah die Kurven. Er machte sich gleich an das Kopieren. Laborblatt für Laborblatt wurde vervielfältigt. Ich werde sie heute Abend zu Hause konzentriert kontrollieren. Wenn ich das dann überhaupt noch muss …
Dietrich lief im Arztzimmer auf und ab.
Yvette war gestern Abend nicht gerade hilfreich gewesen. ‚Ich hatte auch einen Scheißtag …‘.
Mehr hatte sie nicht gesagt, geschweige denn getan.

Noch wenige Minuten.

Die Angstflammen wüteten, schlugen unbarmherzig hoch.

Was erwartet mich?

Das Consilium abeundi?

Dietrich strich den Arztkittel glatt, machte sich auf den Weg.

Er lief über verschiedene Stationen.

Sahen ihn die Schwestern anders an als sonst?

Vorbei an den Zimmern der Oberärzte.

Dietrich blickte auf den gefliesten Fußboden.

Er lief langsam.

Vier Minuten vor sechs.

Er vermied, beim Gehen auf die Fugen zu treten. Die Fliesen waren schräg verlegt.

Jeden Schritt setzte er möglichst präzise in die Mitte einer Fliese, möglichst weit von den Zwischenfugen entfernt.

Nicht auf die Zwischenräume treten!

Es bringt Unglück, wenn man auf die Zwischenräume tritt.

Auf keinen Fall auf die Fugen tappen!

Es bringt Pech!

Dietrich ging weiter den Flur entlang.

Es beruhigte.

Immer schön in die Mitte der Fliese! Nicht auf die Zwischenfuge!

Wie würde Nollendorf eröffnen?

Würde seine Sekretärin noch da sein?

Bestimmt.

Würde sie alles mithören?

Nicht auf die Zwischenfugen treten!

Der Bauch rebellierte.

Er hatte den ganzen Tag noch nichts gegessen. Nur etwas Leitungswasser getrunken.

Nicht auf die Zwischenfugen treten!

Er stellte sich den Princeps an seinem Schreibtisch vor.

Wird er laut sein?

Johlen, schreien, wie so oft?

Oder wird er ganz leise, ganz bedächtig sein?

Mich mit gewählten, höflichen Worten aus der Klinik rausschießen?

Nicht auf die Zwischenfugen treten!

In seinem Kopf dröhnte es. Sein Puls galoppierte tachykard. Die Angstflammen waren gnadenlos.

Ich bin ja noch in der Probezeit; Nollendorf kann mich ohne weiteres vom einen auf den anderen Tag …

Nicht auf die Zwischenfugen treten!

Kurz vor dem Treppenabsatz ins Erdgeschoss musste er die Schrittlänge erheblich variieren, um in der Mitte der Fliese zu bleiben. Dietrich machte zuerst einen ganz kurzen, dann einen sehr weiten ausholenden Schritt um die bösen, unheilbringenden Zwischenfugen zu vermeiden. Es glich einem Weit-springer mit falsch gewähltem Anlauf kurz vor dem Absprung.
Ein Kichern.
Zwei junge Lernschwestern liefen an ihm vorüber.
Warum kicherten sie?
 Scheißegal. Sollen sie denken was sie wollen.
Er lief der Treppe zu, seinem Schrittgesetz treu bleibend.
Die Lernschwestern sahen ihm nach.
Dietrich schritt rascher, sein Fortkommen glich einem exotischen Tanz. Nicht auf die Zwischenfugen treten …

Er klopfte am Chefsekretariat.
Keine Antwort.
Er wartete kurz, trat zitternd ein.
Zum Glück gab es hier Teppichboden, keine Fliesen, keine Zwischenfugen, die vermieden werden müssten. Was würde Nollendorf zu seinen abstrusen Schritten sagen?
Die Sekretärin war nicht da. Dietrich klopfte an der Durchgangstür.
„Ja!"
Die dröhnende Stimme ließ ihn zusammenfahren. „Sie hatten mich gebeten …"
„Nehmen Sie Platz, Nolte!" Zwei schlichte Stühle waren vor dem massigen Schreibtisch platziert. Während des Hinsetzens klingelte das Telefon, Nollendorf hob ab. Der OP.

Der Gesprächspartner in der Leitung schien längere Zeit über etwas zu berichten, der Professor schwieg, kniff konzentriert die Augen zusammen.
An der Wand hinter Nollendorf protzten zahlreiche Forschungspreise, Ehrendoktorwürden, Auszeichnungen, englischsprachige in der Mehrzahl, einige auf Mahagoniholztafeln gearbeitet.
Mehrzahlig verliehene Ehrendoktorwürden.
Die Auszeichnungen verkündenden Mahagonitafeln waren für den Besucher frontal von vorn unübersehbar und unbescheiden platziert. Eine besonders edle Tafel in der Mitte proklamierte Nollendorf als „Thoracic Surgeon of the Year". Seitlich davon eine Tafel mit kyrillischen Lettern.
Auf Nollendorfs Schreibtisch ein trautes Familienbild, plakativ für jeden Besucher sichtbar.
Obgleich Nollendorf Dietrich kaum an Körperhöhe überlegen war, saß der Princeps deutlich erhöht.
Sein hinter dem Schreibtisch nicht sichtbarer Stuhl schien auf majestätische Höhe geschraubt, einem Thron ähnlich.

Nach einigen Minuten verfinsterten sich nun Nollendorfs Gesichtszüge am Telefon. Er stellte knappe Fragen, es schien sich um Schwierigkeiten während einer noch laufenden Operation zu handeln. Der Ton wurde schärfer, dann folgte wieder eine Pause. Die Replik vom anderen Ende der Leitung schien nicht zur Zufriedenheit Nollendorfs zu sein. Er schrie jetzt in den Hörer, sein Gesicht rot anlaufend.
Dietrich konnte dem Problem inhaltlich nicht folgen.
Nollendorf steigerte sich jetzt in ein infernalisches Johlen, einem heulenden Derwisch gleich.
Error – sein beliebter Neologismus war jetzt in jedem Halbsatz.
Der Kollege am Telefon wurde rüde zusammen gefaltet und abgebürstet.
Dietrich zuckte zusammen.
„Ein Riesen – Error! Soll ich euch nächstens noch sagen, wann und wie ihr in der Nase zu bohren habt? Das ist doch ein Wahnsinns- Error! Kann man euch nichts allein machen lassen? Absoluter Mega - Error. Ultra - Error! Ich komme in zehn Minuten hoch – wenn ich hier fertig bin!" Nollendorf knallte den Hörer auf die Gabel.
Dietrich war entsetzt.
Was für ein Auftakt … ‚Wenn ich hier fertig bin …' – was für eine Formulierung …

Nollendorf schien sich zu sammeln.
Dietrich zitterte, hielt sein Haupt leicht gebeugt, bücklingshaft, als stünde er vor einem Herzog.
„Nolte! Sie sind ja jetzt schon einige Wochen hier …" Nollendorf kam in etwas ruhigere Tonlage. „Zu Anfang haben Sie ja gleich einige kapitale Böcke geschossen …"
Eine Pause.
Dietrich war nicht klar, ob er dies nun kommentieren sollte.
Sein Chef ließ seine Eröffnung offensichtlich etwas wirken. Er spielte mit einem Pfeifenreiniger herum. „Da waren ja einige ‚Highlights' darunter, einige ziemlich error-hafte Aktionen. Wenn ich an den Patienten mit dem Kalium denke … Ein Wahnsinns - Error …"
Wieder eine Pause.
Dietrich hatte bei jedem ‚Error' gezuckt.
„Den hätten sie ja beinahe abgemurkst …"
Dietrich zitterte auf seinem Stuhl.
„Nun gut. Sie scheinen sich dann langsam stabilisiert zu haben. Sie fabrizieren in der letzten Zeit deutlich weniger Error". Nollendorf steckte den Pfeifenreiniger weg. „Ich habe Sie einbestellt, um mit Ihnen zu eruieren, was wir wissenschaftlich mit Ihnen machen, in welche Arbeitsgruppe wir Sie stecken."
Dietrich blickte erstaunt.
Das war es also.

Keine Bürstung.
Keine neuen Havarien.
Keine Kündigung in der Probezeit.
Kein Consilium abeundi.
Seine Augen leuchteten.
Wo wir sie hinstecken …

Nollendorf fuhr fort. „Nolte, Sie müssen wissen: in meiner Klinik gibt es Arbeitspferde und es gibt Rennpferde. Zu einem beträchtlichen Teil entscheiden die Kollegen selbst darüber, welcher Gruppe sie zugehörig sind. Die Arbeitspferde sind für die Drecksarbeit. Die Rennpferde kämpfen um die Meriten …"
Was für Worte … Er schauderte wieder.
 Arbeitspferde und Rennpferde …

„Wir haben ja eine ganze Reihe von wissenschaftlichen Arbeitsgruppen. Also für die ‚Graft-Gruppe' sind sie wohl ein zu kleines Lichtchen, oder?"
Dietrich wusste, dass dort an künstlichen Bypässen geforscht wurde. Bislang setzte man nur körpereigene Venen oder Arterien hierfür ein, verpflanzt vom eigenen Bein oder Arm in den Brustkorb.
Ein zu kleines Lichtchen … Er zuckte zusammen.
„… oder sehe ich das falsch?" Nollendorf grinste und fuhr fort. „Die Transplantation-Truppe ist, glaube ich, auch nix. Zu ‚sophisticated' für Sie …"
Auch eines seiner Lieblingswörter … „Sie kommen zeitlich mit Ihrer Routinearbeit ja so schon kaum über die Runden …"
Dietrich schluckte.
„Ich dachte für Sie an etwas Kleineres, Überschaubares, low-level-mäßiges. Etwas, mit dem Sie am Anfang mal zeigen könnten, was Sie research-mäßig so drauf haben. Melden Sie sich morgen bei Kollege Görgens. Ich denke, Sie könnten die neuen Bioaortenklappen nachverfolgen. Zwei Jahre follow-up …"
Dietrich hatte davon ansatzweise gehört.
Bislang waren die bioprothetischen Herzklappen den künstlichen Klappenprothesen aus Metall an Haltbarkeit und Funktion unterlegen, hatten aber den Vorteil, dass sie keine dauerhafte Blutgerinnungshemmung benötigten und daher vor allem bei betagteren Patienten eingesetzt wurden. Von einer völlig neuen gerüstfreien Bioprothese für die Aortenklappe wurde nun postuliert, sie sei in puncto Funktion und Lebensdauer genauso effektiv wie die künstlichen Metallklappen.
„Wie wär' das für Sie, Nolte? Im Wesentlichen geht es um postoperative Echokontrollen …"
Mit der Ultraschalluntersuchung des Herzens, der Echokardiographie, konnte die Funktion dieser neuen Klappe am Patienten ungefährlich nachkontrolliert werden.

„Ja, das wäre ein interessantes Projekt ..." Dietrichs Stimme war sehr trocken. Seine stressbedingte Sympathikusaktivierung hatte schon seit Minuten seine Speichelbildung versiegen lassen.

„Dann wäre das ja klar." Nollendorf stand auf, das Gespräch schien jetzt beendet. „Eines noch: Trotz ihrer anfänglichen Böcke und Errors wollen - oder besser müssen – wir Sie ab dem nächsten Monat in den Dienst mit aufnehmen. Zunächst Hausdienst für die peripheren Stationen und dritter Dienst für den OP. Keine Angst – nur Hakenhalten ..." Der Professor lächelte maliziös.

Das Telefon klingelte wieder.

Erneut der OP.

Der Anrufer hatte nur kurze Redezeit.

„Keiner berührt mehr den Patienten – in 90 Sekunden bin ich im OP!" Ohne Verabschiedung machte sich Nollendorf auf den Weg.

„Vielen Dank und ... schönen Abend", rief Dietrich zu leise hinterher.

Er rannte aus der Klinik. Er sog die kalte Winterluft ein, es hatte frisch geschneit.

Er fühlte sich großartig.

Keine Bürstung, keine Entlassung. Nein!

Stattdessen die Aufnahme in ein wissenschaftliches Team!

Dietrich wischte die Formulierungen der geschossenen Böcke, des zu kleinen Lichtchens gedanklich beiseite und lief euphorisiert nach Hause.

Yvette war schon da. Zu seiner Überraschung hatte sie eine Lasagne vorbereitet. Noch nie hatte er sie kochen gesehen. Sie schob die duftende Backform in den Ofen, eine Flasche Rioja wurde geöffnet.

Er erzählte von seinem Gespräch bei Nollendorf. Seine Ängste wurden retuschierend etwas reduziert, die Bedeutung der Arbeitsgruppe ‚Herzklappe' dafür etwas größer herausgestellt.

Yvette war in aufgeräumter Stimmung. Sie stießen mit ihren Rotweingläsern an und küssten sich lange. „Wird etwa 25 Minuten im Ofen dauern. Setz du dich, ich räume in der Küche noch auf."

Er saß am Esstisch, nippte am Rioja. Er überdachte den Tag.

Wie Nollendorf mit dem Kollegen am Telefon umgegangen war ...

Sicherlich hatten sie ein größeres, ernsthaftes Problem im OP gehabt.

Nollendorf hatte den Anrufer abgekanzelt wie einen Schulbuben.

Er war schon ein harter Hund ...

Aber man konnte von ihm operativ viel lernen ...

Plötzlich schoss es ihm in den Kopf.

Eben hatte er das bauchige Weinglas abgesetzt.

In der Küche hörte er Yvette klappernd mit dem Geschirr hantieren.

Sie schoss ihm in den Kopf aus irgendwoher.
Woher eigentlich? Wo kommt sie her?
Wo kommt sie her, die verdammte Angstflamme?
Dietrich zuckte konvulsivisch zusammen wie unter einem Keulenschlag.
Er hatte die Laborwerte des Tages zwar kopiert, aber in seinem Arztzimmer
liegen gelassen!
Aus lauter Euphorie nach dem Chefgespräch war er ohne sie aus der Klinik
gestürmt, hatte nicht mehr daran gedacht!
Was für ein Versäumnis!

Die Angstflamme loderte. Ich war heute Nachmittag kaum bei der Sache,
völlig neben der Spur, unkonzentriert.
Wer weiß, was ich übersehen habe. Es könnte fatal sein …
Die Kopien liegen noch auf meinem Schreibtisch. Ich habe sie vergessen.
Ich müsste sie nur schnell holen, könnte sie rasch kontrollieren, bei
Problemen noch rechtzeitig reagieren …
Die Flamme brannte lichterloh.

„Schatz, ich muss noch mal schnell weg, ich … äh … hab was in der Klinik
vergessen … bin superschnell wieder da …“
Yvette blickte erstaunt, ein Geschirrtuch in der Hand. Die Lasagne im Ofen
duftete schon. „Was …? Aber das Essen … Was hast du denn vergessen?“
Dietrich hauchte einen Kuss auf ihre Wange und stob aus der Wohnung. Er
nahm den Wagen raste durch die Stadt
Schnell die Kopien holen, wieder zurück, dann habe ich alles unter
Kontrolle!
Durch den Neuschnee hielten viele Fahrzeuge Schritttempo. Ungeduldig
trommelte er aufs Lenkrad. Endlich der Klinikparkplatz …
Spurt aus dem Wagen, im Laufschritt durchs Treppenhaus.
Die Schwestern staunten, als er in das Arztzimmer hetzte.
Da lagen sie. Fein säuberlich, Blatt für Blatt.
Kopien unter den Arm, zurück zum Wagen, sein Herz raste.

Zurück in die Wohnung.
Er erschrak.
Yvette am Esstisch.
Vor ihr ein leeres Weinglas.
Ein Teller mit einer Portion Lasagne.
Man sah schon aus der Entfernung, dass sie kalt war. An der Oberseite war
sie leicht angebrannt.
Vor seinem Platz ebenfalls ein Teller mit Lasagne darauf, ebenfalls kalt.
Yvettes Augen blickten traurig. „Mann, was musstest du denn noch in die
Klinik? Das schöne Essen …“
Dietrich trank hektisch einen großen Schluck Rioja.

Wie aus einem Bierglas.
„Ich musste noch was holen …", und zeigte auf den Stapel Kopien. Yvette blickte auf die Blätter. „Da sind lauter Laborwerte, was willst du damit?"
„Ich kam äh, ich kam heute einfach nicht so konzentriert zum Arbeiten, war ein bisschen aufgeregt vor dem Gespräch bei Nollendorf, da habe ich mir die Laborwerte kopiert und wollte sie hier äh … ja … hier kontrollieren."
„Das ist nicht dein Ernst – du hast die ganzen Laborwerte aller Patienten kopiert um sie hier … zu kontrollieren? Das Labor checkt man in fünf Minuten! Dann ist alles durchgesehen! Was soll der Unfug mit dem Kopieren und Mitnehmen? Allein das Kopieren dauert ja länger als das Nachsehen!"

Dietrich schluckte.
Sein Weinglas war leer.
Was soll man darauf sagen?
„Komm, deine Lasagne schmeckte bestimmt auch so. Ich freue mich, dass du so lieb gekocht hast." Er lächelte ihr zu, einem miserablen Schauspieler gleich.

Sie aßen erkaltete Lasagne. Yvette erzählte nüchtern von den Geschehnissen ihres Tages. Ein kardiologischer Patient hatte nach der Herzkatheteruntersuchung an der Einstichstelle in der Leiste stark geblutet und musste operiert werden. Dietrich nahm sich noch Wein.

Nach dem Essen hatte er sich mit seinem Kopierstapel ins Arbeitszimmer begeben. Konzentriert arbeitete er Wert für Wert, Kolonne um Kolonne, Blatt um Blatt durch, jede einzelne Zahl mit dem unscheinbaren Punkt versehend. Die Hälfte der Patienten war schon durch, unzählige Pünktchen gesetzt, da fragte er sich nach dem Verbleib von Yvette.
Nichts war zu hören.
Kein Geschirrklappern in der Küche, kein Fernsehlärm. Nichts.
Ist sie sauer?
Leicht besorgt machte er sich auf ins Wohnzimmer, in die Küche.
Im Schlafzimmer fand er sie.
Auf dem Bett.
Fast nackt.
Mit einem Spitzen-BH und einem ein knapp bemessenen Slip.
Lasziv räkelte sie sich vor ihm. „Kommst du?"
Dietrich war erstaunt.
So eine aktive Rolle hatte er bei seiner Freundin diesbezüglich bislang noch nicht kennengelernt.
„Ich … äh … bin gleich fertig. Wenige Minütchen … Komme gleich." Er lief ins Arbeitszimmer, zu seinem Kopierstapel zurück.
Weiter in der Kontrolle, rasch!
Reihe um Reihe, Blatt um Blatt.

Zwei Patienten und acht Zahlenkolonnen später hörte er Yvette. „Dietrich ... wie lange brauchst du denn noch?"
Die Frage dysphorisierte ihn. Es nervte.
Warum macht sie das? Noch nie in der ganzen Zeit war sie auf diesem Kanal so aktiv! Warum gerade jetzt – sie wusste doch, dass er noch zu arbeiten, zu kontrollieren hatte!
War das ein Spiel? Machte sie das extra?
Seine Miene verfinsterte sich. Seine Dysphorie wuchs.
Ja, sie macht das jetzt absichtlich, um meine Kontrollen zu stören ...
Dietrich kontrollierte verbissen Blatt um Blatt.
Die Kontrollen haben jetzt Priorität! Absolute Priorität!
Lass dich nicht ablenken von ihren Spielchen!
Kolonne um Kolonne, Blatt um Blatt wurden kontrolliert, abgehakt.
Keine Besonderheiten.
Alles im grünen Bereich.
Der letzte Patient.
Fertig.
Zurück ins Schlafzimmer. Müdigkeit überfiel ihn, es war ein anstrengender, nervenaufreibender Tag gewesen. Er legte sich neben Yvette mit ihrer unverändert spärlichen Bekleidung. Sie ist wirklich unglaublich schön ... Eine unbeschreiblich erotische Figur. Bestimmt werde ich von manchem beneidet...
Er zog sich aus. Yvette entledigte sich ihrer Wäsche und setzte sich rittlings auf ihn. Sie atmete schneller, gab aber keinen Laut von sich.
Er genoss es.
Er betrachte Yvettes schlanke Taille, ihren wohlgeformten Bauchnabel, ihr schmales Becken. Er tauchte in sie ein und aus.
Was für ein Tag heute ... Jetzt bin ich in eine wissenschaftliche Arbeitsgruppe integriert. Ich werde mich voll einsetzten ...
Yvette beschleunigte ihren Ritt, ihr Atem ging schneller.
Seine Gedanken kreisten um die Arbeitsgruppe. Er kannte die an diesem Projekt beteiligten Kollegen nicht näher, allenfalls vom Sehen bei der morgendlichen Parade auf der Intensivstation.
Er blickte auf Yvettes dunkle Scham und plötzlich züngelte sie.
Die Angstflamme.
Sie war wieder da. Sie war nicht aus.
Das Labor!
Den ganzen Tag über war ich völlig unkonzentriert wegen des Cheftermins!
Da ist schnell was übersehen!
Und Kontrolle vorher im Arbeitszimmer war unter Zeitdruck! 'Musste mich ja beeilen um Yvette nicht noch mehr zu vergraulen ...
Scheiße ...
Wenn ich was übersehen hab' ...

Yvettes Bewegungen wurden jetzt heftiger, Dietrichs Part war passiv und jetzt in Gedanken verhangen an die Angstflamme.

Was tun?

Nachher eine zweite Kontrolle?

Unmöglich, Yvette würde mich für völlig verrückt erklären.

Bin ich es eigentlich?

Seine Erregung nahm körperlich spürbar ab. Yvette blickte ihm ins Gesicht.

Sein Gehirn suchte nach einer Lösung, die Angstflamme zu ersticken.

Morgen früh nochmals kontrollieren?

Das könnte schon zu spät sein!

Yvette stieß jetzt noch heftiger auf seine Lenden hinab, sie beugte sich nach vorn, ihre langen schwarzen Haare hingen ihm im Gesicht.

Seine Erektion war jetzt so schwach, dass sein Penis beinahe aus seiner ordnungsgemäßen Position luxierte.

Es gibt nur eine vernünftige Möglichkeit.

Später, wenn Yvette eingeschlafen ist, eine zweite Kontrolle.

Ein zweites Durchsehen, in aller Ruhe, mit aller Konzentration, ungestört, ohne jeden Zeitdruck.

Ihm gefiel die Idee. Sein Glied nahm wieder festere Konsistenz an.

Ja, so werde ich es machen, das ist eine gute Lösung Ich bleibe einfach wach liegen, und dann – husch ins Arbeitszimmer.

Er nahm wieder konzentrierter den Körper seiner Freundin wahr.

Schweißperlen liefen ihr am Brustbein herab.

Er kam zum Höhepunkt.

Yvette beugte sich auf ihn herab, küsste ihn, legte sich auf seinen Körper.

Sie schwitzte.

Hat es ihr gefallen?

Er verwarf die Frage. Er musste sich jetzt auf das Wachbleiben und das nachfolgende Kontrollieren konzentrieren.

Jetzt nur nicht einschlafen!

Nüchtern zog er seinen Pyjama an, keiner sagte etwas. Es kam ihm vor wie in der Umkleidekabine nach dem Sport. Wie nach einem gemeinsamen Tennisspiel.

Egal.

Sie löschten das Licht, wünschten sich gute Nacht, versicherten sich, dass sie sich liebten.

Er war müde, erschöpft. Aber er durfte jetzt auf überhaupt keinen Fall einschlafen. Krampfhaft hielt er die Augen auf.

Yvettes Atmen wurde ruhiger, er hörte das leise Ticken des Weckers.

Er blickte auf die Uhr, er hatte sich eine Wartezeit von 20 Minuten vorgenommen, dann wäre Yvette bestimmt eingeschlafen.

Leise verließ er das Bett, schlich sich ins Arbeitszimmer, leicht fröstelnd. Er nahm den Kopierstapel zur Hand. Kolonne um Kolonne wurde durchgesehen. Alle Laborwerte waren mit einem Punkt versehen. Von ihm.
Ich habe alle schon gesehen. Alle schon kontrolliert …
Aber eine zweite Kontrolle ohne Zeitdruck ist besser, sicherer.
Patient um Patient wurde abgearbeitet, die Laborwerte mit einem zweiten Punkt versehen. Käme noch etwas Auffälliges zum Vorschein, könnte ich immer noch auf der Station anrufen und rechtzeitig darauf reagieren …
Der letzte Patient.
Geschafft.

Er dachte an Yvette.
War sie eigentlich … befriedigt?
War sie es schon jemals mit mir?
Nie gibt sie einen Laut von sich.
Mein Erfahrungshorizont beschränkt sich lediglich auf Emily … Er grübelte.
Vielleicht ist sie immer still beim Sex?
Oder hat sie keine Freude? Eine Anorgasmie?
Er nahm sich vor, diesem Aspekt mehr Beachtung zu schenken.
Vielleicht mache ich etwas falsch?
Schon wieder.
Schon wieder die Angstflamme.
Hupp, da bin ich wieder!
Er stöhnte leise.
Er kämpfte nicht.
Er bückte sich, nahm den Stapel, griff das erste Blatt und begann die erneute Durchsicht.
Kolonne um Kolonne wurde ein drittes Mal kontrolliert.
Er setzte hinter jeden Wert einen dritten Punkt.
Blatt um Blatt durchlief die Prozedur.
Das muss dann aber reichen!
Jeder Wert dreifach nachkontrolliert, dreifach mit meinem Kontrollzeichen abgehakt.
Mann, bin ich krank? Ich habe eine Zwangsneurose …

Der drittletzte Patient.
Da stand sie plötzlich vor ihm.
Barfuß war sie geräuschlos ins Arbeitszimmer gekommen.
Dietrich war derart konzentriert über den Kolonnen gesessen er hatte es nicht bemerkt.
Bis ihre Gestalt einen Schatten auf seine Zahlenkolonnen warf.
Er erschrak maßlos.
Wie lange mag sie da schon stehen?

„Was machst du denn da? Spinnst du?“ Ihre Stimme war leise, klang verschlafen.
Er sah auf seine Kopien, auf die Zahlenkolonnen.
An jedem Laborwert drei Punkte.
Sein Kugelschreiber auf dem Weg, weitere Kontrollpunkte zu setzen.
Yvettes Blick fiel auf die vielen gesetzten Pünktchen. „Dietrich hast du sie nicht mehr alle?“
Er fuhr etwas zusammen. Ganz schön heftige Rhetorik …

„Ich muss noch etwas Wichtiges durchsehen“, antwortete er ungehalten. „Ich komme gleich wieder zurück ins Bett.“
So leicht ließ sich seine Freundin nicht zurückschicken. „Was soll das denn mit diesen … Punkten an den Laborwerten? Überall drei Punkte, da unten zwei Punkte. Ein Geheimcode?“
„Lass mich bitte in Ruhe arbeiten. Es ist sehr wichtig. Die Patienten sind krank. Sehr krank. Ich muss noch etwas … nachsehen.“
„Aber du hast es doch schon ’mal in der Klinik und dann nach dem Abendessen …“
„Es ist jetzt gut! Geh bitte ins Bett, ich komme gleich! Es ist jetzt nicht der Zeitpunkt, darüber zu diskutieren.“ Er war erstaunt über die Deutlichkeit und Schärfe seiner Worte.
Yvette ebenso. Sie schüttelte den Kopf und ging vor sich hin murmelnd zurück ins Schlafzimmer.
Dietrich war ärgerlich.
Sehr ärgerlich.
Über Yvette.
Über sich selbst.
Über den Abend.
Über das Labor auf seinen Zetteln.
Über das Kontrollieren.

Und über die Angstflamme.
Ja, die Angstflamme, da war sie und brannte und loderte in seinem kranken Gehirn.
Die dritte Kontrolle muss noch zu Ende gebracht werden. Er kontrollierte weiter, hakte ab. Kolonne für Kolonne, Blatt für Blatt.
Fertig.
Auf dem Rückweg ins Schlafzimmer hoffte er, Yvette würde schon schlafen und diese Hoffnung erfüllte sich.

*

Paul Görgens war der Leiter der Arbeitsgruppe ‚Klappe'.

Dietrich stellte sich gleich am nächsten Nachmittag bei ihm in seinem Arbeitszimmer vor und berichtete ihm von Nollendorfs Plänen für sein kleines Projekt.

Paul Görgens war ein Kollege, der diesen Namen verdiente.

Er nahm sich für Dietrich Zeit, obwohl für beide keine da war.

Er war Mitte dreißig, er schien an einer Canities praecox, einer vorzeitigen, völligen Ergrauung der Haare zu leiden. Schlagartig war bei ihm vor einiger Zeit der Farbwechsel eingetreten.

Dietrich entsann sich zweier Patienten, die ihm berichtet hatten, im Rahmen traumatisierender Kriegserlebnisse in Russland innerhalb weniger Tage vollständig ergraut zu sein.

Hat Görgens in der Vergangenheit ähnlich schlimmes erlebt? Vielleicht ist er ja wegen Nollendorf …

Er wurde durch Paul Görgens aus seinen Gedanken gerissen. Paul erstellte mit ihm einen Arbeitsplan, besprach das Vorgehen und welche Parameter bei der Studie Sinn machten. Er zeigte ihm das Archiv und erklärte, wie die Patienten zu finden seien, die den betreffenden Herzklappentyp bekommen hatten. Er erarbeitete mit ihm ein Anschreiben, mit dem die Patienten kontaktiert und gebeten werden sollten, für einige ambulante Untersuchungen in die Klinik zu kommen. Eine wesentliche Messgröße stellte die Ultraschalluntersuchung des Herzens dar. Mit dieser konnte man die Funktion der Herzklappe valide und obendrein ungefährlich beurteilen. Nachteil der Methode war, dass sie weder Paul noch Dietrich ausreichend gut beherrschten; die Patienten sollten daher in der Kardiologie untersucht werden. Dietrich hoffte, dass er über Yvette einen guten Kontakt zur Echokardiographieabteilung herstellen könnte, damit ein reibungsloser Ablauf gewährleistet wäre.

Dietrich gefiel es bei Paul Görgens. In seinem verrauchten Arbeitszimmer zu sitzen, den Studienplan zu erstellen, sich Tipps geben zu lassen, einfach nur zu tratschen.

Die Zeit, die er hier, meist frühnachmittags, verbrachte, musste er abends an seinen Arbeitstag anhängen. Er kam dadurch später nach Hause, oft nach 21 Uhr. Aber bei Paul konnte man für ein paar Minuten die Seele baumeln lassen. Über kreischende Schwestern lamentieren, über den Chef und seine Wutausbrüche lachen.

Paul war schon fast zehn Jahre im Geschäft. Er arbeitete an seiner Habilitation, er hatte einige gute Veröffentlichungen geschafft, betreute ein halbes Dutzend Doktoranden, aber es erschien zweifelhaft, ob er die Venia legendi jemals erreichte.

156

Sie hing von Wohl und Wehe Nollendorfs ab.

Dietrich hatte eine große Datenbank für sein Projekt erstellt. Verschiedene Messparameter der Ultraschalluntersuchung fanden hier Eingang, die die Öffnungs- und Schlussfähigkeit der neuen bioprothetischen Herzklappe beschrieben. Dazu kamen als weitere Kenngrößen verschiedene Laborwerte und die Beschwerdesymptomatik der Patienten, quantifiziert nach festgelegten Klassifikationen. Auch ein standardisierter Fragebogen zur allgemeinen Lebensqualität war integriert.
Er freute sich auf das Projekt. Die ersten Patienten hatte er nach längerer Suche im Archiv identifiziert und per Post angeschrieben. Er freute sich darauf, wieder mit Zahlen zu operieren, zu jonglieren. Hier war er zu Hause. Er würde Nollendorf gute Arbeit abliefen, sich für Höheres empfehlen.

Yvette hatte ihn nicht mehr bezüglich seines nächtlichen Abenteuers mit der Laborkontrolle angesprochen. Dafür war Dietrich jetzt auch viel zu beschäftigt. Durch die Arbeit im Archiv und die Besprechungen mit Paul reduzierten sich die physischen Kontakte mit Yvette auf ein Minimum, oft einige wenige Minuten nur, am sehr späten Abend, meist genutzt um eine Pizza vom Heimservice zu vertilgen und sich müde, abgekämpft, graugesichtig gegenübersitzend einige Sätze vom Tage zu berichten.
Yvette hatte bei einer Chefvisite in der Klinik schweren Schiffbruch erlitten und war von ihrem Ordinarius schwer abgebürstet worden.
Ein ganz kleines, winziges Bisschen hatte sich Dietrich darüber gefreut.
Nicht nur ihm ging es so.
Sollte seine Freundin schauen, wie sie an ihrer Klinikfront klar käme, bevor sie ihn über seine nächtliche Laborkontrolle mit übler Rhetorik rüffelte.

Dietrich musste oft an dieses Ereignis denken. Es lag schwer im Magen.
Insgesamt hatte er sich von Yvette etwas mehr Wärme versprochen.
Etwas mehr Wärme, wenn er geschlagen aus der Klinik heimkam, nach rüden Geißelungen durch Chef- oder Oberarzt und dumm-spöttischen Kommentaren von Kollegen und Schwestern.
Eine tröstende Wärme von Yvette gab es nicht.
Entweder saß sie am Rechner und arbeitete an dringlichen Veröffentlichungen oder sie hörte kommentarlos Dietrichs Tagesbericht, kaum oder keine Anteilnahme gebend, unfähig zu trösten.
Ist sie selbst so unter Druck?
Er bemerkte in den letzten Tagen, dass Yvette von Abend zu Abend angespannter, hohlwangiger, zerfurchter aussah, mit dunklen Ringen unter den Augen.
Ihre Kraft schien zu keinem Trost zu reichen, sie schien in ihrer eigenen Klinik verbraucht.

Die Abende verliefen uniform. Einer kam später als der andere, manchmal blieb nur ein einzelner Heimservice übrig, der auch noch bis Mitternacht seine Pizzas auslieferte.

Mit wenigen Worten, die wesentlichen Tagesgeschehnisse umrissen, wurde gegessen. Danach schaute er gerne noch die Spätnachrichten, ein zweites Bier neben sich. Yvette schlief auf der Couch ein. Beide taumelten dann ins Bett, in bleiernen Schlaf.

Er setzte das tägliche Kopieren der Patientenlaborwerte fort. Die Punktmarkierungen hatten unter den Schwestern schon zu viel Aufsehen erregt und Anlass zu Fragen oder Kommentaren gegeben.

Seine Kontrollmarkierungen auf den kopierten Blättern dagegen interessierte niemand, da er diese am folgenden Tag in den Müll warf.

Durch das Kopieren hatte er für die Kontrollier-Routine Ruhe vor dem Pflegepersonal, niemand sah seine Punkte und er konnte auch in Ruhe zu Hause seine Nachkontrollen durchführen.

Das Problem mit Yvette hierbei hatte er vorsorglich durch einen Kniff umschifft. Er packte die Kopien regelmäßig zwischen ein Bündel wissenschaftlicher Zeitschriften. Mit diesen zog er sich zurück, ins Arbeits- oder Wohnzimmer, je nach Belegung, und konnte dann ungestört, ungesehen und in Ruhe kontrollieren.

Yvette meinte, er läse für sein Projekt im ‚Journal of Cardiovascular Surgery‘ oder in den ‚Annals of Thoracic Surgery‘.

Er hatte sich mittlerweile ein dreimaliges Durchsehen der Laborwerte zu Hause angewöhnt. Nach drei Kontrollpunkten in allen Kästchen war er beruhigt, die Angstflamme aus.

*

Die Tage waren anstrengend, ohne allzu viel Freude.

Und die Arbeit sollte noch zunehmen.

Etwa zeitgleich wurden Yvette und Dietrich in ihrer jeweiligen Klinik auf den Dienstplan mit aufgenommen.

Dietrich stand vor seinem ersten Nachtdienst, Yvette sollte ihre Feuertaufe eine Woche später bestehen.

Er hatte sich mit einer Flasche Sprudel und einigen Schokoriegeln für dieses Unternehmen gewappnet. Um 16 Uhr 30 endete offiziell die Arbeitszeit. De facto verließen die Kollegen gegen 20 Uhr die Klinik.

Ab dann wäre er ganz allein.

Allein mit den Patienten.

Bei Fragen, Unklarheiten oder Problemen hätte er einen Oberarzt im Hintergrund, den er zu Hause anrufen könnte.

Im Fall einer notwendigen Notfalloperation würde ein ganzes Operations-
team anrücken.

Er hatte wenig Glück, sein Hintergrundoberarzt, Professor Stilgenbauer, war
dafür bekannt, dass er bei Problemen äußerst ungern nachts in die Klinik
kam. Seine Maxime bestand darin, möglichst alles am Telefon lösen zu
können und nicht den wohligen Fernsehsessel oder das warme Bett verlassen
zu müssen.

Ansonsten war Stilgenbauer eigentlich ein lieber Kerl, ein Professor wie aus
dem Bilderbuch, im 60. Lebensjahr stehend, mit schlohweißem Haar,
unkämmbar, unzähmbar, und ebenso schlohweißen buschigen Augenbrauen,
die prominent, wulstartig über den Augenhöhlen thronten, wasserhelle,
listige Augäpfel beherbergend.

Wozu hat der Mensch eigentlich die Augenbrauen?

Einer Hypothese nach dienen sie dazu, Schweiß, der von der Stirn nach unten
läuft, vom Auge fernzuhalten, nach seitwärts abzulenken.

Dietrich schmunzelte. Stilgenbauer muss in seinem Leben viel Schweiß auf
der Stirn gehabt haben, seine Brauen sind ein wahres Gestrüpp.

Aber er hat ja auch eine hohe, steile Stirn. Diese Steilheit des Stirnbeins, des
Os frontale, stellt ja auch ein wesentliches Kennzeichen des menschlichen
Schädels dar, da sie durch die kräftige Entfaltung der Stirnlappen des Groß-
hirns bedingt ist. Bei Säugetieren mit weniger voluminösem Großhirn ist die
fliehende Stirn kennzeichnend.

Stilgenbauer muss rein von seinem knöchernen Schädel her ein riesiges
Großhirn, insbesondere frontal, aufweisen. In Dietrichs Gedanken lächelte
ihm Stilgenbauers Gesicht freundlich zu. Andererseits sind seine
Augenbraucnwülste, sein ‚Arcus superciliaris’, derart ausgeprägt, derart
prominent … Es ist der reinste Überwulst, der reinste ‚Torus supraorbitalis’
… Eine solch überwülstige Ausprägung der knöchernen Augenbrauenpartie
war bei den Vormenschen und bei Menschenaffen charakteristisch, diente er
doch als mechanisch verstärkter Stützpfeiler des Gesichtsschädels, der den
bei Affen viel stärkeren Kaudruck und dessen Kräfte abfängt. Ein
anatomischer Atavismus …

Stilgenbauers Kopf hat tatsächlich ein bisschen etwas affenähnliches …
Dietrich schüttelte seine anthroprologischen Gedanken ab, versuchte sich
wieder zu konzentrieren. Es war kurz nach 18 Uhr, Mertens war mit der
Kurvenvisite fertig und wünschte ihm viel Glück für den ersten Dienst,
grinste, unklar, ob aufmunternd oder spöttisch gemeint.

Er kaute an einem Wurstbrot, übrig geblieben von einem Patientenessen. Der
Patient hatte notfallmäßig wieder in den OP gebracht werden müssen, sein
Abendessen war daher vakant geworden.

Gemäß Anweisung der Klinik müsste das Wurstbrot zurück in die Küche
und weggeworfen werden. War es schlecht, das Wurstbrot des Patienten
einer ethisch besseren Verwendung zuzuführen?

Er fühlte sich müde. Seit elf Stunden war er in der Klinik, der Tag war durchschnittlich verlaufen, etwa vierzehn Stunden lagen noch vor ihm.
Gegen 19 Uhr kam Paul Görgens vorbei, ihm Glück zu wünschen.
Netter Zug von ihm.
Eigentlich das bislang einzig Nette, das ihm an diesem Tag widerfahren war.
„Wird schon werden. Das erste Mal tut's immer weh …", lachte Paul.
Dietrich schmunzelte über die obszöne Pointe und freute sich über die Aufmunterung, der Ersten des Tages.
Von Yvette hatte er lediglich ein verschlafenes „Mach's gut" am frühen Morgen vernommen.

Dietrich hatte eine Übergabe der besonders kritischen Patienten auf der Intensivstation erhalten. Dieses Feld machte ihm besonders Angst. Er verfügte eigentlich über keinerlei Erfahrung in dieser besonderen Welt der Intensivmedizin.
Er saß an seinem Computer im Arztzimmer und arbeitete an seiner Projektdatenbank. Das Telefon klingelte. Yvette. „'Wollte dir noch viel Glück wünschen…"
Seine Miene hellte sich auf. Yvette hatte keinen guten Tag gehabt. Im Forschungslabor hatten sie entscheidende Resultate zu einer Veröffentlichung zusammengestellt, dann war ein Gerangel um die Abfolge der Autoren der Publikation entstanden. Yvette war hierbei nur auf einem hinteren, unbedeutenden Rang gelandet, obwohl sie einen wesentlichen Anteil an der Arbeit und den Ergebnissen hatte. Aufgeregt und erregt berichtete sie ihm in langem Monolog von dem Gezänk. Sie wurde von Dietrichs Piepser unterbrochen. „Herr Bergmann macht große Probleme mit der Beatmung, bitte kommen Sie."
Dietrich machte sich auf den Weg. Herr Bergmann war heute operiert worden, seit einigen Stunden lag er auf der Intensivstation, noch ohne Bewusstsein, noch unter künstlicher Beatmung stehend. Bislang eigentlich ein unproblematischer, unauffälliger Verlauf.
Ihn durchfuhr ein Angstschauer. Er trat durch die Schleuse, stand vor dem Bett des Patienten. Eine Unmenge von Schläuchen und Kabeln, ein Turm von Perfusoren, ein Baum von Infusionsflaschen, ein Monitor mit zahlreichen, mehr oder minder regelmäßigen Kurven.
Erst dann sah er den Patienten selbst.
Besser gesagt nur seinen Kopf.
Oder das, was davon sichtbar war.
Im Mund ein dicker Beatmungsschlauch, der Tubus. In der Nase eine Magensonde.
„Was gibt's denn für Probleme?" Er versuchte einen lockeren Ton anzuschlagen, Selbstsicherheit vorgaukelnd.
„Die Astrups sind immer schlechter geworden." Der Pfleger zeigte vorwurfsvoll auf einen Stapel kleiner Zettelchen. Die Effizienz der Atemleis-

tung oder einer künstlichen Beatmung konnte anhand einer Blutgasanalyse bestimmt werden, die der Däne Poul Bjørndal Astrup in den fünfziger Jahren eingeführt und standardisiert hatte. Der Pfleger reichte Dietrich die Analysen und blickte noch vorwurfsvoller, als hätte Dietrich Schuld an der Entwicklung.

Dietrichs Stimme klang stark: „Wir machen jetzt sofort ein Röntgenbild, um zu sehen ob der Beatmungstubus richtig liegt. Vielleicht ist er ja zu tief und belüftet nur einseitig eine Lunge. Gleichzeitig sehen wir, ob nicht eine Pneumothorax vorliegt." Letzteres, ein Kollabieren einer Lunge, war bei operativen Eingriffen am Brustkorb möglich.

Der Pfleger grinste. „Nolte, wir sind hier nicht von gestern. Das Bild haben wir längst gemacht. Hängt da."

Dietrichs Augen folgten seinem triumphierenden Zeigefinger an einen Röntgenschirm. Er besah sich das Bild. Der Beatmungstubus lag richtig, keine Lunge war kollabiert.

Wieder der vorwurfsvolle Blick auf die Blutgasanalysen. „Sollen wir Lasix spritzen?" orakelte der Pfleger.

Lasix erhöhte die Harnausscheidung, half rasch, wenn die Lunge gestaut und voll Wasser stand.

„Das Röntgenbild sieht nicht nach Lasix aus, der Patient ist nicht gestaut", antwortete Dietrich.

„Aber die Blutgasanalysen sind trotzdem sauschlecht", sagte der Pfleger grinsend. Wieder zeigte er vorwurfsvoll auf die kleinen Analysezettelchen. „Wenn Sie nichts machen, wird er abnippeln."

Dietrich schluckte. Was für Worte ... Anwidernd ...

Er kannte nicht einmal den Namen des Krankenpflegers. Im Stationszimmer sah Dietrich durch die große Glasscheibe zwei Schwestern tuscheln. Sicherlich sprachen sie über ihn, das Greenhorn in seinem ersten Dienst.

Dietrich dachte nach. Die Analysen waren wirklich schlecht. Der Sauerstoffgehalt im Blut war sehr niedrig und wurde weniger, umgekehrt stieg das Kohlendioxid, das abgeatmet werden sollte.

Er blickte auf die Beatmungsmaschine. Unzählige Dreh- und Druckknöpfe in mehreren Reihen erinnerten an ein Mischpult eines Tonstudios, zahlreiche, ihm kryptische Abkürzungen unter den einzelnen Reglern.

„Da ist schon alles in Ordnung. Da gibt's nix mehr zu optimieren", bellte der Pfleger forsch. „Vielleicht sollten Sie ihm Theophyllin geben, vielleicht sind die Bronchien eng gestellt, er war Raucher ..." fügte er an, jetzt wieder jovialer klingend.

Die Idee des Pflegers klang nicht schlecht. Dietrich entschloss sich, zunächst einmal den Patienten zu untersuchen. Er zog die dünne Leinendecke zurück. „Vorsicht, passen Sie bloß auf. Die Wunde!" warf der Pfleger ein, die Stimme schneidend. Dietrich horchte den Patienten mit seinem Stethoskop ab. Das Atemgeräusch klang normal, nicht nach eng gestellten Bronchien. „Nein, kein Theophyllin."

„Das Zeug wirkt aber gut … irgendwas müssen Sie ja tun …“, grinste der Pfleger, wieder den vorwurfsvollen Zeigefinger auf die Analysezettelchen richtend.

Ist das Häme in seinem Grinsen?

Dietrich konzentrierte sich. Die Lunge war nicht kollabiert, sie war auch nicht mit Wasser gestaut, die Bronchien waren nicht eng, die Beatmungsmaschine schien regelrecht zu arbeiten.

Sollte er den Hintergrund anrufen?

Sein allererstes Problem im allerersten Dienst – und schon versagt er, schon musste er gleich anrufen …

Was würde Oberarzt Stilgenbauer am Telefon sagen?

Dietrich sah auf den Patienten. Er erschien nicht alt, vielleicht Anfang fünfzig. Nur an den Schläfen einige graue Haare. Sein Gesicht wirkte trotz der Bewusstlosigkeit angespannt. Sein Brustkorb hob und senkte sich, es wirkte anstrengend, es wirkte wie ein … wie ein Pressen.

Plötzlich kam ihm eine Idee. „Der Patient atmet von selbst gegen die Maschine, er ist nicht tief genug bewusstlos, er hat zu wenig Narkotika.“

„Wie bitte? Es läuft Fentanyl und Dormicum auf 5 Milliliter pro Stunde.“ Ersteres war ein potentes Schmerzmittel, Dormicum ein Narkotikum.

War ein Patient kontrolliert durch eine Maschine beatmet, musste er in Narkose gehalten werden.

„Ich denke, das ist nicht genug. Vielleicht hat Herr Bergmann Schmerzen, er scheint nicht tief genug bewusstlos zu sein, er presst, atmet unkoordiniert gegen die Maschine. Deshalb ist die Beatmung ineffektiv, deshalb sind die Blutgase miserabel. Erhöhen Sie Fentanyl/Dormicum auf 10!“ Dietrich Stimme war stark, ohne jegliches Zittern, ohne Angst.

„Wie bitte? Das unterschreiben Sie. Das mache ich nur auf schriftliche Anordnung“, entgegnete der Pfleger aufgebracht.

Dietrich drehte sich zu dem Perfusor mit dem Schmerz- und Narkosemittel und programmierte ihn selbst auf 10 Milliliter pro Stunde.

„Das unterschreiben Sie auf dem Anordnungsbogen!“, polterte der Pfleger mit dem immer noch unbekannten Namen.

Dietrich zeichnete ab. „In 20 Minuten bitte eine neue Blutgasanalyse.“

„Wenn dann noch eine notwendig ist!“ zischte es zurück.

Dietrich verließ die Intensivstation.

Kurz vor der Schleuse stand eine Besucherin, eine ältere Frau, am Bett eines männlichen, ebenfalls älteren Patienten, beatmet, in Narkose, wie fast alle Bewohner dieser Station. Die alte Frau stand einfach nur da. Eine Schwester schien sie zum Gehen zu bewegen. „Er ist in tiefer Narkose, in einem künstlichen Koma …“, hörte Dietrich die Schwester sagen.

Er trat zu ihr, seine Stimme klang stark und sicher. „Auch wenn er nicht antworten kann, auch wenn er die Augen nicht öffnen kann – er weiß, dass sie da sind. Er spürt es. Sie sind nicht umsonst da. Er sieht Sie mit seinem Herzen.“

Die alte Dame umfasste Dietrichs rechte Hand mit beiden arthritischen, zartgliedrigen Händen.
„Ich danke Ihnen."

Zurück im Arztzimmer.
Die Müdigkeit war verflogen. Die Ausschüttung der Stresshormone hatte ihn wach gemacht. Eine periphere Station piepste ihn an. Blutentnahmen, Infusionen anhängen. Routine. Auf einer anderen Station ein Gespräch mit Angehörigen.
Die Intensivstation hatte sich nicht mehr gemeldet.
Was war mit der neuen Blutgasanalyse? Über eine halbe Stunde war verstrichen.
Er rief selbst an.
Eine Schwester meinte, die neue Analyse sei viel besser als die vorherige.
Dietrich ballte die Faust. Yeah!
Gerne hätte er das Gesicht des misslaunigen Pflegers gesehen,
Nein, keinen Hochmut!
Er nahm sich zusammen. Er war einfach nur froh, diese Aufgabe bestanden zu haben. Er genehmigte sich einen Schokoladenriegel, setzte sich an den Computer, las in der ‚Medline', der Datenbank der medizinischen Fachliteratur, Artikel über die Bioklappe seines Projektes.
23 Uhr. Wieder ein Anpiepsen von der Intensivstation. „Herr Abel macht Probleme. Er scheidet nichts mehr aus. Niere macht schlapp."
Dietrich machte sich auf den Weg.
Herr Abel war Privatpatient, vom Chef operiert, immer vom Chef umsorgt. Ihm durfte nichts passieren.
Dietrich nahm sich vor, beim kleinsten Problem seinen Oberarzt im Hintergrund hinzuzuziehen, rein ins Boot zu holen.
Er stand vor dem Bett.
Ein beatmeter Patient, tief bewusstlos.
Eine ältere Schwester, die sich ebenso wenig wie der Pfleger vorstellte, zeigte genauso vorwurfsvoll wie der namenlose Pfleger auf den nahezu leeren Urinbeutel am Ende eines Blasenkatheters. „Er hat unter zweimal täglich Lasix eigentlich immer ganz ordentlich gepinkelt, aber seit etwa vier Stunden – Sendepause."
„Die letzten Laborwerte?" Dietrich sah nach den Kreatinin- und Harnstoffwerten, die Aufschluss über die Nierenfunktion gaben. Sie zeigten eine mittelgradige Funktionsminderung an, aber diese bestand schon seit Wochen, auch schon vor der Operation. „Vielleicht hat er zu wenig Blutdruck?" Dietrich fragte nach einer der häufigsten Ursachen für ein Nierenversagen während oder nach einer Operation.
„Nee, Mitteldruck immer über 70", konterte die Schwester selbstbewusst.
„Vielleicht sollten wir ihm noch ein bisschen mehr Lasix …?"

„Ham' wir schon …", kam der Konter. „40 mg vor zehn Minuten. Hat nischt gebracht." Die Schwester lehnte am Infusionsbaum, einen gelangweilten Gesichtsausdruck zur Schau stellend. „Vielleicht ist der Patient zu trocken? Zu wenig Infusionen? Negative Flüssigkeitsbilanz?" Auch zu wenig Flüssigkeit im Körper war ein lehrbuchmäßig häufiger Grund für ein Versiegen der Harnproduktion.

„Nee …", schmetterte die Schwester ab. „Der zentrale Venendruck ist 18, er hat also mehr als genug Wasser an Bord. Außerdem hat er in den letzten 12 Stunden zweieinhalb Liter gekriegt und nur einen Liter gepieselt. Bis vor vier Stunden. Seitdem pieselt er gar nichts mehr …", sagte sie, wieder das leicht hämische Grinsen im Gesicht. Ist sie mit dem Pfleger von vorhin verwandt? Sind hier alle so? „Hm …", er überlegte.

„Sie wissen ja, er ist Chefpatient …" Die Schwester betonte ‚Chef' ganz besonders.

Danke für den Hinweis. Weiß ich auch schon.

Wie vom Blitz getroffen, sagte Dietrich plötzlich, in ruhigem, bestimmten Ton: „Spülen Sie den Blasenkatheter, vielleicht ist er ja nur verstopft."

Die Schwester blickte ungläubig. „Wie bitte?"

Das hatte auch schon der Pfleger vorhin gefragt.

Die Schwester verschwand und kam unwirsch mit einigen Utensilien zurück, Spritzen, Adapter, Kochsalzlösung. Missmutig diskonnektierte sie den Harnblasenkatheter von seinem leeren Beutel und machte sich mit der Spülung zu schaffen.

Plopp.

Das Geräusch war leise, aber für beide hörbar.

Und es war sichtbar.

Aus dem freien Katheterende plumpste ein Blutkoagel heraus, ausgespült von der Kochsalzlösung.

Mit einem Plopp lag es auf der Bettdecke.

Was dann folgte, war ein nicht endender Schwall an Urin aus dem jetzt wieder frei durchgängigen Blasenkatheter.

Die Schwester blickte ungläubig.

Der Katheter war lediglich verstopft, die Harnblase randvoll gewesen, sie hatte sich nur nicht entleeren können.

Kein Nierenversagen.

Im Gegenteil – es hätte sich ein Nierenversagen entwickeln können, wenn man die Verstopfung nicht bemerkt hätte.

Dietrich jubelte innerlich, aber er vermied es, zu triumphieren.

Über ein Liter Urin waren in der Blase gewesen, der sich jetzt ungehemmt über das Bett ausbreitete, aus dem Katheter ungehemmt heraussprudelnd.

Eine Schwester kam zu Hilfe, der Überschwemmung Einhalt zu gebieten.

„Sophie, hilf mir mal …" Die angesprochene Schwester langte tatkräftig zu. Nachdem die Überschwemmung weitgehend eingedämmt, der Blasenkatheter wieder an seinen Beutel angeschlossen war, zog die zweite

Schwester die Handschuhe aus, reichte Dietrich die Hand mit einem freundlichen Lächeln. „Ich bin die Sophie."
Sie schien Mitte Zwanzig zu sein. Kurze blonde Haare mit noch blonderen Strähnchen umrahmten ein überaus hübsches Gesicht.
Der erste Mensch, der sich hier heute bei mir vorstellt …
„Ich bin äh, Dr. Nolte." Er antwortete fast etwas steif.
Hätte ich ‚Dietrich' sagen sollen? „Schon einiges von Ihnen gehört …", lächelte Sophie sympathisch, „in der Schicht vor uns … mit dem Beatmungsproblem. Hut ab für Ihren ersten Dienst."
Dietrich strahlte.
Keiner sagte mehr etwas.
Die ältere Schwester hantierte noch an dem Urinbeutel, es erschien wie eine Übersprungshandlung.
„Dann wünsch' ich Euch äh Ihnen noch eine … eine ruhige Nacht." Er trat den Rückzug an.
Die ältere Schwester am Urinbeutel rollte mit den Augen.
„Dir, äh Ihnen auch", lächelte Sophie. Dietrich ging zur Schleuse, drehte sich kurz vor der Tür nochmals kurz nach Sophie um.

Zurück im Arztzimmer. Kurz vor Mitternacht.
Er saß an seinem Computer. Er hatte es ihnen gezeigt, den hochnäsigen Pflegern und Schwestern der Intensivstation. Er hatte die Probleme gelöst bekommen. Er war ruhig geblieben, hatte klare Gedanken gefasst, besonnen und entschlossen gehandelt. Er fühlte sich gut.
Da ertönte wieder der Piepser, das Alarmgeräusch, einem Wecker ähnlich, eine mittellaute Abfolge kurzer Töne. Der Piepser besaß einen winzig kleinen Bildschirm, auf dem die Telefonnummer des anfunkenden Apparates dargestellt war.
Er rief an, er hatte einen venösen Zugang zu legen, die Infusion liefe nicht mehr. Auf der gleichen Station hatte ein Patient einen zu hohen Blutzuckerwert, eine griesgrämige junge Schwester wies vorwurfsvoll darauf hin. Was kann ich dafür?
Er verordnete eine zusätzliche Insulinmenge und kurzfristige Zuckerkontrollen in den nächsten Stunden. Die Schwester bedachte ihn mit maliziösen Blicken ob der der zusätzlichen Arbeit.

Gegen halb ein Uhr verschwammen die Zahlentabellen in seiner Datenbank.
Dietrich rieb sich der Augen, er schaltete den Computer aus.
Seit 17 Stunden war er nun in der Klinik permanent auf Achse, immer unter Strom. Auf den Stationen war es jetzt ruhig, auch die Intensiv meldete sich nicht mehr.
Er beschloss, sich hinzulegen. In dem kleinen Arztzimmer stand ein einfaches Bett, er begann es zu beziehen, hing seinen Arztkittel über den Stuhl,

spülte sich am Wasserhahn einige Male den Mund aus, dachte an die vergessene Zahnbürste, kontrollierte seinen Piepser, löschte das Deckenlicht, beließ die Schreibtischlampe an und legte sich in das schmale Bettchen.

Er starrte zur Decke.

Mann, ganz schön anstrengend so ein Dienst.

Er stand nochmals auf und kontrollierte den Piepser. Er legte sich wieder ins Bett.

Fatal, wenn der Piepser außer Funktion wäre. Die Batterie leer. Oder gar ausgeschalten …

Dietrich war momentan der einzige Arzt in der Abteilung. Wenn sie ihn in einem Notfall anfunkten und der Piepser …

Er stand nochmals auf. Kontrolle des Piepsers.

Etwas länger diesmal. Gründlicher.

Alles gut.

Er legte sich wieder hin.

Er war hundemüde, dennoch fiel es eigentümlich schwer, die Augen zu schließen. Was für ein Paradoxon …

Er bedachte den bisherigen Tag. Bislang war er aus seiner Sicht gut verlaufen. Er hatte sogar bei dem Chefpatienten, einem ‚VIP', ein relevantes Problem lösen können. Ein Lob des Princeps bei der morgendlichen Intensiv-Visite stand in Aussicht.

Dietrich schaute nochmals nach dem Piepser. Er lag auf dem Schreibtisch. Alles einwandfrei.

Er legte sich wieder hin.

Er hatte sich einen Reisewecker mitgenommen und gestellt.

Auf 6 Uhr 30.

Für den unwahrscheinlichen Fall, dass die ganze Nacht nichts mehr passierte und ihm Schlaf erlaubt wäre. Am Morgen verpennen käme sicher nicht gut …

Er stand wieder auf zur Piepserkontrolle.

Dieser Scheiß Funk.

Er sah auf das kleine Anzeigefeld.

Alles in Ordnung.

Es gab eigentlich nur zwei zu kontrollierende Punkte:

Die Batterieanzeige - Ein einfaches Symbol in Form eines Balkens.

Die Batterie war nahezu maximal voll. Sie würde reichen, selbst wenn er von nun an permanent angefunkt werden würde.

Zum zweiten ein Netzsymbol. Es zeigte die Erreichbarkeit ebenfalls in Form eines Balkens an.

Volles Netz.

Man könnte mit dem Piepser bis in die Innenstadt laufen, das Netz war sehr gut.

Dietrich sah auf das kleine Display.

Der Piepser war auch an, sonst fände sich ja gar keine Anzeige auf dem kleinen Bildschirm. Man konnte den Piepser abschalten, beispielsweise wenn man tagsüber in den OP ging und ihn in der Schleuse beließ.
Dann wurde das Display dunkel.
Aber das Display war hell, also war der Piepser an.
Er legte sich wieder hin.

Die Angstflamme ließ nicht locker. Dietrich starrte zur Decke. Ich habe schon fünfmal den Piepser kontrolliert ... Komm - noch eine Kontrolle ...
Was, wenn er nicht ginge? Inmitten der Nacht ein Notfall ... Und ich penne!
Er stand wieder auf.
Das sechste Mal.
Der Piepser ist wirklich wichtig. Er muss in Ordnung sein!
Er kontrollierte.
Das kleine Anzeigefeld zeigte brav seinen unveränderten Batterie- und Empfangsstatus.
Volle Batterie. Voller Empfang.
Er atmete durch.
Er legte sich wieder hin.
Er dachte an die Intensiv-Visite am Morgen.
Es war ein Uhr durch.
Nur noch wenige Stunden. Dann würde er Nollendorf aktiv von seinen Taten berichten.
Die Angstflamme.
Dietrich, noch eine ... noch eine allerletzte Kontrolle!
Ohne zu kämpfen, ohne jeden Versuch des Widerstands stand er wieder auf.
Piepserkontrolle.
Das Display unverändert.
Er sah jetzt auch noch zusätzlich auf den seitlichen Knopf.
Er war auf „On" eingerastet.
Weit weg von „Off".
Er stand sicher auf „On".
Ganz sicher! Alles im grünen Bereich ...
Dietrich legte sich wieder hin.
Viertel nach eins.
Mann, ich habe den Verstand verloren. Sieben Mal den Piepser kontrolliert ...
Dietrich dachte nach.
Etwas störte ihn jetzt an der Zahl sieben.
Es war für sich schlimm genug, es war pathologisch, sieben Mal das Einunddasselbe nachzusehen.
Aber jetzt stieß ihm die ‚Sieben' auf.
Die ‚Sieben' – eine magische Zahl.
‚Das siebente Zeichen'.

Die ‚Sieben‘ hatte eine überdurchschnittliche mystische Bedeutung, sie war keine normale, keine gewöhnliche Zahl.
Das konnte er jetzt nicht gebrauchen.
Ich bin sicher, der Piepser ist an. Ganz sicher.
Ich kontrolliere jetzt nur noch ein Mal, um der Zahl ‚Sieben‘ zu entgehen.
Ich möchte nur der symbolträchtigen ‚Sieben‘ entgehen. Sonst nichts …
Dietrich verließ wieder das Bett.
Er nahm den Piepser.
Alles unverändert.
Das Display, die Batterieanzeige, der Empfangsstatus, der On/Off Knopf.
Alles in Ordnung.
Er legte sich wieder hin.
Müde, aber dennoch unfähig, Schlaf zu finden.

Er dachte an Schwester Sophie von der Intensivstation.
Was für eine nette Erscheinung …
Dietrich, mach noch eine kurze Kontrolle … Ob du nun acht, neun oder zehn Mal nachsiehst, das macht den Kohl jetzt auch nicht mehr fett …
Er quälte sich wieder aus dem Bett. Kontrollierte. Alles in Ordnung. Zurück in die Horizontale. Jetzt deckte er sich sogar mit der dünnen Bettdecke zu.

Ein bislang guter Tag.
Ich habe einige Schwierigkeiten überstanden, einige medizinische Klippen gemeistert.
Mann, jetzt dieses Angstfeuer …
Es loderte unverändert.
Der Piepser.
Die Angstflamme war nicht kurz aus und kam dann wieder irgendwoher hervor, nein, sie loderte eigentlich fortwährend, ohne Unterlass.
Ist es möglich, dass ich durch das ständige Nachkontrollieren, durch das Besehen, Begutachten, durch das wiederholte in die Hand-Nehmen des Piepsers aus Versehen den On/Off Knopf verschoben habe?
Ja, das wäre durchaus möglich.
Man nimmt den Piepser dauernd in die Hand, es geht ganz leicht, akzidentell den seitlichen Knopf zu verschieben und ihn damit versehentlich auszustellen.
Durch das ständige Kontrollieren hatte ich ihn andauernd wieder und wieder in die Hand genommen, ich hätte ihn damit auch ausstellen können …
Es wäre eine abgewandelte Form der Heisenberg’schen Unschärfe-Relation …
Er stand wieder auf.
Er wollte den Piepser jetzt kontrollieren, ohne ihn in die Hand zu nehmen, ohne ihn zu berühren.

Ja, damit wäre dieses Problem des unabsichtlichen, akzidentellen Ausschaltens elegant gelöst.
Der Piepser lag flach auf dem Schreibtisch, an seiner Stirnseite sein kleines Display.
Dietrich kniete vor dem Schreibtisch nieder, auf Augenhöhe mit dem Piepser und seinem Anzeigenfeld.
Alles unverändert.
Er konnte es sehen, ohne den Piepser zu berühren.
Es beruhigte.
Jetzt noch der seitliche On/Off Knopf.
Aber wenn das Display leuchtete, war der Piepser doch sowieso an … Nein, der On/Off Knopf muss zusätzlich kontrolliert werden, es ist eine zusätzliche Absicherung! …
Er wechselte seine kniende Position und besah jetzt in orthogonalem Winkel die Längsseite des Objektes, das ihn so unbarmherzig quälte.
Der Knopf stand auf „On".
Er stand ganz sicher nicht auf „Off".
Dietrich atmete auf.
Er legte sich wieder ins Bett.

Er dachte an Yvette.
Sicher würde sie schlafen.
Halb zwei Uhr.
In seinen Gedanken vermengten sich schöne Stunden mit … mit … wie sollte er es nennen …?
Sie vermengten sich mit enttäuschenden Stunden.
Ja, manches war enttäuschend. Er mochte Yvette. Sie mochte ihn bestimmt auch. Aber was war gewesen, wenn er geschlagen aus der Klinik gekommen war, wenn er sich nach Wärme, Zuneigung, Zärtlichkeit gesehnt hatte?
Sie war manchmal kühl, fast schroff gewesen. Manchmal saß sie steif vor ihrem Computer, unnahbar, ein wichtiges ‚paper' in Arbeit. Manchmal telefonierte sie eine Stunde mit ihren Eltern, gab ihm nur einen kurzen herrischen Wink. Hey, stör mich jetzt nicht. Trink ein Bier, hock dich auf die Couch …
Der Mangel an Wärme war zweifellos ein enttäuschendes Element.
Selten sah Dietrich dies so klar wie jetzt um zwei Uhr nachts in einem einfachen Dienstbett in der Klinik. Er beschloss, darüber weiter nachzudenken.
Er musste nochmals kurz den Piepser kontrollieren, ohne mechanische Manipulation, ohne Berührung.
Anzeige in Ordnung. Ein-Ausschaltknopf in Ordnung.
Wieder ins Bett.
Ja, Yvettes Kühle war auch an anderer Stelle spürbar. Er entsann sich an die Begegnungen mit Jasper und Zoe, an den Abend mit der Diskussion über die verschiedenen Medizinphilosophien, wie Yvette rüde und verbissen ihre

Position verteidigt hatte, aber auch nachfolgende Abende, die spärlicher, seltener wurden. Jasper arbeitete jetzt in einem kleinen Kreiskrankenhaus zwei Dutzend Kilometer entfernt. Yvette war vor Jasper immer etwas steif, etwas herrisch, ein wenig bestimmend aufgetreten.

Dietrich hatte Jaspers listig analysierend blickende Augen gesehen. Sein Freund mochte sich seinen Teil gedacht haben.

Er legte eine ultrakurze Piepserkontrolle ein um sich dann im Bett wieder seinen Gedanken zu widmen. Auch beim Besuch seiner Eltern war Yvette recht ‚tough' gewesen, wie man es in der Klinik auf neudeutsch nannte.

Aber ihr Auftreten vor anderen war nicht das Vordergründige. Schwerer wog der Mangel an Wärme, wenn es kalt war.

Kalt in Dietrichs Seele.

Manche Arbeitstage waren härter, anstrengender, schlauchender als er zugab. Wenn er genau darüber nachdachte, wohnte er mit Yvette beinahe nur in einer Art Wohngemeinschaft, in der man sich rein physisch selten sah, noch seltener sprach (weil oft einer von beiden diese Zeit noch am Computer vergeudete); eine Wohngemeinschaft, in der man gelegentlich zusammen aß – morgens eher nicht, da er einen früheren Arbeitsbeginn hatte, eine Wohngemeinschaft, in der man meist etwas zusammen zum Essen bestellte, zum Kochen blieb spätabends oft keine Zeit mehr, eine Wohngemeinschaft, in der man gelegentlich miteinander schlief, wobei die Freude daran zumindest bei einem der Beteiligten daran fragwürdig war, eine Wohngemeinschaft, in der äußerst selten, an einem Wochenende, an einem Feiertag, eine gemeinsame Freizeitaktivität stand. Ein Museumsbesuch. Eine Ausflugfahrt in den Schwarzwald oder ins Elsass.

War noch mehr?

War noch mehr als dieses Zusammenleben?

War da Liebe?

Dietrich grübelte.

Liebe wie bei Hannah sicherlich nicht … Es war …

Es hat sich irgendwie alles so ergeben mit Yvette …

Sicherlich hatte sie genauso viel Klinikstress.

Hatte ich mich um sie gekümmert, sie ihn den Arm genommen, sie abends getröstet nach den Schlachten des Tages?

Er überlegte.

Manchmal. Ja, manchmal wollte ich das, mit ihr kuscheln, sie trösten, aber sie war mit verhärmter Miene am Rechner gesessen, hatte in die Tastatur wissenschaftliche Ergüsse gehackt.

Es war abweisend erschienen.

Nicht gewollt.

Selten, nein noch nie hatte er mit derlei Klarsicht seine Situation bedacht.

Kollegen und Bekannte beneideten mich, wenn sie Yvette mit mir im Minirock im Straßencafé sahen.

Aber bin ich zu beneiden?

In die Gedanken fiel wieder die Angstflamme ein. Mechanisch verließ Dietrich das Bett, kontrollierte, wiederum ohne den Piepser zu berühren, von vorn, danach von der Seite.

Alles in Ordnung.

Zurück ins Bett.

Hinein in die Gedanken. Hinein ins Grübeln.

Ja, nach außen hin wirkte es großartig, die atemberaubende Yvette und er.

Viele männliche Zeitgenossen stierten ihr nach. Dietrich genoss es manchmal ein wenig. Aber war das wichtig? Wäre nicht etwas Wärme wichtiger?

Mit seinen ehemaligen Kommilitonen hatte er weitgehend den Kontakt verloren. Mit seinen wenigen Bekannten eigentlich auch. Selbst mit Jasper hatte er nur noch gelegentlich telefoniert, meist Kliniktratsch austauschend.

Bin ich in einem goldenen Käfig? Oder in einem eisernen Käfig?

Er nahm sich vor, baldigst mit Jasper ein Bier trinken zu gehen. Herrenabend ohne Frauenbegleitung. Wie erging es ihm mit Zoe?

Gedankenverhangen kontrollierte er nochmals den Piepser. Widerstandslos.

Es hat sich schon lange keine Station mehr gemeldet … Ist es ruhig in der Abteilung? Verdächtig ruhig. Aber der Piepser funktionierte doch …

Yvette sah optisch deutlich attraktiver aus mit ihrer rassigen Figur und ihrem südländischen Teint, verglichen mit Jaspers Freundin.

Aber was habe ich von meinem Rasseweib? Im Bett bleibt sie stumm und passiv.

Außerhalb davon ist sie herrisch und bestimmend.

War Zoe aktiver, lustvoller? Wie lief der werktägliche Alltag mit Zoe ab?

In die Gedanken mischte sich wieder die Angstflamme.

Reiß dich zusammen! Du bist völlig abgelenkt! Überhaupt nicht bei der Sache! Konzentriere dich endlich!

Dietrich ging wieder an den Schreibtisch.

Wie oft mag er jetzt schon aus dem Bett gestiegen sein?

Displaykontrolle: Batterie gut. Empfang gut.

Seitlich der Knopf auf ‚On' eingerastet.

Sicher auf ‚On', nicht auf ‚Off'.

Dietrich besah sich den Piepser lange.

Fast eine Minute lang.

Wenn ihn so jemand sähe …

Auf dem Rückweg zum Bett zog er die schmucklosen Gardinen etwas weiter zu.

Im Bett.
Der Reisewecker zeigte mittlerweile 2 Uhr 2.
Dietrich versuchte, seine Gedanken über Yvette zu verdrängen.
Es wird sich schon irgendwie richten.
Ist halt eine schwierige Phase, der Berufsstart für beide, gleich von Anfang
im Stress, beide an der Klinikfront unter schwerem Druck.
Es werden wieder bessere Zeiten kommen.
Er versuchte einzuschlafen, er schloss zum ersten Mal die Augen.
Sogleich öffnete er sie wieder.
Hellwach und todmüde zugleich.
Die Angstflamme hielt ihn wach.
Er robbte wieder aus dem Bett.
Der Piepser.
Alles unverändert.
Zurück ins Bett.
Dietrich erschauderte.
Es ist bald die zwanzigste Kontrolle …
Vor was habe ich Angst? Dass der Piepser sich spontan, von selbst aus-
schaltet? Dass die Batterie aus Geisterhand plötzlich entleert wird? Dass
jemand den On/Off Schalter umlegt?
Es ist irrsinnig … Es ist jetzt halb drei. Seit neunzehn Stunden bin ich in der
Klinik, seit zehn Stunden habe ich Dienst und den Dienstpiepser in der
Tasche. Vorher, während des Herumrennens und des Arbeitens auf den
Stationen habe ich ja auch nicht dauernd kontrolliert …
Aber mit Logik war der Angstflamme nicht beizukommen.
Die Vernunft erwies sich als stumpfe Waffe.
Er lag mit offenen Augen.
Es war quälend.
Ja, eine Qual.
Früher war es schon manchmal anstrengend, mühselig, zum wiederholten
Mal nach der Kaffeemaschine, nach dem Herd, nach dem Auto, nach den
Laborwerten zu sehen.
Jetzt empfand er das, was es war: Eine fürchterliche Qual.
Die Angstflamme quälte, marterte.
Jetzt habe ich in dieser Schicht neunzehn Stunden lang meinen vollen,
meinen gesamten Verstand gebraucht, habe tagsüber alle Patienten der
Station versorgt, jetzt in der Nacht bin ich für die gesamte Abteilung allein
verantwortlich, habe dramatische Probleme gelöst … und jetzt – jetzt
verzweifele ich an dem Piepser, verzweifele ich an meiner Angst.

Die Angstflamme zwang ihn wiederholt aus seinem Bett.
Es war jetzt knapp nach drei Uhr.
Dietrich lag wach.
Wach und todmüde zu gleich.

Ich bin krank …

Er sammelte die Reste seines Verstandes.

Ich habe schon knapp fünfzig Mal den Piepser kontrolliert. Seit fast zwei Stunden tue ich nichts anderes, von abschweifenden Gedanken abgesehen.

Gut - ich kontrolliere jetzt noch genau dreimal!

Nein fünfmal. Ist sicherer.

Fünf voll konzentrierte Kontrollen.

Ich schaue noch genau fünfmal nach. Nicht mehr. Das müsste doch reichen, das wäre mehr als genug, oder?

Nach dem fünften Mal werde ich die Augen schließen und versuchen, zu schlafen.

Werde ich das schaffen?

Kann ich den Zwang besiegen?

Er benutzte in seinen Gedanken zum ersten Mal diesen Terminus.

Zwang.

Also, fünf Kontrollen. Nach der fünften ist Schluss. Definitiv.

Und wenn nicht …?

Er stand auf. „Kontrolle ‚1‘“, Dietrich sprach es laut auf. Er besah den Piepser, kontrollierte.

Zurück ins Bett.

„Kontrolle ‚2‘!“ Er sprach wiederum laut vor sich hin.

Wenn das jemand hörte … Wenn eine Nachtschwester zufällig auf dem Gang vorbeiliefe …

Hatte nicht auch der Zwangsneurotiker in dem Psychiatrie-Lehrfilm, der arme Mensch mit seiner Zigarettenkippe, laut auf sich selbst eingeredet, sich selbst weithin hörbar Kommandos gegeben?

„Konzentrier' dich! Kontrolle ‚2‘!“ Die Worte wiederum kräftig und lautstark ausgesprochen, als befehle er einen Hund.

Der Piepser kontrolliert, wieder zurück ins Bett.

„Kontrolle ‚3‘!“

Er zwang sich, bei dieser Kontrolle nicht in Gedanken anderswohin abzuschweifen. Seine volle Konzentration sollte allein dem Piepser gelten.

Zurück ins Bett.

„Kontrolle ‚4‘!“

Zum Tisch, zurück ins Bett.

„Kontrolle ‚5‘!“

Oh Mann, die letzte Kontrolle … Er schauderte.

Er näherte sich dem vertrauten, dem quälenden, dem folternden Objekt.

Wer quält hier eigentlich, wer foltert?

Ich bin es selbst.

Mein eigenes Gehirn.

Es ist außer Kontrolle geraten.

Dietrich riss sich zusammen. Ich muss jetzt da durch …

Er besah den Piepser. Die letzte Kontrolle. Er näherte sich dem Display ganz nah. So nah, dass seine Augen maximal akkomodierten. Sein Blick blieb konstant auf dem kleinen Leuchtfeld. Sekunden verrannen. Dutzende von Sekunden.
Eine Minute.
Zwei.
„Dietrich, Kontrolle 5!" Er sprach sich wieder selbst an, imperativ rief er sich zu.
Laut, weit auf den Flur hinaus hörbar.
Egal. Volle Konzentration! Es ist die letzte Kontrolle!
Er ging noch etwas näher an das Display. Seine Augen schmerzten. Ich bin verrückt geworden …

Da geschah eine Explosion.
Ihn zerriss es förmlich.
Seine ganze Konzentration, Anspannung auf den Piepser gerichtet, kauernd vor dem Arbeitstisch, die Sinne auf maximalem Vigilanzniveau.
Es war wie eine gewaltige Detonation.
Dietrich erschrak wie selten in seinem Leben.
Auf zehn Zentimeter Abstand zu seinem Kontrollobjekt begann dieses plötzlich ohrenbetäubend zu piepsen und zu vibrieren.
Der Ton erschien tausend,- millionenfach verstärkt, Dietrich fiel vor Schreck rücklings aus seiner Kauerhaltung auf den Linoleumboden.
Der Piepser war losgegangen.
Sich aufrappelnd sah er hektisch auf die Anzeige.
Die Nummer eines Stationszimmers.
Außer Atem rief er dort an.
Eine müde Stimme einer grimmigen Schwester gab ihm einen Zuckerwert durch.
Der Blutzucker des Patienten Soundso sei gefallen, er war jetzt mit 65 Milligramm pro Deziliter fast etwas zu tief. Die Schwester fragte, ob sie eine Glukoselösung anhängen solle.
Dietrich bejahte schnaubend.
Die Schwester hing ein.

Erschöpft legte er sich aufs Bett. Es war jetzt kurz vor halb Vier.
Um den akustischen Alarm seines Piepsers zu beenden, hatte er eine kleine Taste betätigt. Durch lang anhaltendes Drücken dieser Taste wurde dann die angezeigte Telefonnummer auf dem kleinen Bildschirmchen wieder gelöscht, bereit für weitere Alarmierungen.
Ich musste den Piepser in die Hand nehmen. Ich habe jetzt auf ihm herumgedrückt. Vielleicht habe ich ihn irgendwie … manipuliert? Unabsichtlich abgeschaltet? Muss mich die dämliche Kuh von Schwester gerade jetzt anfunken? Wegen solch einer Lappalie!

Jetzt kann ich meine 5er Kontrolle geradewegs wieder von vorne beginnen!
Ich muss jetzt wieder von vorne ... mit den ganzen Kontrollen von vorne ...
von ganz vorne ...

Gequält erhob er sich wieder aus seiner Bettstatt.
„Kontrolle 1!"
Batterie okay. Empfang okay. Einschaltknopf. Alles in Ordnung.
Wieder ins Bett.
„Kontrolle ‚2'!"
Die gleiche Prozedur.
Dietrich atmete tief durch. Mann, ich bin krank. Ich brauche Hilfe!
Kontrolle ‚3'.
Wieder geschah Unvorhergesehenes.

Wieder erschrak er, wenngleich nicht so vehement wie vor wenigen
Minuten.
Diesmal klingelte etwas anderes, wiederum ohrenbetäubend.
Dietrich benötigte mehrere Sekunden, bis ihm sein Gehirn eine rationale
ätiologische und örtliche Zuordnung des plötzlichen Geräuschphänomens
liefern konnte.
Es war das Telefon auf dem Schreibtisch.
Er hastete hin, bestimmt sechsmal hatte es seinen schrillen Ton bereits von
sich gegeben.

„Hallo Dr. Nolte, hier die chirurgische Pforte. Ich dachte, Sie schlafen schon,
da habe ich's gleich in Ihrem Zimmer versucht. 'Habe einen Kollegen aus
einem auswärtigen Krankenhaus in der Leitung. Ich verbinde ..."
Dietrich sammelte sich. Was ist jetzt los? Es knackte einige Male. Dann vernahm er ein „Hallo?" Neben dem Rauschen des Apparats hörte er ein
rhythmisches Piepsen. Ein EKG Monitor. Ein ziemlich schnelles Piepsen.
Ein zu schnelles ...
Dietrich meldete sich.
„Na endlich", klang es am anderen Leitungsende genervt. Eine schneidige
Männerstimme unbestimmbaren Lebensalters meldete sich aus einem aus-
wärtigen Herzkatheterlabor. „'Haben einen Patienten zur Notfall-Verlegung
für Sie. 62 Jahre, männlich, leicht übergewichtig, keine Begleiter-
krankungen."
Es klang wie in einem militärischen Lagebericht. „Immer gesund ... bis vor
sechs Stunden. Seit gestern Abend starke Angina pectoris. Im Aufnahme-
EKG Ischämiezeichen in den Vorderwandableitungen. Noch kein Infarkt.
Noch nicht ..." Die Stimme machte eine kurze Pause.
Dietrich konzentrierte sich, schrieb auf einem kleinen Blöckchen die Daten
mit.

„Wir haben ihn notfallmäßig katheterisiert. Pumpfunktion noch ganz gut. Rechte Kranzarterie komplett verschlossen. Sieht eher älter aus, retrograd kollateralisiert. Die linke Kranzarterie ist direkt nach dem Hauptstamm an der Teilung in Richtung Circumflexarterie und in die LAD höchstgradig stenosiert. Die Läsion sieht morphologisch instabil aus. Mit Dreck drin …“
„Dreck?“
„Na Thrombus, Kollege. Blutgerinnsel!“ Die Stimme klang jetzt noch genervter. „Wir würden Ihnen den Patienten jetzt notfallmäßig zur Bypassoperation verlegen. Okay?“
Dietrich sammelte die Reste seines Verstandes. Er hatte ein einziges freies Bett auf der Intensivstation, da müsste dieser Patient ja primär hin. Zwei, eventuell drei Patienten konnten vermutlich am Morgen von der Intensiv verlegt werden, für den Tag waren drei OPs geplant, das hieße, drei Intensivbetten mussten verfügbar sein. Wird knapp …
Dietrich versuchte, etwas Bedenkzeit zu gewinnen. Musste das jetzt kurz vor seinem Nachtschichtende sein? Kurz vor Schluss noch so ein komplizierter Kasus … Ein völlig instabiler Patient …
„Konnten Sie denn kathetertechnisch nichts an den Kranzgefäßen aufdehnen? Dilatieren und stenten?“ fragte er.
Eine kurze Pause.
„Junge, pass mal auf“, tönte es aus dem Hörer. „Was wir aufdehnen und wo wir Stents einbauen, das überlass mal uns, okay Junge?“ Eine kurze Pause.
„Da gibt’s nichts aufzudehnen, das ist eine klare Bypassindikation. Klarer geht’s nicht. Okay Junge? Bist du eigentlich neu in deinem Laden?“
Dietrich schluckte. Jedes Junge aus dem Hörer war wie ein Schlag. „Ja, äh, ich bin seit zwei Monaten hier …“
„Okay Junge …“, unterbrach die Stimme. „dachte ich mir schon irgendwie, dass du entweder ein Greenhorn oder etwas schwer von capito bist. Mach dir nichts draus. Jeder hat mal angefangen. Also pass auf, Junge, ich erklär’ dir nun, wie das jetzt läuft. Wir machen unseren Patienten verlegungsfertig, kopieren den Katheterfilm und die wichtigsten Papiere, Abfahrt in zehn Minuten mit Notarzt und Intensivmobil, in einer guten halben Stunde ist er dann bei dir. Okay, Junge? Ruf schon mal deinen Hintergrundoberarzt und die Anästhesie an … Hast du alles notiert, Junge?“
„Ja, das Problem ist nur … ich äh … muss die Bettensituation auf unserer Intensivstation überdenken. Wir haben morgen drei große OPs …“
„Junge! Jetzt pass mal auf! Wir verplempern hier Zeit mit diesem Gequatsche. Du sagst mir jetzt augenblicklich, ob ich den Patienten zu dir karren kann oder nicht. Wenn du’s mir nicht sagen kannst, dann muss ich mal deinen Chef dazu befragen. Okay Junge? Wenn du den Patienten nicht nimmst, fahren wir in ein anderes Zentrum, die nehmen ihn mit Kusshand. Okay Junge? Also – klare Antwort bitte! Und zwar jetzt gleich!“
„Ja, fahren Sie ihn her …“
Was sollte er auch tun?

Dietrichs Puls beschleunigte sich merklich. Er ging auf die Intensivstation und kündigte die Verlegung an. Ein einfältig dreinblickender Pfleger machte sich einige Notizen.

Er hockte sich auf einen Schemel und wartete. Er sah an sich herunter, sein Hemd roch nach altem Schweiß. Er sah auf den Piepser. Batterie und Empfang in Ordnung.
Na wenigstens brauche ich jetzt nicht mehr zu kontrollieren …
Wie lange mögen die Kontrollen gedauert haben?
Zwei Stunden? Drei Stunden?
Mann, ich hätte in der Zeit schlafen können … Zwei Stunden Schlaf …
Stattdessen habe ich … ja was eigentlich?
Stattdessen habe ich gesponnen.
Er fühlte eine tiefe Müdigkeit.
Eine Müdigkeit in dieser Nachtschicht, aber auch eine unsägliche Müdigkeit im Kampf gegen die Angstflammen.
Ich werde mir etwas ausdenken. In aller Ruhe.
Ich werde den Zwang besiegen!
Diese Schlacht habe ich verloren, aber ich werde nicht den Krieg verlieren.
So wie Charles de Gaulle schon sagte …

Die Notaufnahme hatte den Notfallpatienten gleich auf die Intensivstation durchgewunken. Ein junger Notarzt und marzialisch wirkende Rettungssanitäter standen um eine fahrbare Trage herum. Auf ihr ein Berg aus Decken, darauf ein Berg von Infusionen und Perfusoren, daneben ein Berg von Papieren und Befunden.
Am Ende der Trage ein Gesicht.
Ein ängstlich blickender, ergrauter Kopf von fahler Hautfarbe.
Dietrich ließ die marzialischen Sanitäter unbeachtet, den Notarzt ebenso, und ging auf das fahle Gesicht zu. „Guten Tag, oder besser guten Morgen. Mein Name ist Dr. Nolte. Wie geht es Ihnen momentan?“
„Noch leichte Brustschmerzen. Nicht mehr so schlimm wie vorher.“
Der Notarzt schien über die Reihenfolge der Begrüßung etwas pikiert. „Wir haben ihm insgesamt 15 Milligramm Morphin verpasst. ’Ist ein bisschen tachykard, der Gute. 115 bis 120 Schläge pro Minute im Sinusrhythmus“, murmelte er missgelaunt. „Alles Gute Herr Maginot.“ Seine Wünsche klangen wenig empathisch, sie gingen unter im zeitgleichen Zusammenpacken ihres Equipements. Dann zogen sie ab mit knapper Verabschiedung.

Herr Maginot lag jetzt in seinem Intensivbett. Dietrich hatte die mitgegebenen Unterlagen studiert, untersuchte den Patienten orientierend, befragte ihn zu seinen Beschwerden. Dann ließ er sich über den Pförtner mit seinem Hintergrundoberarzt, Professor Dr. Stilgenbauer, verbinden. Er würde ihn aus dem Tiefschlaf klingeln, es war kurz nach halb vier. Die wesentliche Frage wäre, wann Herr Maginot operiert werden würde. Jetzt sogleich in der Nacht? Dafür sprach, dass er immer noch Brustschmerzen, aber laut EKG noch keinen Infarkt hatte, das heißt, der Herzmuskel noch nicht im irreversiblen Absterben begriffen war. Man könnte viel gewinnen mit einer raschen Operation. Allerdings müsste hierfür die ganze OP-Mannschaft - Ärzte, Schwestern und Kardiotechniker anrücken und zur Unzeit in bettschwerer Verfassung mit ihrer Unternehmung beginnen.

Vielleicht könnte man auch noch vier Stunden warten und ihn um acht Uhr anstelle des ersten geplanten Routinepatienten auf das Programm legen? Den verschobenen Patienten könnte man dann am Abend oder am Wochen-ende in Angriff nehmen.

Oder man versuchte, Herrn Maginot medikamentös soweit stabil zu halten und ihn übermorgen, am Samstagmorgen, geplant und in Ruhe zu operieren. Dietrich hatte es schon oft gesehen, dass ungeplant anstehende OPs auf das Wochenende geschoben wurden, an denen diese dann wie an einem Werktag routinemäßig operiert wurden.

Dietrich wartete geduldig am Telefon. Das würde jetzt Stilgenbauers Problem und Entscheidung sein. Eine schlaftrunkene Stimme meldet sich.

Dietrich schilderte das Geschehene.

Die ersten Worte Stilgenbauers waren eine Frage.

Eine Frage, die Dietrich unangenehm, die ihm gleichsam überraschend wie hässlich aufstieß.

Absichtlich ließ er sich mit der Beantwortung dieser ihn beinahe körperlich übel machenden und anwidernden Frage Zeit.

„Ist der Patient privat?", waren die ersten Worte seines Oberarztes gewesen. Dietrich wurde böse. Wie wenn das wichtig wäre … Alle Patienten müssen gleich gut versorgt werden, mit gleicher Qualität, mit gleicher Vigilanz, für alle Patienten muss man gleich schnell das Richtige tun, sich gleich engagieren, gleich schnell und gleich gut operieren, egal ob Einfältiger oder Weiser, egal ob Obdachloser oder Bundespräsident. Der Versicherungsstatus darf nicht determinieren, ob man nachts das Bett verlässt oder weiterschläft.

Dietrich ließ Stilgenbauer absichtlich zappeln. „Ich muss erst nachsehen, Herr Professor." Er machte mit den Papieren raschelnd Geräusche. „Ist das denn von wesentlicher Bedeutung?"

Stilgenbauer schnaubte etwas, murmelte Unverständliches. Je nach Lage der Dinge müsse man frühzeitig über eine rasche Einbindung des Chefs nach-denken, brummelte er

„Aha", kommentierte Dietrich fast etwas frech. „Herr Maginot ist gesetzlich versichert." Die Nachtruhe des Chefs war gesichert.

„Wie geht es ihm jetzt momentan? Rapportieren Sie!"

Dietrich wusste, dass von seiner jetzigen Schilderung der Operationszeit-punkt wesentlich abhinge. Je besser er den Zustand des Patienten formulier-

te, desto weiter in der Zukunft käme er zu liegen. Vielleicht am Samstag, allenfalls am Vormittag des noch jungen Tages. Je dramatischer und drastischer dagegen seine Worte wären, desto wahrscheinlicher wäre eine frühzeitigere Operation. Eine kleine sprachliche Nuance in die eine oder andere Richtung könnte entscheidend sein, den Ausschlag geben ...
Dietrich spürte die Spannung in der Telefonleitung, die Spannung in Stilgenbauers Nerven.
Würde er raus aus dem Bett und rein in eine große Operation müssen, noch mitten in der Nacht? Die OP würde bis in den späten Morgen hinein dauern, Stilgenbauer könnte dann gleich im Routinebetrieb weiter operieren. Keine Dusche. Kein Frühstück. Unschöne Aussicht.
„Herr Maginot hat noch mäßige Brustschmerzen. Sie sind geringer als vor zwei Stunden, aber sie sind noch vorhanden. Das aktuelle EKG ist unverändert. Noch kein Infarkt, aber Ischämiezeichen im Bereich der Vorderwand-ableitungen." Dietrich versuchte das Bild objektiv darzustellen, nichts beschönigend, nichts dramatisierend.
„Er hat also immer noch Beschwerden, immer noch Pectangina?" fragte der Professor zurück.
„Ja. Etwas weniger, aber sie sind noch da. Er ist wach und zeigt auf seine linke Brustseite. Die Schmerzen sind qualitativ typisch, strahlen in den linken Arm aus."
Eine längere Pause folgte.
„Dann müssen wir ihn jetzt gleich operieren. Trommeln Sie das OP-Team zusammen und alarmieren Sie die Anästhesie. Sagen Sie den Narkose-Heinis, sie sollen sich ein bisschen sputen, dass wir in die Gänge kommen. Bis dann."
Dietrich atmete auf.
Er empfand es richtig und gut, dass Herr Maginot jetzt gleich zu seiner Operation kam. Noch war nicht viel Herzmuskel infarziert und abgestorben. Durch die rasche Bypassoperation würde die akute Durchblutungsstörung ein Ende finden, Herzmuskelgewebe könnte gerettet werden bevor ein Infarkt einträte, bevor es abstürbe.
Dietrich freute sich auch über einen Nebenaspekt.
Er hatte den Patienten hierdurch aus den Füßen. Er würde in den OP gehen und ihn erst wieder verlassen, wenn Dietrichs Schicht zu Ende wäre. Herr Maginot wäre damit außerhalb seiner Verantwortung.
Dietrich könnte sich sogar wieder hinlegen ... Vielleicht noch ein ganz kleines bisschen schlafen ... Hinlegen, schlafen ...
Er dachte an das Arztzimmer und an seinen nächtlichen Kampf mit der Angstflamme.
Schon zuckte sie wieder auf.
Es war fürchterlich gewesen, eine grausame Folter ...

Kurz nach vier Uhr wurde Herr Maginot in den OP gefahren.

„Kaffee?" fragte eine Schwester auf der Intensivstation freundlich.
„Ja gerne."
Dietrich beschloss, noch ein Weilchen auf der Station zu bleiben. Damit wäre auch der quälende Kampf mit der Angstflamme vermieden.
Genau. Ich bleibe erst einmal hier, rede ein bisschen mit dem Pflegepersonal, trinke was.
Ich gehe damit dem Angstflammenproblem elegant aus dem Weg. Ich bleibe hier, sicher und erreichbar.

Er trank Kaffee. Er schmeckte bitter, als wäre er vor Stunden gebrüht und in der Maschine vor sich hin gestanden.
Es ist absurd, was du tust, Dietrich …
Du gehst jetzt nicht ins Bett, weil du dem Kampf mit dem Piepser aus dem Weg gehen willst. Eine klassische Vermeidungsreaktion, Freud hätte seine Freude dran …

Er saß in dem Sozial- und Ruheraum der Station. Schlichtes, in die Jahre gekommenes Mobiliar. Ein Aschenbecher, überfüllt mit alten Kippen. Eine Zeitung vom Vortag. Ein Korb mit trockenen, staubigen Plätzchen.
Ein großer Monitor mit Überwachungsparametern aller Patienten und einem Lautsprecher, der durch ein umfangreiches Repertoire an diversen Piepstönen akustisch vehement auf Abweichungen und Veränderungen hinwies welches den Fernseher im Eck an Lautstärke um Mehrfaches überbot.
Der Fernseher in diesem Ruheraum lief permanent. Er wurde wohl niemals abgeschaltet. Dietrich hatte ihn noch nie in seinem Ruhezustand gesehen. Seit Jahr und Tag war er an, nur gelegentlich die Kanäle wechselnd.
Dietrich nahm sich von den trockenen Plätzchen. Sie waren steinhart.
Ein Pfleger saß in seiner Pause, rauchte, wechselte die Fernsehkanäle in kurzen Abständen. Ein Kanal bot eine endlose Zugfahrt aus der Sicht des Lok-führers. Einschläfernd.
Allerlei Vertrotteltes auf anderen Kanälen, der Pfleger verblieb dann bei einem Nachrichtensender.
„Ihr erster Nachtdienst heute, hä?"
Dietrich bejahte.
„'Bin schon seit 12 Jahren hier auf der Intensiv. Habe viele kommen und gehen sehen. Patienten und Ärzte …" Er drückte seine Zigarette aus.
Dietrich dachte kurz an den Lehrfilm in der Psychiatrie über den zwangsneurotischen Raucher mit seiner Kippe. Zum Glück rauche ich nicht …
„Lief aber ganz gut, Ihr erster Dienst, oder? Fand's auch gut, dass Sie Stilgi zur Notfall-OP überreden konnten. Der kommt sonst nicht so gern aus seinem Nest. Hunger?" Der Pfleger hatte den Kühlschrank geöffnet, sich eine Cola geholt. „'Haben noch Tortellini hier, von gestern. Hier steht die Mikrowelle."

Dietrich aß Tortellini. Kurz vor fünf Uhr. Wann hatte er jemals zu dieser Uhrzeit Tortellini gegessen?

Er wurde angepiepst. Auf einer Station sollte eine Venenkanüle gelegt werden. Danach riss der Strom an Anrufen bei ihm nicht mehr ab. Viele Kleinigkeiten waren zu erledigen. Ein Patient war aus dem Bett gefallen, man musste die Hüfte röntgen. Ein anderer Patient hatte erbrochen. Hier gab es Schwierigkeiten mit einer Blutentnahme, dort welche mit einer Magensonde. Dietrich arbeitete die Aufträge nacheinander ab.

Seine 24. Arbeitsstunde.

In wenigen Minuten würde die Intensiv-Visite beginnen.

Er würde nicht mehr hinten im Tross, bei den Studenten und Neulingen laufen, sondern vorne beim Princeps und seinen engsten Adepten.

Er würde von der Nacht berichten, von seinem Dienst, dass alles unter Kontrolle sei, alle Probleme adäquat gelöst worden wären.

Er war noch rasch bei dem aus dem Bett gestürzten Patienten gewesen, um dann in die Intensivstation zu laufen, die er wenige Sekunden nach dem Visitenbeginn atemlos erreichte.

„Na, da kommt ja unser Nachtwächter!" tönte Nollendorf.

Dietrich reihte sich im vorderen Bereich des Trosses ein. Die Visite des ersten Patienten verlief unspektakulär. Dann ging die Türe auf und Professor Stilgenbauer kam aus dem OP, die grauen, unzähmbaren Haare verschwitzt auf der Stirn klebend. Er machte militärisch Meldung. „Komplett revakularisiert. Vier Bypässe. Gutes Venenmaterial." Nollendorf nickte anerkennend. Stilgenbauer wandte sich jetzt an Dietrich. „Nolte! Sie erzählten mir doch vorhin, der Patient hätte die ganze Zeit noch Beschwerden gehabt ..." Sein Gesichtsausdruck ließ nichts Gutes erwarten. Das leise Gemurmel im Visitentross verstummte abrupt.

„Ja, er klagte immer noch über Brustschmerzen, er ..."

„Nolte, Sie Ochs! Haben Sie vielleicht mal auf seinen Blutdruck gesehen? Als er verlegt wurde, 205 zu 95 und später im Überwachungsbogen dauernd Werte zwischen 160 und 190 systolisch! Bei einem so hohen Druck hätte ich auch Brustschmerzen! Der explodierte ja fast vor Druck!"

Dietrich sammelte sich. Trotz der Müdigkeit versuchte er, sich zu konzentrieren, zu erinnern.

Ja, es war richtig. Als der Patient umgelagert wurde von der Transport-Trage in sein Bett, ja, da war der Blutdruck erhöht gewesen, Dietrich hatte es auf den Stress geschoben, die Fahrt im Intensivmobil, die Ankunft auf der Intensivstation. Aber danach hatte er es versäumt, er hatte es vergessen, nach den weiteren Blutdruckwerten zu sehen.

Er hatte vergessen, sie zu kontrollieren.

Stilgenbauer hatte Recht. Hätte man den Blutdruck medikamentös gesenkt, beispielsweise mit Nitraten oder Betablockern, wäre der Patient bei normalem Druck trotz seiner verschlossenen und verengten Herzkranzgefäße vielleicht völlig beschwerdefrei geworden. Man hätte dann die Operation in Ruhe am Morgen anstatt notfallmäßig in tiefster Nacht durchführen können.

„Was für ein Error", schaltete sich jetzt Nollendorf ein. „Sie haben den Patienten auf die Intensivstation aufgenommen, er hatte seit seiner Aufnahme die ganze Zeit viel zu hohen Blutdruck und Sie haben nichts getan, es nicht einmal bemerkt? Was für ein verdammter Error! Sie haben es verpennt und stattdessen Stilgenbauer in den OP gehetzt! Das ist ja lebensgefährlich als Patient bei Ihnen! Was für ein Mega-Error!"

Dietrich musste sich diese Niederlage eingestehen.

Hätte ich statt 53mal den Piepser lieber zweimal den Blutdruck von Herrn Maginot kontrolliert …

Der Visiten-Tross ging weiter.

Er stand jetzt an dem Bett des Privatpatienten, bei dem Dietrich das Problem der versiegten Urinausscheidung gelöst hatte.

„Gab's hier was Besonderes?" fragte der Princeps.

„Ja", sagte Dietrich eilfertig. „Ich wurde alarmiert wegen plötzlicher Anurie. Ich überprüfte alles rasch und zog in Erwägung, dass vielleicht die Urinproduktion normal, aber der Abfluss über den Blasenkatheter verstopft sein könnte. Und – so war es. Wir spülten den Katheter wieder durchgängig und alles war wieder im Lot." Dietrich war stolz wie ein kleiner Schuljunge. Der ganze Visiten-Tross war mucksmäuschenstill geblieben. Dietrich strahlte überschwänglich.

Die schon vorbestehende Gesichtsröte Nollendorfs nahm weiter zu. „Nolte! Ich hatte Sie gefragt, ob es etwas Besonderes gegeben hätte! Halten Sie es für erwähnenswert oder gar etwas Besonderes, mir und uns die Zeit zu stehlen, um sich an einem beschissenen, verstopften Pinkelkatheter zu ergötzen? So ein Error! Weiter! Nächster Patient!"

Bevor Dietrich seine Enttäuschung vollständig erleben konnte, standen sie an dem Patientenbett, an dem es die Beatmungsprobleme gegeben hatte. Dietrich berichtete dieses Mal vorsichtigerweise weniger enthusiastisch: „Die Blutgase hatten sich abends rapide verschlechtert. Nach dem Ausschluss verschiedener differenzialdiagnostischer Ursachen kam ich zu dem Schluss, dass der Patient nicht ausreichend tief in Narkose war und gegen die Maschine geatmet hatte. Ich erhöhte daher die Narkotikadosis. Die Blutgasanalyse hatte sich daraufhin deutlich verbessert."

„Wie – Sie haben die Narkotikadosis erhöht?" Nollendorfs Gesicht war jetzt puterrot. „Dann können wir den Patienten ja heute nicht von der Beatmungsmaschine wegbekommen! Dann bekommen wir ihn ja heute nicht von der Intensivstation weg! Was für ein Error! Durch ihre Dosiserhöhung pennt er jetzt hier noch mindestens 36 Stunden wie ein Stein an seiner Beatmungsmaschine und blockiert ein Bett! Wir brauchen Betten, Nolte, sonst gibt's keine Operationen! Verstehen Sie das endlich, Sie Schaf? Durch Ihren Quatsch können wir den Patienten heute noch nicht verlegen und wenn wir Pech haben auch morgen noch nicht! Wenn ich das höre! Was für ein

Error – gegen die Maschine geatmet ... Nolte, vielleicht war der Patient schon so wach, dass er von der Maschine weg wollte? Haben Sie vielleicht mal daran gedacht? Vielleicht wollte er den Beatmungstubus loswerden? Haben Sie das in Ihrem Spatzenhirn erwogen? Sie hätten ihn extubieren und von der Maschine wegnehmen sollen! Dann hätten wir ihn jetzt auf die Normalstation verlegen können! Dann hätten wir jetzt ein freies Intensiv-Bett! Stattdessen versetzen Sie den Patienten errormäßig in den Tiefschlaf! Das ist doch eine einzige Scheiße!" Wütend ging Nollendorf zum letzten Bett, der Tross folgte schweigend.
Dietrich sah auf den Boden, niemand der anderen blickte zu ihm.
Als fielen sie durch bloßen Blickkontakt beim Chef in Ungnade.
Dietrich stotterte etwas zu dem Patienten, dann war die Visite zu Ende.
Beim Abgang schaute ihm Nollendorf noch einmal stechend in die Augen.
„Mann oh Mann Nolte, was für ein Error!"

Dietrich trottete geschlagen auf seine Station.
Er musste noch die morgendliche Visite machen, einige Befunde durchsehen, um halb elf, nach 27 Stunden verließ er die Klinik, einem geprügelten Hund gleich.

Er lief durch die Innenstadt.
In seinem Kopf dröhnte es.
Es war so furchtbar gewesen.
So niedergemacht vor versammelter Mannschaft.
Dabei habe ich doch so gekämpft, meine Arbeit war doch ganz gut ...
Eine Träne kullerte die Wange herab.

Dietrich begann, ihn zu hassen, den Princeps.
Er betrat die Wohnung. Yvette war schon seit einigen Stunden wieder in der Klinik beim Arbeiten. Sie hatte keine Nachricht hinterlassen. Keine lieben Worte auf einem kleinen Zettel. Kein ‚Guten Morgen', keine Wünsche für den Tag.
Nichts.
Aufgeräumt stand alles wie immer da.
Er beschloss, sich zwei Croissants in der Bäckerei zu holen.
Er ging wieder nach draußen.
In der nahegelegenen Bäckerei waren die Croissants schon aus. Es war nach elf Uhr. Dietrich ging wieder in Richtung Innenstadt. In der nächsten Bäckerei konnte sein Wunsch erfüllt werden. In Gedanken an den schlimmen Morgen bestellte und bezahlte er.
Sie musste schon zwei Mal ‚Hallo' gerufen haben, ehe er ihr gewahr wurde.
Sophie.
Von der Intensivstation.

Fröhlich lächelte sie ihn an. „Noch arg müde vom Dienst? Oder sind Sie in Träumen?"

Dietrich war freudig überrascht. Er hatte sie beim Betreten der kleinen Bäckerei nicht bemerkt.

Beim Träumen? Was für Träume? Was habe ich für Träume …?

„Ich hole mir gerade mein Frühstück …"

„Wie war Ihr erster Dienst noch verlaufen? Ich bin ja in der Spätschicht zwischen 14 und 22 Uhr. War noch viel los gewesen in der Nacht?"

„Es ging so. 'Habe es überstanden." Er wollte nichts von der Hässlichkeiten der Morgenvisite berichten.

„Morgens bei der Visite gab's noch etwas Turbulenzen", fügte Dietrich dann doch kryptisch hinzu.

„Die kenne ich, diese ‚Turbulenzen'", sagte Sophie. „Lassen Sie sich deswegen aber nicht den Tag verderben. Dafür ist er viel zu schön, die Sonne scheint und – es ist nicht wert, sich über derlei noch lange den Kopf zu zerbrechen. Ich habe es auch schon einige Male miterlebt in der Frühschicht. Lassen Sie sich nicht ärgern. Sie gehören zu den wenigen … hm … netten Menschen unter den Ärzten. Und Sie sind sehr menschlich im Umgang mit den Patienten, das habe ich gesehen." Sophies Worte klangen sehr ehrlich.

Ihre Worte tilgten die Erinnerung an die Visite mit einem Schlag.

Dietrich spürte sich wie von Wärme übergossen.

Spontan antwortete er: „Sollen wir noch irgendwo einen Kaffee zusammen trinken?" Es sagte es aus Eingebung heraus, einem Gefühl folgend.

Merkwürdig – Spontaneität ist so selten in meinem Handeln.

Eher mache ich alles bedacht, überlegt, geplant, kontrolliert.

Woher kommt jetzt, genau jetzt in dieser Situation, das Spontane?

Woher stammt diese plötzliche Idee

Sophie errötete leicht. „Das geht gerade schlecht. Vielleicht ein anderes Mal. Ganz bestimmt, ein anderes Mal, okay?"

Anstatt enttäuscht zu sein, war Dietrich über seine nun folgende Handlung im Nachhinein selbst überrascht. „Okay." Er nahm zart ihre rechte Hand und sagte: „Aber dann wenigstens dies: Ich heiße Dietrich. Ich würde mich freuen, wenn wir das ‚Sie' sein ließen."

Sophies Farbe normalisierte sich wieder und sie lächelte ihn an. „Ich bin die Sophie. Das ‚Sie' ist vergessen. Und das mit dem Kaffee ist versprochen."

Sie blickte ihn an, minimal aber spürbar zu lange.

Mögen es vielleicht zwei oder drei Sekunden gewesen sein – minimal zu lang.

Ihre Blicke trafen sich inmitten der frequentierten Bäckerei über ein ganz minimales Quantum zu lange um als normaler Blickkontakt durchzugehen.

War es ein coup de foudre?

Taumelnd verließ er die Bäckerei.

*

Eine Woche später.

Yvettes erster Nachtdienst.

Dietrich kam zu durchschnittlicher Zeit abends nach Hause. In Ruhe konnte er die Laborwerte auf seinen mitgebrachten Kopien kontrollieren, alleine, ohne störende, maliziöse Blicke Yvettes.

Er räumte auf, machte Ordnung, sortierte seine Kassetten. Er hatte sich für diesen Abend mit Jasper verabredet, ein Wiedersehen nach unzähligen Wochen.

Sie trafen sich in einem indischen Restaurant.

Das ‚Maharaja' bot räumlich nur wenig Platz, dafür aber ein umso breiteres Angebot verschiedenster Leckereien.

Jasper saß schon an dem kleinen Ecktisch, rauchend, und überflog die umfangreiche Speisekarte. „Hey altes Haus", rief er aufgeräumt, „ist heute deine Ausgangssperre 'mal aufgehoben? Ewigkeiten haben wir uns nicht gesehen!" Sie begrüßten sich herzlich.

„Diese Arbeit führt zur Sozialamputation", meinte Dietrich, „Maloche von frühmorgens bis spät in die Nacht …".

Beide orderten ein großes Pils, Weizenbier war nicht im Sortiment. Dietrich bestellte sich vornweg Bengan Pakora, Auberginen in Teig gebacken und Tandoori Chicken, in Joghurt-Safran Sauce mariniertes Hühnchen, mit exotischen Gewürzen gegrillt. Jasper nahm eine vegetarische Platte bestehend aus Panir Tikka, gegrilltem Rahmkäse mit Paprika, Zwiebeln und frischem Ing-wer, Alu Palak, Spinat mit Kartoffeln und Subji, diversen Gemüsen mit Currysauce und Papadam, dem knusprigen Fladenbrot aus Bohnenmehl.

„Bist' unter die Körnerfresser gegangen?" frotzelte Dietrich. „Hat dich Zoe angesteckt?"

„Nein, ab und zu esse ich schon mal was Fleischiges. So ein Döner abends auf dem Nachhauseweg, als Betthupferl vor dem Schlafengehen …" Die Vorspeisen wurden rasch serviert. Die beiden Freunde tunkten das beigelegte Chapati Vollkornfladenbrot in verschiedene Chutney Saucen. „Mann, ist das scharf", stöhnte Dietrich, die Augen in Tränen, die Nase laufend. Die Serviette musste zum Schnäuzen zweckentfremdet werden.

„Gib dem Luder ordentlich Puder!" lachte Jasper schmatzend, sein Chapati tief in die Sauce tunkend.

Nach den Vorspeisen und dem zweiten Bier erzählte Jasper von seiner Arbeit im Kreiskrankenhaus. „Der Ruderschlag ist etwas gemächlicher dort, kein so ein Hamsterrad wie an der Uni. Die Stimmung unter allen Beteiligten ist entspannter." Jasper putzte sich die Nase. „Manches nervt aber auch. Da wir

185

eine kleinere Abteilung sind, verteilen sich die Nachtdienste auf wenige Köpfe. Wir sind sechs Assistenzärzte, einer ist im Urlaub, eine Kollegin ist schwanger, das bedeutet sieben bis acht Nachdienste im Monat für jeden. Jeder vierte Tag ist im Eimer."
Dietrich schluckte. Er hatte nur drei bis vier Dienste pro Monat.
„Bei uns in der Inneren Abteilung sind die Patienten überwiegend hochbetagte Menschen, oft aus dem Pflegeheim. Wir machen da nicht so die ganz große Medizin wie ihr …"
„Ob die so groß ist? Das Menschliche bleibt bei uns nicht selten ganz schön auf der Strecke."
Der Hauptgang kam, schmatzend redete Dietrich weiter. „Ja, wir machen ‚High-end'-Medizin, wie sie bei uns auf neudeutsch so gerne sagen. ‚Hightech' bis zum Geht-nicht-mehr. Gaspedal immer voll durchgedrückt. Aber weißt du Jasper – in den letzten hundert Jahren haben die Deutschen 30 Jahre an statistischer Lebenserwartung gewonnen. Und weißt du auch warum? Der größte Gewinn an Lebenserwartung wurde durch zwei Dinge erreicht: Hygiene: tägliches Duschen, Händewaschen, Zähneputzen und zum Zweiten: Ernährung. Ja, reichhaltigeres Essen. 'Ist nachgewiesen! Unsere ‚Hightech'-Medizin bringt es dagegen nur auf einen bescheiden kleinen Zuwachs an Lebenserwartung, wenige Jährchen nur. Das Wesentliche machte das Duschen und Fressen. Prost!"
„Prost!. Welche Läuterung bei dir! Klingt ernüchternd … Wie ist es in der Herz-Thorax, erzähl' mal!"
Dietrich sammelte sich.
Wo und wie sollte er beginnen?
Bei der wenig herzlichen Begrüßung am ersten Tag? Den horrend langen Arbeitszeiten? Bei den Bürstungen vom Chef?
„Man hat mich einfach ins Wasser geschmissen. Ich musste gleich allein auf der Station ran, abends kam dann der Oberarzt, genervt, erschöpft vom Operieren, und bürstet dich dann für dies und jenes ab. Kollegen, die diesen Namen verdienen, haben Seltenheitswert. Das Pflegepersonal ist unterbesetzt, überarbeitet und haut auf das schwächste Glied der Kette ein, und das bin momentan ich, das Greenhorn."
„Und wie ist der Chef auf deiner Sklavengaleere? 'Kenne Nollendorf noch aus der Vorlesung. Er ist doch eigentlich ganz nett, abgesehen von den gelegentlichen Lamentationen, von denen man hört – oder?"
„Das hatte ich in der Vorlesung auch gedacht. Um sein eigentliches Gesicht zu erkennen, hatte es keiner Monate oder Wochen bedurft. Die allerersten Szenen hatten schon ausgereicht …" Dietrich trank das Bier leer. Beide waren mit dem Hauptgang fertig. „Er kann dich tierisch fertig machen. Du stehst dann da wie der letzte Hund, er macht dich vor den anderen zum Deppen. " Sie bestellten eine weitere Runde Bier. „Gleich am zweiten Tag hat er mir vor versammelter Mannschaft eine rein gewichst. Schlimmer als beim ‚Bund'. Vor versammelter Mannschaft, vor den Kollegen, vor den

Schwestern, vor den Studenten, vor den Schülern, vor allen ... Es war ..."
Dietrich presste die Lippen zusammen. Er rang nach den richtigen Worten.
Er spürte Hass in sich aufkommen.
Er wuchs stetig.
Der Hass auf Nollendorf.
„Du hast gegen ihn nicht viele Möglichkeiten. Gut, du kannst kündigen ...
Aber dich wehren, inhaltlich diskutieren – keine Chance. Ich hatte in meinem
ersten Nachtdienst einige große Probleme gelöst, habe die Patienten stabil in
den nächsten Tag geschifft – und was gab's: Eine Bürstung de luxe. Jedes
zweite Wort ist Error ..."
Jasper nickte, bereits in der Vorlesung war die exotische Rhetorik Nollen-
dorfs auffällig gewesen.
„Der hat sie doch nicht alle mit seinem ‚Error' und seinen Neologismen.
Alles ist Error, deine Anordnungen, deine Entscheidungen, deine ganze
Arbeit, sogar deine Person, deine Existenz, - alles ist in seinen Augen Error.
Manchmal könnte ich ... ja manchmal könnte ich ihm grad in die Fresse
schlagen ..."
„Na, na", sagte Jasper überrascht. Selten hatte er den Freund seines Lebens
derart in Rage reden gehört.
„Es ist so niederträchtig, weißt du", setzte Dietrich wieder an. „Es betrifft ja
nicht nur mich. Auch andere werden abgefertigt, auch ältere Kollegen,
gestandene Oberärzte im OP. Aber auf mich fällt der Hammer halt besonders
oft und heftig. Auf mich prügelt er am meisten ein."
„Warum bleiben die Leute in seiner Abteilung? Wieso gehen sie nicht, wenn
er so ein übler Hund ist und alle rund macht?"
„Tja, da ist das Problem. Einige ältere Kollegen sind in lang angelegte
wissenschaftliche Projekte verstrickt, an denen ihre Habilitation hängt. Die
gibt man nicht so schnell auf, die jahrelange Arbeit. Außerdem ist Nollendorf
einer der besten Operateure Deutschlands, vielleicht Europas. Man lernt
nicht nur praktisch und operativ ungemein viel, die Klinik ist natürlich auch
ein Sprungbrett. Wer bei Nollendorf die Ausbildung durchlaufen hat, dem
stehen viele Türen offen." Das Bier kommt, sie prosten sich kurz zu.
„Man ist ständig unter Strom. Wenn der Chef auf Station kommt, wenn du
einen Chef-Patienten vor dir hast, wenn die Schwester dir ruft, der Chef sei
am Telefon. Da geht dir gleich der Puls hoch ... Ich denke, es gibt keinen,
der keine Angst vor ihm hat." Dietrichs Zorn wuchs, er redete jetzt noch
gepresster. „Wenn du morgens abgekanzelt wirst, es ist so ... furchtbar,
weißt du ... Vor allen Leuten fertig gemacht zu werden ... Alle hören zu,
alle, alle sehen dich an, alle tuscheln hinterher, alle sind froh, dass es dich
erwischt hat und nicht sie selbst. Das Abkanzeln coram publico ist ... zum
Kotzen". Dietrich trank einen großen Schluck Bier.
Pause.
Dietrich hatte plötzlich an seinen Vater vor Augen, am Strand, johlend, wie
er ihn, den kleinen Jungen, im Genick gepackt und in die eingekotete Bade-

hose gedrückte hatte, unzählige Umstehende als Zuschauer, große und kleine, alte und junge, teils belustigt, teils entsetzt.
Es war das erste bewusste Mal in seinem Leben, dass er vorgeführt wurde. Vorgeführt wie ein Hund, dem man erklärt, dass man nicht in die Wohnung macht.
Jetzt hatte er 19 Jahre lang Schulen besucht, 19 Jahre Ausbildung mit besten Noten absolviert und er wurde immer noch vorgeführt, schlimmer, demütigender und häufiger denn je.
Seine Hände zitterten.
„Es scheint dich … ganz schön mitzunehmen … in dieser Klinik … mit Nollendorf und so …"
„Ja, das kann man so sagen", Dietrich spielte mit dem Bierdeckel. „Es ist eigentlich schlimmer als ich mir selbst eingestehen mag."
Dass es ihm erst an diesem Abend richtig klar geworden war, behielt er für sich.

„Wie geht es denn so mit Yvette? Ihr habt euch ja ganz schön rar gemacht in letzter Zeit …" Jasper versuchte einen gut gemeinten Themenwechsel, unwissend, dass nicht weniger steiniges Terrain betreten werden würde.
„Es geht so." Die indische Bedienung frage nach Dessertwünschen. Dietrich schüttelte rasch den Kopf. Der Appetit war ihm vergangen. „Eigentlich ganz in Ordnung. Wir haben halt beide ziemlich viel Arbeit. Manchmal würde ich mir wünschen, ich könnte … etwas offener mit ihr reden, von den Problemen in der Klinik erzählen, etwas mehr … etwas mehr Wärme von ihr bekommen. Manchmal ist sie unheimlich kalt und stumpf. An ihrer herrischen Kälte ist der Elan unserer Liebe ein wenig verloren gegangen, an ihrer Gefühlsarmut zerschellt …"
Jasper rang nach einer Antwort. „Vielleicht ist sie selbst … auch am Ende ihrer Kräfte. Bestimmt hat sie auch viel um die Ohren, Stress in der Klinik. Vielleicht fehlt ihr ja die Kraft, empathisch auf dich einzugehen."
„Ja, vielleicht ist es so." Er antwortete leise, fast flüsternd. „Manchmal stellt man sich Dinge irgendwie schöner, wärmer vor. Wie geht es denn mit Zoe?"
„Ah, danke, gut." Jasper schien die Worte überlegt zu wählen. „Es geht eigentlich gut. Sehr gut. Danke. Wir … wir haben uns sehr gern, lieben uns sehr. Zoe kommt mit dem Studium tüchtig voran. Sie hat nur noch wenige Vorlesungen und Kurse an der Uni, sie arbeitet häufig zu Hause."
Dietrich schloss kurz die Augen. Er stellte sich vor, wie Jasper müde aus dem Krankenhaus nach Hause käme und von seiner Freundin, die nicht überarbeitet und nicht gestresst war, die daheim entspannt ihre Studien betrieb, liebevoll und warmherzig begrüßt würde.
Dietrich kannte Jasper seit er denken konnte.
Er wusste, dass der Freund seines Lebens und Zoe eine wunderschöne Partnerschaft hatten, sich über alles liebten und er wusste, dass Jasper dieses

in seinen Worten eben bewusst abgeschwächt beschrieben hatte. Aus Rücksicht.
Für ihn.

Um den Kontrast zu seiner Schilderung über seine Beziehung nicht zu groß werden zu lassen.
Eine höfliche, freundschaftliche Rücksichtnahme.
Aber der Kontrast war dennoch da, auch ohne gesprochene Worte.
Dietrich beneidete seinen Freund.

Der Abend ging mit belanglosen Gesprächen zu Ende. Zum Abschied umarmten sie sich.
Kurz, aber ehrlich, so wie es Freunde tun, die sich ein Vierteljahrhundert kennen.

Er ging zu Fuß nach Hause. Es war die erste Nacht allein in der neuen Wohnung. Er putzte sich die Zähne, räumte seine Kleider ordentlich auf. Es kam zu einer kleinen Krise mit dem Wecker. Dietrich brauchte knapp über dreißig Minuten und 25 Kontrollen, bis er sicher war, dass der Wecker korrekt gestellt und in Funktion war. Erst dann war die Angstflamme aus.
In Yvettes Anwesenheit kontrollierte er höchstens dreimal. Kein Aufsehen erregen, Yvette nicht verärgern …
Dietrich lag im Bett und überdachte den Abend.
Trotz der heiklen Themen war es ein schöner, ein wichtiger Abend.
Er sah jetzt deutlicher.
Deutlicher auf seine Arbeitssituation, auf Nollendorf.
Ich könnte ihm in die Fresse hauen …
Und er sah deutlicher auf seine Beziehung, auf Yvette.
Ist sie einfach nur müde von ihrem eigenen Stress? Ist sie lediglich nur physisch erschöpf?
Oder liegt ihr nicht viel an mir?

Neulich, bei einem der wenigen Abende an dem sie miteinander schliefen, war absonderliches geschehen,
Ein Kuriosum absurdester Art.
Das Licht war gelöscht gewesen, er auf ihr liegend.
Nach seinem Höhepunkt hatte er sich zur Seite gerollt und die Nachttischlampe angemacht, um sich den Pyjama überzuziehen.
Wie üblich war Yvettes Beitrag am Akt wenig aktiv gewesen.
Doch diesmal war Dietrich erschrocken wie selten zuvor.
Den Pyjama übergezogen, hatte er zu Yvette gesehen.
Und er hatte seinen Augen nicht getraut.

Yvette war eingeschlafen.

Eingeschlafen, während er mit ihr ...
Er hatte sie angestupst, sie war erschrocken hochgefahren, einem einge-
nickten Schüler in der Mathestunde gleich.
„Oh", hatte sie lediglich gesagt, etwas errötet, hatte sich dann aber
kommentarlos auf die Seite gedreht und war wieder in ihren offensichtlich
gesunden Schlaf gefallen.
Dietrich hatte entsetzt das Licht gelöscht.
Meine Freundin schläft beim Sex ein.
Super.
Das ist ja unfassbar

Ist es die Müdigkeit oder das Desinteresse?
Ärgerlich angesäuert hatte er in dieser Nacht lange nicht einschlafen können.
Das war ja wie mit einer Gummipuppe ...

Dietrich nahm sich vor, die beiden Problemfelder konstruktiv zu bearbeiten.
Er beschloss, sich gegenüber Nollendorf eine Strategie zurechtzulegen.
Eine Strategie, entweder Bürstungen möglichst effektiv zu vermeiden, ihnen
auszuweichen, von ihnen wegzutauchen, oder ihnen aktiv entgegenzutreten,
sich tapfer zu erwehren, soweit dies möglich war. Wie ein U-Boot im
Atlantik – entweder konsequent vor dem Zerstörer abtauchen oder ihm
konsequent die Stirn bieten und kämpfen. Entweder das eine oder das andere.
Er würde sich etwas ausdenken. So konnte es nicht weitergehen.
Der zweite ‚Milestone', wie es jetzt ja auf neudeutsch so gerne gesagt wurde,
betraf Yvette.
Hier musste einiges besser werden.
Bloß wie?
Vielleicht ein offenes Gespräch in einer ruhigen Stunde.
Ihr offen erklären, in bedachten Worten, was missfällt, was vermisst wird.

Ihm fiel das dritte Problemfeld ein.
Der dritte ‚Milestone'.
Seine Kontrollmacken.

Nein, es waren keine Macken mehr.
Es waren Zwänge.
Kontrollzwänge.
Es waren keine Auffälligkeiten mehr, keine Marotten.
Es waren Krankheitssymptome.

Und sie dehnten sich aus, wurden schlimmer.
Die Flammen schlugen immer häufiger in seinem Leben zu.
Früher war es nur die Kaffeemaschine, der Herd, die Haustüre, manchmal
das Auto gewesen.

Jetzt loderte die Angstflamme fast in jeder Stunde seines Tages.

Beim Piepser, bei den Laborwerten, jetzt gerade in diesem Moment beim Wecker.

Es musste sich etwas ändern.

So konnte es unmöglich weitergehen.

Dietrich führte immer noch sein kleines Tagebüchlein. Er nahm sich vor, jeden Tag seine Kontrollzwänge abends mit Schulnoten genauer zu quantifizieren. Extrem häufiges Kontrollieren wie an dem Piepser während des Nachtdienstes müsste eine ‚fünf', weniger Kontrollen, rasches Überwinden der Angstflamme sollte mit einer besseren Note belohnt werden.

So bekomme ich einen Überblick.

Dann muss ich mir überlegen, wie ich dem Übel begegne.

Das wird alles schon wieder …

Drei riesige Operationen: Nollendorf, Yvette und die Kontrollmacken …

*

Am nächsten Tag versuchte er früher aus der Klinik zu kommen.

Gegen 19 Uhr stand er vor der Wohnungstür, leise am Schloss hantierend, für den Fall, dass Yvette nach ihrem Nachtdienst noch schlafen sollte.

Er fand seine Freundin vor dem Fernseher sitzend.

Mechanisch erwiderte sie sein Begrüßungsküsschen.

„Wie war dein Dienst? Ich hab eingekauft, ich kann nachher etwas für uns kochen …"

„Es lief Scheiße. Habe keine Sekunde geschlafen. Zwischen 22 und 6 Uhr morgens kamen acht Neuzugänge. Alle acht Patienten waren eine Stunde versetzt an der Aufnahme erschienen, als hätten sie sich abgesprochen. Kaum war ich mit dem einen fertig, kam der nächste. Im Haus selbst war auch die Hölle los. Dann hat sich auch noch eine Kollegin, die Irmgard, diese Schlange, heute Morgen überraschend krank gemeldet. Der Chef bat mich, ihre Station mitzuversorgen, es war sonst keiner mehr da." Yvettes Stimme wurde gallig. „Ich konnte dann nach dem Nachtdienst gleich weiterarbeiten. Ich bin erst vor einer Stunde heimgekommen. 35 Stunden Knechten am Stück. 35 Stunden! Und die Schwestern auf der Station K4 – zickig ohne Ende."

„Es war bestimmt sehr stressig und nervig, oder?" Er versuchte, sie in den Arm zu nehmen.

„Der Lambert, dieses Schwein …" Yvettes Worte wurden noch galliger hervorgepresst, die Augen unsinnig auf den laufenden Fernseher gerichtet. „Er hat mich beim Chef angeschwärzt. Es ging um eine rhythmologische Thera-

pie bei einem Patienten … Ich … ach ich hab jetzt kein Bock, darüber zu reden …" Das Programm brachte jetzt Werbespots, Yvettes Augen waren immer noch unsinnig auf die Mattscheibe gerichtet. „Da knechtest du 35 Stunden am Stück, so viel wie andere in einer ganzen Woche, da springst du für jemand anderen ein, du reißt dir den Arsch auf, und da kommt so ein schleimiger Wichser und profiliert sich beim Chef auf deine Kosten, säuselt was von seinen armseligen nichtstaugenden Forschungen und gibt dir nebenbei eine mit. Die Sau werde ich fertig machen, bei der nächsten Gelegenheit … Diese schleimige Kreatur, der schafft die Habilitation eh nie…"
Dietrich erschrak über die ausgespienen Worte.
„Ich bastel mal was in der Küche, okay?"
Yvettes Augen waren unverändert auf die Mattscheibe gerichtet, glühend, Hass versprühend.

Er briet Paprika, Auberginen, Zucchini und Zwiebeln an, mischte eine fertige Tomatensauce mit reichlich frischem Knoblauch dazu. Die Spaghetti waren fast fertig. „In zwei Minuten gibt's Essen", rief er ins Wohnzimmer.
Yvettes saß unverändert stoisch vor der Mattscheibe, die Augen unsinnig auf die bewegten Bilder gerichtet. Dietrich deckte rasch den Tisch, servierte dampfende Teller, schenkte zwei Gläser Rotwein ein.
„Es ist lieb von dir. Danke fürs Kochen", sagte Yvette leise und müde.
Sie aßen schweigend.
Ab und an spuckte Yvette noch gallige Wortfetzen über ihren ungeliebten Kollegen und die Klinik aus, gleich einem Vulkan, bei dem unklar ist, ob noch eine größere Eruption folgt oder nicht.
Selten hatte er seine Freundin so giftig hasserfüllt gesehen.
Es waren nicht nur ihre Worte.
Es waren ihre Augen
Sie hatten etwas Hexenartiges.
Anstatt auf das Essen, schienen sie in die Ferne gerichtet.
In der Ferne irgendetwas, irgendjemanden fixierend, in der Ferne jemanden festnagelnd.
Dietrich aß ruhig, trank Rotwein, er beschloss den Abend in Ruhe zu Ende gehen zu lassen. Er holte sich noch einen Nachschlag, kontrollierte hierbei schon einmal den Herd.
„Lass endlich das Kontrollieren!" zischte Yvette aggressiv vom Esstisch aus.
Er fuhr zusammen.
Er setzte sich, vertilgen.
„Du bist bestimmt müde …?" fragte er.
„Das auch. Ich guck noch ein bisschen TV."

Dietrich räumte ab, spülte.
Der Herd.

Er kontrollierte.
Alle Platten aus.
Es waren ja sowieso nur zwei an gewesen …
Er besah sich nochmals die Drehknöpfe.
Eindeutig standen sie auf ‚0'.
Die Kerbe der Knöpfe stand eindeutig nach oben, die Platten waren aus.
Ganz sicher.
Er kontrollierte per Hand auch die Platten selbst. Sie waren mittlerweile wieder kalt geworden.
Er atmete durch.
Er trocknete die Teller und das Besteck ab und räumte sie ein.
Dann eine zweite Kontrolle.
Alles in Ordnung.
Die Angstflamme war aber noch da, züngelnd quälend.
Aus dem Wohnzimmer tönte leise der Fernseher.
Dietrich riss sich zusammen.
Noch drei Kontrollen, das muss reichen. Dann bin ich sicher …
„Kontrolle 1", sagte er ganz leise.
Drehknöpfe alle auf ‚0' , Kontrolllämpchen aus, die Herdplatten kalt.
Alles gut..
„Kontrolle 2".
Alles nochmals kontrolliert, alles unverändert.
Gut.
Dietrich trat ein Stück zurück.
Anlauf zur letzten Kontrolle.
Da betrat Yvette die Küche, Dietrich fuhr zusammen.

Sie sagte nichts. Zielstrebig ging sie zum Herd, ruckartig drehte sie an allen vier Drehknöpfen. „So, jetzt ist er an!" Ihre Stimme schrill keifend. Ruckartig stellte sie alle vier Drehknöpfe wieder auf ‚0'. „So, jetzt ist er aus!" Sie drehte wieder. „Jetzt ist er an!" Sie stellte sie wieder zurück. „Jetzt aus!" Ihre Augen funkelten. „Mann! Hast du sie nicht mehr alle? Der Herd ist jetzt aus! Gute Nacht! Du kannst ja noch ein bisschen am Herd verweilen!" Sie spie ihre Worte aus, wie sie zuvor gallig über die Klinik lamentiert hatte.

Er sagte nichts.
Ihm fiel auch nichts ein.
Yvette war ins Bad gegangen.
Er stand blöd vor dem Herd.
Er betrachtete ihn töricht, er war aus.
Jetzt muss ich die drei Kontrollen wieder von vorn beginnen, der Herd war ja zwischenzeitlich an gewesen!
Rasch sagte er „Kontrolle 1!"
Rasch kontrollierte er.

„Kontrolle 2!"
Er kontrollierte ebenso rasch.
Die dritte Abschlusskontrolle musste konzentrierter werden, er schaffte sie in knapp einer Minute.
Er zog sich den Pyjama an. Yvette lag schon im Bett. Auf sein zaghaftes 'Gute Nacht' gab sie keine Antwort.

Er ging ins Bad, putzte sich die Zähne.
Yvette hatte ihn regelrecht vorgeführt in der Küche.
Dabei hatte er selbst auch einen anstrengenden Tag gehabt, er hatte sich bemüht, heute früher aus der Klinik zu kommen, um einen gemeinsamen schönen Abend zu bereiten, er hatte extra noch eingekauft, er hatte ihr behutsam zugehört, ihre aggressiven Hasstiraden kommentarlos hingenommen, er hatte ihr gekocht, hatte den Tisch gedeckt, hatte die Küche in Ordnung gebracht.
Und dann - ihr spöttischer Blick, als sie hektisch an den Herdknöpfen hantierte.
Wie einen kleinen Schulbuben hatte sie ihn behandelt, einen Schulbuben, dem man die Hausaufgaben durchstreicht.
Alles noch mal von vorne!

Dietrich ging ins Bett.
Er fühlte Kälte, trotz einer dicken Decke.
Er vermisste Wärme, mehr denn je in seinem Leben.

*

Drei Monate später.
Die Nachtdienste hatten ihren spektakulären Abenteuercharakter verloren, sie waren nun in erster Linie physisch belastend.
Arbeitete man am darauf folgenden Tag weiter, und dies war häufig die Regel, wurden locker über 30 Stunden nonstop Arbeitszeit erreicht.
Dietrich und Yvette absolvierten jeweils fünf Dienste pro Monat.
Ein seltenes Licht in Dietrichs grauem und dunklem Arbeitsablauf waren die Begegnungen mit Schwester Sophie, wenn er im Dienst die Intensivstation besuchte. Sie fand oft ein aufmunterndes Wort für ihn, steckte ihm ein Traubenzuckerbonbon zu oder schenkte ihm einfach ein kurzes Lächeln.
Ein Lächeln wie ein Licht.
Ein Lichtlächeln ...
Zum verabredeten Kaffeetrinken fand sich jedoch bislang keine passende Gelegenheit.

Morgens bei der Intensiv-Visite gab es in steter Regelmäßigkeit eins auf die Ohren.

Dietrich hatte den Eindruck, überdurchschnittlich häufig zu den gebürsteten Kandidaten zu gehören.

Waren die Kollegen einfach cleverer oder hatte Nollendorf speziell etwas gegen ihn?

Der Chef hatte noch eine weitere, unangenehme Neuerung eingeführt.

Obgleich die meisten Ärzte bis spätabends, manchmal bis in die Nacht hinein an der Routinearbeit und der Patientenversorgung schufteten, wurde nun eine einmal wöchentlich abzuhaltende Fortbildung ins Leben gerufen, gemäß der neudeutschen Rhetorik ‚journal club' genannt.

Nollendorf proklamierte, viele seiner Mitarbeiter seien zu inkompetent, seien abgekoppelt von neuesten Erkenntnissen, Entwicklungen und Studien. Im ‚journal club' musste jede Woche ein zu bedauernder Assistenzarzt ein vom Chef vorgegebenes und für interessant befundenes ‚paper', wie es jetzt neudeutsch hieß, aus einem renommierten ‚journal', auch hier wurde die anglistische Phonetik gebraucht, in Form eines Vortrages vorstellen.

Die Vorbereitung kostete viele Stunden Arbeit.

Stunden, die man nicht hatte.

In tiefster Nacht oder in frühesten Morgenstunden saßen die Kollegen über den Artikeln und an ihren Computern.

Auch die ausgefeilteste Vorbereitung feite jedoch nicht vor Bürstungen, manchmal sogar Zornesausbrüchen, Tiraden und Schimpfkanonaden Nollendorfs.

Als Dietrich das Los des Vortragenden getroffen hatte musste er in der anschließenden Diskussion von Nollendorf in jedem Satz sein Lieblingswort, Error, vernehmen, ausschließlich in Verbindung mit seiner Vortragsarbeit, manchmal auch bezogen auf seine Person. Die im Ganzen sehr unerpichliche Veranstaltung wurde von Nollendorf mit: „Error-Doktor, das nächste Mal ist die Vorbereitung besser, verstanden?" beschlossen.

Error-Doktor.

19 Jahre war Dietrich auf Schulen gewesen, hatte unzählige Stunden, Tage, Wochen, Monate an seiner Dissertation verbracht.

Error-Doktor.

Dietrich hasste ihn mehr und mehr, den Princeps.

Aber es gab keine Widerrede, keine Möglichkeit der Verteidigung.

Dietrich hatte Angst. So wie an jenem Freitagnachmittag nach einem anstrengenden Nachtdienst, an dem er eine erste Besprechung mit ihm über sein kleines wissenschaftliches Projekt hatte. In mühseliger Arbeit hatte er alle Patienten mit dem zu untersuchenden Herzklappentypus herausgefischt, angeschrieben, angerufen, einbestellt. Mit großer Mühe hatte er für alle diese Patienten eine Ultraschalluntersuchung des Herzens in der Kardiologie organisiert, die Patienten untersucht, befragt, weitere Termine vereinbart, alles außerhalb der Routinearbeit.

Alle Ergebnisse waren in der ihm eigenen Sorgfalt gut sortiert in einer Datenbank übersichtlich gespeichert.

Mit den Daten stand er vor Nollendorfs Büro.

Er hatte noch zu warten, einer anderen Unterredung wegen. Der Chef debattierte mit einem seiner Oberärzte. Nichts war zu vernehmen, das Zimmer war schalldicht, dank eines offensichtlich vorausdenkenden Architekten.

Dietrich überflog seine Unterlagen und Auswertungen. Auch einige Graphiken zur Übersicht hatte er erstellt.

Die Tür flog auf, Oberarzt Gries eilte heraus, das Gesicht hochrot. Auf dem Gang stehend, ohne weitere Zuschauer, für Nollendorf vom Winkel nicht ersichtlich, schlug er sich mit der Linken auf den angewinkelten rechten Oberarm, den Mittelfinger in Richtung Nollendorf gerichtet.

Dietrich erschrak angesichts dieser Obszönität; gleichzeitig musste er schmunzeln. Anderen und Höhergestellten ging es keinen Deut besser ...

Die Szene belebte ihn mit Kraft. Zielstrebig betrat er als nächster Nollendorfs Zimmer. „Herr Professor ...“

„Ah, der Error-Doktor! Nehmen Sie Platz!“

„Guten Abend. Ich wollte Ihnen die ersten Resultate meines Projektes präsentieren.“ Dietrich nestelte an seinen Unterlagen herum.

Nollendorf sah geringschätzig auf seine mitgebrachten Tabellen und Graphiken. „Fassen Sie sich bitte kurz!“

Dietrichs kurzfristige Kraft war im Nu verflogen, das Strohfeuer war aus. Mit zittriger Stimme begann er. „Wir haben 56 Patienten, die mit dem betreffenden bioprothetischen Klappentyp in Aortenposition operiert wurden. 52 davon kamen zur freiwilligen Untersuchung.“ Dietrich und andere Kollegen empfanden dies als sehr hohen Proporz, es war Ausdruck der engagierten Arbeit Dietrichs. Nollendorf nahm diesen großen Pluspunkt des Projekts völlig teilnahmslos zur Kenntnis. „Die Ultraschallergebnisse habe ich hier dargestellt, die Laborwerte dort, die subjektive Beschwerdesymptomatik und ‚quality of life scores‘ hier“, Dietrich breitete mehrere Blätter vor Nollendorf aus.

Dieser fragte unwirsch: „Wer hat die Ultraschalluntersuchungen gemacht?“

„Ich habe über meine Freundin ganz gute Kontakte in die Kardiologie ...“ Dietrich biss sich auf die Lippe. es klug, dies hier zu erwähnen? „Ich konnte die einbestellten Patienten gleich am ersten Untersuchungstag in der Echokardiographieabteilung schallen lassen ...“

„Und wer hat die Untersuchungen dort durchgeführt?“ dröhnte Nollendorf.

„Ja, ähm, der, der grad da war. Äh ... verschiedene Mal Dr. Häberle, einige hat Dr. Schwaab ...“

„So ein verdammter Error! Sie haben also ein Dutzend verschiedener Untersucher! Mal der, mal jener – einfach die Nachtkappe, die gerade da war, hat 'mal den Schallkopf aufs Geratewohl draufgehalten. Nolte, das ist doch keine wissenschaftliche Untersuchung! Das ist ein einziger Error! Wir brauchen ein Echo unter standardisierten Bedingungen! Und ein Mindeststandard ist ein konstanter Untersucher. Ein und derselbe Kollege, der immer wieder die gleichen Patienten über die Zeit untersucht. Nicht Hinz und Kunz! Das ist errormäßig! Nolte!"

Dietrich fuhr fort, angezählt wie ein Boxer, der schwer getroffen, aber noch auf den Beinen im Ring steht. „Die Befragung der Patienten erbrachte erfreulich gute Resultate." Dietrich hoffte auf eine Besserung von Nollendorfs Stimmung. „Durchschnittlich lag die Klappenoperation 5,2 Monate zurück. 84 % der Patienten hatten keinerlei kardiale Beschwerden und fühlten sich gut ..." Er legte eine weitere Balkengraphik auf den Schreibtisch.

„Ja, was denken Sie denn, Error-Doktor! Ich habe schließlich das Gros der Patienten eigenhändig operiert. Ist es erwähnenswert, dass sich die meisten Patienten nach meiner Operation gut fühlen? Das ist normal, Nolte! Das ist nicht erwähnenswert! Das ist die Normalität!"

Unbeirrt fuhr Dietrich fort. Er fuhr jetzt ein ganzes Arsenal an vorbereiteten Graphiken über verschiedenste Untersuchungsparameter auf, Nollendorfs Schreibtisch war schon völlig bedeckt, von seinem Besitzer unwirsch beäugt.

„Fassen Sie mal zusammen, Error-Doktor! Fassen Sie ihre bisherigen Ergebnisse in einen einzigen Satz zusammen! Meine Zeit ist knapp und wertvoll! Geben Sie mir eine ‚take home message'! Einen präzisen Satz bitte!"

Dietrich stockte. „Ja, hm, die Frühergebnisse der ersten Untersuchung sind ganz vielversprechend."

„So ein Quatsch, Nolte. Zeigen Sie mir mal die Ergebnisse der BNP Bestimmungen!"

„BNP Bestimmungen?" Dietrichs Nerven flatterten. Er kannte BNP, das ‚brain natriuretic peptide'. Es wurde nicht wie der Name vortäuscht im Gehirn, sondern im Herzen gebildet und stellte einen jüngst entdeckten Biomarker für die Herzleistungsschwäche, die Herzinsuffizienz, dar. Je schwächer die linke Herzkammer pumpte, desto höher lagen die Spiegel von BNP.

„Wir haben das BNP nicht bestimmt. Es ist ja kein Routinelaborwert ..."

„Das ist ja ein Error! Ein verdammter Error! Wir brauchen die BNP Werte!" Nollendorfs Gesichtsfarbe erreichte jetzt wieder die gefürchtete tiefe Röte. Der dunkelrote Teint hatte etwas Bläuliches, beinahe Zyanotisches.

„Nolte, selbst Sie wissen ja vielleicht, dass unsere Patienten vor der Operation durch den Herzklappenfehler eine zum Teil erhebliche Einschränkung ihrer Pumpfunktion aufwiesen, richtig?"

Dietrich nickte betroffen.

„Ihr Projekt soll die Qualität einer neuen Generation von bioprothetischen Herzklappen evaluieren, richtig?"

Kopfnicken.

„Es ist zu erwarten, dass sich die präoperative Pumpleistungsschwäche nach der Klappenoperation teilweise wieder bessert, richtig?"

Braves Kopfnicken. Jede der rhetorischen Fragen ein Hieb.

„Sie wollen nun messen, wie gut sich die Pumpleistung der Herzkammer bessert. Dazu haben sie die Ultraschalluntersuchung. Aber leider sind zahlreiche Patienten, besonders die fetten, nicht gut schallbar, die Quantifizierung der Pumpfunktion damit nur ungenau, richtig?"

Braves Kopfnicken.

„Außerdem haben Sie ja genialerweise eine ganze Combo von verschiedenen Untersuchern anstatt eines standardisierten Vorgehens gewählt!"

Dietrich blickte betreten, nickte nur noch schwach.

„Bleibt die Befragung der Patienten nach Symptomen der Herzschwäche, nach ihrer Luftnot, nach dicken Beinen. Das sind keine harten Parameter, keine objektiven Größen! Die Leute können ihnen ja Quatsch erzählen, Error-Doktor! Manche aggravieren ihre Beschwerden, manche haben noch Luftnot aus anderen Gründen, Patienten mit eingeschränkter Lungenfunktion zum Beispiel. Die subjektive Beschwerdesymptomatik ist also ein äußert mäßiger Parameter, um das Ausmaß einer Herzschwäche zu quantifizieren. Ich dachte, das lernt man schon um 5. Semester, Nolte!" Nollendorf grinste mokant.

„Ja, aber ich dachte, die BNP Bestimmung sei aufwendig, sie ist kostspielig …"

„Mann, Nolte! Hätten Sie BNP bestimmt, könnten wir quantitativ erkennen und messen, wie sehr das Ausmaß der Herzschwäche zurückgeht! Und wir könnten es objektiv messen! Und genau! Keine subjektiven Sachen wie das Gequatsche über Patientenbeschwerden! Und kein ungenaues Herummessen mit ihrem errormäßigen Ultraschall! Nolte, ganz einfach: Sie bestellen die 52 Patienten in den nächsten Tagen alle noch einmal ein und zapfen ihnen BNP ab. Und dann in allen weiteren Untersuchungen auch. Capito?"

„Ja, aber … Herr Professor, es war sehr aufwändig, die Patienten überhaupt für eine freiwillige Kontrolluntersuchung zu gewinnen. Manche kamen extra aus großer Entfernung … Wenn ich sie jetzt alle nochmals so kurzfristig einbestelle … Ich weiß nicht, ob das so gut ankommt, da werden einige abspringen …"

„So ein Error! Quatsch! Nolte, rufen Sie die Leute an. Erzählen Sie irgendwas. Sagen, sie es geht um einen ganz wichtigen Laborwert. Deuten sie an, es sei extrem wichtig, um zu sehen, ob wirklich alles in Ordnung sei!"

Dietrich schluckte erschrocken.

Er sollte den Patienten Sorge machen, ihnen Angst einjagen.

Ob wirklich alles in Ordnung sei …

Diese Motivation sollte das Wiederkommen gewährleisten.

Mit ein paar geschickten Formulierungen, die nach Unsicherheit und Problemen stanken, würden die meisten Patienten auch kurzfristig und aus großer Entfernung wiederkommen.
Und dann froh sein, dass nichts Schlimmes vorläge …
„Herr Professor, ich weiß nicht, ob …“
„Nolte, Sie machen das so, verstanden?“
Dietrich nickte nicht, bejahte nicht.
Er saß einfach da.
Keine Antwort kann auch eine Antwort sein.
„Error-Doktor, kommen Sie mal mit!“ Nollendorf erhob sich und wies auf den Vorraum mit zwei verwaisten Arbeitsplätzen der Sekretärinnen. Die Schreibtische waren ordentlich aufgeräumt. „Schauen Sie mal in diese Ecke hier, Nolte!“
Dietrich folgte, äugte über Nollendorf hinweg.
Was soll es hier zu sehen geben?
„Ja, dort hinten, in der Ecke. Gehen Sie nur hin, Error-Doktor, schauen Sie nur! Greifen Sie mal rein, Nolte!“ Ein höhnisches Lachen.
Dietrich erblickte einen großen Pappkarton, wie man ihn für Umzüge benutzen konnte, an den Kanten mechanisch stabilisiert für schwerlastigen Inhalt.
Er näherte sich der Kiste, an ihrer Längsseite rund eineinhalb Meter messend.
Er öffnete den Deckel.
Unzählige Bewerbungsmappen verschiedensten Designs kamen zum Vorschein. Es waren bestimmt Hunderte.
„Greifen Sie mal rein, Nolte!“ Nollendorf zog eine Handvoll Bewerbungen heraus und schleuderte sie auf den nahegelegenen Schreibtisch. Auf der obersten war ein Photo eines smarten jungen Mannes zu sehen, der einen Maßanzug zu tragen schien. Es erinnerte Dietrich an eine billig produzierte amerikanische Ärzteserie.
„Error-Doktor! Das sind 400 Bewerbungen! 400 ehrgeizige, dynamische, aufstrebende junge Männer und Frauen, die zu allem bereit sind. Zu allem!“ Nollendorf grinste dämonisch.
Dietrich schien es, als blickte der Chef auf eine anthrazitfarbene Mappe mit einer blonden, lasziv lächelnden Bewerberin auf dem Photo. „400 Bewerber, die alle hier arbeiten wollen! Nolte, wenn Sie keinen Bock mehr haben, sagen Sie es. Entweder Sie kommen hiermit klar oder ab ins Kreiskrankenhaus Hintertupfingen. Guten Abend!“

Betreten schlich er von dannen. Seine Strategie, wenigsten einen kleinen Rest an Stärke, an Selbstbewusstsein in dem Gespräch zu erhalten, war gescheitert. Nollendorf hatte ihn gebrochen.
Sein Hass auf ihn wuchs ins Unermessliche.
Noch nie in seinem Leben hatte Dietrich jemanden gehasst.

Hannah nicht, als sie ihm im Bus die Abfuhr erteilte.
Seine Eltern nicht, als er von ihrem intriganten Kaffeeklatsch mit Hannah hörte.
Niemanden.
Noch nie hatte er jemanden gehasst in seinem Leben.

Er kam in sein Arztzimmer. Er kopierte mechanisch die Laborwerte, Yvette würde wieder die Nase darüber rümpfen und stänkern, wenn sie seine Kontrollen mitbekäme.
Egal.
Er hasste Nollendorf mit jeder Faser seines Nervensystems, mit jeder Zelle seines Herzens.
Sein ganzes Ich hasste ihn abgrundtief, wo immer dieses Ich im Körper anatomisch aufgehoben sein mochte.

Was gab es für Optionen?
Kündigen oder bleiben.
Kündigte er, benötigte Nollendorf eine halbe Minute, um in seinen Umzugskarton zu greifen, eine Bewerbung herauszufischen, vielleicht den smarten Burschen mit dem Maßanzug, vielleicht die lasziv glotzende Blondine, und in kürzester Zeit wäre er ersetzt.
Adieu.
Es würde über ihn gelacht, ihn, den Verlierer, und bald wäre er in der Abteilung vergessen.
Nein, eine Kündigung kam nicht in Frage.
Ich werde es durchhalten. Ich werde ihm zeigen, dass ich Stehvermögen habe … Auch wenn er noch tausendmal Error-Doktor sagen wird …
Irgendwann wird er es nicht mehr sagen …

*

Es wurde Sommer, drei weitere Monate waren vergangen.
Alle ‚Milestones', die sich Dietrich vorgenommen hatten, waren nicht erreicht worden.
Niederlagen an allen Fronten.
An allen dreien.
An der Nollendorf-Front, an der Yvette-Front, an der Zwangs-Front.
In der Klinik gebärdete sich Nollendorf auf konstant üblem Niveau. Nur noch selten wurde Dietrich vom Princeps mit seinem Nachnamen angesprochen, ‚Error-Doktor' war abonniert. Dietrich versuchte sich zu ducken, auszuweichen, in Deckung zu gehen, wo es nur ging. Aber es erwischte ihn

wieder und wieder. Bürstung folgte auf Bürstung, Treffer auf Treffer, die Anlässe waren konstant geringfügig, manchmal auch nichtig.

Dietrichs Hass wuchs ins Unermessliche, in nie gekanntes Ausmaß, in nie für möglich gehaltenes Ausmaß.

Aber eine Kündigung käme einer Kapitulation gleich.

An der Yvette-Front nichts Neues, wenngleich es kein Grabenkrieg war wie Remarque ihn erlebt und beschrieben hatte.

Yvette war mehr und mehr von der Klinik in Beschlag genommen. An den Tagen ihres oder seines Nachtdienstes kam sie ihm nicht zu Gesicht, eine Koordinierung ihrer jeweiligen Dienste gelang nicht.

An den übrigen Arbeitstagen verliefen die Abende gleichförmig, monoton. Eine Bestellung beim Heimservice, beide zu erschöpft zum Kochen. Wenige Viertelstunden Fernsehen, zum Lesen beide zu müde. An den Wochenenden ohne Dienste gab es kleine Lichtblicke. Gemeinsame Spaziergänge, ein Kinofilm, Ausspannen.

Dietrich empfand das Zusammenleben mehr und mehr wie eine Wohn- und Zweckgemeinschaft mit gemeinsamer Haushaltsführung, gelegentlichen gemeinsamen Veranstaltungen, die sehr selten in Sex bestanden.

Eine Wohn- und Zweckgemeinschaft, in der man den Toaster und die Waschmaschine teilte, die Toilette und das Bad gemeinsam nutzte.

Oft war es nicht mehr als das.

Dietrich fand bislang weder die Worte, noch die Kraft, noch die Zeit zu einem Gespräch mit Yvette.

Ihm erschien sie auf mysteriöse Weise völlig erkaltet, ihrer jeglichen Wärme verlustig oder beraubt.

Wer trug die Verantwortung dafür? Die Klinik mit ihren Marathondiensten und ihrem breiten Spektrum diverser Übel und Frustrationen? Oder lag es an ihm selbst?

Schade, man war so euphorisch gestartet.

Das Plötzliche ihrer Zusammenkunft, die baldige gemeinsame Wohnung. Schöne Tage. Vergangene Tage.

Dietrich grübelte.

War ihre Beziehung tot oder nur krank? War sie gefährdet oder am Ende?

Sein Mangel an einschlägiger Erfahrung befähigte ihn nicht zu einer validen Einschätzung.

Für den September hatten sie zwei Wochen Pauschalurlaub in Andalusien gebucht. Vielleicht würde dies manches entspannen.

Noch ein Monat bis dahin.

An der Zwangsfront keinerlei Erfolge.

Ihm war klar geworden, dass er krank war.

Das Ausmaß seiner Kontrollen war schlichtweg krank.

Die Angstflamme hatte sich in zweierlei Richtungen ausgedehnt:
In einer quantitativen Dimension – Dietrich kontrollierte jetzt häufiger.
Bis zu fünfzig Mal die ein und dieselbe Sache.
Aber auch in einer qualitativen Dimension war eine Ausdehnung zu verzeichnen.
Waren es bislang nur einige wenige zu kontrollierende Objekte gewesen – Kaffeemaschine, Herd, Auto, Laborwerte und der Dienstpiepser, so gesellten sich jetzt neue Brandflächen hinzu.
Dinge, die er früher noch nicht so sehr beachtet hatte, die er noch nie kontrolliert hatte, forderten jetzt ihre Kontrollen:
Das Händewaschen vor einer Operation, die Kreditkarten im Geldbeutel, der Toaster (er konnte sehr heiß werden!), das Autoradio – die Angstflamme suchte sich ihren unergründbaren Weg durch Dietrichs Leben. In jeder Stunde seines Tages brannte sie an irgendeiner Stelle und forderte gnadenlos Kontrollen und Dietrichs Nerven und Verstand.
Immerhin war es ihm bislang gelungen, den völligen Einbruch an der Zwangsfront in einem Punkt einzudämmen: Er konnte die Kontrollen bis dato unter Kontrolle halten.
Ja, er kontrollierte kontrolliert.
Für jede Kontrolle wurde die Anzahl der durchzuführenden Kontrollen von vornherein festgelegt, dann wurde kontrolliert.
Das Kontrollieren konnte er in fast allen Fällen im Verborgenen von Statten gehen lassen.
Unbemerkt von Kollegen, Schwestern und vor allem vor Yvette,
Niemand musste sich dadurch gestört fühlen, kaum jemand registrierte ihn in seinem ungleichen Kampf gegen die Angstflamme.
.Kontrolliertes Kontrollieren …

*

Dietrichs Hass auf Nollendorf wuchs progredient, exponenziell, galoppierend inflationär.
Einem hoch maligenen Tumor gleich, fraß er sich durch seinen Körper.
Kein Tag verstrich ohne Nadelstiche seines Chefs, keine Woche ohne eine größere Bürstung vor versammelter Mannschaft, oft lautstark johlend vorgetragen, einem heulenden Derwisch gleich.
Dietrich erschrak über sich selbst, wenn er manchen Tags den Gedanken fasste, Nollendorf umzubringen, ihn zu ermorden, ihn einfach aus dem diesseitigen Leben zu bugsieren.
Wie schön wäre es in der Klinik ohne ihn …

Auf einen Wechsel des Princeps an andere Stelle, ins Ausland gar, wartete man vergeblich, er hatte offensichtlich seine Lebensstellung gefunden, er würde bleiben bis zur Emeritierung.

Es sei denn …

Dietrich spielte manchmal in Gedanken, auf dem Nachhauseweg nach besonders schlimmen Abreibungen im OP, auf Station, im ‚journal club'.

Die Gedankenspiele trösteten.

Je schlimmer ein Arbeitstag verlaufen war, desto produktiver, desto konstruktiver und ausgefeilter, desto konkreter wurden seine Gedanken.

Waren es schon Pläne?

Der Nachhauseweg, der abendliche, gelegentlich auch nächtliche Fußweg von knapp einer halben Stunde, etablierte sich zu einem ‚brainstorming', wie es auf neudeutsch so gerne zu sagen gepflegt werden will.

Verbissen spielte er in Gedanken den perfekten Mord durch.

Nollendorf müsste ableben, ohne dass auch nur ein kleinster nennenswerter Verdacht auf die Einflussnahme eines Dritten fiele.

Ein perfektes Verbrechen.

Dietrich brütete.

Er sah zwei strategische Vorteile auf seiner Seite: Seine medizinische Ausbildung und die Zeit.

Denn er hatte Zeit.

Er würde wochen-, monate- ja sogar jahrelang Zeit zum Nachdenken, zum Ausbrüten haben.

Die Geduld ist das Schwert des Klugen …

Ihm würde ein Schlachtplan einfallen, er würde ihn akribisch planen wie seinerzeit Feldmarschall Montgomery seine Feldzüge.

Auf manchem Nachhauseweg stiegen ihm Gedankenblasen auf, Ideen, Pläne.

Sein Hass auf Nollendorf und sein Schmerz über die Nadelstiche, Kränkungen, Bürstungen waren unermesslicher Brennstoff für seine Ideenmaschine.

Woche für Woche produzierte sie ausgefeiltere Ideen.

Wie könnte man es anstellen?

Nollendorfs Leben beenden ohne dass jemand den Verdacht eines Verbrechens hegte

Es müsste etwas Einfaches sein.

Etwas absolut Simples.

‚Einfaches Handeln, folgerecht durchgeführt, wird am sichersten das Ziel erreichen.' Dietrich hatte den Satz des preußischen Generalfeldmarschalls und Heerführers Moltke in einem Geschichtsbuch gelesen.

Die Ideenmaschine arbeitete unaufhörlich, für Brennstoff war reichlich gesorgt.

Ein probates Mittel, ein Leben vorzeitig zu beenden, bestand in einem elektrischen Stromschlag. In der Regel waren dann am Opfer Strommarken an der Haut erkenntlich, welche dem geübten Auge rasch den Tötungsmechanismus verrieten.

Schwieriger wurde es, wenn der Stromeintritt an untypischer Stelle erfolgte und die Strommarken bei einer oberflächlichen Leichenschau übersehen würden. Dietrich erinnerte sich an den Fall eines betagteren, bettlägrigen Herrn, dessen Leben durch seine potenziellen Erben dadurch verkürzt worden war, indem sie ihm während des Schlafes zwei kleine Elektroden unter seine Achseln platziert und in Funktion gesetzt hatten. Der alte Herr war friedlich in seinem Bett gelegen, als der Hausarzt seinen Tod festgestellt hatte. Die Strommarken waren ihm nicht aufgefallen. Er hätte hierzu den Leichnam vollständig entkleiden und die totenstarren Arme mühsam vom Körper abduzieren müssen um sie zu erkennen. Das Alter des betagten Herrn war dem Hausarzt ausreichend hinsichtlich einer natürlichen Todesur-sache erschienen.

Bei Nollendorf wäre das sicherlich anders. Er war gesund, mitten im Leben stehend. Bei einem plötzlichen Ableben wäre eine gründliche gerichtsmedizinische Untersuchung gewiss.

Sollen sie doch die Strommarken finden … Dietrichs Ideenmaschine generierte einen Stromanschlag während eines Gewitters. Interessanter Vorschlag … Nollendorf stünde vor seiner Garage, es blitzte und donnerte … Man würde ihn nach einiger Zeit leblos in der Einfahrt liegend finden mit Strommarken … Könnte man Strommarken aus einer Hochspannungsquelle sicher von einem Blitzeintritt in einen Menschen differenzieren? Dietrich grübelte.

Ein anderes Problem wäre die technische Durchführung. Was für eine mobile Stromquelle wäre als Waffe tauglich?

Zudem hatte die Idee einen weiteren Nachteil: Dietrich müsste sich Nollendorf nähern, er müsste am Tatort auftauchen und wieder verschwinden – dies käme überhaupt nicht in Frage.

Produkte seiner Ideenmaschine, die ihn selbst in die Nähe eines Verdachtes brachten, wurden sogleich verworfen.

Andere, alternative, ausgereiftere Strategien wurden bedacht.

Das Ableben müsste aus der Entfernung herbeigeführt werden.

Gift.

Der Klassiker.

Aber kein gewöhnliches, bekanntes Gift.

Kein Gift, nach dem man suchte, kein Gift, das man nachzuweisen vermochte.

Ja, das wär's. Nollendorf vergiften …

Eine elegante Klasse an Giftstoffen stellten diejenigen Substanzen dar, welche ohnehin physiologisch im menschlichen Körper vorkommen.

‚Alle Ding' sind Gift und nichts ohn' Gift; allein die Dosis macht, dass ein Ding kein Gift ist', formulierte Paracelsus vor einigen Jahrhunderten.
Das Paradebeispiel: Ohne Kochsalz starb man, ebenso an einem Zuviel davon.
Ein wirksamer Vertreter solcher Stoffe repräsentierte das Kalium. Der Blutspiegel wurde durch eine Vielzahl ausgefeilter Mechanismen in engen Grenzen gehalten, nur ein geringes Zuwenig oder Zuviel konnte den plötzlichen Tod durch Herzrhythmusstörungen bedeuten.
Mit Kalium konnte man ein Leben sehr rasch zu beenden.
Mit einer konzentrierten Kaliumlösung brachte man ein schlagendes Herz abrupt zum Stehen.
In der Presse fanden sich regelhaft Gruselgeschichten von Krankenschwestern oder Altenpflegern, die das Leben Dutzender betagter Menschen verkürzt hatten, sei es aus hehren oder niederträchtigen Motiven.
Probate Technik hierfür war die Infusion einer Kaliumlösung. Eine zusätzliche Infusionsflasche zu den anderen hinzu – plötzlich war der Patient tot, das Herz blieb einfach stehen.
Die Technik hatte einen großen Vorteil: Man verabreichte keine Fremdsubstanz sondern ein physiologisch vorkommendes Element. Das zugeführte Kalium war durch nichts von dem körpereigenen zu unterscheiden.
Würde man bei dem unnatürlich Verstorbenen den Kaliumspiegel im Blut bestimmen, wäre er zweifelsohne hoch. Ob durch äußerliche Zugabe oder durch andere Gründe, wäre nicht feststellbar.
Es gab eine Reihe medizinische Gründe für einen erhöhten Kaliumspiegel.
Außerdem: Entnahm man Untersuchungsblut bei einem Menschen, dessen Ableben schon eine gewisse Zeit zurücklag, konnte postmortem die Kaliumkonzentration auch durch reinen Zellzerfall im Leichnam erhöht sein.
Kalium ist klasse. Dietrich schmunzelte.
Nollendorfs Pumpe bliebe einfach stehen.
Fertig. Aus. Ende.
Kein Gejohle mehr.
Aber das Kalium hatte einen entscheidenden Nachteil. Um einen Menschen ins Jenseits zu befördern, war man gezwungen, die Substanz direkt in die Venen zu spritzen oder zu infundieren, zumindest bei einer normalen Nierenfunktion, und davon war bei Nollendorf auszugehen.
Durch alleinige Aufnahme über den Darm schaffte man es bei gesunder Niere nicht, den Kaliumspiegel in lebensgefährliche Höhe zu bringen, außerdem Kalium nicht sonderlich schmackhaft, es ließe sich nicht ohne weiteres unbemerkt im Essen oder in einem Getränk unterbringen.
Aber wie sollte man Nollendorf eine Infusion legen und eine tödliche Menge Kalium spritzen?
Im Schlaf?
Zu schade...

Die Ideenmaschine, unaufhörlich mit reichlich Brennstoff von den uniform ablaufenden, marternden Arbeitstagen versorgt, produzierte weitere Vorschläge und konkreter werdende Pläne.
Eine ähnlich interessante Substanz, die physiologisch in jedem Menschen vorkam, aber bei zu hoher Dosis zum Ableben führte, stellte das Adrenalin dar.
Das potente Hormon der Nebenniere steigt in physischen und psychischen Stresssituationen an, steigert Herzfrequenz und Blutdruck und versetzt den Körper in Alarmbereitschaft.
Verabreicht man einem gesunden Menschen Adrenalin, kann bereits bei geringer Dosis der Blutdruck in abenteuerliche Höhe geraten und zum Schlaganfall führen.
Gäbe man eine höhere Dosis Adrenalin als Bolus, könnte man auch ein akutes Herzversagen auslösen, ein eleganter Tötungsmechanismus, den sich bestimmte Skorpionarten zu Nutze machen, indem das Gift ihres Stachels bei ihrem Opfer sämtliches gespeichertes Adrenalin aus den Nebennieren frei-setzt und zum Tod durch Herzversagen führt.
Dietrichs Augen leuchteten.
Man müsste Skorpion spielen …
Nollendorf soll an seinem eigenen Adrenalin verrecken …

Das Adrenalin als Tötungswaffe wiese einen besonders eleganten Vorteil auf. Hätte man Nollendorf mittels Adrenalin zu Boden gestreckt und riefe den Notarzt, würde dieser einen leblosen Patienten mit Kreislaufstillstand vorfinden und die Wiederbelebung beginnen. Zur Reanimation gehört standardmäßig die hochdosierte und repetitive Gabe von …?
Ja, von Adrenalin.
Der Notarzt würde nun noch mehr Adrenalin in den leblosen Menschen hineinpumpen.
Würde man nach der erfolglosen Wiederbelebung den Menschen obduzieren und den Adrenalinspiegel im Blut des Verstorbenen bestimmen, wäre dieser zweifelsohne erhöht. Kein Wunder, der Notarzt hatte ja reanimiert und die Substanz in rauen Mengen verabreicht!
Dietrichs Augen funkelten. Ja, Adrenalin wäre perfekt!
Man würde kein Verbrechen erkennen!
Unklares Herzversagen lautete die Todesursache.
Es wäre einfach genial.
Von Nollendorf befreit.
Kein Johlen mehr. Kein Error Gebrüll mehr …
Dietrichs Ideenmaschine stockte jedoch an einem Punkt. Eine Hürde gälte es zu überwinden und diese lag leider in schier unlösbarer Höhe: Adrenalin war nur intravenös wirksam, man musste es direkt in die Venen spritzen. Das gleiche Problem wie beim eleganten Kalium.
Ein Vergiften von Nollendorfs Pausenstulle wäre ohne jede Wirkung.

Diese Hürde war noch unlösbar.

Wie sollte man an Nollendorfs Venen gelangen, wie ihm einen Venenkatheter legen?

Selbst im Tiefschlaf wäre ein solches Unterfangen nicht realistisch durchführbar.

Es war eben nicht so simpel wie in den einschlägigen Kriminalfilmen, in denen gedrungene Bösewichte durch beherzten, heimtückischen Stich in Arm, Rücken oder Bein mit einer Giftspritze verschiedensten Inhalts ihr Opfer überwältigen konnten.

Dietrich wusste schon als Student, dass ein solcher Stich aufs Geratewohl in irgendeinen Packen Muskel oder Gewebe nur in der Fiktion raschen Erfolg brächte. Viel zu langsam die Resorption. Auch bei potentesten Giften würde es viel zu lange Zeit dauern, bis eine nennenswerte Beeinträchtigung des Opfers einträte. Enorm viel Zeit zur Reaktion wäre gegeben. Verwunderlich, dass es sich immer noch als Mordtechnik in Roman oder Film in steter Wiederholung, mit nur geringer Abwandlung, erhalten konnte …

Es war sonnenklar, nur eine Injektion in ein Blutgefäß wäre von erwünscht schneller Wirkung. An diesem Punkte stockte die Planung.

Aber Dietrich hatte Zeit.

Er hatte sehr viel Zeit.

Unendlich viel Zeit.

Tag für Tag würde er auf dem Nachhauseweg über diesen Punkt brüten, unermüdlich.

Für Brennstoff war reichlich gesorgt.

Dietrich hatte nicht nur Zeit, sondern auch noch alternative Substanzen in petto.

Stoffe, die auch über die Nahrung verabreicht werden könnten.

Die Ideenmaschine stellte das Phenprocoumon vor, unter seinem Handelsnamen ‚Marcumar' als Medikament weit verbreitet.

‚Marcumar' wurde eingesetzt, um die Blutgerinnung eines Patienten stark zu hemmen und fand Verwendung bei der Behandlung von Thrombosen und Lungenembolien oder bei Patienten mit metallenen Herzklappen.

In diesen Fällen wurde die Blutgerinnung durch das Medikament gezielt und in definiertem Ausmaß gehemmt. Eine Überdosierung konnte in lebensgefährlichen Blutungen resultieren. Gäbe man einem Menschen eine ausgeprägte Überdosis, wäre mit spontanen Blutungen zu rechnen, Blutungen die ohne jeden Anlass aus dem Nichts heraus aufträten.

Im Magen, im Darm, unter der Haut, in den Augen, im Gehirn.

Kniffligerweise träten diese Blutungen erst mit zeitlicher Latenz auf, nach zwei bis drei Tagen, da der Wirkmechanismus eine Synthesehemmung der Gerinnungsfaktoren beinhaltete und die Blutgerinnung erst dann zusammenbräche, wenn die noch vorhandenen Gerinnungsfaktoren abgebaut wären.

Die Substanz fand daher früher große Beliebtheit beim Einsatz als Ratten-
gift.
Dietrich grübelte.
Nollendorf einige Tabletten ‚Marcumar' in den Kaffee geben und die
Gerinnung torpedieren.
Peng, drei Tage später eine tödliche Hirnblutung, eine tödliche Magen-
blutung ...
Dietrichs Ideenmaschine lief geölt und geschmiert. Ja, das wäre fein – dem
Chef sein Tässchen Kaffee auf den Schreibtisch stellen mit einer Ladung
geschmacksneutralen Phenprocoumons, das wäre ein hübsches cadeau
empoisonné, ein schönes Danaergeschenk für ihn ...
Was würde passieren, wenn Nollendorf plötzlich und unerwartet an einer
Magen-Darmblutung verstürbe?
Es wäre eine Todesursache, die nicht zwingend auf eine Einflussnahme von
außen hinwiese.
Würde man beim Opfer post mortem eine Gerinnungsuntersuchung veran-
lassen, fände man ein derangiertes und zusammengebrochenes Gerinnungs-
system. Na und? Ein solcher Zusammenbruch konnte auch als Folge einer
akuten, starken Blutung mit nachfolgendem Kreislaufschock auftreten und
böte daher keinen wesentlich Anlass zu Verwunderung. Es wäre ein Labor-
ergebnis, welches erwartet werden könnte. Würde man dann noch nach
Phenprocoumon im Blut fahnden?
Schwer zu sagen, Dietrich grübelte.
Ein weiteres Problem bestünde in der technischen Durchführung der
Operation. Gelegentlich hatte Dietrich Nollendorfs Kaffeetasse verwaist in
seinem Büro gesehen, die Sekretärin abwesend auf Besorgungsgängen.
Würde er es schaffen, unbemerkt die kleinen Marcumarpillen in die Tasse
zu bringen?
Ihm würde schwindlig vor Angst werden.
Was, wenn jemand anderes die Tasse benutzte ...?
Und wie sollte man eine solche Gelegenheit finden? Wie sollte er ständig in
Sekretariatsnähe herumstreunend auf eine solche Gelegenheit warten?

Tag für Tag produzierte Dietrichs Ideenmaschine unaufhörlich.
In steter Regelmäßigkeit setzte sie in den Abendstunden ein und begann ihre
zerstörerische Arbeit.
Ergotamin schien noch eine weitere interessante Alternative zu sein.
Die Substanz wurde früher zur Migränebehandlung eingesetzt und war
wegen ihrer gefäßverengenden Nebenwirkungen in letzter Zeit nicht mehr
so sehr gebräuchlich.
Ja, Ergotamin wäre eine Überlegung wert. Dietrichs Augen funkelten.
Bei einer nur geringen Überdosierung konnte es durch die Gefäßver-
engungen zu Durchblutungsstörungen und Infarkten kommen.

Ein paar Pillchen in den Kaffee und Nollendorf bekäme zwei Stunden später im OP während einer Schreiattacke plötzlich einen Herzinfarkt …
Und dann? Was geschähe?
Er malte sich genüsslich die Szenerie aus.
Die ganze Kardiologie würde aufmarschieren, Nollendorf käme ins Herzkatheterlabor, man würde spastische Koronararterien vorfinden, vielleicht würde man intervenieren, Stents einlegen …
Und dann?
Unabhängig vom Resultat der kardiologischen Bemühungen käme wohl niemandem der Verdacht eines Verbrechens. Ein Infarkt bei einem Mann in mittlerem Lebensalter war schließlich nichts Ungewöhnliches …
Dietrich grinste. Ergotamin wäre eine geile Waffe.
Bliebe nur das Problem des Abfeuerns …
Wie in den Kaffee verbringen?

*

Der letzte Nachtdienst vor dem Andalusienurlaub.
Es sollte ein Dienst werden, den er niemals vergessen würde.
Niemals in seinem Leben.

Es war spätabends.
Dietrich hatte die Stationsarbeit verrichtet, Patientenbriefe diktiert und sich dann in die Küche der Intensivstation begeben, in der die Nachtschicht des Pflegepersonals eine Pause machte, einige rauchend, einige essend.
Sophie hatte Dienst. Lächelnd bot sie Dietrich eine Käsestulle an.
Der nie abgestellte Fernseher lief lautlos.
Bevor er die Käsestulle dankend annehmen konnte, piepste der Überwachungsmonitor von Bett 6 schrill, mehrere Augenpaare zeitgleich auf sich ziehend. Zwei aggressiv rot schillernde Buchstaben auf dem Schirm, „M" und „E", zeigten nach Meinung des Überwachungscomputers ein schwerwiegendes Ereignis an, ein ‚Major event' wie es im anglizistischen Neudeutsch hieß.
Auch ohne die Rhythmusanalyse des Computers wurden den Augenpaaren sofort die Dramatik klar – der Patient in Bett 6 – wer immer es war – hatte plötzlich eine Null-Linie im EKG, hatte keine Herzaktion mehr.
Alle stürzten aus der Küche an das Bett.
Der erste Blick der Schwestern galt den Ableitungselektroden des EKG, um sicher zu gehen, dass sie noch richtig konnektiert waren und kein Artefakt vorlag.
Dietrich erster Blick galt dem Patienten.

Ein Mann, etwa im sechsten Lebensjahrzehnt, blickte ihn mit weit aufgerissenen Augen an, der Oberkörper aus den Kissen erhoben.

Aus dem Gesicht blickte der Tod.

„Doktor … mir wird so … komisch … so schwindlig …"

Dietrich sah auf die Patiententafel am Bettende.

Heinz Einsiedel, 62 Jahre, am Vortag Klappenoperation.

Eine weitere Sekunde genügte, um die unveränderte Null-Linie am Monitor EKG zu erkennen.

Heinz Einsiedel stammelte Unverständliches, der Oberkörper sank jetzt wieder zurück in die Kissen, seine Augen blickten nun ruhiger, an die Decke, in die Ferne, auf ein unbestimmtes, nur für Herrn Einsiedel sichtbares Ziel.

Dietrich war ruhig und gefasst. „Eine Ampulle Atropin, ein Milligramm!" Schwester Lea hatte die Ampulle längst geöffnet, in eine Spritze aufgezogen und auf die Kanüle gesteckt. Nach Dietrichs Worten drückte sie rasch den Spritzenkolben herunter, das Atropin in Heinz Einsiedels Unterarmvene hinein. Am Monitor EKG zeigte sich keine Veränderung.

Eine Null-Linie.„Eine Ampulle Suprarenin 1:10!" Dietrichs Stimme war bestimmt, aber ruhig. Lea führte die Injektion aus, Dietrichs Augen waren auf das Gesicht von Heinz Einsiedel gerichtet.

Die Gesichtszüge waren jetzt, etwa nach einer halben Minute, deutlich entspannter, die Augen blickten nun gerade zur Decke, auf das Ziel, das nur Heinz Einsiedel sah.

Was mag in ihm vorgehen? In wenigen Sekunden wird er das Bewusstsein verlieren, wenn die Medikamente nicht wirken. In sehr wenigen Minuten wird er versterben. Was mag er jetzt denken? Was mag er fühlen?

Wie wenig ich über ihn weiß … Gerade seinen Namen, sein Alter. Dass er gestern am Herzen operiert wurde und jetzt einen plötzlichen Herzstillstand hat.

Ob er verheiratet ist, ob er Familie hat? Gibt es jemand, der gerade jetzt an ihn denkt, sich gerade in diesem Augenblick um ihn sorgt?

Die zweite Injektion war ebenfalls ohne Wirkung, der Monitor zeigte beharrlich die Null-Linie, das schrille Alarm-Geräusch hatte man abgeschaltet.

Eine dreiviertel Minute war vergangen. Heinz Einsiedel hatte immer noch die Augen geöffnet. Sie blickten jetzt von dem Ziel an der Decke weg und suchten Dietrichs Gesicht. Sanft, hell schimmernd blickten sie ihn an. Dann schlossen sie sich ruhig, er seufzte kurz, der Unterkiefer fiel etwas nach unten, die Atmung setzte aus.

Alle, die Schwestern und Dietrich, blieben ruhig. Schwester Lea nahm den bereitgelegten Beatmungsbeutel, überstreckte Herrn Einsiedels Kopf, platzierte die Maske auf den geöffneten Mund. Sophie entledigte Heinz Einsiedel von der Bettdecke, einen Brustkorb mit einem frischen, etwas blutgetränkten Wundverband über dem Brustbein entblößend.

„Wurden intraoperativ keine Schrittmacherelektroden belassen? Ist doch Standard?" Achselzucken der Umstehenden. Auf beiden Seiten des Brust-

korbes klebte Sophie jetzt zwei tellergroße Elektroden, mit deren Hilfe man von außen durch Schrittmacherimpulse wieder ein Herz zum Arbeiten bringen konnte. Die Kabel konnektierte sie ruhig und konzentriert an das externe Schrittmachergerät und nahm die Einstellungen vor. Der externe Schrittmacher wurde betätigt, an Heinz Einsiedels Brustmuskeln wurde ein rhythmisches Zucken gewahr.
Alle Blicke fielen zeitgleich auf das Monitor-EKG.
Alle sahen unverändert die Null-Linie, erbarmungslos vom linken zum rechten Bildrand laufend, gelegentlich von den externen Schrittmacherimpulsen in Form vertikaler Signale, neudeutsch ‚Spikes‘ genannt, unterbrochen.
Der externe Schrittmacher war ineffektiv, es ließ sich von außen keine Herzaktion damit auslösen.
90 Sekunden waren schon vergangen. Herr Einsiedel wurde von Lea mit dem Beatmungsbeutel und der Maske beatmet, er schien jetzt tief bewusst-los.
„Wir müssen mit der Wiederbelebung beginnen … Herzdruckmassage!“
Herrn Einsiedels Brustkorb war erst am Vortag geöffnet und wieder verschlossen worden, er war mechanisch noch instabil. Vorsichtig und nur sachte begann ein Pfleger mit der Herzdruckmassage. Nur mit geringer Kraft drückte er auf den leblosen Brustkorb, der Wundverband in seiner Mitte begann sich sogleich roter und roter zu verfärben.
Sophie schob ein fahrbares Schränkchen mit allerlei Schubladen und Fächern mit diversem Equipment heran. „Dietrich, wir brauchen schnell einen passageren Schrittmacher …“
Das war ihm klar. Heinz Einsiedels Herz hatte aufgehört zu schlagen, weshalb auch immer. Die Medikamente waren erfolglos, der externe Schrittmacher über die äußeren Klebe-Elektroden ebenso. Man musste jetzt ein Schrittmacherkabel über eine große Vene in die rechte Herzkammer platzieren und an ein handlich kleines Stimulationsgerät anschließen. Das war die letzte Chance für Heinz Einsiedel und es bestand nicht allzu viel zeitlicher Spielraum für diese Unternehmung, knapp zwei Minuten waren schon vergangen, unbarmherzig am Monitor angezeigt.
Ein wesentliches Problem bestand darin, in sehr kurzer Zeit einen Zugang zu einer großen Vene zu bekommen, es bot sich hierzu die Vena subclavia unter dem Schlüsselbein oder die Vene jugularis, die große Halsvene an.
Dietrich erinnerte sich mit Schauern an die Schlacht bei Herrn Gauß in den ersten Tagen seines Wirkens, als er in einer halben Stunde keinen Katheter in die Halsvene, aber dafür einen riesigen Bluterguss geschafft hatte.
Sophie arbeitete rasch und professionell. Sie desinfizierte die rechte Halsseite, riss ein Punktionsbesteck auf, reichte Dietrich sterile Handschuhe. Dietrich platzierte sich an das Kopfende. Lea beatmete weiterhin mit dem Beutel, der Pfleger drückte fortlaufend sachte auf Heinz Einsiedels lädierten Brustkorb.
Zweieinhalb Minuten Null-Linie.
Er zielte mit der langen, dicken Punktionsnadel in die Tiefe.

Treffer beim ersten Schuss.

Es war kaum zu glauben … Rasch führte er einen Führungsdraht über die Nadel, entfernte diese und schob eine dicke Plastik-Kanüle über den Draht tief in die Halsvene hinein. Heinz Einsiedels Blut erschien dunkelrot, fast schwarz. Das Ganze hatte vielleicht 15 Sekunden gekostet.

„Super, Dietrich", flüsterte Sophie ihm seitlich ins Ohr ohne ihre Konzentration in ihrem Gesichtsausdruck zu verlieren. Sie reichte ihm das Schrittmacherkabel, Dietrich führte es rasch über die liegende Schleuse in die Halsvene ein.

„Brauchen wir die Röntgendurchleuchtung?" fragte Schwester Lea.

„Ich probier's erst so, ohne Sicht." Dietrich wusste, dass man von den Venen der oberen Körperhälfte mit Kathetern gelegentlich durch bloßes Vorschieben automatisch in der rechten Herzkammer ankam ohne diese unter Röntgensicht steuern zu müssen. Er schob das Schrittmacherkabel blind vor, ab und an einen leichten Widerstand verspürend. Er drehte und schob und schob und drehte noch ein wenig und plötzlich ging es nicht mehr weiter.

„Kabel anschließen!" Eilig konnektierte Sophie das freie, aus Heinz Einsiedels Hals herausragende Kabelende mit dem Stimulationsgerät. „Vier Volt, Frequenz 100!"

Alle blickten zum Monitor.

Die Schrittmacherimpulse waren als vertikale, regelhaft erscheinende Linien erkennbar.

Hinter jedem Schrittmacherimpuls erschien jetzt eine Herzaktion.

Keine Null-Linie mehr.

Herrn Einsiedels Herz schlug wieder.

Der Monitor zeigt drei Minuten zehn Sekunden seit dem Alarmbeginn.

Dietrich hatte in rund einer Minute den passageren Schrittmacher gelegt.

Der Pfleger nahm die Hände vom Brustkorb, Lea setzte die Beatmungsmaske ab.

Heinz Einsiedels schiefergraue Gesichtsfarbe wechselte kontinuierlich ins rosige, seine Atemzüge waren tief und rasch.

Er öffnete langsam seine Augen, fast so, als habe er nur ein kurzes Nickerchen gemacht.

Die Gesichter der Umstehenden leuchteten.

Heinz Einsiedel begann zu murmeln. „Was war los … Wo war ich …?"

Sophie begann, die Plastik-Kanüle am seitlichen Hals zu fixieren und zu verbinden, Lea und der Pfleger begannen mit Aufräumungsarbeiten.

„Sie hatten … Sie hatten … eine Herzrhythmusstörung … Ihr Herz …" Dietrich versuchte stammelnd die richtigen Worte zu finden, „Ihr Herz hat ein bisschen ausgesetzt, zu langsam geschlagen, ein wenig Pause gemacht … Wir haben Ihnen einen zeitweiligen Schrittmacher gelegt, damit sind Sie jetzt wieder auf der sicheren Seite …"

Heinz Einsiedel blickte ihn ruhig an. „War ich schon auf der anderen Seite?" Seine Gesichtszüge waren entspannt. „Mir war so …"Erschloss kurz versonnen die Augen. „Zu Beginn wurde mir einfach nur schwindelig, dann kam ein ganz seltsames und merkwürdiges Gefühl. Für einige Zeit hatte ich unendlich große Furcht. Angst, wie noch nie in meinem Leben; aber sie war nur ganz kurz da, dann … dann hatte ich … so etwas wie ein Traum … eine Erscheinung …“ Heinz Einsiedels Augen blickten etwas verstört.

„Erzählen Sie es uns …“ Liebevoll streichelte Sophie über die Wange des Patienten.

Dietrich stellte sich vor, sie streichelte ihn so.

„Ich habe so etwas noch nie erlebt, es war stärker, intensiver als ein Traum. Es war sogar stärker als eine … eine Halluzination. Ich habe mal vor dreißig Jahren, Sie wissen schon … Ich hab' ein paar Mal einen LSD Trip gehabt, ich weiß was Hallus sind, aber das hier war stärker, das war nicht nur Traum oder Hallu, das war … das war real.“

Sophie setzte ihre Arbeit an der Fixierung und dem Verband unverändert fort.

„Ich war wie … Also ich fühlte mich plötzlich ganz leicht, ganz entspannt, so ruhig wie selten in meinem Leben.“ Heinz Einsiedel legte eine kurze Pause ein. „Ich habe … Das mag sich komisch anhören … Ich habe an einem Fluss gestanden. Um mich herum war es düster, fast dunkel. Auf der anderen Flussseite strahlte es hell; da war keine Sonne, kein einzelnes Licht, es war einfach nur hell. Überall hell ohne eine fokale Lichtquelle. Ich watete durch den Fluss der surrealen Helle entgegen. Ich … Halten Sie mich bitte nicht für verrückt … Ich blickte zurück und sah Sie beide an mir arbeiten, an meinem Körper … Sie steckten dieses Ding in meinen Hals, es ging ganz schnell. Zack, rein … Ich lief weiter durch den Fluss und sah am anderen Ufer meine Frau stehen, winkend, rufend. Ich … Meine Frau ist vor elf Jahren gestorben … Brustkrebs. Ich habe sie sehr geliebt. Nach einigen Jahren habe ich alle Bilder und Photos aus unserer Wohnung verbannt … Ich habe ihr Bild, ihr Aussehen fast vergessen gehabt … Da habe ich sie stehen sehen, an dem hellen Ufer, in meinem … Traum oder Halluzination oder wie immer man es nennen mag …“ Heinz Einsiedel machte wieder eine Pause, in seinen Augen kleine Tränchen. „Ich war fast schon am anderen Ufer, da wurde ich gepackt, wie von einer mächtigen Windhose und mit ungeheurer Gewalt zu-rückgezogen, weg von der Helligkeit. Ja, und dann bin ich aufgewacht … Wie lange hatte die Narkose denn gedauert?“

„Es war … eigentlich gar keine Narkose … Sie hatten durch die Herzrhythmusstörung kurzzeitig das Bewusstsein verloren …“ Dietrich antwortete mit gepresster Stimme. Er hätte eigentlich auch sagen können: Sie waren drei Minuten lang klinisch tot gewesen.

Sophie hatte ihre Arbeit beendet.

„Morgen werden Sie in aller Ruhe ein dauerhaftes Schrittmacheraggregat bekommen. Machen Sie sich keine Sorge, das ist ein Routine-Eingriff. Und mit diesem Ding …“ Dietrich zeigte auf das Schrittmacherkabel, das aus

Herrn Einsiedels rechter Halsseite heraus lugte „… sind Sie auf der sicheren Seite."

„Danke Herr Doktor." Heinz Einsiedel drückte ihm die Hand und blickte ihm in die Augen.

Einige Sekunden länger, als es üblich war.

„Du hast ihm das Leben gerettet, Dietrich", Sophie lief neben ihm in die Stationsküche. Lea und der Pfleger waren an einem anderen Patienten zugange. Sophie schenkte zwei Tassen Kaffee ein. Er schmeckte so bitter wie Kaffee schmeckt, der zu viele Stunden auf der Warmhalteplatte gestanden hatte, aber er belebte.

„'War Glück gewesen", antwortete er etwas verlegen „Wie fandest du die Geschichte mit dem Fluss und was er da erzählte, wie er sich und uns gesehen haben wollte?"

„Er hatte ein Nahtod-Erlebnis", sagte Sophie nüchtern, am bitteren und nur noch lauwarmen Kaffee nippend.

„Ein was?" Dietrich blickte unverständig.

„Ein Nahtod-Erlebnis." Sophie schenkte sich jetzt noch von dem bitteren Gebräu nach. „Eine near-death experience, wie ihr Ärzte so gerne in eurem hässlichen Neudeutsch zu sagen pflegt … Ein Nahtod-Erlebnis kann man bei etwa einem Fünftel derjenigen Patienten eruieren, die erfolgreich wiederbelebt wurden. Die Berichte und Erzählungen dieser Patienten sind überraschend uniform, sie ähneln sich unabhängig von Bildungsgrad, sozialer Herkunft oder Alter. Das Erlebte besteht praktisch in allen Kulturkreisen und zu allen Zeiten aus denselben oder zumindest sehr verblüffend ähnli-chen Elementen und Inhalten."

„Und wie sieht's dort aus, im Jenseits?" Dietrich nahm sich jetzt auch noch einen Becher bitteren Kaffees.

„Wertet man die Erlebnisberichte der Patienten seriös aus, so finden sich einige ständig wiederkehrende Elemente; Inhalte, die bei fast allen Patienten auftreten. Hierzu zählen: Eine Leichtigkeit und Unbeschwertheit, Glück, Freude und Erhabenheit, gelegentlich ein Gefühl von Allwissenheit, ein Gefühl des umfassenden Begreifens, einer Katharsis des eigenen Lebens. Oft findet sich das Element des Tunnels mit einem hellen Licht am Ende, gelegentlich wird korrespondierend dazu auch von einem Zaun oder einem Fluss berichtet, den es zu überqueren gilt. Der Tunnel ist am häufigsten …" Sophie nippte am Kaffee, Dietrich staunte. „Oft wird eine paradiesische Landschaft wahrgenommen, es treten verstorbene Menschen auf. Meist strebt man durch den Tunnel oder den Fluss dem herrlichen Licht entgegen."

„Das ist doch ein … ein Gerede. Die Patienten, die wiederbelebt wurden, sind durcheinander, oft noch nicht ganz bei sich … Sie sind durch den Wind, im Durchgangssyndrom … Das lässt sich doch einfach erklären. Durch die Narkosemittel können allerlei Trugbilder entstehen, vielleicht ist es ja nur eine Art intensiver Traum, sehr emotional erlebt. Da können simple Gründe ursächlich sein."

„Da stimme ich nicht zu, Herr Ockham." Sophie lächelte, für Dietrich ebenso verschmitzt wie kryptisch.

„Herr Ockham?"

„Ockham, Wilhelm von. Vierzehntes Jahrhundert."

Dietrich blickte völlig unverständig.

„Das was du eben sagtest, Dietrich, deine Simplifizierung der Dinge, kann man in Ockhams Schublade packen. Und am besten auch dort drin belassen …"

„Da komme ich jetzt nicht ganz mit …"

„Das Ockhamsche Rasiermesser bezeichnet ein Prinzip; es besagt, dass von mehreren Theorien, welche den gleichen Sachverhalt erklären, die einfachste allen anderen vorzuziehen ist. Eine Theorie ist in ihrem Aufbau möglichst einfach und mit nur minimaler Anzahl an Annahmen aufzubauen. Der metaphorische Zusatz ‚Rasiermesser' bedeutet, dass die weniger einfachen Theorien quasi wie ein Bart abgeschnitten und verworfen werden."

Dietrich lauschte wie ein Schuljunge. Im Hintergrund piepsten verschiedene Überwachungsmonitore.

„Diese Sparsamkeitsregel geht eigentlich auf Aristoteles zurück, William von Ockham hat sie nur häufig in seinen Schriften gebraucht. Ich selbst lehne dieses Simplifizierungsprinzip ab. Wieso soll immer das Einfache das Richtige sein? Ich glaube, Albert Einstein sagte: ‚Everything should be made as simple as possible, but not simpler.' Hast du mal Leibniz oder Kant gelesen? Sie setzen dieser Einfachtheitsregel das Prinzip der Vielfalt entgegen. Aber das führt jetzt zu weit und lenkt vom Thema ab. Ich denke, deine einfache, simple Annahme, die Patienten hätten lediglich geträumt oder es seien Nebenwirkungen von Sedativa oder Narkotika, ist so nicht haltbar. Herr Einsiedel gerade eben bekam zum Beispiel gar keine narkotisierenden Substanzen …"

Stimmt …

Sophie nippte wieder am Kaffee.

Dietrich blickte baff. Das philosophische Duett zutiefst nächtlicher Stunde auf der Herz-Thorax-Chirurgischen Intensivstation.

 Wo bin ich hier?

Und – woher hat Sophie solches Wissen? Was ist das für eine Frau …?

„Nein, die Nahtod Erlebnisse sind wissenschaftlich seriös untersucht. Sie gleichen sich in sehr vielen Punkten und Mustern! Nahezu alle berichten von dem herrlichen Licht …"

„Also so eine Art ‚Flug zum Himmel' wie im Gemälde von Hieronymus Bosch?" unterbrach Dietrich lächelnd.

„Das Bild kenne ich nicht. Aber ich kenne einige Patienten, die mir hier auf der Intensivstation ein Nahtod-Erlebnis berichteten. Gelegenheiten dazu gibt's ja genug …" Sophie setzte ein ernstes Gesicht auf. „Oft kommt es während der Reise durch den Tunnel oder durch den Fluss zu einer Rückschau auf den eigenen Lebensfilm, zu einem panoramatischen Erlebnis. Das eigene Leben läuft nochmals im Zeitraffer ab. Interessanterweise kann der Lebensfilm sowohl chronologisch vor- wie auch rückwärts verlaufen. Im Unterschied zum Traum während des Schlafes sind die Inhalte des Lebensfilms zu einhundert Prozent richtig und zutreffend, dies haben Auswertungen von Angehörigenbefragungen ergeben. Zudem können in diesem Lebensfilm auch Dinge gesehen werden, die der Betreffende zuvor gar nicht wusste, es gibt einen Fallbericht von einem Erlebenden, der in seinem Nahtoderlebnis die Bekanntschaft eines ihm bislang völlig unbekannten Sohnes machte … Ein weiteres charakteristisches Phänomen ist übrigens ein außerkörperliches Erlebnis."

„Ein was?"

„Ein Sich-Selbst-Sehen. Der Mensch sieht sich selbst, losgelöst von seinem Körper. Meist kann er beobachten, wie an ihm noch gearbeitet, reanimiert wird, er versteht Stimmen, nimmt Details wahr …"

„Das ist doch esoterisches Gequatsche …"

„Nein, es gibt fundierte Berichte dazu. Patienten konnten während des Nahtod-Erlebnisses Details aus der Intensivstation oder dem Operationssaal benennen, die sich als absolut zutreffend erwiesen haben. Vielleicht kennst du denn Fall der Pam Reynolds …?"

„Nein, bedaure." Er genoss es. Sophie redete sich jetzt in Rage. Nie wirkte es überheblich oder schulmeisterhaft. Er genoss es, wie engagiert sie ihre Sätze vorbrachte. Er starrte sie an, ihr Gesicht, auch in ernster Ausdruckshaltung hübsch und weich.

„Hinter dem Pseudonym Pam Reynolds befindet sich eine damals 35 Jahre junge Frau, die neurochirurgisch an einer lokalen Aussackung, einem Aneurysma, einer Hirnstammarterie operiert werden sollte. Als man in der Operation ihren Schädel eröffnet hatte, stellte man überrascht fest, dass die Aussackung viel größer als vermutet und eine konventionelle Entfernung nicht möglich war. Daher entschloss man sich, die junge Frau an eine Herz-Lungenmaschine anzuschließen um sie auf 15° Celsius abzukühlen. Während dieser Hypothermie wurde ein Herzstillstand ausgelöst, das Blut aus ihrem Kopf abgezogen, und das Aneurysma an der Hirnstammarterie entfernt. Danach wurde die Patientin über die Maschine wiedererwärmt, der Kreislauf wieder in Gang gesetzt. Nach der Operation berichtete die Frau von einer außerkörperlichen Erfahrung. Sie berichtete von Details der Operation, was gesprochen wurde, wie sie die pneumatische Säge zur Schädelöffnung gesehen habe, wie es zu Schwierigkeiten bei der Kanülierung mit der Herz-Lungen-Maschine gab und so weiter. Das Interessante an diesem Fall ist, dass während dieses Nahtod-Erlebnisses von Pam Reynolds oder wie auch immer sie in Wirklichkeit heißen mag, in der Hirnstrommessung, im Elektroencephalogramm der Hirnrinde und des Hirnstamms eine Null-Linie dokumentiert worden ist. Das heißt, das Gehirn war für einen gewissen Zeitraum objektiv messbar ohne jede Funktion – und trotzdem hatte Pam ein Nahtod-Erlebnis mit einer außerkörperlichen Erfahrung und sah und hörte Dinge aus der Operation ihres Körpers, die sich nach Durchsicht des Operationsprotokolls als absolut zutreffend erwiesen."

„Jetzt aber mal Einspruch ... Pam Reynolds wurde ja geplant operiert und infolgedessen in Narkose versetzt und anästhesiert, richtig? Du weißt, dass man hierzu Narkotika einsetzt, diese versetzen den Patienten in Bewusstlosigkeit. Leider führen sie aber nicht zur Analgesie, zur Schmerzunterdrückung, daher gibt man zusätzlich noch Schmerzmittel, die Analgetika. Zum dritten werden zur Erleichterung der maschinellen Beatmung Muskelrelaxanzien gespritzt, damit die Muskeln gelähmt sind und sich der Patient keinesfalls bewegt oder gegen die Maschine atmet. Es gibt immer wieder Situationen, in denen der Patient von der einen oder anderen Qualität zu viel oder zu wenig bekommt. Erhält er genügend Narkotika, aber zu wenig Analgetika, so ist er zwar bewusstlos, empfindet aber höllische Schmerzen. Umgekehrt kann es aber auch sein, dass er genügend Schmerzmittel und Muskelrelaxanzien bekommt, aber zu wenig Narkotika. Dann hat man folgendes, unschönes Szenario: Der Patient hat keine Schmerzen, er bekam ja ausreichend Analgetika. Er erhielt aber zu wenig Narkotika, infolgedessen ist seine Bewusstlosigkeit nicht ausreichend tief genug, das heißt, er ist noch etwas wach und er registriert, wie an ihm herumoperiert wird, er bekommt Details seiner Operation mit. Unglücklicherweise oder vielleicht glücklicherweise hat er aber genug Muskelrelaxanzien erhalten, sodass er sich nicht rühren und nicht regen kann. Er liegt also schmerzfrei, aber zur Regungslosigkeit verurteilt, in seinem Körper gefangen da und muss Details über die laufende Operation miterleben. Eine schlimme Situation ... Aber so könnte es bei der guten Pam ja durchaus gewesen sein oder? Kein Wunder dass die junge Frau hinterher Dinge aus ihrer OP erzählen konnte."

Sophie hatte sich mit einer weiteren Tasse Kaffee bewaffnet und setzte unbeeindruckt fort: „Es gibt vergleichbare Berichte, bei denen Patienten Dinge aus ihrer Operation berichtet haben, die sie aus ihrer Lage und ihrem Blickwinkel optisch gar nicht haben sehen können. Aber das ist gar nicht der wesentliche Punkt. In Bezug auf die Nahtod-Erlebnisse von operierten Patienten oder von Menschen mit schweren Unfällen oder Beinahe-Ertrinken können immer eine Armada von Kritikpunkten ins Feld geführt werden, meistens heißt es dann, der Patient sei ja gar nicht richtig tot gewesen, er sei nicht einmal richtig bewusstlos gewesen und so weiter. Deshalb fokussiere ich jetzt nur eine wesentliche Gruppe von Menschen: Patienten, die wiederbelebt wurden unter definierten Bedingungen, das heißt in der Regel Intensivstation oder Schockraum in der Notaufnahme mit objektiv dokumentiertem Herz-Kreislaufstillstand. In einer wissenschaftlichen Studie in Holland wurden 344 erfolgreich wiederbelebte Patienten untersucht, 62 davon hatten ein Nahtod-Erlebnis."

„Wieso nur so wenige, wieso nicht alle?"
„Dietrich, du weißt selbst – bei nicht wenigen Patienten werden im Rahmen
der Wiederbelebungsmaßnahmen Sedativa gespritzt, um den Patienten psychisch abzuschirmen, wie es so schön heißt. Ich brauche dir nicht zu erklären, dass ein häufiges Beruhigungsmittel in diesen Fällen Midazolam ist.
Und du weißt auch, dass Midazolam eine retrograde Amnesie macht, die
Menschen vergessen chronologisch zurückliegende Ereignisse, ihre Erinnerung an das unmittelbar Zurückliegende der letzten Minuten wird durch
Midazolam getilgt. Sicherlich lässt sich ein Teil der fehlenden, oder besser
gesagt nicht erinnerlichen Nahtod-Erlebnisse durch den Einsatz diverser nar-
kotischer und sedativer Cocktails erklären … Aber ein Fünftel der wiederbe-
lebten Menschen hatte ein eindeutiges Nahtod-Erlebnis, und die Berichte der
fünf Dutzend Patienten glichen sich unglaublich und wiesen enorme
Ähnlichkeiten auf! Menschen vor dem sechsten Lebensjahrzehnt hatten
etwas häufiger ein Nahtod-Erlebnis und Frauen erlebten dieses etwas
intensiver als die Männer. Frauen erleben ja so manches intensiver als
Männer …" Sophie lächelte verschmitzt.
Dietrich errötete angesichts dieser Anspielung. Gespannt und bewundernd
hörte er den Fortgang des Vortrags.
„Du scheinst derlei Dinge mit deiner schulwissenschaftlichen Ausbildung
nicht so ganz ernst zu nehmen. Aber ich habe den Patienten in die Augen
geblickt, als ich sie erzählen hörte … In der wissenschaftlichen Auswertung
wurde die Konsistenz der Phasenabfolge in seriöser Methodik mit Doppel-
und Kontroll-Interviews bestätigt. Am Ende des Nahtod-Erlebnisses steht
immer die Rückkehr in den eigenen Körper, die oft sehr abrupt und gegen
den Willen des Erlebenden verläuft. Die Berichte über Nahtod-Erlebnisse
nehmen übrigens an Häufigkeit sehr stark zu. Dies ist Folge effektiverer
Wiederbelebungsmaßmahnen mit der Frühdefibrillation und der Ver-
breitung von semiautomatischen Defibrillatoren an öffentlichen Orten und
Plätzen. Im Vergleich zu den letzten Jahrzehnten können heute viel mehr
Menschen erfolgreich wiederbelebt werden, daher auch das häufigere
Auftreten von Nahtod-Erfahrungen, ja sogar reanimierte Kinder haben
davon berichtet!"
Dietrich blickte immer noch skeptisch, aber er war erstaunt.
Er war erstaunt über Sophies Sachkunde zu dieser Thematik, die Klugheit
ihrer Argumente und die Vehemenz ihres Vortrages.
Es blieb keine Zeit zum gedanklichen Verweilen.

„Sag bitte nicht, die Patienten hätten einfach irgendwas geträumt. Es gibt
eklatante Unterschiede zum Traum des Schlafes oder der Narkose! Im
Unterschied zu einem Traum erinnern sich die Menschen an ein Nahtod-
Erlebnis noch nach Jahren oder sogar Jahrzehnten, wie die holländische
Studie gezeigt hatte. Dagegen hat man die Inhalte eines Traum oft schon
nach Sekunden oder Minuten, spätestens aber nach einigen wenigen Tagen

völlig vergessen. Ein weiterer Unterschied: Ein Nahtod-Erlebnis bedingt oft eine erhebliche Persönlichkeitsveränderung, dies ist bei Träumen sicherlich nicht der Fall. Dies haben dezidierte Untersuchungen zeigen können. Nach einem Nahtod-Erlebnis kommt es bei den Betroffenen oft zu einer erheblichen Abnahme der Angst vor dem Tod, auch die Abwendung von materialistischen Lebenseinstellungen und ein Mehr an Lebensfreude und Selbstbewusstsein wird beobachtet. Ein weiterer wichtiger Punkt: Es handelt sich nicht um eine Halluzination! In einer Narkose oder einem Koma herrschen akustische Halluzinationen und Schmerzerfahrungen vor, dagegen ist das Nahtod-Erlebnis immer schmerzfrei und alle Sinnesqualitäten sind vertreten: Sehen, Hören, Riechen, Schmecken, Fühlen! Und außerdem: Für Halluzinationen anfällige Menschen, also Patienten mit Epilepsie, Migräne oder Drogenkonsum, erleben ein Nahtod-Erlebnis bei einer Wiederbelebung nicht häufiger als andere: Es ist definitiv keine einfache Halluzination!"
„Was steckt denn dann dahinter?"
„Sehr schwierig. Man hat sich viele Gedanken gemacht. Manche sind der Ansicht, das Gehirn setze in einer entsprechenden Alarmsituation, also in einer lebenskritischen Phase, endogen halluzinogene Substanzen frei. So nach dem Motto: Zum Lebensabschluss schnell noch ein paar euphorisierende Drogen; wie auf der Andrea Doria: Die Musik spielt bis zum Schluss. Man kann beispielsweise durch DMT, dem Dimethytryptophan, einem Pflanzenalkaloid, entfernt Nahtod-ähnliche Halluzinationen und mystische Erfahrungen bei Probanden auslösen. Nach einer anderen Theorie könnte auch die endogene Substanz Agmatin für die Erlebnisse verantwortlich sein. Aber das ist mir alles ein bisschen billig und es gibt zwei wesentliche Probleme: Angenommen, das Gehirn setze in Todesgefahr euphorisierende und halluzinogen Substanzen frei, um einen euphorischen Abgang einzuleiten, wie können dann die außerkörperlichen Erlebnisse erklärt werden? Wie konnte Heinz Einsiedel etwas von deiner Punktion an seinem Hals wissen, dass du beim ersten Mal getroffen hast, dass er dich beobachten konnte? Und der zweite Punkt: Wir wissen – bei Kreislaufstillstand bricht die Gehirnfunktion gleich in sehr wenigen Sekunden zusammen. Es gibt Studien von Patienten, bei denen ein interner Defibrillator zur Wiederbelebung bei plötzlichem Herztod durch Kammerflimmern eingebaut wurde. Bei den Patienten muss ja die Funktionsfähigkeit des eingebauten Gerätes überprüft werden. Dazu wird ein Herzstillstand künstlich ausgelöst. Man hat in einer Untersuchung gleichzeitig über eine Hirnstrommessung, ein Elektroencephalogramm, die Gehirnaktivität gemessen – nach nicht einmal 10 Sekunden war Schicht im Schacht! Keine Gehirnaktivität mehr nach 10 Sekunden Herzstillstand! Also wie das gehen soll mit der endogenen Drogenfreisetzung aus dem Gehirn, wie da in den wenigen Sekunden verbleibender Funktionsfähigkeit das Gehirn noch schnell ein paar nette Halluzinationen generieren soll, das ist äußerst fragwürdig ... Bei Kreislaufstillstand ist das Gehirn definitiv in wenigen Sekunden vollends

außer Funktion wie die Hirnstrommessungen zeigten! Und: Die Nahtod-Patienten berichten von Erleb-nissen mit allen Sinnesqualitäten, sie erzählen von sehr komplexen Ereignissen, von Gesprächen mit verstorbenen Partnern und Angehörigen – Du glaubst doch nicht, dass unser Hirn in der Lage ist, in einer verschwindend kurzen Zeit, in nur ganz wenigen Sekunden, derart komplexe Halluzinationen zu generieren – Halluzinationen nicht nur einer einzelnen, sondern gleich aller Sinnesqualitäten, Halluzinationen, die sich bei wissenschaftlicher Überprüfung als inhaltlich richtig erweisen? Das gibt's doch gar nicht! Es kann keine Halluzination sein! Und: Es kann nicht allein aus dem Gehirn kommen. Denn dieses stellt beim Herzstillstand ja nach wenigen Sekunden seinen Betrieb ein, das wissen wir. Also: Woher kommt das Erlebte dann?"
Sophie schenkte sich nochmals Kaffee ein.
Er hing jetzt an ihren Lippen.
„Das Gehirn kann es nicht sein. Das hast du verstanden, oder? Das Verständnis unseres Bewusstseins als Produkt unseres Gehirns muss neu überdacht werden. Vielleicht ist unser Bewusstsein ja gar nicht in unserem Gehirn, gar nicht in unserem Schädel! Vielleicht ist unser Gehirn nur eine Art Empfänger des Bewusstseins, aber nicht sein Produzent. So wie ein Radio: Stell einem Schimpansen ein Radio hin. Da kommt Musik raus. Aber die Musik wird ja wohl nicht in dem Radio gespielt, nicht dort erzeugt, auch wenn der Schimpanse dies glauben mag. Das Radio empfängt nur die Musik, so wie unser Gehirn vielleicht das Bewusstsein nur empfängt. Das Gehirn als Radioapparat. Es empfängt nur etwas und hat noch einige spezielle Funktion wie die Muskelsteuerung. Fast dreiviertel unseres Hirns benutzen wir für die Muskelsteuerung. Lächerlich! Wir wissen von fast jedem Quadratzentimeter unseres Hirns, welche Funktion von dort ausgeführt wird, aber wo unser Bewusstsein lokalisiert ist – großes Rätselraten!"
Sophie machte eine kurze Pause.
„Ich gebe dir jetzt ein anschauliches Beispiel zum Thema Gehirn und Bewusstsein."
Dietrich horchte gespannt.
„Ich habe zwei kleine Neffen, Paul und Tobias, beide sind in der Grundschule und beide normale fröhliche Kinder. Paul und Tobias sind beide somnambul und das nicht zu knapp. Mindestens einmal pro Woche schlafwandelt einer von beiden, oft in den Abendstunden und damit für noch waches Publikum sichtbar. Das müsstest du sehen, es schaut zu drollig aus! Sie schleichen wortlos die Treppe herunter, wandeln durchs Wohnzimmer in die Küche, manchmal trinken sie ein Schluck Wasser. Wenn du ihnen in die Augen blickst, siehst du, dass kein Film in der Kamera eingelegt ist … Der Blick ihrer Augen … Er ist fast ein bisschen gruselig. Wenn man sie anspricht, kommt meist nur unverständliches Gemurmel; man hüte sich davor, sie zu erschrecken. Um die Reichweite ihrer unkontrollierten Ausflüge zu limitieren, muss meine Tante sämtliche Türen verschließen. Fragt man die

beiden über ihre nächtlichen Spaziergänge, so streiten Paul und Tobias alles
ab, nichts ist ihnen erinnerlich. Sie sind ja auch nicht bei Bewusstsein auf
ihren somnambulen Spaziergängen. Jetzt kommt der Punkt, Dietrich:
Während des Schlafwandels sind die beiden Kinder also nicht voll da, nicht
bei Bewusstsein, dennoch verläuft die motorische Steuerung vom Gehirn aus
völlig normal: Sie laufen ja immerhin eine Wendeltreppe auf und ab, öffnen
und schließen Türen, greifen nach einem Wasserglas, schenken sich ein,
trinken. Das Hirn erledigt seinen Job prima, völlig zufriedenstellend.
Muskelbewegung, Tastsinn, auch das Sehen funktioniert ohne Probleme.
Aber das ‚Ich', das Bewusstsein? Es ist abwesend, nicht präsent. Das heißt,
die somatomotorischen und somatosensorischen Hirnleistungen werden
ohne das Bewusstsein, ohne das ‚Ich' bewerkstelligt. Verwunderlich?
Vielleicht nicht verwunderlich, wenn vielleicht ... vielleicht unser
Bewusstsein, unser ‚Ich' gar nicht in unserem Hirnkasten zu Hause ist. Unser
Hirn ist für die Muskel-steuerung, die Sinneswahrnehmung zuständig und
hat noch ein paar vegetative Steuerungsjobs in Nebentätigkeit, aber das
Bewusstsein, unsere Emotionen wären ganz woanders." Sophies Augen
leuchten. „Nimm die Neurochirurgie, Dietrich: Es gibt Patienten mit
Hirnverletzungen riesigen Ausmaßes, Menschen, denen durch Unfall oder
Operation das halbe Hirn fehlt: Einige davon haben einige Lähmungen, sind
aber intellektuell, emotional und von ihrem Bewusstsein her völlig
unbeeinträchtigt. Viele andere Patienten wiederum haben in sämtlichen
bildgebenden Untersuchungen ein morphologisch unauffälliges Hirn, sind
aber in ihrem Bewusstsein, in ihrer Emotionskontrolle schwerst gestört. Wie
passt das zusammen?"
Sophie machte wieder eine Pause, ließ das Gesagte wirken.
„Zurück zum Nahtod-Phänomen. Wie soll das Gehirn in einem Stadium, in
dem der Patient nach wissenschaftlichen Kriterien klinisch tot ist,
Leistungen erbringen wie das Nahtod-Erlebnis? Leistungen, die sich bei
Überprüfung als richtig erweisen!"
Dietrich blickte auf die Uhr. Sie zeigte zwanzig Minuten nach Mitternacht.
Seit 17 Stunden war er in der Klinik auf den Beinen ...
„Ich bin überzeugt davon, dass unser eigenes Bewusstsein außerhalb unseres
Gehirns lokalisiert ist. Der beste Beweis ist das Nahtod-Erlebnis: Das Gehirn
ist nachweislich vollkommen außer Funktion – Null-Linie in der Hirnstrom-
Messung – und dennoch hat der Patient sehr tiefgreifende und sehr komplexe
Erlebnisse ..."
„Aber Sophie, das ist naturwissenschaftlich alles ja nicht fassbar ..."
„Ach, die Schulmedizin, die Schulwissenschaft! Vor einigen Jahren hat man
sich auch über die schwarzen Löcher und über Zeitreisen belustigt, und dann
wird plötzlich ernsthaft darüber debattiert. Dietrich, das Gehirn ist beim
Nahtod-Erlebnis nachweislich außer Funktion, und trotzdem findet ein
intensives Erleben statt! Wie soll das gehen? Von jedem Winkel des Hirns
weiß man funktionell gesehen Bescheid, aber wo das Bewusstsein versteckt

ist – Fehlanzeige! Man kann das menschliche Leben und das Sterben nicht mit der monoman veranlagten Schulmedizin und mit den gelegentlich engstirnigen Naturwissenschaften erklären. Es geht einfach nicht. Wie willst du naturwissenschaftlich Dinge erklären wie Emotionen, Freude, Trauer, … Liebe?"
Dietrich zuckte beim letzten Wort merklich zusammen.
‚Liebe‘ …
Hatte Sophie absichtlich eine kurze rhetorische Pause vor diesem Wort eingelegt?

„Wo sollen diese, das Leben ganz wesentlich gestaltenden Komponenten denn in dem Hirnkasten untergebracht sein? Wie soll man sie erklären mit der Physik? Der Biochemie? Der Physiologie? Wo ist sie lokalisiert - der Hass, die Liebe?"
Schon wieder ‚Liebe‘. Dietrich zuckte schon wieder zusammen.
Sophie war im Begriff, wieder anzusetzen, da ging Dietrichs Piepser. Ein Patient einer anderen Station klagte über Luftnot. „Blutgasanalyse abnehmen, danach zwei Liter Sauerstoff per Nasensonde, ich bin gleich da."
Sophie setzte ihre Tasse ab und erhob sich. „Schade, wir waren gerade so schön am Plaudern … Vielleicht … können wir es ja bei unserer vereinbarten Tasse Kaffee fortsetzen. Hast du nächste Woche Zeit und … Lust?" Schon wieder so eine kurze rhetorische Pause vor dem letzten Wort des Satzes …
Dietrich fuhr zusammen. „Nächste Woche … Da ist Dienstag der Abteilungsausflug und dann bin ich im Urlaub … in Andalusien."
„Oh, schön", sagte Sophie, ein Schatten von Enttäuschung über ihrem Gesicht. „Fährst du mit Freunden?"
Er zuckte schon wieder. „Nein, mit … mit meiner Freundin." Die Antwort war ihm peinlich, die Worte kamen gepresst hervor.
Was ist daran peinlich, einer Krankenschwester zu sagen, ich fahre mit meiner Freundin in den Urlaub?
Aber Sophie ist nicht ‚eine Krankenschwester‘.
Sophie ist …
Sophie ist etwas Besonderes.
Jemand sehr Besonderes.
Seine Gedanken waren durcheinander gewirbelt. Er meinte, zu transpirieren.
Beide standen sich am unaufgeräumten Stationsküchentisch gegenüber.
Dann wünsche ich dir einen schönen Urlaub …"
Dietrich schluckte, nickte. Hätte man normalerweise nicht ‚euch beiden‘ gesagt? Sie wünscht nur ‚mir‘ einen schönen Urlaub …
Sophie lächelte verschmitzt, fast verschlagen. „Bestimmt gibt es danach mal eine Gelegenheit. Ich würde mich freuen …"
„Ich mich auch …"
Dietrich blickte Sophie in die blauen Augen.
Am liebsten hätte er sie jetzt zur Verabschiedung umarmt.

Nur ganz kurz …
Sophies Blick schien ähnliches zu sagen.
Sie blickten sich an, es war wieder signifikant zu lang, vielleicht nur wenige
Sekunden zu lang, aber wenige Sekunden, die das Besondere ausmachen.
Dann ging er von Station.
Das Anblicken galt wie eine Umarmung.
Warm ums Herz kümmerte er sich um den Patienten mit Atemnot, gegen
halb drei Uhr kam er in sein Arztzimmer.
Noch in Gedanken kreisend vergaß er das übliche Sortieren der Akten und
Laborbefunde auf dem Arbeitstisch.
Den Kontrollzwang gut im Griff – er sah nur viermal nach dem Piepser –
stieg er ins Bett und fiel in den Schlaf.

Er überstand die Frühvisite der Intensivstation mit obstinater Gleichgültig-
keit. Nollendorf moserte und stänkerte in gewohnter Routine wegen mehrerer Patienten herum.
Als er am Bett Heinz Einsiedels über die dramatischen Ereignisse der Nacht
berichtete, sah er in einigen Kollegenaugen Anerkennung strahlen über seine
erfolgreiche Reanimation.
Nollendorf fuhr darüber hinweg. „So ein Schrittmacher zu legen, das ist doch
wie Fußnägelschneiden in örtlicher Betäubung!“
Dietrich verließ die Klinik, auf dem Nachhauseweg lief seine Ideenmaschine
wie gewohnt auf Hochtouren mit unerschöpflichem Brennstoff.

*

Der Wandertag der Abteilung war zugleich letzter Arbeitstag vor Dietrichs
Urlaub.
Es würde kein normaler Wandertag werden.
Alles andere als normal würde er verlaufen.
Alles andere …

Dieser jährliche Ausflug war von Nollendorf nach dessen Bestallung zum
Chefarzt eingeführt worden und hatte sich zum festen Termin im Spät-
sommer eines jeden Jahres etabliert. Zwei geräumige Reisebusse fassten den
Princeps, die Oberärzte, die Assistenten, die Studenten des Praktischen
Jahres, die Famulanten, die Doktoranden, allesamt vom Pflegepersonal sub-
summiert unter dem ‚Akademikerpack‘.
Die Krankenschwestern und –pfleger stellten die quantitativ größte Teil-
nehmergruppe, zu ihnen gesellten sich Schwesternschülerinnen, Physio-
therapeuten, die Kardiotechniker, denen die Bedienung der Herz-Lungen-
Maschinen oblag, Sekretärinnen und Reinemachefrauen.

223

Der Tross aus gut sechs Dutzend Menschen setzte sich frühmorgens in Bewegung in Richtung Vorderpfalz. In Landau wechselten die Busse von der Autobahn auf die Bundesstraße 10 gen Westen, um nach einer Viertelstunde den Zielort Annweiler am Trifels zu erreichen.
Die vornehmste Königsfeste der Stauferzeit, die Lieblingsburg Kaiser Barbarossas, auf dem höchsten der drei kegelförmigen Burgberge oberhalb Annweiler stehend, wollte erwandert werden.
In der Klinik war nur eine Notbesatzung zurück geblieben, welcher, zu Dietrichs Leidwesen, auch Sophie gehörte.

Den Teilnehmern war herrliches Spätsommerwetter beschieden.
Kleine Grüppchen formierend, setzte sich der Tross zum Aufstieg in Gang.
Dietrich lief zunächst ein Stück allein, gesellte sich dann zu einer Kleingruppe aus Studenten.
Was Bekanntschaften anbelangte, war er in der Klinik noch nicht richtig angekommen. Eine bestimmte Gruppe von Kollegen war ihm unsympathisch, dieser gehörten Mitarbeiter an, die Nollendorfs Prädikat ‚Rennpferde‘ trugen, Kollegen mit harten Ellenbogen.
In der Fraktion der ‚Arbeitspferde‘ fanden sich viele Kollegen, die ähnlich wie er schufteten ohne Meriten zu erlangen und in ihrem Sklaventum von Nollendorf nicht minder abgebürstet wurden als Dietrich selbst. Dies verringerte die Distanz, machte aber per se noch nicht zwingend sympathisch.
In den ganzen Monaten hatte sich Dietrich noch nie privat mit einem Kollegen getroffen.

Mit den Studenten plaudernd ging es aus dem beschaulichen Ort die Anhöhe in ein Waldstück hinauf. Die Studenten schwatzten fröhlich und gaben naive, fast romantische Vorstellungen ihres künftigen Berufslebens kund. Ein jeder berichtete von seinen großen Plänen.
Dietrich schwieg, was sollte er ihnen Illusionen rauben.
Obwohl erst ein halbes Jahr in der Klinik, fühlte er sich schon wie ein alter, verbrauchter Frontsoldat.
Die jungen Studenten muteten wie junge Rekruten an, enthusiastisch, unwissend von dem, was sie im Krieg erwartete.

Unterhalb der Burg stand ein Lieferwagen der Klinikküche.
Eine erste kurze Rast.
Kühle Getränke, auch Bier, wurden gereicht.
Dietrich nahm ein Pils.
Für den Rückweg war ein Fleisch- und Würstchengrillen geplant, welches die Küchenmitarbeiter bereits vorbereiteten.

Es ging weiter, der Tross hatte sich entsprechend der läuferischen der Wanderer in die Länge gezogen.

Im vorderen Bereich jüngere Schwestern und Schülerinnen, gefolgt von dynamischeren Vertretern des ‚Akademikerpacks', Nollendorf unter ihnen. Gelegentlich mischten sich, obgleich noch früh am Tage, einzelne Touristen unter die Klinikgesellschaft.

Die unteren Abschnitte der mächtigen Burganlage wurden erreicht, steil fielen die Hänge rechts und links des Weges ab.

Dietrich gehörte zu den langsameren Läufern, er fiel in das hintere Drittel des Wanderzuges ab. Das schnelle Bier und die Sonne ließen ihn ein wenig ermüden. Er dachte an Sophie. Schade, dass sie nicht auf dem Ausflug dabei sein kann …

Er lief jetzt allein, für sich.

Seine Gedanken wechselten zu Yvette, zum anstehenden Urlaub.

Gelänge es, die Kühle ihrer Beziehung zu mildern wieder Wärme in sein Leben zu bekommen?

Dietrich blickte skeptisch.

Die Gedanken fielen wieder zu Sophie.

Wer steuert eigentlich, wo meine Gedanken gerade hinfallen? Wieso denke ich jetzt wieder an Sophie? Wer entscheidet, an wen oder was ich gerade denke?

Ich?

Wo ist es, das ‚Ich'?

Ist das Gehirn wirklich nur ein Empfänger des Bewusstseins? Dietrich rief sich den langen, den zu langen Blick in Sophies wasserblau leuchtende Augen zurück.

Und ihr Lächeln.

Ihr Lichtlächeln …

Ja, ich gebe es zu. Ich habe mich in sie verliebt …

Er ging ein Stück abseits des Weges hinter einen Baum. Das schnelle Pils hatte seine Wirkung getan. Die letzten Wanderer des Trosses zogen vorbei. Dietrich urinierte in Ruhe.

Plötzlich wurde ihm Nollendorf gewahr.

Er rannte den Weg wieder in umgekehrter Richtung zurück nach unten.

Dietrich spähte ihm, immer noch urinierend, nach. Was mag sein? Ein Anruf aus der Klinik? Eine Notoperation bei einem wichtigen Patienten? Wäre prima, wenn er weg wäre, es würde die Ausflugsstimmung nicht nur bei mir signifikant anheben.

Dietrich machte sich wieder auf den Weg, die letzten Wanderer waren in dem kurvigen Gelände bereits außer Sicht.

Wieder dachte er an Sophie. Hat sie eigentlich einen Freund?

Bestimmt …

Er hatte den Tross immer noch nicht erreicht, er beeilte sich auch nicht, es gab niemanden, dessen Gespräch er dringlich gesucht hätte.

Er lief allein, gedankenversunken.

Der Weg hatte sich verschmälert, rechts und links bewehrt von einer alten, halbhohen Steinmauer.

Es ging seitlich atemberaubend in die Tiefe, vor ihm ragte die mächtige Kaiserburg in den Himmel auf.

Ein entferntes Rufen.

Dietrich blickte sich um und entdeckte Nollendorf, den Anstieg hoch rennend, unter den Achseln Schweißflecke entblößend. In der Hand trug er eine Spiegelreflexkamera. „'Hab sie am Küchenauto vergessen …", keuchte er. „Na, Error Doktor, etwas abgeschwächelt? Außer Puste?" Nollendorf demonstrierte ein sardonisches Lächeln.

„Nein, ich musste Wasser lassen", antwortete Dietrich knapp.

„Ah, Sextaner-Blase …", lachend und kumpelhaft distanzlos schlug Nollendorf auf Dietrichs Schulter. Angewidert versagte sich Dietrich eine Antwort, beide gingen ein Stück des Weges.

Der Princeps legte einen schnellen Schritt vor. „Nur keine Müdigkeit, Error Doktor. Keine Kondition?" Nollendorfs Lachen erschien hämisch. „Wissen Sie, manche werden alt ohne jemals jung gewesen zu sein … Auf geht's, Nolte, die Beine in die Hand, Tempo!"

Da war sie plötzlich.

Urplötzlich aus dem Nichts hatte die offensichtlich ständig im Untergrund arbeitende Ideenmaschine, sein Kampfcomputer, eine Lösung hervorgebracht.

Plötzlich war sie da – die Atombombe, die er jetzt abwerfen würde.

Jetzt!

Gleich!

Hier und sofort!

Im Bruchteil einer Sekunde war sie geboren, die Idee, die absolut perfekte Idee.

Wie konnte ein Hirn das schaffen?

Offensichtlich war es unterschwellig ständig mit diesem Problem beschäftigt gewesen, wie ein im Hintergrund, nein – im Untergrund ablaufendes Programm, und jetzt war sie geboren, jetzt war sie da:

Die perfekte Idee, Nollendorf für ein für alle Mal los zu werden.

Der Princeps monologisierte über die Geschichte der Burg Trifels, über Richard Löwenherz, einst im Trifels gefangen gehalten, über die Reichskleinodien, zeitweilig in der Burg aufbewahrt.

Seine Worte erreichten Dietrich nicht.

Gelegentlich war ein enthusiastisches ‚sophisticated' aus Nollendorfs Mund zu vernehmen; Dietrich war nicht klar, ob es auf die Burgarchitektur oder die Historie Bezug nahm.

Er hasste diesen vom Princeps hochfrequent gebrauchten anglizistischen Terminus, doch dies war nun völlig hintergründig.
Jetzt musste der Plan umgesetzt werden und zwar rasch!

Vor und hinter ihm waren keinerlei Wanderer zu sehen.
Sie waren vollkommen allein.
Das war Voraussetzung und Dietrich versicherte sich nochmals.
Er hatte gesehen, dass die den Weg bewehrende Steinmauer auf einer Länge von einigen Metern nach rechts unterbrochen war. Die Mauer war hier wohl eingebrochen, nur noch wenige, kaum kniehohe Steinquader grenzten den Fußweg vom steilen Abhang in die Tiefe ab.
Die Idee war perfekt, absolut perfekt.
Er würde Nollendorf an dieser Stelle, nach nur noch wenigen Wanderschritten, in wenigen Sekunden den Abhang herunter befördern. Er würde ihn anrempeln, notfalls auch mit den Händen einen einzigen vehementen Schubs geben.
Zulange hatte er schon im Fußball Strafraumkämpfe hinter sich, er wusste, wie man solches anstellte.
Ein Schubs und Nollendorf ginge den Abhang herunter.
Fort wäre er!
Nichts gäbe es nachzuweisen! Von dem kleinen Rempler, dem kleinen Schubs könnte man hinterher an seinem Leichnam auch mit ausgefeiltester gerichtsmedizinischer Technik nichts mehr feststellen, zumal der Körper des Princeps nach dem Sturz in die Tiefe von schwersten traumatischen Verletzungen übersät wäre.
Dietrich wusste, wie ein solcher Körper aussah, der aus großer Höhe aufprallte; es wäre unmöglich, die Spuren eines kleinen Schubses zu entlarven.

Man könnte, wenn man denn danach suchte, Spuren von Dietrichs DNA an Nollendorfs Kleidung nachweisen.
Na und?
Was besagte dies?
Bestimmt fänden sich auch DNA Spuren von einem ganzen Dutzend Mitarbeiter an seiner Kleidung.
Die DNA Spuren besagten nur, dass man irgendeine Art von körperlichem Kontakt gehabt hatte. Ein Handschlag zur Begrüßung und einige von Dietrichs abgeschilferten Hautepithelien finden den Weg von Nollendorfs Hand an sein Hemd, an seine Hose und sonst wohin. Ein freundschaftlicher Klaps auf die Schulter und schon sind DNA Spuren auf dem Hemd.
Nein, keine Panik, die DNA sagt gar nichts.
Nur Eines dürfte nicht geschehen: Es durfte kein Kampf entstehen, keinesfalls dürften DNA Spuren unter Nollendorfs Fingernägel geraten. Das wäre dann schwer zu erklären ... Also kein Kampf, kein Gerangel, ja nicht Kratzen lassen...

Noch Weiteres müsste klar sein – wenn Nollendorf den Abhang runter ginge, müsste gewährleistet sein, dass er diesen Sturz keinesfalls überlebte, sonst drohten erhebliche Probleme.
Dietrichs Puls raste.

Noch wenige Meter bis zur Mauerlücke.
Dietrich spähte den Abhang herab.
Es waren mindestens zwanzig Meter freier Fall, unten steiniger Grund, dann fiel das Gelände nochmalig weiter mit geringerem Gefälle ab.
Nollendorf brabbelte unaufhörlich logorrhoisch von der Burg Trifels.
Noch wenige Sekunden, Dietrich wägte nochmals kurz ab.
Idee durchführen oder abblasen?
Wer weiß, wann sich ähnliche Gelegenheit böte.
Wer entscheidet jetzt in meinem verdammten Hirnkasten? Welcher Kubikzentimeter Hirnschmalz sagt mir jetzt, dass ich ihn umbringen soll oder nicht? Wo ist dieser Entscheidungsträger? Ist er vielleicht wirklich gar nicht im Gehirn?
Dietrich entschied.

Er ging etwas zur Seite des schmalen Weges, um einen größeren Impuls bei seinem Rempler generieren zu können immerhin war Nollendorf von grobschlächtigem Körperbau.
Inmitten des fortlaufenden Monologes, auf Höhe der Mauerunterbrechung, rempelte Dietrich seinen Chef mit Schwung und Vehemenz von der Seite an, Körper auf Körper treffend, einem Cross-check, wie es auf neudeutsch beim Eishockey genannt wurde, ähnlich.
Nollendorfs Standfestigkeit war höher als von Dietrich vermutet.
Der Princeps schwankte kurz zur Seite, tarierte jedoch gut aus und blieb auf den Beinen, seinen Vortrag jäh unterbrechend. „Was soll denn dieser Error …?“
Dietrichs Pulsfrequenz machte einen Sprung von tachykard zu sehr tachykard, erschrocken über den Misserfolg seines ersten Angriffs.
Scheiße!
Stärkeres Geschütz wurde benötigt. Mit beiden Händen griff er an Nollendorfs Taille und setzte mit den flachen Handflächen einen mittelstarken Schlag, den Nollendorf nach rückwärts drängte. Hierbei verlor er das Gleichgewicht und fiel nach hinten, der Weg war für eine flache Landung zu schmal, Oberkörper und Kopf kamen jenseits der unterbrochenen Mauerlinie auf, drohend nah dem Steilhang. „Nolte …!“
Dietrich hörte nichts. Der dritte, finale Angriff. Nollendorf lag jetzt auf dem Rücken vor ihm, nur noch mit seinen Beinen auf dem Wanderweg. Dietrich griff ihn an den Fesseln, nicht zu fest, und bugsierte sie über die Mauerlinie und gab ihm an der Hüfte wiederum mit der flachen Hand einen kräftigen Schubs.

Nollendorf rutschte ab, er glitt weg.

„Hilfe ...!" Sein Schrei klang erstickt, mit überraschend geringer Lautstärke.

Es war geschafft, Dietrich blickte sich rasch um. Vor ihm – niemand, hinter ihm – niemand.

Nollendorf beseitigt.

Keine Bürstungen mehr. Keine Horrorvisite mehr morgens auf der Intensivstation nach dem Nachtdienst. Kein Schreien und Johlen mehr im OP. Der Terminus „Error": Getilgt für alle Zeiten.

Ein Anderer würde kommen, Nollendorf ersetzen.

Es könnte nur besser werden.

Ein Schrei.

Deutlich lauter als der erstickte Hilferuf.

„Mann Error Doktor, sind Sie völlig wahnsinnig geworden?"

Dietrich blickte entsetzt den Abhang hinunter.

Und war noch ungleich entsetzter, als er Nollendorf in nur wenigen Metern Entfernung an der Steilwand hängen sah, einer Phantasmagorie gleich.

Er war noch da!

Mit nur einer Hand hielt er sich an einer Pflanzenwurzel in der Felswand fest, die andere suchte an der Wand weiteren Halt zu bekommen, die Füße baumelten frei in der Luft.

Er ist gar nicht abgestürzt! Er hängt noch!

Er hing wie der Bösewicht Santer in der Felswand in der Verfilmung von Karl Mays ‚Winnetou' mit Mario Adorf in der Rolle des üblen Schurken.

Nollendorf setzte wieder zu einem Hilferuf an, Dietrich musste rasch handeln, sonst endete es für ihn in einer Katastrophe.

Vorsichtig kletterte er an die Kante des Abhangs. Nollendorfs Hand war rund zwei Meter entfernt. „Hilfe!" Ein gellend lauter Schrei, Dietrich fuhr er durch Mark und Bein.

Schnell jetzt, sonst schreit er die ganze Meute zusammen!

An der Kante des Abhangs lag ein langer Haselnussstock. Die Reichweite zu Nollendorfs Hand schien ausreichend. „Was machen Sie da ...?" Nollendorf blickte Dietrich mit apokalyptischem Entsetzen an.

Er hielt inne. Seine Ideenmaschine arbeitete auf maximaler Leistung. Den Brennstoff hatte sie.

Ich darf ihm nicht auf die Hand schlagen, Stockschläge auf der Hand könnte der Gerichtsmediziner durchaus von den Sturzverletzungen unterscheiden ...

Was tun?

Abwärtsklettern?

Völlig ausgeschlossen, womöglich würde Nollendorf mich mit in den Tod reißen!

Seine Ideenmaschine zeigte ungeahnte Effizienz.

Er schlug und hieb mit dem Stock. Nicht auf Nollendorfs Hand, nicht auf seinen Schädel..
Stattdessen hieb er auf die Wurzel ein, an der sich der Princeps festklammerte, an der jetzt Nollendorfs Leben hing.
Ein Schlag folgte auf den nächsten.
Immer nur auf die Wurzel, ja nicht auf die Hand!
„Nolte! Sie sind ja völlig wahnsinnig geworden … Error Doktor!" Nollendorf blickte in Dietrichs Gesicht. Seine freie Hand versuchte den auf und nieder gehenden Haselnussstock abzuwehren.
Kurz sah Dietrich in Nollendorfs Augen zurück.
Es war der verzweifelte Blick eines Menschen in Todesangst.
Eine Sekunde später rutschte Nollendorf ab, den Blick immer noch auf Dietrich gerichtet, keinen Schrei mehr verbreitend.
Die Wurzel war durchgeschlagen, der coup de grâce gesetzt, mit einem hässlich dumpfen Geräusch schlug Nollendorfs Körper in der gähnenden Tiefe auf, um dann weiter den Abhang herunter zu gleiten.
Dietrich schaute sich um.
Niemand da.
Er schleuderte den Stock die andere Seite des Abhangs herunter und ging auf den Fußweg zurück.
Kein Mensch zu sehen.
Nach wenigen Metern übergab er sich.

Er atmete durch.
Jetzt folgte die zweite Phase der Schlacht.
Seine Ideenmaschine musste ihre Arbeit konzentriert fortsetzen.
Es war jetzt eine Schlacht der Nerven.

Eilig folgte er dem Weg bergan, um nach wenigen Minuten das Ende des Wandertrosses zu erreichen. Es war eine Gruppe von Schwestern. „Hallo Doktor Nolte, wo kommen denn Sie her?"
Dietrich zuckte zusammen. Seine Ideenmaschine arbeitete hochtourig. Alles musste jetzt bedacht werden, alles plausibel klingen.
„Mir tat das Bier unten nicht besonders gut bei dieser Wärme und diesem Marschtempo. Ich habe mir gerade … alles noch mal durch den Kopf gehen lassen …" Nach kurzer Pause lachten die Schwestern über seinen Witz.
Dietrich war über sich selbst überrascht angesichts seiner Worte. Die Tatsache seines Erbrechens konnte keinesfalls verheimlicht werden. Man würde die Hinterlassenschaft finden, sie böte zu Fragen Anlass und man könnte sie notfalls mittels DNA Untersuchung ihm sicher zuordnen. Deshalb machte es Sinn, freimütig und locker davon zu sprechen.
Was soll mein Erbrechen mit dem Ableben Nollendorfs zu tun haben? War er überhaupt tot?
Was, wenn er nur bewusstlos wäre?

Das Erbrochene liegt verdammt nahe an der Absturzstelle ... Ist das verdächtig?
Gedankenkarussell.

„Sie vertragen wohl nicht viel, Doktor, oder?" lachten die Schwestern beschwingt.
„Nein", log er. „Aber das macht nichts. Nicht viel vertragen heißt: Doppelt so gut und halb so teuer ... Mit ein paar Euro in der Tasche kann ich mich schon betrinken ..."
Die Schwestern lachten wieder albern.
Wieder war er über sich erstaunt, mit welcher kaltblütigen Präzision seine Ideenmaschine in dieser gefährlichen Phase ihn mit lockeren und heiteren Sprüchen versorgte.
Es lief gut.
Er alberte über Dümmlichkeiten mit den schnatternden, beinahe hebephren erscheinenden Schwestern herum, weiter auf den Turm der Burganlage zusteuernd. Die Schwestern lachten mit ihm über simple, törichte Witze, Dietrich musste einen stabilen Eindruck hinterlassen.

Der ganze Tross strebte jetzt den Treppen des Burgturmes zur Aussichtsplattform zu.
Dietrich war ruhig, die Zeit arbeitete für ihn.
Mit jeder Minute, die Nollendorf nicht gefunden wurde, sanken seine Überlebenschancen für den ohnehin unwahrscheinlichen Fall, durch den Sturz nur verletzt worden zu sein.
Noch wurde er nicht einmal vermisst, zu unübersichtlich war die Szenerie beim Treppenaufstieg im Burgturm.

Auf der Aussichtsplattform.
Dietrich stand allein.
Mann, ich habe Nollendorf ermordet ... Jetzt nicht anders verhalten als zu Beginn des Ausflugs! Immer ruhig bleiben!
Unter ihm das beschauliche Städtchen Annweiler, ausgebreitet im Tal der Queich, in anderer Sichtrichtung die beiden Schwesterburgen Aneobos und Münz, Ruinen tragend, und in allen vier Himmelrichtungen der dunkle Pfälzer Wald, bis zum Horizont reichend.

Sein Blick schwelgte in die Ferne und er musste an Sophie denken.
Er malte sich ihr Gesicht aus, wenn sie vom Ableben Nollendorfs hören würde.
Auch die Schwestern hatten gelegentlich unter ihm zu leiden, manchmal setzte es auch für sie Bürstungen, wenngleich nicht so häufig und nicht so ausgeprägt wie beim ‚Akademikerpack'.

Manche Schwestern schienen es zu genießen, wenn vor ihren Augen Ärzte vom Princeps abgekanzelt wurden, andere nahmen daran aber auch Anteil und gelegentlich Anstoß, insbesondere Sophie.

Ein halbes Dutzend Mal hatten sie sich kurz in die Augen geblickt, wenn Dietrich bei der Intensivstations-Visite unfreiwillig die Rolle des Delinquenten innehatte, wenn Nollendorf johlte und schrie.

Sophies Augen verströmten dann nicht nur Mitleid, sie waren nicht nur Balsam.

Sie gaben auch eine geheimnisvolle Kraft.

Ein kurzer Augenkontakt genügte.

Der Ausflugstross drängte wieder nach unten, verströmte sich auf dem Burgvorplatz.

Karl-Heinz Strassel, der pflegerische Leiter der Intensivstation, gab ein Handzeichen zum Sammeln, einem Infanterieleutnant vor seiner Kompanie ähnlich. Ihm oblag die Wanderroute, er war im Nachbarort Hauenstein mit seinem bekannten Schuhmuseum aufgewachsen.

Zu Dietrichs Freude wurde der Rückweg zum Grillplatz über eine andere, weiter östlich verlaufende Route gewählt, der Ort des stattgehabten Geschehens musste von der Gruppe nicht passiert werden.

Kleine Grüppchen formierten sich und folgten fröhlich plappernd, zum Teil lauthals lachend dem voran laufenden Pfleger Strassel.

Zu Dietrichs Überraschung waren in seiner Umgebung bislang noch keine Fragen nach dem Verbleib des Princeps zu vernehmen.

Sehr gut.

Sollte der Tross doch erst einmal zur Grillstelle. Je mehr Zeit verstrich, desto besser.

Dietrich lief jetzt in einer Gruppe von Assistenzärzten. Die Klinik war das beherrschende Gesprächsthema. „Es ist schon eine Sauerei", raunte Berberich, ein jüngere Kollege, aus Kiel stammend, „für einen Nachtdienst werktags, das heißt für 24 Stunden Arbeit nonstop, gibt's gerade mal lächerliche 60 Euro brutto. Aber noch nicht schlimm genug – anstatt am nächsten Morgen, nach den 24 Stunden auf der Galeere, um 8 Uhr heimzugehen, lässt uns der Chef noch bis nachmittags knechten. Völlig umsonst, ohne jede Kohle dafür …" Die letzten Worte hatte Berberich leise, fast flüsternd gesprochen.

„Wo ist er eigentlich, unser Chef?" Die Assistenten blickten um sich herum, einschließlich Dietrich.

„Er wollte noch mal zurück, irgendwas holen", sagte Meinhardt, ein schon älterer Assistent. „Er wird den Weg schon finden." Mitfühlende Worte klangen anders.

Dietrich atmete ruhig.

Die kurze Sorge um den Verbleib Nollendorfs wurde wieder abgelöst vom beherrschenden Gesprächsthema. „Meint ihr wohl, mir geht's besser?"

Oberarzt Mertens war von hinten der Assistentengruppe aufgeschlossen und sprang in die Diskussion ein. „Ich habe an 12 Tagen im Monat Hintergrunddienst. Ich sitze dann zu Hause, kann kein Bier trinken, kann nicht wegfahren, kann in kein Kino, in kein Restaurant. Jede Minute kann ein Anruf kommen. Nehmen wir an, ich muss um Mitternacht in die Klink einrücken zu einer Notoperation und ich komme um 5 Uhr morgens wieder heim, dann bleiben mir 45 Euro nach Steuern. Abzüglich der Fahrtkosten … Ein Witz. In Berlin musste ein Chirurg nachts in die Klink rasen und notfallmäßig eine Transplantation durchführen. OP auf Leben und Tod. Es ging gut, er kam 4 Uhr morgens heim und – er hatte den Hausschlüssel vergessen. Er musste den Schlüsseldienst anrufen, der ihm frühmorgens in fünf Minuten die Tür öffnete und ihm dafür 250 Euro abnahm – das Dreifache dessen, was er mit der Notoperation in der Nacht in vielen Stunden verdient hatte. Leute, das System ist der Wahnsinn! Das ist alles Scheiße!“
Dietrich war überrascht angesichts der drastischen Worte seines Vorgesetzten. Es folgte ein allgemeines Lamentieren über die Dienstbelastung, so erreichte der Tross am frühen Nachmittag den Grillplatz.
Mitarbeiter der Klinik-Küche verbreiteten Geschäftigkeit, Schnitzel, Fleisch-spieße und Grillwürste wurden präpariert und über mehreren lodernden Feuern auf groß dimensionierten Rosten aufgelegt. Wiederum wurde Bier gereicht, auch gerne und reichlich genommen.
Dietrich bevorzugte eine Cola, es galt, bei Verstand zu bleiben.
Man hörte jetzt verschiedene Stimmen, die sich nach der nun doch offensichtlicheren Abwesenheit Nollendorfs erkundigten.
Für den weiteren Tag war geplant, nach dem Essen zu den Bussen zurück zu wandern, um auf dem Rückweg über die Südliche Weinstraße in Edenkoben, einige Kilometer nördlich von Landau, fröhliche Einkehr in einem Weingut zu halten.
Dietrich lauschte aufmerksam den Stimmen, die den Verbleib Nollendorfs diskutieren. Er würde sicherlich noch nachkommen, er sei vielleicht vom Weg abgekommen.
Das kann man so sagen …

Strassel, verantwortlich für die Wahl der Wanderroute, postulierte, er wollte, falls der Princeps nicht in einer halbe Stunde einträfe, den Weg retour zur Burganlage laufen und nach dem Chef Ausschau halten. Doch zunächst wurde erst einmal gegessen und reichlich, überwiegend vom frisch gezapften Bier getrunken; die Stimmung war gut.
Dietrich blieb ruhig.
Überrascht registrierte er, wie seine Ideenmaschine auf sein Nervenkostüm sedierend Einfluss nahm. Die Ideenmaschine versprühte eine unermessliche Ruhe. Alles im grünen Bereich. Es kann dir nichts passieren …
Er trank an der Cola. Pervers. Bei den kleinsten Dingen gerate ich in Aufregung, die Stimme zittrig, die Finger fahrig, die Gedanken überstürzend,

die Angst brennend, das Selbstbewusstsein schwindend. Jetzt habe ich brutal einen Menschen ermordet und bin ganz ruhig. Ein Kuriosum paradoxester Art …

Dietrich musste, an einer Bratwurst mit Senf kauend, an seine Kontrollzwänge denken. Es ist grotesk und nicht minder paradox: Ich kontrolliere fast fünfzig Mal im Dienstzimmer, ob der Piepser an ist, dabei würden mich die Schwestern im Notfall ohnehin in diesem Zimmer zuerst suchen. Jetzt habe ich ein Kapitalverbrechen begangen und bin ganz ruhig. Ich habe nicht einmal etwas kontrolliert. Zum Beispiel wo der Haselnuss-Stock gelandet ist, ob es Bodenspuren gab, ob man Nollendorfs Corpus vom Weg aus sah … Nichts. Absolute Ruhe.

Wer steuert meine Zwänge? Wer quält mich? Wer lässt mich tausendfach halbwichtige und unwichtige Dinge völlig unrational nachkontrollieren bis zum Exzess, bis zur Erschöpfung?

Woher kommt das?

Wo soll diese Instanz sitzen, die mir eingibt, das zu tun?

Im Gehirn? Ist es eine Fehlfunktion?

Wie sagte Sophie – fast dreiviertel des Gehirns dient der lächerlichen Muskel-steuerung.

Wo ist es – das ‚Ich'?

Wo ist es – das, was man Emotion nennt?

Gefühle? Liebe?

Ja, wo ist sie lokalisiert, dieses Gefühl – Liebe?

Er musste sofort an Sophie denken.

Halt – ich habe eine feste Freundin, sie ist Ärztin und Wissenschaftlerin in der Kardiologie – und hat Beine, dass sich nahezu jeder geschlechtsreife Erden-bewohner nach ihr umdreht …

Aber liebe ich sie?

Habe ich sie überhaupt jemals geliebt?

Zu Anfang vielleicht … Ein kleines bisschen … Es hat sich … alles so ergeben … Aber Liebe …

Es ist pervers.

Ich stehe jetzt in einer ganz entscheidenden Phase der Schlacht.

Bald wird Nollendorf gefunden sein, Strassel ist mit einem Kollegen schon zurückgelaufen.

Bald wird die Polizei hier sein, alle befragen, verhören – und ich sitze hier ruhig an meiner Rostwurst kauend, und mache mir Gedanken um Frauen, um meine Gefühle …

Der Tross war fleischgesättigt und sprach jetzt, bedingt durch die Wärme und fehlende Beschäftigung - der Rückmarsch war verschoben worden -

kräftig dem Bier zu. Heiter und beschwingt saß man zusammen und
schwelgte in Klinikanekdoten.
Dietrich blieb bei Cola.
Er sah ihn als einer der ersten.
Ein Streifenwagen näherte sich.
Dietrichs Ideenmaschine arbeitete. Ruhig bleiben. Konzentration.
Zwei Polizisten stiegen aus, offensichtlich einen Ansprechpartner suchend.
Karl-Heinz Strassel, der Wandertrossführer, war von seinem Erkundungs-
gang noch nicht zurück. Die Polizisten blickten etwas unschlüssig, an wen
das Wort zu richten war. „Wer ist der Vertreter von Herrn Professor Dr.
Nollendorf?"
„Formal Professor Dr. Stilgenbauer, aber der ist in der Klinik, im Not-
dienst." Oberarzt Mertens hatte geantwortet, in seinem Gesicht zeichneten
sich hellrote Flecke ab, Dietrich meinte, sogar ein leichtes Lallen in seiner
Sprache entdeckt zu haben. Mertens hatte schon einiges intus.
Die mitgebrachten Vorräte waren fast aufgebraucht, auch dies hatte Dietrich
wohlwollend registriert. Große Teile des gesamten Trosses waren angetrunken.

„Wir müssen Ihnen die bedauerliche Mitteilung machen", der ältere der beiden Streifenpolizisten hatte die Stimme laut erhoben, „dass Herr Professor
Dr. Günter Nollendorf tödlich verunglückt ist!"
Ein Raunen ging durch den Tross, die bierseligen Gesichter blickten sich an,
die Gesichtsfarbe rasch wechselnd. Sofort entstand ein Stimmengewirr.

Dietrichs Ideenmaschine arbeitete hochtourig. Ein gutes Zeichen. Es wird
primär das Wort ‚Unglück' benutzt. Der erste Eindruck der
Provinzpolizisten erscheint wohl dem eines tragischen Unfalls …
Dietrich war ganz ruhig.
Er bewunderte sie, seine Ideenmaschine. War sie Bestandteil seines Ge-
hirns? Oder war das Gehirn doch nur eine Art Radio, Gedanken, Ideen,
Emotionen lediglich empfangend, wie Sophie ihm darlegte?

„Wir müssen Sie, das heißt jeden einzelnen von Ihnen, kurz befragen. Wir
erwarten noch Kollegen aus Neustadt. Wir bitten Sie, sich vorerst zur Verfügung zu halten." Wieder setzte das Stimmengewirr ein.

Die zivilgekleideten Kollegen aus Neustadt fuhren in zwei VW Passat nicht
mehr ganz neuer Baureihe vor. Alle Ausflugteilnehmer sollten befragt werden; es wurden Gruppen gebildet und je einem der fünf Beamten zugeordnet.
Dietrich war vollkommen ruhig und konzentriert.
Tunnelblick.
Seine Ideenmaschine schien seinen Organismus mit endogenen Sedativa zu
überschütten.

Er hatte noch zu warten, ein halbes Dutzend Kollegen waren vor ihm an der Reihe.
Er fühlte seinen Puls. 56 Schläge pro Minute langsam. Ruhig, gleichmäßig, wie sonst nur im Schlaf.
Die Befragungen nahmen jeweils nur wenige Minuten in Anspruch, der jeweilige Beamte machte sich Notizen in einer kleinen Kladde. Bald würde Dietrich selbst an der Reihe sein.
Da gebar die Ideenmaschine einen neuen strategischen Angriffsgedanken, neue Munition für die Front. Gute Munition. Sehr gute …
Nollendorf hatte bei der ersten Rast vor dem Aufstieg zur Burg Bier getrunken, wie fast alle anderen Ausflügler auch. Dietrich entsann sich sogar eines zweiten Ganges des Princeps zum Zapfhahn. Er war also alkoholisiert gewesen.
Diesen Aspekt galt es gleich dem Inspektor gegenüber etwas zu pointieren. Aus zwei Bierchen kann man auch leicht drei werden lassen …

Man würde dem Leichnam eine Blutprobe entnehmen, der Alkoholspiegel würde je nach Nollendorfs hepatischer Konstitution zwischen 0,3 und 0,5 Promille liegen, überschlug Dietrichs Ideenmaschine. Es wäre nicht sehr viel, aber auch nicht Nichts …
Ein guter Punkt! Der Chef war bei seinem Absturz alkoholisiert …
Bei einem Verkehrsunfall wäre er damit in jedem Fall schuldig …

Ja, ich werde die Bierchen pointieren. Die quantitative Promillezahl sagte ja nicht alles. Es gab chronische Alkoholiker, die bei 2,0 Promille infolge Toleranzentwicklung keinerlei Trunkenheitsphänomene entwickeln; andererseits können Menschen mit geringeren Promillewerten schon äußerst verhaltensauffällig und reaktionsgemindert sein.
Ja, Nollendorf war breit gewesen, es war heiß, der Weg beschwerlich, nicht überall gesichert …

Er war jetzt an der Reihe.
Die Ideenmaschine hatte jetzt vollständig das Kommando übernommen.
Er war die Ruhe selbst, kein Zittern, keine Transpiration – ganz im Gegensatz zu dem Beamten, dessen nach Holzfällerart kariertes Hemd axillär flächige Schweißlachen zierte.
Hauptkommissar Brühl nahm nach kurzer Vorstellung zunächst Dietrichs Personalien auf, die auf einer nicht sehr strukturiert wirkenden Notizkladde auf einem neuen, noch leeren Blatt Eingang fanden.
„In welcher Funktion arbeiten Sie in der Klinik?“
„Ich bin seit einem dreiviertel Jahr als Assistenzarzt beschäftigt; Herr Professor Nollendorf hatte mich Ende letzten Jahres eingestellt nachdem ich bei ihm ein Praktikum im 12. Studiensemester absolviert hatte.“
Eine kurze Notiz in der Kladde.

„Welche Angaben können Sie zu dem stattgehabten Vorfall machen?"
Was für eine Formulierung – ‚Vorfall' …
„Herr Professor Nollendorf hatte vor langer Zeit diesen jährlichen Abtei-
lungswandertag etabliert. Für mich persönlich ist es die erstmalige
Teilnahme …" Dietrichs Maschine gebot eine weitschweifige Antwort. Die
Sonne brannte. Die Schweißflecke des Beamtenhemds wurden sichtlich
größer. „Mit Herrn Professor hatte ich heute eigentlich wenig unmittelbaren
Kontakt, wir saßen im Bus weit auseinander, auf der Fußwanderung bis zur
ersten Raststelle lief er separat mit einer Gruppe von Oberärzten."
Das entsprach den Tatsachen.
Wenige, kurze Notizen in der Kladde.
„Bei der ersten Rast haben wir kurz einige Worte gewechselt, als sich der
Herr Professor Bier holte."
Die Ideenmaschine gebot eine kurze rhetorische Pause. Der Torpedo war
abgeschossen und lief auf sein Ziel.
Hauptkommissar Brühl blickte auf, weg von seiner Notizkladde. „Er holte
Bier?"
„Ja, er holte Bier. Wir wechselten einige Worte. Herr Professor kam einige
Male vorbei, wir kommentierten die Wärme an diesem Tag und wie bele-
bend so ein Bierchen sein kann. Herr Professor verwies noch auf die ge-
schmacklichen Vorzüge frischen Fass- gegenüber Flaschenbieres."
„Professor Nollendorf kam einige Male vorbei zum Bierholen?" Rasche,
ausführliche Notizen auf der Kladde. Der Torpedo hatte getroffen.
„Ja … Ich denke … drei Mal kam er schon vorbei …"
„Und er holte immer Bier?" Ausführliche Notizen auf der Kladde.
„Ja, es war immer ein Becher Bier. Wir hatten keine Gläser." Rasche
Notizen. Jetzt wurden auch Unterstreichungen getätigt in der Kladde.
„Trank er das Bier selbst oder brachte er es vielleicht jemandem mit?"
Die Ideenmaschine gebot eine kurze rhetorische Pause bis zur Antwort. „Das
kann ich nicht sicher sagen …" Pause. „Er hatte immer nur ein einzelnes
Bier … So wie ich Herrn Professors Persönlichkeit einschätze … halte ich
es für eher unwahrscheinlich, dass er von den hier Anwesenden jemanden
bediente."
Brühls unmerkliches Kopfnicken schien Verständnis zu signalisieren. Einige
Notizen in der Kladde. „Dies war Ihr letzter Kontakt mit Herrn Nollen-
dorf?" Ein Absatz in der Notizkladde.
Dietrich blieb weiter ruhig. Der Torpedotreffer mit den Bieren war wichtig
gewesen. Nur eine leichte Übertreibung – drei statt zwei Biere. Der
Kommissar ist im Bilde. Nollendorf hatte was intus. Und das am Vormittag
…Da kann man auch mal stolpern, am Wegrand …
Die Ideenmaschine übernahm weiter das Steuer. Dietrich fuhr in ruhiger
Stimme fort: „Nein. Wir wanderten nach der Rast zur Burg Trifels hinauf.
Der Wanderzug war recht lang auseinandergezogen. Ich selbst blieb
ziemlich weit hinten, ich fühlte mich ein wenig blümerant …"

„Was bitte?“

„Blümerant.“

Stirnrunzeln bei Brühl, langsames Kritzeln in der Kladde.

„Mir war nicht gut ...“, erläuterte Dietrich für Brühl „Da kam mir Herr Professor nochmals entgegengelaufen in Richtung Rastplatz nach unten. Später sagte jemand, er habe eine vergessenen Kamera holen wollen.“

„Ihnen war nicht gut?“

„Ja, ich hatte in den letzten Tagen eine leichte Gastroenteritis, Brechdurchfall.“ Die erste satte Lüge. Sie kam rhetorisch problemlos über die Lippen, fügte sich locker und unauffällig in die fortlaufende Erzählung ein. „Daher trank ich bei der ersten Rast auch nur ein einziges Bier, mehr den Kollegen zuliebe ...“ Sehr gut. Noch ein kleiner Nachschuss in Richtung vormittäglichem Alkoholkonsum ... „Aber es bekam mir nicht so gut, vor allem bei dieser Wärme ... Ich habe mich dann beim Aufstieg einmalig hinter einem Busch übergeben und bin etwas langsamer gewandert.“

„Hat Professor Nollendorf noch irgendetwas zu Ihnen gesagt? Wo er hin liefe? Haben Sie ihn nicht gefragt, weshalb er zurückging?“

„Nein, es ging zu schnell, er schien in Eile. Ich habe mir keine größeren Gedanken gemacht. Es ist für unseren Chef nichts Ungewöhnliches. Gelegentlich muss er notfallmäßig in die Klinik, bei Problemen im OP oder wenn ein prominenter Patient in die Abteilung aufgenommen wurde ...“

„Sie haben ihn danach nie mehr gesehen?“

„Nein.“

Die Lüge war brutal, aber die Ideenmaschine versetzte Dietrichs Mimik in einen ebenso entschlossenen wie aufrichtig wirkenden Ausdruck, die Steuerung seiner Stimmbänder war perfekt – ohne kleinste verräterische Zuckung, ohne die Nuance einer Unsicherheit.

Ein neuer Absatz Brühls Kladde.

„Wie war Ihr Verhältnis zu Herrn Nollendorf?“

„Nun ja, normal würde ich sagen. Wie so ein Verhältnis eines jungen Assistenzarztes zu seinem vorgesetzten Ordinarius ist. Höflich, korrekt, formal, es bestand ja ein recht großer hierarchischer Abstand ...“ Dietrich vermied den Terminus des guten oder freundlichen Verhältnisses; dies würde bei den Befragungen der Kollegen sicherlich nicht bestätigt. „Ich war Herrn Professor sehr dankbar gewesen, dass er mich nach meinem Praktikum eingestellt hatte. Die Klinik hat ein hervorragendes Renommee ... Vor einigen Monaten initiierte Herr Professor Nollendorf mit mir ein hochinteressantes wissenschaftliches Forschungsprojekt über einen bestimmten Herzklappentypus ...“

Seine Ideenmaschine befahl eine kurze Pause und generierte einen traurig dreinblickenden, fast weinerlichen Gesichtsausdruck.

Sekunden verharrte so die mimische Muskulatur, einer Tetanie ähnlich.

Einige Notizen auf der Kladde.

Ein weiterer kleiner Torpedo.

Brühl sollte ruhig denken, das plötzliche Ableben Nollendorfs stelle einen exorbitanten Verlust für das Wissenschaftsprojekt dar – obgleich in Dietrichs Augen eher das Gegenteil der Fall war.

„Professor Nollendorf war ein recht strenger Chef gewesen …" Etwas Gegenteiliges zu postulieren erschien sehr unklug. „Streng, aber korrekt und gerecht. In einer solchen Disziplin arbeitet man physisch und psychisch am Limit, es geht ums Ganze. Ein kleiner Fehler, eine winzige Unachtsamkeit, ein minimales Versäumnis und Sie können den Patienten verlieren." Dietrich blickte jetzt pathetisch ernst, fast belehrend.

Brühl erwiderte den Blick beinahe ehrfurchtsvoll.

„Da ist es an der Tagesordnung, dass es im OP mal lauter wird, das gehört dazu …"

„Gab es Mitarbeiter, zu denen Herr Nollendorf besonders … streng gewesen war?"

Die bislang gefährlichste Frage. Dietrich retournierte sie mit Gelassenheit und Ruhe. „Nein, eigentlich nicht. Wissen Sie, jedem unterläuft einmal ein Fehler oder ein Versäumnis. Den Assistenzärzten eher im Bereich der peripheren Stationen, den Oberärzten eher im Operationssaal, den wissenschaftlichen Mitarbeitern eher im Labor oder am Computer bei einer Publikation. Jeder bekam im Laufe der Zeit einmal eins auf den Deckel …" Die Ideenmaschine gebot eine weitschweifige Antwort. „Der Chef war korrekt, nannte die Dinge beim Namen, er kritisierte mit offenem Visier. Man lernte von ihm ungeheuer viel, theoretisch und praktisch, besonders im OP. Er war eine Koryphäe. Einige Zeit der Arbeit bei ihm konnte ein berufliches Sprungbrett bedeuten. Eines mit hoher Reichweite … Sein Verlust ist für die Abteilung unermesslich …" Dietrichs Ideenmaschine rief jetzt wieder das Trauerminenprogramm für die Gesichtsmuskulatur und die Tränendrüsensekretion ab und befahl eine rhetorische Pause.

„Hatten Sie näheren Kontakt, eine private Verbindung zu ihm oder zu seiner Familie?"

„Nein." Die Erwähnung seiner Familie ließ ihn innerlich kalt

„Gibt es jemanden, der ein Interesse am Ableben von Herrn Nollendorf hätte oder daraus Vorteil schlagen könnte?"

„Dies wäre mir nicht bekannt. Ich kenne ihn ja nur von der rein beruflichen Seite her. Da ist es sicherlich so, dass seine Ordinariatsstelle als Leiter der Klinik ausgeschrieben werden wird. Bis ein Nachfolger gefunden ist, wird wohl der Leitende Oberarzt, Herr Professor Dr. Stilgenbauer, die Abteilung kommissarisch leiten. An deutschen Universitätskliniken wird praktisch nie jemand aus dem eigenen Stall bestellt. Daher wird wahrscheinlich niemand aus unserer Abteilung hierdurch einen Aufstieg in seiner Position erfahren. Alle Mitarbeiter werden sich kurzfristig mit einem neuen Ordinarius von auswärts vertraut machen müssen mit all seinen Problemen und Nachteilen, die so etwas mit sich bringt. Allein wie es mit den jeweiligen wissenschaftlichen Projekten dann weitergehen soll ..." Wieder die Trauermine, fast schon theaterreif.

Einige Notizen in der Kladde.

„Noch eine andere Frage. War Herr Nollendorf in vergangener Zeit gelegentlich in bedrückter oder niedergeschlagener Stimmungslage?"

Sofort wurde Dietrichs Ideenmaschine noch hochtouriger. Diese Variante hatte er gar nicht bedacht! Nollendorf als depressiver Selbstmörder!

Der Abteilungswandertag erschiene ein ungewöhnlicher Rahmen dafür ... aber ...

Schnell auf diesen Zug aufspringen und Fahrt aufnehmen!

„Wie ich schon sagte, ich kannte Herrn Professor ja nicht näher. Manifest depressiv erschien er mir eigentlich nicht ..."

Dietrich legte ein bedeutungsschweres Gesicht auf.

Brühls Kugelschreiber in Wartestellung auf der Kladde.

„Gelegentlich erschien mir der Chef ein wenig stimmungsinkonstant ..."

Stirnrunzeln bei Brühl.

„Manchmal war er in oder nach einer großen Operation euphorisch exaltiert, fast manisch, und dann konnte man ihn nach nur kurzer Zeit in seinem Büro nachdenklich ruhig, fast etwas melancholisch antreffen. Seine Augen hatten dann so einen traurigen Blick ... Ja, manchmal erschien er mir etwas trübsinnig. Aber das ist nur eine sehr subjektive Einschätzung von mir, ich kann mich in diesem Punkt auch täuschen."

Einige Notizen in der Kladde.

„Danke Herr Doktor Nolte. Wir werden von der Befragung ein kurzes Protokoll erstellen. Ich wünsche Ihnen eine gute Heimreise."

Das Gespräch war zu Ende, ein neues Blatt in der Notizkladde wurde aufgeschlagen.

Ein wenig später sah Dietrich Kommissar Brühl den für den Bierausschank zuständigen Küchenmitarbeiter befragen. Ein mehrmaliges Kopfnicken des Befragten war zu erkennen.

Der Abflug in den zweiwöchigen Urlaub stand für den folgenden Tag an. Hätte ich fragen müssen, ob ich reisen dürfe? Oder müsste ich mich zur Verfügung halten, weil unter Verdacht?

Nein, warum auch.

Die Frage stellt sich nicht.

Ich bin nicht verdächtigt worden.

Niemand sagte mir, ich dürfe die Stadt nicht verlassen.

Ich bin lediglich befragt worden – zu einem Unfall, Suizid, was auch immer.

Nach einer Stunde Wartezeit bestieg Dietrich mit den anderen den Bus.

Die Weinprobe war abgesagt worden, der Bus steuerte direkt die Klinik an.

Dietrich saß allein.

Zeit zur Rekapitulation.

Offensichtlich hatte es keine Zeugen für Nollendorfs unfreiwilligen Sturz in die Tiefe gegeben, andernfalls wäre er ja schon längst verhaftet.
Es war auch niemand auf dem Wegstück zu sehen gewesen.

Er malte sich Nollendorfs Leichnam aus.
Es war ein fürchterlicher Sturz aus großer Höhe gewesen, gefolgt von einem weiteren Abrutschen des Corpus am Steilhang.
Bestimmt war der Schädel hart aufgeschlagen. Das Gesicht schwerst traumatisiert, vielleicht der Hirnschädel eröffnet.
Dietrich entsann sich an Sturzopfer in der Pathologie. Die inneren Organe waren zerrissen gewesen, die Oberschenkelknochen im Bauchraum steckend, die Lungen durch Eröffnung des Brustkorbes oder Rippenserienfrakturen zusammengefallen wie ausgediente Luftballons.
Er wusste, wie ein solcher Leichnam auch von außen aussah. Kaum noch eine intakte Oberfläche, die Haut zerrissen, zerfetzt, von stumpfem Traumata aufgeplatzt, abgeledert, aufgeschürft. Es gab kein nennenswert großes intaktes Areal mehr.
Wie sollten da Spuren eines kleinen Remplers, eines dezenten Schubses noch erkenntlich sein?
Dietrich schloss die Augen.
Er hatte Nollendorf mit der Breite seiner Handflächen mit nur geringer Kraft gestoßen – ausgeschlossen, hiervon noch etwas zu nachzuweisen.
Das Thema war erledigt.

Er war erstaunt über seine eigene Kaltblütigkeit. Nicht nur zum Zeitpunkt der spontanen Tat, nein – jetzt, in dieser Phase.
Während der Vernehmung und nun auf der Rückfahrt.
Der Puls ging konstant ruhig, kein Händezittern, kein Transpirieren, kein Vibrieren der Stimme.
Nichts. Absolute Ruhe.
Es ist völlig paradox. Ich habe kaltblütig einen Menschen ermordet und bin die Ruhe selbst.
Aber nachher an meinem Auto muss ich mindestens viermal nachschauen, ob die Fahrertür sicher geschlossen und das Licht sicher aus ist, ich werde vor dem Schlafengehen ein Dutzend Mal den Wecker kontrollieren und dabei wird mir der Puls rasen, ich werde zittern, Schweißperlen auf der Stirn haben …
Wer veranlasst mich zu diesem nutzlosen Zwang? Wie kann ich eine solche Tat begehen, in völliger Ruhe verbleibend, um dann bei den belanglosesten Geschäften des Alltags wieder Ängste zu bekommen …?
Er wusste, es war ein Charakteristikum der Zwangsneurose.
Die Themen der rituellen Kontrollhandlungen waren meist belanglosester und nichtigster Natur.
Dietrich wusste es.

Er war krank.

Der Bus erreichte den Klinikparkplatz.
Dietrich nahm sich vor, nach dem Urlaub einen Behandlungsversuch zu unternehmen. So konnte es mit der Kontrolliererei nicht weitergehen.
Er hatte schon vielerlei Mechanismen entwickelt, das Gros seiner Kontrollen ohne Publikum, nur für sich allein, abzuwickeln.
Dennoch fiel es gelegentlich auf.
Für die einfachsten Handlungen benötigte er mittlerweile unverhältnismäßig viel Zeit.
Und sie nahmen zu, die Kontrollen, langsam, schleichend, aber stetig, unaufhaltsam, uneindämmbar, unkontrollierbar … Sie wurden mehr und mehr, einer Lawine gleich.
Im vorletzten Nachtdienst hatte er wieder drei Stunden lang den Piepser kontrolliert, bestimmt über 100 Kontrollen …

Es war früher Abend, als er nach Hause kam. Yvette begrüßte ihn mit üblicher Flüchtigkeit, am Computer sitzend, vom Monitor kaum aufsehend.
Erst als ihr Dietrich von der Neuigkeit erzählte, hielt sie inne.
Er berichtete, Nollendorf sei auf der Wanderung an abschüssige Stelle in die Tiefe gestürzt, man gehe von einem tragischen Unfall aus.

Trotz eines spätabendlichen Weizenbieres konnte er keinen raschen Schlaf finden. Er musste an seinen Zwang denken und wie ihm zu Leibe zu rücken wäre. Viele Therapiestrategien standen für ihn nicht zur Verfügung. Die großen einschlägigen Psychiatrielehrbücher berichten über eine Heilung oder Besserung in etwa der Hälfte der Fälle durch eine längerfristige Psychotherapie. Dies kam keinesfalls in Frage.
Jede Woche mehrstündige Sitzungen!
Alternative Behandlungsstrategien umfassten die Verhaltenstherapie, auto-suggestive Entspannungs- und Trainingsverfahren, autogenes Training und gestufte Aktivhypnose.
Ausgeschlossen.
Alles nicht praktikabel und zudem vor Yvette und den Kollegen nicht geheim zu halten. Ausgeschlossen!
In Einzelfällen wurden schwerste Zwangsneurotiker sogar schon erfolgreich stereotaktisch am Gehirn operiert.
Ein psychochirurgischer Eingriff – ebenfalls ausgeschlossen. Da behalt' ich lieber meinen Kontrollfimmel.
Eine Option erschien ihm denkbar. Insbesondere zur Initiierung ver-schiedener Behandlungsverfahren wurden auch Psychopharmaka eingesetzt.
Neuroleptika teilweise kombiniert mit niedrig dosierten Tranquilanzien konnten Erfolg bringen, wobei sich durch die Medikamente vor allem eine günstige Beeinflussung der Angst und der affektiven Spannung zeigte.

Ein Versuch wäre es wert, wenngleich die Substanzen nicht unproblematisch und auch nicht ungefährlich waren und er über keinerlei Erfahrungswerte verfügte.
Selbstverständlich würde er sie sich selbst rezeptieren, das Aufsuchen eines Psychiaters erschien ihm ausgeschlossen.
Er würde sich nach dem Urlaub kundig machen, belesen und einen Versuch starten.
Mit derlei Gedanken fiel er um Mitternacht in den Schlaf.
An Nollendorf und den abgelaufenen Tag hatte er nicht mehr gedacht.
Keine Sekunde mehr.

*

Zurück aus dem Urlaub, am späten Vormittag gelandet, belud Dietrich die Waschmaschine. Yvette war für das Abendessen einkaufen gegangen.
Er machte sich einen Kaffee und setzte sich auf die Couch, die vergangenen zwei Wochen in Andalusien rekapitulierend.
Er hatte sich auf den Urlaub gefreut gehabt.
Zudem sollte er ein Test sein.
Ein Test, wie es weitergehen sollte mit ihnen.
Die letzten Monate hatten sie weitgehend nebeneinander lebend verbracht, physisch und geistig.
Der Urlaub sollte für Dietrich eine Entscheidung bringen. Entweder sollten die zwei Wochen ihre Beziehung mit Leben und Liebe füllen oder der Anfang vom Ende sein.
Er hatte sich fest vorgenommen gehabt, nach der Rückkehr aus Andalusien einen Entschluss zu fassen.
Pro oder contra Yvette.
Restauration oder Revolution.

Er war unfähig, eine Entscheidung zu fällen.
Sie hielten sich die Waage, die schönen und die dunklen Momente.
Das Pendel schlug weder in die eine noch in die andere Richtung.
Er hatte gehofft, dass sich ihre Beziehung mit Wärme, mit Harmonie, mit Nähe, mit Liebe füllte. Ja, es war sein Wunsch gewesen.

Vieles war sehr schön verlaufen, die Äußerlichkeiten des Urlaubes optimal. Ein schönes Hotel nahe der alten Hafenstadt Cadiz. Herrliche Ausflüge nach Granada in die Alhambra, nach Sevilla, in die ländliche Umgebung. Ein traumhafter Strand. Reichlich gute Lektüre zum Lesen, abendlich auf dem kleinen Balkon des Hotelzimmers, bei spanischem Rotwein, im Schein einer Kerze.

Und es war nicht nur der äußerliche Rahmen, der stimmte. Körperlich liebten sie sich frequentierter als je zuvor. Manches Mal, für Yvette völlig untypisch, sogar am helllichten Tag, nachmittags vor der Siesta. Ihm schien es, als entwickelte sich bei seiner Freundin ein gewisses Lustgefühl daran, einem kleinen, zarten Pflänzchen gleich.

Wenn sie nicht lasen, saßen sie einfach bei Kerze und Rotwein auf ihrem Balkon, das Animationsprogramm des Hotels meidend, und sahen stattdessen in die sternenklare Nacht. Sie unterhielten sich dabei besser als jemals zuvor. Yvette hatte viel von ihrem Elternhaus erzählt. Ihr Vater hatte sie streng leistungsorientiert erzogen. Schon in der Grundschule, dann im Gymnasium, dann im Studium, auch beim Sport, sie hatte viele Jahre Volleyball gespielt. Sie redeten, plauderten und erzählten, wie zwei Menschen, die sich erst vor sehr kurzer Zeit kennengelernt hatten.

Dietrich hatte es genossen.

Danach liebten sie sich auf dem Bett, das zimmerübergreifend hörbare Quietschen des Möbel ignorierend.

Der Urlaub wäre wunderschön gewesen, er hätte das Pendel klar in Richtung Restauration schlagen lassen können, wenn es nicht auch einige dunkle Stellen gegeben hätte, wenige nur an Zahl und Schwere, aber doch dunkle Wolken, die das Licht sehr trübten.

An manchen, wenngleich wenigen der romantischen Rotwein-Kerzen-Balkon-Abende hatte sich Yvette statt eines schönen Buches medizinische Fachzeitschriften als Lektüre geholt. Ihm stieß es auf, als er am Ende eines traurigen Romans kleine Kullertränen auf der Wange hatte und Yvette währenddessen im ‚Journal of the American College of Cardiology' oder im ‚New England Journal of Medicine' blätterte. Es ärgerte ihn ein wenig, dass sie bis an den äußersten Südzipfel Spaniens ihren wissenschaftlichen Krempel, ihre ‚papers' mitgeschleppt hatte.

Ein weiteres Ärgernis in Dietrichs Augen betraf die Arbeitsteilung.

Nahezu sämtliche Urlaubsvorbereitungen hatte er zu treffen gehabt. Yvette hatte außer ihren Kosmetika, ihrer Unterwäsche und den besagten ‚papers' nichts gepackt, nichts vorbereitet, sich um nichts bemüht; in Andalusien oblag es ausschließlich ihm, Ausflugsziele auszukundschaften, ein Mietauto zu organisieren, sich um alles zu kümmern, Mädchen für alles zu sein.

Selbst am Pool oder Strand war ihm die Rolle des Kellners zugefallen, wenn es Yvette dürstete. Wie ein serviler Diener er hatte für sie Getränke geholt, wie eine Prinzessin nahm sie sie entgegen.

Die asymmetrische Arbeitsverteilung lag ihm im Magen, er fühlte sich gelegentlich einem Lakai ähnlich.

Aber der in Dietrichs Augen schlimmste Punkt bestand jedoch in Yvettes Kommentaren seine Kontrollen betreffend. Er hatte sie einigermaßen im Griff gehabt, aber es hatte einige neue Themenfelder für seine Angstflamme

gegeben: Nach jedem ‚housekeeping' ihres Zimmers musste Dietrich die Vollständigkeit der Reiseunterlagen, der Pässe, der Rückflugtickets und der Barschaft nachkontrollieren. Manchmal hatte es einiges an Zeit in Anspruch genommen.
Aber es war zur Abwechslung einmal ein wichtiges Kontrollthema gewesen.

Einmal hatte er abends vor dem Essen längere Zeit mit der Kontrolle des heimatlichen Hausschlüssels verbracht. Wieder und wieder hatte kontrolliert, ob er sich noch an Ort und Stelle, einem kleinen Innenfach einer Reisetasche, befände.
Yvette hatte ihn daraufhin rüde angefahren, sich wie eine keifende Xanthippe gebärdend.
Interessanterweise hatte dies in keine Weise seinen Kontrollvorgang unterbrochen. Dietrich hatte sich noch drei weitere Nachkontrollen verordnet gehabt und er hatte, von Yvettes Tiraden unbeeindruckt, dreimalig nach dem Schlüssel gesehen und war erst nach einer finalen Abschlusskontrolle zur verbalen Gegenwehr bereit gewesen.
Es war ein kurzer, aber heftiger Disput gewesen, der ihm schmerzhaft als Engramm im Gedächtnis blieb. Ihm schien Yvette verbal entgleist zu sein.
„Du hast sie doch nicht mehr alle!"
Dietrich fragte sich, was ihre Aggressivität sollte. Er hatte seine konzentrierten Kontrollen durchgeführt, als sich Yvette im Badezimmer für das Abendessen im Hotelrestaurant die Haare gefönt und sich geschminkt hatte. Was hatte sie denn für einen Nachteil davon – was ging es sie an, wenn er in der Zwischenzeit einige Male nach den Schlüsseln sah …?
Es war für ihn eine sehr unschöne Szene gewesen. Es war verletzend.
Wieso wird sie so aggressiv? Wieso fährt sie in ihren Kommentaren solche Kraftausdrücke auf?
Könnte sie nicht gegenteilig reagieren? Versuchen, mir zu helfen? Mich zu beruhigen? Mir Wärme geben? Mir die Angst nehmen?

Seine Gedanken wurden wieder auf seinen Plan gelenkt, nach dem Urlaub die Wirkung von Neuroleptika auszutesten. Er könnte sich die Medikamente von jeder simplen Station besorgen.
Wer weiß, vielleicht erbrachten sie Linderung.

Dietrich resümierte.
Minimal überwogen die schönen Stunden des Urlaubs.
Vielleicht ließe sich Einiges in die kommende Zeit hinein retten. Yvettes sich entwickelnde Lust am Sex, ihre spätabendlichen Gespräche?
Er glaubte, dass die Arbeitsbelastung in der Klinik ein wesentlicher Grund ihrer Dysharmonie darstellen könnte.
Nollendorf gab es jetzt ja nicht mehr. Vielleicht hatte er jetzt zukünftig eine weniger belastende Arbeitssituation vor sich, vielleicht war er frühzeitiger

und nicht mehr ganz so müde und erschlagen zu Hause. Vielleicht trüge dieses zur Verbesserung ihres Zusammenlebens bei. Vielleicht verringerten sich seine Zwangsphänomene unter den Neuroleptika – weniger Grund für Yvette, so auszuflippen.

Warum hilft sie mir eigentlich nicht, wenn die Angstflamme brennt, wenn ich kontrolliere, nachsehe, nachsehe, nachsehe?

Warum sieht sie nicht, dass ich darunter leide, dass es mich schmerzt, dass ich die Unsinnigkeit des Nachkontrollierens einsehe, unfähig, davon abzulassen?

Warum nimmt sie mich dann nicht in den Arm, beruhigt mich, tröstet mich, wenn ich leide? Wäre dies nicht das normale Verhalten eines Partners?

Warum rastet sie stattdessen aus, reagiert mit Aggression, schreit mich an?

Das Johlen erinnert an Nollendorf …

Ich selbst würde demjenigen helfen, der ein solches Problem, ein solches Leid hätte, insbesondere wenn ich diesen Jemand liebte …

Dietrich musste jetzt an Sophie denken.

Woher schoss dieser Gedanke auf? Woher kam er?

Warum denke ich jetzt an Sophie? Liebe ich sie?

Ich glaube schon …

Woher kommt dieses Gefühl?

Aus dem Herzen?

Diesem hohlen Muskelorgan mit seinen vier Klappen und seinen drei Kranzgefäßen?

Wohl kaum.

Dietrich hatte zu viele Menschen nach einer Herztransplantation gesehen. Würde er mit einem neuen Herzen eines unbekannten Spenders nicht mehr an Sophie denken?

Er verdrängte die Gedanken an Sophie. Yvette kam vom Einkauf zurück, sie verstaute Salat und frisches Gemüse in der Küche. „Schatz, ich koche heute Abend …“, rief sie.

Eine Überraschung.

Dietrich beendete die Rekapitulation und seine Gedankenspiele.

Restauration.

Das Pendel schlug leicht in Richtung Restauration.

Er würde sich Mühe geben, sich anstrengen, die schönen Elemente des Urlaubs in die Zukunft ihrer Beziehung zu retten.

Er würde kämpfen um die Beziehung, dass alles gut würde in der Zukunft.

Dietrich konnte nicht ahnen, wie die nächsten Ereignisse seine Zukunft schicksalhaft bestimmen sollten.

Nie hätte er erahnen können, wie die Lebenswege weiterliefen.

Nicht einmal in einem Albtraum.

*

Erster Arbeitstag nach dem Urlaub.

Wie erwartet, hatte der Nollendorfs Vertreter, Professor Stilgenbauer, kommissarisch die Leitung der Abteilung übernommen.

Dietrich verspürte keinerlei Aufregung, keinerlei Unruhe beim Betreten der Klinik.

Beim Umziehen schüttelte er gedankenverhangen den Kopf. Nach dem Einparken habe ich mich sechsmal vor das Auto gestellt, um zu kontrollieren, ob das Licht aus ist. Durch die tiefstehende Sonne war dies gar nicht so simpel zu erkennen, ob die Lichter …

Danach neun Kontrollen an der Fahrertür. Sie war sicher zu, ganz sicher, die letzten drei Kontrollen habe ich vehement am Griff gerüttelt, jeweils über dreißig Sekunden lang, sie war sicher zu, absolut sicher, hundertprozentig.

Dietrich hatte sich bei den Kontrollen auch durch einen Kollegen aus der Unfallchirurgie nicht stören lassen, der unweit von ihm eingeparkt und neugierig Dietrichs Gebaren besehen und freundlich Hilfe angeboten hatte.

Dietrich hatte verneint, unbeeindruckt die halbminütige Rüttelkontrolle an der Fahrertür fortsetzend.

Es ist wahnsinnig.

Die Angstflamme, der Zwang lässt mich Minuten lang an meiner Rostlaube von Auto kontrollieren, das Herz rast mir dabei, ich bin schon frühmorgens geschwitzt, bevor ich den OP betrete …

Aber mein brutaler Mord – etwas, was mir wirkliche und ernsthafte Sorgen bereiten könnte und sollte – das lässt mich ruhig, kalt, unbeeindruckt.

Nicht die Spur einer Angst oder Unruhe.

Warum ist das so? Wer oder was ist dafür verantwortlich?

Ist es tatsächlich eine neurobiologische Fehlfunktion zwischen den Basalganglien und dem Frontalhirn?

Oder ist dafür das psychoanalytische Gefasel von Professor Riefenstahl ursächlich, welches immer noch in den Ohren klingelt, nachhallend aus der Psychiatrievorlesung? Das Gequatsche von der analen Phase mit der übertriebenen Sauberkeitserziehung des Kleinkinds?

Dietrich machte sich auf den Weg zur Intensiv-Visite.

Die Visite verlief akustisch und emotional signifikant ruhiger als zu früherer Zeit. Der Tross war immer noch der gleiche, nur mit anderer Spitze. Während der für die hinteren Trossteilnehmer nach wie vor wenig informativen Veranstaltung hörte Dietrich die zwischenzeitlichen Neuigkeiten der letzten Tage. Raunende und flüsternde Kollegen berichteten von der Beisetzung des Princeps, nahezu die ganze Abteilung und allerlei Prominenz wäre zugegen gewesen.

Von weiteren polizeilichen Ermittlungen wurde nichts verlautbart.

Nach dem letzten visitierten Bett, sprach Dietrich Maik, einen Assistenten aus den neuen Bundesländern, an. „Was kam denn eigentlich so 'raus? Weiß man was über die näheren Umstände?"
Maik schüttelte den Kopf. „Ich habe gehört, man habe keinen sicheren Anhalt für ein Fremdverschulden feststellen können. Unfall also. Oder der Chef ist selbst … Du weißt schon."
„Warst du an der Beisetzung?"
„Ja klar. Großes Protokoll, großer Bahnhof. Aber du weißt ja selbst: Kein Mensch ist so schlecht wie sein Ruf. Aber auch kein Mensch ist so gut wie sein Nachruf …"
Der Tross ging auseinander, ein jeder seinem Bestimmungsort dieses Tages zustrebend, den Stationen, den Operationssälen, der Ambulanz, den Laboratorien.

Er verbrachte einen geruhsamen Arbeitstag. Nollendorfs Abwesend-, oder besser gesagt Nicht-mehr-Anwesenheit in der Klinik schien zu allgemeiner Entspannung nicht nur beim ärztlichen Personal geführt zu haben. Ein ruhigerer Ton wehte durch das Haus. Dietrich erledigte sein Pensum ohne größere Aufgeregtheiten auf Station, nachmittags ließ sich ein entspannter Oberarzt Mertens blicken. Konstruktiv wurde die Kurvenvisite vorgenommen. Bei einem Patienten war nach einer Punktion die linke Lunge kollabiert - ein Pneumothorax. Da sich nun Luft im Raum zwischen den beiden Blättern des Rippenfells befand, war die linke Lunge auf ein Drittel ihrer Größe zusammengeschnurrt und nahm nicht mehr an den Atembewegungen teil. Eine Drainage musste eingelegt werden, mittels Sog könnte die Luft abgesaugt und der betreffenden Lunge wieder zur Entfaltung verholfen werden.
Oberarzt Mertens ließ Dietrich den kleinen Eingriff vornehmen, er assistierte ihm, reichte ihm die sterilen Materialien, die örtliche Betäubung, die Punktionskanüle, den Pleurakatheter. Mertens wirkte aufgeräumt, fast befreit. Ist er befreit?
Er gab Dietrich wertvolle Tipps und Ratschläge, in zwanzig Minuten war die Prozedur erledigt, neben dem Patientenbett stand jetzt ein blubbernder und zischender Kasten, der die 24 Stunden einen eingestellten Sog produzierte, dann würde man mittels Röntgenbild die Wiederentfaltung der Lunge überprüfen.
Dietrich freute sich über den kleinen, technisch gelungenen Eingriff und den freundlichen Oberarzt. Ob er jetzt immer so ist? Es scheint weniger laut im OP zuzugehen …
Bei einem anderen Patienten war einige Tage nach seiner Bypassoperation das Brustbein nicht gut verheilt. Das längs aufgesägte, mittels Draht wieder verschlossene Brustbein klaffte, einige der Drahtcerclagen waren gebrochen. Der Patient musste am nächsten Tag nochmalig zur Revision in den OP, ein Sachverhalt, der vor nicht allzu langer Zeit noch zu erheblicher Dysphorie

geführt hätte. Jetzt erläuterte Mertens bereitwillig die genaue technische Durchführung der anstehenden Reoperation und bot Dietrich an, ihn dabei mitzunehmen und ihn anzuleiten.

Zu rechtschaffener Zeit, es war noch vor 18 Uhr, verließ er entspannt wie selten die Klinik.
Es war ein schöner Arbeitstag gewesen.
Er verstaute die kopierten Laborzettel in seinem Golf und machte sich vor der Heimfahrt an die Kontrolle der Heckklappe des betagten Wagens.
Vor der gemeinsamen Wohnung stand das Auto auf öffentlichem Terrain, da musste er sicher sein, alles am Wagen ordnungsgemäß verschlossen zu haben. Da er nach der Heimfahrt die Lichter und die Türen zu kontrollieren hatte, kontrollierte er bereits jetzt schon die Heckklappe, so dass die Kontrollprozedur vor der Wohnung nicht allzu umfangreich wurde. Gelegentlich spähte Yvette, sofern schon zu Hause, aus dem Fenster, und hatte ihn zu seinem Leidwesen häufiger bei der abendlichen Wagenkontrolle gestört.
Daher verlegte er weitsichtig einen Teil der Wagenkontrolle auf den weitläufigen Klinikparkplatz.
Er sammelte sich, konzentrierte sich und nahm sich fünf Kontrollen der Heckklappe vor. Jede Kontrolle durfte höchstens 60 Sekunden umfassen.
Dietrich zählte beim Kontrollieren leise vor sich hin. Bei Kontrolle vier ging er etwas in die Hocke, um die Stellung des Schlosses aus gleicher Höhe besser und eindeutiger beurteilen zu können. Das Schloss stand horizontal, es war ganz sicher abgeschlossen.
„Kontrolle vier", murmelte er leise und inspizierte konzentriert das Schloss.
Es ist sicher zu, ganz sicher, hundertprozentig … Plötzlich erschrak er.
Es war kein menschlicher Laut, kein Ansprechen eines Mitarbeiters.
Dies kam gelegentlich vor, da hatte er schon Routine.
Er hatte für fragende Passanten immer verschiedene Erklärungsmodelle zur Hand. Die Heckklappe schließe nicht richtig, es sei ein Problem mit dem Licht …
Nein, diesmal war es kein akustischer Reiz, es war ein Schlag.
Ein mechanischer Schlag von der Seite, den ihn beinahe aus seiner Hockstellung kippen ließ.
Erschrocken fuhr er auf.
In seiner Kauerstellung hatte ihn ein Wagen, ein knallrotes Cabrio, im Schritttempo touchiert.
Das Cabrio hatte sofort abgebremst, eine nicht minder erschrockene Fahrerin stieg aus.
Es war Sophie.

„Oh entschuldige, … Dietrich … Was machst du denn da am Boden? Ich hab' dich erst im letzten Moment gesehen, ich fuhr gerade da vorn aus der Lücke und … zum Glück war ich nicht so schnell … Ist dir 'was passiert?"
Dietrich rappelte sich hoch. „Nein, nein, alles im grünen Bereich."
„Entschuldige, ich habe gerade eine CD eingelegt und … ich habe dich echt nicht gesehen …"
„Halb so schlimm, alles in Ordnung. 'Habe gerade noch was an der Heckklappe gemacht, das Schloss ist nicht in Ordnung …" Mann, was für eine Lüge vor Sophie …

„Das ist mit echt peinlich … Hast du schon Feierabend? Wir hatten eine Fortbildung. ,Patientenlagerung bei Langzeitbeatmung'. Sehr interessant."
„Ja, 'hört sich interessant an."
Es entstand eine peinliche Pause.
Dietrich wusste nicht so richtig, was noch zu sagen sei.
Sophie fand ihr Lächeln wieder. Sie trug einen roten, figurbetonenden Rock.
„Wir könnten … wir hatten uns doch 'mal ein Kaffeetrinken vorgenommen … Es ist ja noch nicht so spät. Wie wär's, wenn wir jetzt in der Altstadt noch was zusammen trinken?"
Sein Puls raste in die Höhe.
Es traf ihn jetzt sehr unvorbereitet.
Unkontrolliert …
„Wäre eigentlich eine gute Idee …" Es klang stammelnd.
„Na also, los …" lachte Sophie fröhlich und schwang sich hinter ihr Lenkrad ihres Mazda MX 5. „Steig ein, ich nehm' dich mit. Etwas Frischluft tut gut!"

Er setze sich auf den Beifahrersitz ihres Cabriolets. Sophie startete Richtung Zentrum.
Dietrich sammelte sich.
Ich habe die Heckklappe erst viermal kontrolliert …
Er war sehr aufgeregt.

Sie hatten sich ein Café in der Fußgängerzone ausgesucht, Dietrich hatte einen weniger publikumsexponierten Tisch im rückwärtigen Bereich angesteuert.
Nicht, dass Yvette noch vorbei läuft …
Aber was soll's, wir trinken ja nur einen Kaffee zusammen …
Im letzten Moment wechselte er bei der Bestellung zu einem Weizenbier. Es würde die Aufgeregtheit mildern.

„In der Klink hat sich in den letzten Wochen einiges verändert", begann sie. „Es ist schlimm und pietätlos von mir, so etwas zu sagen - Aber es ist deutlich ruhiger und entspannter geworden. Es ist keiner unaufmerksam oder nachlässig, es ist immer noch der gleiche Ruderschlag, wir haben die gleiche

Anzahl an Patienten und Operationen, aber die Ärzte sind nicht mehr so unter Spannung. Morgens oder auch sonst auf der Intensivstation - es ist ein ruhigeres Gespräch, eine konstruktivere Diskussion, in die jeder seine Meinung einbringen kann und darf. Nicht so wie früher ..."

„Ich weiß, was du meinst."

„Hattest du eigentlich auf dem Ausflug etwas mitbekommen von Nollendorfs Unfall oder was es war?"

Seine Antwort kam ganz ruhig, ging leicht über die Lippen, ohne die geringste Änderung der Artikulation oder der Stimme. „Nein. Ich bin wie alle anderen befragt worden. Aber was da passiert ist – keine Ahnung."

„Wie war's eigentlich im Urlaub in Andalusien? Mein Mann und ich waren letztes Jahr dort gewesen ..."

‚Mein Mann und ich' ...

Sophie ist verheiratet!

Dietrich verschluckte sich am Weizenbier, trank prustend nach.

Er war maßlos erschrocken.

Er nahm einen weiteren großen Schluck Bier. Einen zu großen, einen viel zu großen ...

Mist, verheiratet ...

Unzusammenhängend konfabulierte er fragmentarisch einige Belanglosigkeiten über den Urlaub, der Schock saß tief.

Verheiratet ...

Mit beinahe wütender Stimme orderte er rasch ein zweites Weizenbier.

Das musste er jetzt genau wissen: „Du bist verheiratet? Was macht dein Mann so?"

„Ja, seit letztem Jahr. Mein Mann Olaf ist Banker. Anlagenberater." Sophies Stimme war unverändert.

Tja, das ist bedauerlich für dich, Dietrich.

Verheiratet.

Mit einem erfolgreichen Managergesicht.

Reich und Schön.

Immer in maßgeschneiderten Anzügen.

Ein geldgeiler Abzocker ...

Dietrich begann, die Person ungesehen zu hassen. Er trank hastig einen Schluck, es beruhigte nicht.

Am liebsten würde ich mit ihm eine Nollendorfprozedur durchführen ...

Ich könnte ihn geradewegs ...

Er versuchte, sich zusammenzureißen, sich zu sammeln.

Ich bin mit Sophie lediglich Kaffeetrinken, Plaudern. Sie erzählt mir von ihrem tollen Mann, ich könnte genauso von meiner tollen Freundin erzählen. Wenn er so toll ist, wieso geht Sophie nach Feierabend nicht nach Hause sondern zum Plaudern mit mir ins Café ...?

Sophie riss ihn aus seinen Gedanken. Sie entschuldigte sich auf die Toilette.

Er starrte auf ihren atemberaubenden knallroten Rock. Ihre erotische Figur verdrängte vorübergehend die Eifersuchtsgedanken. In seinem Schritt regte es sich.

Als sie zurückkam, schien sie sein Starren zu bemerken. „Ziemlich mutige Farbe, oder?" lachte sie.

„Es ist weniger die Farbe, die betört ...", antwortete er.

Er war jetzt wieder eine Spur stabiler.

„Die Farbe ist halt ein bisschen auffällig", meinte Sophie. „Kennst du das Experiment mit den drei Lokomotiven, der blauen, der grünen und der roten? Alle drei Lokomotiven pfiffen und die Probanden mussten entscheiden, welcher Pfiff am lautesten war. Alle drei Pfiffe waren exakt gleich laut, aber achtzig Prozent der Hörer hielten die rote Lok eindeutig für am lautes-ten. Interessant, oder? Weißt du auch warum?" Sie lächelt und nippt an ihrem Milchkaffee. „Weißt du, dass ‚Rot' als Signalfarbe in unserer Stammes-geschichte schon in unserem Erbgut determiniert ist, dass es in unseren Genen festgeschrieben steht und uns eingebrannt ist, auf ‚Rot' besonders zu reagieren?"

„Ich würde auch besonders reagieren, wenn dein Rock grau wäre ..."

Sophie überging den forschen Zwischenruf und fuhr fort: „Unsere mutmaß-lichen Vorfahren, die Schimpansen, sind eine der wenigen Tierarten, die mit ihrer Netzhaut Rot-Grün unterscheiden können. Weißt du auch warum? Schimpansen lieben süße, zuckerhaltige Früchte über alles. In ihrem Lebens-raum, in den Baumregionen des tropischen Regenwaldes, gibt es zahlreiche knallrote süße Früchte. Von ihrer Form her unscheinbar, sind sie für Rot-Grün-Verwechsler zwischen den ganzen grünen Blättern fast gänzlich un-sichtbar. Den Schimpansen dagegen, die ‚Rot' bestens erkennen, springt die Frucht sofort ins Auge. Man vermutet, dass über die Liebe der Schimpansen zu den überwiegend roten Süßfrüchten der Signalcharakter der Farbe ‚Rot' für uns Menschen entstanden und in unsere Gene eingebrannt worden ist."

Er war wieder baff. Wieder lauschte er wie ein Schuljunge. Was die Frau alles weiß ...

Die Unterhaltung wechselte jetzt zum Thema ‚Tiere'. Dietrich war auf diesem Feld wenig beschlagen, aber nicht uninteressiert.

Sophie erzählte von ihrem Tauchurlaub im Roten Meer im vergangenen Winter. Diesmal erwähnte sie nicht mehr ihren Mann. „Man musste dort nicht unbedingt mit Flaschen tauchen, es reichte schon, einfach schnorchelnd an ein Riff zu schwimmen. Nahe unserem Hotel in Macady Bay konnte man stehenden Fußes keine hundert Meter vom Strand entfernt ein herrliches Riff abschwimmen, mit einer solchen Vielzahl von Fischen ... Man meinte, man sei in einem Aquarium in der ‚Wilhelma' gelandet ..."

Sophie schien aus der Nähe von Stuttgart zu kommen. „Man sah alles: Napoleonfische, Blauflossenmakrelen, Riesenfalter-, Kaiser-, Papageien- und Anglerfische, einer schöner als der andere. Sie haben so etwas Friedvolles, diese kleinen und großen Fische, etwas Beruhigendes. Sie schwimmen ganz nahe bei dir, sie berühren dich fast, als wollten sie dir ihre Farbenpracht, ihre anmutige Schönheit bewusst vorführen. Als ich diese Herrlichkeit sah, fragte ich mich manchmal, warum all diese vielen verschiedenen Fische eigentlich so farbenfroh, so herrlich schön waren? Zu welchem Zweck? Zu welchem Sinn? Gut, man kann zoologisch-naturwissenschaftlich argumentieren und von Paarung und Fortpflanzung faseln, von schönen Männchen, die den Weibchen mit ihren Farben imponieren müssen ... Aber warum sind bei vielen Gattungen die Weibchen genauso farbenfroh, nicht minder schön? Und hätte man das Anlocken des Geschlechtspartners nicht einfacher haben können?" Sie trinkt an ihrem Kaffee, ihre Augen leuchten. „Nein, die unendliche Schönheit dieser Fischwelt, und glaube mir, es ist mit Worten unbeschreiblich schön, es ist auch auf Unterwasserfotos oder Filmen nicht so festzuhalten, wie du es selbst im Wasser erlebst – diese unendliche Schönheit hat einen Grund – es ist die Schöpfung Gottes."

Sophie trank den letzten Schluck ihres Milchkaffees.

Dietrich kam nicht zum Nachdenken, denn Sophie fuhr fort. „Manche Menschen können mit Fischen nichts anfangen, für sie sind es glitschige, kalte Lebewesen, die man je nach Geschmack auch verspeisen kann. Ich finde, Fische haben etwas sehr besonderes. Das Leben ist im Meer entstanden, das ist sicher. Irgendwann sind Lebewesen an Land gekrabbelt, haben sich im Laufe der Zeit akklimatisiert, um dann nach langer Zeit an Land sesshaft zu werden. Aber Ursprung allen Lebens ist im Wasser, und die Fische sind an diesem Ursprungsort geblieben. Die Menschen denken immer nur an die Affen, wenn von ihren Vorfahren die Rede ist. Dabei stammen wir auch alle von den Fischen ab! Die Natur erinnert uns daran, bei jedem einzelnen Menschen der geboren wird: In unserer Embryonalentwicklung, unserer Ontogenese! Jeder Mensch entwickelt im Mutterleib in einer definierten Zeit Kiemenbögen mit Kiemenbogenarterien und Kiementaschen – wie bei den Fischen! Bereits vor der Geburt sind sie wieder zurückgebildet! Ist das nicht merkwürdig? Ist das nicht kurios? Wir entwickeln als Embryo etwas Fisch-artiges um es dann sogleich wieder zurückzubilden ..."

„Ja, die Ontogenese rekapituliert bei einem jeden Menschen die Stammesge-schichte, die Phylogenese. Ich habe davon in der Embryologievorlesung ge-hört. Ernst Haeckel hat es in seiner Rekapitulationslehre beschrieben. Viele Merkmale eines jeden Fetus erinnert an unsere stammesgeschichtlichen Vor-fahren: Die zeitweilig auftretende Schwanzwirbelsäule, die vor der Geburt wieder reduziert wird, oder die auf die Primaten hinweisende Lanugobehaa-rung, die ebenfalls präpartum wieder ausfällt."

„Und worin liegt der Sinn dabei? Warum werden beim Embryo zahlreiche anatomische Strukturen unserer Vorfahren aufgebaut, für bestimmte Zeit nur, um dann vor Geburt wieder abgebaut oder reduziert zu werden? Richtig vernünftig ist das nicht ..."

„Mit der reinen Vernunft kommt man im Leben im Allgemeinen nicht unbedingt weiter ...“

„Ich glaube, die Natur will uns zeigen, woher wir phylogentisch stammen, welche Spezies unsere Vorfahren sind. Es ist eine Art stammesgeschichtliches Gedächtnis, unsere phylogentische Geschichte wird in der Embryonalentwicklung immer wieder nacherzählt. Und deshalb entwickeln sich beim Embryo auch die Kiemenbogentaschen und Kiemenbogenarterien. Die Natur erinnert uns daran, dass auch die Fische zu unseren Vorfahren zählen, nicht nur eben die uns ähnlichen Menschenaffen. Das sollten wir nicht vergessen.“

„Ja, es ist merkwürdig ...“, setzte Dietrich an, „Wieso macht die Natur das? Wieso rekapituliert sie bei jedem einzelnen Menschen in der Embryonalzeit unsere Stammesgeschichte? Die Natur macht nichts umsonst, nichts ohne Sinn, nichts ohne tieferen Hintergedanken ...“ Er trank einen Schluck Bier. „Vielleicht hat sie unsere Ontogenese so gestaltet, dass wir uns prinzipiell auch wieder zurück entwickeln könnten, falls es notwendig erschiene ...“

„Wie zurück?“

„Wir denken ja nur in mikroskopischen kleinen Zeitabschnitten. Aber wer weiß, was in fünf, in zehn, in fünfzig, in hundert, in fünfhundert Millionen Jahren sein wird? Wie werden sich die Dinge entwickeln? Ein großer Meteoriteneinschlag, wie damals am Ende der Saurierzeit, eine globale Umweltkatastrophe, ein weltweiter Atomkrieg? Denkst du, es gibt in hundert Millionen Jahren noch Menschen auf diesem Planeten? Ich wäre skeptisch. Vielleicht hält sich die Natur durch die stammesgeschichtliche Rekapitulation die Option offen, die Evolutionsstufen auch wieder zurück, rückwärts zu gehen. Vielleicht gibt es irgendwann nur noch Meeresbewohner, nur noch Fische? Oder nur noch Einzeller? Wer sagt denn, dass die Evolution immer stetig nach oben gehen muss? Vielleicht geht sie eines Tages wieder nach unten, treppab statt treppauf, vielleicht sogar zurück bis zum Ursprung ...“ Dietrich trank wieder, erstaunt über sich selbst und seinen plötzlichen philosophischen Einfall. Woher kam jetzt plötzlich dieser Gedanke? Aus meinem Hirnkasten?

„Ein interessanter Gedanke ...“ Sophie lächelte. „Vielleicht sind bald alle wieder Fische ...“ Sie blickte wieder ernster. „Weißt du, Fische zu betrachten hat nicht nur etwas Ästhetisches sondern auch etwas Mystisches. Ich kann ungeheuer gut nachdenken, wenn ich bei mir zu Hause an meinem großen Aquarium sitze und stundenlang, wie andere Leute in einen Fernsehapparat, hineinblicke. Es ist etwas sehr Besonderes. Es ist etwas ... Großes. Wenn du möchtest, kannst du ja mal zu mir nach Hause kommen und es versuchen, nachzuvollziehen. Es ist so herrlich, dieses Aquarium, ich liebe es sehr. Ich hole für dich auch ein Bier aus dem Kühlschrank ...“ Ein spöttischer, aber nicht böse gemeinter Blick auf das fast leere zweite Weizenglas.

Sie lädt mich nach Hause ein.

Zum Aquariumschauen.

Ob der tolle Mann auch zugegen wäre?

Oder wäre er zufällig in Frankfurt oder sonst wo, in wichtigen Geschäften, große Transaktionen tätigend?

„Ja, das würde mich arg freuen und interessieren. Ich hatte noch nie einen Bezug zu Fischen, außer in kulinarischer Hinsicht … Nein im Ernst, es ist sehr schön, wie du dies alles erzählt. Es ist viel Neues für mich, ich würde es mir gerne anschauen. Es ist auch schön, dir einfach zuzuhören. Es ist für mich etwas … sehr Besonderes." Er meinte, auf Sophies Wangen ein leichtes Erröten zu erkennen, vielleicht war es auch nur ein wahnhaftes Trugbild, von einem Liter Hefeweizen getriggert.

„Au ja, das machen wir." Sophie strahlte. „Weißt du, es ist immer so schön, wenn du bei uns auf der Station bist. Es hat etwas sehr Schönes nicht nur beim Plaudern, sondern vor allem, wenn man dich arbeiten sieht, wenn du dich um Menschen kümmerst. Sie heißen bei uns immer Patienten, dabei sind es Menschen. Manche reden von ihnen rüde reduzierend als ‚der Bypass in Zimmer vier' oder ‚die Mitralklappe in Zimmer zwei' – bei dir sieht man, dass du Menschen behandelst. Weißt du, es hat mir immer selbst sehr wehgetan, wenn dich Nollendorf so herunter gemacht hat. Niemand sah es, niemand ahnte es. Aber es schmerzte mich immer ganz arg."

Dietrich schluckte. Es begann zu tröpfeln. Ein lauer Sommerregen. Die Bedienung wünschte zu kassieren. 10 Euro 50. Er übernahm die Rechnung, kramte in der Geldbörse, steckte der Bedienung einen Schein zu. „Machen Sie 12 Euro bitte." Die Bedienung stand regungslos, wortlos, wartend. Dietrich sah sie fragend an.

„Entschuldigen Sie, junger Mann, das sind erst 5 Euro."

Er blickte auf den Schein. Tatsächlich, ein 5 Euro Schein. Er lief rot an, Sophie lächelte. „Entschuldigen Sie, ich dachte, es sei ein Zwanziger …" Hastiges Nesteln an der Börse, Dietrich legte einen 10 Euro Schein nach. Die Bedienung gab das Rückgeld. „Das ist mir peinlich …", stammelte er in Richtung der noch immer lächelnden Sophie.

„Weißt du, ich habe normalerweise in meinem Geldbeutel die Scheine immer sehr ordentlich und streng sortiert. Da herrscht Ordnung. Die großen Scheine liegen innen, die nachfolgend kleineren Scheine liegen in absteigender Folge dann immer weiter außen; ein abfallender Wert von sozusagen medial nach lateral. Ich mach' das immer so … Das ist immer so sortiert … Es ist praktisch …"

Sophie lächelte noch immer, sogar ein bisschen breiter.

„Aber gerade eben … da …. da bin ich halt ein bisschen unsortiert gewesen …"

Sophie lächelte jetzt noch heller.

„Du bist goldig, du unsortierter Dietrich …"

„Was ich vorher meinte – es schmerzte mich wirklich oft selbst, wenn Nollendorf dir wehtat. Und es tat dir weh, wenn er dich abgekanzelt hatte. Ich sah es in deinen Augen …"

„Es ist sehr schön, dass du das so gesagt hast … Weißt du Sophie, es gibt einige Dinge in meinem Leben, die mich … die mich sehr schmerzen. Dinge, mit denen ich zu kämpfen habe. Und eigentlich habe ich niemanden, der daran auch nur ein kleines bisschen Anteil nahm oder nimmt. Ich stehe allein, kämpfe allein. Es ist ganz lieb von dir, dass du etwas Schmerz mitgetragen hast, wenn ich vom Chef abgebürstet worden bin. Es tut so gut, dies zu hören, es verkleinert die Narben … Das Problem mit dem Chef ist jetzt ja nicht mehr existent. Aber es ist etwas sehr Schönes, zu hören, dass jemand Anteil an einem eigenen Schicksal oder Problem nimmt, dass jemand mit leidet. Weißt du Sophie, das tut im Grunde genommen niemand für mich. Niemand nimmt Anteil, niemand tröstet. Meine Eltern nicht, ich bin weit weg von ihnen, nicht nur geographisch … und … meine Freundin auch nicht." Ein harter Satz, aber er war heraus. In seinen Augen ein richtiger und wahrer Satz. Er hatte bei den letzten Worten Tränen in den Augen bekommen.

Sophie nahm ihn spontan fest in den Arm, drückte ihn. „Das tut mir arg leid für dich. Das hast du nicht verdient. Für mich bist du ein … ein ganz besonderer und wunderbarer Mensch!" Sie drückte ihn noch fester.

Sie gingen zurück, bestiegen den Mazda MX 5 und fuhren wortlos zum Klinikparkplatz zurück.

Obgleich es nun stärker regnete, stieg Sophie zur Verabschiedung mit aus.

Sie nahm ihn wieder in den Arm, drückte ihn.

Beide waren in Sekunden vom Regen klatschnass.

„Nächste Woche gibt es selbstgebackene Pizza und Aquariumsvorführung mit Vortrag für dich."

„Ich würde mich arg freuen."

„Und ich mich auch …" Sophie drückte ihn jetzt nochmals ganz fest. Dietrich sog ihren Körperduft, vermischt mit dem frischen Aroma des Platzregens ein.

„Ich habe dich gern und ich freue mich." Sophie ließ ab von ihm, ging zum Wagen, blickte nochmals zu ihm zurück. „Also nächste Woche, wir sehen uns ja. Und … ich hab dich lieb." Sprach's und stieg ein.

Dietrich hatte in ihre Augen gesehen und …

Er sah die ganze Welt.

*

Er stand noch eine ganze Weile im Regen auf dem Klinikparkplatz.

‚Hab dich lieb' hatte sie gesagt.

Zu dumm, dass er nichts mehr hatte antworten können.

256

Sie war einfach davongefahren.
Zu ihrem tollen Mann?
Er musste sich sammeln.
Was hätte er geantwortet, wäre er noch zu Wort gekommen?
Ich dich auch?
Oder die Wahrheit: Ich liebe dich. Egal ob du verheiratet bist oder auf dem
Mond wohnst. Ich liebe dich.

Dietrich stieg in sein Auto.
Er rekapitulierte.
Was hieß eigentlich: ‚Ich hab dich lieb?'
Eine Art abgeschwächte Form von ‚Ich liebe dich'.
Man konnte es zu seiner Großmutter sagen oder zu seinem Meerschwein-
chen.
Es war deutlich schwächer als ‚Ich liebe dich', aber immer noch ein starker
Satz.
Bedeutend stärker als ‚Ich hab dich gern' oder ‚Ich finde dich ganz nett' …
Liebte sie ihn auch?

Dietrich startete den Wagen, die fünfte Kontrolle der Heckklappe hatte er
vergessen.
Dazu war er jetzt zu unsortiert.

Auf der kurzen Fahrt nach Hause dachte er nach. Der Besuch nächster
Woche bei Sophie würde einiges an Klarheit erbringen, es sei denn, ihr Mann
wäre anwesend, aber dies schloss er einfach einmal aus.
Vielleicht passierte auch nichts, er würde sich einfach Fische ansehen und
Pizza essen.
Was, wenn Sophie ihren letzten Satz wiederholte?
Dietrich sah anstelle des Abendverkehrs wieder ihre wasserklaren Augen.
Die Augen, in der die ganze Welt lag.

Er parkte ein.
Wenn Sophie ihn liebte?
Was wäre dann mit ihrem Mann?
Er schauderte.
Was wäre mit Yvette?
Was würde sie sagen, wenn …
Er schauderte noch mehr.

Wenn es so wäre …
Dann würde ich mich von Yvette trennen.
Es wäre kein größerer Verlust.

Ihr xanthippenhaftes Gezänk, ihr mänadenhaftes Gebaren, ihre hässlichen Kommentare und Tiraden über seinen Kontrollfimmel, anstatt von etwas Wärme, .
Dazu ihre ganzen wissenschaftlichen Marotten, Freizeit im Labor, er hatte es satt …
Ich liebe dich, Sophie, ich liebe dich über alles.
Ich weiß, du bist verheiratet, aber ich muss es dir sagen:
Ich liebe dich über alles.

Er stellte seinen Rucksack im Flur ab, rief ein flüchtiges ‚Hallo' in Richtung Wohnzimmer. Der Fernseher lief.
„Dietrich?" Der Fernseher wurde abgestellt, Yvette trat in den Flur. „Ist es wieder spät geworden?"
Er erwiderte nichts, er fürchtete, Yvette würde seine Bierfahne detektieren, was ihn zu Erklärungen nötigen könnte.
Er ging zur Küche, nahm sich ein weiteres Bier.
Es war ein bewegender Tag. Ein drittes Weizenbier zur Nervenberuhigung.
Dietrich konnte nicht wissen, dass er das jetzt nötig haben würde …
Sehr nötig …

„Ich muss noch was durcharbeiten, 'dauert nicht lange …" Dietrich wollte, das Weizenbier in der linken, die kopierten Laborzettel in der rechten Hand, in Richtung Arbeitszimmer entschwinden.
„Dietrich? Komm' mal bitte, wir müssen etwas besprechen!"
„Es dauert nur fünf Minuten …"
„Es ist wirklich arg wichtig. Bitte …" Yvettes Stimme klang eigentümlich.
Was ist denn jetzt los? Wieder Ärger in der Klinik, im Labor? Streitereien um Veröffentlichungen?
Oder hat sie sich in einen Oberarzt, in einen Privatdozenten verliebt und gibt mir jetzt den Laufpass?
Na denn, prima. 'Kannst verschwinden, Yvette …
Missgelaunt ließ er von seinen Laborwerten ab, nahm das Weizenbier mit ins Wohnzimmer. Unwirsch setzte er sich zu ihr auf die Couch.

Es waren nur drei Worte, die Yvette sagte.
Sie trafen ihn wie ein Keulenschlag.
Anstatt rasch zu trinken, ließ er das Glas beinahe fallen.

„Was?" fragte er ungläubig.

Als hätten Yvettes Worte nicht eindeutiger sein können, als hätten sie zu akustischen Missverständnissen Anlass geben können.
Er war geschockt von der fait accompli.

Yvette wiederholte ihre Worte.
 Mit ruhiger, gefasster Stimme.

„Ich bin schwanger."

„Aber du hast doch ... hast doch die Pille ..."
„Dietrich, auch die Ovulationshemmer haben eine gewisse, zwar geringe,
aber doch vorhandene Versagerquote. Erinnerst du dich nicht mehr an den
Gyn-Kurs? Der Pearl-Index: Er beschreibt die Zuverlässigkeit einer kontra-
zeptiven Maßnahme in Form der Zahl ungewollter Graviditäten pro 100
Frauenjahre. Er beträgt für die Zeitwahlmethode nach Knaus-Ogino 15-
30/100. Also bei einhundert das ganze Jahr lang poppenden Frauen werden
15 bis 30 schwanger. Ohne jegliche Verhütung übrigens 85. Mit Kondom 7.
Also deutlich besser, aber nicht sicher. Der Pearl-Index für Intrauterin-
pessare ist sehr variabel, er schwankt zwischen 0,5 und 5. Für Ovulationshemmer als Kombipräparat wie bei mir beträgt der Pearl-Index 0,2 pro 100."
Dietrich war trotz seines Schocks konsterniert über die Nüchternheit von
Yvettes trockenem, gynäkologischem Fachvortrag.
„Vielleicht lag es auch an meiner Gastroenteritis vor dem Urlaub, du
erinnerst dich ..."
Dunkel, dachte er.
„Ich hatte drei Tage lang ziemlich heftigen Durchfall, vielleicht habe ich just
an diesen Tagen zu wenig Substanz von der ‚Pille' resorbiert. Vielleicht war
das entscheidend. Aber es ist müßig, hierüber zu diskutieren. Fakt ist, dass
ich schwanger bin. Ich war heute bei meinem Frauenarzt."

Peng.

Er musste sich wieder sammeln.
Mann, was geht hier ab?
Vor zwei Wochen habe ich meinen Chef brutal ermordet.
Vor zwei Stunden habe ich mich mit einer verheirateten Frau getroffen, die
ich liebe, für die ich Yvette verlassen wollte.
Jetzt diese Nachricht.
Yvette schwanger ...
Dietrich nahm einen Schluck Bier, der fast das halbe Glas leerte.

„Was denkst du, was zu tun ist?" Seine Worte waren kläglich. Die Weizenbiere in seinem Oberbauch meldeten sich mit jetzt ausgeprägteren
meteoristischen Beschwerden.
„Es kommt furchtbar ungelegen. In der Klinik läuft es gerade so gut.
Schicksal ... Aber ein Kind ist kein Urlaub, keine Veranstaltung, die man
einfach zeitlich verschieben oder absagen kann. Auch wenn es ungelegen
kommt, eine Abtreibung kommt auf keinen Fall in Frage."

Peng.
Hallo Sophie. Ich liebe dich über alles. Auch wenn du verheiratet bist, ich liebe dich über alles. Auch wenn ich gerade gehört habe, dass ich bald Vater werde, ich liebe dich über alles. Verlass' doch deinen Mann und dein schönes Haus, ich verlasse dann meine Frau mit ihrem werdenden Kind …
Dietrich sammelte sich.
Die Nachricht hatte ihn Lichtjahre von Sophie weg katapultiert.
Er musste Sophie jetzt vergessen.
Würde er es können?

*

Sie lagen im Bett, nebeneinander, jeder für sich, körperlich wie gedanklich separiert
Er versuchte, einzuschlafen. Manchmal war es gut, mit einem abendlichen, unlösbar scheinenden Problem in den Schlaf zu fallen, um dann morgens, kurz nach dem Aufstehen, plötzlich eine Lösung im Kopf zu haben. Das Gehirn konnte im Unbewussten, während des Schlafes, durchaus effektiv Lösungen für Fragen und Probleme des Abends generieren. Es vermochte autark, auch ohne das Bewusstsein, mit Erfolg konstruktiv und kreativ tätig zu sein. Die Anwesenheit des Bewusstseins war hierfür nicht zwingend notwendig. Dietrich war gelegentlich in einem Gespräch ein Name entfallen. Plötzlich, nach einigen Minuten, das Gesprächsthema hatte meist schon gewechselt, der Name aus der Tiefe, aus irgendeiner verborgenen Hirnwindung, einem Gyrus, hervor gekommen. Das Gehirn hatte zwischenzeitlich, trotz des Themenwechsels, unbewusst im Untergrund nach dem Namen gekramt, gesucht, geforscht, die Festplatte durchforstet. Dieses völlig unbewusste Arbeiten beeindruckte ihn, es schien sogar außerordentlich effektiv: Wenn er über Minuten krampfhaft versucht hatte, sich bewusst des entfallenen Namens zu erinnern, war das Suchergebnis oft nicht so gut gewesen, als wenn er die Suche aufgegeben und bewusst nicht mehr an das Problem gedacht hatte. Er hatte dann bewusst das Unterbewusstsein arbeiten lassen.
So wie jetzt, als er sich vornahm, in Gedanken an die neue Situation einzuschlafen, darauf hoffend, dass sein nächtliches Unterbewusstsein seine effektive Arbeit vornahm. Wer steuert eigentlich dieses Unterbewusstsein? Mein ‚Ich' hat darauf nur wenig, eigentlich keinen Einfluss. Wer veranlasst das Unterbewusste, nach einem entfallenen Namen weiter zu suchen, die neue Situation während des Schlafes zu überdenken? Welche Institution hat die Steuerung hierfür? Das ‚Ich' kann es ja nicht sein …

Er erwachte durch Küchengeräusche, Yvette war früher als gewöhnlich aufgestanden. Sie präparierte ein eiliges Frühstück. „Ich gehe heute zeitiger in die Klinik", begrüßte sie ihn flüchtig. „'Habe gestern einiges an Arbeit liegengelassen wegen des Termins beim Frauenarzt."
Dietrich ging duschen. Er aß sein Müsli als Yvette aus dem Haus ging. Sein Unterbewusstsein hatte über Nacht, im Verborgenen, in der Tiefe arbeitend, eine Entscheidung getroffen. Er würde ein Menschenkind bekommen, er würde Vater werden, er würde bei Yvette bleiben, der Mutter seines Kindes. Er würde Sophie aufgeben. Er würde Sophie verlieren, ohne sie auch nur annähernd besessen zu haben, und er würde dafür etwas anderes geschenkt bekommen: Einen Sohn oder eine Tochter. Die Entscheidung war eindeutig. Er würde mit Yvette zusammenbleiben, mit allen Widrigkeiten, mit allen kleinen Makeln, die er bis jetzt erlebt hatte.
Er räumte ordentlich seine Frühstücksutensilien auf, putzte sich die Zähne, kontrollierte die Kaffeemaschine. Die Kontrollen zogen sich wieder in die Länge. Bei jeder Inspektion glitten seine Gedanken ab. Er riss sich zusammen, versuchte, sich auf das kleine Lämpchen an der Stirnseite der Maschine und den gezogenen Netzstecker zu konzentrieren.
Bestimmt an die zwanzig Mal hatte er jetzt schon kontrolliert, er kam nicht mehr los, es war schon bedenklich spät, er würde die Intensiv-Visite versäumen.
Vor dem kleinen Apparat stehend, umkreisten seine Gedanken die nächsten Wochen. Viele organisatorische Details mussten überdacht werden. Die Wohnung war für drei Köpfe, vor allem für einen ganz kleinen, ungeeignet, man müsste umziehen.
Vieles müsste neu angeschafft werden. Vieles müsste geklärt werden. Die dreißigste Kontrolle, Dietrich stöhnte auf. Die fünfzigste Kontrolle. Noch drei finale Kontrollen über je zwanzig Sekunden nahm er sich vor.
Geplagt zählte er die Sekunden ab. Das Lämpchen war aus, der Stecker baumelte über der Anrichte. Sie ist aus … Sie ist aus … Sie ist aus …

Er kam eine halbe Stunde zu spät in die Klinik. Das Einsparen der Intensiv-Visite ersparte auch eine morgendliche Begegnung mit Sophie. Sie hatte Frühschicht. Dietrich ging direkt auf seine Station. Was würde er sagen, wenn Sophie ihn wieder anspräche wegen des vereinbarten Besuches bei ihr in der nächsten Woche? Sollte er unter fadenscheinigen Gründen absagen oder besser reinen Wein einschenken?
Der Gedanke daran ließ ihn erzittern. Es würde unendlich schmerzen, es ihr zu sagen.
Aber es musste so sein. Ich werde Vater …

Der Arbeitstag verlief stabil. Wie geplant, durfte er mit Oberarzt Mertens zusammen im OP die Sternumrevision durchführen, Mertens war jovial, aufgeräumt und guter Stimmung wie tags zuvor.

Gegen 18 Uhr verließ er die Klinik, Sophie hatte er nicht gesehen. Zu Hause angekommen, erlebte er eine Überraschung.
Weitere, größere sollten unmittelbar folgen.

Yvette hatte den Esstisch gedeckt.
Kerzen, eine geöffnete Weißweinflasche, aus der Küche duftete es nach Fisch. „Ich habe etwas zu Essen organisiert, nimm Platz. Es gibt einiges zu besprechen …" Sie trug mehrere Platten mit frischem Sushi auf den Esstisch: Tobiko, der Fliegenfischkaviar, Hotate, Jakobsmuscheln, Unagi, Fluss-aal, Tako, Maguro und Shiromi, dazu die verschiedenen Rollen – Cappa Maki, Shinko Maki, Teka Maki. „Hab' ich aus dem neu eröffneten japani-schen Restaurant mitgebracht." Sie schenkte ihm Weißwein ein, sie selbst blieb bei Mineralwasser.
„Ist das eigentlich bedenkenlos? Roher Fisch in … in deinen Umständen?" Dietrich fiel die Formulierung noch sichtlich schwer.
„'Denke schon. Nur rohes Fleisch sollte ich meiden. Du weißt schon. Mit Toxoplasma gondii kann man sich insbesondere über rohes Schweinefleisch infizieren und eine konnatale Toxoplasmose verursachen. Und Rohmilchkäse muss vom Speiseplan von Schwangeren runter. Listeria monocytogenes im rohen Käse kann zur Listeriose des Kindes führen mit einer Granulomatosis infantiseptica …"
Er musste innerlich wieder den Kopf schütteln, mit welcher Nüchternheit, Abgeklärtheit, ohne jedwede emotionale Beteiligung Yvette darüber referierte, als halte sie eine Vorlesung in der klinischen Mikrobiologie.
Frau Professor …

Yvette war noch beim ersten Tamago, sie hatten ihn noch zur Hälfte im Mund, noch nicht vollends heruntergeschluckt, da kam die Eröffnung.
Dietrich verschluckte sich vor Schreck beinahe an einem Surimi, dem Krebs-fleischimitat.
Er zog zunächst in Erwägung, sich verhört zu haben, immerhin hatte Yvette infolge des noch Tamago-haltigen Mundes gewisse Probleme in der Laut-bildung.
Aber er hatte sich nicht verhört.
Nein.
Sie hatte das tatsächlich so gesagt.
Trotz des dabei noch halbvollen Mundes, mit Tamago an den Zähnen und am Gaumen klebend, die Artikulation merklich beeinträchtigend.
„Wir sollten heiraten, oder? Am besten noch bevor jedermann meine Um-stände erkennen kann. Ich denke, für das Kind ist das besser so. Was denkst du? Ist auch finanziell besser mit der Steuer …"
Dietrich war baff.
Zum einen überraschte ihn die inhaltliche Komponente des Gesagten.
Über Heirat hatte er noch gar nicht nachgedacht.

Ich musste ja erst mal ganz andere Dinge ordnen …
Es kam überfallartig.
Unkontrolliert.
Yvette heiraten …

Zum anderen erstaunte ihn die rhetorische Form, in welche Yvette ihren Vorschlag verpackt hatte.
Mit dem noch halbvollen Mund voll Tamago, dem klebrigen Eierstich, redete sie darüber, als handelte es sich um das OP-Programm des nächsten Tages oder um einen lapidaren Tagesordnungspunkt bei der Sitzung des lokalen Tierschutzvereins.
‚Ist auch finanziell besser …'
Macht man das jetzt so?
Bin ich ein antiquierter Romantiker?
Er hatte sich ein Heiratsantrag anders vorgestellt …
Abgesehen davon, dass es sein Part wäre, ihn zu ..
Er wurde von Yvette aus seinen Gedanken gerissen.
Es waren weniger romantische Details mit denen sie aufwartete …
„Eines müsstest du mir dabei nachsehen ... Ich denke, du versteht das …"
Sie schob sich wieder Tamago in den Mund. „Ich müsste meinen Nachnamen behalten. Weißt du, ich habe jetzt schon so viele wissenschaftliche Publikationen unter meinem bisherigen Namen, da käme so ein Namenswechsel wirklich ungelegen … Strategisch unpraktisch …"
Dietrich stieß der Ikura auf, der Lachskaviar.
Sie redet, als sei es schon beschlossene Sache, als wäre es schon unter Dach und Fach … Und dann ihr Wissenschafts-Tick … Ihre Sorge um ihre langweiligen Veröffentlichungen …
Will sie eigentlich nach der Geburt weiter im Hamsterrad des Forschungslabors rennen?
„Auch etwas anderes müssen wir natürlich erörtern. Ich weiß, es mag sich jetzt etwas unromantisch anhören, aber es ist echt wichtig, das zu besprechen." Sie schluckt und spült mit Wasser nach. „Wir würden einen Ehevertrag abschließen. Ich denke, das ist absolut gerecht. Jeder von uns steht auf zwei Füßen, jeder hat einen Doktor vor dem Namen und jeder bringt etwas ein. Ich denke, da ist es nachvollziehbar, dies vertraglich auch entsprechend zu gestalten …"
Jetzt stieß ihm der Weißwein auf.
Er bedingte ein anhaltendes Brennen in der Speiseröhre.
Wie bei einer Refluxösophagitis.
Er wusste, dass Yvettes Eltern vermögend waren. Daher der Vorschlag zur Gütertrennung …
„Das ist für dich bestimmt etwas überraschend … Zumindest schaust du so …" Yvette lächelte. „Aber unser Kind kam ja auch ziemlich überraschend. Wir haben es uns nicht ausgesucht … Was denkst du darüber?"

„Ich ... ich muss mal noch darüber nachdenken ... 'Muss eine Nacht dar-
über schlafen ... Aber ich finde, ... Ich finde, es macht schon einen ge-
wissen Sinn ...“ Dietrich nahm einen Schluck Wasser. Das epigastrische
Brennen der Speiseröhre blieb.
Was für ein Gespräch ... Was für ein Dialog ...
Es hatte etwas Bizarres, Surrealistisches, wie sie über dieses Thema disku-
tierten.
Wie über eine Anschaffung, ein neues Möbel, einen Urlaub im nächsten
Jahr.
Ich muss darüber schlafen, das hatte sich bewährt.

„Dann müssen wir noch etwas diskutieren ...“ Yvette holte wieder aus,
Dietrich wagte es jetzt kaum noch, von der Sushiplatte zu nehmen.
Was kommt denn jetzt noch?
„Wir können ja nicht in dieser kleinen Bude bleiben mit dem Kind. Wir
brauchen ein Haus. Am besten mit einem großen Garten. In ein, zwei Jahren
braucht das Kind Auslauf zum Spielen, da wäre ein großer Garten gut. Wir
müssen uns nach Immobilien umschauen. Ich denke, wir sollten eher ein
Haus kaufen als anmieten. Die monatlichen Mieten summieren sich Jahr für
Jahr – das ist verlorenes Geld. Dagegen etwas Eigenes zu haben, zu besitzen
... Meine Eltern würden mir spontan 100 000 Euro geben, den Rest
finanzieren wir, die Zinsen sind momentan nicht so hoch ...“
Er trank wieder am Mineralwasser. Das Brennen im Oberbauch war unverändert. Er hatte keine Zeit, einen Gedanken zu fassen, Yvette fuhr fort: „Das
mit der Finanzierung haut hin, wir sind ja Doppelverdiener ...“
„Heißt das, du möchtest irgendwann wieder anfangen zu arbeiten?“
„Was heißt ‚irgendwann‘? So früh wie möglich! Nach drei Monaten! Wir
holen uns eine Tagesmutter. Das machen viele berufstätige Frauen so. Die
sind recht billig. Was denkst du, wofür ich studiert habe ... Und meine
ganzen Projekte ...“ Yvette nahm wieder einen Eierstich, einen Tamago.
Dies-mal kaute sie ihn ordnungsgemäß und begann erst wieder, nachdem sie
ihn verspeist hatte. „Wir arbeiten beide wie bisher. Abends geht die
Kinderfrau wieder, wir müssen uns nur mit unseren Nachtdiensten
koordinieren. Die Nächte über muss immer einer da sein ...“
Er versuchte, sich zu sammeln. Das war jetzt alles ein bisschen viel ... Er
würde über Nacht viel, sehr viel, nachdenken müssen.
„Dietrich, ich habe dir noch etwas mitgebracht ...“
Ist das schon der Ehering?
„Es ist etwas sehr Kleines.“ Yvette kramte in ihrer Handtasche. Sie reichte
Dietrich ein kleines Blättchen.
Er drehte es um.
Ein Ultraschallbild.
Darauf ein winzig kleines Menschenkind.

Es war nicht größer als ein Gummibärchen, und diesem an Form nicht unähnlich.
Der Untersucher hatte einige Male die Zoom-Taste des Gerätes gedrückt.
Das Wesen hatte noch keine Extremitäten.
Es lag friedlich da.
Sein Kind.
Dietrich bekam Tränen in die Augen, seine Hand zitterte.
Er stand auf, auch Yvette erhob sich.
Sie umarmten sich.
Unser Kind …

Später, lange Zeit später, würde er sich an diesen denkwürdigen Abend, an diese Szene, an dieses erste Bild ihres Kindes immer wieder erinnern.
Er würde wissen, dass dieses Bild ihres winzigen, noch gummibärchenartig ausschauenden Kindes den Ausschlag gegeben hatte.
Den Ausschlag am nächsten Morgen ‚Ja' zu sagen.
‚Ja' zur Heirat und ‚Ja' zu allen Modalitäten hierzu.
‚Ja' zu einem Haus.
‚Ja' zu Yvette.

Und wenn er sich an die Szene erinnern würde – und er würde sich oft, sehr oft daran erinnern - dann würde ihm klar sein, dass Yvette das Bild mit Kalkül am Ende ihres Gespräches eingesetzt hatte.
Das Bild, das die Entscheidung brachte.

„Das war ja gefickt eingeschädelt …" hatte in seiner Jugendzeit sein Schulkamerad Ingo immer gewitzelt.
In dieser Sache war der Satz mehr als zutreffend.

*

Es war ein milder Winter gewesen.
Nur eine Handvoll weißer Schneetage; das schmutzig braune Grau war die dominierende Farbe der Stadt und der Landschaft.
Dietrich sah aus dem Fenster seines Arztzimmers in der Klinik.
Es war Sonntagnachmittag, wenig zu tun und sein letzter Dienst vor dem dreiwöchigen Urlaub.
Für die kommende Woche war der Geburtstermin ihrer Tochter errechnet, eine Spontanentbindung war vorgesehen.

Er sah träumend in den grauen kahlen Park hinunter. Dann legte er eine kurze Zwischenkontrolle seines Rings ein, seines Eherings.

Nach ihrer Hochzeit kurz vor Weihnachten hatten beide den Ring nicht oft am Finger. Bei Yvette waren anatomische Gründe ursächlich, in ihrem letzten Schwangerschaftstrimenon hatte sie Ödeme bekommen, vor allem an den Füßen, aber auch an den Händen. Ihre geschwollenen Finger erlaubten das Ringtragen zeitweilig nicht.

Dietrich musste den Ring während der Arbeit aus hygienischen Gründen ablegen. Er verstaute ihn morgens in einer abschließbaren Schublade seines Schreibtisches. Nicht nur frühmorgens oder mittags während einer kurzen Brötchenpause musste er seinen Verbleib dort nachkontrollieren, gelegentlich unterbrach er sogar eine Visite, um auch zu verschiedener Stunde eine Zwischenkontrolle seines Eherings vorzunehmen.

Manchmal quälte er ihn sehr.

Eines Vormittags hatte er fast eine halbe Stunde mit der Kontrolle der Schublade verbracht, bis schließlich Schwester Agnes mit ebenso dysphorischem wie erstauntem Gesicht das Arztzimmer betreten hatte.

Dietrich hatte sich wie bei einer skandalösen Handlung ertappt gefühlt, er hatte dann die Visite fortgesetzt, in völliger Zerfahrenheit, in Gedanken bei der noch nicht zu Ende gebrachten Kontrolle.

Es war schlimm geworden mit den Kontrollen.

Mit dem Ehering in der Schublade hatte seine Angstflamme ein neues Betätigungsfeld gefunden.

Eines von vielen.

Er sah wieder aus dem Fenster in den menschenleeren Park.

Ein ruhiger, langweiliger Dienst.

Auch seinen Piepser hatte er schon ausgiebig kontrolliert.

Er dachte an die zurückliegenden Monate.

Yvettes Schwangerschaft war bis auf ihre Wasseransammlung problemlos von Statten gegangen. Seit einigen Wochen vermochte man das Pochen und Treten der kleinen Ärmchen und Beinchen an Yvettes Bauchdecke wahrzunehmen, nicht nur mit tastender Hand sondern auch mit beobachtendem Auge. Eine unbeschreibliche Freude, mal hier mal dort die kurzzeitigen Ausbuchtungen, manchmal auch regelrechte Ausbeulungen an Yvettes Bauch zu sehen. Yvette meinte, wenn sie ihren Bauch entblöße und die Hand auf den spitz zulaufenden Gipfel lege, sei das kleine Menschenkind besonders lebhaft und aktiv. Dietrich freute sich unendlich auf die kleine Lisa.

Die letzte Zeit war in gewisser Ruhe verlaufen.

Ruhiger als von ihm befürchtet.

Ihre Hochzeit war unspektakulär gewesen. Die Verwandten, an der Zahl überwog Yvettes hanseatische Sippe, einige Freunde und Bekannte, Klinikkollegen, Standesamt, Kirche, Phototermin, Reiswerfen, Reden, Ansprachen, Glückwünsche, Geschenke, Torte anschneiden, Essen, Trinken, noch mehr Essen, noch mehr Trinken, Tanz.

Das übliche Szenario.

Die Hochzeitsnacht hatten sie noch in ihrer alten Wohnung verbracht. Auch mit ihrem wachsenden Bäuchlein wirkte Yvette körperlich auf Dietrich immer noch sehr anziehend. Wider besseren Lehrbuchwissens fürchtete er sich jedoch, Yvette und dem werdenden Kind durch jedwede Art körperlicher Vereinigung schaden zu können. Gerne hätte er mit ihr geschlafen, aber die Furcht und Sorge um das kleine Menschenkind ließen ihn davon Abstand nehmen.

Yvette schien es recht zu sein.

Nach Silvester hatten sie ihr neues Zuhause bezogen.

Ein Glücksgriff.

Ein Einfamilienhaus aus den Achtziger Jahren mit großem, von hohen Tannen umgebenen Garten in einer ruhigen Straße eines beschaulichen Vorortes. Die Vorbesitzer, ebenfalls ein Medizinerpärchen an der Uni, hatten, dem Ruf der Wissenschaft folgend, kurzfristig in die Vereinigten Staaten gewechselt.

Diese Kurzfristigkeit hatte den Verkaufspreis erheblich gedrückt.

Dennoch lastete auf ihnen trotz der beträchtlichen Unterstützung durch ihr Elternhaus eine sehr hohe Hypothek.

Dafür war das Haus wunderschön.

Der riesige Garten, beinahe einem Park gleich, war von außen nicht einsehbar, ein modern gestalteter offener Kamin in dem großzügigen Wohnzimmer, welches an Grundfläche schon ihre gesamte alte Wohnung überstieg.

Hin und wieder war er Sophie in der Klinik begegnet.

Er hatte ihr Aquarium noch nicht gesehen.

Immer noch blickten sie sich bei jeder Begegnung eine Zehntelsekunde länger in die Augen als üblich.

Er hatte sie zu ihrer Hochzeit eingeladen gehabt, dort war er erstmalig Olaf angesichtig geworden, Sophies Mann.

Dietrich hatte ihn mit Widerwillen taxiert. Maßgeschneiderter Anzug, dezent gebräuntes Gesicht, obwohl Winter, teure Manschettenknöpfe, aufdringliches Männerparfüm. Olaf hätte bei Robert Lemkes ‚Was bin ich‘ keine fünf Mark ins berühmte Schweinchen gebracht …

Es war eine eigentümliche Szenerie gewesen. An seiner eigenen Hochzeit unbändige Eifersuchtsgefühle gegenüber diesem Menschen zu hegen …

Ich hab sie nicht alle … Ich war mit Sophie nie zusammen, nicht mal ganz kurz, ich hatte nicht einmal ein Techtelmechtel … Was soll das jetzt?

Ja, ich habe sie eben geliebt.

Und ich liebe sie eben immer noch, auch wenn ich jetzt gerade meine Hochzeit feiere.
Und ich werde sie lieben, auch wenn ich jetzt bald Vater werde …

Er hatte Olaf feindselig analysiert. Sein einziger morphologischer Makel waren die ein wenig abstehende Ohren. Wieder und wieder hatte er sie betrachten müssen.
Sie machten ihm diebische Freude.
Sie waren schlichtweg hässlich, Dietrich labte sich an ihrem Anblick.
Der Anthelixwulst fehlte fast völlig, die ganze Ohrmuschel war mangelnd gefaltet.
Zwei, drei Mal hatte Dietrich auch Gesprächsfragmente aus seinem Munde aufgenommen. Olaf hatte an seinem Tisch über die Weltökonomie referiert. Der ‚global player‘ aus der Provinz …
Dietrich hätte ihn gerne geschlagen … oder leicht geschubst …

Irgendwelche belanglosen Worte hatte Olaf im Laufe des Abends auch direkt mit Dietrich gewechselt und dabei makellose weiße Zähne entblößt. Dietrich hatte den Inhalt der Worte rasch vergessen. War es Berufliches gewesen? Ihm war Olafs Börsenwelt völlig fremd. Widerwärtig sinnierte er darüber nach. Wie kann man nur durch bloßes Nichtstun Geld verdienen? Und durch Nichtstun Geld verlieren? Wie kann der Wert eines ganzen Unternehmens durch bloße Gerüchte, üble Nachreden, Vermutungen, laut Gedachtes in wenigen Stunden um Millionen ab- oder zunehmen? Wie kann die ganze Welt von ein auf den anderen Tag plötzlich zehn Prozent weniger pekuniären Wert haben, nur weil der amerikanische Präsident seinen Hosenladen auf hatte? Wie kann eine Monica Lewinsky zu einem weltweiten milliardenschweren Sturz der Notierungen führen? Eine mir absurde und fremde Welt, in der Wohl und Wehe vom Öffnungszustand des Hosenlatzes eines einzelnen Menschen abhängen kann …
Noch nie hatte ihn die Wirtschaft oder die Börse sonderlich interessiert, seiner geraumer Zeit hasste er sie.
Seit Olafs Zeit.

Sophie nahm die Entwicklung der letzten Zeit äußerlich scheinbar ungerührt auf - die Nachricht, dass Dietrich Vater würde, dass er heirate, dass er ein Haus kaufe.
Sophie war freundlich, offen und fröhlich wie je. Sie hatte Dietrich beglückwünscht, nicht gerade überschwänglich, aber auch nicht mit Tränen in den Augen.
Bedeute ich ihr vielleicht gar nichts?
Vielleicht hält sie mich ja doch nur für einen netten Arzt, mit dem man mal Kaffee trinkt, sich nett unterhält, über Nahtod, über Fische … unwissend dass ich sie liebe?

Nein, ich bin sicher, dass sie es weiß.
Sophie kann in den Augen lesen.
Sie weiß, dass ich sie liebe.
Sie weiß es.
Ganz sicher.
Sie gratuliert artig zur Vermählung, sie kommt brav zur Hochzeit, aber sie weiß es, sie weiß, dass ich sie liebe. Hundertprozentig.
Dietrich versuchte, seine Gedanken an Sophie zu verdrängen, seine Liebe der Vernunft unterzuordnen, die Liebe in die Knie zu zwängen.
Es gelang ihm nicht.
Er kämpfte an, aber es gelang nicht.
Ebenso wenig wie er seine Kontrollzwänge unterdrücken konnte, war er nicht in der Lage, seine Gefühle für Sophie zu verdrängen.
Der Kampf war genauso aussichtslos.
Die Geschäftigkeiten des Alltags übertünchten manches, aber in seinem tiefsten Inneren brannte in ihm neben seiner Angstflamme seiner Zwänge noch ein anderes Feuer – beide für niemanden sichtbar, für niemanden erkennbar, für niemanden zu erahnen.
Aber für ihn umso grausamer spürbar.
Keine Vernunft der Welt vermochte sie zu löschen, die beiden Feuer.
Das eine so wenig wie das andere.
Die Vernunft versagt.
Dietrich schüttelte unmerklich den Kopf.

Er wurde angepiepst. Er sollte sich ein EKG ansehen. Er machte sich auf den Weg. Ich muss sie vergessen, Sophie. Ich muss sie verdrängen. Es geht einfach nicht. Ich habe jetzt eine Familie …

*

Acht Tage später, im Kreißsaal.
Yvettes Wehen hatten eingesetzt, Dietrich stand einigermaßen hilflos dem nun folgenden Unternehmen gegenüber. Noch nie hatte er eine Geburt erlebt, nie hatte er sich im Studium für Gynäkologie sonderlich interessiert, und äußerst selten hatte er dem Geburtsvorbereitungskurs, im Jargon ‚Hechelkurs' genannt, beigewohnt. Meist war er zu dieser Zeit noch in der Klinik mit der Stationsarbeit beschäftigt gewesen.
Gleich beim Betreten der weitläufigen Abteilung war von linker Hand her ein anhaltendes, dauerhaftes Stöhnen gleichbleibender Frequenz und Intensität zu vernehmen. Ihm wurde es mulmig, als aus der gegenüber liegenden Räumlichkeit zusätzlich ein schrilles, lautstarkes, animalisch anmutendes Schreien kam.

„Wir haben heute Hochbetrieb", lächelte eine vorbei eilende Hebamme verschmitzt.

Yvette setzte sich auf einen schlichten Bürostuhl in einer Art Wartezone, ihre Wehen wurden wieder stärker. Sie hielt sich den Leib. Dietrich blickte hilflos. Eine weitere Hebamme lugte zur Tür hinein und fragte Yvette, ob sie von ihr einen Darmeinlauf haben wolle.

„Sehr gerne ...", antwortete sie und erhob sich. Dietrich sah sie fragend an, die Stirn tief runzelnd.

„Das ist besser so. Ich kacke sonst noch auf den Geburtsstuhl! Das passiert oft dabei ..." Die beiden Frauen ließen Dietrich allein sitzen.

Das schrille Schreien hatte aufgehört, das wimmernde Stöhnen persistierte unverändert.

Auf einem Tisch lagen abgegriffene Zeitschriften.

Grübelnd sah er aus dem Fenster.

Er war in Sorge, dass alles gut ging.

Er wartete.

Aus dem Fenster sah man auf den Besucherparkplatz.

Plötzlich schoss sie hoch.

Nein, bitte nicht jetzt! Nicht hier und heute und jetzt ...

Aber das interessierte die Angstflamme nicht.

Sie war da.

Ich muss das Auto kontrollieren.

Wir haben es eben achtlos abgestellt.

Wenn das Licht noch brennt ... oder es nicht abgeschlossen ist ...

Er hatte nicht ausgiebig kontrollieren können, Yvette war ja dabei gewesen ...

Sie hätte wieder Bemerkungen gemacht, geschimpft, vielleicht geflucht.

 Nur eine klitzekleine Kontrolle ... Yvette wird noch einige Zeit auf der Toilette sein nach ihrem Einlauf ... Ich habe etwas Zeit ... Nur ein oder zwei Mal kontrollieren ... Ich muss ...

Er verließ unauffällig den Kreißsaalbereich, dann rannte er eilig das Treppenhaus der Frauenklinik hinunter, das ging schneller als der Aufzug Raus auf den Parkplatz.

Da stand es, das Auto.

Friedlich, das Licht aus.

Auf den ersten Blick ...

Man konnte sich täuschen, besonders am helllichten Tag ...

Man musste genau gucken ... konzentriert kontrollieren ...

Zuerst das Licht, dann natürlich auch die Türen.

Dietrich stellte sich vor den Kühler.

Er atmete ruhiger, er konzentrierte sich.

Die Lichter waren aus.

Er beugte sich etwas vor.

Sie waren sicher aus.

Er näherte sich dem Glas jetzt bis auf zwanzig Zentimeter, in der Hocke kauernd.

In der Tageshelligkeit ist die Lichterkontrolle ungleich anspruchsvoller als in der Dunkelheit … Aber ich sehe es eindeutig: Die Lichter sind aus. Rechts wie links. Ich bin ja ganz nahe dran …

Dietrich wechselte seine Hockstellung einige Male vom rechten zum linken Scheinwerfer und zurück. Seine Nase berührte dabei beinahe das Lampenglas. Es ist aus. Auf beiden Seiten.

Aber ich muss sicher sein, ganz sicher. Hundertprozentig.

Ich darf nachher bei der Geburt keine Angstflamme mehr haben … Sie muss sicher aus sein. Nicht das geringste Flämmchen darf nachher noch …

Er nahm sich zehn längere Kontrollen vor, jeweils zwanzig Sekunden abzählend. Das müsste ausreichen.

„Kontrolle sechs!" … „Kontrolle sieben!" … „Kontrolle acht!" – „Aus!"
Dietrich sagte die Worte leise vor sich hin.

„Aus!"

Das jeweilige Resultat seiner Kontrolle.

Ja, das Ergebnis war ‚Aus!' und er musste es sich sagen, verbalisieren.

Das gab Sicherheit.

Wenn das jemand hörte … Verstohlen blickte sich Dietrich um. Zahlreiche Passanten im Eingangsbereich der Klinik, aber weit außer Hörweite.

„Kontrolle neun!" – „Aus!" … „Kontrolle zehn!" – „Aus!"

Dietrich atmete durch. Jetzt kamen die Türen dran. Jede Türe fünf Kontrollen, so vereinbarte er es mit sich.

Er begann mit der Fahrertüre. Das Knöpfchen war sicher unten, die Türe also ordnungsgemäß abgeschlossen. Eindeutig. Er rüttelte an der Türe.

„Kontrolle eins", … „Kontrolle zwei", …

„Alles in Ordnung?" Ein älterer Herr schloss seinen Mercedes in der benachbarten Parklücke auf.

Dietrich fuhr erschrocken zusammen „Ja, ja … das Schloss hat manchmal seine Macken …" Er unterbrach sein Rütteln, versuchte seinem angespannten Gesicht ein gelassenes Antlitz zu geben. Der ältere Herr stieg ein, fuhr jedoch nicht gleich weg.

Dietrich sah ihn auf dem Fahrersitz mit zahlreichen Unterlagen, möglicherweise medizinischen Befunden oder Arztbriefen, hantieren.

Fahr endlich weg, Opa, ich muss fertig kontrollieren …

Dietrich konnte weder einfach nichtstuend stehen bleiben noch weiter konzentriert die Türe kontrollieren.

Der Mercedes machte keinerlei Anstalten, aus der Lücke zu fahren.

Er biss sich auf die Lippe, er begann, langsam wieder Richtung Klinik zu schlendern, den Mercedes immer im Auge behaltend.

Er war schon fast wieder am Eingang angelangt, da fuhr der Wagen aus der Parklücke. Endlich …

Dietrich spurtete wieder zurück. Ich war bei Kontrolle ‚drei' der Fahrertür.
Er fuhr fort.
Volle Konzentration.
Er zählte, kontrollierte.
Alles in Ordnung.
Jetzt die Beifahrertüre. „Kontrolle eins", „Kontrolle zwei" … Diesmal gab
es keine Störung. Die benachbarte Parklücke blieb leer.
Jetzt noch zum Abschluss die Heckklappe. Kontrolle eins, Dietrich rüttelte
und erschrak fast zu Tode.
Es traf ihn wie ein Schlag.

Die Heckklappe sprang auf, gähnend kam die Tiefe des Kofferraums zum
Vorschein.
Sie war offen gewesen!
Mann oh Mann! Gut, dass ich kontrolliert habe!
Man hätte über die Heckklappe einfach in den Fond des Wagens können!
Den CD Player klauen, das ganze Auto stehlen! Sie war offen gewesen! Ein-
fach vergessen abzuschließen!
Er holte den Schlüssel und jetzt nach, was beim Aussteigen versäumt worden
war. Gut, dass ich kontrolliert habe. Voller Treffer! Voller Erfolg!

Er stand vor dem Wagen. Die Gesamtkontrolle war auffällig gewesen. Sie
hatte ein auffälliges Ergebnis zu Tage gebracht.
Ich muss die gesamte Kontrolle nochmals von vorne beginnen!
Es ist noch Zeit … Rasch, schnell noch mal von vorne, von Anfang an.
Die Angstflamme muss sicher aus sein …
Dietrich nahm vor den Lichtern Aufstellung. „Kontrolle eins!" … „Kontrolle
zwei!" … „Kontrolle drei!" Alles in Ordnung.
Dann nochmals die Lichter aus kurzer Distanz, in kauernder Hockstellung,
die Nase ans Glas drückend, endkontrolliert.
Aus. Sicher aus. Die Lichter sind absolut sicher aus, auf beiden Seiten.
Jetzt die Fahrertüre. Fünf hochkonzentrierte Kontrollen:
Eins, Zwei, Drei … Konzentriere dich! … Vier … Letzte Kontrolle! Fünf!
Alles in Ordnung.
Jetzt die Beifahrertür. „Kontrolle eins" … „Kontrolle zwei" … Dietrich
sprach wieder vor sich hin, schon merklich lauter. Sein Puls raste, er schwitz-
te. „Kontrolle drei!" Jetzt fuhr ein Wagen in die benachbarte Parklücke.
Dietrich fluchte in Gedanken. Muss das jetzt sein! Ich muss die Kontrollen
kurz unterbrechen …
Eine hochschwangere Frau, etwa in Yvettes Alter, quälte sich mühselig vom
Beifahrersitz, ächzte, ein Mann griff nach zwei Tragetaschen und einem
Kleinkind auf dem Rücksitz. Die drei eilten hastig zum Eingang der Frauenklinik zu. Dietrich schluckte. Der Mann hatte den Wagen gar nicht abgeschlossen! Sollte er ihm nachrufen?

Nein, viel zu wenig Zeit. Er musste jetzt die Kontrolle der Beifahrertür nochmals von vorne beginnen. Kontrolle eins! ... Kontrolle zwei! Volle Konzentration! Nicht ablenken lassen! Drei! Vier! Fünf! Dann die Heckklappe. Letzte Kontrolle! Abschlusskontrolle! Allerletzte Kontrolle! Finale Abschlusskontrolle! Eine einzige, absolut sicher allerletzte Abschlusskontrolle! Der Puls raste tachyarhythmisch. Ich werd' noch zum Narr!

Alles in Ordnung.
Er atmete kurz durch und spurtete zum Eingang der Klinik zurück.
An der Pforte.
Gedankenkarussell.
Komm Dietrich, noch eine wirklich absolut allerletzte, wirklich endgültige, finale Abschlusskontrolle! Dann bist du wirklich sicher! Die Flamme muss sicher aus sein! Denk an nachher ...!
Er stöhnte kurz, raste dann wieder zurück, stolperte, taumelte.
Keuchend am Wagen. Gut, das war sie, die wirklich allerletzte Kontrolle. Alles in Ordnung ...
Er spurtete wieder zurück zum Eingang, ohne Auge für verdutzt blickende, kopfschüttelnde Besucher. Er raste die Treppen hinauf, drei, vier Stufen auf einmal nehmend. Wie viel Zeit mag vergangen sein? Er hatte nicht auf die Uhr gesehen. Wieder im Kreißsaal, seine Atmung tachypnoisch. Er sah jemanden aus der Toilette kommen. Eine hochschwangere Blondine. Yvette war also mit ihrer Verrichtung dort schon fertig, Dietrich hastete wieder ins Wartezimmer. Ein einzelner junger Mann. Schnurrbärtchen, vorne kurze, hinten lange, dauergewellte Haare, Goldkettchen. Vielleicht gehörte er zu der Blondine. „Haben Sie meine Frau gesehen? Lange glatte schwarze Haare...?"
Der Mann schüttelte den Kopf, kaum den Blick von seiner Zeitschrift hebend. Ein Sportmagazin.
Dietrich ging hinaus auf den Gang. Eine junge Hebamme eilte vorbei. „Entschuldigung, haben Sie meine Frau gesehen, ich suche meine Frau ..."
Die Hebamme schüttelte den Kopf, eilte sogleich weiter. Dietrich begann hektisch zu werden. Sekunden verrannen. Wo ist Yvette? Niemand war mehr auf dem Gang. In der Ferne klingelte ein Telefon, niemand nahm ab. Aus einem Raum weiter rechts war jetzt ein Schreien zu hören, von eher tieferer Stimmlage. Dietrich ging den Gang entlang. Plötzlich ein anderes Schreien, nicht so tieffrequent. Yvette. Mann, ist das hier unübersichtlich! Wie viele Geburten haben die denn hier gleichzeitig? Das Schreien kam direkt aus dem Raum vor ihm. Es war das von Yvette.
Dietrich klopfte an die Türe, aber es war ihm klar, dass dies eine völlig sinnlose Höflichkeit darstellte. Niemand würde ihn dort drinnen hören können.
Er klopfte vehementer, wartete, dann öffnete er die Türe.

Erstarrung

Sein Blick direkt auf ein weibliches Geschlecht, Pubes rasiert, die Beine weit gespreizt, an den Unterschenkeln auf dafür vorgesehenen Auflagen mit kleinen Riemen fixiert. Rechts und links davon eine Hebamme und ein junger Arzt, beide mit erschrocken aufgerissenen Augen zu ihm starrend.
Dietrich justierte seinen Blick um nur wenige Winkelgrade nach oben und sah die Frau.
Sie hatte rote kurze Haare, sie schien in der Mitte des dritten Lebensjahrzehntes zu stehen, sie sah mit entsetzt blickenden, schier aus den Höhlen heraustretenden Augen, einem Exophtalmus ähnlich, Dietrich an, und stieß einen markerschütternden, infernalisch gellenden Schrei aus.
Dietrich synkopierte beinahe. Er war im falschen Raum. Im falschen Zimmer. Im falschen Film. „Pressen … Pressen“, murmelte die Hebamme.
„Was wollen Sie …?“ begann der Arzt, Dietrich hastete aus dem Raum, schlug die Türe zu, floh, torkelte zurück ins Wartezimmer.
Der dauergewellte Mann war verschwunden. Niemand mehr da. Dietrich setzte sich kurz, sammelte sich. Mann oh Mann.

Er wieder auf den Gang zurück. „Hallo! Hallo! Kann mir jemand helfen?“ Er rief laut. Sehr laut. „Hilfe!“ Er machte eine völlig lächerliche Figur, aber egal. „Hilfe!“
Eine genervt erscheinende Hebamme kam aus einem Zimmer. „Was ist denn mit Ihnen los …? Sind Sie verrückt?“
Das wäre ein zu diskutierender Punkt …

„Ich suche ganz dringend meine Frau. Frau Habermann …“
„Sie kommen aber früh! Wo waren Sie denn die ganze Zeit? Schnell, hier ins Zimmer sechs!“
Dietrich hastete in den Raum.
Er sah und erstarrte.

Er wusste nicht, was überwog.
Entsetzen oder Freude.
Vielleicht eher das Entsetzen …

Lisa war schon geboren.
Er hatte die Geburt verpasst.
Friedlich lag das kleine Mädchen auf Yvettes entblößter Brust.

Drei Augenpaare sahen ihn fragend an.
Yvette, die Hebamme, der Chefarzt der Klinik.
Letzterer ergriff zuerst das Wort. „Herzlichen Glückwunsch, Kollege Nolte. Alles Gute.“ Er drückte ihm lasch die Hand.
Yvette sah ihn immer noch fragend an.

Ohne ein Wort.

Dietrich beugte sich zu ihr hinunter. Er hauchte ihr einen Kuss auf die Wange.

Dann betrachtete er Lisa, strich ihr über den runzligen Rücken, seine Hand mutete akromegal an verglichen mit dem kleinen Wesen. „Ich war noch … Ich war noch auf der Toilette …", stammelte er kläglich.

Lisa wird mit einer Lüge in dieser Welt begrüßt. Dietrich biss sich auf die Lippen. Die ersten Worte, die sein Kind von ihm hörte, waren eine dreckige Lüge. Eine Scheiß Lüge.

Yvette schien unmerklich den Kopf zu schütteln.

Eine peinliche Stille entstand, der Chefarzt verabschiedete sich.

Die Hebamme begann, sich an Säuglingsutensilien zu schaffen zu machen.

„Wie geht es dir so?" fragte er unsicher. Seine Stimme zitterte. Ich habe die Geburt meiner Tochter verpasst. Die Scheißkontrollen …

„Gut. Sehr gut. Ich habe gerade ein Kind zur Welt gebracht. Es geht mir sehr gut." Yvettes Stimme hatte einen schnippischen Unterton. „Lisa geht's prima. 3300 Gramm, der Pädiater hat sie schon kurz gesehen, auf den ersten Blick ist alles dran, 10 Punkte auf dem Apgar-Index … Es ging irgendwie rechts schnell. Ich war einige Minuten auf der Toilette, da ging es los. Ich habe um Hilfe gerufen, ich fürchtete, das Kind auf dem Klo zu bekommen, es in die Toilettenschüssel plumpsen zu lassen … Ich kam dann gleich auf diesen Stuhl hier, in wenige Minuten war sie da, unsere kleine Ungeduldige hier …"

Dietrich war glücklich.

Glücklich, dass alles gut gegangen war.

Glaubt mir Yvette das mit der Toilette? Nie und nimmer, ich war verdammt lange weg gewesen …

Dietrich hasste sie, seine Zwänge, seine Kontrollen.

Er hasste sie so abgrundtief.

Sie begannen sein Leben zu zerstören.

Noch nie war es ihm so offensichtlich wie jetzt.

Er hasste sie und er würde sie vernichten, ausräuchern mit hochpotenten Neuroleptika vielleicht auch mit Serotonin-Wiederaufnahmehemmern. Er würde sie mit modernsten Pharmaka bombardieren.

Er würde sich nochmals genau belesen und sich dann aus der Klinik bedienen. Dann wird losgeschlagen! Es muss besser werden …

Schon nach drei Tagen waren alle drei zu Hause. Dietrich war in Euphorie, auch Yvette ging es gut. Keine Wochenbettdepression, keine dysphorischen Szenen. Stattdessen ungewohnte Harmonie.

Sie hatten eben Lisa in ihr kleines Bettchen in ihrem Kinderzimmer gebracht.

Dietrich hatte Pizza bestellt und einen Rijoa geöffnet. Auch Yvette nahm ein Glas, das erste seit neun Monaten.

Yvette hatte Dietrichs Abwesenheit im Kreißsaal während der Geburt auch nachträglich nicht mehr kommentiert. Vielleicht war es ihr ja recht gewesen? Vielleicht hatte sie es gar nicht so bemerkt? Nicht umsonst sind Frauen unter der Geburt juristisch eingeschränkt geschäftsfähig, vielleicht war ihre Wahrnehmung ja eingeschränkt …?
Ihm war es einerlei. Er war froh darum.
Sie unterhielten sich über die vergangene und die vor ihnen liegende Zeit. Yvette nahm sich ein zweites Glas Wein. Sie küsste ihn auf den Mund. Lange, zärtlich, wie lange nicht. „Du warst bei vielem eine große Hilfe. Bei den Hochzeitsvorbereitungen, beim Umzug. Jetzt hier mit Lisa … Danke.“
Sie nippte am Rotwein. „Seit Nollendorf nicht mehr da ist, bist du abends auch viel früher aus der Klinik draußen. Und du wirkst irgendwie erleichterter, entspannter. Es ist schön. Wenigstens bei dir hat sich einiges verbessert, bei uns in der Abteilung wird's immer schlimmer, vor allem in den Forschungsgruppen.“
Der Rotwein war schon leer, Dietrich entkorkte eine zweite Flasche. Er hatte schon monatelang nicht mehr an Nollendorf gedacht. Er hatte ihn und den Tag am Trifels verdrängt – derart effektiv, dass ihm kaum noch bewusst war, ein Mörder zu sein.

„Kam da eigentlich noch etwas Substanzielles bei den Untersuchungen heraus?“ hakte Yvette nach. „War es ein Unfall, ein Selbstmord oder doch Mord? In der Klinik wird viel geredet …“
Er erschrak. „Ich … ich weiß nicht. Es gibt immer und über alles Gerüchte … Spekulationen …“ Seine Stimme war nicht stabil. Er riss sich zusammen.
„Dietrich … Ich muss dich das einfach fragen … Du hattest so unter Nollendorf gelitten, er hat dich immer so fertig gemacht … Du hast von seinem Ableben ungemein profitiert, seitdem ist es signifikant besser für dich in der Klinik … Hast du … hast du ihn da runter befördert?“
Dietrich fuhr zusammen. Seine Hand am fragilen Rotweinglas zitterte, er verbarg sie rasch im Schoß. Er sammelte sich. Woher kommt diese Frage …? Warum fragt sie das hier und jetzt?
„Nein … wie hätte ich das tun können …? Nollendorf war ein Schrank von einem Mann. Wie hätte ich ihn vom Trifels werfen können … während des Abteilungsausflugs mit hundert Teilnehmern?“ Seine Stimme vibrierte vor Aufregung. Völlig unvorbereitet, aus dem Nichts heraus fand er sich in dieser Verhörsituation wieder. Völlig unkontrolliert. Völlig anders als vor dem Kripobeamten am Trifels. Wo war seine Ideenmaschine, wo seine Ruhe, wo seine Sicherheit?
Yvette war nicht Brühl, der Kommissar.
Yvette kannte ihn ungleich besser, sie war seine Partnerin, jetzt sogar seine Ehefrau.
Es war ungleich schwerer, ihr Lügen aufzutischen.

Sie war intelligent, jedes Zucken seiner Lider, jede unkontrollierte Augenbewegung, jede untypische Haltung seiner Hände würde ihr auffallen, jede Änderung seiner Sprechgeschwindigkeit, jede kleinste Auffälligkeit seiner Artikulation, jede winzigste Nuance in seiner Wortwahl würde sie sofort registrieren und bewerten.
Es ist etwas anderes, die Ehefrau zu belügen, als einen Polizisten, der einen erst seit fünf Minuten kennt.

Yvette ließ nicht locker. „Okay. 'War ja nur eine Frage ...“ Ihre Replik klang nicht sehr überzeugt. „Du warst es nicht ... Aber eines wollte ich dir sagen ...“ Ihre Stimme klang sanft, beinahe liebevoll. „... Wenn du es gewesen wärest – ich hätte dafür Verständnis. Ich weiß, wie es ist, wenn man in der Klinik gemobbt wird, wenn man fertig gemacht wird ... Ich kenne das zur Genüge. Nur hätte ich nicht die Courage, so was zu tun. Ich würde das nicht schaffen. Ich weiß, du warst es nicht ... Aber wenn du es gemacht hättest ... Ich wäre stolz auf dich.“ Fast etwas pathetisch erhob sie sich wieder und ging um den Tisch herum, die Arme um ihn ausbreitend.
Dietrich erhob sich ebenfalls, die Knie schlotternd. Yvette umarmte ihn.
„Ich war es nicht.“ Seine Stimme war ganz trocken.
„Ich weiß, Dietrich. Du warst es nicht.“

Je öfter sie es wiederholte, desto klarer wurde ihm, dass sie es wusste.
Sie setzten sich wieder, das Thema wurde gewechselt, hin zu belanglosen Dingen wie weiteren Anschaffungen für Lisa.
Er konnte dem weiteren Gespräch nur noch mit Mühe folgen, verhaspelte sich in den Sätzen. Er zwang sich, möglichst normale, ruhige Antworten und Kommentare zu geben, möglichst gelassen zu erscheinen. Es gelang kaum.
Yvette weiß es ... Sie hatte es bestimmt geahnt ... Jetzt hat sie die Bestätigung ...
Wie sie mich mustert, taxiert, meine Hand beobachtet, die zum Glas geht ...
Wie es ihr auffällt, wie schnell sich wieder und wieder mein Glas leert...
Ich werde es ihr nicht sagen. Niemals. Ich werde es niemandem sagen.
Niemals.

Lisa meldete sich.
Dietrich kam es einem erlösenden Gong bei einem schlecht verlaufenen Boxkampf gleich.
Durchatmen.
Während Yvette ins Kinderzimmer ging, räumte er auf. Alles wurde ordentlich an seinen angestammten Platz in der neuen Küche verbracht.

Als sie später beide im Bett lagen, als Dietrich an Tiefe und Frequenz der Atemzüge merkte, dass seine Frau schlief, lag er noch lange wach.
Er wurde wieder ruhiger.

Gut, Yvette weiß intuitiv, was geschehen war.

Na und? Wo liegt das Problem?

Sie hat darauf anders reagiert, als ich vermutete.

Gut. Wahrscheinlich wird es nicht mehr thematisiert werden.

Gut. Ich versuche, nicht mehr viel darüber nachdenken. Die Operation ist beendet, mit vollem Erfolg zu Ende geführt.

Die nächste Operation, die ansteht, betrifft meinen Kontrollzwang. Ich werde mich in der Klinik eindecken, mit Neuroleptika, vielleicht auch mit Serotonin-Wiederaufnahmehemmern, vielleicht kombiniert mit Benzodiazpinen. Ich werde die Angstflamme damit bombardieren, ich werde sie austreten, sie auslöschen … So wie ich Nollendorf ausgelöscht habe.

Ich werde sie besiegen.

*

Zwei Wochen später begann er.

Er recherchierte in der Bibliothek, spätnachmittags, nach getaner Klinikarbeit.

Noch immer war die Ordinariatsstelle in der Herz-Thorax-Chirurgie nicht besetzt, noch immer waren die Arbeitszeiten humaner als in der Ära Nollendorf, die Stimmung entspannter, das Klima angenehmer.

Er hatte sich verschiedene Studien und ‚Reviews', wie es jetzt auf neudeutsch hieß - Übersichtsarbeit klang ja auch zu banal - zum Thema herausgesucht.

Er plante, das Bombardement mit einem Neuroleptikum beginnen.

Er würde niemanden dazu brauchen, niemanden konsultieren. Was sollte auch geschehen? Wenn sich unerwünschte Nebenwirkungen oder Unverträglichkeiten des Medikaments einstellten, würde er es absetzten und durch eine andere Klasse ersetzen.

Im Unterschied zu anderen Psychopharmaka, den Benzodiazepinen beispielsweise, bestand bei den Neuroleptika keine Gefahr einer Abhängigkeit oder Suchtentwicklung.

Allerdings postulierten die befragten Lehrbücher und Artikel, eine alleinige, rein medikamentöse Therapie der Zwangsneurose ohne jegliche begleitende psychiatrische Behandlung sei obsolet.

Dieser Aspekt musste übergangen werden, jedwede psychiatrische Konsultation war für ihn ausgeschlossen.

Er rekapitulierte die Pharmakologie der Neuroleptika.

Vereinzelt hatte er Vertreter dieser Substanzgruppe schon selbst verordnet, sie konnten bei Patienten mit Desorientierung und starker Agitiertheit bei einem Durchgangssyndrom nach Operationen sinnvoll und wirksam sein.

Der Grund hierfür lag in der guten antipsychotischen Potenz dieser Medikamente. Sie reduzierten psychotische Trugwahrnehmungen, psychotische Wahngedanken und schizophrene Ich-Störungen, daneben hatten sie eine dämpfende Wirkung auf die affektive Spannung und psychomotorische Erregtheit, und sie führten zu emotionalem Ausgleich.

Ihre Kardinalindikation war die Behandlung der Schizophrenie, einige Autoren wiesen ihnen aber auch eine Wirksamkeit bei der Behandlung der Zwangsneurose zu.

Mann oh Mann, dass es soweit kommen musste … Jetzt muss ich schon Psychopharmaka mit antipsychotischer Potenz nehmen … Medikamente, die man normalerweise Schizophrenen gibt … Dietrich schloss kurz die Augen über den Büchern und Zeitschriften.

Aber war es nicht angebracht?

Er rekapitulierte die letzten Monate.

Oft war es schlimm, sein Kontrollieren.

Sie waren aus dem Ruder gelaufen, die Kontrollen.

Sie waren außer Kontrolle, seine Kontrollen.

Ja, ich habe meine Kontrollen nicht mehr unter Kontrolle …

Er biss sich auf die Unterlippe. Einem bösartigen Tumor gleich breiteten die Kontrollen sich aus.

Sie beherrschten ihn.

Summierte man die gesamte Zeit, die er im Laufe eines Tages mit Kontrollieren verbrachte, käme man mittlerweile auf gut und gern drei Stunden.

An jedem Kontrollthema, jedem Kontrollpunkt gingen einige Minuten des Tages verloren.

Morgens die Kaffeemaschine und der Herd, er stand deshalb schon erheblich früher auf. Dann das Auto nach der Fahrt zur Klinik. In der Klinik der Ehering im Schreibtisch. Im Dienst der Piepser. Nach der Heimfahrt wieder das Auto. Zu Hause die Laborbefunde. Beim Zubettgehen der Wecker.

Selbst Vermeidungsreaktionen waren mittlerweile wirkungslos geworden. Er hatte versuchsweise vermieden, morgens keinen Kaffee zu machen, um sich diese Kontrolle zu ersparen; er hatte vermieden, trotz schlechten Wetters mit dem Auto zur Klinik zu fahren, um die Wagenkontrolle zu umgehen.

Ohne Erfolg.

Auch ohne Betätigung derselben mussten die Kontrollen sein. Die Angstflamme forderte ihren Tribut. Mit stetig wachsender Gier …

Die Vermeidungsreaktion erwies sich als untaugliches Löschmittel.

Zu den fixen Kontrollpunkten im Alltag gesellten sich zusätzliche fakultative Kontrollthemen, an denen er sich ebenfalls länger aufhalten konnte.

Und dann die lästigen Reaktionen seiner Mitmenschen auf sein quälendes Leid: die keifende Yvette, wenn sie ihn erwischte, tuschelnde und lachende

Schwestern am Fenster in der Klinik beim Blick auf den Parkplatz und seine Morgenprozedur am Auto …
War sein Denken nicht schon fortgeschritten gestört? War er nicht schon sehr krank, wenn er manchmal bis zu einer Stunde an der ein und derselben Kontrolle festhing, unfähig sich zu befreien?
Ja es ist fortgeschritten mit meinen Denkstörungen, weit fortgeschritten …
Er biss sich erneut auf die Lippe.
Es waren Denkstörungen.
Deshalb musste er auch schweres und, wenn es sein musste, schwerstes Geschütz auffahren, um sie zu besiegen.
Neuroleptika waren ein solches schweres Geschütz.
Die Angstflamme war zum Flächenbrand geworden. Mit Vernunft war nicht mehr beizukommen. Jetzt gab es kein Verhandeln mehr, Dietrich befahl den Angriff, das Bombardement. Und es würden sehr potente Bomben sein …

Er versank wieder in die Pharmakologie dieser Medikamentengruppe. Die Neuroleptika blockierten postsynaptische Dopamin-D2-Rezeptoren im Gehirn. Damit konnten sie zu Parkinson-ähnlichen Nebenwirkungen führen, da bei dieser Krankheit der Mangel an Dopamin im Gehirn ursächlich war. Er schloss wieder kurz die Augen. Zu wenig Dopamin in der Birne: Morbus Parkinson; zu viel Dopamin: Psychose. Diese simplifizierende Reduktion wurde der Vielschichtigkeit beider Erkrankungen sicherlich nicht gerecht, aber die Grundrichtung traf sie richtig.
Gut. Durch die Blockade des Dopamins konnten Neurolopetika Nebenwirkungen bedingen, die einem Morbus Parkinson ähnelten. Dieses bezeichnete man als Parkinsonoid und umfasste in erste Linie eine Akinesie. Auffälligstes Merkmal dieser Bewegungsarmut war die Amimie, der Verlust an Gesichtsmimik, aber auch ein kleinschrittig trippelnder Gang mit dem Versiegen der Mitbewegung der Arme beim Gehen.
Ich werde verdammt aufpassen müssen …

Mulmig zumute wurde es ihm, als er sich weiter mit den cerebralen Rezeptorsystemen befasste. Die Neuroleptika schienen ungünstigerweise auch die GABA-Rezeptoren nicht nur zeitweilig zu blockieren, sondern im ungünstigen Fall auch dauerhaft zu zerstören. Dies konnte zu Spätdyskinesien führen, eine unangenehme Form anhaltender Bewegungsstörungen. Auch von einem malignen neuroleptischen Syndrom wurde berichtet, einer zwar sehr seltenen, aber gelegentlich tödlich verlaufenden Reaktion auf diese Medikamente.
Dietrich riss sich zusammen. Ein gewisses Risiko besteht immer … Auch bei der Nollendorf-Operation bin ich ein gewisses Risiko eingegangen …
Vieles hätte schief gehen können …
Es ist eine große Aufgabe, die ansteht, da muss ich auch ein Risiko tolerieren
…

Er las sich jetzt durch die einzelnen Substanzen. Melperon, Levopromazin, Chlorpromazin, Clopenthixol, Flupentixol, Haloperidol ... Ein unübersichtlicher Dschungel von verschiedenen Produkten tat sich vor ihm auf. Für was sollte man sich entscheiden? In der Literatur wurde differenziert zwischen schwach- und hochpotenten Neuroleptika. Der Unterschied war keineswegs nur quantitativ sondern auch qualitativ. Dietrich las, die starken Neuroleptika seien deutlich stärker antipsychotisch, aber nicht so antidepressiv wirksam wie die schwachpotenten Vertreter. Hm, die anti-depressive Wirkungskomponente steht bei mir ja nicht so im Vordergrund...

Er las weiter. Die hochpotenten Neuroleptika waren weniger sedierend und weniger antriebshemmend als die schwachpotenten. Das hört sich auch gut an. Stark antipsychotisch, aber nur schwach beruhigend und aktivitätshem-mend. Eine stärkere Sedierung wäre ja auch nicht tolerabel, ich könnte ja sonst nicht mehr Autofahren, geschweige denn in der Klinik meine Arbeit verrichten ...
Seine Tendenz zu einem hochpotenten Neuroleptikum wuchs. Die nieder-potenten Substanzen verzeichneten mehr vegetative Nebenwirkungen, wie Mundtrockenheit, Schwindel und Störungen der Blasenfunktion- und Temperaturregulation, dafür war bei den hochpotenten Vertretern die Rate an Bewegungsstörungen wie dem Parkinsonoid deutlich höher.

Er überlegte. Ich werde mit einem hochpotenten Neuroleptikum beginnen. Erst mal ganz langsam niedrig dosieren. Wenn Bewegungsstörungen auft-reten, setzte ich es sofort ab. Bei mangelndem Erfolg natürlich auch ...
Er benötigte eine Erfolgskontrolle. Er legte sich wieder einen kleinen Taschenkalender zu. Jeden Abend würde er hier Ausmaß und Intensität seiner Kontrollen des Tages dokumentieren. Für beide Qualitäten wollte er einen Punktwert vergeben, um dann eine Entwicklung in die erhofft bessere Richtung quantitativ zu erfassen.

Er entschied sich für Flupentagal, er plante, mit 3 Milligramm pro Tag zu beginnen. Er nahm die Klinikpackung aus dem Stationsschrank und ver-brachte alle einzelnen Tabletten in eine kleine neutrale Plastikschatulle. Niemand sollte ihn mit einer angebrochenen Schachtel Psychopharmaka im Rucksack sehen ...

*

Der erste Arbeitstag nach dem Urlaub, ein Montag.

Er frühstückte zusammen mit Yvette, Lisa im Arm schaukelnd, auf das postprandiale ‚Bäucherchen' wartend.

Eben gestillt, machte Lisa ein zufriedenes Gesichtchen, ihr winziges Mündlein vollführte Schmatzbewegungen.

Orale Automatismen, dachte er, das Müsli kauend. Angeborene, bereits bei Geburt auf der menschlichen Festplatte befindliche unbewusste Bewegungsprogramme; neben dem Saugen und Schlucken gehörte auch das Greifen in diese Kategorie. Das Neugeborene konnte motorisch nur diese Automatismen: Saugen, schlucken, atmen, schreien, allenfalls noch athethotisch anmutende Bewegungen der Extremitäten. Nicht einmal das Halten des überproportionierten Köpfchens, geschweige denn dessen motorische Kontrolle war dem kleinen Wesen möglich.

Wo ist jetzt dessen ‚Ich', dessen Bewusstsein? Schläft es noch? Irgendwo? An irgendeinem, für uns unvorstellbaren Ort? Wann und durch was wird es zu-tage treten, sich formieren, sich ausbilden?

Schweigend sah er auf Lisa, dann zu Yvette.

Sie sah müde aus, die nächtliche Schlaffragmentierung durch das Stillen zeichnete dunkelnde Ringe unter ihren dunklen Augen. „Macht's gut ihr beiden, einen schönen Tag!" Ein Küsschen für beide.

Beim Hinausgehen blickte er auf Yvettes Laptop, auf dem Küchentisch neben der Kaffeetasse und gebrauchten Babylätzchen stehend und auf Benutzung wartend. Daneben ein handbreit hoher Stapel an kopierten wissenschaftlichen Artikeln.

Yvette würde jetzt, Lisa im Arm, in ihre Studien versinken. Sie hatte sich reichlich Lesematerial aus der Bibliothek besorgt. In drei Monaten wollte sie offiziell wieder in der Klinik arbeiten, dann käme eine Pflegemutter, die noch zu suchen sei, zum Einsatz. Ab und zu, wenn Dietrich früher nach Hause käme, wollte sie aber jetzt schon „mal in den Labors vorbeischauen"…

In der Klinik, pünktlich zur Intensiv-Visite.

Gratulationen, Glückwünsche wurden ausgesprochen, Schultern geklopft, Witze gemacht. Vieles war herzlich und ehrlich gemeint, Dietrich freute sich.

Kurz vor Visitenbeginn sah er Sophie, sie hantierte an einer Absaugeinrichtung für Drainagen, ‚Blubberkasten' im Jargon genannt.

„Herzlichen Glückwunsch." Sie sprach die Worte leise. Sie klangen traurig. Blickten auch ihre wasserblauen Augen traurig? Blickten sie die berühmte Sekunde zu lang?

Dietrich brachte nur ein artiges „Danke" hervor, dann begann auch schon die Visite.

Ich habe nicht mehr so oft an sie gedacht …

Aber es ist immer noch da …

Tief in meinem Inneren, in meinem Herzen …

Wieso eigentlich im Herzen?
In diesem austauschbaren Organ?
In diesem mechanisch törichten Hohlmuskel?
Drei Betten weiter liegt ein herztransplantierter Patient – wurden da etwa
Gefühle mittransplantiert?
Wohl kaum.
Es kann nicht im Herzen liegen …
Wo ist es, wo liegt es, dieses Gefühl?

Es ist immer noch da, trotz aller Realitäten …
Dietrich riss sich zusammen, versuchte, sich auf die medizinischen Fakten
der Visite zu konzentrieren.

Beim Umziehen hatte er die erste Tablette Flupentagal eingenommen. Drei
Milligramm. Bislang keinerlei Beeinträchtigung oder Nebenwirkung. Alles
im Lot, alles im grünen Bereich.
Nach Visitenende nahm ihn Oberarzt Mertens zur Seite. „Hey Nolte, morgen
stehen wir beide zusammen auf dem OP-Plan. Acht Uhr, Saal 2. 'Ist eine
Routinesache. Bypässe. Ein ‚easy case' … Wie wär's, wenn Sie nicht nur
stupide Haken und die Fresse hielten, sondern aktiv assistierten und ich Sie
mal so allmählich in die Geheimnisse der Zunft einweihte, Ihnen mal so
langsam 'was Ordentliches beibrächte? Sie sollen ja irgendwann zu den
Adepten gehören …" Ohne eine Antwort abzuwarten, fuhr er erstaunlich
jovial fort: „Der Patient heißt Stanislawski oder so was Ähnliches. Wir
treffen uns um vier auf Station, gehen zusammen zu ihm hin und machen ein
kurzes ‚briefing', all right?"
Fast hätte Dietrich mit „Jawohl, Herr Oberarzt!" geantwortet.
Er freute sich ungemein.
Bis dato hatte er operativ nur wenig lernen können. Jetzt würde es losgehen
…
Auf dem Weg zur Station dachte er kurz an Nollendorf.
Unter ihm wäre dies sicherlich nicht eingetreten. Manche Assistenten
begannen erst nach jahrelanger Sklavenarbeit auf der Stations-Galeere,
thoraxchirurgisch erste Schritte zu vollführen.

Gegen Mittag kam Herr Stanislawski zur Aufnahme. Ein hagerer, fast asthe-
nischer Mittsiebziger, ein kleines altmodisches Köfferchen in der Hand
tragend. Dietrich sichtete die Unterlagen. Seit einem halben Jahr
pectanginöse Beschwerden. Bei jeder mittleren Anstrengung,
Treppensteigen, Bergaufgehen trat Brustenge auf, gelegentlich in den linken
Arm ziehend. Ab und an auch Kurzatmigkeit. Vor drei Wochen
Herzkatheteruntersuchung in der Kardiologie. Normale Pumpfunktion des
Herzen, aber alle drei Herzkranz-gefäße verengt oder verschlossen.

Entscheidung zur Bypassoperation. Oberarzt Mertens kam pünktlich. „Wir gehen zusammen zur Aufklärung."

Sie betraten das Patientenzimmer, Herrn Stanislawski verstaute gerade seine Utensilien aus dem Köfferchen. „Oberarzt Dr. Mertens, mein Kollege Dr. Nolte" stellte Mertens vor. „Wir machen bei Ihnen morgen die Bypassoperation." Wir, dachte Dietrich. Eine fiebrige Spannung überkam ihn. Bestimmt ließe ihn Mertens den einen oder anderen Schritt in der OP eigenständig durchführen …
„Herr Stanislawski, bei Ihnen wurde festgestellt, dass zwei Ihrer Herzkranzgefäße verengt sind und die dritte Blutader am Herzen ganz verschlossen ist …"
Herr Stanislawaski schaute ehrfurchtsvoll, ängstlich.
„Durch Umgehungskreisläufe von den verengten Adern aus wird die verschlossene Arterie mitversorgt. Ihr Herzmuskel bekommt aber insgesamt zu wenig Blut und damit zu wenig Sauerstoff und Nährstoffe. Daraus resultieren ihre Brustschmerzen …"
Verständiges Nicken, weiter ehrfurchtsvoller Blick Stanislawskis.
„Wenn man das so belässt, kann der Herzmuskel sich in seiner Funktion verschlechtern und Sie können auch einen Herzinfarkt bekommen …"
Wieder verständiges Nicken, weiter Ehrfurcht in Stanislawskis Blick.
Und auch Angst.
„Aber wir helfen Ihnen!" Pathos in Mertens' Gesicht.
„Wir bringen Ihnen da wieder ordentlich Blut hin!"
Aufklaren in Stanislawskis Blick, seine Angst weicht.
„Wir bringen das wieder hin, keine Sorge!"
Stanislawskis Blick wird noch heller, rasches zustimmendes Kopfnicken.
„Bypass heißt ‚Umgehung'. Wir nehmen Arterien von der Schlüsselbeinarterie und von der Unterarmarterie und bauen Umleitungen, die dann die Eng-stellen oder Verschlüsse umgehen und überbrücken …"
Konzentration in Stanislawskis Blick, die Augen leicht zusammengekniffen.
„Früher verwendete man Venen aus dem Bein als Bypassgefäße, die waren da einfach zu entnehmen und taugten zunächst ganz ordentlich. Dann sah man aber ihre begrenzte … sagen wir ‚Haltbarkeit'. Nach fünf Jahren war schon ein Teil, nach zehn Jahren die Mehrzahl der Venenbypässe wieder verschlossen. Die Venen sind ja auch nicht für den höheren Blutdruck im arteriellen System geschaffen."
Wieder ehrfurchtsvoller Blick Stanislawskis.
„Daher benutzt man seit einigen Jahren vermehrt Arterien als Bypassgefäße, die bleiben länger offen. Dr. Nolte wird Sie später noch im Einzelnen über die Operation aufklären."
Rasches Kopfnicken Stanislawskis.

Ohne eine Antwort, einen Kommentar, eine Frage des Patienten abzuwarten, verließ Mertens wieder das Patientenzimmer, Dietrich ihm hastig nachfolgend.
Trauriger Klinikalltag in manchen Abteilungen.

„Das hätten sie nicht gepackt, die Katheterfreaks in der Kardiologie." Oberarzt Mertens saß vor einem Laptop, das den Herzkatheterfilm von Herrn Stanislawski abspielte. Neben ihm Dietrich, konzentriert, keine Bemerkung zu verpassen oder misszuverstehen. Der Angiographiefilm zeigte eine rechte Kranzarterie, die, bevor sie die Hinterwand der linken Herzkammer erreichte, einen Verschluss aufwies, das Kontrastmittel stoppte hier einfach, verlief sich in kleinen Seitästen zum rechten Atrium.
„Die hätten sie nie aufbekommen, die Katheterfreaks ..." schmunzelte Mertens.
Tanzend umkreiste eine Kugelschreiberspitze die Verschlussstelle auf dem Film.
„Die ist schon ewig zu, bestimmt schon jahrelang. Schauen Sie sich die Kollateralen an ..."
Der tanzende Kugelschreiber wanderte am Monitor etwas nach unten und rechts.
Dietrich betrachtete die Umgehungskreisläufe, die das Blutgefäßsystem hin zu der verschlossenen Arterie gebildet hatte. Er wusste, dass bei einem langsam ablaufenden Gefäßverschluss der Körper mit der Zeit solche umgehenden, neuen Gefäße bilden konnte, Kollateralen genannt. Sie vermochten das Problem des Gefäßverschlusses nicht zu beseitigen, aber zu begrenzen. Bei Herrn Stanislawski waren nun aber die die Kollateralen speisenden Gefäße selbst hochgradig verengt.
Mertens setzte die Kinovorführung von Staninslawskis Koronararterien fort.
„Also, der Ramus interventricularis anterior hier zur Vorderwand ist proximal saumäßig eng."
Tanzender Kugelschreiber jetzt in der Bildmitte.
Dietrich versuchte, zu folgen.
„Wir spendieren ihm daher hier im mittleren Abschnitt einen Mammaria-Bypass drauf ..."
Tanzender Kugelschreiber jetzt etwas rechts davon.
„...und schließen dann noch seinen ersten Diagonalast hier mit an."
Tanzender Kugelschreiber nun am oberen Bildrand.
Dietrich verstand. Die Schlüsselbeinschlagader gab beim Menschen eine Arterie ab, welche die Brustmuskulatur und bei der Frau auch die Brust mit Blut versorgte, Arteria mammaria genannt. Die Mediziner hatten clever herausgefunden, dass man diese Arterie entwenden, zweckentfremden konnte, ohne dass damit die Brustmuskulatur oder die Brust der Frau ein Problem hätte. Die Arterie schien wie geschaffen zum Ersatzteil. Man musste sie auch nicht entnehmen, sondern lediglich von ihren eigenen Seitenästen befreien

und dann an ein Herzkranzgefäß annähen, um eine Engstelle oder einen Verschluss zu umgehen.

„Die Circumflexarterie hat auch ganz schöne Macken, besonders hier …"
Tanzender Kugelschreiber am linken Bildrand.
Dietrich blickte angestrengt auf das Herzkranzgefäß, welches die Hinterseitenwand der linken Kammer mit Blut zu versorgen hatte.

„Wir nehmen die Radialarterie und basteln sie ausgehend von der distalen Arteria mammaria etwa hier auf die Circumflexarterie …"
Wieder der tanzende Kugelschreiber, jetzt wieder bildmittig, „Und dann läuft die Radialis weiter dort auf die verschlossene rechte Kranzarterie …"
Ein sehr kurzer Kugelschreibertanz links unten.

„Das wird dann ein herrlicher ‚Jump-Graft'!"
Manchmal fragte sich Dietrich, wo dieses Ausmaß an anglifizierten Ausdrücken in der Medizin eigentlich herrührte. Sind die besser als wir?
Mertens steckte sich den Kugelschreiber jetzt in die Brusttasche.

Am nächsten Tag im Operationssaal.
Dietrich hatte seine Position am Tisch eingenommen, Mertens erschien aufgeräumt jovial und locker. Im benachbarten Saal begann eine Aortenklappenoperation unter der Leitung von Professor Stilgenbauer.
Herr Stanislawski lag bereits in tiefer Narkose auf dem OP-Tisch, am Kopfende geschäftig von den Anästhesisten umsorgt. Ihr Arbeitsbereich wurde durch ein grünes, an Stangen befestigtes Tuch, im Jargon auch scherzhaft ‚Blut-Hirn-Schranke' genannt, optisch vom Operationsbereich abgegrenzt.
Der Anästhesie-Oberarzt lugte über das Tuch zu den Chirurgen hinüber: „Wir sind ‚ready'!"

„Schnitt!" rief Mertens, jemand notierte die genaue Uhrzeit des Operationsbeginns. Das Brustbein wurde durch die Säge der Länge nach vertikal aufgesägt. Ein Geräusch, an das sich Dietrich früher erst hatte gewöhnen müssen, mittlerweile aber vertraut war.
Der Herzvorhof und die Aorta wurden kanüliert, die Herz-Lungenmaschine angeschlossen, das Herz stillgelegt. Routiniert übernahm der Kardiotechniker mit seiner Maschine nun die Funktion von Herz und Lunge.
Alltag bei Herzoperationen, aber doch immer wieder ein technisches Wunder, dachte Dietrich mit Blick auf die Maschine.
Die Anästhesisten hinter dem Vorhang unterhielten sich flüsternd. Jemand erzählte von einem Fußballspiel.
Die Radialarterie war rasch vom linken Unterarm entnommen, präpariert und zu neuer, möglicherweise lebensverlängernder Funktion bereit. Mertens legte jetzt die Arteria mammaria von der Schlüsselbeinarterie aus frei, damit diese an die vordere Herzkranzarterie angenäht werden konnte. Beim Präparieren erklärte er ununterbrochen.
Dietrich folgte konzentriert seinen Ausführungen und seinen Händen.

Nach kurzer Zeit war das Koronargefäß der Herzvorderwand angeschlossen und versorgt, dann wurde das Endstück des Mammaria-Bypass auf ein kräftiges Seitgefäß, den Diagonalast, genäht. Nun sollten noch die anderen bei-den Herzkranzgefäße durch den Radialarterienbypass angeschlossen werden. Mertens luxierte hierzu das stillstehende Herz aus seiner natürlichen Position heraus, um sich über die anatomische Lage zu orientieren. Dietrich hatte Mühe, etwas zu erkennen.

Nur wenige Millimeter maßen die lebenswichtigen Koronararterien im Kaliber, trotz ständiger Absaugung war alles voll Blut, allerlei Instrumentarium behinderte die Sicht.

Diese winzigen, millimeterdicken Blutadern entscheiden über Leben und Tod eines Menschen ...

Routiniert nähte Mertens die Anschlüsse, die Anastomosen, seine Erläuterungen für Dietrich ununterbrochen fortsetzend. Nach kurzer Zeit lief die Radialarterie jetzt von der Arteria mammaria aus zur Seiten-, dann zur Hinterwand des Herzens, um die dort mangeldurchblutenden Herzmuskelareale mit Blut zu versorgen. Alles lief glatt. Alle Bypässe waren gelegt, das Herz konnte jetzt wieder in Gang gebracht, die Herz-Lungen-Maschine wieder heruntergefahren werden. Das Herz wurde defibrilliert, auch dieser Stromstoß war für Dietrich lange ein gewöhnungsbedürftiges Geräusch gewesen. Nach dem ersten Schock begann Stanislawskis Herz wieder zu schlagen, äußerlich etwas müde, etwas träge, wie es Dietrich schien. Der Kardiotechniker verringerte die Leistung der Herz-Lungen-Maschine langsam, damit das natürliche Pumporgan langsam wieder vollständig die Kreislauffunktion übernehmen konnte. Die Operation näherte sich routiniert dem Ende. „Wir haben Probleme mit dem Druck!" rief die Anästhesie plötzlich hinter dem Vorhang. „Der LA-Druck steigt!" Die Stimme klang besorgt. Kein Flüstern mehr über Fußball.

Dietrich überlegte konzentriert. Der Druck im LA, im „left atrium", unsere hegemonialen transatlantischen Freunde lassen wieder grüßen ...

Ein Druckanstieg in diesem warum auch immer anglizistisch benannten Kompartiment war ein Hinweis für eine Pumpschwäche der linken Herzkammer. Versagte die linke Kammer ihren Dienst, war ein Abfall des systemischen Blutdrucks die Folge, durch Rückstau des Blutes in und vor der Kammer resultierte der Druckanstieg im linken Vorhof.

„Der periphere Druck ist auch ziemlich mau!"

„Gebt mal ein bisschen mehr Volumen, es hat ja auch ziemlich geschweißt." Ist Mertens Jäger?

Mertens Stimme war ruhig. „Und vielleicht noch ein bisschen mehr Flugbenzin!"

„Arterenol läuft schon fast maximal!" Die Stimme des Anästhesisten klang schrill.

Arterenol, das Katecholamin Noradrenalin, führte unter anderem über eine ausgeprägte Verengung der Gefäße zu einer Blutdrucksteigerung.

„Mehr geht kaum, Volumen läuft auch volle Pulle!" Die Stimme noch etwas schriller.
Mertens blieb weiter ruhig. „Was ist da los?"
Dietrich blickte ihn an. Nur die Augenpartie war sichtbar. Mertens dachte hochkonzentriert nach.
Stille, keiner sprach, keiner flüsterte, nur die zahlreichen Geräte und Maschinen verbreiteten monotone, vertraute Geräusche.
Der Blutdruck fiel weiter ab.
„Er schmiert ab!"
„Ja, ja, ich hab auch Augen!" Mertens blickte auf den Überwachungsmonitor. „Warum haben wir so wenig Druck? Vielleicht ist uns ein Bypass zugegangen und er hat jetzt einen Myokardinfarkt. Wäre prinzipiell möglich!"

Laute Stimmen aus dem benachbarten OP Saal. Die Verbindungstüre wurde von einer OP-Schwester aufgerissen. „Professor Stilgenbauer braucht Sie ganz dringend am Tisch! Wir … wir haben … die Aortenklappe … es ging eigentlich alles ganz glatt … aber jetzt … die ganze Aorta ist disseziiert, eingerissen … von oben bis unten alles eingerissen …"
Dietrich schluckte. Eine dramatische Situation. Um diesen Patienten zu retten, müsste man sofort das gesamte Aortenrohr durch Prothesen ersetzen, den aufsteigenden Teil mit den Herzkranzgefäßen, den Aortenbogen mit seinen hirnversorgenden Gefäßen und den Armarterien, sowie den absteigenden Teil, die Aorta descendens, mit Leber-, Magen-, Milz-, Darm- und Nierenarterien. Eine Monster-Operation.
Aus dem Nachbar-OP waren Schreie zu hören.
Professor Stilgenbauer, Ärzte der Anästhesie, weitere unbekannte Stimmen und Schreier.
Wie in einem Tollhaus.
Dietrichgrübelte. Vor zwei Jahrhunderten schrien die Patienten, heute schreien die Ärzte. Der Wandel der Zeiten …
„Ich … ich hab' hier selbst gerade ein großes Problem … Ich kann hier nicht weg …" Aus dem Nachbarsaal wieder Schreien. „Ja, ich kann nicht! Sagen Sie es ihm!"
„Er bräuchte Sie wirklich dringend." Bittende Blicke der Schwester.
„Wenn ich einen Vorschlag machen dürfte …"
Alle blickten jetzt zu Dietrich.
Es wurde totenstill.
Nur noch die arbeitenden Geräte und Maschinen.
Dietrich holte Luft: „Wir wissen bei unserem Patienten nicht, warum der Blutdruck kaum noch zu halten ist. Vorschlag: Ich mache jetzt eine transösophageale Echokardiographie, ein TEE, um zu sehen, was die Kontraktilität der linken Kammer macht, ob wir einen Infarkt haben, ein Klappenproblem oder sonst etwas. Sie gehen in den Nachbarsaal. Für den Fall einer neu auf-

getretenen regionalen Wandbewegungsstörung müssen wir von einem akuten Bypassverschluss mit Infarkt ausgehen, dann müssen wir den Patienten wieder aufmachen und den Bypass revidieren. Wäre ein Perikarderguss mit Tamponade die Ursache für sein Druckproblem, müssten wir entlasten, eine Perikardpunktion machen, das traue ich mir selbst zu." Dietrich machte eine Pause, holte Luft, erstaunt über sein Selbstbewusstsein.
„Wir würden uns nach dem Echo besprechen und dann das weitere Vorgehen hier abstecken."
Spannung lag in der Luft.
„Gut. Wir machen das so. Dann habe ich primär Zeit, rüber zu gehen, dann sehen wir weiter." Mertens hatte nur kurz überlegt, dann genickt und verließ den Operationssaal. Pfleger brachten das Echokardiographiegerät in Stellung und präparierten die Schlucksonde. Die Sonde mit dem beweglichen Ultraschallkopf an seiner Spitze wurde mit einem sterilen Überzug versehen, einem grotesk langen Kondom ähnlich.
Bei einer gewöhnlichen Ultraschalluntersuchung wurde die Sonde außen, am Brustkorb platziert. Bei Menschen kräftigerer Konstitution oder Patienten mit Lungenüberblähung konnte die Sicht auf das Herz hierbei deutlich erschwert sein. Platzierte man dagegen die Ultraschallsonde in die Speiseröhre, war exzellente Bildqualität zu erwarten.
„Haben Sie so etwas eigentlich schon 'mal gemacht, so ein TEE?" Der Anästhesie-Oberarzt mit der schrillen Stimme lugte kritisch über den Vorhang.
„Nein, Herr Oberarzt." Dietrich hatte sich zur ehrlichen Antwort entschieden.
Vorsichtig führte er den Schlauch mit der Ultraschallsonde in die Speiseröhre ein, kommentierendes Gemurmel überhörend. Es gelang ihm ein guter Wandkontakt an der Speiseröhre und schon flimmerte das Ultraschallbild von Herrn Stanislawskis Herzen über den Bildschirm. Dietrich hantierte mit der Sonde und sah über die Vielzahl der Knöpfe der Ultraschallmaschine.
„Kein Perikarderguss. Keine Perikardtamponade!" tönte er als erstes Bulletin.
Er besah sich die Klappenfunktion; Öffnungs- und Schlussverhalten erschien ihm unauffällig. Er hielt den Ultraschall-Doppler-Strahl in verschiedene Klappen und dokumentierte ein normales Flussprofil.
Stille im Saal.
Alle Augen waren jetzt auf ihn und den Ultraschallmonitor gerichtet.
Er besah sich die Funktion der linken Herzkammer. Alle anatomischen Wandregionen kontrahierten sich, dies legte den Schluss nahe, dass es sich nicht um einen plötzlichen Bypassverschluss mit einem akuten Infarkt handeln könne, denn dann wäre ein spezieller, umschriebener Wandabschnitt ganz ohne Funktion, akinetisch still stehend.
Stattdessen pumpte die gesamte linke Kammer in allen Arealen gleich, allerdings in allen Abschnitten hypokinetisch, mit geringerer Leistung, nur sehr träge und schlapp.

Alle Wandabschnitte erscheinen müde …. Was ist da los?
Dietrich überlegte.
Ein Verschluss sämtlicher Bypässe erschien ihm extrem unwahrscheinlich.
Er dachte nach.
Vielleicht war es bei der Kanülierung zu einer kleinen Luftembolie in die Herzkranzgefäße gekommen.
Ja, das wäre möglich.
Die Luftbläschen würden dann in der Peripherie der Herzkranzgefäße stecken und deren Blutfluss behindern. Mechanisch ließe sich dieses Problem nicht lösen. Mit der Zeit würden sich die Luftbläschen aber wieder auflösen, der Fluss sich wieder normalisieren. Mit der Zeit … Wenn Herr Stanislawski hierfür Zeit hätte … Er hatte keine Zeit, denn sein Blutdruck war nur noch minimal.
Dietrich dachte nach. Wir brauchen also lediglich Zeit … Zeit zur Überbrückung bis…
„Wir bauen ihm jetzt eine IABP ein!" Dietrichs Stimme war stark und ruhig. Sofort setzte lautes Stimmengewirr ein. Die Stimme des Anästhesie-Oberarztes war wieder schrill, andere übertönend.
„Bitte die IABP vorbereiten!" sagte Dietrich ruhig. Zwei OP-Pfleger setzten sich in Bewegung.
„Übersteigt eine solche Entscheidung nicht Ihre Kompetenz?" fragte der Anästhesist.
„Haben Sie einen besseren Vorschlag? Es gibt keine chirurgisch behandelbare Ursache des niedrigen Blutdrucks. Sie sind mit Ihrem Latein ja auch am Ende. Arterenol läuft am Anschlag."
„Aber vielleicht sollten Sie sich mit Dr. Mertens besprechen, bevor Sie …"
„Dann gehen Sie doch rüber und diskutieren das mit ihm!" fuhr Dietrich dem Oberarzt über den Mund. Aus dem Nachbarsaal war wieder Schreien zu hören. Stilgenbauer. Offensichtlich sehr angespannte Stimmung. Die Pfleger fuhren die IABP heran.

In Dietrichs Augen war es eine Unsitte, in der Medizinterminologie nicht nur vieles zu anglifizieren, sondern auch fast alles verstümmelnd abzukürzen. Eine Krönung beider Unsitten stellte ihre gleichzeitige Anwendung dar. ‚IABP' stand für ‚Intraaortic-ballon-pump', im Deutschen ‚Intraaortale Gegenpulsationspumpe' genannt. Ihr funktionelles Prinzip mutete simpel an. Ein länglicher, zigarrenförmiger Ballon von der Länge eines Unterarms, einige Zentimeter im Durchmesser, wurde wie ein Katheter in die Hauptschlag-ader zwischen Bauchraum und Brustkorb eingelegt. Der Ballon wurde mit Helium befüllt und entleert, koordiniert mit der Aktion eines geschwächt pumpenden Herzens. Während der Systole, wenn das natürliche Herz pump-te und Blut auswarf, war der Ballon entleert. Während der Diastole, in der Erschlaffungsphase des Herzzyklus, wurde der Ballon durch eine Maschine rasch mit Helium inflatiert, wodurch die diastolische

Blutdruck augmentiert und damit ein höherer arterieller Mitteldruck und eine bessere Kreislaufsituation erreicht wurde. Somit stellte das Verfahren noch kein künstliches Herz, sondern ein Herz-Unterstützungssystem dar; die eigene, wenngleich schwache Herzfunktion war notwendig.

Die Pfleger brachten die voluminöse und schwere Maschine in Stellung und reichten Dietrich Punktions- und Kathetermaterialien an. Der Zugang zur Einführung des Ballons in die Hauptschlagader erfolgte über die Leistenarterie.

„Sie wollen die Pumpe jetzt wohl nicht selbst legen?" Die Stimme des Anästhesisten hatte wieder die gewohnte Schrille.

„Wer sonst? Wollen Sie vielleicht …?"

Der Oberarzt hinter dem grünen Tuch lief rötlich an. „Ich verlange, dass Sie augenblicklich den verantwortlichen Operateur, Herrn Oberarzt Dr. Mertens, konsultieren!"

„Er ist jetzt beschäftigt." Dietrichs Augen wiesen kurz Richtung Nachbarsaal. Laute Stimmen, gelegentliches Schreien und Flüche waren von dort zu vernehmen. „Sie können ja nach ihm rufen. Vielleicht hört er Sie ja." Dietrichs Stimme klang unverschämt sarkastisch, die Plethora im anästhesieoberärztlichen Gesicht nahm weiter zu, es hatte jetzt fast einen zyanotischen Ton.

„Was erlauben Sie sich eigentlich, junger Mann? Was glauben Sie eigentlich wer Sie hier sind? Früher hätte es das nicht gegeben, unter Professor Nollendorf! Da herrschte noch Zucht und Ordnung! Professor Nollendorf hätte das nie toleriert!"

Nollendorf hat aber meinen Schubser und den Sturz fünfzig Meter die Steilwand herunter nicht toleriert, dachte Dietrich insgeheim.

Er konzentrierte sich jetzt auf seine Arbeit.

Es galt zunächst, eine große arterielle Schleuse, ein Kunststoffröhrchen mit Ventilmechanismus, in die Arterie der Leiste einzulegen. Da der Puls infolge des mittlerweile dramatisch niedrigen Blutdrucks sehr schwach und kaum palpabel war, mochte die Punktion der Arterie nicht so recht gelingen.

„Haben Sie das eigentlich schon mal gemacht, so eine IABP eingelegt, Kollege Nolte? Oder wie hieß es früher immer – Error-Doktor?"

„Halten Sie jetzt Ihr dummes Maul!"

Wieder war es totenstill im Saal.

Wieder waren es nur die Maschinen und Monitore, die gewohnte Geräusche produzierten.

Trotzdem war das Atmen sämtlichen Personals zu hören, dasjenige des Oberarztes tiefer und schneller.

„Jetzt reicht's endgültig hier! Dr. Mertens!" Der Anästhesist schrie schrill, fast einer Frauenstimme gleich. „Dr. Mertens!" Ein weiterer hochfrequenter Schrei, einem Quieken ähnlich.

Dietrich setzte unbeeindruckt seine Bemühungen fort, mit einer kaliberstarken Punktionsnadel in der Leiste die kaum tastbare Arterie zu treffen und darüber einen an seiner Spitze gebogenen Draht einzuführen. Aus dem Nachbarsaal war nicht minder lautes Schreien zu vernehmen, meist Unverständliches, Flüche und kurze Sätze imperativer Konstruktion.

Er traf die Arterie, nur schwach blubberte hellrotes Blut durch die Kanüle. Über den gebogenen Führungsdraht wechselte er auf eine fast fingerstarke Schleuse. Keiner sprach mehr. Nun wurde der zusammengefaltete Ballon entlüftet, an zahlreiche Anschlüsse konnektiert und in die Leistenarterie eingeführt. „Wir brauchen später die Durchleuchtung für eine kurze Lagekontrolle", sagte Dietrich leise und sachlich. Der Ballon war nun rund einen halben Meter über die Schleuse in das arterielle Gefäßsystem eingelegt, alles war angeschlossen, alles präpariert.

„Wir können die Pumpe jetzt aktivieren", meinte Dietrich zu einem Pfleger.

„Sie müssen Sie bitte noch einstellen, Dr. Nolte."

Dietrich sah auf die breite Konsole der Maschine. Mehrere Monitore, unzählige Digitalanzeigen, Dutzende von Knöpfchen und Stellrädchen. Schweißtropfen perlten auf seiner Stirn. Noch nie hatte er eine IABP eingelegt, noch nie etwas von verschiedenen Einstellungs-Modi gehört oder gelesen. Über den Stellknöpfen prangten unverständliche Wortkürzel und nichtssagende Abkürzungen. Fragend schwenkte Dietrich den Blick zum Pfleger.

„Die kleinen grünen Punkte an den Zahlreihen und Skalierungen bezeichnen die Standardeinstellungen", ihm der Pfleger komplizenhaft zu.

Dietrich hätte ihn am liebsten umarmt.

Er dankte ihm mit den Augen.

Rasch drehte, drückte und kurbelte er an den unzähligen Reglern und Knöpfen, in seinem Rücken kritische Blicke der Anästhesisten wissend.

Fürs Erste muss der Standard reichen …

„Fertig. Aktivierung!" Die Pumpe wurde angestellt. Ein rhythmisches Pumpgeräusch synchron mit der Frequenz von Herrn Stanislawskis schwach schlagenden Herzens durchdrang den Saal.

Augenblicklich verbesserte sich der diastolische Blutdruck.

Anerkennende Blicke vom Pflegepersonal ruhten auf Dietrich.

Jemand zeigte mit dem Daumen nach oben.

Kurz darauf lugte Mertens durch die Verbindungstüre, Sturzbäche von Schweiß standen ihm im Gesicht. „Was ist hier los?" Sein Blick galt Dietrich.

„Das TEE zeigte eine globale Hypokinesie, keine regionalen Akinesien. Da erschien mir ein Infarkt infolge eines Bypassverschlusses äußerst unwahrscheinlich."

Mertens nickte.

„Eine Einblutung in den Herzbeutel lag ebenfalls nicht vor. Die plötzliche globale Pumpschwäche könnte durch kleine Luftembolien verursacht sein, daher entschloss ich mich, um den Patienten zunächst einmal stabil zu bekommen, eine IABP einzulegen."

Mertens blickte auf die hörbar in Funktion befindliche Unterstützungs-
pumpe. „Sie haben die IABP eingelegt!"
„Ja, es ging technisch problemlos. Die Verbesserung der Kreislaufsituation
ist signifikant." Dietrich zeigte demonstrativ auf die Blutdruckanzeige eines
Monitors. Die Pose hatte etwas s.
Kein Hochmut, Dietrich ...
„Super, Nolte, absolut super. Schauen Sie, dass Sie den Patienten stabil auf
die Intensivstation bekommen, wir sind hier drüben auch bald fertig. 'Haben
die halbe Aorta durch Kunststoff ersetzt. 'Hat sich gut stabilisieren lassen ...
Bis später. Und nochmals meinen Dank. Sie kriegen einen Orden!"

Herr Stanislawski wurde auf die Intensivstation transferiert. Dietrich be-
gleitete ihn. Die Anästhesisten verschwanden wortlos.
Ob Herr Stanislawski ein Nahtoderlebnis hatte? Dietrich grübelte. Der Blutdruck war verdammt niedrig gewesen, näher am Tod als am Leben. Ob er
etwas erlebt hat? Ob er ein Depersonalisationserlebnis und das Schreien und
Gejohle gehört hatte, die Diskussionen mit dem Anästhesisten?

Details der Schlacht, Dietrichs heroische Taten und Einzelheiten der Verbal-
gefechte wurden vom Pflegepersonal des OPs zu ihren Kollegen der Intensivstation rasch und ausführlich weiter getragen.

Zwei Kaffeetassen später erschien Mertens. Er sah fertig aus. „Das haben
Sie exzellent gemacht, Nolte." Die Stimme klang müde, erschöpft. „Sie sind
ja eigentlich ein ganz lieber Kerl. Ich wollte Ihnen heute mal ein bisschen
was zeigen, erklären. Mit diesem Verlauf in den beiden Sälen war ja nicht
zu rechnen. Sie haben dann in kritischer Situation Courage und Kompetenz
gezeigt. Meinen Glückwunsch dazu haben Sie!"
Dietrich blickte verlegen zu Boden.
„Wenn Sie wollen, trinken wir auf die Schlacht heute Abend noch ein
schnelles Bier. Ich habe keinen Dienst."
Dietrich nickte verlegen, aber innerlich erfreut.
„Wir haben heute Nachmittag im OP noch einen ‚case', aber den macht
Breuler. Also bis später!" Mertens trat ab.

Dietrich schmunzelte. Er schmunzelte über die Operation, über Herrn Stanislawski, dessen Blutdruck sich enorm verbessert hat, über den affigen Anästhesisten, dem er es gezeigt hatte, über Mertens, der so jovial, aufgeräumt
und freundlich wie nie war, und über die so gebräuchlichen Anglizismen
dieser Abteilung. Noch einen ‚case' ...
Ein ägyptischer Gastarzt hatte vor Jahren diesen schrecklichen Terminus ge-
neriert. Überwiegend an Operationen interessiert, hatte er immer Montag-
morgens gefragt: „How many cases this week?" Seitdem wurde anstatt von

Menschen, die operiert wurden, von ‚cases' gesprochen. Heute noch drei ‚cases'. Morgen haben wir fünf ‚cases' …
Auch Adjektive fanden Eingang in die schauerliche Diktion. Ein ‚easy case': Eine anstehende Operation unter optimalen Bedingungen ohne bekannte Risikofaktoren. Ein ‚private case' für Patienten einer teureren Krankenversicherung … Ein ungeplanter ‚emergency case'.
Dietrich hasste diese Sprache.

Um 19 Uhr betrat er mit Oberarzt Mertens in der Altstadt das ‚Brauhaus', frisches Bier, nur differenziert in ‚Dunkles' und ‚Helles' nebst deftigen Gerichten im Angebot. Rasch wurde ein ‚Helles' vertilgt, zwei weitere geordert. Mertens erzählte von der Klinik, von der heutigen Operation im Nachbarsaal, wie sie die Komplikation der Aortendissektion mit Stilgenbauer wieder beherrscht hatten, wie sie den Aortenbogen ersetzt und den Patienten wieder stabilisieren konnten, er schwadronierte über vergangene, nicht minder dramatische Operationen, erzählte von den Arbeitsbedingungen unter Nollendorf, dem aktuellen Stand des Verfahrens über seine Nachfolge.
Noch nichts Konkretes sei in Aussicht.
Neben den Bieren vertilgte Dietrich ein Rumpsteak mit reichlich Zwiebeln, die ihm meteoristische Beschwerden machen sollten.
Es war ein guter Ausklang des Tages, von drei ‚Hellen' leicht sediert fuhr Dietrich nach Hause, ohne am Wagen längere Zeit zu kontrollieren. Zwei kurze Prüfungen an Licht und Tür genügten.
Es war Viertel vor zehn, als er heimkam, Yvette saß mit Lisa auf der Couch. Ihr Blick war giftig, ebenso wie ihre Begrüßung. „Wo kommst du denn jetzt her? Mann, bist du spät, ich hock' hier die ganze Zeit mit der Kleinen …"
„Ich … wir hatten heute eine wahnsinnig anstrengende OP, du, dass muss ich dir erzählen, ich …"
„Du stinkst ekelerregend nach Bier!" Ihre Augen sprühten Gift. „OP! Seit wann operiert ihr in der Kneipe?" Yvettes Augen funkelten noch böser. „Ich sitze hier den ganzen Tag 'rum und du gehst saufen, na prima! Du stinkst wie ein Bock!"
„Oberarzt Mertens hat mich gebeten … ob wir nicht noch … Wir hatten einen wirklich anstrengenden Tag … Er hat mich sogar eingeladen …"
„Das ist mir scheißegal! Du übernimmst jetzt auf der Stelle die Kleine! Sie muss noch Aufstoßen, dann wirst du sie wickeln und ins Bett bringen, aber ordentlich! Ich glaub' sie hat ziemliche Blähungen. Da!" Brüsk drückte sie ihm Lisa in die Arme. „Ich muss jetzt noch am Rechner arbeiten! Übermorgen bin ich im Labor und werde den Chef treffen!" Ohne weiteren Kommentar trat sie ab Richtung Arbeitszimmer, Dietrich verdutzt zurücklassend.

Müde und schwankschwindlig tat Dietrich wie ihm befohlen. Glücklicher-
weise schlief die kleine Lisa in ihrem Bettchen rasch ein. Er blieb noch ein
Weilchen bei ihr sitzen und betrachtete sie.
Ich liebe dich, meine kleine Lisa! Er hauchte ihr ein Küsschen auf die Stirn
und begab sich dann vor den Fernseher. Zu den ‚Tagesthemen' holte er sich
auf den dysphorischen Abendverlauf noch ein Bier aus dem Kühlschrank.
„Mach leiser!" tönte es schneidig aus dem Arbeitszimmer, Dietrich an den
Kasernenhof erinnernd.
Er tat, wie befohlen.
In größeren Zügen trank er das Bier.
Aus dem Arbeitszimmer war gelegentliches Anschlagen auf der Tastatur zu
vernehmen. Bahnbrechende Artikel waren offensichtlich in Arbeit.
Mit dem Ende der ‚Tagesthemen' war auch das Bier geleert, Dietrich ging
ins Bad, dann ins Schlafzimmer.
Yvette blieb mit ihrer Wissenschaft geschäftig.
Ohne Austausch von Gute-Nacht-Wünschen schlief er rasch ein.
Sein letzter bewusster Gedanke umkreiste Sophie.

*

Sie hatten sich zu Pizza verabredet, werktags unter der Woche, ohne je-
weiligen femininen Anhang.
Yvette war nicht sonderlich glücklich darüber gewesen, hatte bissige, teils
dysphorische Kommentierung nicht verkneifen können.
Ihr Keifen war an ihm ohne Wirkung abgeprallt.
Dietrich kam einige Minuten verspätet, Jasper hatte bereits eine Flasche
Rotwein des vom Haus empfohlenen ‚Primitivo' aus dem Salentogebiet bestellt. Die beiden alten Freunde begrüßten sich herzlich, erhoben ihr Glas.
„Nur Banausen wissen nicht, was es mit dieser herrlichen Rebsorte auf sich
hat und setzen sie mit ‚primitiv' gleich."
Dietrich war etwas vorsichtiger mit dem Alkohol geworden, seit er Flupentagal seinem Körper zuführte. Bislang waren hierunter keine wesentlichen
unerwünschten Wirkungen aufgetreten. Leider blieben bislang aber auch die
erhofften Wirkungen auf die Kontrollzwänge aus. Unbeeinflusst vom Neuroleptikum behaupteten sie sich weiter in seinem Alltag, wüteten, quälten,
marterten, zuletzt gerade eben, vor wenigen Augenblicken Auf dem Parkplatz der beliebten Pizzeria waren zehn Minuten vonnöten, um das geparkte
Auto angstfrei zu verlassen; nur einige Prüfungen am Schloss, dafür aber
zwanzig Kontrollen der Lichter wurden gefordert.
Dietrich wusste, dass in der Psychiatrie manche Pharmaka längere Zeit benötigten, bis sie ihre volle erwünschte Wirkung entfalteten.
Nur Geduld, ich werde die Zwänge schon noch ausräuchern …

Vielleicht muss ich auch die Dosis erhöhen ....
Oder ich wechsele auf einen Serotininwiederaufnahmehemmer ...
Es gibt noch viele verschiedene Waffen ...
Die Bombenschächte sind voll ...

Die bislang einzige überhaupt spürbare Wirkung des Flupentagals im Alltag war eine gewisse Behäbigkeit, eine Art von Dickfälligkeit im Erleben. Bei gleichzeitigem Alkoholgenuss konnte dies zur Sedierung erwachsen, schon nach nur mäßiger Menge an Bier oder Wein überfiel ihn dann nie gekannte Müdigkeit.
Er würde das Entleeren des Primitivo unauffällig zum größeren Teil Jasper überlassen, was kein weiter schwierigeres Unterfangen sein sollte.

„Was macht das Familienglück? Wie geht's und steht's im trauten Heim?" Jasper kaute an seiner Pizza Tonno, wie gewohnt redete er beim Kauen, Thunfisch zwischen den Schneidezähnen entblößend.
„Na ja, es passt schon …" Dietrich nahm jetzt doch einen größeren Schluck Rotwein. „Es ist etwas Wunderschönes, Vater eines Kindes zu sein. Lisa ist jetzt drei Monate alt, es ist so herzig, so goldig, wenn du heimkommst und sie dich wie ein Honigkuchen anlächelt…"
„Ja, ja, das Drei-Monats-Lachen …" Jasper lachte aufgeräumt. „Es ist ein dem Menschen einprogrammierter Reflex. Eine festgelegte instinkthafte Handlung. Du kannst sie auch auslösen, indem du Lisa eine Clownsmaske vom Fasching oder eine Gummi-Puppe von Beate Uhse vorhälst. Lisa wird wie ein Roboter alles, was einem menschlichen Antlitz ähnlich ist, anlächeln … Aber ich will deine Freude darüber nicht schmälern. Ich freue mich für dich mit. 'Ist nur der Neid des Kinderlosen …"
„Ja, ich weiß." Dietrich kaute ein Stück Pizza herunter. „Das Drei-Monats-Lächeln ist ein dem Gehirn auf die Festplatte einprogrammiertes Verhaltenschema. Trotzdem hat es unbeschreibbar Schönes und Warmes, wenn dich das kleine Menschenkind abends anlächelt. Oft, an vielen Tagen ist es der einzige Mensch, der mir ein Lächeln schenkt."
Wenn man noch von Sophie in der Klinik absieht … Aber das behielt Dietrich vor seinem Freund für sich.
„Ja, das kann ich mir vorstellen." Jasper hatte langsam, bedächtig geantwortet, er hatte Dietrichs Worte verstanden. Er leerte das Weinglas, schenkte sich neu nach.
„In der Klinik ist die Arbeitssituation deutlich besser geworden", setzte Dietrich wieder an, „die Stimmung ist entspannter, wenngleich der Ruderschlag auf der Galeere der gleiche geblieben ist. Ich hoffe, das bleibt so, wenn dieses Jahr der neue Chef kommt. Gerade operativ wird mir momentan viel gezeigt, ich darf manches schon machen, was unter Nollendorf undenkbar gewesen wäre. Es klappt auch technisch ganz gut, ich bin auf einer

guten ‚learning curve', wie man in unserer Abteilung so gerne auf neu-
deutsch formuliert."
Jasper kaute, hörte aufmerksam seinem Freund zu.
„Ja, klinikmäßig ist es besser, dafür an der Heimatfront etwas schlechter
geworden."
Ebenso wie an der Zwangsfront hätte er noch ergänzen können, behielt dies
aber nur in Gedanken.
„Yvette hat vor vierzehn Tagen wieder mit dem Arbeiten begonnen. Lisa ist
bei einer Tagesmutter untergebracht, die von Vormittag an ein halbes
Dutzend Kinder am Bettel hat. Eine liebe Frau aus Oberschlesien; ich hoffe,
Lisa wird nicht allzu sehr von ihrem Dialekt geprägt. Yvette muss sie spätes-
tens bis 17 Uhr abgeholt haben. Manchmal nimmt sie die Kleine dann mit
ins Labor, mit Glück schläft sie dort ein Stündchen und Yvette kann sich
ihrer Wissenschaft widmen. Manchmal komme ich auch früher aus der
Klinik, übernehme dann Lisa und Yvette kann dann allein wieder in die
Klinik, in ihr Labor."
„Ist sie immer noch so wissenschaftsgeil, immer noch versessen?"
„Ja, leider. Mehr denn je. Manchmal denke ich, ihre Forschung ist ihr wichtiger als das Kind …"
Kurze Pause.
„Vollzeitstelle in der Klinik plus wissenschaftliche Forschung plus Mutter
eines Säuglings – das ist schon eine Menge Holz", kommentierte Jasper.
„Weißt du, Yvette erscheint durch den Stress emotional abgestumpft, sie
kommt heim mit Lisa, geht dann wieder in die Klinik in ihr Labor, kommt
wieder, bringt Lisa ins Bett, setzt sich dann an ihren Computer … Oft geht
sie mit Lisa um wie … wie bei einer medizinischen Prozedur. Emotionslos.
Egal ob wickeln, füttern, zu Bett bringen – der Vorgang wird abgewickelt,
wie wenn du auf der Intensivstation bei einem bewusstlosen Patienten einen
zentralen Venenkatheter legst. Sie behandelt Lisa nicht schlecht, nur für
meine Begriffe etwas gefühlsarm, vielleicht sogar gefühlskalt."
Wieder eine kurze Pause.
„So wie Yvette auch mir gegenüber … na ja, irgendwie … nicht so arg viel
Wärme zeigt."
Eine längere Pause.

„Das tut mir ganz arg leid." Jasper hatte den Teller von sich geschoben.
Gesichtsröte hatte ihn befallen, weniger vom Wein herrührend. Mit Bedacht
wählte er seine Worte. „Du bist ein wunderbarer und feiner Mensch,
Dietrich. Wir sind jetzt seit über zwanzig Jahren befreundet. Fast ein Viertel
Jahrhundert bist du mein bester Freund. Wir waren schon enge Freunde, da
gab es noch keine Yvette und keine Hannah, keine Manu, keine Zoe,
niemanden. Ich … ich hoffe ganz arg, dass sich die Situation für dich wieder
zum Besseren wendet. Ich weiß nicht, wie ich guten Ratschlag geben
könnte…"

„Ich weiß auch nicht, wie ich mich verhalten sollte. Ich versuche und tue alles, um Yvette im Haushalt zu entlasten. Oft reagiert sie dabei aggressiv und dysphorisch, kritisiert mich rüde bei jeder Kleinigkeit. Falsch eingeräumte Spülmaschine, falsch temperierte Babymilch, falsches Lätzchen für Lisa, falsche Windel angelegt, falsche Hautcreme benutzt …"
„Falsch die Zahnpastatube ausgedrückt hast du noch vergessen!" lachte Jasper. Dietrich lächelte ein wenig mit.
„Sie macht einen Riesenterz, wenn ich das falsche Deckchen in Lisas Bett lege und sie selbst … behandelt die Kleine hartherzig wie ein Roboter. Weißt du, auch wenn wir mal spätabends noch ein wenig miteinander reden – nie fragt sie mich nach meinem Tag, ob ich vielleicht etwas sehr Trauriges erlebt hätte, oder etwas sehr Schönes, ob ich etwas Besonderes geleistet o-der an anderer Stelle versagt hätte; ob ich Ärger hätte oder Stress – Nichts. Wenn ich ungefragt erzähle, ist es, als spräche ich an eine Wand. Es ist manchmal schon traurig."
„Fragst du denn Yvette nach ihren Problemen des Tages, nach ihren Sorgen, wenn ihr euch abends unterhaltet?"
„Ja. Meistens, nein eigentlich immer, besteht ihre Antwort in einer weitschweifigen Beschreibung ihrer Forschungsprojekte, ihrer geplanten Publikationen, meist begleitet vom dem Gerangel über die Autorenfolge, sie monologisiert von geplanten Kongressvorträgen oder wissenschaftlichen Postern, oftmals giftet sie über Mitarbeiter im Labor, ‚Konkurrenten', wie sie sagt. Jede kleinste Animosität wird dann gallig ausgewälzt erzählt. Oft ereifert sich in hasserfüllten Tiraden, sie fühlt sich unterschätzt, vielleicht minder-wertig beurteilt unter ihren fast ausschließlich männlichen Kollegen."
Eine Pause. Die Bedienung räumte den Tisch ab.
„Kennst du die ‚Kopffüßler'?" setzte Dietrich fort. „Prüft man Vorschulkinder hinsichtlich ihrer Grundschulreife, fordert man sie auf, ein Männchen zu malen. Einige der Fünfjährigen zeichnen ein Gesicht und direkt darunter anschließend die Beine. Die erwachsenen Schlauberger sehen in einem solchen ‚Kopffüßler' bei einem Fünfjährigen ein Zeichen der Unreife hinsichtlich eines Grundschuleintritts."
Jasper blickte unverständig. Er fragte nicht nach dem Sinn des Gehörten, geduldig blickte er Dietrich an, dabei mit der Zunge an den Schneidezähnen spielend.
„Weißt du was, Jasper? Die Kinder, die bei ihrem Männchen den Rumpf vergessen, und dafür als unreif beurteilt werden, haben vielleicht Recht. Ihr rumpfloses Männchen ist gar nicht so realitätsfern, wie die Erwachsenen glauben. Warum? Ich kenne mehr lebendige, ausgewachsene ‚Kopffüßer' als ich Finger an den Händen habe. Yvette. Yvette ist ein ‚Kopffüßler', sogar ein sehr prachtvolles Exemplar dieser Gattung…"
Jasper blickte geduldig.

„Die Kopffüßler … Sie haben kein Herz. Sie sind herzlos. Sie können keine Wärme geben. Für ihre Mitmenschen nicht, für ihren Partner nicht, nicht einmal für ihr eigenes Kind. Sie leben kopfgesteuert, vernunftgesteuert. Gefühlsarm oder gefühlslos. Herzlos. Sie sind ‚Kopffüßler‘, die Kindergartenkinder zeichnen sie schon richtig: Unter ihrer Birne kommen gleich die Füße. Kein Herz …“ Dietrich trank hastig ein Schluck Wein. Das gedankliche Bild war ihm spontan erschienen. Es stimmt … Yvette ist herzlos … wärmelos … Sie kann keine Wärme, keine Liebe geben …
„Ich verstehe …“, antwortete Jasper bedächtig, „es gibt solche Menschen, die man als ‚Kopffüßler‘ bezeichnen könnte …Mir fallen spontan auch einige ein … Es ist ein hartes Urteil, das du da über Yvette fällst …“
„Es ist so. Anfangs habe ich mich vielleicht blenden lassen … von ihrer Schönheit, ihrem erotischen Körper … Anfangs haben viele Äußerlichkeiten in unserem Leben, der Wechsel vom Studium zum Beruf, der Umzug, die Dinge übertüncht. Aber ich sehe jetzt klar. Yvette ist ein reiner ‚Kopffüßler‘.“
Jasper blickte ernst. „Das ist sehr traurig.“ Er fasste seinen Freund über den Tisch hinweg an der Hand. „Dabei bist du doch ein ‚Herzfüßler‘ …“
Dietrich schmunzelte. „Ja, wenn man in der Herz-Thorax-Chirurgie arbeitet, dann …“
„Nein“, unterbrach Jasper, „ich meine es nicht deiner Tätigkeit wegen. Ich beziehe es auf dich selbst, auf dein Wesen. Du bist ein ‚Herzfüßler‘. Und dafür habe ich dich auch sehr gern. Deswegen bist du mein Freund.“
Dietrich spürte kleine Tränen in den Augen. Kopffüßler … Herzfüßler …

„Wie geht es denn bei dir so?“ Dietrich wollte das Thema wechseln, sich nicht mehr länger über Yvette auslassen.
Es schmerzte tiefer, als er sich eingestand.
Oft waren die abendlichen Stunden mit Yvette anstrengender als die tagsüber in der Klinik.
Oftmals kostete er viel Kraft, Yvette in dysphorisch Gift sprühender Laune, ihn und alles kritisierend, auszuhalten.

„Ach ja, es geht.“ Die Bedienung fragte unterbrechend nach weiteren Wünschen. Jasper fuhr fort. „Noch einige Zeit, dann werde ich mich mit einer Praxis niederlassen. Hausärztliche Versorgung mit naturheilkundlichem Schwerpunkt. Habe diesbezüglich einige interessante Kurse besucht…“
Jasper beobachtete listig Dietrichs Minenspiel, er wusste um ablehnende Haltung seiner medizinischen Grundhaltung. Ihre Diskussionen darüber in der Vergangenheit waren hitzig gewesen, aber von sportlichem Charakter und nicht von nachteiliger Wirkung auf ihre tiefe Freundschaft.
Jasper erzählte weiter. „So eine Praxisniederlassung ist nicht ohne … ’Habe in Urlaubsvertretungen schon einiges an Einblicken gewonnen. Es ist schade und bedauerlich – die meisten naturheilkundlichen Verschreibungen und

Anwendungen müssen die Patienten selbst berappen, sie werden von den Krankenkassen nicht übernommen …"

„Weil sie ja auch nix taugen …", unterbrach Dietrich lachend.

„Das kann man so nicht sagen. Ich kenne viele Menschen, die davon erheblich profitiert haben. Und es gilt der Grundsatz: ‚Wer heilt, hat Recht'."

„Oh diese Grundsätze … Das ist doch Geschwätz. Da kann ich ja gleich noch mit Voltaire kommen: ‚Die Kunst der Medizin besteht darin, den Patienten so lange zu amüsieren, bis die Natur ihn von selbst wieder heilt'. Der Spruch ist nicht so blöd, wie er sich zunächst anhören mag. Es gibt bei vielen Krankheiten eine sehr hohe Spontanheilungsrate. Nehmen wir an, zu dir kommt jemand, der seit einigen Tagen unter Schwindel leidet. Nehmen wir an, du machst gar nichts – die Chance ist sicherlich über 80%, dass seine Beschwerden von selbst wieder verschwinden. Nehmen wir den Fall an, du fährst jetzt deine natürheilkundliche Kräuterbude auf, der Schwindel des Patienten verschwände genauso, wahrscheinlich nicht früher und nicht später. Nur: Du würdest das als einen Heilerfolg wahrnehmen."

„Ja, ich kenne dieses Argument zur Genüge. Aber ich bin überzeugt, mit konstruktivem Miteinander von Schul- und Naturmedizin signifikant besser als der Spontanverlauf zu sein. Wir haben damit nachweisbare Erfolge. Aber das Problem mit den Krankenkassen bleibt, die übernehmen keine Kosten. Viele Menschen sind bereit, hier Eigenleistung zu erbringen und ich würde auch versuchen, preislich in vertretbaren Sphären zu bleiben."

„Das glaube ich dir. Du wirst dich nicht so wie manche Abzocker in dieser Branche gebärden. Ich kenne Hausärzte, die ihren Patienten den letzten Dreck aufschwätzen – wertlose Vitaminpräparate, vertrieben für das Hundertfache des Einkaufpreises, ‚Aufbauspritzen' – Infusionslösungen von reinem Placebo-Charakter. Es tut weh, wenn ich gelegentlich sehe, was unser Berufstand hier mitunter treibt und wie er die Patienten ausmelkt. Es gibt mittlerweile Praxen, bei denen diese Patienteneigenleistungen für unwirksame Behandlungsformen einen Großteil des Umsatzes ausmachen…"

Jasper hatte plötzlich seinen entspannten Blick verloren, seine Augen wirkten ernst, sein Gesicht jetzt noch ein wenig rötlicher. „Dietrich, kann ich dich 'mal was fragen?"

Dietrich hielt inne, erschrak.

Wenn sein Freund diesen Blick aufsetzte, folgte meist Bedeutungsschweres. Was mag es sein?

Ist er bei Zoe rausgeflogen und fragt nach einer Übernachtungsmöglichkeit? Hat er ein ernstes Problem?

„Dietrich, wir waren und sind immer offen zueinander, wir sagen uns immer alles …"

Mann, komm zum Punkt, mach's jetzt nicht so spannend … Dietrich sah, wie sich Jasper abmühte, die richtige Formulierung suchend.

„Ich … ich bin bestimmt nicht der Erste, der dich darauf anspricht, aber …
aber … wenn du nicht darüber reden willst ist das auch vollkommen in
Ordnung, aber …“
„Ja?“
Kurze Pause.
Spannung in der Luft.
Jasper trank noch einen Schluck Rotwein.
„Das mit deinem Gesicht ist mir vorher noch nie aufgefallen … Gut, wir ha-
ben uns ja schon lange nicht mehr gesehen … Was … was steckt dahinter?“
Dietrich blickte unverständig.
Was sollte mit seinem Gesicht sein?
Hatte er dunkle Ringe unter den Augen von der Belastung mit Beruf und
Kind?
Erschien er vorgealtert, hatte er Krähenfüße an den Augenwinkeln, litt er an
Progerie?

„Was meinst du denn?“

„Na ja, das … das mit dem Zucken …“

„Was bitte?“

„Dietrich, ich … ich kann mir nicht vorstellen, dass ich der erste oder einzige
bin, dem das auffällt. Schon vor dem Essen hat deine linke Gesichtshälfte
immer so gezuckt … Zu Anfang dachte ich, du wolltest mir zuzwinkern o-
der der Bedienung … Gerade eben, war es besonders stark, das ganze
Gesicht zog sich ruckartig zusammen, ähnlich wie bei einem neurologischen
Tic.“
„Ich … ich weiß nicht genau, was du meinst … Mir fiel das bisher nicht auf
…“ Dietrichs Puls raste.
„Mir scheint, als machtest du das irgendwie völlig unwillkürlich. Die
Zuckungen im Gesicht waren ziemlich unabhängig von unserem Gespräch.
Dietrich, bist du krank?“
„Nein, keine Ahnung …“ Dietrich schwamm.
Keinesfalls wollte er Jasper reinen Wein einschenken.
Ich muss es für mich behalten! Es ist mein eigenes Ding, mein eigener
Kampf, ich muss ihn allein austragen!

„Hast du vielleicht … so was kommt ja öfters vor, vor allem auch unter
Ärzten … hast du vielleicht irgendwelche Drogen genommen?“
„Nein, Quatsch! Entschuldige, ich gehe jetzt mal unauffällig zur Toilette. Ich
weiß echt nicht, was du da meinst. Vielleicht hast du auch schon zu viel
Primitivo in dich rein geschüttet.“ Der schwache Versuch eines Lächelns.
„Schön, wenn’s so wär’ …“, sagte Jasper leise, kaum hörbar.

Auf der Toilette.

Er stand allein vor einem großen Spiegel, niemand störte.

Er besah sein Gesicht.

Nichts Auffälliges, oder? Was quatschte da Jasper?

Er wusch sich ruhig die Hände, ununterbrochen weiter sein nicht mehr ganz jugendliches, auch noch nicht gealtertes Gesicht betrachtend.

Da war es!

Eben hatte er es gesehen.

Das hatte Jasper gemeint!

Dietrich erschrak maßlos.

Zack, da war es wieder, stärker als gerade eben!

Wie ein Blitz lief eine Muskelkontraktion von oben nach unten über seine linke Wange.

Jetzt zuckten sogar mehrere Muskelgruppen gleichzeitig!

Es waren unwillkürliche Kontraktionen.

Völlig unbewusst.

Er hatte sie ja nicht einmal selbst bemerkt.

Er betrachte sich weiter.

Beängstigend schaute es aus.

In steter Regelmäßigkeit zuckte und blitze es unwillkürlich in seinem Gesicht.

Es war einem Grimassieren nahe.

Es erinnerte ihn spontan an Dustin Hoffman in ‚Rain Man'.

Warum ist es bislang noch niemandem aufgefallen?

Ist es neu aufgetreten oder besteht es womöglich schon länger?

Es ist das Neuroleptikum.

Es kommt vom Flupentagal…

Mann, ich habe Ticks...

Das war dafür der wissenschaftliche Ausdruck in der Neurologie.

Der Ausdruck ‚Du tickst nicht richtig' bezog sich auf die Tickstörung und hatte in negativer Konnotation Einzug in die Alltagssprache gefunden.

Ein älterer Herr betrat die Toilette.

Eilfertig trocknete sich Dietrich die Hände und ging hektisch zu Jasper zurück.

„Und?"

„Du hast Recht. 'Ist mit noch nie aufgefallen … Keine Ahnung, was das ist."

„Du musst morgen zu einem Neurologen. Dringend. Hast du eigentlich in der letzten Zeit stärkere Kopfschmerzen?"

„Nein."

Aber seit einigen Wochen Flupentagal intus …

Jasper ließ von weiteren medizinischen Erkundigungen ab.
Sie ließen den Abend rasch ausklingen, es wurde noch Belangloses ausgetauscht, bezahlt.
„Melde dich bald mal wieder. Wenn du irgendwas brauchst, weißt du, wen du anrufen kannst. Du weißt, dass ich auch gut zuhören kann …" Jaspers Mine erschien sorgenvoll.
„Wenn man nur mit sich selbst spricht, bekommt man keine Antworten."
Jasper umarmte ihn innig.
Dietrich eilte zum Wagen und fuhr schneller als gewöhnlich nach Hause.

Yvette schlief schon.
Er atmete durch. Gut so …
Er schaute kurz nach Lisa. Alles war ruhig.
Im Arbeitszimmer fuhr er den Computer hoch, ging ins Internet. Bis die ‚Medline', die Datenbank der medizinischen Fachzeitschriften, am Schirm flimmerte, schlug er sein großes Psychiatriebuch, Kapitel ‚Nebenwirkungen der Neuroleptika', auf. Er sah im Monitor abgeschwächt sein Spiegelbild.
Selbst da nahm er es war.
Das Zucken.
Das unwillkürliche Grimassieren.
Es sah fürchterlich aus.
Grotesk.
Sein Puls raste wieder. Noch schneller als in der Pizzeria.
Wie kann ich so morgen in die Klinik? Und was wird Yvette sagen …

Er las, fahrig sprang er über Zeilen, Abschnitte, Seiten, Kapitel. Er suchte nach den motorischen Nebenwirkungen der Neuroleptika. In den ersten Abschnitten wurde das Parkinsonoid beschrieben, welches, wie er las, oft schon nach sehr kurzer Zeit auftreten konnte und vor allem Bewegungsarmut, seltener auch Muskelstarre und Tremor beinhaltete. Nach Absetzen des Medikaments sollte es sich wieder vollständig zurückbilden, hieß es, Dauerschäden seien nicht zu erwarten.
Hektisch las er weiter, ein Parkinsonoid hatte er ja nicht. Weiter!
Der nächste Abschnitt beschrieb die Akathisie und die Tasikinesie mögliche unerwünschte Nebenwirkungen. Das kommt der Sache schon näher!
Bei einem Teil der Patienten kam es unter Neuroleptika zu einer Bewegunsunruhe, ihnen gelang es nicht mehr, ruhig zu sitzen oder auf der Stelle zu stehen; stattdessen liefen sie zwanghaft unruhig umher, was als Tasikinese bezeichnet wurde. Gelegentlich trippelten sie beim Stehen von einem Fuß auf den anderen, diese Akathisie wurde bewusst und als außerordentlich quälend empfunden. Nein, das habe ich nicht … Ich mache unwillkürliche Gesichtsfratzen …Weiter! Eilig überflog er den weiteren Text.
Da las er es.

Es fand sich unter dem Kapitel Tardive Dyskinesien.

Es hieß, nach längerdauernder Einnahme der Neuroleptika, es war von Jahren die Rede, könnten Spätdyskinesien beobachtet werden, welche spontane, unkontrollierte Mund- und Gesichtsmuskulaturbewegungen umfassten. Seltener seien auch ein Ballismus, Schleuderbewegungen erheblichen Ausmaßes oder ein Torticollis, ein Schiefhals, damit vergesellschaftet. Auch ein Rabitt-Syndrom, ein rhythmischer Lippentremor sei möglich. Na prima … Dietrich begann zu schwitzen. Sein Puls raste weiter. Entsetzt las er die nächsten Zeilen. Anders als bei den extrapyramidalmotorischen Nebenwirkungen, die zu früherem Zeitpunkt aufträten, handele es sich bei den Spätdyskinesien oft um Dauerschäden, die auch nach Absetzen des Medikaments nicht unbedingt reversibel seien.

Dietrich schluckte.

Nicht unbedingt reversibel …

Es pochte rasend in den Schläfen.

Fieberhaft folgte er dem Text. Weiter!

Man erklärte sich diese Nebenwirkungen als Folge eines neuroleptikainduzierten Schwunds bestimmte Neurone im sogenannten Striatum.

Er überflog die Hypothesen zur Pathogenese; von einer Aktivitätsminderung des GABA synthetisierenden Enzym Glutamin-Decarboxylase im Pallidum und der Substantia nigra war die Rede. Unverständliche Worte und Theorien. Weiter! So lange nehme ich das Zeugs doch gar nicht! Das kann doch nicht sein!

Es folgte eine Diskussion über die Behandlung.

Klassische Antiparkinsonmittel seien nutzlos.

Von manchen Autoren wurden schwach potente Neuroleptika empfohlen, andere hielten Tiaprid für sinnvoll.

Entsetzt las er von einer Theorie, durch abruptes Absetzen könne die Dyskinesieentstehung begünstigt werden.

Er versuchte, wieder sein Spiegelbild im Monitor zu erblicken.

Waren da wieder Fratzen?

Im Text folgte ein Abschnitt über die Differenzialdiagnostik der motorischen Nebenwirkungen. Das ist interessant! Vielleicht habe ich etwas ganz anderes! Von der tardiven Dyskinesie mit den Gesichtszuckungen heißt es, sie träten oft erst bei jahrelanger Einnahme auf! Ich habe das Zeug doch erst ein paar Monate intus! Vielleicht ist es ja etwas ganz anderes!

Etwas hoffnungsfroher las er weiter.

Zunächst wurde die Akathisie, die Bewegungsunruhe diskutiert. Prinzipiell könne es sich auch um eine innere Unruhe im Rahmen der psychotischen Grundkrankheit handeln. Eine genaue Beobachtung und Untersuchung des Patienten sei unabdingbar, wurde postuliert. Weiter im Text! Die Differenzialdiagnosen der Gesichtsdyskinesien. Ja, jetzt wird's interessant. Neben einigem für ihn Unverständlichem wurde das Gilles de la Tourette-

Syndrom als potenzielle Differenzialdiagnose aufgeführt. Er hielt einen Moment inne, grübelnd.

Was war das schon wieder …? Da gab es 'mal eine Examensfrage dazu …

Der Text gab Antwort. Beim Tourette-Syndrom, der ‚maladie des tics', handelte es sich um eine striäre extrapyramidal motorische Erkrankung mit blitzartig einschießenden Zuckungen vorwiegend im Gesichtsbereich, beispielhaft wurden Augenzwinkern, Mundverzerrungen, Zungenschnalzen angeführt. Auch Zuckungen im Bereich des Halses mit ruckhaften, unwillkürlichen Kopfdrehungen und der Schultern mit Schleuderbewegungen seien möglich. Zwangshandlungen wie eine Koprolalie, das zwanghafte, oft schreiende Wiederholen von vulgären Ausdrücken aus der Fäkalsprache, eine Unterform der Onomatolalie, seien gelegentlich vergesellschaftet.

Na Mahlzeit.

Fragmentarische Erinnerungsengramme tauchten nebulös aus dem Studium auf.

Gille de la Tourette, der Erstbeschreiber des gleichnamigen Syndroms war ein großer Psychiater des 19. Jahrhunderts gewesen. Dietrich erinnerte sich schemenhaft an seine Lebensgeschichte. Die Tragik in Dr. Tourettes Leben bestand nicht nur darin, dass er von einer psychiatrischen Patientin, Rose Kamper, mit einem Revolver in den Kopf geschossen wurde, was noch verhältnismäßig glimpflich und folgenlos blieb; der berühmte Psychiater Dr. Tourette musste zum Ende seines Lebens zwangsweise, gegen seinen Willen selbst als Patient in psychiatrische Obhut genommen werden. Er war auf der anderen Seite des Zaunes gelandet ... Eine Neurosyphilis, ein Spätstadium dieser Erkrankung, auch progressive Paralyse genannt und zum Untergang grauer Hirnsubstanz führend, bedingte bei ihm manische Expansivität mit Wahngedanken. Ein zu Hilfe gebetener Kollege, Jean Bapitiste Charcot, Namensgeber der Charcot-Trias, lockte ihn unter dem Vorwand, ein berühmter Patient warte auf ihn zur Untersuchung, in die Klinik nach Cery bei Lausanne. Statt der Berühmtheit fand Dr. Tourette dort seine gewaltsame Zwangsinternierung vor, wo er nach drei Jahren im Jahr 1904 verstarb.

Litt nicht auch Nietzsche an Neurosyphilis...?

Dietrich erschauderte wieder.

Ich bin jetzt auf der anderen Seite des Zaunes...

Schöne Aussichten. Er ließ vom Text ab, verstohlen betrachtete er wieder sein schwaches Spiegelbild am Monitor.

Er brauchte jetzt einen Plan.

Und zwar einen schnellen! Und einen guten!

Lange konnten diese Gesichtszuckungen noch nicht bestehen, Yvette hätte sie bemerken müssen. Sind sie wirklich durch das Neuroleptikum bedingt? Sie sollen doch erst nach länger dauernder Einnahme …

Einerlei – das Flupentagal muss weg.

Keine einzige Pille mehr von dem Zeugs.
Aus fertig.

Dietrich las wieder weiter.
In einem Diskussionsbeitrag zur Behandlung war auch von Benzodiazepinen die Rede.
Beruhigungstabletten, Tranquilizer.
Die könnte ich mir morgen leicht auf der Station besorgen.

Was mache ich, wenn ich in der Klinik auffalle, wenn ich zu dem Zucken befragt werde?
Er schauderte. ‚Herr Doktor – was ist denn mit Ihnen los …?'
Er fuhr zusammen.
Ich kann dann meine Karriere vergessen … Aus … vorbei … Finis opera.
Wenn morgen früh das Zucken in größerem Ausmaß besteht, melde ich mich krank.
Aber was dann …?

Verzweiflung.
Kein Ausweg in Sicht.
Niemand konnte Rat geben.
Niemand Trost.
Hätte er nicht Jasper reinen Wein einschenken können?
Was wäre dabei gewesen?
Er hätte von seinen Zwängen erzählt und dass er deshalb eine Weile Neuroleptika schlucke.
Was wäre dabei?
Über zwanzig Jahre Freundschaft – ja, er hätte es Jasper erzählen müssen.

Mit Entsetzen dachte er wieder an den morgigen Tag in der Klinik. Er schloss Buch, fuhr den Rechner herunter, löschte das Licht.
Langsam lief er ins Wohnzimmer, es war halb drei Uhr.
Zur Verzweiflung mischte sich jetzt tiefe Traurigkeit.
Ich bin am Ende …

Er ging an den Wandschrank.
Er griff nach einer Flasche Weinbrand, ein Geschenk eines dankbaren Patienten.
Sie war noch ungeöffnet, leicht staubbedeckt.
Er nahm einen kräftigen Schluck aus der Flasche.
Es brannte widerlich.
Noch ein Schluck.
Ruhe stellte sich langsam ein, der Blick wurde etwas verschwommen.
Mann, wo bin ich gelandet … Ich bin am Ende.

Ein weiterer Schluck.
Er brachte noch mehr Ruhe.
Verträumt, in Gedanken abschweifend betrachtete er das Etikett.
Noch einen Schluck, zum Einschlafen.
Dietrich setze den Flaschenhals an.
Er trank einen großen Schluck.
Einen sehr großen.
Er trank fast wie aus einer Bierflasche.
Dann fuhr er zusammen.
Maßlos erschrocken holte ihn die Realität aus seinem Nebel zurück.
Yvette stand im Türrahmen, im Nachthemd, barfüßig, die Augen ver-
schlafen.
„Dietrich! Hast du sie nicht mehr alle? Bist du vollkommen über-
geschnappt?"
Wortlos stellte er die halbleere Flasche zurück in das Schränkchen.
„Dietrich! Reicht es nicht, dass du dich mit deinem Saufkumpan in der
Pizzeria volllaufen lässt? Reicht das nicht? Musst du jetzt noch in tiefster
Nacht, was red' ich – am frühen Morgen Schnaps aus der Flasche saufen?
Mann, ist das ekelhaft! Widerwärtig, absolut widerwärtig! Du hast sie echt
nicht mehr alle!"

Sie erwartete keine Replik.
Stumm machte sie kehrt, ging zurück ins Schlafzimmer.
Dietrich stand im Wohnzimmer. Wie ein abgekanzelter Schuljunge.
‚Saufkumpan' hat sie Jasper genannt.
Jasper, mein Freund, mein einziger …
Sie hat dich beleidigt, Jasper, meinen einzigen Freund in dieser Welt …

Als er im Bett lag, klingelten ihre Worte in seinem Ohr nach.
Yvette war wieder eingeschlafen, er lag noch lange wach.
Er schloss die Augen.
Er begann, sie zu hassen. Tief zu hassen.

*

Am nächsten Morgen kam er überraschend gut aus dem Bett. Yvette schlief
noch, wurde vom Wecker nicht wach. Umso besser …
Er ging ins Bad, duschte, beim Aufstoßen schmeckte der Weinbrand
unangenehm nach.
Beim Nassrasieren blickte er scharf in den Spiegel.
Da war es wieder.
Recht unscheinbar auf den ersten Blick, aber erkennbar.

Es zuckte jetzt mehr um die linke Augenhöhle herum, es sah aus, als wolle
er unbeholfen jemandem zuzwinkern.
Ruhig rasierte er sich weiter.
Seine Ideenmaschine hatte über Nacht gearbeitet.
Im Hintergrund.
Im Untergrund.
Er hatte jetzt einen klaren Plan, ein klares strategisches Konzept.
Glasklar lag alles vor ihm.
Egal, wo sich die Ideenmaschine befinden mochte, im Gehirn oder sonst wo
ie hatte ganze Arbeit geleistet.

Die Neuroleptika wurden ab sofort abgesetzt. Entscheidung Nummer eins.
Er würde die restlichen Pillen in den Klinikmüll verbringen. Ein Präparat-
wechsel kam nicht in Frage. Nie wieder würde er einen so eine Substanz
einnehmen.
Für den Fall, dass er heute in der Klinik oder sonst wo auf sein Zucken angesprochen würde, wäre die Reaktion klar festgelegt.
Bei stärker ausgeprägter Symptomatik zöge er die Reißleine und würde sich
krankheitshalber aus der Klinik verabschieden. Nur in diesem Fall würde er
die Benzodiazepine als Behandlungsversuch der Dyskinesien einsetzen.
Wären die Zuckungen weniger stark und würde er nur selten darauf ange-
sprochen, wäre Abwarten angesagt.
Aussitzen.
Keine Benzodiazepine.
Wer weiß, was unter ihnen dann noch als Nebenwirkungen blüht? Eine Ab-
hängigkeit womöglich …
Seine Ideenmaschine hatte über Nacht auch ein Antwortrepertoire kompo-
niert, was er seinen Zeitgenossen entgegnen würde, wenn sie ihn auf seine
Zuckungen ansprächen.
Unmöglich könnte er ihnen etwas von Gilles de la Tourette erzählen.
Einfacheres, leicht Verdaulicheres, für die Umwelt Akzeptableres war zur
Hand, von der Ideenmaschine über Nacht kreiert worden.
Eine satte Lüge, inhaltlich etwas dünnwandig zwar, aber für die Fragenden
sicherlich befriedigend.
Dietrich würde berichten, eine Borreliose nach einem Zeckenbiss vor
einigen Wochen stünde im Raum.
Die Borreliose war eine akzeptable, in aller Munde befindliche Krankheits-
entität.
Übertragen durch Ixodes ricinus, den Holzbock, konnten Borrelia burg-
dorferi beim Menschen ein undurchschaubar vielschichtiges Krankheitsbild
unterschiedlichster Couleur hervorrufen, das auch verschiedenste neurologi-
sche Symptome beinhalten konnte. Diesbezüglich standen zwar die Menin-
gitis, die Fazialislähmung und die Polyneuropathie im Vordergrund, aber

wer wusste schon, was durch die gefürchteten Borrelien nicht sonst alles bedingt sein könnte.

Ja, ich erzähle ihn eine hübsche Borreliengeschichte … Auch Yvette werde ich diesen Bären aufbinden. Soll sie davon halten was sie will. Die Borreliose ist eine für alle akzeptable Geschichte …

Er trocknete sich das Gesicht ab, zog sich an. Auf den Kaffee verzichtete er, das ersparte die ausgiebige Kontrollhandlung an der Maschine. Stattdessen griff er sich drei Mandarinen aus der Obstschale. Gerade eben die Schuhe geschnürt, erschien Yvette im Flur.

Bemerkt sie etwas?

„Na? Den Suff ausgeschlafen? Nimm einen Kaugummi, sonst stinkst du auf Station nach Fusel." Gallig kamen ihr die Worte über die Lippen.

„Ja. Mach's gut." Seine Antwort klang gleichgültig.

„Ja, ja, werd' ich. Du hast's gut. Kannst' ja schön in deine Klinik. Ich muss jetzt die Kleine fertigmachen, abgeben, dann in die Kardio hetzen …"

Er hörte nicht mehr hin. Die Worte erreichten ihn inhaltlich nicht mehr. Er hörte nur noch ihre Giftigkeit heraus. Es war, als leite sein Innenohr die aufgenommene Information nicht in die sensorische Sprachregion seines Gehirns sondern anderswohin, in ein emotionales Zentrum, wo immer dieses auch sein mochte. Yvette, du ‚Kopffüßler' …

Die giftig gallige Melodie Yvettes im Gepäck machte er sich auf den Weg. Er hasste sie wirklich.

Er hasste sie mittlerweile fast so heftig wie Nollendorf.

In der Klinik ging er noch vor der Intensiv-Visite ins Stationszimmer. Niemand nahm Anstoß daran, niemand kommentierte es, niemand fragte, als er am Medikamentenschrank stöberte, suchte, etwas herausnahm.

Er fand, was gesucht wurde.

Valium, das gute altbewährte Diazepam, unbemerkt wanderte eine Handvoll in die Kitteltasche.

Nur für den Notfall.

Nur für den dringenden Bedarf.

Es sedierte, während der Arbeit erschien es kaum einsetzbar.

Eher für den Abend, damit Yvette nichts merkte.

Die Intensiv-Visite verlief ohne Besonderheiten. Niemand nahm größere Notiz von ihm, niemand blickte ihm direkt ins Gesicht.

Die meisten schauten zu den an den Betten stehenden und handelnden Protagonisten, manche, überwiegend im hinteren Glied stehend, schienen zu träumen, in Gedanken verhangen zu sein, in die Ferne nach Nirgendwohin zu schauen.

Niemand machte eine Bemerkung.

Er war heute im OP eingeteilt, zwei größere Eingriffe, die knapp den ganzen Tag in Anspruch nehmen würden.

Gut so. Vermummt unter Haube und Mundschutz gäbe es nichts zu sehen von etwaigen unkontrollierbaren Betätigungen seiner Gesichtsmuskulatur.

Beide Operationen verliefen gut. Es war schon vier Uhr nachmittags als Dietrich den zweiten Patienten vom OP-Trakt auf die Intensivstation transferierte. Sophie nahm den Patienten in Empfang, dirigierte die fahrbare OP-Trage neben ein freies Bett. „Du wirst langsam ein richtiger Operateur …", hauchte sie ihm zu, lächelnd, für die Umstehenden unbemerkt.

Der Patient, mit einem gutem Dutzend Kabel, Schläuchen, Kathetern und Drainagen versehen, wurde mittels eines Transportbrettes an seinen Bestimmungsort verbracht.

Routine.

Dietrich bedankte sich, wünschte einen schönen Tag, ruhiges Arbeiten.

Niemand hatte bislang etwas über sein Gesicht gesagt.

Die Borrelienkarte musste bislang nicht gespielt werden.

Gut so.

Hat sich das Zucken womöglich beruhigt?

„Du hast immer noch nicht mein Salzwasser-Aquarium gesehen…"

Neckisch lächelte Sophie ihn beim Gehen an.

„Dann wird's mal bald Zeit!" rief er freudig.

„Würde mich arg freuen", hauchte Sophie ihm in die Schleuse nach.

Sein Herz klopfte.

*

Vier Wochen waren seither vergangen.

Das Gesichtszucken war Dietrichs Umwelt nicht mehr augenscheinlich geworden.

Wenn er sich genau beobachtete, wurden ihm gelegentlich noch einige unwillkürliche Kontraktionen des Musculus orbicularis oculi gewahr, wie ein Blitzen liefen sie zirkumferent um das Auge, als wolle er jemandem Zuzwinkern oder als habe er ein Fremdkörper im Auge, ein Staubkorn, ein Insekt.

Doch wer sah ihm zu dieser Zeit schon länger in die Augen?

Wer beachtete ihn schon?

Nur ein einziges Mal hatte er zur Waffe gegriffen.

Es war an einem Abend beim Nachhausekommen gewesen. Im Rückspiegel des Autos hatte er leichtes Augengrimassieren bemerkt, bei langem und aus-

dauernden Hinschauen nur, für einen flüchtigen Gegenüber nicht unbedingt detektierbar.
Yvette war an diesem Abend besonders dysphorisch gewesen. Sie hatte sich über eine zugegeben besonders lang andauernde Endkontrolle der Laborwerte echauffiert, er war über eine halbe Stunde über seinen Kopien gesessen. Als er dann noch seine Kassettensammlung sortiert und verschiedene Vollzähligkeitskontrollen getätigt hatte, war ihre Stimme schrill geworden. Mit Lisa auf dem Arm hatte sie ihn angeherrscht.
Für ihn mittlerweile ein Routinevorgang.

„Ich warne dich, Dietrich: Niemals wirst du vor dem Kind deinen Kontrollfimmel ausleben! Wenn ich dich einmal erwische, wie du vor dem Kind dienen Kontroll-Error ausführst … Das Kind muss ja denken, einen Verrückten vor sich zu haben! Du hast echt einen Error, einen ziemlich großen!"
Jetzt sagt sie auch schon ‚Error' … Wie Nollendorf …
Mach nur weiter so …

Danach hatte er 5 Milligramm Diazepam für indiziert gesehen. Vielleicht waren die Zuckungen auch emotional getriggert, da wäre eine Abschirmung gut. Vor allem aber hatte er in dieser Situation nicht Yvette mit einem für sie neuen Problemkomplex entgegentreten wollen.
Das Valium hatte wunderbar gewirkt. Nach wenigen Minuten war ein Schleier der Ruhe über ihn gefallen.
Noch einige verbale Nachbeben von Yvette waren an ihm abgeprallt, waren im geistigen Schleier verhallt.
Nebulös hatte er ferngesehen. Ohne jegliche Aufregung, geschützt durch seinen Schleier, war er zu Bett gegangen, in Sekunden eingeschlafen.

Er wusste: Die enorme spannungs- und angstlösende Wirkung des Diazepams war zugleich seine große Gefahr. So effektiv und angenehm die Wirkung, desto tiefer war das Loch, in das man nach dem Abklingen, dem Abbau des Medikaments fiel. Ein ‚Craving', wie neudeutsch genannt – ‚Verlangen' erschien den Medizinern nicht mehr pässlich - nach erneuter Einnahme und damit eine erhebliche Abhängigkeitsgefahr war die Folge.

Eine motorische Krise wie seinerzeit in der Pizzeria mit Jasper war nicht mehr aufgetreten.
Vielleicht habe ich das Flupentagal ja gerade noch rechtzeitig abgesetzt …

Die Kontrollen waren schlimmer geworden.
Ob es mit dem Absetzen des Flupentagals oder mit anderen Triggermechanismen zusammenhing, erschien unklar.

Ein weiterer pharmakologischer Angriffsversuch auf seine Kontrollzwänge, ein weiteres Pharma-Bombardement auf die Angstflamme war ausgeschlossen.
Die Lektion war gelernt.

Manche seiner Kontrollen waren fast amüsant paradox.
Ein einzelner Kontrollpunkt in seinem Tagesablauf hatte sich besonders progredient entwickelt: Es war nicht die Kaffeemaschine, nicht der Herd, nicht das Bad - hier kontrollierte er seit Neuestem immer pedantisch, ob Dusche und alle Wasserhähne ganz sicher abgestellt waren.
Nein, ein anderes Thema war regelrecht aufgeblüht, inhaltlich gleichsam paradox wie amüsant: Die Kontrollen seines Eherings in seinem Arztzimmer hatten eine inflationäre Progredienz erfahren, sie waren in Zahl und Intensität regelrecht explodiert
Nach wie vor platzierte er in steter Regelmäßigkeit den Ring morgens in einer Schreibtischschublade und nahm ihn abends wieder an den Finger.
Hatte er früher noch höchstens zehn- bis zwanzigmal nach dem Ring gesehen, schaute er jetzt oft über fünf Dutzend Male, verteilt über einige Kontroll-Pakete im Abstand weniger Stunden.
Es war wirklich paradox.
Gerade nach dem Ehering zu schauen …
Die Anzahl der täglichen Kontrollen nach dem Ring verhielt sich genau reziprok zur Schieflage des Haussegens.
Ich werde zum Narr … Gerade jetzt, gerade in dieser Zeit, hundertfach nach dem Ring zu schauen …

Heute hatte Yvette Nachtdienst. Er war allein.
Und er genoss es.
Ruhe. Entspannung.
Eine einfache Tiefkühlpizza essen.
Ein Hefeweizen trinken, vielleicht auch zwei.
Ein politisches Magazin im Fernsehen.
Lisa schlief mittlerweile nachts durch.
Manchmal freute er sich regelrecht auf solche Abende ohne Yvette, allein, ungestört, ohne verbales Gift, ohne gehässige Tiraden, ohne mänadenhafte Vorhaltungen
Nein, nicht manchmal.
Immer öfter.

Zum ‚Heute Journal' trank er ein zweites Hefeweißbier.
Ein gutes Betthupferl.
Noch vor der Wettervorhersage schaltete er ab, trank aus.
Ordentlich wurden Hinterlassenschaften aufgeräumt.

Er putzte sich die Zähne, zog den Schlafanzug an.

Yvettes Pyjama lag zerknüllt auf ihrer Bettdecke.

Dietrich roch daran. Die Pheromone … Trotz ihrer häufigen Wut, trotz ihrer fast dauerhaften Übellaune, war sie rein äußerlich immer noch eine sehr erotische Frau, wenngleich ihre diesbezüglichen Zusammenkünfte äußerst selten geworden waren.

Er warf noch einen Blick ins Kinderzimmer. Lisa schlief friedlich, kein Laut war zu hören. Er sah in das Bettchen auf ihr Gesicht.

Innerhalb des Bruchteils einer Sekunde wurde es ihm gewahr.

Innerhalb eines einzigen Augenblicks hatte sein Gehirn eine Analyse der visuellen Wahrnehmung getätigt.

Sein Herzschlag setzte aus.

Seine Atmung stockte.

Das Kind schien im gewöhnlichen, ruhigen, friedlichen Schlaf.

Aber er sah es.

Er erkannte es.

Es war eindeutig, absolut eindeutig.

Lisa zeigte keinerlei Atembewegungen.

Reflexartig berührte er ihre bloße Stirn.

Lisa war kalt.

Eiskalt.

Lisa lag tot in ihrem Bettchen.

*

Alles verschwamm.

Alles zerfloss.

Alles zerlief.

Ich muss den Notarzt rufen!
Ich muss Lisa reanimieren!
Machte es denn Sinn?
Ich muss Yvette in der Klinik verständigen!
Was ist überhaupt mit Lisa passiert?

In Trance legte er das leblose Kind auf den Fußboden.
Eine harte Unterlage ist Voraussetzung für jede Herzdruckmassage.
Er wählte die Nummer der Rettungsleitstelle. 19 222. „Mein Kind … ein Säugling von sechs Monaten … Es ist tot, gestorben … liegt leblos im Bett … Ich …"
Auf die routiniert ruhige und besonnene Frage des Diensthabenden stammelte er die Adresse.
Er betrachtete das Kind. Seine Lisa …
Friedlich lag sie da.
Auf dem Fußboden.
Der Gesichtsausdruck zufrieden, ruhig.
Wie nach dem Füttern …

Dietrich setzte zwei Finger auf das winzige Brustbein, drückte dreißig Mal in rascher Frequenz. Beatmen! Er versuchte zur Mund-zu-Mund-Beatmung den kleinen Kopf nach hinten zu überstrecken. Lisas Köpfchen war eisig kalt.
Wie der Fußboden.
Das Köpfchen ließ sich kaum bewegen.
Entsetzt griff er nach Lisas Unterärmchen. Er versuchte eine Bewegung. Nichts.
Sie war starr.
Wie bei einem Rigor.
Aber es war kein Rigor.

Es war Totenstarre.

Lisa war schön längere Zeit tot.
Eine Wiederbelebung bei Totenstarre war absolut sinnlos.

Dietrich schrie auf.
War es ein einzelnes Wort?
War es ein Satz? War es eine Klage?
Oder nur ein Laut?
Er schluchzte, weinte.
Er legte sich auf den Fußboden, neben seine tote Tochter.

In einer Embryostellung umschloss er Lisa mit der Konkavität seines Körpers. Er hielt ihr das winzige Händchen, starr und entsetzlich kalt. Wie der Fußboden.
Wo bleibt der Notarzt?
Minuten verrannen.
Wie geht es jetzt weiter?
Dietrich weinte leise, ganz leise.
Träne um Träne rann herab.
Immer eine nach der anderen, mal auf dieser, mal auf jener Wange.

Wo bleibt der Notarzt?
Yvette! Ich muss sie anrufen …
Erst wenn der Notarzt da ist …
Lisa, warum bist du gegangen?
Wo bist du jetzt?
Kannst du mich sehen?
Mich, meine Tränen?
Mein Schluchzen hören?
Bestimmt … ganz bestimmt …

Er schrie auf.
Mein Kind! Mein kleines Kind! Ich habe mein Kind verloren! Gibt es Schlimmeres, Entsetzlicheres?
Er schmiegte sich noch näher, noch enger an sie.
Wird sie es spüren? Wird sie es sehen?
Sie spürt es ganz sicher ... Ganz sicher …

Mein Kind! Mein Kind ist tot!
„Nein, nein“, ein leises Stöhnen.
Die Türklingel, ein weicher Gong.
Nur mit Mühe vermochte er sich zu erheben.
Taumelnd, zombiehaft ging er zur Tür.
Der Notarzt.
Ergraut, vielleicht Anfang fünfzig, modisch bebrillt.
Zwei Rettungsassistenten, junge dynamische Burschen, Koffer und Gerätschaften schleppend.

Im Kinderzimmer.
Der erfahren erscheinende Notarzt stellte rasch den Tod Lisas fest.
Die dynamischen Rettungssanitäter schienen mehr Enttäuschung über entgangene Heldentaten als Anteilnahme zu empfinden, wortlos wurde das mitgebrachte Equipment wieder eingepackt, in den Hausflur platziert.
„Was ist passiert? Ist Ihnen Besonderes aufgefallen? War Ihre Tochter krank?“

Dietrich verneinte stammelnd.
Der Notarzt legte die Hand auf seine Schulter. „Sie brauchen jetzt ganz viel
Kraft. Besonders jetzt und hier. Ich muss bei jedem unklaren Todesfall eines
Säuglings die Kripo verständigen. Reine Formsache … Ist reine Routine …
Unangenehm, aber muss sein … Vorschrift …“
Dietrich war zu keiner Reaktion fähig.
„Wo ist denn die Mutter?“ wurde sich vorsichtig erkundigt.
Ah ja, Yvette … ich muss sie verständigen …

Er wählte ihre Nummer in der Kardiologie.
Eine Nachtschwester am Apparat.
Geraschel, Warten, Gemurmel. Wieder Warten. Wieder Geraschel.
Dann Yvette am Hörer.
„Ich bin's, Dietrich … Hallo Yvette.“
„Was soll denn das, was ist los? Ist was passiert? Ich bin gerade ziemlich im
Stress …“

In Trance antwortete er.
Dietrich schien es, neben sich selbst zu stehen, sich selbst beobachten zu
können. Ein Depersonalisationsphänomen … Er sah den Mensch seines Na-
mens und seines Aussehens, hörte ihn sprechen:
„Yvette, Lisa ist tot.“
„Wie meinst du das, Lisa ist tot?“ Yvettes Stimme klang gereizt, aggressiv.
Dietrich sah den Mensch neben sich, seines Namens, seines Aussehens, der
jetzt eine dicke Träne die rotfleckigen Wangen herabkullern ließ. „Sie ist
gestorben. In ihrem Bettchen.“
„Dietrich!“ Es war ein markerschütternder Schrei. Die halbe kardiologische
Klinik musste ihn gehört haben.
Eine Pause.
Eine unendlich lang erscheinende Pause.
„Ich bin gleich da!“
Dietrich sah den Menschen neben sich, seines Namens, seines Aussehens,
der jetzt den Hörer auflegte.

Wieder die Türklingel.
Beamte in Zivil. Die Kripo.
Getuschel mit dem Notarzt.
Die Beamten drückten ihm kurz die Hand, taten Beileid kund, mechanisch,
routiniert, emotionsarm.
Nebulös vernahm Dietrich sachlich gestellte Fragen.
Wann Lisa ins Bett gebracht worden wäre, wann sie zum letzten Male …
Dietrich sah den Menschen seines Namens, seines Aussehens dastehen,
verstört Antwort gebend. Einer der Beamten begann Lisa zu inspizieren,
immer noch auf dem kalten Fußboden liegend. Photos wurden gemacht.

Das Blitzlicht schmerzte in den Augen.

Yvette erschien. Sie rannte sofort ins Kinderzimmer. Ein Kripobeamter hatte Lisa zwischenzeitlich entkleidet und untersuchte sie auf etwaige äußerliche Verletzungszeichen.

„Was macht denn die Polizei hier?" Mehr Aufschrei als Frage, johlend schrill, einem heulenden Derwisch gleich.

Dietrich sah den jungen Mann seines Namens und Aussehens hilflos verstört danebenstehen.

„Was hast du gemacht?!" kreischte Yvette.

„Nichts, ich … habe ferngesehen".

„Genau! Nichts! Nichts hast du getan! Du hast Lisa hier verrecken lassen! Du hast Bier gesoffen, deine Fahne stinkt gegen den Wind!"

Der ältere Kripobeamte ging jetzt behutsam dazwischen, schlichtend, beruhigend. „Haben Sie einen Hausarzt? Vielleicht könnte ein leichtes Beruhigungsmittel …"

„Wir brauchen das nicht!" antwortete Yvette scharf. „Außerdem sind wir selbst Ärzte!" Yvette blickte Dietrich an, mit den Augen blitzend. „Was hast du gemacht?" Ihre Stimme war jetzt ruhiger in der Intensität, aber bedrohlicher im Klang.

„Nichts, ich habe nichts gemacht … Ich hab' sie einfach so gefunden, als ich ins Bett wollte … Ich habe zuvor nichts bemerkt …"

„Klar. Du hast nichts bemerkt. Wie auch!" Yvette fauchte. „Du hast dich vor der Glotze mit Weizenbieren bedröhnt. Da kann man auch nichts merken!" Yvettes Augen sprühten Gift. „Nichts kann man dich machen lassen … Nichts! Du … du … Da kontrollierst du Tag für Tag zwanzig Mal die Kaffeemaschine, fünfzig Mal den Herd, auch wenn er schon tagelang nicht mehr an war …" Sie zeigte mit ihrem schlanken Zeigefinger auf ihn, ihren Kopf den betreten dreinblickenden Kripobeamten zugewandt. Höhnisch fuhr sie fort: „Mein Mann hat eine Zwangsneurose, einen Kontrollzwang! Er ist nicht ganz … Sie wissen schon … Die größten Banalitäten kontrolliert er unablässig, dutzendfach, hundertfach … Das dümmste und harmloseste Zeug. Die Dusche, den Wasserhahn, die Autolichter, Alles … Aber seine Tochter, unsere Tochter lässt er einfach verrecken, hockt den ganzen Abend bedröhnt bei seinem Bier vor der Glotze, schaut nicht ein Mal, nicht ein einziges Mal nach Lisa! Nicht ein einziges Mal kontrolliert er am ganzen Abend, ob mit ihr alles in Ordnung ist! Aber morgen früh wird wieder hundertfach die Kaffeemaschine kontrolliert, eine halbe Stunde lang … Dietrich, du bist so elendiglich …. so …" Der ältere Beamte unterbrach ihre Tirade, indem er sie am Arm nahm. „Lassen Sie mich!", zischte sie. „Du hast sie auf dem Gewissen! Du solltest auf sie aufpassen und jetzt ist sie tot! Du…" Der Beamte unterband eine Ausholbewegung ihres rechten Armes.

Dietrich sah den Menschen seines Aussehens, seines Namens neben sich, wie er sich wortlos umdrehte, unfähig zu einer verbalen Replik. Er sah, wie dieser Mensch nun in das Arbeitszimmer ging, die Türe leise hinter sich schließend. Eine einzelne große Träne tropfte auf den Schreibtisch. Er sah sich eine Telefonnummer wählen.
Jasper. Sein bester Freund.
Der ‚AB', wie heute beliebterweise verstümmelnd abgekürzt wird, antwortete.
Ja richtig, Jasper und Zoe waren ja für drei Wochen in Mexiko. Jahresurlaub.
Dietrich sah sich eine Weile still dasitzen.
Dann sah er sich, wie er wieder wählte.
Die Nummer seiner Eltern.
Schlaftrunken wurde abgenommen.
Seine Mutter.
Stammelnd berichtete er.
Neue Tränen liefen beide Wangen hinab.
Seine Mutter begann laut aufzuheulen.
Ihre erste Frage: „Hast du denn nichts bemerkt? Du solltest doch aufpassen …"
Dietrich legte auf.

*

Der nächste Morgen.
Dietrich war unter Mithilfe von fünf Milligramm Diazepam in einen traumlosen Schlaf gefallen.
Betäubt von Sedativum und Schmerz hatte er spätabends noch nebulös weitere anklagende, tiradenhaft vorgebrachte Worte seiner Frau vernommen, bevor Yvette im Wohnzimmer ein länger dauerndes Telefonat mit ihren Eltern in Hamburg bis in tiefe Nacht geführt hatte.

Er stellte sich nach dem Aufstehen unter die eiskalte Dusche. Wieder klar werden...
Er wählte die Kliniknummer, rasch bekam er Professor Stilgenbauer an den Apparat. Die Nachricht hatte sich über die Klinik-Buschtrommeln bereits in der Nacht rasant verbreitet.
Yvette hatte während ihres Nachtdienstes ihren Hintergrund-Oberarzt verständigt, der umgehend in die Klinik gekommen war, um ihren Vordergrund-Dienst für sie zu übernehmen.
Stilgenbauer sprach Worte des Beileids am Telefon, von unendlichem Schmerz und großer Betroffenheit war die Rede.
Dietrich brauchte nicht zum Dienst erscheinen.

Yvette kam aus dem Schlafzimmer. Dunkle Ringe unter verquollenen Augen, die langen schwarzen Haare hexenähnlich vom Kopf abstehend. Wortlos, auch ohne Worte einer morgendlichen Begrüßung, nahm sie Dietrich das Telefon aus der Hand und führte ein Gespräch mit ihrer Abteilung. Mit ähnlichem Ergebnis, Yvette war von der Klinik freigestellt.

Dietrich kochte Kaffee, deckte den Frühstückstisch, schnitt Brot.
Kalt, wie einander fremd, saßen sich beide gegenüber.
Er ergriff die Initiative. „Ich habe gestern wirklich nichts Auffälliges bemerkt. Ich habe mich auch nicht betrunken. Der Fernseher war auch nicht laut gestellt. Sie muss einfach so ... gestorben sein.“
Yvette rollte mit den Augen. „Einfach so gestorben ... Du hast sie ja nicht alle!“
„In einigen Tagen wird das Obduktionsergebnis da sein, vielleicht gibt dies Aufschluss über ...“
„Aber es macht unsere Lisa nicht wieder lebendig!“ Yvettes dunkle Augen funkelten böse.
„Yvette, wir müssen uns mit einem Beerdigungsinstitut in Verbindung setzen. Ich ...“
„Ich nehme das in die Hand, ich allein!“ Ihre Stimme war scharf und bestimmt. „Dich kann man ja nichts machen lassen!“ Zum ersten Male waren in ihren Augen kleine Tränen zu sehen. „Du ... du hast versagt! Jeden Scheiß-dreck kontrollierst du! Jeden noch so unwichtigen banalen Scheißdreck! Dreimal habe ich im Monat Nachtdienst, dreimal im Monat hast du die Verantwortung über unsere Tochter und du schaust nicht nach ihr, du siehst nicht nach, du lässt sie einfach sterben in ihrem kleinen Bettchen, einfach für immer einschlafen! Es ist so fürchterlich ...“ Jetzt liefen mehr Tränen. „Ich hätte dir Lisa niemals alleine verantworten dürfen, du Versager! Du mit deiner Kontrollkrankheit! Über hundert Mal kontrollierst du, ob das Scheißlicht an deinem Scheißauto aus ist, aber nach deiner Tochter guckst du nicht ein einziges Mal, keinen einzigen Augenblick, keine einzige Sekunde! Bis sie tot ist ... Nie hätte ich sie alleine lassen dürfen mit dir! Du bist ja geisteskrank! Irr! Du gehörst in eine Klinik! Du gehörst ...“ Yvettes Stimme war jetzt schrill und unkontrolliert laut.
Dietrich wollte sich aufbrausend verteidigen, Zorn und auch Hass stieg in ihm auf. Was soll das mit der Anklage, mit dem Schuldvorwurf? Nichts habe ich versäumt! Nichts, nichts, nichts ... Zornesröte stieg ihm ins Gesicht.
Aber anstelle einer Antwort stand er auf, nahm noch einen Schluck Kaffee und ging wortlos aus dem Haus. Er lief durch das Neubaugebiet. Ziellos. Richtungslos. Orientierungslos. Nebulös sah er Kinder auf dem Schulweg, Mütter, Kleinkinder zum Kindergarten bringend, ein Zeitungsausträger, der freundlich grüßte, Rentner, Hunde ausführend, ein Gärtner, Laub aufkehrend. Er lief ohne jedes Ziel. Nur raus aus diesem Haus. Nur raus aus dieser Welt. Ja, weg aus dieser Welt. Weg ... Weg ... Weg ...

Dietrich lief planlos. Vielleicht wird Lisa just in dieser Stunde schon obduziert, aufgeschnitten, ausgeweidet, auseinander genommen … Dann wieder in die Kühlkammer zurück … Grausig … Mein kleines Kind …
Er hatte einigen Sektionen während des Studiums im Pathologiekurs beiwohnen müssen. In Trance lief er weiter ziellos durch das Wohngebiet. Fremde Häuser, fremde Straßen, fremde Menschen. Die Trauer brannte jetzt wie ein bestialischer Schmerz. Am Morgen, nach dem Aufstehen, beim Kaltduschen, während des unersprießlichen Frühstücks war er noch nicht so stark gewesen, der Schmerz.
Übertüncht, verdrängt.
Jetzt lebte er sich voll aus, pfählte ihn, folterte ihn infernalisch.
Auf beiden Wangen zugleich liefen Tränen.
Er lief weiter planlos durch die Straßen.
Was ist nur mit Lisa passiert?
Sie muss zwischen 18 und 21 Uhr gestorben sein, überschlug er.
Wieso bist du wieder aus dieser Welt gegangen, Lisa?
Kaum da gewesen und schon wieder weg … Warum?
Und weshalb macht man mir Vorwürfe?
Ich habe nichts Fahrlässiges getan …
Yvette hatte auch schon stundenlang am Abend über ihrem Computer an ihren verdammten ‚papers' gehockt, brütend, ohne nach Lisa zu …

Vielleicht ist Yvettes Aggression ihre Art von Reaktion auf den Schock. Sie hat bislang kaum geweint, nur gekeift …
In furchtbarem Schmerz überlegte er, wie jetzt mit ihren Kleidern, ihren Spielsachen, den Kuscheltierchen und Spieluhren zu verfahren sei. Was sollte damit geschehen? Er schluchzte.
Ich werde nicht die Kraft haben, auch nur ihr Kinderzimmer zu betreten …

Den ganzen Vormittag lief er.
Er lief weinend.
Er lief schluchzend, gelegentlich Unverständliches murmelnd, vorbei an verdutzten Passanten, manche versehentlich anrempelnd.
Er lief somnambul.
Er lief torkelnd, gelegentlich an einer Straßenlaterne pausierend, Halt suchend.
Er lief weiter.
Manchmal den gleichen Straßenzug mehrmalig.
Manchmal im Kreis.
Manchmal hin und her.
Der Schmerz brannte infernalisch.

Erst gegen Mittag wählte er bewusste Richtung und kam wieder nach Hause. Yvette war wohl zu einem Beerdigungsinstitut gefahren. Dietrich wählte

die Kliniknummer. Der Sekretärin von Professor Stilgenbauer teilte er mit,
er komme morgen wieder zum Dienst. „Ja es ist schlimm, Frau Monz, arg
schlimm, aber die Arbeit wird mir gut tun, mich ablenken. Besser als hier
…" Ja, besser als hier, sehr viel besser …

Nachmittags rief seine Mutter an. Nach Details wurde gefragt. „Hast du denn
nicht richtig aufgepasst?"
Er gab keine Antwort.

Wortlos kam irgendwann Yvette nach Hause. Sie wies ihn daraufhin, die
Spülmaschine sei von ihm äußerst unwirtschaftlich eingeräumt worden. Die
sperrigen Sachen müssten immer nach hinten unten … „Schon bei den ein-
fachsten Dingen versagst du …"
Ohne Information aufzunehmen sah er fern.
Er trank ein ungekühltes Weizenbier.
Der bestialische Schmerz drückte, brannte, pfählte, quälte, marterte, folterte.
„Nicht einmal jetzt kannst du es unterlassen, Bier zu saufen!"
Anstatt einer Antwort trank er aus.
Wortlos ging er ins Bad, dann ins Bett.
Tränen benetzten sein Kissen.
Tränen begleiteten seine Nacht

*

Er konnte nichts frühstücken, trank nur einige Schlucke Leitungswasser.
Yvette schlief noch. Gut so …
In der Klinik kam er eine Minute zu spät zur Intensiv-Visite.
Gemurmel verbreitete sich, als er sich hinten dem Visitentross anschloss.
Professor Stilgenbauer war gerade in erregter Diskussion mit den Ober-
ärzten, gestikulierend, wieder und wieder auf den Monitor eines beatmeten
Patienten zeigend. Der kommissarische Abteilungsleiter entdeckte Dietrich
und unterbrach augenblicklich seinen Disput. Professor Stilgenbauer ließ die
Oberärzte am Bett stehen und schritt durch eine sich rasch bildende Gasse
auf ihn zu. „Dr. Nolte …" Er ergriff seine Hand. „Mein aufrichtiges Beileid.
Ich habe selbst zwei Kinder, schon erwachsen. Ich glaube, Ihre Trauer ermessen zu können. Meine aufrichtige Anteilnahme." Stilgenbauer sah ihm
einige Sekunden in die Augen.
Dietrich bemerkte eine kleine Träne in des Professors rechtem Auge.
Dann drückte Stilgenbauer ihn fest an sich.

Stilgenbauer war an die Spitze des Visitentrosses zurückgekehrt, die vorherige Falldiskussion wieder aufnehmend und fortsetzend. Weiteres Gemurmel

unter denjenigen Kollegen, die noch nichts von Dietrichs Leid wussten. Der Tross zog weiter zum nächsten Patientenbett. Dietrich lief eine Träne über die Wange. Seit geschlagenen 36 Stunden, seit eineinhalb Tagen, ist es der kommissarische Leiter der Herz-Thorax-Chirurgischen Universitätsklinik, Professor Dr. Stilgenbauer, mein Chef, der als Erster, als Allererster und bislang auch als Einziger ein menschliches Wort für mich findet. Der Erste und Einzige, der mich in den Arm nimmt, mich tröstet.
Ich bin so allein. So allein wie nie zuvor. Allein mit meiner Trauer. Allein mit meinen Gefühlen. Allein im Leben. Wenn nur Jasper da wäre …

Die Klinikarbeit wirkte ein wenig ablenkend. Auch Yvette war in ihr Forschungslabor entschwunden.

Die Tage verliefen ereignisarm. Die Kripobeamten wurden nochmals kurz vorstellig, Dietrich hatte ein Protokoll zu unterzeichnen. Yvette, sofern überhaupt anwesend, richtete kein Wort mehr an ihn.

Sechs Tage waren seit Lisas Tod vergangen, als sich Dietrich und Yvette im Rechtsmedizinischen Institut der Universität einfanden. Kein Hinweis auf ein Fremdverschulden läge vor, hatte die Polizei tags zuvor verlautbart. Das Ergebnis der Obduktion Lisas sollte kundgetan werden.
Professor Brecht, der Ordinarius des Instituts, hatte persönlich die Sektion vorgenommen. Für 16 Uhr hatte er in sein Büro geladen, Yvette und Dietrich warteten auf einem langen, muffig riechenden Institutsgang. Beide waren direkt aus der Klinik gekommen.
Sparsam mit Worten und Gesten hatten sie sich gegrüßt, kühl standen sie sich gegenüber. Yvette starrte an Dietrich vorbei aus einem Fenster. Dietrich begann in dem muffigen Gang auf und ab zu laufen. Es dauerte offensichtlich noch, bis Einlass gewährt werden sollte.
Er erinnerte die Szene an diverse Spielfilme aus dem juristischen Genre. Wie sich vor der entscheidenden Gerichtsverhaltung die Kontrahenten auf Sichtweite gegenüberstanden, nervös, den Gegenüber taxierend, auf Aufruf wartend vor dem Gerichtssaal.
Wäre es so bei einem Scheidungsprozess …?

Yvette starrte unverändert aus dem Fenster, in regungsloser Akinesie verharrend, einer Wachsfigur ähnlich.
Die Zeit zog sich.
Er lief den Gang entlang. An der Wand berichteten wissenschaftliche Posterdokumentationen, mitunter auch Ausstellungsstücke in angestaubten Vitrinen von der Aufklärung kniffliger Todesfälle durch das Institut.
Kriminalfälle überwogen.
In einer größeren Vitrine waren ein halbes Dutzend knöcherner Schädel in Reihe platziert. Ein ihr allen gemeinsames Merkmal bestand in einer

unnatürlichen Öffnung am Hirnschädel, meist seitlich, am Scheitel- oder Schläfenbein gelegen, auf den ersten Blick von gleicher Morphologie, bei näherem Hinsehen aber doch mannigfaltig unterschiedlich in Form und Begrenzung. Neben jedem einzelnen Schädel war das jeweilige für das unphysiologische Loch und das unnatürliche Ableben des Menschen verantwortliche Tötungswerkzeug platziert. Ein kleiner Hammer. Eine Rohrzange. Ein Stein. Ein Baseballschläger. Ein 9 Millimeter Projektil.
Reichlich Text gab Auskunft über Details der Kasuistiken. Dietrich schauderte es, er lief weiter, weg von den Glaskästen. Ein großes, an den Rändern bereits vergilbtes Poster. Zwei Photos einer Exhumierung auf einem Friedhof. Von Giftnachweis zehn Jahre nach der Beisetzung einer vermögenden Frau und der konsekutiven Überführung des Täters wurde berichtet.
Dietrich ging weiter. Ein Kabinett des Schauerns …

Das nun folgende Poster stellte diverse Techniken zur exakten Todeszeitbestimmung dar. Von ‚intermediärem Leben‘ war hier die Rede. In diesem Zeitraum zwischen dem Eintritt des Individualtodes und dem Absterben der allerletzten Zelle des Körpers könnten einzelne Körperteile noch gewisse Funktionen, so genannte ‚supravitale Erscheinungen‘ zeigen, so der nüchterne Postertext. Exemplarisch folgten Photos. Nach Hautreizung mit Histaminchlorid sei auch einige Stunden nach dem Individualtod eine Gänsehaut hervorrufbar. Ein zweites Bild zeigte eine postmortale Pupillenreaktion bei Verabreichung von Arzneistoffen. Ohne Bebilderung wurde im Text von der elektrischen Erregbarkeit des Leichenmuskels im Gesicht berichtet. Die ‚supravitalen Erscheinungen‘ seien in genau bekannten, exakten Zeitfenstern nach dem Todeseintritt zu beobachten und daher zur Bestimmung des genauen Todeszeitpunktes methodisch dienlich. Dietrich schauderte es wieder. Hatte man derlei Untersuchungen auch bei meiner Lisa gemacht?
Lisa …
Langsam ging er weiter. Ein weiteres Poster aus dem Gruselkabinett.
Photographien verschiedener Wasserleichen.
Er sah den Gang zurück.
Yvette stand immer noch am Fenster, akinetisch starr, mehr und mehr kam sie ihm hexenhaft vor.
Er widmete sich wieder dem Poster.
Der Film-Kommissar im ‚Tatort‘ wollte bei der Wasserleiche immer wissen, ob der Bedauernswerte im Wasser umgekommen oder schon als Leiche ins Gewässer verbracht worden sei.
Eine ‚Schaumpilz‘ genannte Struktur konnte diesbezüglich Auskunft geben. Seine Bildung wurde im Postertext dezidiert beschrieben, von der Vermischung von in die Lunge aspiriertem Wasser mit eingeatmeter Luft sowie vermehrt sezerniertem eiweißreichen Schleim in den Bronchien war die Rede. Der Schaumpilz gab Hinweis auf das Ertrinken im Wasser, vor dem Auf-

tauchen des Leichnams wurde er in der Regel durch den Wasserdruck in den Atemwegen zurückgehalten. Erst nach dem Bergen käme er an Mund und Nase zum Vorschein. Ein fürchterliches Photo legte exemplarisch grausiges Zeugnis darüber ab, viel zu kleine schwarze Balken auf dem Bild waren über den Augen des Toten angebracht.

Der Postertext wies darauf hin, dass bei Wasserleichen mit ‚längerer Liegezeit' entstehende Fäulnisgase im Körper ein ‚spontanes Auftauchen' der Leiche aus der Tiefe bedingen könnten und dass hierbei, nach dem spontanen Auftauchen, tückischerweise der dann an Mund und Nase befindliche Schaumpilz bei längerem Treiben an der Gewässeroberfläche auch weggespült werden könnte. Die Nachweismöglichkeit des kriminalistisch so wichtigen Schaums bliebe aber in den peripheren Bronchien bestehen.

Dietrich schüttelte den Kopf. Pah, ihr Schlauberger! Was ihr nicht alles zu wissen meint und hier plakativ zur Schau stellt! Bei Nollendorf habt ihr nichts gemerkt! Nichts, nichts, nichts! Ich hab' euch übertölpelt! Ein perfektes Verbrechen! Jeder, der mir noch mal so zusetzt, jeder, der mir noch mal so weh-tut wie Nollendorf … Der muss sich warm anziehen. Jeder!

Er ballte die Faust in der Hosentasche.

Er blickte zur Uhr. Schon zehn Minuten über die Zeit. Er ging langsam weiter. Was soll ich sonst tun?

Ein fürchterliches Bild zog ihn an, ein Poster, an Schrecklichkeit alles andere an diesen Wänden überbietend.

Ein jüngerer männlicher Leichnam in einer grauenvollen, mechanisch kompliziert erscheinenden und auf ersten Blick funktionell nicht ganz verstehbaren Folterapparatur. Die Posterüberschrift berichtete von einem ‚autoerotischen Unfall'. Einleitend wurde ausgeführt, wie kurzzeitiger Sauerstoffmangel im Gehirn als sexuelles Stimulans dienlich seine könnte. Eine dosierte Strangulation führe zu einer relativen Sauerstoffunterversorgung der Großhirnrinde mit Dämpfung höher geistiger Funktionssysteme zugunsten vegetativer Empfindungen. Durch diese Art des Sauerstoffsexes sei Luststeigerung möglich. Vielleicht sollte ich Yvette mal ein bisschen würgen …

Der bedauernswerte junge Mann auf dem schlecht belichteten Photo hatte sich offensichtlich eine komplizierte Apparatur aus Schlingen, Gürteln und Seilzügen konstruiert, mit dessen Hilfe ‚dosierte Strangulationen' und damit Sauerstoffsex im Rahmen autoerotischer Tätigkeit möglich sei, wie es hieß. Durch unglückliches Verrutschen des Strangwerkzeugs sei, so der Text, ein akzidenteller Erhängungsmechanismus ausgelöst worden. Ein Fremdverschulden sei ausgeschlossen worden. Auf die ‚postmortal erhalten gebliebene Erektion' wurde in der Bildlegende gesondert hingewiesen.

Dietrich hatte jetzt genug. Wo bin ich hier gelandet? Sind die hier von Sinnen? Er sah jetzt auch aus dem Fenster. Wie kann man so etwas ausstellen? Der tagtägliche Umgang mit Leichen scheint nicht ohne Folgen zu sein …

Er ging wieder auf seine Frau zu.

Unverändert stand sie da, regungslos, amimisch, starr, hexenhaft.

Keiner sprach, die Blicke finster.

Endlich, erlösend, öffnete sich eine der Türen. Professor Brecht bat in sein Zimmer.

Sie nahmen auf einfachen Stühlen vor seinem Schreibtisch Platz. Professor Brecht murmelte einleitend einige Worte des Beileids.

Routine.

Dietrich rutsche nervös auf seinem Stuhl herum.

„Unsere Untersuchungen haben ein klares Ergebnis erbracht." Der Professor nestelte in einem Stapel von Befunden auf seinem Schreibtisch, einer Übersprungshandlung nicht unähnlich.

„Ihre Tochter Lisa ist an einem SIDS verstorben."

„An einem was bitte?" fragte Yvette erstaunt mit törichtem Blick. Dietrich schloss kurz die Augen. Hat das auch hier Einzug gehalten? Diese hässlichen, verstümmelnden, sinnentleerten Abkürzungen ... Abkürzung und Anglizismus zugleich, unerträglich. Eine Generation früher musste noch das Latinum vorweisen, um Medizin zu studieren. Heute sind alle wesentlichen Termini englisch. Englisch und abgekürzt. Das Recht unserer verbündeten hegemonialen Macht.

„SIDS: Sudden infant death syndrome: der plötzliche Kindstod", begann Professor Brecht zu erläutern, den Kopf zu Yvette gewandt, wohl ihres unverständigen, tölpischen Blickes wegen. Kennt Yvette das Syndrom nicht mehr aus dem Pädiatriekurs? Vor lauter Wissenschaft schon vergessen? „Der plötzliche Kindstod - Synonym ‚Krippentod' oder ‚Mors subita infantum' ist definiert als der unerwartet eintretende Tod eines Kindes, das zuvor als gesund galt und bei dessen Obduktion keine adäquate Todesursache gefunden wird. Ihre kleine Lisa ist am plötzlichen Kindstod verstorben."

„Können ... Können Sie das näher erläutern? Wie kann ein völlig gesundes Kind einfach so sterben? Wie hat man sich das vorzustellen? Wir sind zwar Ärztekollegen, aber der Pädiatriekurs liegt schon eine Weile zurück ..." Yvette hatte jetzt wieder einen etwas festeren Blick.

„In Deutschland sterben jährlich zwischen drei- und vierhundert Babys am plötzlichen Kindstod, dies entspricht einer relativen Häufigkeit von etwa 2 pro 1000 Lebendgeborenen. Das Syndrom ist also keineswegs eine Rarität. Es ist in den so genannten Industrieländern sogar die häufigste Todesursache nach der Neonatalperiode im ersten Lebensjahr." Professor Brecht hatte jetzt das Nesteln in den Papieren eingestellt und eine bequeme Sitzhaltung eingenommen. Er fuhr fort. „Es sind überwiegend Säuglinge im Alter zwischen zwei und zwölf Monaten betroffen. Es besteht eine familiäre Disposition, bei nachgeborenen Geschwistern oder überlebenden Zwillingen steigt das Risiko auf über das Vierfache an. Der plötzliche Kindstod kann weder durch eine bestimmte Krankheit noch durch eine Autopsie erklärt werden und ist damit eine Ausschlussdiagnose. Alle Untersuchungen hinsichtlich einer Infektion, einer Stoffwechselstörung, einer Blutung, einer angeborenen Fehlbildung, einem Trauma oder Sonstigem sind negativ. Man findet nichts. Gar nichts." Eine kurze Pause. „Die Ursache des Versterbens liegt im Unklaren, aber es gibt verschiedene Hypothesen zu diesem Syndrom. Sie leiten sich von bestimmten Risikofaktoren ab, die man beim plötzlichen Kindstod identifiziert hat. Ein solcher sicherer Risikofaktor stellt das Rauchen während der Schwangerschaft sowie Drogenkonsum der Mutter dar."

„Das können wir sicher ausschließen", warf Yvette ein.

„Ein weiterer Risikofaktor besteht in der Frühgeburtlichkeit, was bei Lisa ja nicht vorlag. Auch ein sehr junges Alter der Mutter erhöht die Gefahr eines SIDS. Interessanterweise findet sich ein signifikanter Häufigkeitsanstieg des SIDS in den Wintermonaten und nach Infekten des Babys." Kurze Pause. „Ein weiterer Risikofaktor, aus dem sich Ansatzpunkte zu hypothetischen Überlegungen zur Pathophysiologie dieses mysteriösen Syndroms ergeben, ist die Überwärmung des Säuglings. Man hat festgestellt, dass eine zu warme Bekleidung, womöglich in Kombination mit zu dicker Bettdecke und einem überheizten Kinderzimmer die Gefahr eines plötzlichen Kindstodes dramatisch erhöht. Hierzu leitete man Überlegungen ab, es handele sich beim SIDS um eine besondere Form der kindlichen Kreislaufregulationsstörung. Ein weiterer, sicher identifizierter Risikofaktor ist die die Lage des Säuglings: Die in den 70er Jahren häufig propagierte Bauchlage der Kinder erhöht signifikant das Risiko eines SIDS. Dagegen wirkt die Rückenlage präventiv und sollte bevorzugt werden."

„Lisa lag auf dem Rücken", stellte Dietrich ruhig fest.

„Ja, ich weiß." Eine kurze Pause, dann wurde der Vortrag fortgesetzt. „Eine weitere Hypothese wird diskutiert, welche die bislang identifizierten Risikofaktoren teilweise sehr plausibel machen kann. Kindermatratzen enthalten oft phosphor-, arsen- oder antimonhaltige Substanzen in zugesetzten Weichmachern und Flammschutzmitteln, aber auch von Natur aus in Schafwolle, Baumrinde, Kokosfasern und Kapok. Aus diesen Substanzen vermag Microascus brevicaulis, in seiner anamorphen Form Scopulariopsis brevicaulis genannt, ein eigentlich völlig harmloser, ubiquitär vorkommender Haushaltspilz, giftige Gase zu produzieren. Diese giftigen Gase können vor allem beim Säugling im ersten Lebensjahr mit noch nicht voll ausgereiften Körperfunktionen zur Atemlähmung und zum Herzstillstand führen. Die interessante Hypothese würde sehr gut das zehnfach erhöhte SIDS Risiko bei Babys erklären, die in Bauchlage schlafen: Die Säuglinge atmen dann die gashaltige Luft unmittelbar über der Matratze ein, sie sind dann viel näher an den Gasen als Babys in Rückenlage. Zudem ist das Ausmaß der Gasproduktion von Scopulariopsis brevicaulis temperaturabhängig: Sie steigt bei Wärme stark an. Dies würde die signifikant höhere SIDS Häufigkeit bei Säuglingen mit Infekten erklären – das Baby hat ja dann eine höhere Körpertemperatur oder sogar Fieber, damit hat der Pilz eine höhere Gasproduktion. Das Gleiche gilt für die zu warme Bekleidung oder das zu dicke Bettzeug: Auch diese Risikofaktoren für den plötzlichen Kindstod sind hierdurch plausibel erklärt."

„Lisa war nicht zu warm bekleidet, sie hatte auch kein Fieber. Das Kinderzimmer war nicht überwärmt." Dietrich antwortete ruhig

Unbeirrt fuhr Brecht fort. „Wussten Sie übrigens, dass dieser Pilz, Microascus brevicaulis, bei Anwesenheit von Kohlehydraten arsenhaltige Farben wie zum Beispiel das Schweinfurter Grün, das Kupferarsenitacetat, unter Bildung von gasförmigem, toxischem Methylarsin abbauen kann? Die Räumlichkeiten von Napoleon in seinem Exil auf St. Helena waren mit solchem Grün gestrichen! Vor kurzer Zeit wies man bei der Untersuchung von Napoleons Fingernägeln große Mengen Arsen nach ..." Brechts Augen leuchteten.

Schweinfurter Grün ... Ob es diese Farbe heute noch gibt? Man könnte jemandem das Zimmer nett anstreichen, Microascus brevicaulis dazu und nur noch abwarten ... Dietrich riss sich zusammen, konzentrierte sich auf die weiteren Ausführungen des Professors.

„Möglicherweise spielen aber auch noch andere Matratzeneigenschaften eine bedeutsame Rolle, wie Untersuchungen der Universität Dresden zeigen konnten. Das SIDS Risiko steigt um ein Vielfaches, wenn das vom Säugling ausgeatmete Kohlendioxid und die Körperwärme nicht ausreichend abgeführt werden. Dieses ist jedoch je nach Matratzentyp deutlich unterschiedlich. In den Untersuchungen zeigte eine als qualitativ hochwertig ausgezeichnete Baumwoll-Kokos-Matratze unter Laborbedingungen einen erheblichen CO_2- und Wärmestau: Vor allem in der Bauchlage scheint dies eine wesentliche Gefahr für den plötzlichen Kindstod zu sein. Matratzen aus handelsüblichem Schaumstoff und Produkte mit einer Wabenstruktur aus Polyurethan erbrachten erheblich bessere Resultate."

Dietrich und Yvette folgten kommentarlos dem Vortrag. Beim Kauf von Lisas Bettchen waren ästhetische Aspekte vordergründig gewesen.

„Es gibt weitere Daten bezüglich der Schlafposition des Säuglings. Das ‚Bed sharing' stellt ein signifikanter Risikofaktor für den plötzlichen Kindstod dar", postulierte Brecht pathetisch.

„Das was?"

„‚Bed sharing'", Brecht lächelte. „Wenn ... wenn man das Baby im Elternbett schlafen lässt. ‚Bed sharing' – es gibt kein vernünftiges deutsches Wort dafür ..."

Angenervt hörte Dietrich den weiteren Ausführungen zu.

„Die wissenschaftlichen Ansatzpunkte beim SIDS sind vielschichtig. Eine neuere Studie konnte zeigen, dass das Saugen und Nuckeln an einem Schnuller eine signifikant präventive Wirkung hinsichtlich des plötzlichen Kindstodes hat. Interessant, oder? Limitiert wird dieser Aspekt ein durch die Tatsache, dass manchen Babys im Schlaf der Schnuller rasch wieder aus dem Mund fällt."

„Lisa hatte immer einen Schnuller zum Schlafen", rief Yvette. „Es stimmt, so ein Schnuller fällt schnell wieder heraus. Hast du abends eigentlich mal nachgesehen, ob Lisa noch ihren Schnuller hatte?" Yvettes Augen funkelten giftig bei ihrer rhetorischen Frage.

„Du weißt, dass ich das nicht getan habe. Du willst ja aber wohl nicht sagen, Lisa sei am plötzlichen Kindstod gestorben, nur weil sie ihren Schnuller nicht mehr hatte!"

„Dazu wäre die Studienlage auch viel zu dünn", warf Brecht rasch ein, Yvette zuvorkommend, die mit gerötetem Gesichtsteint gerade Luft geholt hatte.

„Das Schnullern erwies sich in der Studie als präventiv", fuhr Brecht fort, „aber daraus im Umkehrschluss zu folgern, dass …"

„Ich folgere gar nichts", unterbrach Yvette brüsk, „ich stelle nur fest!" Pause. „Ich stelle nur fest, dass während ich in der kardiologischen Klinik meinen Dienst an schwerkranken Patienten verrichtet habe, mein Mann den ganzen lieben Abend lang, über mehrere Stunden, nicht ein einziges Mal nach unserer Tochter gesehen hat. Stattdessen hat er …"

„Es reicht jetzt Yvette!" Dietrich war laut geworden.

„Gegenseitige Vorwürfe sind bei dieser Sache nicht so sehr am Platze." Professor Brecht war nun sichtlich bemüht, die Szene zu entschärfen. „Es tut mir sehr leid für sie und ich spreche Ihnen nochmals mein Beileid aus. Sie sind ja beide noch jung …" Brecht nestelte jetzt wieder in seinem Papierstapel. „Ich habe Ihnen hier noch einige Empfehlungen einzelner Fachgesellschaften zur Prävention. Auch wenn aufgrund der genetischen Disposition ein weiteres Kind von ihnen ein höheres SIDS Risiko aufweist, so sind diese Vorbeugemaßnahmen wertvoll und in Studien signifikant wirksam gewesen. Ich wünsche Ihnen beiden alles Gute." Das Gespräch war zu Ende. Händeschütteln. Raus aus dem Institut.

Kalte, frische Luft schlug Dietrich entgegen. Er hielt die zwei Hefte mit den präventiven Maßnahmen in der Hand. Ein weiteres Kind …

Ein weiteres Kind mit Yvette …?

Seine Frau blickte ihn kalt an. Eiskalt. „Es geht mir nicht besonders gut. Ich gehe jetzt ins Labor, das lenkt mich ab. Bis heute Abend." Ohne eine Antwort abzuwarten machte sie sich auf den Weg.

Er lief langsam über den Campus. Eine Gruppe junger, fröhlich feixender Studentinnen kreuzten seinen Weg.

Ich bin allein. Ganz allein …

Am nächsten Papierkorb warf er die Broschüren in den Behälter.

Zu zweit machten sie Visite. Sie hatten Dietrich nicht allein auf der Station gelassen. Fürchterlich war er verlaufen, der vorherige Tag. Dietrich war vom Institut der Rechtsmedizin ziellos in die Innenstadt gelaufen. Auf menschen-überfüllten Bürgersteigen hatte er sich von eiligen Passanten anrempeln, schubsen, treiben lassen, vorbei an nichtssagenden Schaufenstern, ohne jede Richtung, ohne Ziel. Ich bin allein ...

Seine Eltern hatten sich nicht mehr gemeldet. Jasper war mit Zoe immer noch im Urlaub in Mexiko. Unerreichbar. Was tun? Kollegen in der Klinik fragen, ob sie ein Bier mit mir trinken, reden, zuhören?

Es war früher Abend gewesen, als er ein Irish Pub betreten hatte. Nach zwei Killkennies an der Theke hatte er den Gedanken mit den Kollegen wieder verworfen gehabt, er war trotz der frühen Stunde zu müde gewesen. Nach einem dritten Bier war er nach Hause gegangen, ataktisch schwankend im Gang, hin und her gerissen in Gedanken. Seine Traurigkeit war von Lisa zum Alleinsein und zurück gewechselt. Erst jetzt wird mir klar, wie alleine ich bin. Ich war auch schon vorher, vor Lisas Tod, allein. Mit Yvette verheiratet und dennoch allein. Allein ...

Yvette war noch nicht zu Hause gewesen. Egal. An seiner Kleidung würde sie den Kneipendunst riechen. Egal. Sie würde es am folgenden Morgen bissig kommentieren. Egal. Vielleicht würde sie beim Zu-Bett-Gehen seine Bierfahne, sein Schnarchen bemerken. Egal.

Am folgenden Morgen hatten sie kaum miteinander geredet. Egal.

In der Klinik.
Die Visite war zu Ende. Dietrich war nur halb bei der Sache.
Am Klinik-Kiosk holte er sich ein belegtes Brötchen, aus dem Schwestern-zimmer einen abgestandenen Kaffee. Ein Stapel Akten lag vor ihm im Arzt-zimmer, er wollte einige Arztbriefe diktieren. Routine. Während des Bröt-chenkauens kontrollierte er den Ehering in der Schublade. Alles in Ordnung. Unvorstellbar paradox, geradezu grotesk, gerade diesen Ring zu kontrollie-ren, ein Paradoxon absurdester Art ... Egal.
Es geht ja auch nicht um den Ring, es geht ja eigentlich um ... um was ei-gentlich?

Um das Kontrollieren an sich.
Es beruhigt eben ...
Er verdrängte die Gedanken an seine Zwänge und begann mit dem Brief-diktat.

Kurz vor drei Uhr klingelte das Telefon auf seinem Schreibtisch, der Apparat zeigte eine ihm unbekannte Nummer. Eine Nummer, von der aus noch nie im Arztzimmer angerufen worden war. Fünf Zahlen, gefolgt von neun Buchstaben und einem Zeichen, den Anrufer benennend:
‚Steri-Raum'.
Die Abteilung für die Instrumentendesinfektion und –sterilisation, was sollte das bedeuten?
Dietrich hob ab.
„Ich bin's, die Sophie." Er war erleichtert, erfreut, er schmunzelte. „Entschuldige wenn ich störe … Ich … ich wollte mich 'mal bei dir melden und fragen … wie es dir so geht."
Er schloss die Augen. Der erste Mensch dieser Welt, der mir seit Lisas Tod diese Frage stellt.
Wie es mir geht …
„Verzeihe, dass ich aus der Steri anrufe, aber von der Intensivstation geht das so schlecht, sieht blöd aus, da hören viele mit …"
„Es geht mir nicht so besonders …"
„Ich … das ist jetzt vielleicht ein bisschen blöd, aber ich … ich möchte dir mein Beileid nicht am Telefon und nicht per Kondolenzkarte mit vorgedruckten Aphorismen aussprechen; wenn du kannst, dann … dann komm doch jetzt einfach ins zweite Untergeschoss, ich bin hier im Zimmer U 212, da ist kein Mensch, da können wir ungestört reden."
Er legte das Diktiergerät zur Seite, ging aus dem Arztzimmer, meldete sich bei den Stationsschwestern ab.

Das zweite Kelleruntergeschoss.
Nach links ging es zur Kühlkammer, Dietrich wandte sich nach rechts, vorbei an der Bettenzentrale der Chirurgischen Klinik. Unzählige Betten in langer Reihe, frisch gereinigt und desinfiziert, warteten auf Abholung, auf Gebrauch. Andere Betten, die Reinigung noch erwartend, stauten sich in eben-so langer Reihe vor dem Desinfektionsraum.
Er durchquerte den Bettentrakt, bog in einen Gang nach rechts, vorbei an zahlreichen technischen Betriebsräumen.
Kein Bediensteter, kein Mensch, kein Geräusch, kein Fenster in diesen Katakomben. Ein vergilbtes Schild wies den Weg zur Zentralsterilisation, ein weiterer unterirdischer Trakt mit unzähligen Räumen.
Auch hier keine Menschenseele zu sehen.
Das Zimmer U 212, das verabredete, war durch eine unscheinbare Türe zu betreten, er fand sie am Ende eines langen Ganges. Der kleine Raum schien als Lager für diverse Desinfektions- und Reinigungsmittel zu dienen.
Sophie lehnte lässig an einem Regal, trotz ihres Schichtendes noch in Arbeitskleidung.

Sie sagte nichts.

Wortlos kam sie auf ihn zu und umarmte ihn.
Sie drückte ihn sanft.
Sie verblieb in der Umarmung, sagte noch immer nichts.
Sie umarmte nur.
Wie lange mag es gewesen sein?
Stumm standen sie da, in der Stille des geräusch- und fensterlosen, unterirdischen Raums.
Er spürte Sophies Brüste und ihr pochendes Herz, es pochte schnell, sehr schnell, und fest, sehr fest. So schnell und so fest …

„Es tut mir so arg leid“, Sophie blickte ihn an. Aus ihren wasserhellen Augen kullerten warme Tränen und plumpsten sie auf den Fußboden. „Ich habe deine kleine Tochter nie gesehen. Es ist so unendlich traurig …“ Weitere Tränen tropften. Sophie vergrub ihr Gesicht wieder an seiner Schulter.
Er spürte wieder ihr schnell pochendes Herz. Es war noch schneller als zuvor. Noch viel schneller. Und noch fester. Noch viel fester.
Stille, minutenlang.
Regungslos standen sie umschlungen da.
Dietrich spürte jetzt auch eigene Tränen die Wangen herab laufen.
Mein ganzes Leben lang könnte ich so dastehen mit ihr, hier in diesem muffigen, fensterlosen Kellerloch.
Sophies Kopf war unverändert an seiner Schulter. Ihre Tränen plumpsten jetzt auf seinen Arztkittel.
Hat mich jemals ein Mensch so liebevoll umarmt?
Nie …

Sophies Arme hielten ihn fest, innig und kraftvoll.
Der erste Mensch in dieser Welt, der mich tröstet …
Der erste Mensch in dieser Welt, der mich so festhält …

„Halt mich fest, Sophie, bitte. Halt mich einfach nur fest.“
 Sophies Arme schlangen sich noch fester um ihn.

„Sophie, ich muss dir ’was sagen.“
Ihr Gesicht ließ von seiner Schulter ab, blickte ihn an.
„Du bist der erste Mensch, der allererste Mensch, der vielleicht sogar einzige Mensch … der mich tröstet. Niemand hat mich bislang getröstet. Du bist der erste …
„Aber deine … deine Frau Yvette?“
Seine Züge wurden hart, kalt. Er schüttelte den Kopf.
„Aber deine Eltern …“
Er schüttelte wieder den Kopf.
„Aber deine … Freunde … Kollegen?“
Dietrich schüttelte erneut den Kopf.

„Das … das ist ganz arg traurig. Ich …“ Sie vergrub wieder ihren Kopf an seiner Schulter.
Ihr Geruch stieg ihm in die Nase. Sie roch wunderbar.

Dietrich weinte. Er weinte jetzt völlig ohne jede Hemmung. Er weinte wie ein Kind weint. Alle Schotten brachen. Alle Sicherungen gingen durch. Dietrich weinte um Lisa. Und er weinte, weil er alleine war in dieser Welt. Und er weinte, weil Sophie in diesem konspirativen Kellerloch, diesem mesquinen Lagerraum ihn sauf so wunderbare Weise tröstete.
Und er weinte, weil er sie liebte, sie Sophie, die er in den Armen hielt.

Er weinte, weil er liebte, wie er noch niemanden zuvor geliebt hatte.
Niemanden.

„Weißt du … das ist genauso schlimm für mich wie Lisas Tod, das … das Alleinsein in der Welt. Das geistige Alleinsein, das gefühlsmäßige Allein-sein, das Alleinsein des Herzens. Niemand, der …“
Sophie legte sanft ihren Zeigefinger auf seine Lippen.
„Das Alleinsein des Herzens …“
„Psssst …“ Sophie vergrub wieder ihren Kopf an seiner Schulter.

Ich liebe dich, Sophie, ich liebe dich …
Soll ich es die sagen, hier und jetzt? Dietrich brannte die Brust.
Sie ist verheiratet … vielleicht in glücklicher Partnerschaft … Sie hat einen tollen Mann … Tränen kullerten wieder. Ihm wurde schwindelig. Meine kleine Tochter ist gestorben, ich liebe eine verheiratete Frau, ich habe zu Hause eine … eine Hexe, einen Drachen, eine Mänade, eine ‚Kopffüßlerin‘ …
Zuviel Emotion auf einmal.
Dietrich klammerte sich fester.
Wie ein Ertrinkender.
Sophies Rücken erschien stark und kräftig.
„Halt’ dich fest Dietrich, solange du möchtest …“
Solange du … Sein Herz machte einen Sprung. ‚Solange du möchtest‘ hat sie gesagt …
Kein Laut war in der Katakombe zu vernehmen. Ich liebe dich … Ich kann es dir nicht sagen. Nicht hier, nicht jetzt. Er ließ von Sophie ab.
Sophie, meine ‚Herzfüßlerin‘ …

„Danke, Sophie … das ist unbeschreiblich lieb von dir. Niemals in meinem Leben werde ich dies vergessen. Ich werde diese Minuten in mir tragen bis ans Ende der Welt, solange ich lebe. Ich … ich danke dir.“ Er schniefte. „Ich muss wieder auf die Station zurück …“

Sophie sah ihm mit ihren wasserhellen Augen ins Gesicht. Einige Sekunden verstrichen. „Dietrich, du bist nicht allein. Nein, du bist nicht allein. Ich möchte, dass du das weißt." Dann küsste sie ihn auf den Mund.
Kurz nur, ohne Zungenspiel.
Aber zärtlich und sehr liebevoll.
„Dietrich, ich geh' jetzt schon 'mal allein vor. 'Sieht blöd aus, wenn wir zu zweit aus diesen Katakomben hochfahren. Gibt unnützes Gerede … Wir müssen uns bald wieder sehen …"
In der Türe stehend wandte sie sich nochmals kurz zu ihm um. „Dietrich, du bist nicht allein. Egal wohin du gehen magst. Du bist nicht allein. Nie."

*

Er wankte zurück auf Station. Aufgeregte Schwestern berichteten von zwischenzeitlichen Vorkommnissen und liegen gebliebener Arbeit.
„Mir ist nicht gut, ich mache jetzt Schluss. Bei Fragen oder Problemen wenden Sie sich bitte an den Diensthabenden." Die Schwestern erschraken, er zog sich um, verließ die Klinik, es war halb vier Uhr.
Auf dem Parkplatz vor seinem Wagen stehend, entsann er sich, wie ihn Sophie damals beinahe überfahren hätte, als er hier sein Auto kontrolliert hatte. Er schmunzelte. Es hat doch etwas Gutes, meine Kontrollzwänge …
Ohne das Kontrollieren hätte Sophie in ihrem Cabrio mich nicht getroffen, nicht gestoppt … Ihm wurde wieder schwindelig. Zu viel auf einmal. Gerade eben ein Kind verloren … Vielleicht bald die Ehefrau verloren … Eine neue Liebe … Eine andere, eine größere … Aber eine unerreichbare …
Der Gedanke an Sophie ließ wieder die Brust brennen.
Sophie ist unerreichbar. Sie ist verheiratet. Mit einem erfolgreichen, vermögenden, gut aussehenden Manager … Sie wird ihn nicht verlassen wegen eines kleinen Doktors, der in der Nachtschicht gerne plaudert, der in einem Kellerloch um seine Tochter weint …
Ja, Sophie ist unerreichbar. Vergiss sie … Lass es!
Verbissen setzte er sich ans Steuer.
Wie soll es weitergehen? Was soll ich tun?
Er fuhr an, wieder kam der Schwindel, wieder brannte es in der Brust.
Lisa, Sophie, Yvette … Lisa, Sophie, Yvette …
An der Parkplatzausfahrt stoppte er.
Wieder rannen die Tränen. Es tut so weh … mit Lisa … mit Sophie … Eines mehr als das andere … Es tut so weh …
Wagen manövrierten an der Ausfahrt an ihm vorbei, die Fahrer blickten unwirsch.

Gegenüber dem Parkplatz lag eine Tankstelle. Er fuhr vor an die Eingangstüre, betrat den Verkaufsraum, heutzutage neudeutsch ‚Shop' genannt, einem mittelgroßen Supermarkt ähnelnd.
Er nahm zwei Halbliterdosen Pils aus dem Kühlschrank.
Er öffnete die erste Büchse, bevor er wieder am Steuer saß, maliziöse Blicke hinter sich wähnend.
Er klemmte die Büchse zwischen die Beine, fuhr an.
Er fuhr los ohne Ziel.
Er fuhr planlos, trank, fuhr, trank, fuhr, trank.
Rasch war die Dose leer.
Die zweite Büchse.
Das Bier schmeckte nach Metall. Egal.
Er fuhr, trank, fuhr, verschüttete Bier über die Hose, trank, fuhr.
Auch die zweite Büchse war schon fast leer.
Planlos, ziellos fuhr er weiter, zwischenzeitlich in den Vororten der Stadt angelangt.
Wieder eine Tankstelle.
Nachschub fassen …
Er erleichterte sich hinter einem Gebüsch, nur unzureichend sichtgeschützt für Vorbeifahrende.
Jemand hupte.
Egal.
Er holte zwei weitere Büchsen.
Er fuhr wieder an, die dritte Dose, eine andere Marke, aber ebenfalls von blechernem Geschmack. Mit metallenem Abgang …
Ich bin krank, ich fahre besoffen durch die Gegend, mit der Bierbüchse in der Hand …
Die vierte Dose schaffte er nicht ganz, noch halbgefüllt warf er sie aus dem fahrenden Wagen.
Er fuhr nach Hause.
Nur fünfmal kontrollierte er Schlösser und Lichter.
Paradox, krank … Ich fahre selbst- und fremdgefährdend alkoholisiert durch die Gegend und kontrolliere jetzt mehrfach, ob auch die Lichter am Wagen aus sind …

Er schloss die Türe auf, Yvette war zu Hause, da Licht im Flur brannte.
Sie saß im Arbeitszimmer an ihrem Computer, umgeben von gestapelten Veröffentlichungen, Ergebnislisten, Manuskripten und Entwürfen.
Ein knappes Hallo.
Er sah, wie sie verbissen an der Tastatur zugange war, konzentriert in ihre Arbeit. „Findest du das eigentlich gut, was du da jetzt machst? Wir haben gerade unser Kind verloren, uns geht es beiden nicht besonders gut, und … und du schreibst jetzt an deinen Publikationen?" Das Bier hatte ihn angriffs-

lustig und mutig gemacht. Yvette schrieb noch etwas, blickte ihn dann an, die Augen funkelnd. Hexenhaft …

Nach einigen Sekunden antwortete sie, mit ruhiger und kontrollierter Stimme. „Jedenfalls finde ich das besser, als deine Verarbeitungsstrategie. Noch am helllichten Tag von der Arbeit mit einer Fahne nach Hause kommen. Besoffen, noch bevor es dunkel ist. Gewissensbisse, was?"

Sie drehte sich wieder um, setzte ihre Arbeit vor. Die Tastatur klapperte wieder.

Hass stieg in ihm auf, unfassbarer Hass.

Was ist mit dieser Frau los?

Wie hat sie sich so verändern können?

Oder – war sie schon immer so? Von Anfang an? Und ich habe es nicht bemerkt? Abgelenkt von ihrem Fahrgestell, ihrem atemberaubenden Körper? Hatte er mich damals blind gemacht, als wir uns kennenlernten? Blind für ihren Charakter?

Ja, ihr Äußeres, ihre Schönheit hatte mir damals die Sinne vernebelt, den klaren Durchblick verwehrt, das Blut aus dem Hirn gezapft, das Blut in das kleine Becken umgeleitet, vom Hirn in die Schwellkörper, die Corpora cavernosa gesaugt … Cerebro-cavernöser Shunt …

Ja, sie war von Anfang an so, ihre Kälte …

Dietrich sah zu seiner Frau, die ihn ihrerseits nun nicht mehr würdigte, offensichtlich keine Antwort mehr erwartete. Die Tastatur klapperte weiter.

Ich könnte sie grad erschlagen, so wie sie hier sitzt, von hinten.

Oder würgen, bis sie …

Nein, Dietrich, ruhig bleiben, ganz ruhig bleiben. Ruhe bewahren...

Ich habe Zeit, ganz viel Zeit …

Wie bei Nollendorf …

Da hatte ich auch Zeit. Viel Zeit.

Die Zeit ist mein Freund, sie arbeitet für mich.

Für mich und meine Ideenmaschine.

Sie wird wieder etwas Schönes aushecken, vielleicht was Spontanes wie bei Nollendorf.

War optimal verlaufen, die damalige Operation. Heute kräht kein Hahn mehr nach ihm. Mich triezt er nicht mehr, mir tut er nicht mehr weh …

Die Ideenmaschine läuft, Yvette … Hochtourig, sehr hochtourig …

Die Tastatur klapperte weiter.

„Ist noch was?" fragte sie, ohne sich vom Bildschirm nach ihm umzuschauen. „Trink doch noch ein Bier, bist' ja grad so gut dabei. Sauf dich doch wieder voll, wie andauernd! An dein Schnarchen und deinen Mundgeruch kann man sich mittlerweile gewöhnen …" Die Tastatur klapperte weiter. „Oder kontrolliere was! Irgendeinen Scheiß! Geh und kontrollier' deine Laborwerte! Wo hast du überhaupt deine Fresszettel, die du immer kontrollierst? Geh' kontrollier' was, dann bist du beschäftigt." Die Tastatur klapperte weiter.

Er ging ins Wohnzimmer. Er schaltete den Fernseher ein und holte sich ein Bier. Diesmal ein gepflegtes Hefeweißbier in schönen Glas. „Prost, Dietrich …“, sagte er zu sich selbst.
Der Hass loderte.
Die Ideenmaschine hatte ihren Betrieb mit voller Leistung aufgenommen.

*

Der Tag der Beisetzung.
Frühmorgens ein an Worten und Gesten armes, kaltes Frühstück.

Am Vormittag wurden ihre beiden Eltern erwartet.
Ein strahlender Sonnentag mit stahlblauem Himmel.

Yvettes Eltern trafen gegen elf Uhr ein.
Dietrich wurde frostig begrüßt.
Habe ich Aussatz?
Was soll das?
Ich habe keine Schuld!
Ich habe nichts versäumt, nichts falsch gemacht!
Kurz darauf klingelten auch Dietrichs Eltern an der Türe.
Kaffee wurde gereicht.
Dietrichs Mutter hatte ihn bei der Begrüßung immerhin ganz kurz, knapp, fast flüchtig, in den Arm genommen; sein Vater schien so kalt und steif wie seine hanseatischen Schwiegereltern.
Zähe Minuten im Wohnzimmer.
Zähe Versuche eines Gesprächs.
Bereits eingetroffene Kondolenzkarten wurden wiederholt gelesen.
Zäh kroch die Zeit.
Erst um 14 Uhr 30 war die Beisetzung angesetzt. Dietrich zog sich um. Er zog seinen besten Anzug an, seinen dunklen Hochzeitsanzug.
„Hältst du das für einen angemessenen Aufzug?“ Missbilligend schaute der Schwiegervater an ihm herab. „Das ist doch der Anzug deiner Hochzeit, hast du denn nichts Passenderes?“
„Es ist mein bester Anzug und er ist dunkel. Aber abgesehen davon halte ich solche Äußerlichkeiten bei einer Beerdigung für absolut zweitrangig. Ich kann auch trauern ohne ’was Schwarzes zu tragen, ich kann auch trauern, wenn ich nackt oder im Sportdress dort stünde.“ Dietrich war über die Giftigkeit seiner Antwort selbst erstaunt.
„Ich glaube, mein lieber Schwiegersohn, du bist in dieser Sache nicht in der Position, hier so große Töne zu spucken …“

336

„Was willst du damit sagen?" Dietrich fauchte, musste sich beherrschen, Yvettes Vater nicht am Schlips zu packen. Zur Überraschung aller ging Dietrichs Mutter, bislang passiv und weinerlich auf der Couch kauernd, resolut dazwischen. „Schluss jetzt! Keine Streitereien, keine gegenseitigen Schuldvorwürfe!"
Dietrich konnte sich nicht beruhigen. Was soll das – Schuldvorwürfe! Ich trage keine Schuld! Selbst wenn ich alle zwanzig Minuten nach Lisa gesehen hätte, wäre sie …

Aufbruch zum Friedhof.
Am Eingang zur Einsegnungshalle ein makabrer Aushang. Auf DIN A4 Format ein Ausdruck, der nüchtern die Abfolge von vier Beerdigungen an diesem Nachmittag verkündete.
Lisas Name stand an zweiter Position, nach einem 84-jährigen Mann italienisch klingenden Namens und vor einer 89-jährigen Frau.
Hinter jedem Namen stand ein Zeitsegment.
Wie ein Fernsehprogramm …

Die Trauergemeinde stand vor geschlossenen Türen, es war noch einige Minuten vor der Zeit.
Viele Kollegen aus der Klinik, auch zahlreiche Krankenschwestern, in Gruppen zusammenstehend, leise flüsternd.
Professor Stilgenbauer drückte Dietrich die Hand, Mertens, zahlreiche Assistenzärzte. Sophie. Sie umarmte ihn, just unterbrochen vom Öffnen der Türen. Eine italienische Trauergesellschaft verließ schluchzend die Halle, einem Sarg folgend, die zweite Gruppe betrat nun die Halle. Wird alles professionell abgewickelt hier … Eine Gruppe nach der anderen, vier an der Zahl diesen Nachmittag …
Dietrich nahm neben Yvette in der ersten Stuhlreihe mittig Platz.
Nur wenige Meter vor ihm Lisas Sarg.
Er war so winzig.
So winzig klein.
Viel zu klein für einen Sarg.
Viel zu klein für die vielen Gestecke, die großen Kränze.
Viel zu klein … viel zu klein.
Dietrich liefen Tränen die Wangen herab.
Er blickte kurz zu Yvette.
Versteinert saß sie da, regungslos, scheinbar emotionslos.
Er blickte wieder nach vorn. Der Priester kam, die Orgel spielte.
Dietrich war im Tunnel, er nahm nichts auf, nichts wahr.
Er dachte an Lisa in diesem viel zu kleinen Sarg.
Der viel zu kleine Sarg, der unter den Blumengebinden erstickte.

Dietrich war wie in Trance. Er erschrak fast, als er von hinten leicht gestupst wurde. Das letzte Lied. Die Trauernden sollten jetzt dem viel zu kleinen Sarg nachfolgen.
Zombiehaft schritt er hinter dem viel zu kleinen Sarg.
Er ist doch viel zu klein … viel zu klein für ein Grab …
Sie liefen schweigend.
Gelegentlich waren Kinderstimmen zu hören. Die Kinderfrau von Lisa war gekommen mit ihren Schützlingen, jetzt nur noch fünf an der Zahl, das jüngste in einem Kinderwagen, die beiden ältesten im Vorschulalter.
Der Priester sprach am Grab.
Die Totengräber hantierten an dem viel zu kleinen Sarg.
Er war ja nicht so schwer wie bei den anderen, bei dem Italiener vorher …
Er ist viel zu klein, der Sarg, viel zu winzig …
Dietrich hörte Laute, ohne zu verstehen, ohne wahrzunehmen.
Die Trauer brannte in ihm.
Er sah nur auf den viel zu kleinen Sarg.
Seine nächste bewusste Wahrnehmung ließ ihn erschrecken, sie ließ ihn aufstöhnen, seine Trauer auflodern, ihn grausamst foltern.
Der viel zu kleine Sarg wurde in die Erde gelassen.
Weiteres Stöhnen war zu vernehmen. Dietrich drehte sich um.
Eva, die polnische Kinderfrau, stand mit ihren kleinen Schützlingen an der Seite der Menschengruppe, die Kinder hielten sich an ihren kleinen Händen. Die beiden älteren weinten.
Fünf rote Gasluftballons erhoben sich in die Höhe. „Schaut zu den Luftballons, Kinderchen. Schaut …“ Eva sprach leise. „Da wo die Luftballons von euch jetzt hinfliegen, da ist jetzt die Lisa! Schaut nach oben, Kinderchen, da ist sie, nicht da unten in der Erde. Sie ist da oben, bei den Luftballons. Schaut …“
Dietrich konnte sich kaum noch auf den Beinen halten. Der Schmerz peinigte ihn fürchterlich. Meine Lisa …
Er blickte ein letztes Mal auf den viel zu kleinen Sarg.
Der viel zu kleine Sarg war in die Tiefe gelassen.
Blumen lagen auf dem viel zu kleinen Sarg.
Er nahm die Schaufel, verbrachte Erde auf den viel zu kleinen Sarg.
Ein allerletzter Blick.
Meine Lisa … Der Sarg ist doch viel zu klein, viel zu winzig für …
Er wandte sich um, ging zur Seite, den Nachfolgenden Platz machend.
Lisa ist gar nicht da unten in diesem Loch. Sie ist da oben, bei den fünf roten Luftballons … Dietrich blickte an den stahlblauen Himmel. Alle fünf Ballons waren noch als winzige rote Pünktchen auszumachen. Lisa ist dort, nicht da unten …

Der Leichenschmaus stand an, der Beerdigungskaffee, das Leidessen, das Trauerbrot, der Flannerts, im Bayerischen die Kremess.

Ein Café nahe dem Friedhof wurde angesteuert. Die Einrichtung schien auf Trauergemeinden spezialisiert, eben verließ die vorangehende italienische Gruppe das Café.

Dietrich nahm am Tisch mit seinen Eltern und Schwiegereltern Platz, spontan bildeten Grüppchen weitere Tischgemeinschaften. Kaffee und Kuchen wurde serviert. Leise Gespräche flackerten auf.

Besteckgeklapper, Kaffeegeschlürfe.

Dietrich versuchte, sich zu sammeln.

An einem links außen gelegenen Tisch machte er Sophie aus. Sie saß mit dem Rücken zu ihm mit mehreren Ärzten und Schwestern. Sie orderten bei der Bedienung Bier.

An Dietrichs Tisch war wenig Kommunikation, er aß trockenen Kuchen, trank den Kaffee. „Was hast du dir eigentlich dabei gedacht, an diesem betreffenden Abend?" Dietrichs Schwiegermutter klang inquisitorisch, feindselig, vergiftet. Die Frage kam aus dem Nichts. Einfach so.

Er blickte sie an. Dann sah er zu Yvette. Seine Frau schaufelte den angestaubten Kuchen in sich hinein, blickte scheinbar teilnahmslos auf ihren verkrümelten Teller. Dietrich wandte den Blick nicht von ihr ab. Schließlich blickte sie ihn an. Aus ihren dunklen Augen schien gespenstischer Hass zu sprühen. Yvette, was hast du eigentlich den Leuten erzählt? Dass Lisa durch ein Versäumnis umgekommen sei? Dass ich es verschuldet hätte? Weil ich nicht nach ihr geguckt hätte? Weil ich Bier getrunken hätte? Er trank den Kaffee aus. Dann stand er wortlos auf.

Er blieb einen Moment lang stehen.

Er sah auf die Menschen seines Tisches herab.

Seine Eltern.

Yvette.

Seine Schwiegereltern.

Vorwurfsvoll, missbilligend, feindselig, giftig entgegneten sie seinem Blick. In unendlich ausgedehnter Langsamkeit trat er hinter seinen Stuhl, unendlich langsam schob er ihn sorgsam an den Tisch heran, langsam wandte er sich um und ging.

Er ging an Sophies Tisch. „Ist hier noch ein Plätzchen frei?" Er nahm Platz. Professor Stilgenbauer prostete ihm zu. „Manchmal kann die Klinik wie so eine Art Familie sein", meinte er tiefgründig.

Dietrich bestellte sich auch ein Bier. Er spürte maliziöse, missbilligende Blicke in seinem Rücken. Er meinte, Kommentare von seinem Familientisch zu vernehmen, als er ein zweites Bier in Auftrag gab.

Seine Schwiegereltern gingen ohne Verabschiedung, seine Eltern rangen sich zu einem kurzen, herzlosen Adieu durch. Yvette wechselte an den Kardiologentisch. Die Veranstaltung zog sich hin, bis in den frühen Abend hinein.

Die nachfolgenden Trauergemeinden, unter Punkt „3" und „4" dieses Nachmittagsprogramms aufgeführt, schienen andere Lokalität zum Trauerbrot gewählt zu haben.

Langsam leerte sich das Cafe. Nach drei Bieren fand sich Dietrich vor der Türe wieder. Verabschiedung auf dem Parkplatz. Sophie trat ihm entgegen. „Dietrich, es ist so traurig. Ich … Als die roten Ballons gen Himmel gelassen wurden, als Lisa in die Erde hinunter … Es war so furchtbar …" Tränen in den Augenwinkeln. Sie umarmte ihn fest.

Fest und lange.

Sehr lange.

Als sie abließ, sah er kurz zu seinem Wagen. Yvette stand an der Fahrertüre, die Szenerie beobachtend. Aus ihren dunklen Augen sprühten Hass und Gift. Hexenhaft …

„Danke, dass du gekommen bist, liebe Sophie."

Sophie sah ihm in die Augen. Sie nahm zart seine beiden Hände in ihre Hand. „Dietrich, du bist nicht allein. Du wirst nie allein sein. Ich möchte, dass du das weißt."

*

Monate später.

Er saß mit Jasper beim Italiener. Sie hatten ein mehrgängiges Überraschungsmenu gewählt, dazu bestellten sie einen Montepulciano D'Abruzzo Rosso. Zum Auftakt wurde ein Carpaccio von Entenbrust serviert. „Ups, ich dachte, dass sei eine kleine Kartoffel …"

„Jasper, Knoblauch ist gesund …"

Die alten Freunde lachten, prosteten sich mit den bauchigen Rotweingläsern zu.

Jasper erzählte. Im nächsten Jahr würde er innerhalb seines beschaulichen Krankenhauses für beschränkte Zeit in die allgemeinchirurgische Abteilung wechseln, dann wäre es nicht mehr weit bis zum Facharzt für Allgemeinmedizin. Hiernach sollte die Niederlassung, die eigene Praxis folgen.

Ein Gespräch in einfachem Fahrwasser, unterbrochen vom Schmatzen der beiden alten Freunde. Nach dem zweiten Gang, Spaghetti mit frischen Steinpilzen, wechselte Jasper das Thema. „Wie geht es dir? Dir und Yvette?"

Dietrich kaute ruhig zu Ende, nahm einen Schluck Montepulciano. „Tja, wie soll man das beschreiben? Wie will das beantwortet sein?"

„Du weißt, dass du mir vertrauen kannst … Vielleicht mehr als allen anderen Menschen dieser Welt …"

„Ja, das weiß ich. Und ich bin auch arg froh darum." Dietrich trank wieder einen Schluck Rotwein. „Es geht mir nicht so besonders. Einiges ist gut gelaufen in der letzten Zeit. Die Klinik – die Chefstelle ist jetzt besetzt. Professor Bade, ein jung-dynamischer Aufstreber, kam aus Basel. Er brachte einige Mannen mit, lässt uns Eingesessene aber in Ruhe; es ist ein ganz gutes Auskommen mit ihm. Der Stress zieht wieder an, aber ich kann mich nicht beklagen, ich bin im OP auf einer ganz guten ‚learning curve‘, wie es bei uns in der Abteilung heißt …“

Jasper schmunzelte. „Diese Scheiß Anglizismen … Vorher auf der Herfahrt hörte ich im Autoradio, es käme jetzt eine Meldung vom ‚traffic team‘ …“

Dietrich lachte mit. „Früher hieß das mal ‚Verkehrsmeldung‘. Sie waren mir verhasst, sie unterbrachen immer meine Radioaufnahmen, oft mitten in einem Lied …“

„Ja, du und deine Kassetten! Alles gut sortiert?“

„Nein, äh ja, äh nein … Die Kassetten sind alle gut sortiert; ich selbst bin wohl etwas unsortiert.“ Dietrich blickte wieder ernst, er fuhr fort: „Also in der Klinik läuft’s ganz gut; manchmal sind es schöne Tage. Ich lerne viel, ’dauert vielleicht nicht mehr lange bis zur ersten eigenverantwortlichen OP.“ Seine Augen wurden etwas glänzend. „Oft denke ich an unsere Lisa. Wir gehen zwar nicht sehr häufig auf den Friedhof, aber das muss ich ja auch nicht, um an sie zu denken. Unsere kleine Lisa …“ Dietrich schenkte sich Wein nach, trank. „Jasper, du hättest den kleinen Sarg sehen müssen. Den winzigen, viel zu kleinen Sarg …“ Kleine Tränen in seinen Augen.

„Es tut mir leid, dass ich nicht da gewesen war. Ich kann mir aber gut vorstellen, wie es war, wie du dich fühlst.“ Pause.

Sie wurde durch den nächsten Gang ausgefüllt. Dorade auf frischem Blattspinat.

Jasper nahm den Faden wieder auf. „Wie geht es Yvette?“

„Tja …“ Dietrich kaute. Auf seiner Stirn wuchsen tiefe Falten, als säße er in einer Zeitmaschine. „Yvette steckt ihre gesamte Energie in die Klinik. Sie arbeitet manisch Tag und Nacht. Zwei der besten Rennpferde in ihrem Wissenschaftsstall sind kürzlich gegangen, einer wurde irgendwo Chef, der andere ging in die USA. Jetzt ist sie zur Arbeitsgruppenleiterin aufgestiegen, sie betreut mehrere große Projekte, ist für ein halbes Dutzend Doktoranden zuständig. An den Wochenenden ist sie oft auf Kongressen und Symposien, heute heißt es ja ‚meetings‘, und hält Vorträge. Egal, ich hab’ dann meistens Dienst und bin in der Klinik …“

Pause.

„Ihr ‚Kopffüßlertum‘ wird immer ausgeprägter, immer schlimmer …“

Die Teller wurden abgeräumt.

„‚Kopffüßler‘ – ein schöner und oft treffender Begriff“, meinte Jasper, „du hattest ihn bei unserem letzten Essen erstmalig gebraucht. Ich habe über ihn nachgedacht. Es gibt in unserer Welt tatsächlich viele Vertreter dieser Spezies …“

„Vielleicht zeichnen gerade deshalb die Kindergartenkinder die Menschen so. Sie zeichnen sie so, wie sie sie sehen. Herzlos …“

„Du alter ‚Herzfüßler'", lächelte Jasper. Dann blickte er wieder ernster. „Wie ist es denn, wenn du keinen Dienst hast und Yvette keinen Vortrag zu halten hat?"

„Tja, dann leben wir so nebeneinander her. Oft hockt Yvette dann unnahbar im Arbeitszimmer, ich guck die Sportschau. Manchmal gehe ich auch allein joggen. Gelegentlich machen wir sogar was zusammen. Kino, ganz selten mal auch ein Theaterstück. Gelegentlich, so alle zwei, drei Monate, kommt es sogar zur Sensation und wir schlafen miteinander …"

„An ein weiteres Kind … ist nicht zu denken, oder?"

„Nein. Yvette und ich haben nur noch eine Art … eine Art Wohngemeinschaft miteinander. Praktische Beziehung. Gemeinsame Nutzung der Waschmaschine, des Trockners, des Kühlschranks, der Dusche, der Heizung. Äußerst praktisch. Aber mehr nicht … Nicht mehr …"

„Du liebst Yvette nicht mehr?"

„Nein. Ich muss es so sagen …" Dietrich schenkte beiden Wein nach. „Manchmal ist es sogar fast unerträglich für mich. Fast ständig nörgelt sie an Kleinigkeiten herum. Ständig passt ihr irgendetwas nicht, hat was zu mosern. Fast wie ein Kleinkrieg. Manchmal ist es sehr anstrengend, manchmal will ich gar nicht aus der Klinik heim … Manchmal, ich muss es so deutlich sagen – manchmal hasse ich sie."

„Wie soll das weitergehen? Hast du mit Yvette darüber geredet?"

„Ja, mehrmals. Es verlief immer unkonstruktiv. Sie verwies auf ihre Arbeit, ihre wissenschaftliche Mission …"

„Sie scheint die Situation gar nicht so schlimm zu empfinden?"

„Ja, das glaube ich langsam auch. Sie arbeitet acht, neun Stunden in der klinischen Patientenversorgung. Danach knechtet sie mehrere Stunden im Forschungslabor. Zu Hause isst sie, schläft oder hockt im Arbeitszimmer am Rechner. Nur punktuelle Berührungen mit dem Partner … Ja, sie scheint es gar nicht so schlimm zu finden."

„Das hört sich einigermaßen schrecklich an. Was willst du tun? Willst du dich … von Yvette trennen?"

„Tja … Eigentlich müsste ich mit ‚ja' antworten. Es wäre eine Monsteraktion … Wir müssten das Haus verkaufen, es ist auf Pump finanziert, keiner könnte es allein halten … Yvette würde bestimmt einen Scheidungskrieg vom Zaun reißen, mir graut allein die Vorstellung …"

Der nächste Gang. Kalbsbäckchen auf Risotto. Die Teller dampften. Der Kellner schenkte Wein nach. Die Freunde bestellten eine weitere Flasche.

„Weißt du Jasper, es gibt da so jemand in der Klinik. Jemand … sehr, sehr liebes. Sie … heißt Sophie, sie ist Krankenschwester auf der Intensivstation."

„Ah …" Jasper Züge hellten sich auf. „Erzähl!"

„Sie ist eine ‚Herzfüßlerin' …"

Jasper schmunzelte.

„Wir sehen uns in der Klinik nur sehr unregelmäßig, manchmal leider nur in großen Zeitabständen. Es hängt von ihren Arbeitsschichten und meinen Diensten ab. Sie ist ... sie ist ... ach Jasper ... Ich liebe sie ... Ich liebe sie über alles.“

Jasper blickte ernst, ein wenig feierlich. „Das freut mich, Dietrich.“

„Nur – was soll ich machen? Sophie ist verheiratet. Mit einem erfolgreichen Managertypen. Börsenspekulant. Sie ist verheiratet ... Unerreichbar ...“

„Mmh, das kompliziert die Angelegenheit enorm ... Wie denkt denn Sophie über dich?“

„Tja ... Schwierig zu sagen. Schwierig einzuschätzen. Wir können uns wahnsinnig gut unterhalten ... Sie hat mich auch schon in den Arm genommen und gedrückt, als das mit Lisa passiert war ...“

„Hast du Sophie gesagt, dass du sie liebst?“

„Nein ... Aber das weiß sie. Sie sieht es in meinen Augen. Sophie kann in den Augen sehen ...“

„Dietrich, das ist doch jetzt, entschuldige, etwas albern ...“

„Nein, ich bin überzeugt. Sophie sieht es in meinen Augen. Ich weiß nicht, wie sie selbst denkt und empfindet. Sie hatte mich ’mal zu sich eingeladen, sie wollte mir ihr Aquarium zeigen, sie hat viele exotische Fische ...“

„Und warum bist du nicht hin?“

„Ich ... ich weiß nicht. Ich habe ... ich habe Angst. Wenn ihr Börsenheini auftauchen würde ... oder Yvette irgendetwas davon spitz kriegte ...“

„Na und? Und was wäre dann?“

„Ich hab einfach Angst davor.“

Sanft griff Jasper seinen Unterarm. „Ich verstehe dich. Nicht so ganz einfach, das alles. Aber ich würde die Einladung einfach ’mal annehmen. Geh Fische gucken!“

„Vielleicht hast du Recht. Ich liebe sie so sehr, weißt du. Manchmal schaue ich nachmittags aus dem Fenster im Arztzimmer. Wenn Sophie Frühschicht hatte, ist sie um halb drei mittags auf dem Parkplatz. Gelegentlich holt sie ihr Macker ab. Mit einem Porsche ... Dieser Geck gibt ihr dann ein flottes Begrüßungsküsschen ... Es tut so weh, das zu sehen. Ich stehe dann erstarrt am Fenster, ich könnte heulen. Es tut so weh, den Galan mit ihr zu sehen ...“

„Das verstehe ich“, Jasper hielt wieder seine Hand sanft auf seinem Unterarm. „Geh zu ihr. So kann es nicht weiter gehen. Habe keine Furcht, gehe zu ihr.“

„Weißt du, wie weh es manchmal tut? Es schmerzt mehr als die Kriege mit Yvette und mehr wie ... mehr wie meine Trauer um Lisa. Ja, es tut mehr weh als alles andere.“

„Ich werde zu ihr gehen, Jasper. Fische angucken ...“ Sie standen auf dem Parkplatz vor dem Restaurant. „Ich drück’ dir die Daumen, mein Freund.“ Jasper umarmte ihn. Zwei, drei, fünf, zehn Sekunden standen sie umarmt da, zwischen den Autos.

„Mach's gut, Dietrich. Toi, toi, toi. Melde dich bald wieder!"
Er fuhr nach Hause. Er war so froh um Jasper. Der einzige Mensch, der für
ihn da war in diesem Leben.
Jasper ist ein ‚Herzfüßler' …

*

Er stand vor Sophies Haus. Es war später Nachmittag.
Wenige Wochen waren vergangen, bis sie sich während einer gemeinsamen
Nachtschicht wieder einmal länger unterhalten hatten können. Für den
heutigen Nachmittag war Fischeschauen verabredet worden, die Lage schien
dazu günstig – Sophies Mann Olaf weilte geschäftlich außer Haus, Yvette
hatte Dienst.

Er betrachtete das Haus, eine Villa.
Weitläufiger, gepflegter Vorgarten, fernöstlich erscheinende Stauden, Bambus in puristischer Anordnung. Er schien professionell gepflegt zu sein.
Haben die einen Gärtner?
Als er mit rasendem Herzen klingelte, fiel ihm ein, dass er ein Mitbringsel
vergessen hatte.
Nackt stand er da, keine Blümchen, kein kleines Präsent, er wusste nicht, wo
er die leeren Hände halten sollte. Zu schnell war er heute frühzeitig aus der
Klinik heraus, jetzt stand er da … mit feuchten Händen, schwitzend, mit
fahrigen Fingern …
Sophie öffnete. „Schön, dass du gekommen bist!" Sie umarmten sich kurz.
„Hat ja auch ziemlich lange gedauert, bis es 'mal klappen sollte …" lächelte
sie.
Er betrat das großzügige Anwesen. Marmorboden. Moderne Kunst an den
Wänden, Originalarbeiten. Stilvolle Farbwahl.
„Entschuldige, ich habe gar nichts mitgebracht … Ich war ein wenig in
Hektik, habe unter Vorwand die Station frühzeitig verlassen …"
„Das macht doch nichts – du bist doch da, das ist die Hauptsache", ein herrliches Lächeln, „solche Äußerlichkeiten sind zudem unwichtig. Etikette …"

„Möchtest du einen Kaffee?"
„Gerne."
Bloß nicht zu viel, sonst werde ich pollakisurisch und muss dauernd aufs Klo
…
Sophie hantierte in einer nicht einsehbaren Küche, Dietrich schaute sich im
Wohnzimmer um. Ein dunkles Parkett, ist das Tropenholz?
Eine einzelne Wand bordeauxrot, dazu passend puristisch gehaltene
abstrakte Malerei. Ein Regal mit exotischen Vasen und kleinen modernen

344

Skulpturen, ein weiteres mit Büchern. In der anderen Ecke sah er es – das Aquarium.

Großzügig dimensioniert war es in eine Regalwand integriert. Auf die Ferne waren dichte Bepflanzung und größere Fische auszumachen. Fröhlich kam Sophie aus der Küche, ein Tablett mit dampfenden Kaffeetassen vor ihrer Brust.

Er sah auf ihre Füße. Sie steckten in einfachen Haussandalen. Sophie trug keine Socken, ihr bloßer Fuß gab sich nach der Anatomie seiner Zehen als den eleganten griechischen Typ zu erkennen.

Er war fasziniert von Sophies bloßen Füßen.

Sie setzte jetzt das Tablett ab, er starrte noch immer auf ihre Füße; er spürte eine leichte Erektion.

„Alles in Ordnung?" lachte Sophie.

„Ja, ja … bin nur gerade in Gedanken etwas abgeglitten …" Das war ja nicht unwahr …

„Wenn ich die lesen könnte …" Wieder ein verschmitztes Lächeln.

Sie setzten sich auf die Couch.

Fasziniert blickte er sich wieder um. Das Wohnzimmer hatte eine L-Form und maß bestimmt 80 Quadratmeter. Die Einrichtung erschien sündhaft teuer. Was mögen im oberen Stock für Zimmer liegen? Immerhin haben sie keine Kinder. Noch nicht …

Ganz schön groß, diese Bude … Bisschen zu groß, zumindest ohne Kinder … Eine Luxusvilla, dieser Schuppen … In dieser Wohnlage … Bestimmt drei- wenn nicht viermal so teuer wie unser Häuschen, das eh größtenteils der Bank gehört …

„Es ist schön, dass du da bist …" Sophie riss ihn aus seinen Gedanken. Ihre Augen lächelten.

Was soll ich sagen? Was soll ich machen?

Ihr antworten – ‚Kein Problem, bin gerne gekommen, ich liebe dich ja, weißt du, ja ich liebe dich, ich liebe dich wie ich noch nie jemand anderes geliebt habe' …? Er senkte den Blick.

„Deine Augen sind – traurig, Dietrich."

Er blickte wieder auf.

Ja, wahrscheinlich hast du Recht.

Traurig, weil du für mich unerreichbar bist.

Du – Prinzessin in diesem Traumschloss, in diesem goldenen Käfig.

Du bist unerreichbar für mich …

„Ihr habt es sehr schön hier", sagte er leise.

‚Aber einem Vogel ist ein einfacher Zweig lieber als ein goldener Käfig' sagt ein russisches Sprichwort. Dietrich behielt den Gedanken für sich.

„Ja, wir haben uns Mühe gegeben. Wir haben uns bei der Einrichtung Zeit gelassen, Stück um Stück dazu geholt. Aber es gibt wichtigeres als Äußerlichkeiten."

Er horchte auf. Das war recht kryptisch. War das ein Wink? Oder nur so daher gesagt?

„Das ist also mein Aquarium", Sophie drehte jetzt einen beweglichen Sitzteil der Couch, so dass Sicht auf die Regalwand bestand. Dietrich drehte sich mit, setzte die Kaffeetasse auf einem Beistelltischchen ab. Ich hab noch nie ein Aquarium länger als zehn Sekunden betrachtet ...

„Es sieht ... sehr schön aus." Nicht auf ihre Füße schauen!

„Seit über zehn Jahren habe ich Aquarien. Zwölfjährige Mädels wollen ja meistens ein Pferd oder einen Hund, manche vielleicht eine Katze oder ein Kaninchen. Sie wollen etwas zum Anfassen und Kuscheln und Schmusen. Wenn man Fische hat, ist das eine sehr viel differenzierte Beziehung. Auch wenn man sie anfassen kann, so steht das Taktile nicht im Vordergrund. Die Beziehung ist komplexer."

Er hatte doch wieder kurz auf ihre bloßen Füße gesehen. Auch Sophie hatte jetzt ihre Kaffeetasse abgestellt. „Manche mögen sagen, eine solche Beziehung Mensch zu Fisch sei arm, aber das ist nicht so."

Aha ...

„Ich rede zum Beispiel mit den Fischen, ich spreche sie an, ich erzähle von meinem Tag, ich sage ihnen, ob ich glücklich oder traurig bin."

Dietrich blickte etwas verdutzt. Fische haben doch keine Ohren, oder? Sophie lachte. „Du hältst mich für verrückt, gell ...“

„Nein, nein ..." Er lächelte jetzt auch. „Ich halte dich ... ich halte dich für ... ich sag's lieber nicht ...“

Sophie lächelte. „Ich weiß es ...“

Bevor er erröten konnte, setzt sie fort: „Wenn du mit deinem Schäferhund sprichst, glaubst du doch nicht im Ernst, dass er dich an Hand deiner gesprochenen Worte versteht, sieht man von einzelnen primitiven Kommandos ab. Du könntest dich mit deinem Hund auch chinesisch unterhalten und er verstünde, ob du traurig oder glücklich bist, ob du ihm zürnst oder ihn belobigst. Er sieht es an deiner Körpersprache. Er versteht dich mit den Augen ...“ Sophie blickte ihn fest an. Ihr Gesicht war nur wenige Zentimeter von seinem entfernt. „Auch ich kann mit den Augen verstehen, Dietrich."

Sein Puls raste noch weiter nach oben. Das Herz schlug bis zum Hals. Jetzt muss ich es ihr sagen! Jetzt ist die Gelegenheit. Jetzt oder nie ...

Sophie blickte wieder zu ihren Fischen. Liebevoll umschlang sie mit ihren Armen eine Kante des Aquariums. „Ich habe sie so gerne, meine Fische. Ich kann ihnen alles sagen, alles was mich bedrückt ... und sie erkennen es ...“

Dietrich war in Gedanken anderswo. Ich habe es verpasst ... Verpennt ... keinen Mumm gehabt ... Ich hätte es ihr eben sagen müssen ... gestehen ... Jetzt ist's vorbei.

Sophie zeigte ihm nun einzelne prachtvolle Exemplare, Dietrich hatte Mühe zu folgen. Vielleicht hat es Sophie auch ganz anders gemeint ...? Vielleicht wollte sie mir nur mitteilen, dass sie sich darüber im Klaren sei, dass ich in sie vernarrt wäre, dass sie es sähe, wüsste … Aber dass ja keine Möglichkeit bestünde … dass sie ihr Traumschloss und ihren Gatten unmöglich verlassen könne … Er biss sich auf die Unterlippe. Gedanken rasten durch den Kopf. Er schwitzte.

Sophie erzählte jetzt über einzelne Fische. Namen, die er noch nie gehört hatte.

Sophie referierte über ihr jeweiliges Alter, ihre Herkunft, ihre Vorlieben. Einzelne Skalare, Neonsalmler im Schwarm, hektische Guppys, am Boden in Starre verfallenen Welse. Sie zeigte ihm, wie bei den Neonfischen Männchen und Weibchen zu differenzieren waren, letztere zeichneten sich neben kräftigerem Körperbau durch einen geknickten blauen Strich aus. „Schau, die Weibchen schwimmen im Schwarm meist vorneweg!" Dietrich sah an Sophies Hals herab. Unter der Bluse war ein weißer BH auszumachen, er betrachtete die Konturen ihrer Brüste. Er spürte eine stärkere Erektion. Dietrich, sie ist unerreichbar! Sie hat einen erfolgreichen Manager … Sie zeigt dir jetzt noch alle Fische, dann noch etwas banales Gespräch, dann kannst du abschieben! Ab nach Hause zu deiner Hexe …

„Interessiert sich … dein Mann auch für Fische?" Er hatte ‚Olaf' sagen wollen, aber die distanziertere Variante gefiel ihm besser. Ich könnte ihn einen Abhang runter …

„Es geht so. Olaf ist ja auch viel unterwegs. Er interessiert sich eigentlich nicht so sehr für die Fische."

Macht nichts! Meine Frau interessiert sich nicht einmal für mich …

Sophie schien eine Spur traurig zu blicken. Sie erzählte jetzt von Pflegemaßnahmen, dessen das Aquarium und ihre glitschigen Bewohner bedurften. Dietrich nippte den Kaffee aus.

Sie ist unerreichbar für dich. Vergiss sie, geh!

„Deine Augen schauen so traurig." Sophie blicke ihn an. Die Fische tummelten sich an der Scheibe, wimmelten an der Wasseroberfläche.

Er sagte nichts.

„Sie schauen wirklich so sehr traurig, Dietrich, warum?"

Er blickte zu den Fischen. Ein großer Skalar vertrieb kleinere Bewohner, dessen zoologische Bezeichnungen er schon wieder vergessen hatte.

„Dietrich, du kannst mir immer alles sagen."

Er sah in das Pflanzendickicht. Die kleineren Fische mit den entfallenen Namen waren unter großen Blättern in Deckung gegangen.

„Dietrich, du kannst mir vertrauen …"

Der große Skalar schien Herr im Haus zu sein. Er schwamm jetzt periodisch an der Scheibe hin und her, präsentierte majestätisch seine prachtvollen Farben.

„Es macht mich selbst auch traurig, wenn du so traurig bist. Ich möchte nicht, dass du traurig bist."

Die kleiner gewachsenen Aquarienbewohner wagten sich jetzt wieder ein wenig aus ihrer Blätterdeckung, argwöhnisch vom Platzhirsch beäugt. Aus

Dietrichs Augenwinkel lief eine Träne herab. Er spürte sie die linke Wange herabkullern. Plumps, vom Jochbein aus fiel sie herab auf den teuren Fußboden. Ist es wirklich Tropenholz?

Anders als erwartet, gewährte der große Skalar den kleineren Bewohnern mit den vergessenen Namen jetzt mehr Freiheit, auch sie begannen sich nun an der Scheibe zu tummeln, wenngleich in gewissem Abstand, scheinbar neugierig beäugend, was sich da draußen, in der trockenen Welt, abspielte.

Eine zweite Träne war entstanden, Dietrich fühlte sie, seine Sicht verschwamm. Seine Sicht auf das Aquarium, auf Sophie, auf die Welt …

Die Träne rann ihm die Wange herab, sie fühlte sich größer an als die vorangegangene, auch sie plumpste auf den teuren Fußboden.

Der Skalar blieb jetzt ruhig stehen, schwamm nicht mehr hektisch hin und her.

Ganz so, als müsste er sich auf das Geschehen in der trockenen Welt konzentrieren, es aus stationärer Warte aus beobachten und analysieren.

Auch aus Dietrichs anderem Auge kamen jetzt Tränen. Er senkte den Kopf, die Sicht war jetzt völlig verschwommen, alles zerrann.

Sophie umarmte ihn, sie legte ihr Gesicht auf seine Schulter, er spürte die Wärme ihrer Wange, an ihrem Hals pochte es rasch und stark.

Ihm liefen jetzt noch mehr Tränen, er versuchte, ein Schluchzen zu vermeiden. Verschwommen sah er wieder das teure Wohnzimmer. Ich könnte das Haus in Brand stecken … Es tut so weh …

Der Skalar schien jetzt sein Interesse an seinen ihm untergebenen Mitbewohnern völlig verloren zu haben und richtete sein Augenmerk augenscheinlich nur noch auf das Geschehen jenseits der Scheibe. Auf den dunklen Fußboden waren weitere Tränen geplumpst. Keiner hatte etwas gesagt. Das leise Summen der Wasserpumpe und das Atmen zweier Menschen waren die einzigen Geräusche.

Sophie erhob ihren Kopf, Dietrich sah verschwommen, unscharf, undeutlich ihr Gesicht, viel zu nahe vor dem seinen. Er spürte den Kuss. Sophie küsste ihn vorsichtig, zärtlich, er öffnete die Lippen, sie drang in ihn ein. Er schlang seine Arme um ihren Nacken. Ich lass dich nicht mehr los …

Weitere Tränen liefen. Sie ist unerreichbar für mich … Das macht es jetzt alles nur noch schlimmer … Meine Schmerzen … Mein Verlangen …

Sophies Hände strichen seinen Rücken entlang, er drückte sie an sich, spürte ihre Brüste, sie hoben und senkten sich rascher.

Sophies Atem ging schneller. Der Skalar hatte seine stationäre Beobachtungsposition verlassen und schwamm jetzt aufgeregt auf und ab, die trockene Welt analysierend beäugend. Die Tränen wollten nicht versiegen. Plumps, plumps auf den Fußboden.

Sophie ließ von ihm ab. Sie blickte ihm in die Augen.

Ihre Hand ging an ihren obersten Blusenknopf, dann an den zweitobersten, dann an den drittobersten, die Augen unverändert in Dietrichs Blick.

Der Skalar starrte gebannt.

Eine rasche Bewegung und die Seidenbluse lag auf dem Fußboden, dem teuren, möglicherweise aus Tropenholz gefertigten.

Eine weitere rasche Bewegung und Sophie streifte ihren BH über den Kopf, er kam auf der Couch zu liegen, ihr Blick unverändert auf Dietrichs Augen.

Er wagte nach unten zu blicken. Er sah einen wohlgeformten Bauchnabel, er schaute wieder etwas nach oben; zwei wunderschöne Brüste hoben und senkten sich, merklich schneller und schneller, die erigierten Mamillen rosa leuchtend.

Der Skalar hatte an der Wasseroberfläche geschnappt und ein glucksendes Geräusch produziert. Die kleineren Bewohner hatten ihre Pflanzendeckung nun vollends verlassen und im unteren Bereich des Aquariums gesammelt Position bezogen. Die gesamte Mannschaft war an der Scheibe.

Dietrich hatte sich seines Pullovers entledigt, Sophie umschlang ihn jetzt wieder mit ihren Armen, presste ihre nackten Brüste an ihn.

Er war ungeheuer erregt. Sophie fasste ihm an die Hosennaht, er stöhnte auf.

Sophie erhob sich und schlüpfte aus der Jeans. Sie ließ ihren Slip folgen. Ihm verschlang es den Atem, sie sah ungeheuer begehrenswert aus.

Kein Gedanke jetzt mehr an ihren Mann, kein Gedanke mehr an dieses Schloss …

Er streichelte ihr über ihre blonde Scham, Sophie stöhnte auf.

Die kleineren Wasserbewohner mit den vergessenen Namen schwammen aufgeregt nach oben, um bessere Sicht auf die extraterretorialen Geschehnisse zu erlangen. Es wurde vom großen Skalar toleriert, der ganz oben an der Wasseroberfläche selbst in den Bann gezogen war, starr vor Spannung.

Dietrich hatte jetzt zumindest visuell klare Sicht, die Tränen waren entweder fort geplumpst oder getrocknet, er war satyrhaft erregt. Oh Mann, gleich wenn ich in sie eindringe, werde ich kommen. Ejaculatio präcox … Nach wenigen Sekunden schon werde ich mich verströmen … Ich muss es noch zurückhalten … aushalten … hinauszögern … bis es nicht mehr geht …

Sophie saß rittlings auf ihm, er drang in ihre warme, feuchte Höhle ein, Sophie bäumte sich auf, laut aufstöhnend, sie beugte sich zurück, einem arc de cercle ähnlich.

Die glitschigen Zuschauer jenseits der Scheibe sahen gebannt auf das Schauspiel in der trockenen Welt, kein Fisch bewegte sich mehr. Vor Spannung erstarrt.

Unendlich langsam bewegte sich Sophie nach oben um dann kraftvoll tief hinabzustoßen, sie stöhnte wieder auf, lauter und höher als zuvor. Er verspürte das Zucken ihrer Vagina, sie würde auch kommen, sie würde gleich mit ihm zusammen …

Da klingelte ein Mobiltelefon.

Es war leise und dennoch schrill.

Es dudelte eine Melodie, ist es Bach?
Es ist nicht meines …

Sophie erschrak, entließ Dietrichs Glied augenblicklich aus ihrer warmen Höhle, ein glitschendes dumpfes Geräusch produzierend.
Rasch sprintete sie zu ihrer Hose, fummelte ein Handy heraus, nahm das Gespräch an. „Ah, Hallo!"

Pause.

„Ich war gerade im Keller, habe Mineralwasser raufgeholt, bin deshalb außer Atem …" Augenzwinkern zu Dietrich.
Pause.
Sophies Züge wurden ernster. „Ja, gut, mach' ich, Olaf, kein Problem."
Dietrich senkte den Kopf. Der Skalar und seine Mitbewohner hatten die neue Szenerie interessiert mitverfolgt. Fast alle sahen zu Sophie, wie sie nackt an der Couch lehnte, das Mobiltelefon am Ohr. Auch Dietrich sah zu ihr. Wunderschön …
„Also bis dann." Sophie drückte eine Taste. „Scheiße. Olafs Termin ist geplatzt. Stattdessen kommt er mit zwei hochrangigen Geschäftspartnern hierher. Sie sind schon an der Autobahnabfahrt, in knapp fünfzehn Minuten sind sie hier. Er bat mich, aufzuräumen und eine Kleinigkeit zum Essen vorzubereiten … Ich … Es tut mir leid, das ist jetzt wirklich saumäßig blöd."
Hektisch begann Sophie, in ihrer Kleider zu schlüpfen.
Dietrich senkte wieder den Kopf, erhob sich, zog sich ebenfalls an, von den Aquarienbewohnern gebannt verfolgt.
Sophie beseitigte auf dem Fußboden Hinterlassenschaften, räumte eilig das Kaffeeservice weg, blickte zur Uhr. „Zum Glück hat Olaf angerufen …"

Vielleicht war es auch Pech, es wäre bestimmt spaßig geworden, wenn Olaf mit seinen Managerkollegen hier aufkreuzte und …
Vielleicht hätte ich Sophie dann gleich mitnehmen können …
Sophie umarmte ihn. „Sei nicht traurig. Bitte. Es ist so schlimm, wenn du traurig bist …"
„Ich bin traurig und es ist schlimm. Etwas anderes zu sagen wäre gelogen".
Dietrich hauchte einen Kuss auf ihre Wange. „Sophie, ich liebe dich. Ich liebe dich über alles."

Sophie blickte ihn an.
Lange.
Sie blickte ihm in die Augen.
Aus dem Aquarium war ein Glucksen zu vernehmen, der Skalar schnappte wieder an der Wasseroberfläche herum.
„Ich liebe dich ganz arg", wiederholte Dietrich.

Sophie blickte ihm weiter in die Augen.
Hat sie mich nicht verstanden? Warum sagt sie nichts?
Sekunden verrannen.

„Ich liebe dich wirklich, Sophie." Seine Stimme war leiser geworden.
„Ich weiß. Ich sah es an deinen Augen. Und ich sehe es in deinen Augen. Ich kann in den Augen lesen."

Er hatte seinen klapprigen Golf etwas abseits in dem Villenviertel geparkt. Langsam fuhr er durch die weitläufigen Straßen. Am Ausgang des Wohngebietes kamen ihm zwei Fahrzeuge entgegen. Das vordere war Olafs silberfarbener Porsche. Er saß allein in seinem Wagen, sonnenbebrillt. Im Gefolge ein ‚Phaeton'. Am Steuer mutmaßlich ein Chauffeur. Auf dem Beifahrersitz ein Mann mit Schnurrbart, Typ Omar Sharif. Irgendwo habe ich diese Figur schon 'mal gesehen. War es im Fernsehen? Auf der Rückbank eine weitere Person, von außen nicht erkenntlich.
Er fuhr aus dem Ort.
Zum Glück ist Yvette heute Abend nicht da.

Es war erst früher Abend. Er trank das erste Weißbier beinahe ohne abzusetzen. Er hatte noch nicht die Schuhe ausgezogen, als das Glas leer war. Er schenkte ein zweites nach. Er setzte sich vor den Fernseher. Er nahm nichts von der Mattscheibe war. Er trank. Bier auf Bier. Flasche um Flasche sammelte sich neben seinem Fernsehsessel. Nach dem vierten Weißbier wurde er ruhiger. Der Puls ging langsamer. Er sammelte sich.
Ich muss nachdenken … Überlegen. Analysieren. Die Blase drückte. Er ging ins Bad, urinierte. Er wusch sich die Hände, betrachtete sich im Spiegel. Was für ein Tag … Was für eine Wendung …
Was wäre passiert, wenn Olaf nicht zuvor angerufen hätte, bevor er nach Hause …? Vielleicht wäre es das Ende für Sophies Ehe gewesen, wer weiß … Er setzte sich auf den Badewannenrand. Ihm war schwindlig.
Es brannte. Es tat so weh.
Er malte sich aus, wie bei Sophie jetzt die traute Viererrunde am eleganten Esstisch säße und plauderte.
Muss der Chauffeur eigentlich im Wagen bleiben, oder darf er auch in das Schloss, vielleicht an einen Katzentisch, mit einer kleinen Cola?
Irgendwann würde der Phaeton wieder abfahren.
Würden sich Olaf und Sophie dann lieben? Würde Olaf Sophie an der Hand in den oberen Stock führen, ihr von einem anstrengenden Arbeitstag erzählen, von gewagten Transaktionen, von erfolgreichen Geschäftsabschlüssen? Würde er heute Abend ihre blonde Scham streicheln, in sie eindringen, sich dort verströmen …? Ihm liefen Tränen herab. Er stützte den Kopf in die Hände. Er schluchzte. Er fühlte sich entsetzlich. Es war so schön gewesen, die kurzen Augenblicke … Er erhob sich. Er schwankte. Er zog

sich die Jeans herunter, dann die Unterhose. Er nahm sein Glied in die Hand. Er dachte an den Nachmittag. Er bewegte die Hand vor und zurück. Wie die Fische geschaut haben … Wie sich Sophie ausgezogen hatte … Vor und zurück, er atmete schneller. Wie sie ganz nackt dagestanden war … Die Hand vor und zurück. Ihre Brüste, wie sie erigiert waren … Vor und zurück. Als sie auf mir ritt … Vor und zurück, der Atem schneller, der Puls rasender. Wie sie gestöhnt hatte … Der Puls noch schneller, vor und zurück, der Unterarm begann schon zu ermüden … Wie sie feucht und glitschig war, wie sie sich aufgebäumt hatte … Vor und zurück, der Puls schlug im Hals, raste … Dietrich blickte nach unten. Der Unterarm war jetzt wirklich ermüdet. Er sah auf das Körperteil in seiner Hand.

Es war schlaff.

So schlaff wie zuvor beim Urinieren.

Ich bekomme nicht einmal mehr eine Erektion zustande … Zu blöd zum Wichsen … Er zog die Hose wieder an, ging schwankend ins Wohnzimmer. Er schaltete den Fernseher ab, holte ein fünftes Bier, räumte die leeren Flaschen auf.

Er trank.

Und er weinte wieder.

Er trank.

Und er weinte.

Es ist alles so schrecklich.

Ein sechstes Bier.

Ich muss morgen arbeiten …

Dann zählte er nicht mehr.

Er räumte immer nur ordentlich die Flaschen auf.

Gegen Mitternacht wankte er ins Schlafzimmer. Ihm war übel. Er ging zur Toilette, übergab sich.

‚So viel wie ich kotzen möchte, kann ich gar nicht fressen‘ … Hatte das nicht Max Liebermann gesagt, am 30. Januar 1933, beim Betrachten des Fackelzuges bei Hitlers Machtübernahme?

Er ging ins Bett. Sophie, ich liebe dich.

Ob sie jetzt gerade mit Olaf zusammen im Bett ist?

Der Schmerz war unerträglich.

Trotz des Alkohols schlief er lange nicht ein.

Im viel zu kurzen Schlaf träumte er von Skalaren.

*

Es bereitete deutlich mehr Mühe als gewöhnlich, pünktlich aus dem Bett zu kommen.

Yvette ging üblicherweise nach ihrem Nachtdienst direkt ins Forschungslabor, eine Begegnung am Morgen wäre daher unwahrscheinlich. Gut so.
Er trank reichlich Mineralwasser, nahm sich ein Pfefferminzbonbon und ging in die Klinik.

Professor Bade hatte die rituelle Morgenvisite auf der Intensivstation beibehalten. Sophie hatte Frühschicht, sie müsste folglich zu sehen sein. Dietrich schlug das Herz bis zum Hals als sich der Visitentross formierte. Das erste Bett. In der Regel war das Pflegepersonal jeweils an ihren zugeordneten Patienten bei der Visite am Bett präsent. Das zweite Bett. Das dritte. Dietrich reckte den Hals aus dem Tross, spähte um sich – keine Sophie. Weder akustisch noch mental konnten ihn medizinische Details der Frühvisite erreichen. Keine Sophie. Ist sie krank gemeldet?
Das letzte Bett war gerade visitiert worden, dann kam Klärung. Professor Bade berichtete von einer notfallmäßigen Herztransplantation in der Nacht. Ein 26 Jahre junger Mann, der infolge einer zurückliegenden Herzmuskelentzündung an zunehmender Herzschwäche litt, habe in den letzten Tagen ein beginnendes Herzversagen entwickelt, sodass nur eine rasche Transplantation eine reelle Überlebenschance bedeutete. „Gut, dass wir ihn auf ‚urgent call' gelistet haben …“ resümierte Professor Bade, „Morgen wäre es für ihn vielleicht schon zu spät gewesen.“
Dietrich kannte diesen offiziellen Terminus für die höchste Dringlichkeitsstufe bei Organtransplantationen. ‚Urgent call' … Diese Anglizismen – Heuschrecken ähnlich …
Der vor wenigen Stunden frisch transplantierte Patient lag in einem hermetisch abgeschotteten Raum, durch zwei riesige Glaswände wurde Einsicht gewährt. Es ähnelte einem Terrarium im Zoo. Eine sehr starke Dämpfung des Immunsystems des Empfängers war nötig, damit das neue Herz nicht abgestoßen werden würde. Dies stellte unmittelbar nach einer großen Operation auf der Intensivstation ein gefährliches Unterfangen dar. Strengste Hygiene war gefordert, daher der abgeschottete Stellplatz des Patienten.
Dietrich sah sie.
Sophie arbeitete gerade an der Beatmungsmaschine des jungen Patienten.
Statt der üblichen Intensiv-Arbeitskleidung war Sophie völlig vermummt in sterile OP-Kleidung einschließlich steriler Haube und Maske. Sophie! Ich liebe dich! Sie haben dir den schwierigsten, den anspruchsvollsten Patienten an diesem Tage gegeben! Gut so, denn du gehörst zu den Besten dieser Station … Du bist die Beste …
Der Visitentross stand jetzt an der Glasscheibe und betrachtete den bewusstlosen Patienten und die vermummte Schwester Sophie, gerade an einer trachealen Absaugung hantierend. Der Visitentross ähnelte einer Besuchergruppe im Zoo. Professor Bade ergänzte leise Einzelheiten der stattgehabten Operation.
Dietrich sah nur zu Sophie.

Wie vorsichtig sie arbeitet, voll konzentriert ... und dennoch anmutig ...
„Hat Glück gehabt, der Junge, dass er so schnell ein Spenderorgan bekommen konnte ...", raunte Oberarzt Mertens Dietrich ins Ohr, „bei diesem Missverhältnis zwischen den vielen potenziell bedürftigen Empfängerpatienten und den viel zu wenigen Spendern ..."
Er hörte nur mit halbem Ohr, gebannt verfolgte er Sophie durch die Scheibe. Wie gestern der Skalar und seine Mitbewohner ...
„Wissen Sie was ich tun würde?", setzte Mertens fort. „Ich würde schwerkranke Patienten, die auf ein Spenderorgan warten, bei der Organtransplantation bevorzugen, wenn sie selbst in früheren Jahren, als sie noch gesund waren, einen Organspendeausweis getragen hatten. Also: Wer bereit ist, seine eigenen Organe zu spenden, sollte auch, wenn er einmal schwer krank wird, bevorzugt ein Spenderorgan erhalten. Bevorzugt vor dem Rest der Meute, bevorzugt vor Menschen, die nicht selbst spenden wollten."
Dietrich starrte zu Sophie, sie hatte die Absaugung beendet.
„Sind Sie eigentlich auch Organspender?" fragte Mertens.
Dietrich blieb eine Antwort erspart, die Visite wurde offiziell beendet, der Tross löste sich rasch auf.
Er blickte zu ihr, durch die Glasscheibe. Sophie, ich liebe dich.
Die Ärzte liefen Richtung Ausgang, Dietrich blieb an der Scheibe stehen. Sophie sah jetzt zu ihm. Nur ihre Augen waren erkenntlich in ihrem Mummenschanz. Sie schloss ihre Augen, beide zugleich, für einige Sekunden.
Dann öffnete sie sie wieder, rasch, und sie strahlten ihn an.
Was ist das für ein Zeichen? Ein gutes? Ein schlechtes? Ein belangloses?
Sein Puls raste. Er legte seine rechte Hand flach auf die Glasscheibe. Wie beim Besuchstag im Gefängnis ... Sophie arbeitete mit sterilen Handschuhen, es war allein aus hygienischen Gründen nicht daran zu denken, es ihm gleich zu tun. Stattdessen wiederholte sie ihr Augenspiel.
Mann, ich kann das nicht, in den Augen lesen ... Was soll das bedeuten?
Dietrich musste weiter, sonst würde das Theaterspiel augenscheinlich werden. Er ging auf Station. Ich muss sie heute anrufen, auf der Intensivstation, in ihrer Frühschicht ...

Mit desolater Konzentration machte er Visite auf seiner Station. Zweimal verwechselte er Patienten. Gegen 10 Uhr ging er ins Arztzimmer, schloss die Türe, wählte die Nummer der Intensivstation.
„Schwester Bärbel!" dröhnte es aus dem Hörer. Mist. 'Muss es später nochmals probieren. Sophie wird ja nicht die ganze Schicht über in dem Glaskasten arbeiten ... Er erkundigte sich nach der Bettenkapazität, Routine vortäuschend, beendete rasch das Telefonat. Danach nahm er zwei neue Patienten auf, traf die Anordnungen. Dann der nächste Versuch. Er ging wieder ins Arztzimmer, um ungestört zu bleiben. Sophie! Geh ans Stations-

telefon! Ich kann unmöglich nach dir fragen, dich unmöglich ans Telefon holen lassen ... Sophie ich liebe dich!

Das Freizeichen erklang. Wieder das Herzrasen bis zum Hals.

„Intensivstation C1, Schwester Sophie", ihre Stimme klang sanft. Weich. Zärtlich. Er atmete durch.

„Ich bin's, Dietrich. Sophie, ich ... ich wollte dir sagen: ich liebe dich!"

Pause.

Keine Antwort.

Das Stationstelefon der Intensivstation stand auf einem Schreibtisch vor einer Überwachungseinheit, die Überblick über sämtliche Monitore aller Patienten gab. Oft arbeiteten mehrere Schwestern und Pfleger, manchmal auch Ärzte an diesem Tisch. Gut möglich, dass Sophie nicht allein stand, nicht frei sprechen konnte.

„Sophie, können wir uns heute treffen? Vielleicht nur ganz kurz. Wir müssen reden. Vielleicht wieder auf U 212, in diesem kleinen Lagerraum?"

„Heute geht's schlecht ..."

Er schluckte.

„Olaf holt mich nachher ab ...", flüsterte sie hinterher.

Ein Keulenschlag. Dietrich taumelte. Olaf ... Muss dieses Arschloch eigentlich nichts arbeiten? Kann der sie einfach immer so mir nichts dir nichts mittags mit seinem Porsche abholen? Unbändiger, kaum zu unterdrückender Hass stieg in ihm auf „Gut ..." er sammelte sich. Nachdenken! „Morgen ist's bei mir schlecht, da bin ich den ganzen Tag im OP, übermorgen ging es vielleicht. Wie wär's? Halb drei Uhr in dem kleinen Lagerräumchen?"

„Ja, das ginge. Es ist der letzte Tag meiner Frühschicht, danach habe ich über eine Woche Nachtschicht, da wird ein Treffen problematisch werden ... Übermorgen, das müsste hinhauen!"

„Gut, also bis dahin ... Und: Du musst es wissen: Ich liebe dich über alles ..."

„Ja, ich weiß es", hauchte sie, kaum hörbar. Bestimmt ist sie nicht allein am Schreibtisch ...

Schwindelig wankte er über den Stationsflur. Die Schwestern teilten Mittagessen aus, niemand nahm Notiz von ihm. Er diktierte einige Arztbriefe. Zweimal vergaß er wichtige Befunde, musste das Diktiergerät wieder zurückspulen, von vorn beginnen. Sophie, ich liebe dich ... Er holte sich ein belegtes Brötchen, trank eine Cola.

Zwanzig Minuten nach Zwei. Sophies Frühschichtende. Jetzt würde sie gleich auf den Parkplatz laufen und ihr flotter Olaf sie dort abholen. Soll ich mir das antun? Soll ich aus dem Fenster sehen? Ich überblicke den ganzen Parkplatz, freie Sicht ...

Dietrich unterhielt sich mit einem älteren Patienten auf dem Klinikgang. Kurz vor halb drei unterbrach er den Dialog und verabschiedete sich eilig.

Er stellte sich an sein Arbeitszimmerfenster. Ja, ich will es sehen. Ich will mich selbst foltern … Ich will mich geißeln … Ich will mir wehtun … Ich will es beobachten …
Zahlreiche Mitarbeiter strömten aus dem Ausgang über den Parkplatz ihren Autos entgegen, fast ausnahmslos Pflegepersonal nach der Frühschicht.
Keine Sophie. Kein silberner Porsche.
Doch! Da ist sie!
Ruhigen Schrittes ging sie über den Platz.
Eine hellrote Bluse, eine kurze dunkelblaue Jeansjacke. Unschlüssig blieb sie in der geometrischen Platzmitte stehen, um sich schauend. Kein flotter Porsche weit und breit. Dietrich feixte. Das Arschloch ist nicht da! Das Arschloch kommt zu spät!
Jetzt unterhielt sich Sophie mit einer Kollegin. Immer noch kein Porsche. Die Kollegin ging weiter, bestieg einen VW Polo. Sophie sah sich wieder um, wartend.
Da sah er ihn, aufgrund seiner erhöhten Beobachtungsposition zeitlich vor Sophie.
Der Porsche kam angerast.
Er bog um die Ecke und schoss auf dem breiten Mittelweg dahin, der Heckmotor laut aufheulend. Dieses Arschloch …
Der Porsche stoppte, Olaf stieg aus.
Krawatte, dunkelgrauer Anzug, sicherlich maßgeschneidert. Schwarze Lack-schuhe. Begrüßung durch Wangenküsschen. Dieser Fant …
Dietrich schien es das Herz zu zerreißen. Es raste jetzt nicht nur, nein, es tat ihm jetzt wirklich weh. Wirklich körperlich weh, pectanginös weh. Es tat somatisch weh, nicht nur emotional. Sein rasendes Herz schmerzte. Ich habe Angina pectoris …
Jetzt lief der Galan um seinen Wagen herum, um ihr die Beifahrertüre zu öffnen. Dietrichs Augen verengten sich zu kleinen Schlitzen. Deine kavalierhaften Allüren werden dir noch vergehen, du Geck … Ich werde …
Der Porsche brauste über den Parkplatz, eine Staubwolke hinterlassend, von mehreren Kleinwagenbesitzern bestaunt.
Dietrich stand unverändert regungslos am Fenster, der Staubwolke hinterher starrend. Der Porsche bog ab, geriet jetzt aus dem Sichtfeld.
Er blieb unbewegt sehen, starrte aus dem Fenster. Es tut so weh … So weh, wie sich das kein Mensch vorstellen kann … Ich wollte es mit ansehen, die Augen verschließen hätte keinen Sinn … Aber es tut so weh, es foltert mich … Was werden sie jetzt tun? Eine Spritzfahrt, ein gemütliches Kaffeetrinken, dann nach Hause und …? Ihn würgte es. Olaf … dieser Typ … wie kann sie an den geraten sein …? Er stand weiter unbewegt, sah auf den Parkplatz. Nur noch einige Besucher, die Frühschichtler waren mittlerweile von dannen. Sophie, ich liebe dich … Wenn du ahntest, wie … Wenn du wüsstest, wie ich hier stehe … wie ich hier gefoltert werde, von diesen Anblicken, von diesen Gedanken, wie ich mich selbst martere …

Sophie, wenn du wüsstest … Er starrte weiter nach draußen. „Meine Liebe ist stärker als alle Olafs dieser Welt", er sagte es leise vor sich hin.

Er starrte weiter.

Ein Klopfen an der Türe.

Schwester Stephanie trat vorsichtig ein. „Tschuldigung, Doktor Nolte, Frau Breyer klagt über starken Schwindel … Oh, störe ich gerade?"

„Nein, wieso? Ich komme …" Beim Gang zu der Patientin sah er kurz in den Spiegel.

Große konfluierende rote Flecke im Gesicht, die Augen verweint.

Abends zu Hause.

Da Yvette direkt nach ihrem Nachdienst wie üblich den ganzen Tag im Labor zugebracht hatte, schien sie heute wohl nicht nur physisch ermüdet sondern auch für diesen Tag wissenschaftlich befriedigt zu sein. Daher saßen sie zu zweit am Abendessen, angeliefert vom italienischen Heimservice. Dietrich erzählte kurz von dem jungen Mann und der Herztransplantation. Yvette berichtete vom Stand ihrer Forschungsprojekte. Eine Publikation in einer der wissenschaftlich hochrangigsten Zeitschrift, dem ‚New England Journal of Medicine', stand bevor. „Mit großer Wahrscheinlichkeit werde ich in acht Wochen einen Hauptvortrag auf dem ‚ACC' in Washington halten!"

Der ‚ACC', der Kongress des ‚American College of Cardiology', war einer der bedeutendsten Treffen der kardiologischen Zunft weltweit.

„Es gibt nur ganz wenige deutsche Wissenschaftlicher mit einem Hauptvortrag! Mann, wenn das klappt …"

Dietrich schluckte. Seine Gedanken waren woanders.

„Es sind nicht mehr viele Schritte bis zur Venia legendi! Noch zwei, drei große Veröffentlichungen und Kongressauftritte und ich lege die Habilitationsschrift vor. In großen Teilen steht sie schon …"

Dietrich wusste in groben Zügen über den Habilitationsweg Bescheid. Es war ein festgelegtes Quantum an hochrangigen Publikationen und Fachvorträgen notwendig, um neben einer Reihe anderer Voraussetzungen, wie der Doktorandenbetreuung und natürlich dem Wohlwollen des Chefs, sich habilitieren zu können. Man durfte sich dann zunächst ‚Privat-Dozent' nennen lassen, Vorlesungen und mündliche Staatsexamensprüfungen abhalten, und man steuerte zielstrebig auf den Professorentitel zu.

Yvette als Professorin …

Sie schwadronierte jetzt weiter gutgelaunt über verschiedene Wissenschaftsprojekte, die für ihn auch ohne abgelenkte Gedanken nur von mäßigem Interesse gewesen wären. Er trank das Rotweinglas aus und dachte an Sophie. Meine Sophie … Und an Olaf … Das Arschloch. Sophie, Olaf, Sophie, Olaf, Sophie, Sophie, Sophie, Sophie …

*

Zwei Tage später, im zweiten Untergeschoss der Herz-Thorax-Chirurgischen Klinik, im kleinen Lagerraum U 212.
Er war zuerst da. Es war kurz vor halb drei, ihm raste das Herz.

Schritte näherten sich, vorsichtig wurde die Tür geöffnet. Sophie! Dietrichs Herz raste noch schneller, freudig umarmte er sie. „Sophie …" Er löste wieder die Umarmung, küsste sie auf den Mund. „Ich liebe dich …"
Sophie hatte noch nichts gesagt, bislang nur Umarmung und Kuss erwidert.
„Sophie, ich liebe dich!" wiederholte er, diesmal etwas lauter.
Sophie sagte nichts. Sie drückte ihn fest an sich, er spürte ihre Brüste, ihren Herzschlag. Sophie vergrub ihr Gesicht an seiner Schulter.
„Sophie … was ist …? Liebst du mich auch?" Leise gesprochene Worte, fast geflüstert. Sein Pulsschlag war jetzt fast dem Flimmern nahe. Seine Hände zitterten vor Spannung. Sophie, ich liebe dich! Bitte sag mit jetzt nichts Schlimmes! Bitte nicht!

Sophie sah ihm ins Gesicht. Aus ihren hellen Augen kamen kleine Tränen.
„Dietrich, ich … ich weiß nicht, wie ich es sagen soll …"
Sein Zittern nahm zu. Wie bei einem Parkinsonpatienten.
Er atmete rasch, war nahe am Keuchen. Wie bei einem Asthmatiker.
Ich werde in Ohnmacht fallen, synkopieren, hier im Keller …

„Dietrich … ich liebe dich auch …" Es war gehaucht, so leise, dass es gerade eben noch verständlich war.
Er keuchte.
„Dietrich, es ist so schwierig, weißt du … Ja, ich liebe dich auch …" Sie sprach jetzt noch leiser. Er versuchte, sich zu konzentrieren.
„Dietrich, wir sind beide verheiratet … Ich bin mit Olaf jetzt sechs Jahre zusammen, vorletztes Jahr unsere Hochzeit … Es hört sich jetzt blöde an, aber unsere Ehe, unsere Beziehung ist eigentlich ganz intakt, sie ist gut, harmonisch. Ich weiß nicht, wie es bei dir und deiner Frau …"
„Bei mir zu Hause ist nichts harmonisch! Nichts!" Leiser fuhr er fort: „Aber ziemlich unabhängig davon, ob ich mit Yvette keine, wenig oder viel Harmonie zusammen habe – ich liebe dich, Sophie, und ich liebe dich über alles. Ich würde für dich alles tun. Alles!"
Wenn du erahntest, was alles …
„Ja, …" Sie schien konzentriert ihre Worte zu wählen, kleine Runzeln bildeten sich auf ihrer Stirn. „Wenn wir nicht verheiratet wären … Aber so …Weißt du, ich kann jetzt Olaf nicht Hals über Kopf verlassen …"
Warum denn nicht? Sophie ich liebe dich …

358

„Weißt du, das kann ich Olaf auch nicht so ohne weiteres antun. Wir haben
eigentlich eine ganz gute Beziehung ...“
Mit diesem Arschloch? Sophie! Wie kannst du mit diesem geldgeilen Arschloch glücklich sein?
Er konnte nicht antworten. Er keuchte nur.
„Ich glaube, dass dir das sehr weh tut, Dietrich. Du leidest sehr. Man braucht
keine besonderen Fähigkeiten, um das in deinen Augen zu sehen. Ich sehe
es auch auf der Station. Es tut dir so arg weh, ich spüre es. Deshalb ist es
vielleicht besser ... Wir sollten uns beide nicht kaputt machen, nicht selber
zerstören. Lassen wir es so wie es ist ...“

Dietrich taumelte zurück.
Mit seiner Linken suchte er Halt an einem Regal.
Lassen wir es so wie es ist ...
Niederlage auf ganzer Linie.
Frontzusammenbruch.
Ungeordneter Rückzug.
Aufreibung.
Auflösung.
Bedingungslose Kapitulation.
Finis opera.

Er war unfähig zu antworten.
Sie verlässt ihren tollen Olaf nicht.
Eigentlich war es von Anfang an klar.
Es war von vornherein alles aussichtslos.
Der Schmerz brannte infernalisch. Es tat so ungeheuer weh.
Ich kann nicht mehr ...
Er wankte.
Keiner sagte mehr etwas.
Niederlage, ich akzeptiere, ich schlucke es, vielleicht komme ich darüber
hinweg, vielleicht auch nicht, vielleicht verliere ich auch vollends den Ver-
stand, 'bin nicht mehr weit davon entfernt.
Alles dreht sich hier ...
Er gab sich einen Ruck.
Gut. Ich muss mit Würde die Niederlage tragen. Was werden wird, egal. Ich
bin im freien Fall. Aber ich muss jetzt etwas sagen, ich muss antworten, kann
nicht hier nur wortlos rumtaumeln.

„Sophie ... ich liebe dich über alles. Ich kann dich verstehen. Ich akzeptiere
es auch. Es fällt mir auch schwer, in deinem Leben Dinge zu zerstören, Dinge ... an denen du offensichtlich hängst. Du hast Recht, vielleicht ist es ver-
nünftiger, alles so zu belassen wie es ist. Aber hat uns die Vernunft in der
Menschheitsgeschichte immer nach vorn gebracht, hat sie uns immer gehol-

fen? Aber egal. Hätte ich es dir überhaupt sagen sollen, dass ich dich über alles liebe?" Pause. „Ja, ich musste es tun. Es war gut so, dass ich es getan habe. Du solltest es wissen. Du solltest es nicht nur ahnen, du solltest es wissen. Du solltest wissen, dass ich alles für dich tun würde, alles, wirklich al-les. Du sollst wissen, dass ich mich nicht nur einfach in dich verguckt habe, auf eine Affäre, ein kurzes Techtelmechtel aus war, du solltest wissen, dass du mir alles bedeutest. Alles. Alles. Dass ich den ganzen Tag, die ganze Nacht nur noch an dich denken kann. Und daran wird sich auch nichts ändern. Auch durch diesen Tag nicht. Ich werde dich in Gedanken immer bei mir tragen." Wieder eine Pause. Es strömten jetzt große Kullertränen aus seinen Augen. „Sophie, ich … ich …" Er stockte, schniefte, wischte sich mit dem Arztkittel ein Teil der Tränenstraßen von den Wangen. „Ich … ich …" Er stockte wieder, schniefte wieder, wischte wieder. „Ich kann dich verstehen. Ich bin dir nicht böse, aber …" Es war jetzt ein Schluchzen. „Aber ich liebe dich über alles."
Sophie trat einen Schritt nach vorn und nahm ihn zärtlich in den Arm. „Dietrich …"
Sie standen, umschlungen, ohne zu sprechen, ohne noch etwas zu sagen.
Er schluchzte noch ein wenig, zog die Nase hoch.

Wie lange mögen sie gestanden haben?
Eine halbe Minute? Zwei, drei? Zehn?
Das Zeitgefühl verloren.
Er klammerte sich fest an sie.
Wie ein Ertrinkender.
Es ist vielleicht meine letzte Umarmung, die allerletzte in meinem Leben.
Vielleicht werde ich sie nie mehr so im Arm halten …
Es brach das Herz.
Weitere Tränen kullerten.
Er hörte, dass auch Sophie schniefte, er spürte Feuchtigkeit über ihren Wangen.
Weitere Minuten vergingen.

Eine nebulöse Vernunftblase stieg in ihm auf.
Wir müssen zum Ende kommen, wir stehen hier schon eine halbe Stunde …
Ich muss auf Station zurück, die Schwestern vermissen mich … Es muss jetzt etwas gesagt werden …

Nichts sagte er.
Er stand einfach da, eng umschlungen.
Vielleicht ist es das letzte Mal im Leben …

Sophie ließ von ihm ab. „Weißt du, wenn die Dinge anders lägen … Man sieht sich oft zweimal im Leben, wer weiß …"

Ja, vielleicht im Seniorenheim, in sechzig Jahren …

„Ich liebe dich, Sophie …“

„Es ist so schwer, ich möchte dir auch nicht wehtun. Aber es tut dir so arg weh, ich sehe es, ich fühle es, ich weiß es.“ Zärtlich umarmte sie ihn wieder. „Ich liebe dich doch auch, Dietrich.“ Wieder standen sie umarmt. Wieder verrann Minute auf Minute ohne weitere Worte.

Ich muss zurück auf Station … Nein quatsch, vielleicht muss ich bald gar nirgends mehr hin … Ich halte sie fest, ich umarme sie, solange ich noch darf …

Sie standen, weiter verrann Minute auf Minute.

Dann löste sich Sophie wieder, sah ihn an, ernst, entschlossen. „Dietrich, ich liebe dich auch. Ich möchte, dass du das weißt. Ich liebe dich mehr, als du nach meinen Worten vielleicht glauben magst.“ Eine Träne rann. „Ja, ich liebe dich wirklich.“ Sie küssten sich, ihre Zunge fühlte sich heiß an, wild in ihrer Bewegung. Sophie atmete schneller, ihn schwindelte es wieder.

„Dietrich, … wir denken jetzt vielleicht einfach ’mal über die Situation nach …“

„Bei mir gibt’s da nicht viel nachzudenken. Ich würde alles für dich tun. Meine erste Tat wäre, dass ich mich umgehend von Yvette trennte.“

„Das würdest du tun? Wegen mir …?“

„Ja, ich würde sie verlassen. Auf der Stelle. Yvette ist eine ‚Kopffüßlerin‘ …“

„Eine was …?“

„Ein ‚Kopffüßler‘. Ein Mensch, der nur aus dem Kopf mit seinem Verstand und Gliedern besteht, ohne Herz. Yvette hat kein Herz, keine Wärme. Vielleicht bin ich das Gegenteil davon. Ein ‚Herzfüßler‘. Kopflos. Kopflos in dich verliebt …“

„Herzfüßler …“, Sophie umarmte ihn…

„Ich …, Dietrich, … Ich muss nachdenken, bitte verstehe mich. Mir fiele ein solcher Schritt nicht so leicht, aber … aber ich werde darüber nachdenken. Es hört sich blödsinnig, unromantisch an, das so zu sagen. Aber ich brauche Zeit. Zeit zum Nachdenken. Ich liebe dich auch. Auch über alles …“ Sie umschlang ihn wieder.

Er taumelte in der Umarmung. Eine Wendung?

Doch keine katastrophale Niederlage! Doch keine bedingungslose Kapitulation! Es gibt Hoffnung! Nichts ist verloren! Sie braucht Zeit! Zeit zum Nachdenken, Zeit um sich zu lösen, zu befreien von der Olafklette, aus seinem Gefängnis! Sie braucht einfach nur Zeit! Sie liebt mich auch! Gib ihr Zeit, Dietrich, einfach nur Zeit …

Sie küssten sich wieder, leidenschaftlich. Er bekam eine Erektion, Sophie spürte sie durch die dünne Arzthose. Sie atmete wieder schneller, drang tiefer, schneller mit der Zunge in ihn ein. Sein Verlangen wuchs, sein Baum-

stamm in der Hose wuchs, wurde härter und fester. Sophie ließ von ihm ab.
„Oh Dietrich, es ist alles so schwierig. Hier in diesem Kellerloch … Wenn
nur alles anders wäre …"
„Vielleicht wird bald alles anders. Schöner …"
„Ja, vielleicht wird es das. Anders und schöner … Gib mir etwas Zeit. Ich
muss nachdenken, Schritte überlegen. Ich liebe dich auch und … vielleicht
wird alles anders!"
Sie küssten sich nochmals kurz.
„Für mich beginnen morgen acht Tage Nachtschicht, da werden wir uns
nicht sehen können, danach habe ich eine Woche dienstfrei. Sei nicht traurig
… Ich werde nachdenken, und: ich werde an dich denken, jeden Tag. Das
sollst du wissen. Ich liebe dich auch."
Sie umarmten sich fest. Sophie ging einen Schritt rückwärts, Richtung der
Tür. „Mach's gut. Bis bald. Nach der Freiwoche können wir uns hier wir
treffen, in unserem Versteck hier … Dann können wir uns weiter besprechen.
Ich … ich werde nachdenken, ganz viel nachdenken …"
„Ich freue mich auf dich. Ich werde auf dich warten, Stunde um Stunde,
Minute um Minute, werde die Sekunden bis dahin zählen. Denke in Ruhe
nach …" Entscheide dich für mich, Sophie, bitte! „Ich liebe dich über alles."
Sophies Schritte entfernten sich. Er atmete durch.
Nach zwei Minuten folgte er nach, fuhr mit dem Aufzug hoch zur Station.

„Dr. Nolte! Wo waren Sie denn abgeblieben! Hier tobt der Bär!" Eine
Schwester lief ihm aufgeregt entgegen. Zombiehaft lief Dietrich über den
Gang, wie in Trance hörte er die aufgeregte Stimme der Schwester, nur
bruchstückhaft nahm er wahr. Als stünde er unter Drogen.
Sophie ich liebe dich …

Mit Glück brachte er den Arbeitstag zu Ende, beim Verlassen der Klinik
hatte er seine Laborkopien zur Heimkontrolle vergessen.

*

Am folgenden Tag versuchte er, konzentrierter während der Arbeit zu sein.
Am Abend war es ihm gelungen, nach vier Weizenbieren leidlich gut einzuschlafen, unkommentiert von Yvette, weil die ganze Zeit im Arbeitszimmer
tätig. Neue Publikationen wollten geplant sein …
Trotz der Betäubung durch die rasch aufeinander folgenden Biere waren
Dietrichs Gedanken und Gefühle, nachts wie frühmorgens, weiter Karussell
gefahren.

362

Ein ruhiger Arbeitstag zeichnete sich ab. Sie waren zu zweit auf der Station tätig, wenige Zugänge, überwiegend Routinetätigkeiten. Heute würde Sophies Nachtschichtblock beginnen.

Was wird sie jetzt gerade machen? Er sah träumend aus dem Arztzimmerfenster. Sophie, wo bist du jetzt gerade? Denkst du nach? Vielleicht wird alles anders … Sophie, lass es anders werden, bitte … Ich liebe dich.

Ein Anruf riss ihn aus dem Traum. „Können sie 'mal schnell auf die Intensiv kommen? Lübbers hat Probleme …" Ein Pfleger war am Apparat.

Dietrich rannte los, trat durch die offen gehaltene Schleuse der Intensivstation. Lübbers war ein jüngerer Kollege, erst vor vier Wochen in die Abteilung gekommen. Unschwer zu erkennen, bei welchem der vierzehn Patienten das Problem lag; ein Bett wurde von mehreren hektischen Schwestern und Pflegern umringt, Lübbers mittendrin, schweißgebadet, die langsträhnigen blonden Haare auf der Stirn klebend. „Zurücktreten, laden … 360 Watt, Feuer!" Der Defibrillator gab sein vertrautes Entladegeräusch, ein etwa 70 jähriger Patient zuckte auf. Er schien bewusstlos. „Sinusrhythmus!" rief Lübbers. Dietrichs Blick schweifte die Diagnosen der Krankenkurve. Bypassoperation vor zwei Tagen, eingeschränkte Pumpfunktion des linken Herzens. „Hallo Dietrich, gut, dass du kommst! Die Oberärzte sind alle im OP! Münsing … Herr Münsing … Er flimmert dauernd, wir kriegen ihn nicht stabil … 'Hat vor zehn Minuten angefangen! Einfach so aus dem Nichts. Postoperativer Verlauf bislang vollkommen unauffällig. Plötzlich schlägt der Monitor Alarm, Münsing verdreht die Augen, verliert das Bewusstsein, Kammerflimmern. Wir haben defibrilliert, gleich mit höchster Energiestufe", Lübbers atmete durch.

Kammerflimmern bedeutete mechanischer Herzstillstand. Eine viel zu hochfrequente elektrische Erregung lässt dabei das Herz vibrieren, ohne dass eine nennenswerte mechanische Pumpleistung dabei zustande kommt. Mit einem Kammerflimmern liegt funktionell ein Herzstillstand vor.

„Und dann?" fragte Dietrich ruhig.

„Ja, dann hat er gleich wieder geflimmert, so nach zwanzig Sekunden, dann haben wir wieder defibrilliert." Durch die elektrische Schockabgabe über zwei große Elektroden, neudeutsch ‚paddles' genannt, bestand die Chance, die hochfrequente Rhythmusstörung zu unterbrechen.

„Wir konnten ihn wieder aus dem Flimmern rausholen. Aber er hielt gerade 'mal 'ne halbe Minute einen stabilen Sinusrhythmus, dann flimmerte er wieder. Wir haben ihn erneut gegrillt …"

Dietrich sah kurz auf die Hautrötungen an des Patienten Brustkorb, der Terminus ‚grillen' hatte eine gewisse Berechtigung.

„So ging das dann immer weiter, zehn, fünfzehn Mal schon! Er lässt sich immer wieder gut defibrillieren, nach jeder Schockabgabe ist er in einem guten Rhythmus, aber nach minimaler Zeit tritt das Flimmern wieder auf und wir können gleich wieder laden und grillen. So geht das schon fast eine

Viertelstunde!" Lübbers Augen waren gespenstisch geweitet, wechselten von Dietrich immer wieder kurz zum Überwachungsmonitor.

Dietrich überlegte ruhig. Analysierte.

„Schon wieder Kammerflimmern!" Lübbers kreischte. „Defi laden, schnell!"

Dietrich blieb ruhig, durchblättert die Krankenakte.

„Schock!" Herr Münsing bäumte sich unter dem Stromstoß wieder auf, die Defibrillation war erfolgreich. Die Hautverbrennungen unter den Elektroden verbreiteten einen unangenehmen süßlichen Geruch.

„Nehmt das nächste Mal bitte mehr Kontaktgel unter die Elektroden", raunte Dietrich leise den Schwestern zu. Er wandte sich ruhig an Lübbers. „Gibt es behandelbare Ursachen für die Rhythmusinstabilität? Wie waren die letzten Laborwerte? Elektrolytstörungen?"

„Äh, nein … Alles ziemlich in Ordnung … Kalium im Normbereich."

„Gut. Medikamente? Hat der Patient irgendetwas Proarhythmisches an Bord? Vielleicht ein Makrolidantibiotikum? Gab es im Vor-EKG eine lange QT Zeit?"

„Nein, alles negativ." Lübbers schüttelte geflissentlich den Kopf.

„Haben wir Anhalt für eine Ischämie, einen plötzlichen Bypassverschluss?"

„Das EKG zeigt in der kurzen Zeit, in der er gerade nicht flimmert, keine signifikanten Zeichen einer Durchblutungsstörung."

„Gut." Dietrich dachte ruhig nach. Lübbers, drei Schwestern, ein Pfleger und ein Medizinstudent sahen ihn erwartungsvoll an. „Wir haben also nichts, was wir als korrigierbare Ursache identifizieren können. Möglicherweise flimmert er aufgrund seiner eingeschränkten Herzleistung. Der plötzliche Rhythmustod ist ja bekanntlich die häufigste Todesursache bei Menschen mit verminderter Pumpfunktion." Die Zuhörer um das Bett hingen an Dietrichs Lippen. Lübbers blickte immer wieder hektisch auf den Überwachungsmonitor.

„Wir geben Herrn Münsing jetzt 300 mg Amiodarone intravenös. Als Bolus. Danach eine Dauerinfusion", verkündete Dietrich.

Amiodarone war ein potentes antiarrhythmisches Medikament, welches jedoch auch lebensbedrohliche Nebenwirkungen aufweisen konnte.

„Amiodarone?" Lübbers blickte erstaunt. „Amiodarone kann alle möglichen Komplikationen machen! Es ist stark jodhaltig, wenn der Patient eine Schilddrüsenüberfunktion hätte, dann könnte er in eine thyreotoxische Krise geraten, dann wäre alles aus!"

„Hat er denn was an der Schilddrüse?"

„Weiß ich nicht, wir haben keine Schilddrüsenwerte, wurden nicht abgenommen …"

„Achtung er flimmert wieder!" Eine Schwester reichte Lübbers die Elektroden. „Laden! Schock!" Das Geräusch. Das Aufbäumen. Der Geruch.

„Gebt ihm das Amiodarone. Jetzt. Andere antiarryhthmische Medikamente kommen nicht in Frage, sie sind alle bei eingeschränkter Pumpfunktion nicht einsetzbar. Gebt ihm jetzt 300 Milligramm.“

„Dietrich, das ist eine heiße Nummer! Das kann in die Hose gehen!“ Lübbers riss seine Augen jetzt noch weiter auf. „Sollen wir nicht versuchen, doch einen Oberarzt ans Telefon zu bekommen, im OP? Oder die Kardiologen konsultieren?“

„Dann hättest du mich nicht zu holen brauchen. Hättest gleich die Großkopfeten herbei zerren können. Außerdem haben wir nicht mehr viel Zeit noch lange ’rum zu diskutieren. Gib ihm das Amiodarone. Fertig.“

„Dietrich, ich weiß nicht …“

Eine Schwester hatte mittlerweile das Medikament aus zwei Ampullen in eine Spritze aufgezogen. Wortlos reichte sie Dietrich die Spitze.

Er injizierte in eine Venenkanüle. In wenigen Sekunden war der Spritzenkolben herabgedrückt. Nichts geschah. Keiner sagte etwas. Alle starrten zum Monitor.

„Dietrich, das ist eine riskante Nummer …“

„Es gibt nicht viele Alternativen. Wenn wir noch lange rumdiskutieren …“

Eine Minute war vergangen.

Eine zweite.

Eine dritte.

Der Rhythmus war und blieb stabil. Bislang kein Kammerflimmern mehr.

Die vierte Minute.

Zwei Schwestern zogen bereits ab, kümmerten sich um andere Patienten. Die Spannung wich.

„Machen Sie bitte die Dauerinfusion über einen Perfusor fertig“, sagte Dietrich ruhig.

Herr Münsing hatte jetzt einen stabilen Sinusrhythmus. Kein Kammerflimmern mehr. Der Defibrillator wurde vom Bett weggefahren. Beim Gehen klopfte eine ältere Schwester anerkennend auf Dietrichs Schulter.

Er lief zurück auf seine Station. In seinem Arztzimmer trank er ein Schluck Leitungswasser. Es war riskant gewesen, gut, aber manchmal muss man eben im Leben etwas riskieren. So wie mit Nollendorf am Trifels … Ein Risiko gibt’s immer. Er sah träumend aus dem Fenster. Sophie … Wo bist du gerade? Ich werde für dich alles riskieren. Ich bin bereit … Wenn’s sein muss, riskiere ich auch, deinen Olaf … Ein Anruf beendete seinen Gedankengang.

Abends, halb neun Uhr.

Er saß auf der Wohnzimmercouch. Im Fernsehen lief eine niveauarme Quizshow, er kaute ein Wurstbrot, Yvette klapperte wie üblich an der Tastatur im Arbeitszimmer. Sophie … In einer halben Stunde trittst du deinen Nachtdienst an … Denkst du an mich? Er holte sich ein Bier. Ich muss sie heute anrufen. Von hier aus, von meinem Mobiltelefon, mit unterdrückter

Nummer. Wenn Yvette im Bett ist … Ja, ich rufe sie an … Ich muss sie sprechen … Sophie … Dietrich trank. Der Quizmaster verbreitete flache Witze. Das tölpische Publikum lachte. Dann ein Werbeblock. Ein zweites Bier. Die Tagesthemen. Yvette kam aus dem Arbeitszimmer, sah die Nachrichten mit an. Die Wettervorhersage. Dietrich blieb auf der Couch sitzen. „Ich gehe ins Bett", gähnte Yvette, „kommst du auch?"

„Nein, im ‚Phoenix' gibt es nachher noch einen guten Dokumentarfilm. ’Bin noch nicht müde".

„Na denn, Gute Nacht."

Er saß auf der Couch. Ein drittes Bier. Er zappte herum, es war kurz vor elf Uhr. Er dachte an die Intensivstation. Die Nachtschicht begann normalerweise mit einer Übergabe. Die Schwestern und Pfleger der Spätschicht wiesen ihre Ablösung in die Patienten ein. Während dieser Übergabezeit anzurufen erschien wenig erfolgversprechend. Ich muss noch warten … Eine Viertelstunde noch …

Er trank den letzten Rest Bier aus. Yvette müsste jetzt eigentlich schlafen, das Licht im Schlafzimmer war schon längere Zeit aus. Er wählte die Nummer. Das Freizeichen. „Intensivstation, Schwester Manuela." Scheiße. Sophie warum bist du nicht dran? „Hier ist Dr. Nolte. Könnte ich bitte Schwester Sophie sprechen?" Seine Stimme klang ruhig und bestimmt, als wäre es das normalste der Welt, um Mitternacht in der Nachtschicht eine besondere Schwester sprechen zu wollen.

„Ja, gleich."

Pause.

„Schwester Sophie."

„Ich bin's …"

„Dietrich?!"

„Ich wollte mich einfach ’mal melden. Ich vermisse dich arg. Ich habe Sehnsucht nach dir. Wenn ich dich schon nicht treffen kann, möchte ich wenigstens deine Stimme kurz hören."

„Dietrich! Hier anzurufen!" In Sophies Stimme schien sich Empörung und Freude paritätisch zu vermengen. „Mensch, was fällt dir ein …" Sie kicherte jetzt ein wenig. Sie freut sich!

„Ich möchte nur, dass du mich nicht vergisst und dass du weißt, dass ich dich liebe."

„Ich weiß es und ich vergesse es nicht." Ihre Stimme wurde ganz leise, fast flüsternd. „Ich denke auch an dich …"

Sein Puls raste. Was soll ich ihr jetzt noch sagen?

„Ich freue mich, wenn ich dich wieder sehen kann."

„Dietrich, bitte rufe nicht mehr nachts hier an. Die anderen …"

„Sag ihnen einfach, ich hätte mich nach Herrn Münsing erkundigt. ’Hatte heute mit ihm zu tun."

„Da hättest du auch jede andere Schwester fragen können, Manuela zum Beispiel …"

„Ich wollte aber keine ‚andere Schwester' …", kicherte Dietrich.
„Du bist … ein Schatz. Ich muss jetzt wieder weiterarbeiten. Ich denke an dich, ganz arg … und ganz ehrlich."
„Ich liebe dich Sophie, meine Herzfüßlerin."

*

Tags darauf meldete sich Oberarzt Mertens krank. Er fiel damit im OP aus, die Teams mussten neu zusammengestellt werden. „Dr. Nolte!" Professor Bade rief Dietrich nach der Intensivstationsvisite zu sich. „Wir sind heute personell ein bisschen knapp bestückt. Können sie die ICD Implantation heute Morgen allein machen?"
„Äh, ja … sicherlich."
Dietrich hatte diesen Eingriff schon häufig gesehen und öfters assistiert.
ICD, anglizistisch und verstümmelt abgekürzt, stand für ‚Implanted cardioverter defibrillator' und stellte einen besonderen Schrittmacher dar, welcher nicht nur korrigierend einsetzen konnte, wenn das Herz zu langsam schlug; vielmehr war er in der Lage, auch schnelle, akut lebensbedrohliche Rhythmusstörungen einschließlich eines Kammerflimmerns durch verschiedene Techniken zu beenden. Er vermochte schnelle Rhythmusstörungen durch eine kurzzeitige Überstimulation zu terminieren und er konnte auch, wenn notwendig, einen Schock abgeben ähnlich wie bei Herrn Münsing. Durch eine solche Schockabgabe konnte ein Patient durch das Gerät faktisch wiederbelebt werden.

Dietrich freute sich über die ihm verantwortete Aufgabe. 'Bin ja schließlich kein Anfänger mehr … Ich gehöre jetzt schon zu den erfahrenen Soldaten an der Front … Rasch brachte er die Visite hinter sich.
Den Patienten sah er zum ersten Male in der OP Schleuse. Dietrich erschrak ein wenig. Ein 28-jähriger Mann, athletischer Habitus, sonnenstudiogebräunt.
Tobias Harter. Ruhig lag er im Vorbereitungsraum des Operationssaals.
Dietrich blickte in die Krankenkurve. Bis vor kurzem immer gesund gewesen. Herzmuskelentzündung nach banaler Erkältung vor einem viertel Jahr. Jetzt im Langzeit EKG dokumentierte schnelle ventrikuläre Tachykardien, lebensbedrohliche Herzrhythmusstörungen, die potenziell in ein Kammerflimmern und damit in den Tod übergehen können. Heute Einbau des internen Defibrillators, des ‚ICDs, aus prophylaktischen Gründen.
Dietrich schüttelte dem jungen Mann die Hand, stellte sich vor. „Ich bin für den chirurgischen Teil verantwortlich, Sie sind ja über den Eingriff schon aufgeklärt worden. Ich werde das Gerät bei Ihnen unter den linken Brustmuskel implantieren und über eine Vene die Elektroden in das rechte Herz

367

einlegen. Der Kollege aus der Kardiologie übernimmt den elektrischen Teil des Eingriffs, prüft die Effizienz der Elektrodenlage, hierzu bekommen Sie dann eine kurze Maskennarkose. Keine Angst …"
„Bisschen mulmig ist mir schon. Ich hatte eigentlich gar keine besonderen Beschwerden gehabt", meinte Tobias Harter.
„Hatten Sie die Rhythmusstörungen nicht bemerkt?"
„Nein. Ich war nach der Erkältung eine Zeit lang schlapp, ein bisschen müde. Aber Herzrasen, Aussetzer oder irgend sowas habe ich nie verspürt. Ich hatte eigentlich gar keine Herzbeschwerden …"
„Man hat bei Ihnen potenziell lebensbedrohliche Rhythmusstörungen festgestellt, der Einbau dieses Gerätes hat eine prophylaktische Indikation. Wir wollen ja nicht, dass Sie eines Tages plötzlich tot umfallen …"

Dietrich setzte auf der linken Brustseite eine örtliche Betäubung, großflächig injizierte er das Lokalanästhetikum in verschiedenen Richtungen und Tiefen. Er stand allein am Tisch ohne Assistenz. Neben ihm die sterile OP-Schwester, auf der anderen Tischseite der Kardiologe, für den elektrischen Part zuständig.
Privatdozent Dr. Schuler - Dietrich kannte ihn von gelegentlichen Erzählungen Yvettes - tipselte an einem Laptop, wartend auf seinen Einsatz.
Dietrich machte einen Schnitt im oberen Thoraxbereich. „Tut's noch weh?" Kopfschütteln. Er präparierte, gab noch etwas Lokalanästhetikum nach. Nach Punktion der Schlüsselbeinvene wurde in diese über einen Führungsdraht eine Schleuse eingelegt, durch welche die Schrittmacherelektrode in Richtung Herz eingebracht werden konnte.
„Geht's gut?" fragte Dietrich.
„Noch …"
„Wir können durchleuchten."
Eine Schwester fuhr die mobile Röntgenanlage heran und platzierte sie über Herrn Harters Brustkorb.
„Alle beschürzt?"
Kopfnicken im Saal. Jeder hatte sich bereits seine Röntgenbleischürze angelegt.
Dietrich schob unter Durchleuchtung mit Blick auf den Monitor die Defibrillatorelektrode vor. Sie war etwas breiter als herkömmliche Schrittmacherelektroden. In einem leichten Bogen lief sie etwa in Brustmitte vertikal nach unten, von der Vena cava superior zunächst in den rechten Herzvorhof. Von dort sollte sie nach Passage der Trikuspidalklappe nach horizontal ab-biegen und an ihren gewünschten Zielort, die rechte Herzkammer, gelangen.
Statt durch die Klappe bewegte sich die Elektrode jedoch immer nach unten Richtung Oberbauch, in die untere Hohlvene. Dietrich drehte, schob, drehte gegen, zog, schob wieder. Die Elektrode zeigte immer nach unten, zum Bauch hin. Der Patient bewegte unruhig die Arme. „Alles in Ordnung?"
„Ja, ja."

Privatdozent Dr. Schuler blickte von seinem Laptop auf. Dietrich begann leicht zu schwitzen, das Gewicht der Bleischürze drückte auf den Schultern. Er drehte, schob, zog, drehte, schob, wieder und wieder, das starre Ding wollte immer auf den falschen Weg.

„Will nicht in die richtige Richtung ...", kommentierte Privatdozent Dr. Schuler. Ja, ja ... das sehe ich auch ... Kümmer' dich um dein eigenes Zeug. Die besten Kapitäne sitzen immer an Land ...

Dietrich blieb ruhig, konzentriert, er zog wieder, drehte und schob dann rasch, ruckhaft nach vorn.

Plumps, die Elektrode lag in der rechten Kammer, an gewünschter Stelle.

Na also ... Die Spannung fiel etwas. Das extrakorporale Elektrodenende, an dem Dietrich manipuliert hatte, wurde Schuler gereicht, er konnektierte es an sein Prüfgerät.

„Herr Dr. Nolte hat jetzt die Elektrode in ihrer rechten Herzkammer platziert", richtete sich Schuler an den Patienten. „Wir prüfen jetzt zunächst die Stimulationsfunktion. Wir schauen, ob bei dieser Elektrodenlage der Schrittmacher in der Lage wäre, das Herz zu stimulieren, wenn der Puls zu langsam würde. Davon werden Sie wahrscheinlich nicht viel verspüren."

Schuler tippte an dem Prüfgerät. Unter einer hohen Spannungsamplitude waren jetzt am Monitor EKG effektive Schrittmacherstimulationen zu sehen. Schuler verringerte die Amplitude nun langsam, um zu messen, bei welcher Spannung gerade eben noch eine Herzaktion ausgelöst würde. Das Prüfgerät piepste, Schuler arbeitete konzentriert, Dietrich stand da, wartend.

Sein nächster Einsatz würde nach der Defibrillatorfunktionsprüfung kommen, dann müsste er das Aggregat, die Batterie, in einer kleinen Tasche unter dem Brustmuskel platzieren. Dietrich sah Schuler zu, wie er mit seinen Geräten hantierte. Sophie ... Die Gedanken schwammen ... Meine Sophie... Schläfst du jetzt gerade? Bestimmt ... nach deiner Nachtschicht ... War sie anstrengend? Ich wünsche dir schöne Träume, Sophie ... Ich liebe dich ...

„Stimulations- und Wahrnehmungsfunktion sowie Impedanzmessung gut, wir können die Defi-Funktion testen!" Schulers Stimme war lauter als vorhin. Dietrich fuhr zusammen.

Es sollte nun geprüft werden, ob die Elektrode in ihrer jetzigen Position in der Lage wäre, ein Kammerflimmern durch Elektroschockabgabe zu beenden. Es sollte der Ernstfall geprüft werden.

Im Fall des Falles sollte das Gerät ja in der Lage sein, den Patienten wiederzubeleben. Dies galt es jetzt zu testen.

Hierzu bekam der Patient eine Kurznarkose, eine solche Prüfung konnte nicht bei Bewusstsein erfolgen. Durch eine spezielle elektrische Manipulation, eine so genannte T-Wellen Stimulation, wurde der Patient iatrogen in ein Kammerflimmern gebracht, sein Herz stand dann mechanisch still. Dann würde geprüft werden, ob der implantierte Defibrillator das Kammerflimmern durch seine Wahrnehmungsfunktion auch rasch erkannte und durch seine programmierten Algorithmen richtig interpretierte. Hiernach müsste das Gerät das Kammerflimmern durch einen Schock unterbinden, zunächst gäbe es eine niedrigere Energiestufe ab, wäre dies erfolglos, wählte es eskalierend eine höhere Energiedosis. Im Falle des Gelingens wäre die Prüfung erfolgreich verlaufen, die Elektrodenposition im Herzen könnte beibehalten werden. Im gegenteiligen Fall müsste der Patient zunächst von außen durch einen bereitstehendes, externes Defibrillatorgerät geschockt werden. Nach dem Defibrillatorschock von außen müsste dann die Elektrode an elektrisch günstigere Position verbracht, Konfigurationen geändert und erneut getestet werden.

„Wir können!" Der Patient hatte eine Kurznarkose erhalten, wurde jetzt über eine Maske mit Sauerstoff versorgt. „Alles Roger!" rief Schuler salopp. „T-Wellen Stimulation!" Er programmierte an seinem Laptop. Das Patientenherz wurde jetzt in einem speziellen Zeitabschnitt des Erregungsablaufes stimuliert, hierdurch konnte das Kammerflimmern ausgelöst werden. „Er flimmert! Wir können testen." Am EKG Monitor war das Kammerflimmern zu sehen, der Patient hatte jetzt keine wirksame Herzaktion mehr. „Testung mit 17 Joulesekunden, Ladung läuft!" Die Kondensatoren benötigten rund zehn Sekunden zum Aufladen, bis eine Schockabgabe erfolgen könnte.
Zehn Sekunden … können verdammt lang sein. Dietrich beobachtete Schuler an seinem Computer. „Schock!" Alle blickten zum EKG Monitor. Das Herz flimmerte unbeeindruckt weiter. „Schock war ineffektiv! Defibrillation von extern, dann Testung mit höherer Energiestufe oder mit ‚reversed polarity'!" tönte Schuler laut. Dietrich verdrehte die Augen. Diese Anglizismen …
Die Schwester lud den externen Defibrillator, dessen Klebe-Elektroden bereits am Patienten befestigt waren. Schuler drückte den Entladeknopf.
„Schock!"
Nichts geschah.
Kein Schock.
Kein typisches Knackgeräusch.
Keine Zuckung.
Kein Aufbäumen des Patienten.
Nichts.
Gar nichts.
Rein gar nichts.
Stille.
„Was ist denn da los? Nochmal laden!" rief Schuler hektisch.
„Das Gerät ist geladen", antwortete die Schwester ruhig.
„Nochmal schocken!" schrie Schuler.
Er drückte.
Drückte nochmals.
Drückte und drückte an dem Knopf.
Nichts geschah.

Nichts, keine Entladung.
Der externe Defibrillator machte einfach gar nichts.

Dietrich blickte ruhig zur Uhr.
Etwa 40 Sekunden waren mittlerweile vergangen.
40 Sekunden Kreislaufstillstand. So langsam müsste es …
„Der externe Defibrillator ist defekt! So eine Scheiße! Holen Sie schnell einen anderen Defi!“ schrie Schuler panisch. Die Schwester spurtete aus dem OP, Dietrich wusste, es würde mindestens eine Minute dauern, bis sie zurück wäre.
„Ich probier's noch mal über die Elektrode!“ Schulers Finger fuhren fahrig über die Tasten des Laptops, er vertippte sich offensichtlich. Er fluchte. „Wo bleibt der andere Defibrillator, verdammt noch mal?“ Schuler johlende Stimme überschlug sich.

Da sah er es.
Er glaubte zunächst nicht richtig zu sehen, nicht richtig wahrzunehmen.
Das Kabel der externen Defibrillatorelektroden, aufgeklebt am Patienten, war gar nicht mit dem eigentlichen Gerät verbunden.
Es lag auf dem Boden, war nicht eingesteckt worden.
Daher konnte der externe Defibrillator auch keinen Schock abgeben.
„Da, das Kabel ist gar nicht konnektiert“, Dietrich wies ruhig mit dem Zeigefinger auf den Boden.
„Ja, leck mich doch am Arsch, das gibt's doch gar nicht!“ Schuler war leichenblass. Sofort auf den Knien, steckte er das freie Kabel unter dem OP-Tisch in die Gerätebuchse. Der Defibrillator war immer noch geladen. Er drückte den Knopf zur Schockabgabe. Es knackte, der Oberkörper des Patienten zuckte kurz. Am Monitor war wieder ein normaler Rhythmus zu sehen.
Erleichterung, Schuler stöhnte auf. Alles wieder im Lot.

Jetzt war wieder Dietrich an der Reihe. Vorsichtig manipulierte er an der Elektrode, platzierte sie ein Stück weiter seitwärts in der Herzkammer.
„Wir können wieder testen. Der externe Defibrillator müsste jetzt ja gehen.“ Schuler programmierte an seinen Gerätschaften.
Klack.
Schon bei der niedrigsten Energiestufe konnte jetzt über die interne Elektrode das Kammerflimmern beendet werden. Diese Elektrodenlage konnte belassen werden. Fertig … Fast fertig. Dietrich schaffte sich einen kleinen, höhlenähnlichen Platz unter dem Brustmuskel, um dort das Schrittmacheraggregat von der Größe einer Streichholzschachtel zu platzieren.

„'Muss mich bei Ihnen bedanken, Herr Dr. Nolte." Privatdozent Dr. Schuler schüttelte ihm nach dem Eingriff die Hand. Großflächige Schweißflecke zierten sein Hemd. „Und vielleicht auch ein bisschen entschuldigen ..."
„Warum denn?"
„Ich hatte etwas ... Bedenken, anfangs. Ich habe noch nie mit Ihnen zusammen eine Implantation getätigt, ich hielt Sie zu Anfang für ... verzeihen Sie ... für ein Greenhorn. Ich glaube, ich habe Sie unterschätzt, Sie haben voll professionell gearbeitet, sind ruhig geblieben ... Im Gegensatz zu mir ... Und Sie haben in Ihrer Ruhe den entscheidenden Fehler im System entdeckt. Das völlig Banale – ein nicht-eingestecktes Kabel ... Es hätte über Leben und Tod entscheiden können. Danke, Dr. Nolte, und entschuldigen Sie nochmals, ich hatte Sie wirklich unterschätzt ..."
Dietrich ging aus dem Saal, wusch sich die Hände, sah in den Spiegel. Man sollte mich halt wirklich nicht unterschätzen ...
Er dachte an Olaf.
Hass stieg auf ...

Im Aufwachraum sah er nach Herrn Harter, er war wieder bei Bewusstsein.
„Und wieder alles klar?"
„Äh ja, das war ja vielleicht ein Ding", Tobias Harter schüttelte sich.
„War's schlimm gewesen?"
„Schlimm? Eigentlich nicht. Mir hat nichts wehgetan, ich hatte keine Schmerzen oder so etwas. Ich hatte nur ... nur so einen Traum, nein... Irgendwie anders als ein Traum, etwas Stärkeres, Deutlicheres. Etwas... Ich habe so etwas noch niemals erlebt..."
„Erzählen Sie es."
„Bringen Sie mich bitte jetzt nicht gleich in die Psychiatrie, aber ich bewegte mich so auf ein Licht zu, es war hell und warm, wie die Sonne. Aber es war viel größer, vielleicht vier- oder fünf Mal so groß, und es war weiß, man konnte es ansehen, es blendete nicht wie unsere Sonne. Es war sehr angenehm. Ich fühlte mich ganz leicht, ganz frei. Und dann, ich sah mich auf dem Weg zu dem Lichtkörper um, ich schaute zurück ...", die Augen blickten ernster, „... halten Sie mich bitte nicht für verrückt, aber ... aber ich habe mich selbst da liegen sehen, auf dem Tisch, ich habe mich selbst aus großer Entfernung, es waren bestimmt über hundert Meter, liegen sehen und wie Sie alle ... an mir gearbeitet haben. Sie und Dr. Schuler, die Schwestern ... Halten Sie mich bitte nicht für verrückt ..."
„Nein, das tue ich nicht. Ganz bestimmt nicht. Das ist eine ganz besondere Erfahrung, ein so genanntes Nahtoderlebnis. Sie sind nicht verrückt. Eine sehr ... nette Kollegin hat mir während eines Nachtdienstes einiges davon berichtet. Es sind Erlebnisse, die bei Menschen auftreten können, die einen kurzzeitigen Herzstillstand überlebt haben."
„Hatte ich denn einen?"

„Ja natürlich, während der Defibrillator-Testung, aber nur ganz kurz … Nur für ganz kurze Zeit …", beschwichtigte Dietrich.

„Ich wurde dann irgendwie von meinem Weg zum Licht wieder zurück katapultiert, wie durch einen Sog. Es riss mich zurück, weg von dem Licht."

„Sie sagten vorher, Sie hätten beim Zurückblicken uns sehen können, Dr. Schuler, mich, die Schwestern. Ist Ihnen da etwas Besonderes aufgefallen, ist Ihnen da etwas erinnerlich?"

„Nein, eigentlich nicht. Sie standen einfach nur so am Tisch, die Arme verschränkt, die Schwestern … weiß nicht genau. Dr. Schuler arbeitete an den Geräten …" Tobias Harter runzelt die Stirn. „Doch da war etwas Merkwürdiges: Da sah ich, dass Dr. Schuler unter den OP Tisch gegangen war, er krabbelte unter den Tisch! Ganz sicher! Habe mich noch gewundert, was er da tun wollte. Und danach war mein Weg zum Licht zu Ende, ich wurde zurück gesogen und dann … endet auch irgendwie die Erinnerung, ich habe geschlafen, bin aufgewacht, hier in diesem Raum."

Dietrich ging zurück auf Station.

„Da sah ich, dass Dr. Schuler unter den OP-Tisch gegangen war, ganz sicher…"

Ein astreines Nahtod-Erlebnis.

Tobias Harter hat gesehen, wie Schuler die Kabel unter dem OP-Tisch konnektiert hatte, erst danach funktionierte wieder der externe Defibrillator und das Erlebnis war beendet. Dietrich grübelte. Hätte Sophie mir damals in der Nacht nicht so ausführlich diese Phänomene dargelegt, hätte ich das eben Gesagte als Hirngespinst abgetan. Als Traumerlebnis, als Halluzination, Narkotika-Nebenwirkung …

Ganz schön Schwein gehabt, der Herr Harter …

Nur wegen dem verdammten Kabel unter dem Tisch … einfach nicht eingesteckt…

Gut dass ich es bemerkt habe …

Er Dietrich ging in sein Arztzimmer. Sophie, Sophie was machst du gerade … bist du schon wach? Schon aufgestanden?

Abends gab es von Yvette bissige Worte, anspielend auf seine Laborkladden-Kontrolle. „Hättest besser auf die wichtigen Dinge im Leben geachtet, hättest besser anderes kontrolliert, dann wäre Lisa noch am Leben!"

Er war zu keiner Reaktion auf ihre Leier fähig, zumindest zu keiner verbalen.

Er zog sich mit einem Bier vor den Fernseher zurück.

Mittlerweile genügte schon Yvettes Anblick, um Hass in ihm hoch zu kochen.

Wie konnte ich diese Frau jemals lieben? Habe ich sie denn jemals geliebt?

Ich bin da irgendwie nur hineingeschlittert in diese Sache damals mit ihr …

'War schon zu lange solo gewesen …

Was heißt ‚zu lange‘ – das ganze Leben …
Habe mich blenden lassen von ihrem betörend guten Aussehen …
Der cerebro-cavernöse Shunt lief auf Höchstleistung, ließ den Verstand aussetzen, zapfte das Blut aus dem Hirn ins Gemächt …
Es wird bald ein Ende haben.
Dietrich holte sich ein zweites Bier.

*

Sie hatten sich wieder für das zweite Untergeschoss verabredet.
Raum U 212. Der Lagerraum.
In folternder Langsamkeit waren für ihn die Tage von Sophies Nachtdienst und ihrer daran anschließenden Freiwoche verlaufen.
Zwischenzeitlich hatte er nach Herrn Harter noch zwei weitere Schrittmacher in Eigenregie implantieren dürfen, er war gelobt worden für seine Umsicht und seine sichere Hand.
Es war Sophies erster Tag nach der Freiwoche, unmittelbar nach der morgendlichen Intensiv-Visite hatten sie kurz getuschelt, den Termin in U 212 festgemacht.
Den Morgen über war Dietrich heillos unkonzentriert gewesen, hatte kaum Konstruktives auf Station zu Wege gebracht.
„Wo sind Sie bloß in Gedanken?“ war er von einer Stationsschwester gefragt worden.

Er war zuerst da. Sein Puls raste, das Herz bebte. Was würde Sophie sagen?
Sie hatte jetzt fast zwei Wochen Zeit, eine Woche Nachtschicht, eine Woche frei; sie muss eine Entscheidung getroffen haben. Ex oder hopp. Olaf oder ich.
Er zitterte.
Ich werde es mit Fassung tragen, wenn ich einen Korb bekomme.
Ich nehme mir vor, stark zu sein,
Ich werde vor sie hintreten und ihr sagen, dass ich es akzeptiere, aber dass ich sie niemals aus meinen Gedanken und schon gar nicht aus meinem Herzen bekommen werde …
Geräusche, die Türklinke ging, Sophie trat ein, noch in der Schwesterntracht.
„Sophie! Du weißt nicht, wie ich dich vermisst habe!“ Sie umarmten sich innig. Sehr innig.
Sagt sie mir’s jetzt gleich?
Sagt sie jetzt, dass sie lieber bei ihrem Olaf bliebe, dass ich ganz nett und lieb wäre, aber ihr Olaf …?

374

Sein Atem ging schnell, zu schnell, tachypnoisch wie bei einem Lungenödem.

Sophie eröffnete mit einer kleinen Überraschung. „Ich habe dir etwas mitgebracht ... ein kleines Geschenk."

Er traute seinen Ohren nicht.

Ein Geschenk? Was konnte das sein?

Es musste klein dimensioniert sein, ihm war beim Eintreten und der Umarmung nichts aufgefallen.

„Na, gespannt?"

„Äh, ja, schon ... ziemlich", er keuchte, hielt sich an einem Regal fest.

Sophie griff in die Seitentasche ihrer Hose und brachte zwei kleine Mobiltelefone hervor. „Ich dachte, dass wir ein bisschen besser in Kontakt bleiben können ... Es sind billige Handys mit Karten. Keine Rechnung, nichts. Die Karte ist schon gefüllt. Wir können uns ‚SMS' schicken ohne dass es jemand merkt, wenn wir ein bisschen aufpassen ..." Ein verschmitztes Lächeln.

Dietrich verstand. Er hatte ein Mobiltelefon mit einem Vertrag, bekam die Telefonrechnung per Post zugesandt, alle Leistungen akribisch aufgeführt. Mit den beiden Billighandys mit Karten konnten sie unbemerkt kommunizieren, zumindest per elektronischer Kurzbotschaften.

Er jubelte. Das ist der Anfang! Sie wird Olaf in die Wüste jagen! Und ich Yvette!

Wir werden zusammen sein ...

„Das ist eine super Idee ... Ich danke dir ganz arg." Ein Kuss auf ihre Wange. „Wenngleich eine ‚SMS' kein Gespräch ersetzt, so ist es doch mehr als Nichts, besser als Funkstille", fuhr er fort. „Du weißt nicht, wie schmerzhaft die vergangenen Tage für mich waren. Ich habe dich so arg vermisst ..." Sie umarmten sich, küssten sich.

Sophie setzte wieder an. „Du erwartest vielleicht schon eine Art Entscheidung von mir. Ich kann sie dir momentan nicht geben. Es ist ... zu schwer."

Dietrich stöhnte kaum hörbar auf. Ein Seufzer.

Kein Korb, keine Zusage.

Vertagung ...

Sophie fuhr fort. „Weißt du, ich ... ich liebe dich schon. Ja, ich liebe dich wirklich ..." Dietrichs Herz ging auf, lachte, „... aber mich verbindet auch vieles mit Olaf ... Nicht nur in materieller Hinsicht, unsere Villa, unser Vermögen ..." Verfinsterung in Dietrichs Herz, „... mich verbindet auch inhaltlich einiges mit Olaf ... Wir sind verheiratet, wir sind ein Paar, wir haben ... eigentlich eine glückliche Beziehung ..." Ein Keulenschlag. Glückliche Beziehung? Mit diesem Arschloch? Die Worte brannten in seinem Herz wie ein glühendes Eisen. Mit ruhiger Stimme fuhr Sophie fort, die Sätze klangen wie vorbereitet, eingeübt. „Ja, uns verbindet einiges ... Ich kann nicht ein-fach davonlaufen wie ... bei einem Freund in der 8. Klasse. Du verstehst das bestimmt. Oder?" Sophie blickte ihn an.

Er sagte nichts.
Stille.
Keiner redete. Kein Laut vernehmbar.
„Dietrich, bitte sei nicht traurig, ich brauch' einfach noch Zeit … Ich liebe dich wirklich auch …" Ihre Stimme leiser.
„Ehrlich?"
„Ja." Die Stimme noch leiser.

„Ich kann dich verstehen, Sophie. Es ist nicht einfach. Ich möchte dir etwas sagen. Du weißt, ich liebe dich über alles. Ich würde alles für dich tun. Alles … Ich bin ja selbst auch verheiratet … Ich werde Yvette in den nächsten Tagen verlassen. In den allernächsten. Ich werde mich von ihr trennen, mich von ihr scheiden. Aus, fertig, Ende, Schluss, vorbei. Abpfiff. Finis opera! Ich mache den Anfang. Du wirst es sehen – ich verlasse sie. Ich verlasse sie wegen dir. Wegen dir – meinem Ein und Alles …" Seine Stimme erklang martialisch. Es gibt jetzt kein Zaudern mehr, kein Taktieren … Er umarmte sie heftig, drückte sie fest. Er spürte wieder ihre erregenden Brüste an seinen Rippen. „Ich liebe dich doch, Sophie."
Sophie blickte ihn an. Tränen liefen die Wangen herab. „Das würdest du wirklich tun? Für mich?"
„Ich würde alles für dich tun, Sophie. Alles. Sogar für dich sterben". Oder jemanden umbringen … Darin habe ich Expertise …
Sophie schlang sich an ihn, drückte ihn fest an sich. „Ich liebe dich auch, auch wenn alles so schwierig und so kompliziert ist …"
Dietrichs Ideenmaschine arbeitete. Ich könnte das Arschloch Olaf auch aus dem Weg räumen, so wie Nollendorf. Ab den Hang runter, ohne Spuren, sogar ohne Verdacht … Runter und aus. Zerschellt, zermalmt. Fertig …
Sie küssten sich zärtlich.
Seine Ideenmaschine arbeitete weiter, hochtourig, mit voller Last.
Heute hatte Yvette Nachtdienst.
Morgen ist sie dran. Dann sag' ich's ihr. Soll sie bleiben wo sie will …
„Treffen wir uns Freitag wieder? Hast du da noch Frühdienst? Ich kann dir dann berichten."
Wir werden unsere Hütte verkaufen. Müsste machbar sein, gute Lage. Der Preis müsste mindestens für die Schulden bei der Bank reichen. Der ganze Krempel wird aufgeteilt, aus, fertig … Dietrichs Augen glänzten.
„Ja, machen wir das. Wir können uns ja zwischenzeitlich schreiben. Lass das Handy einfach die meiste Zeit aus, dann passiert nicht viel. Ich freue mich auf dich. Ich habe … dich auch vermisst."
„Sophie, ich liebe dich so sehr, wie es du … dir nicht vorstellen kannst, nicht in deinen kühnsten Träumen …"
„Woher willst du wissen, was ich träume", lachte sie schelmisch. Sie küssten sich zum Abschluss, danach die gleiche Routine: Sophie ging zuerst, zwei

Minuten später folgte Dietrich, er lief zurück auf seine Station, in Gedanken sehr weit von den dortigen medizinischen Problemen entfernt.

Sie liebt mich auch … Sie hat mich auch vermisst … Sie braucht noch ein bisschen, bis sie ihren Olaf verlassen kann … Sie wird es tun, sie ist doch auch eine ‚Herzfüßlerin'. Sie liebt mich auch … Sie liebt mich auch … Sie liebt mich auch …

*

Der übernächste Tag.

Ein anstrengendes Operationsprogramm, bis in den späten Nachmittag hinein andauernd.

Dietrich eilte noch über seine Station, die Gedanken fahrig. Im Arztzimmer kopierte er rasch die Laborwerte, dann rüstete er sich.

Heute Abend wird es geschehen.

Finis opera.

Ich werde es Yvette sagen … dass es aus ist mit uns … dass wir uns trennen werden … scheiden lassen …

Er zog sich an, klemmte die Laborkopien unter den Arm, hastete zum Parkplatz.

Ein grober Schlachtplan ward zusammen gezimmert.

Es war zu erwarten, beim Heimkommen Yvette im Arbeitszimmer vorzufinden. Es sollte keine besondere Eröffnung geben, kein längeres Vorgeplänkel, keine Einleitung. Gleich zum Auftakt sollte gesagt werden, was gesagt werden muss.

Von Sophie würde er nichts erzählen. Es bedurfte keiner Erläuterungen.

Worte, Formulierungen wurden zurecht gelegt, lagen bereit im Bombenschacht.

Wie wird Yvette reagieren? Wird sie um mich kämpfen? An mich appellieren, es nochmals zu versuchen?

Unwahrscheinlich, die Stimmung war zu schlecht in der letzten Zeit.

Wird sie aus dem Häuschen sein? Hysterisch werden?

Unwahrscheinlich.

Sie hat sich zu sehr unter Kontrolle, ist zu ‚tough', wie es neudeutsch in der Klinik heißt …

Wird sie ausflippen? Die Kontrolle verlieren? Unüberlegtes tun? Aggressiv werden?

Ihm wurde es mulmig, die Entschlossenheit des Morgens bröckelte ein wenig.

Er startete den Wagen.

377

Der Schlachtplan sah vor, zunächst ein kleines Bier zu trinken. Es würde Lockerheit bringen, die Nervosität lindern. So ein Gespräch hat man ja auch nicht alle Tage.

Er hielt an der Tankstelle, nahm eine Halbliter Dose aus dem Kühlschrank. Er trank im Auto, rasch, hastig. Er war auch durstig. Das Auto stand in einer Parklücke. Ich werde nachher Sophie eine SMS schicken. Ihr schreiben, dass ich es getan habe …

Das Bier war rasch leer. Der Puls war immer noch recht schnell. Keine Beruhigung. Yvette ist eine starke Frau, wie wird sie reagieren?

Es wird eine fürchterliche Szene werden … Wie soll der Abend dann überhaupt weiter gehen? Soll ich dann auf der Couch schlafen?

Er lenkte den Wagen zurück zur Tankstelle. Er holte eine zweite Dose, bezahlte, steuerte wieder den gleichen Parkplatz an. Es zischte, Schaum floss aus der Dosenöffnung, kleckerte auf seine Jeans. Er trank. Es wird eine Schlacht werden. Yvette wird aus allen Wolken fallen.

Oder wird sie gar nicht überrascht sein? Vielleicht reagiert sie ja ganz konstruktiv, sagt ‚Ja, okay. Lief ja auch alles nicht so toll die letzte Zeit, lass uns verschiedene Wege gehen …'

Dietrich trank weiter. Es beruhigte nur wenig, der Puls raste noch immer. Er nestelte sein Handy aus der Hosentasche hervor, schrieb:

„Ich werde ihr es jetzt gleich sagen." Er schickte die elektronische Kurzbotschaft an Sophie ab.

So jetzt ist es geschehen. Jetzt muss ich in die Schlacht, jetzt gibt es kein zurück. Auch wenn ich etwas nervös bin … Fahrig trank er. Haben nicht die Infanteristen in den Weltkriegen vor den Sturmangriffen einen Mut-Trunk genommen, Schnaps oder Wein kreisen lassen, bevor es aus den Gräben ging? Die Bierdose war leer. So, jetzt in die Schlacht!

Er zögerte. Kein weiteres Bier, ich werde sonst unkonzentriert … lalle vielleicht gar … Es wird hart werden. Ein letztes Bier, eines nur …

Er startete den Wagen. Er wählte eine andere Tankstelle. Es wäre auch zu dämlich, im Viertelstundentakt am gleichen Tresen mit dem ein und demselben Produkt, einer einzelnen Dose Bier, aufzutauchen.

Er holte die dritte Halbliterbüchse. Ich werde noch urinieren müssen … Er wählte einen anderen Parkplatz, trank, diesmal ruhiger, bedächtiger. Schmeckt gar nicht so übel, dieses Büchsenbier. Bei neugierigen Passantenblicken wurde die Bierdose zwischen den Beinen in Deckung gebracht. Mann, bin ich schon Alkoholiker?

Er riss sich zusammen, leerte die Büchse mit einem kräftigen Zug. Mann oh Mann, jetzt haue ich mir die dritte Bierdose rein … Er warf die Büchse aus dem Wagen. Scheppernd rollte sie über das Trottoir. Er startete den Wagen. Ein älterer Passant schimpfte ihm hinterher, einen Gehstock schwenkend.

Er fuhr nach Hause. Jetzt wird's ernst. Waffen entsichern. Durchladen.

Die Blase drückte. In der Garage kontrollierte er nur zweimal das Licht, der Harndrang wurde schmerzend. Er schloss auf, ging zunächst zur Toilette, erleichterte sich. Er wusch sich die Hände. So jetzt geht's los.
Von Yvette war bislang nichts zu hören gewesen, keine Begrüßung, nichts. Er atmete durch. Er trat ins Arbeitszimmer, seine Finger zitterten. Die Operation beginnt ...

„Hallo."
„Hallo."
Yvette hatte sich nur kurz umgeblickt, konzentrierte sich sogleich wieder auf den Monitor. Dietrich erkannte die ‚Medline', die große medizinische Datenbank sämtlicher wissenschaftlich publizierter Artikel.
„Ich muss dir was sagen."
Pause.
Keine Reaktion.
Dann: „Muss das jetzt sein? Ich bin gerade an einer wichtigen Literatur-recherche ..."
Ja, das muss jetzt sein. Wirst gleich sehr erstaunt sein, meine Liebe.
„Yvette, ich werde dich verlassen. Wir werden uns trennen!" Die Worte waren stark, hart und laut.
Pause.
„Hast du was getrunken?" Yvette sah sich nicht um, konzentrierte sich weiter auf den Monitor.
Diese Antwortmöglichkeit hatte der präparierte Schlachtplan nicht vorge-sehen. Was soll ich antworten?
„Äh, das ist völlig egal. Ich bin nicht besoffen, wenn du das meinst." Die Worte klangen weniger stark, leiser, ruhiger.
„So? Du meinst das also im Ernst?" Yvette blickte sich immer noch nicht um, starrte immer noch in die Mattscheibe.
„Ja. Es ist mein voller Ernst. Wir lassen uns scheiden!" Die Worte wieder stärker, lauter. Er war wieder im Fahrwasser, voll auf Kurs.
„Hast du eine Freundin. Eine andere?" Yvettes Frage klang nüchtern, ähnlich einem Arzt, der bei der Anamneseerhebung einem Patienten Routinefragen stellt.
„Nein. Es hat andere Gründe." Die Worte wieder stark, laut, deutlich. Die Frage war im Schlachtplan vorgesehen, ebenso wie die Antwort.
„So? Und die wären?"
„Unsere Ehe ist kaputt. Wir leben nur noch nebeneinander her. Du bist aggressiv gegen mich. Wir leben nur noch in einer Zweckgemeinschaft. Wir beenden jetzt das Theater!" Die Worte wieder stark, laut. Sie waren Bestand-teil des präparierten Planes.
„Aha." Yvette drehte sich auf dem Stuhl zu ihm hin, weg von dem Monitor. Ihre Augen funkelten böse. Gefährlich. Sehr gefährlich.
Dietrichs Sicherheit wankte.

„Und wie stellst du dir das so vor, mein Lieber?"

„Wir lassen uns scheiden, ganz einfach. Wir verkaufen die Hütte, bezahlen die Schulden, teilen den Krempel auf, fertig. Jeder geht seines eigenen Weges. Neues Spiel, neues Glück. Kommt in den besten Familien vor." Seine Worte klangen selbstbewusst, sicher. Das Bier war gut gewesen. Locker bleiben. Stark sein. Ihre Reaktion abwarten. Ruhig reagieren, auch wenn sie jetzt eine Szene hinlegt …

„Das hast du dir aber fein ausgedacht, mein Lieber." Yvette musterte ihn kalt. „Hast du dir für die Aktion einen angetrunken? Die Fahne riecht über drei Meter, mein Lieber."

Ein ziemlicher Treffer. Er schluckte. Scheißegal. Es geht jetzt nicht ohne Verluste ab. Stark bleiben. Alles unter Kontrolle halten. Alle Mann bleiben auf Gefechtsposition.

„Hast du eigentlich schon deine Laborzettel ordentlich kontrolliert? Nicht dass du da 'was übersehen hast …"

Ein weiterer kleiner Treffer. Sie provoziert mich, die Hexe. Pass bloß auf. Ruhig bleiben, alles unter Kontrolle halten.

„Das geht dich einen Dreck an. Mit uns ist es jedenfalls aus. Fertig. Scheidung. Ende!"

„Aha." Yvettes Augen funkelten noch böser. „Das hast du dir aber wirklich fein ausgedacht, mein Lieber." Sie musterte ihn geringschätzig. Sie fuhr fort.

„Die Rechnung macht man aber immer mit dem Wirt, nicht ohne ihn; wusstest du das nicht, mein Lieber?"

Dietrich blickte kalt zurück.

„Weißt du, vielleicht habe ich ja gar keine Lust, mich von dir scheiden zu lassen …" Sie lächelte maliziös. Jetzt sah sie leibhaftig einer Hexe gleich.

„Was … was meinst du denn damit?" Er begann zu schwimmen. Was ist das für eine Reaktion, was für eine Variante? Dies sah der Plan nicht vor …

„Ich möchte mich nicht von dir scheiden lassen. Basta, aus. Okay?" Sie blinzelte ihn an, lächelte grausam, hexenhaft, ihre Zähne blitzten. Mittlerweile trat am Monitor der Bildschirmschoner in Aktion.

„Weißt du, mein Lieber, es wäre für mich in der nächsten, sagen wir mittelfristigen Zeit, einfach strategisch unvorteilhaft, den Status einer Geschiedenen anzunehmen." Sie machte eine Pause, ließ das Gesagte wirken. Er atmete rascher. Was soll das jetzt?

„Nicht, das ich dich liebte, keine Sorge mein Lieber", fuhr Yvette fort, „es ist nur so, dass ich ‚reasearch-mäßig' momentan einfach supergut vorankomme, in einem halben Jahr kann ich die Habilitation einreichen." Kurze Pause. „Mein Chef ist leider nur furchtbar konservativ. So eine Scheidung wird ihn gar nicht erfreuen, weißt du, mein Lieber …" Ihre Augen blitzten ihn funkelnd an. „Außerdem werde ich mich nach der Habilitation mittelfristig um eine Chefarztstelle kümmern, mein Lieber. Bei einer Bewerbung um einen solchen Job macht es sich nicht so besonders günstig, wenn man geschieden ist. Schon allein die ganzen konfessionellen Krankenhäuser

kannst du dann alle vergessen. Eine Scheidung kommt für mich derzeit nicht
in Frage!"

„Ob das für deine beruflichen Planungen strategisch relevant ist oder nicht –
das ist mir scheißegal!" Wieder starke, laute Worte.

„Das glaube ich dir. Aber man macht die Rechnung mit dem Wirt, nicht ohne ihn, mein Lieber. Ich lasse mir meine berufliche Zukunft nicht von dir
vermasseln. Vielleicht würde ich die Habilitation als Geschiedene noch
schaffen, eine Chefarztbewerbung aber – das sähe mau aus. Also: Scheidung
kommt aktuell nicht in Frage, capito?"

„Wir lassen uns scheiden, fertig!"

„Nochmal, zur Wiederholung, mein Guter: Ich lasse dir von mir nicht meine
berufliche Zukunft versaubeuteln. Nicht von dir Würstchen!"

Er holte mit der Rechten aus, machte einen Schritt auf sie zu. Er schlug sie
mit all seiner Kraft in ihr Hexengesicht, ein Schneidezahn krachte mit einem
hässlichen Laut aus ihrem dämonischen Lächeln, Blut rann aus dem Fratzen-
mund.

Er sah die Bilder nur in Gedanken, er hatte inne gehalten, die Rechte hoch
erhoben.

Yvette hielt ihm das Gesicht hin, frontal, ungeschützt, provozierend.

„Schlag nur zu, mein Lieber. Schlage zu, wenn dir nichts mehr einfällt! Wirst
sehen, was du davon hast!"

Dietrich zog die Hand zurück.

Ich hätte sie schlagen können, die Hexe … Voll in ihre Fresse …

„Pass mal auf, mein Lieber." Yvette blickte ihn unverändert dämonisch
lächelnd an, ihre Stimme war ruhig und leise. „Du vergisst jetzt 'mal ganz
schnell deine Abenteuergedanken, okay? Du trinkst jetzt am besten noch ein
Bier, oder ein paar, oder ein paar viele, und du kontrollierst brav deine
Laborwerte, am besten ganz oft. Nicht, dass du was übersehen hast, okay?
Und du lässt die Tante Yvette jetzt schön in Ruhe, okay? Denn ich sage dir
jetzt, was passieren wird, wenn du nicht artig bist, mein kleiner Dietrich,
okay? Tante Yvette wird dir jetzt 'was erzählen …" Sie klimperte mit den
Augen. Er verharrte im Türrahmen stehend, bebend, zitternd. Was für eine
Schlacht hier … Halte alles unter Kontrolle, Dietrich … Nicht die Nerven
verlieren. Ruhig bleiben …

„Du vergisst jetzt schön brav deine dummen Gedanken, okay? Wir werden
weitermachen wie bisher. Ist doch praktisch, oder? Wir haben ein tolles
Haus. Wir haben eine praktische Zweckgemeinschaft. Nutzen gemeinsam
Waschmaschine, Kühlschrank, Garten, alles paletti. Sogar das Bett … Ist
doch absolut praktisch, oder? Außerdem steuerlich ganz günstig …" Eine
kurze Pause. Sie beobachtete ihn scharf. Das Augenfunkeln wurde stärker.

„Jetzt pass 'mal wirklich gut auf, mein Lieber. Jetzt kommt was Wichtiges.
Schön gut zuhören, was Tante Yvette sagt. Nicht träumen, okay?" Wieder

eine Pause. „Wenn du nicht brav bist und nicht machst was ich dir sage, dann wird Tante Yvette ganz ganz böse, okay?"
Dietrich stand unbewegt. Was für eine Schlacht …
„Wenn du nicht brav bist und deine Scheidungsgedanken ernst machen willst, dann werde ich dir jetzt ganz genau sagen, was dann passieren wird, mein Lieber!" Wieder eine Pause. „Ich werde einen Scheidungskrieg vom Zaun brechen, da wird dir Hören und Sehen vergehen, mein Lieber. Mein Vater kennt in Hamburg einen der renommiertesten und fähigsten Scheidungsanwälte Europas. Er hat schon manchen Promi vertreten. Ich werde allerschwerstes Geschütz auffahren lassen. Ich werde dich fertig machen, dich bluten lassen wie ein Schwein. Ich werde dich zerstören, dich völlig vernichten." Die Augen funkelten böse wie nie zuvor. Ein Dämon …
„Ich werde dich als pervers hinstellen. Ich werde aussagen, dass du dich an Lisa vergangen hättest, dass du ein pädophiles Dreckschwein bist, dass du sie deshalb hast sterben lassen. Ich werde sie exhumieren lassen. Ich werde deine Kontrollkrankheit breittreten und auswalzen, deine Zwangsneurose offen legen, Zeugen dafür auffahren, du würdest vor den Psychiater gezerrt, in die Geschlossene eingebuchtet werden, pass' auf, das krieg ich hin! Wirst sehen, was da deine Abteilungskollegen sagen werden! Die werden staunen! Ich werde dich anklagen, Dinge vorbringen, die du dein Lebtag noch nicht gehörst hast, du wirst dein blaues Wunder erleben, dein persönliches Waterloo. Pass auf, mein Lieber, wenn du den Krieg willst, wirst du ihn bekommen, aber zieh dich warm an. Es ist mehr, als besoffen in der Türe zu stehen und dummes Zeug zu quatschen, dann geht's ans Eingemachte, mein Lieber. Ich werde dich so dermaßen fertig machen, pass bloß auf." Wieder die Pause. „Also überleg es dir, Kleiner. Du kannst den Vernichtungskrieg haben, den verlierst du. Diese Anwaltskanzlei hat noch nie verloren, du würdest ausbluten, die hängen dir Schweinereien an, von denen du noch nicht 'mal träumst. Das täte mir sogar ein bisschen leid um dich, mein Lieber …" Ein diabolisches Lächeln. „Im anderen Fall, wenn du deine dummen Gedanken wieder vergisst und alles so weiter läuft, dann vergessen wir einfach dieses Gespräch. Wir machen so weiter wie bisher. Teilen uns die Logistik, jeder macht seinen eigenen Kram, ich bin in sechs Monaten habilitiert und …" Wieder das hässliche Lächeln „… vielleicht schon in ein, zwei Jahren Chef-ärztin. Dann können wir über alles reden. Dann können wir uns immer noch trennen, dann ist alles in trockenen Tüchern. Hast du gut aufgepasst und schön zugehört, mein Lieber?"
Er stand unbewegt.
„Also entscheide dich, mein böser Bub. Ist doch gar nicht so schlecht wie es bisher lief, oder? Tante Yvette wird auch gar nicht mehr so arg schimpfen, wenn du zum zehnten oder zwanzigsten Mal irgendeinen unwichtigen Scheißdreck kontrollierst …"
Dietrich zitterte, bebte. Der Hass, der Zorn begann ihn einzunebeln.

Yvette fuhr fort. „Ist doch gar nicht so schlimm, oder? Wenn du willst, mach ich auch ab und zu für dich die Beine breit ... Dass deine Samenbläschen nicht überquellen ... Oder onanierst du? Also das Angebot besteht weiterhin, trotz des unromatischen Gesprächs hier ... Ist ein Angebot von mir. Wenn ich Zeit habe - ich spreize die Beine für dich, auch wenn's noch so unprickelnd ist, mein Lieber. Du Würstchen ... Brauchst nicht glauben, dass du im Bett 'ne Wucht wärst, nein, leider weit unter Durchschnitt ... Aber dennoch, Tante Yvette wird dich ab und zu ran lassen.“

Er machte wieder einen Schritt auf sie zu. Er nahm den Briefbeschwerer, einen massiven Bergkristall, Geschenk des Schwiegervaters, bestimmt vier Pfund schwer. Er holte aus und ließ ihn auf Yvettes Stirn nieder krachen. Sie stöhnte nur leise auf, zuckte in den Gliedern und fiel leblos vom Schreibtischstuhl.

Das Os frontale, das Stirnbein, war durch den Schlag großflächig eröffnet, rosafarbene Hirnmasse quoll hervor, teilweise von den Meningen bedeckt, zusammen mit dunkelrotem, zähem Blut vermengt.

Wieder geschah es nur in seinen Gedanken.

Wieder hatte Yvette ihr Gesicht hingehalten. „Schlag nur zu, schlag mich nieder! 'Käme nicht gut, mein Lieber ...“

Er hatte im letzten Moment inne gehalten, den schweren Bergkristall über ihrem Kopf.

Er stellte ihn zitternd auf den Tisch zurück.

Sophie, liebe Sophie ... ich liebe dich ... Es nützt nichts, wenn ich im Gefängnis darbe ...

Yvette lächelte diabolisch. „Schön brav bleiben, mein Lieber. Schön machen, was Tante Yvette dir gesagt hat, okay?“

Er ging aus dem Arbeitszimmer. Er taumelte in die Küche, öffnete den Kühlschrank, nahm sich ein Bier. Nur unzureichend konnte es Betäubung geben. Was für eine Schlacht ...

Er zog sein Mobiltelefon aus der Hosentasche. Eine neue SMS. Von Sophie. „Hallo! Wie ist es verlaufen? Ich bin in Gedanken bei dir.“

*

Er erwachte mit einem Brand.

Mit quälendem Durst wankte er in die Küche, trank Mineralwasser aus der Flasche. Auf der Anrichte standen drei leere Bierflaschen. Aha, die habe ich also gestern noch getrunken ...

Er rief sich den Abend in Erinnerung. Er hatte sich vor den Fernseher platziert gehabt, ein Bier aufgemacht ... Was für eine Schlacht ... Was war das für ein Ergebnis ...

Yvette schlief noch. Er trank weiter Mineralwasser aus der Flasche. Er hatte leichte Kopfschmerzen. Er duschte, die Klarheit kam ein wenig zurück.
Er nahm das Mobiltelefon aus der Hose.
„Wir müssen uns unbedingt treffen. Geht's bei dir morgen Nachmittag? Ich liebe dich …"
Die SMS wurde versandt.
Für den heutigen Tag war längeres OP-Programm angesagt.

Yvette kam verschlafen aus dem Schlafzimmer, das Nachthemd weit offen stehend, ihre Brüste entblößend. Absicht? „Morgen. Wieder zur Raison gekommen?" Sie hauchte ihm zu seiner Überraschung einen Kuss auf die Wange. Sie streifte sich das Nachthemd ab, sie stand jetzt völlig nackt vor ihm, nahe, sehr nahe, viel zu nahe, um zufällig zu sein. Ihr Körper ist wirklich atemberaubend, da gibt's nichts … Sie öffnete die Duschtüre, ließ das Wasser laufen. „Vergiss nicht, mein Lieber. Fang lieber keinen Krieg an. Du würdest ihn verlieren, ganz sicher. Ich würde dich so dermaßen fertig machen, dich an die Wand fahren …" Sie schloss die Duschtüre, das Wasser brauste.
Ich werde Dich umbringen, du Hexe …
Er ging aus dem Haus.

Ihm war der Geruch im Lagerraum U 212 mittlerweile vertraut. Die zahlreich gelagerten Desinfektions- und Reinigungsmittel verströmten antiseptisches Aroma.
Sophie hatte Spätschicht, daher hatten sie 13 Uhr vereinbart.
Dietrich hatte sich kommentarlos von Station gestohlen.
Fast zeitgleich trafen sie am konspirativen Ort ein, umarmten sich, küssten sich kurz. Er spürte Sophies raschen Herzschlag durch die bebenden Brüste.
„Wie ist es gelaufen?" Sophie schien vor Spannung zu platzen.
Er betrachtete sie, wartete noch mit der Antwort. Sophies Augen leuchteten.
„Erzähle! Wie hat sie reagiert? Ich … habe mir schon etwas Sorgen gemacht, dass sie vielleicht austicken, durchdrehen könnte …"
„Es war … anders als ich gedacht habe …"
„Nämlich …? Hat sie sich gefreut und jubiliert?" Ein ironisches Lächeln.
„Nicht ganz. Sie lehnt eine Scheidung ab. Sie will mit mir zusammen bleiben.
Sophie blickte erstaunt. Sie sieht enttäuscht aus …
„Ich dachte, eure Beziehung sei nicht mehr so brillant …" Ihre Stimme leise, gedrückt.
„Ist sie auch nicht. Ihre Argumente gegen eine Scheidung sind auch … sagen wir – anderer Natur …"
„Wie soll man das verstehen?" Erstauntes Gesicht.
„Ihre Reaktion hat mich auch sehr überrascht. Ziemlich überfahren. Wusste nicht, darauf zu reagieren … Nach meiner Eröffnung war sie ganz ruhig auf

ihrem Schreibtischstuhl sitzen geblieben, hatte gefasst geantwortet. Sie sagte, eine Scheidung käme momentan nicht in Frage, das würde ihrer kurz- und mittelfristigen Karriere sehr abträglich sein. Sie wolle erst noch ihre Habilitation fertig stellen und jobtechnisch gut unterkommen. Sie will Chefin werden … Die armen Kollegen …“

„Aber das ist doch völlig absurd … Das dauert ja auch noch ein Weilchen, bis diese Ziele realisiert werden können. Das ist doch ein Quatsch.“ Entrüstetes Gesicht, zartrosa Flecken auf den Wangen.

„Yvette meint, dass ihr eine Scheidung abträglich wäre hinsichtlich Bewerbungen für leitende Positionen. Bei einer Chefarztausschreibung können solche Dinge eine Rolle spielen, besonders bei konservativen Häusern. Die meisten konfessionell geführten Kliniken kannst du dann von vornherein vergessen, da wird kein Geschiedener Chefarzt. Und konfessionelle Häuser gibt es viele …“

„Aber das ist doch trotzdem absurd. Eure Ehe ist … sagen wir’s ruhig – ziemlich zerrüttet. Yvette kann doch nicht allen Ernstes in diesem Ehehafen so weiter dümpeln mit dir, nur damit ihre Bewerbungschancen im Lot bleiben? Das kann nicht ihr Ernst sein. Und was hast du ihr entgegnet?“

Entgegnet …?

Nichts. Ich bin dagestanden wie ein törichter Tölpel.

Bin ins Wohnzimmer gegangen und hab’ Bier getrunken …

Nichts habe ich entgegnet …

Habe mich von ihr vorführen lassen … von dieser Hexe …

Ich könnte sie …

„Ihre Karriere scheint für Yvette absolute Priorität zu besitzen. Ich war auch sehr überrascht von ihrer Reaktion. Sie drohte mir …“

„Mit was? Mit dem Nudelholz?“

„Nein. Sie sagte, wenn ich mit Gewalt auf die Scheidung drängte, würde sie einen totalen Krieg gegen mich vom Zaun brechen. Ihre Eltern kennen da einen Staranwalt … Sie würde alles auffahren gegen mich, schwerstes Geschütz. Sie würde mich fertig machen, mich der Pädophilie bezichtigen, mich finanziell auspressen.“

Sophie dachte nach. „Mit so was muss man rechnen. Ist eine üble Sache, so eine Scheidung …“ Nachdenklicher Blick.

Eine Pause entstand. Das Gesagte musste wirken, sich setzen. Sophie schien nachzudenken.

Dietrich, lass dich nicht ins Bockshorn jagen … Kaum macht Yvette starke Arme, knickst du gleich ein. Kämpfe! Stell dich der Schlacht! Mach sie fertig!

„Ich werde sie trotzdem verlassen. Ich lasse mich nicht einschüchtern. Ich gehe für dich durchs Feuer, auch durch dieses.“ Seine Worte klangen nicht sehr stark.

Ja, ich habe Angst vor ihr, vor der Hexe. Sie ist wirklich eine Hexe, sie gehört verbrannt. Ja, man müsste sie verbrennen …

Ja, ich habe Angst. Angst vor dieser Art von Auseinandersetzung …
Große Angst. Stehe ich das durch?
„Ich verlasse sie wirklich, Sophie. Meine Liebe ist vielfach größer als diese
… Schwierigkeiten."
Sophie blickte traurig. „Das wird furchtbar werden … Vor Gericht … Die
Gerüchte hier in der Klinik. Die Buschtrommeln werden alle Einzelheiten
von Abteilung zu Abteilung potenziert weiter tragen. Es wird hart werden."
„Das denke ich mir. Trotzdem werde ich es tun. Ich liebe dich so arg, Sophie,
ich würde für dich sterben." Er umarmte sie, sie vergrub ihren Kopf an seiner
Schulter. Sie hielt sich lange an ihm fest, sanft streichelte sie seinen Nacken.
„Ich liebe dich auch." Ihre Worte kaum hörbar in sein nahes Ohr gehaucht.
„Wenn wir uns nur früher, anderswo getroffen, kennen gelernt hätten …"
Hätten, hätten … Das bringt uns jetzt nicht weiter. Wir müssen handeln!
Kämpfen!
Tränen liefen Sophies Wangen herab. „Es ist alles so schwierig, so verfahren
…"
„Wir werden es trotzdem schaffen, du wirst sehen. Wir werden siegen!
Venceremos!" Seine Worte hatten wieder Kraft gewonnen. Sophies Kopf
war wieder in ihm vergraben.
„Liebst du mich wirklich, Sophie?"
Sie blickte ihn an, tränenverschmiert, die Konjunktiven gerötet. „Ja, ich liebe
dich auch." Sie standen umarmt.
Los Sophie, sag jetzt mal was zu Olaf! Sag, dass du ihn auch verlassen wirst!
Sag, wann du es tust …
Sophie sagte nichts.
Sie standen stumm.
Ihr Atmen das einzig vernehmbare Geräusch.
Sie sagt nichts über ihren Olaf. Sie muss ihn verlassen …

„Dietrich, ich muss dir jetzt noch 'was Schwieriges sagen … Ende nächster
Woche bin ich im Urlaub … Er ist schon vor Monaten gebucht worden …
'Lässt sich jetzt nicht stornieren …"
Er stöhnte auf.
„Meine Eltern leben seit fünf Jahren in Florida, in Fort Lauderdale. Wir be-
suchen sie dort und verbringen danach noch einige Tage in der Karibik."
‚Wir' … ‚wir' … Dein Olaf, das Arschloch, und du …
„Es tut mir sehr leid … Die Reise lässt sich nicht absagen, nächsten Freitag
fliege ich …"
Er sah ein Bild.
Der brünstige Olaf zusammen mit Sophie, umschlungen, sich räkelnd an
karibischem Sandstrand, türkisfarbenes Meer bis zum Horizont, Olaf –
seinen entblößten Wanst in die Sonne streckend, daneben Sophie …
Er bebte.
Das Schwein … Olaf … ich mach dich fertig, pass auf, du Drecksau.

Wird leichter sein als Nollendorf ...

„Es sind nur drei Wochen, dann bin ich wieder da ... Das Handy kann ich
natürlich nicht mitnehmen ...“
Er schloss die Augen. Er taumelte. Er sackte fast zusammen. Eine Prä-
synkope ...
Halt suchend ruderte er mit dem rechten Arm nach einem Regal.
Deshalb, wegen diesem beschissenen Urlaub hat sie mit ihm noch nicht ge-
sprochen ...
Sophie nahm ihn fest in den Arm. „Dietrich, ich liebe dich. Ich möchte, dass
du das weißt. Ich werde dich nicht vergessen in diesen drei Wochen ...“
Er taumelte noch immer. Ein furchtbarer Schmerz in seinem Brustkorb.
„Wenn ich zurückkomme, sehen wir weiter, dann treffen wir uns gleich ...
Gleich am ersten Tag, okay?“

Sie verabschiedeten sich.
„Sophie ...“ Er sprach ihr nach, sie hatte die Türklinke schon in der Hand.
„Ich werde alles für dich tun. Alles. Absolut alles. Sogar für dich sterben.
Ich liebe dich, wie ich noch nie einen Menschen geliebt habe.“
„Ich weiß. Ich freue mich, wenn ich wieder zurück bin. Ich werden die Tage
zählen.“

*

„Möchtest du mit mir am Tisch essen oder später alleine vor der Glotze?“
Yvette kochte Wasser für eine Packung Tortellini. Selbstbewusst hantierte
sie in der Küche, Dietrich nahm sich einen Teller und Besteck, platzierte ihn
an seinem angestammten Platz am Esstisch.
Yvette erzählte Belanglosigkeiten ihres heutigen Klinikalltags, von Dietrich
mit obstinatem Stoizismus ertragen. Er holte sich ein Bier aus dem Kühlschrank, Yvette lächelte maliziös. Sie interpretiert es als Schwäche, als Unsicherheit ... Aber ich trinke Bier wenn’s mir passt.
Yvette trug das Essen auf.
„Hast du eigentlich eine kleine Freundin? In der Klinik? Kann ja fast nur ein
kleines dummes Schwesterchen sein oder eine Hupfdohle aus der Kranken-
gymnastik ... Oder ist es eine Studentin?“ Yvettes Augen funkelten.
Ruhig trank er am Bier. „Geht dich einen Dreck an.“
„Allzu viel Zeit scheinst du ja nicht mit ihr zu verbringen, ’bist ja kaum in
der Klinik; du bist Tag für Tag mehrere Stunden vor mir zu Hause.“
Er antwortete nicht, stocherte stoisch in den Tortellino.
„Ich hoffe, du teilst meine Ansicht über unsere Beziehung, wie ich es dir
gestern versucht habe zu erklären. Ich hoffe, du hast es trotz deines Suffs

387

richtig verstanden ..." Sie lächelte böse. „'Ist doch prima. Wir leben so weiter, jeder konzentriert sich auf sein Ding. 'Ist doch echt effektiv. In drei Monaten schreibe ich die Habilitationsschrift zusammen und reiche sie ein. Es geht gut voran, jetzt nur keine störenden Mätzchen, okay? 'Ist doch auch gut für dich. Du kannst dich auf deine Arbeit konzentrieren, vielleicht darfst du ja 'mal bald 'was Großes operieren, als first-operator ... Du hast doch tolle Freiheiten. Wenn du willst, kannst du dir auch jeden Abend einen ansaufen, dich volldröhnen wie in der letzten Zeit. Man gewöhnt sich daran." Demonstrativ prostete sie ihm mit ihrem Mineralwasser zu. „Du kannst dich mit deinen Bierchen vor die Glotze setzten und die Füße hochlegen. Du kannst natürlich auch deinem extravaganten Hobby nachgehen und deine Laborkolonnen durchgehen und wieder und wieder und immer wieder kontrollieren. Stört keinen. Kontrolliere sie zehn-, zwanzigmal! Dass du auch ja nichts übersiehst ... Oder das Auto! Geh doch abends ab und zu in die Garage zurück und kontrolliere das Licht! Vielleicht ist es effektiver, wenn du deine Kontrollen aufteilst und zeitlich versetzt: Anstatt eine Viertelstunde am Stück nach dem Licht zu sehen, guckst du beim Heimkommen nur fünf Minuten und gehst dann immer wieder hin, stündlich ... 'Wäre vielleicht praktischer, das repetitive Kontrollieren. Weiß deine kleine Fickfreundin eigentlich von deinem exotischen Hobby? Ist doch ein interessanter Wesens-zug ... Sieht man nicht oft so was ... Wir werden bestimmt gut klar kommen, wir zwei ... Wenn du in der Garage fertig kontrolliert hast, kannst du ja auch deine gammligen Musik-Kassetten sortieren, die keiner mehr hören will. Ja, sortier' sie noch öfter! Geh durch die Regale und stelle sie auf, wie beim großen Zapfenstreich. Es stört keinen, mich am wenigsten. Es kostet kein Geld, es bleibt ruhig im Haus, ich kann ungestört arbeiten ... Um eines würde ich dich allerdings bitten. Ich weiß ja nicht, ob du irgendein Flittchen hast oder nicht. Falls ja – treib es nicht zu bunt mit ihr. Ich bin ja ein toleranter Mensch, aber ich wünsche nicht, dass die Sache in der Klinik 'rumgeht. Nach außen wird von uns der Schein gewahrt, dass das klar ist, okay?" Ihre Augen blitzten. „Sonst wird Tante Yvette furchtbar böse. So böse wie du sie dir gar nicht vorzustellen vermagst, Liebling, okay?"
Dietrich war auf seinem Stuhl zusammengesunken.
Die Tortellini nahezu unberührt, das Bier leer.
Die Angst drückte. Ich bin so einer Auseinandersetzung nicht gewachsen.
Sie führt mich wieder vor ... Die Hexe ...
„Reg dich ab ..." Ein schwaches Paroli in kläglichem Tonfall. Selbstbewusstsein sieht anders aus ...
„Wir können über alles reden, Liebling. Wir können zum Beispiel den gemeinsamen Sommerurlaub sein lassen. Da sparen wir nicht nur Geld, sondern ich spare vor allem wichtige Zeit. Ich könnte Urlaub nehmen und ohne die lästige Patientenversorgung und die nervigen Bereitschaftsdienste für die Habilitation powern ... Richtig Gas geben."

Er holte sich ein zweites Bier aus dem Kühlschrank.

„Wir können uns doch gut miteinander arrangieren, da bin ich mir ganz sicher, Liebling … Und wenn es dich 'mal hormonell arg drückt und es anderweitig nicht läuft, mach ich dir sogar die Beine breit … Soll dir an nichts fehlen, mein Liebling …"

Er verharrte am Kühlschrank.

„Ja, im Ernst, darfst sogar mit mir bumsen, wenn dir deine Glandulae semineales überquellen sollten … Könnte mir zwar auch bessere Liebhaber vorstellen als dich mit Deinem Schwänzchen, aber …" Sie provoziert mich schon wieder.

Dietrich holte mit der vollen Flasche aus. Er schlug sie auf Yvettes Haupt nieder, mit aller Kraft.

Wieder nur in Gedanken. Yvettes schrille Stimme ließ ihn innehalten, in der dynamischen Bewegung erstarren.

„Dietrichlein, du wirst doch jetzt nicht die Nerven verlieren! Du kannst mich doch nicht einfach verprügeln, ei, ei, Liebling, das käme doch nicht gut … Stell dir vor, du verletztest mich … Das sähe gar nicht gut aus für einen Arzt, der den hippokratischen Eid abgelegt hat, und schwere Körperverletzung an einer schwachen Frau begeht. Dietrich, Dietrich, das ging gar nicht gut aus für dich. Die würden dir bei so was sofort deine Approbation ab-nehmen. Also: Ruhe bewahren und immer erst dein Hirn anstellen bevor du einen Schritt tust, verstanden?"

Er stand immer noch mit seiner Bierflasche, immer noch innehaltend, er-starrt, gedemütigt. Diese Hexe …

„So Dietrich, das Theaterstück ist jetzt für heute beendet. Am besten du führst dein Fläschchen seiner originären Bestimmung zu und bleibst schön brav vor dem Fernseher. Ich begebe mich jetzt ins Arbeitszimmer." Die Türe halb geöffnet legte sie noch nach. „Schade, dass du so wortkarg bist bezüglich deines Flittchens. Würde mich schon interessieren, wer das so ist … Hast du sie auch schon so miserabel gebumst wie mich? Steht sie auf schlechten Sex? Vielleicht tut ihr schon das Simple Genüge …" Yvette trat grinsend ab.

Er zitterte. Er trank rasch, es linderte kaum. Wieso habe ich nicht dagegen gehalten? Wieso stehe ich da wie ein Schulbub? Du Hexe, du wirst mich kennenlernen … Ich habe wieder eine Schlacht verloren, aber den Krieg verliere ich nicht!

Er setzte sich vor den Fernseher. Ich muss vermeiden, dass sie von Sophie erfährt; das könnte in einer Katastrophe münden. Wer weiß, was Yvette tun würde …

Sophie, Sophie, Sophie, ich liebe dich …

Er dachte an den bevorstehenden Karibikurlaub. Die Erinnerung daran fuhr wie ein Schwert durch seine Brust. Es schmerzte infernalisch. Sophie … mit

diesem Lackaffen unter Palmen ... Seine Hände krallten sich in die Leder-
couch. Olaf ... Olaf ...Olaf ...
Sophie, du musst ihm bald den Laufpass geben, gleich nach dem Urlaub!
Verlass ihn, bitte, bitte, bitte ...
Er holte sich ein drittes Bier. Ich werde noch zum Alkoholiker ... oder bin
es schon.

*

Die folgenden Tage waren wie im Fluge vergangen.
Zuerst hatte Dietrich Nachtdienst gehabt, dann Yvette.
Danach war Yvette auf ein mehrtägiges Symposium nach Amsterdam ge-
fahren.
Zwei Tage vor Sophies Urlaubsreise hatten sie sich nochmals im Keller-
versteck getroffen.
Er zitterte, wenn er an die Minute des Abschiedes dachte. Er hatte sie
beschworen, ihn nicht zu vergessen, egal was passierte, egal wie schön der
Ur-laub würde. Er hatte ihr seine Liebe geschworen.
Sophie hatte ein wenig geweint. Sie liebt mich auch, ich bin mir sicher, auch
wenn sie es nicht ganz so plakativ sagt wie ich ... Ich spüre es ...
Er hatte versprochen, tapfer zu sein.
Jetzt war sie schon vier Tage weg.
Keine Kommunikation mit ihr möglich, außer die der Gedanken, der
Phantasie.
Dietrich stürzte sich in Alltagsarbeit. Daneben wollte er sich um die Aus-
wahl eines versierten Rechtsbeistandes für seine geplante Scheidungs-
operation kümmern. Wie sollte man einen guten Scheidungsanwalt finden,
wie sollte man Kompetenz und Stärke feststellen?
Er plante, zwei Mitarbeiter, einen Assistenzarzt der Anästhesie und eine
ältere Stationsschwester, die beide einen Scheidungskrieg ausgefochten
hatten, unauffällig um ihre Erfahrungswerte zu interviewen.

Er vermisste sie fürchterlich.
Erst fünf Tage war sie nun fort. Sophie, wo bist du jetzt?
Es war früher Abend, vielleicht saß sie jetzt gerade in Fort Lauderdale bei
ihren Eltern auf der Terrasse, aß zu Mittag. Sophie, denkst du an mich? Bitte
vergiss mich nicht ...
Was wird Olaf tun? Wird er ein liebevoller Partner sein in diesem Urlaub?
Wird er ein romantisches Abendessen mit ihr abhalten, bei Kerzenschein?
Wird er ein zärtlicher Liebhaber sein?
Wird dieser Urlaub den Ausschlag geben für ihre Entscheidung?
Die Gedanken brannten in seinem Herzen.

390

Oder wird er Belangloses reden, Sophie langweilen, vielleicht mit mono-
manen Gesprächen über die Börse?
Vielleicht wird er Sophie nerven, in dem er dauernd die Kurse verfolgt, am
Mobiltelefon und am Laptop hängt?
Vielleicht werden sie sich streiten?
Ich weiß zu wenig über den Kerl ...
Ich werde ihn ausbooten oder noch weitergehen ...
Mach dich gefasst, Bürschchen ...

Privat-Dozent Dr. Schuler hatte sich angekündigt und sich mit ihm in sein
Arbeitszimmer begeben. Sie hatten mittlerweile ein gutes Verhältnis, sehr
konstruktiv waren in den vergangenen Wochen zahlreiche gemeinsame
Schrittmacher- und Defibrillatorimplantationen verlaufen. „Schön haben
Sie's hier", begrüßte ihn Schuler jovial. „Ein so helles freundliches Zimmer
– und alles so aufgeräumt, ordentlich geordnet, alles gut sortiert ..."
„Dafür bin ich selbst wohl etwas unsortiert ...", lachte Dietrich. Es war ihm
herausgerutscht.
Schuler kam gleich auf den Punkt. „Sie haben bei unseren gemeinsamen
Interventionen eine sehr gute Figur gemacht, dies ist nicht nur meine
alleinige Meinung. Sicherlich haben Sie von unseren speziellen
Schrittmachersystemen zur so genannten Resynchronisationstherapie
gehört, wir haben bislang vierzehn derartige Systeme implantiert, ich habe
vorgeschlagen, dass Sie morgen das fünfzehnte System einbauen werden.
Ich wollte mit Ihnen daher kurz die Sache durchgehen."
Dietrich errötete. „Ja, das freut mich ganz außerordentlich ... äh ... Danke
für Ihr Vertrauen und Ihre anerkennenden Worte ..."
„Es sind keine Komplimente sondern Feststellungen, Herr Nolte. Jetzt zum
Thema, Sie wissen darüber sicherlich schon Bescheid und kennen die ‚Ba-
sics'. Patienten mit deutlich eingeschränkter Herzleistung haben eine sehr
ungünstige Prognose, ihre Lebenserwartung ist geringer als bei vielen Krebs-
erkrankungen, das wissen wir aus zahlreichen Studien. Ein gewisser Teil
derjenigen Menschen mit eingeschränkter Pumpleistung des Herzens weist
einen Linksschenkelblock im EKG auf, dass heißt, die elektrische Er-
regungsausbreitung verläuft sehr ungleichmäßig über die linke Herzkammer.
Infolgedessen kontrahiert sich die Kammer nicht mehr gleichmäßig sondern
unkoordiniert; sie zieht sich ‚asynchron' zusammen, wie wir sagen. Dieses
unkoordinierte, asynchrone Zusammenziehen reduziert die schon
eingeschränkte Pumpfunktion zusätzlich und verschlechtert die Über-
lebenszeit signifikant. Das linke Herz ist nun nicht einfach nur schwach,
sondern es arbeitet jetzt obendrein auch noch unkoordiniert, in dem sich
unterschiedliche Herzwände zu völlig unterschiedlichen Zeitabschnitten
zusammenziehen. Es ist wie ein schlechtes Musikorchester, das miserabel
spielt, sich in den Tönen vergreift und bei dem jetzt auch noch zusätzlich ein
Teil der Musiker zeit-versetzt spielt. Diese unkoordinierte, asynchrone

Arbeiten des Herzens wollen wir durch ein spezielles Schrittmachersystem rückgängig machen und nennen es daher CRT: Cardiale Resynchronisationstherapie. Das alles ist für Sie bestimmt nur eine Wiederholung …“

„Ja, ich habe davon gehört. Sie versuchen, das unkoordinierte Arbeiten des Herzens dadurch rückgängig zu machen, es zu resynchronisieren, in dem Sie mit einem Schrittmacher nicht nur wie sonst üblich, allein die rechte Herzkammer stimulieren, sondern indem Sie beide Kammern zugleich, über eine weitere zusätzliche Schrittmacherelektrode erregen. Hierdurch kann wieder ein koordiniertes Arbeiten der verschiedenen Herzwände erreicht werden. Alle Musiker des Orchesters spielen zumindest wieder zeitgleich, nicht mehr versetzt.“

„Richtig. Man legt wie bei einem normalen Schrittmacher eine Elektrode in die rechte Kammer und eine in den rechten Vorhof. Dann kommt die dritte, zusätzliche Elektrode zum Einsatz. Diese soll nun die Hinterseitenwand des linken Herzens zeitgleich erregen, damit eine Resynchronisation erzielt wird. Diese dritte Elektrode wird über die große Herzvene, den Sinus coronarius, nach posterolateral gelegt. Der heikle und schwierige Punkt ist das Aufsuchen und Sondieren dieses Sinus coronarius. Wir haben ein ganzes Arsenal verschieden konfigurierter Führungskatheter, manchmal ist es längeres Geduldspiel, manchmal gelingt es auch schlichtweg gar nicht. In den großen Studien ist eine Versagerrate von acht Prozent dokumentiert. Aber die Patienten, die erfolgreich resynchronisiert werden konnten, profitieren ungemein subjektiv, nicht nur quoad vitam. Einige aus unserer Serie konnten vorher kaum vier Treppenstufen steigen, jetzt marschieren sie drei Stockwerke!“

Dietrich freute sich. Er folgte Schuler in die nahe gelegene kardiologische Klinik, Schuler wollte ihm die Patientin kurz persönlich vorstellen und dann einige Trockenübungen mit den Elektroden und Kathetern ausführen.

Sie betraten das Krankenzimmer und Dietrich erschrak.
Eine junge Frau, fast ein Mädchen, er schätzte sie auf Mitte Zwanzig.
„Frau Anja Ohler – Herr Dr. Nolte aus der Herz-Thorax-Chirurgie“, stellte Schuler vor. Dietrich drückte eine zarte schmale Hand. Die junge Frau lächelte. Er hatte einen Patienten im fünften oder siebenten Lebensjahrzehnt erwartet, nicht dieses hübsche, hellblonde Wesen, das hier in buntem Pyjama im Bett lag.
„Frau Ohler hat infolge einer viralen Herzmuskelentzündung vor knapp einem Jahr eine hochgradig eingeschränkte Pumpfunktion mit einer Ejektionsfraktion von nur noch 15 %“, referierte Schuler. „Vor einem halben Jahr bekam sie prophylaktisch einen Defibrillator eingebaut. Sie ist schwer herzinsuffizient, sie vermag nur noch wenige Meter in der Ebene zu gehen, manchmal tritt Luftnot auch in der Ruhestellung auf, zuletzt häufiger des Nachts im Bett. Seit acht Wochen hat sie nun konstant einen Linksschenkel-

block mit ventrikulärer Asynchronität, wir hoffen, dass wir sie durch die morgige biventrikuläre Schrittmacherimplantation etwas besser kompensieren und stabilisieren können. Frau Ohler ist gelistet ...", fügte Schuler bedeutungsschwer hinzu.

Dies hieß, die junge Frau stand auf der Warteliste für eine Herztransplantation. Momentan wartete man über ein Jahr auf ein Spenderorgan.

Mit hellen, wachen Augen war Anja Ohler Schulers Ausführungen gefolgt. Schuler wandte sich jetzt von Dietrich ab und ihr zu. „Wir haben ja schon alles besprochen, Sie wissen Bescheid."

Die Patientin nickte, schenkte beiden Ärzten ein freundliches Lächeln.

„Sie wissen ja, Frau Ohler – normalerweise baut man Menschen einen Herzschrittmacher ein, wenn deren Pulsschlag zu langsam ist", fuhr Schuler fort, „der Schrittmacher stimuliert dann meist über zwei Elektroden im rechten Vorhof und der rechten Kammer bei Bedarf das Herz, damit es nicht mehr zu langsam ist oder Pausen einlegt. Bei Ihnen implantiert man einen Schrittmacher aus ganz anderen Gründen: Ihr Herz ist keineswegs zu langsam, es macht auch keine Pausen. Ihr Herz schlägt dagegen infolge dieses Leitungsblocks unkoordiniert, asynchron wie wir sagen. Wie in einem Orchester, bei dem ein Teil der Musiker unkoordiniert hinterher hinkt. Durch eine dritte, zusätzliche Elektrode gelangen wir über eine Herzvene zum Hinterseitenwandbereich des linken Herzens und können dann eine Resynchronisation der Herzarbeit erreichen und alle Musiker wieder zugleich spielen lassen ..."

„Die Musiker spielen dann zwar nach wie vor schlecht, sind jetzt aber immerhin wieder im gleichen Takt, spielen wieder synchron ..."

„Ja, so kann man es bildhaft sagen. Die Studien und auch unsere persönliche Erfahrungswerte haben gezeigt, dass die subjektiven Beschwerden der Patienten hierdurch deutlich abnehmen und auch die Prognose wird signifikant verbessert." Die letzten Worte hatte er leiser gesprochen. „Wir wissen alle drei um was es geht. Ihr Herz ist fürchterlich schwach. Es geht darum, die Wartezeit auf das neue Organ zu überbrücken. Es geht darum, Ihnen die Chance zu ermöglichen, in den nächsten, hoffentlich wenigen Monaten, ein neues Herz zu bekommen."

Dietrich war erstaunt über die Offenheit des Kollegen.

„Ich bin im Bilde, Herr Dr. Schuler. Ich hoffe, dass alles gut geht, dass mich der neue Schrittmacher stabilisiert und ich die Wartezeit überstehe ... dass ich noch lebe, wenn ich einmal das Glück haben sollte, von einem Spender ein passendes Herz zu erhalten." Ihre hübschen Augen blickten stark und kämpferisch. Die beiden Ärzte verabschiedeten sich mit kräftigem Händedruck.

Am nächsten Tag trafen sie sich alle drei wieder, im Saal 4 des Operationstraktes, es war später Vormittag. Die Kollegen der Anästhesie waren nicht anwesend, der Eingriff wurde in örtlicher Betäubung bei wachem Patienten durchgeführt.

Vor der Händedesinfektion hatte Dietrich der jungen Patientin die Hand zur Begrüßung gedrückt. „Sagen Sie bitte Anja zu mir", lächelte Frau Ohler.
Anja wurde auf dem Operationstisch gelagert. Der Tisch wurde in eine für Dietrich angepasste Höhe gefahren. Die sterile Operationsschwester begann, Anja mit sterilen Tüchern abzukleben, die linke Brusthälfte und Schulter frei lassend. Eine schöne Frau …
Dietrich betrat den OP-Saal, wurde eingekleidet, schlupfte in die sterilen Handschuhe.
„Morgen", grüßte Schuler freundlich, über sein Programmiergerät gebeugt. Dietrich begann mit der Hautdesinfektion, mit sterilen Tupfern wurde die hellbraune Lösung großflächig über Anja Schulers linker Brusthälfte verteilt. „Es wird ein bisschen kalt, nicht erschrecken …"
„Das kenne ich schon vom letzten Mal …", Anjas Stimme klang kräftig, aufgeräumt, zuversichtlich.
„Ghettoblaster?" fragte eine OP-Schwester. Sie war in der Funktion der ‚Springerin', nicht steril eingekleidet stand sie dem OP zur Verfügung um zusätzlich benötigte Materialien beizuschaffen und anzureichen und um später die Röntgenröhre zu bedienen. Fragend stand sie an einem kleinen Stereorecorder. Es war bei vielen Operationen üblich, leise Musik spielen zu lassen.
„Was ist denn eingelegt?" fragte Dietrich, ein wenig Stolz in der Stimme. Dem ‚first operator' - wie heute im hässlichen Klinikneudeutsch der verantwortliche Chirurg benannt wurde – oblag die Entscheidung für oder gegen Beschallung und konnte gegebenenfalls auch die Musikrichtung vorgeben. Die Schwester betätigte den CD Spieler. ‚With or without you' von ‚U2' erklang, eine Spur zu laut.
„Können wir laufen lassen" urteilte Dietrich zufrieden, seine Desinfektion fortsetzend.
„Sleight of hand and twist of fate / on a bed of nails she makes me wait. And I wait … without you. With or without you … I can't live with or without you …", erklang es im Saal.
Sophie … Ich warte auf dich … Es tut so weh, Sophie … Lass mich nicht mehr lange warten …
„Ein wunderschönes Lied", Anja riss ihn aus seinen abschweifenden Gedanken. „‚U2' ist eine meiner Lieblingsbands", erzählte Anja weiter.
„Ich finde sie auch klasse", antwortete Dietrich freudig. Von ihnen habe ich nach meiner letzten Statistik 92 Lieder mit einer Gesamtspielzeit von 4 Stunden, 12 Minuten und 35 Sekunden … „Ich habe viel von ihnen zu Hause auf CD und Kassetten …"
„Gerade dieses Lied ist so wunderbar, so wunderschön …"
Dietrich sah, wie Anja kurz die Augen schloss. „Ich wäre so gerne einmal auf einem Live Konzert gewesen … Jetzt mit meiner Krankheit geht das auf keinen Fall. Vielleicht wenn ich ein neues Herz bekomme … Wieder und wieder habe ich auf Video die Konzerte in Boston und Dublin gesehen, zu

Hause oder auch hier im Krankenbett … Es wäre einer meiner größten Wünsche, sie einmal live zu erleben … Vielleicht mit dem neuen Schrittmacher… Vielleicht verbessert sich die Pumpleistung meines Herzens ja so gut, dass ich ‚U2' erleben darf. Das wünsche ich mir arg."
Dietrich hatte die Desinfektion beendet. Er blickte zu Anja.
Da sah er es.
Er sah es überdeutlich.
Er war sich ganz sicher, es gab keinerlei Zweifel.
Er sah es, als stünde es in Worten auf ihrer Stirn angeschrieben, für jedermann sichtbar.
Er sah in ihre Augen und er wusste, dass sich Anjas Wunsch nicht erfüllen würde.
Er sah in ihre Augen und wusste, dass Anja bald stürbe.
Er wusste es.
Ein signum malum …

Anja entgegnete seinem Blick.
Einige Sekunden sahen sie sich an, von den anderen im Raum nicht bemerkt, da jeder mit irgendetwas beschäftigt. Schuler mit seinem Computer, die OP-Schwester mit ihrem Besteck, der Springer mit der Röntgenanlage.
Einige Sekunden hielt Dietrich inne. Ihre Augen … sie sind so … wie soll man es in Worte kleiden? Matt? Müde?
Anja hielt seinem Blick stand.
Dietrich war sich ganz sicher.
Diese Augen würden bald nicht mehr blicken, nicht mehr sehen.
Ich kann in den Augen lesen … Das waren Sophies Worte gewesen. Kann man denn das wirklich? Es ist bar jeglicher Vernunft …
Trotzdem – ich weiß es, ich sehe es so klar und deutlich, wie ich Schuler an seinem Computer stehen sehe … Ich sehe es … Ich sehe, dass ihr Leben bald zu Ende … Er riss sich zusammen. Komm, konzentriere dich! Man erwartet von dir professionelle Arbeit und dazu gehört auch, dass du deine Emotionen oder sonstige Wahrnehmungen unter Kontrolle hältst! Konzentriere dich auf deine chirurgische Arbeit und lass die Hirngespinste!

„Es gibt einen kleinen Pieks", Dietrich stach mit einer dünnen Kanüle in die Haut und spritzte fächerförmig in verschiedene Richtungen das örtliche Betäubungsmittel. Die Haut wölbte sich leicht. Sind es nur Hirngespinste? Kann man in den Augen lesen? Mehr als nur die Momentaufnahme einer Stimmung? Sophie würde es mit Entschiedenheit bejahen … Ich werde ihr davon erzählen …
„Melden Sie sich bitte, wenn es noch schmerzen sollte." Er schnitt mit dem Skalpell einige Zentimeter unterhalb des Schlüsselbeines in horizontaler Richtung. „Sind Sie noch da, Anja?" Er lugte kurz über das Operationstuch.

„Ja, sicher. Ich war nur in diesem wunderschönen Lied versunken… Würden Sie mir den Gefallen tun und es noch einmal spielen?“

„Kein Problem“, die Schwester drückte eine Taste. Dietrich präparierte unter Anjas Haut und stieß rasch auf das bereits implantierte Defibrillatoraggregat. Er luxierte es heraus, nach Einlage der dritten Schrittmacherelektrode in die Herzvene würde es gegen ein anderes, technisch aufwändigeres Gerät zum Abschluss des Eingriffs ausgetauscht.

„Wir legen die Sinus coronarius Elektrode über die Vena subclavia ein.“ Die Schwester öffnete ein Punktionsbesteck und einen Führungskatheter, um den Sinus coronarius, die Herzvene, zum Ziel ihrer Bemühungen auserkoren, zu sondieren. Er punktierte problemlos die Schlüsselbeinvene, über die Kanüle wurde ein dünner Draht eingelegt, die Punktionskanüle entfernt, über den liegenden Draht schob er nun eine größere Plastikkanüle, eine Schleuse, um hierüber eine gute Zugangsmöglichkeit in die Vene zu haben.

„Zuerst sollten wir den Sinus coronarius mit Kontrastmittel darstellen, um eine Vorstellung von der Anatomie zu bekommen“, sagte Schuler leise. Dietrich hantierte an dem Führungskatheter, schob ihn herzwärts vor.

„Wir sollten versuchen, vom Sinus coronarius aus mit der Elektrode in eine posterolaterale Vene zu gelangen, da ist der größte hämodynamische Benefit zu erwarten“, ergänzte Schuler leise.

Dietrich platzierte den Katheter in eine Richtung, die der Mündung des Sinus coronarius entsprechen könnte. „Kontrastmittel bitte“. Die Schwester reichte ihm eine Spritze. Er injizierte in den Katheter, auf dem Monitor wurde schwarzes Gewürm sichtbar. „Es kann sein, dass es für Sie ein Wärmegefühl gibt, wir haben Kontrastmittel gegeben“, sagte er. Er lugte wieder kurz zu Anja. Sie summte leise ‚With or without you’, nickte nur kurz mit ihrem Kopf. Schuler und Dietrich betrachten sich den anatomischen Verlauf der Venen. Schuler deutet auf die rechte Seite des Bildschirms. „Hier, in diese Seitvene sollten wir hinein, das erscheint optimal. ’Wird aber nicht einfach werden, ihr Abgang ist ganz schön anguliert …“

„Wir werden mit der Elektrode schon um die Ecke kommen …“ Er führte die Schrittmacherelektrode über die Schleuse herzwärts. Konzentriert hantierte er an ihrem freien Ende, schob, drehte, zog zurück, drehte gegenläufig, schob, drehte wieder. Die Röntgendurchleuchtung surrte, er begann unter seiner Bleischutzweste zu schwitzen. Es gelang nicht, die Elektrode in den Sinus coronarius einzubringen.

„Ich denke, Sie müssen mehr hierhin …“ Schuler tippte mit seinem Zeigefinger auf eine Stelle des Monitors. Ja, ja, du hast gut reden! Erst ’mal da hinkommen …

Es ist einfach, da zu stehen und auf den Bildschirm zu zeigen …

Die besten Kapitäne sitzen immer an Land …

Dietrich hatte nun auch auf der Stirn Schweißtropfen. Er dachte jetzt nicht mehr an die Musik, nicht mehr an Anjas Augen, nicht einmal mehr an Sophie; er schob, drehte, zog, drehte, schob, schwitzte. „Jetzt!“ Schulers

Stimme war laut, fast wie bei einem Torschrei im Fußballstadion. Die Elektrode war im Sinus coronarius, es war vollbracht. „Jetzt müssen wir nur noch in die posterolaterale Seitvene …" rief Schuler enthusiastisch. Dietrich hantierte und schob die Elektrode in Richtung auf den rechten Rand des Durchleuchtungsmonitors zu. „So wäre die Lage recht stabil", konstatierte er.
„Sieht ein bisschen zu tief aus … Wir messen 'mal" entgegnete Schuler. Dietrich schloss ein steriles Kabel an das freie Elektrodenende an, Schuler hantierte auf den Tasten eines Stimulationsgerätes. „Keine effektive Stimulation", stellte er nach wenigen Messungen fest. „Wir müssen etwas höher, hier um diesen Knick herum", sein Finger deutete wieder auf den Monitor. Dietrich atmete durch.
„Können wir ‚With or without you' nochmals spielen?" fragte Anja. Achselzuckend sah die unsterile OP-Schwester zu Dietrich. Er nickte leicht. Das Lied erklang erneut.
„Danke, dass ist lieb von Ihnen."
Er war mit der Schrittmacherelektrode am Abgang der gewünschten Seitvene angelangt. Das Elektrodenende lag genau vor dem Knick.
„Ja! Wenn Sie da jetzt noch rüber kommen … Dann haben wir's geschafft", Schulers Stimme war wieder enthusiastischer. Dietrich hantierte, drehte vorsichtig, schob; die Elektrodenspitze musste jetzt genau an der Stelle des Knicks sein. Geh schon da rüber! Er fühlte, wie er unter den Achseln stärker schwitzte. Dann vollführte die Elektrode eine Bewegung in Richtung des angenommenen Venenverlaufs. „Das sieht gut aus!" jubelte Schuler. Dietrich bemerkte, dass sich die Elektrode jetzt deutlich schlechter schieben ließ. War das durch den Knick bedingt?

„Mir wird ein wenig schlecht." Alle Blicke fielen gleichzeitig auf Anjas Gesicht. Dann trafen sich Schulers und Dietrichs Blicke kurz. „Tut Ihnen etwas weh?" fragte Dietrich.
„Nein, mir ist … nur so komisch … ich … mir wird sehr schwindelig." Die Schwester betätigte eine Taste, um die automatische Blutdruckmessung zu starten. Die Manschette an Anjas Arm blähte sich, wurde automatisch langsam abgelassen. „Wie ist es mit der Luft?"
„Geht so … nicht so besonders …" Anjas Augen waren weit aufgerissen, sehr weit. Dietrich sah die Angst in ihnen.
„Bing!" Ein lauter kurzer Alarmton erklang am Überwachungsmonitor. Der Blutdruck wurde angezeigt, in signalroten Zahlen.
„72/35 mmHg".
Blinkend standen die Zahlen da.
„Sie ist ganz schön abgefallen …", raunte Schuler Dietrich zu. „Geben Sie bitte vorsichtig etwas Volumen." Die Schwester drehte die Infusion mit Kochsalzlösung auf. Sie war erfahren genug, erneut die Blutdruckmessung zu starten. Wieder blähte sich die Manschette.
„Wird's besser?" Eine gehörige Portion Suggestion lag in Schulers Frage.

„Nein, nicht …", keuchte Anja, das Gesicht grau.

„Bing!" Der nächste Blutdruckwert erschien am Monitor.

„63/32 mmHg".

Entsetzen in den Gesichtern.

„Eine Ampulle Akrinor, rasch!" rief Schuler. „Was ist da los? Warum schmiert sie so mit dem Druck ab?"

Dietrich sah in Anjas graues Gesicht.

Sie hatte die Augen jetzt geschlossen, sie keuchte mehr und schneller.

Die Schwester hatte das kreislaufunterstützende Mittel gespritzt und erneut die Blutdruckmessung gestartet.

Anja riss die Augen plötzlich auf. Sie sahen direkt in Dietrichs Blick.

„Bing!" Der neueste Blutdruckwert. „55/30 mmHg". Das Akrinor hatte nichts bewirkt, der Kreislauf fiel weiter.

„Alarmieren Sie schnell die Anästhesie. Sagen Sie, es ist ein Notfall. Wahrscheinlich müssen wir die Patientin intubieren und beatmen. Schnell … schnell … noch eine Akrinor rein!"

Dietrich atmete tief durch. Anjas Pulsfrequenz ging jetzt stetig nach oben, sie überstieg 120 Schläge pro Minute. Die nächste Blutdruckmessung offenbarte einen weiteren Abfall. „Wir sollten rasch ein Echokardiographiegerät holen lassen. Vielleicht habe ich ja die Vene mit der Schrittmacherelektrode durchstoßen und perforiert und sie blutet in den Herzbeutel ein …" Dietrich hatte sich leise an Schuler gewandt.

„Sie haben Recht. Sie könnte eine Perikardtamponade entwickeln, das Herz kann sich dann nicht mehr füllen, daher die Kreislaufdepression." Ein rasches Telefonat, das Ultraschallgerät wurde in den OP-Saal gefahren. Zeitgleich traf ein Anästhesieteam ein, Schuler instruierte kurz, der Anästhesist überblickte rasch die Situation. „Schnell einen zusätzlichen größeren Venenzugang und Volumen geben was geht! Außerdem müssen wir intubieren."

Die Anästhesiepfleger bereiteten routiniert die Beatmung vor, Schuler hantierte zwischenzeitlich am Ultraschallgerät und platzierte den Schallkopf an Anjas seitlicher Brusthälfte. „Vorsicht, Sie machen alles unsteril!" schalt ihn die OP-Schwester. „Das ist jetzt ziemlich unerheblich meine Gute!" bellte Schuler zurück.

„Ach du Scheiße, schauen Sie sich das an!"

Dietrich blickte auf den Ultraschallmonitor. Er sah das Echobild eines Herzens. Es pumpte nur sehr schwach und träge. Das war vor einer Stunde sicherlich auch so gewesen, Anjas Pumpschwäche war ja bekannt. Aber er sah noch etwas anderes. Um das Herz herum zeichnete sich ein dicker dunkelschwarzer Saum ab. Flüssigkeit im Herzbeutel und das nicht zu wenig.

„Eine Herzbeuteltamponade. Ich muss die Vene perforiert haben, vielleicht an der Knickstelle, da blutet es jetzt raus … in den Herzbeutel hinein …"

Panik erfasste ihn.

„Wir müssen den Herzbeutel sofort entlasten, sonst ist sie verloren, das Blut muss jetzt sofort aus dem Herzbeutel raus, die Herzkammern können sich nicht mehr füllen, sie ist schon im Pumpversagen ...“ Schulers Worte leise, konzentriert, gefasst.

„Sie haben Recht. Wir brauchen ein Perikardpunktionsbesteck!“ Dietrich sah wieder klar und konzentrierte sich. Die Ursache für den Kreislaufabfall war gefunden. Aus der Herzvene blutete es heraus, daran war momentan nichts zu ändern. Das Blut im Herzbeutel bedingte, dass sich das schon schwache Herz nicht mehr mit Blut füllen konnte, der Zusammenbruch des Kreislaufs war die Folge. Man musste jetzt rasch das Blut im Herzbeutel durch Punktion von außen durch die Brustwand ablassen, durch einen kleinen eingelegten Katheter würde das Blut dann abfließen können. Dadurch wäre das Herz wieder entlastet und eine Verbesserung der Kreislaufsituation zu er-warten. Das verlorene Blut konnte man kurzfristig gut durch Infusionen er-setzen. Dadurch wäre Zeit gewonnen. Sistierte die Blutung aus der Vene nicht, würde man die Patientin in den großen OP fahren und die Blutung durch chirurgische Naht unterbinden. Soweit der Plan. Die Schwester reichte das Punktionsbesteck an.

„Ich stelle Ihnen den Perikarderguss ein, dann wissen Sie, wohin sie zu zielen haben!“ Schuler hantierte am Ultraschallgerät, die Echosonde platzierte er zwischen Anjas Rippen, auf dem Ultraschallmonitor war Anjas träge pumpendes Herz sichtbar.

„Beatmung fertig! Kreislauf immer noch bedrohlich instabil!“ vermeldete das Anästhesieteam. Dietrich fuhr mit der Punktionskanüle durch die Haut direkt unterhalb des Brustbeines, Stichrichtung nach oben seitlich, auf das linke Schultergelenk zu. Die Punktionsnadel sollte jetzt im Ultraschallbild sichtbar werden und dadurch zielgerichtet auf den Erguss zugesteuert werden. Dietrich fielen große Schweißtropfen von der Stirn. Er bewegte vorsichtig die Nadel, korrigierte, schob und da: Blut ergoss sich aus dem Kanülenende. „Getroffen!“ Rasch führte er einen Draht ein, zog die Kanüle heraus und wechselte auf einen kleinen Verweilkatheter, aus morphologischen Verwandschaftsgründen ‚pig tail Katheter‘ genannt. Dunkles Blut ergoss sich aus dem Katheterende nach außen.

„Super, gleich wird alles besser!“ Schuler blickte erleichtert.

Sie warteten.

Das Blut floss.

Wie viel mochte in dem Herzbeutel sein?

Ein halber Liter?

Das Blut floss weiter.

Fragend sahen Schuler und Dietrich auf den Überwachungsmonitor. Der Blutdruck bewegte sich weiter nach unten, er war über die Manschette kaum noch messbar.

Ein ohrenbetäubend lauter Ton erklang, alle anderen Geräusche übertönend.

Alle Blicke zeitgleich auf dem Monitor.

Eine Nulllinie, keine Herzaktion mehr.
Rascher Blick auf die EKG-Kabel, sie waren alle konnektiert, kein Fehlalarm. „Reanimation!" rief der Anästhesist. „Wir brauchen Herzdruckmassage."
Dietrich setze die Hände auf Anjas Brustbein. Er begann, ihren Brustkorb rhythmisch nach unten zu drücken, die OP-Schwester fuhr den Tisch tiefer. Aus dem Perikardkatheter lief immer noch Blut. „Der Erguss wird einfach nicht kleiner!" rief Schuler panisch, den Schallkopf in der Hand. „Da läuft das Blut aus dem Katheter, aber der Erguss nimmt nicht ab. Ich denke, er liegt irgendwie falsch, vielleicht in einem großen Blutgefäß …"
Dietrich keuchte während der Herzdruckmassage, er schwitzte Bäche unter der schweren Röntgenbleischürze. Es kam kein eigener Kreislauf zustande. „Es hat keinen Wert", sagte nach einigen Minuten der Anästhesist. „Ich bin der Meinung, wir sollten sie in den großen OP fahren, an die Herz-Lungen-Maschine anschließen und versuchen, das Problem chirurgisch zu lösen. Irgendwelche Einwände?" Allgemeines Kopfschütteln. Der Anästhesist telefonierte. Ein OP-Team einschließlich Kardiotechniker für die Herz-Lungenmaschine wurde zusammengetrommelt. „Soll ich Sie 'mal ablösen?" Schuler übernahm die Herzdruckmassage. Dietrich taumelte zurück.
Professor Stilgenbauer meldete sich. Die Patientin könne jetzt in den großen OP-Saal. Dietrich übernahm wieder die Herzdruckmassage, Anja wurde umgelagert, Dietrich kniete neben ihr auf der fahrbaren Trage und setzte die Herzmassage fort. Sie erreichten den OP-Saal, das Team stand schon steril bereit. Anja wurde auf den Operationstisch verbracht, ein Anästhesist des neuen Teams übernahm. Dietrich schwankte von dem Tisch. „Viel Erfolg."
Ein Flüstern nur, von niemandem wahrgenommen.
Die Saaltür ging zu. Dietrich taumelte über den Gang zurück.
Schuler räumte seine elektronischen Gerätschaften zusammen, Tränen standen ihm in den Augen. Sie blickten sich an. Es war nichts zu sagen. Die Blicke und die Tränen genügten. Aus dem Stereorekorder erklang immer noch ‚With or without you'. Die Schwester hatte die automatische Dauerwiederholung aktiviert gehabt.
„Das Lied scheint's aber jemandem angetan zu haben …" scherzte einer der Anästhesiepfleger.
Niemand antwortete ihm.

Dietrich wartete auf dem Gang.
Er lehnte erschöpft an der Wand.
Sämtliche Mitstreiter waren ihrer Wege gegangen.
Ich habe es gesehen, in ihren Augen … Ich habe es gesehen … Aber was blieb mir übrig? Hätte ich sagen sollen: ‚Entschuldigt bitte alle 'mal – ich kann den Eingriff nicht durchführen, ich habe da was in den Augen gelesen, ich habe gelesen dass … Lachhaft. Unmöglich. Er schloss die Augen. Ihre Augen … ihr letzter Blick …

Die Saaltür ging auf. Berner, ein jüngerer Assistent trat heraus. Er schüttelte nur langsam den Kopf, wortlos.

Ich habe es gewusst ... Ich habe es schon vorher gewusst ...

„Die posterolaterale Vene war durch die Elektrode perforiert, wie vermutet. Der Perikardkatheter lag nicht im Erguss sondern im rechten Ventrikel", berichtete Berner.

Dietrich stöhnte auf. „Der Perikardkatheter?"

„Ja, du musst ihn bei deinem Entlastungsversuch durch den Erguss hindurch und dann durch die Wand der rechten Kammer geschoben haben. Daher kam dauernd Blut raus ohne dass der Erguss abnahm und ohne dass sich der Kreislauf wieder stabilisierte ... Das war dann natürlich ihr Todesurteil."

Du Arschloch ... Er biss die Zähne zusammen. Noch nie hat dieser Jungsspund eigenverantwortlich was operiert! Aber dann solche Sprüche ablassen!

Er ging in die Schleuse, zurück auf seine Station.

Er setzte sich in sein Arztzimmer, trank einige Schlucke aus dem Wasserhahn. Er sah zum Fenster hinaus, hinunter auf den großen Parkplatz. Das Bild verlor an Schärfe, verschwamm, Tränen trübten die Sicht.

Sophie ... Wenn du jetzt nur da wärst ... Du könntest mich trösten, mir Halt geben ... Ich bin im freien Fall ... Er schluchzte.

„Entschuldigen Sie bitte ..."

Dietrich erschrak. Eine junge Schwesternschülerin stand in der Türe. Wie lange mag sie da schon gestanden haben? Egal ...

„Da ist eine Frau Ohler, die Sie sprechen möchte."

Dietrich fuhr sich mit dem Ärmel des Arztkittels über das Gesicht. „Ja, lassen Sie sie bitte herein."

Eine Frau trat ein. Sie schien im sechsten Lebensjahrzehnt zu sein, schlank, die grauen Haare nach hinten gekämmt, zu einem Dout vereint.

Er drückte ihr die Hand, fest, lange, noch bevor er eine Silbe herausbrachte. Anjas Mutter.

Er berichtete ihr von dem Eingriff, auch von den Details.

Der Venenperforation, der fehlerhaften Perikardpunktion, der Wiederbelebung.

Er erwähnte auch das Lied von ‚U2', das wiederholt im Saal erklungen war. Dann Schweigen.

Frau Ohler hatte stumm zugehört, ihr Gesicht hatte keinerlei Regung gezeigt. Eine kleine Träne war in ihrem Augenwinkel zu sehen.

„Herr Dr. Nolte", sprach sie leise, „ich bin mir ganz sicher, dass Sie alles versucht haben, dass Sie all ihre Kraft und Fähigkeit eingesetzt haben, meiner Tochter zu helfen, sie zu retten." Aus beiden Augen liefen jetzt Tränen die Wangen herab, tropften auf den Linoleum. Frau Ohler kramte ein Taschen-tuch aus ihrer Handtasche. „Ich möchte Ihnen Dank sagen. Ich

möchte mich bedanken für Ihre Mühe, auch wenn sie nicht von Erfolg gekrönt war. Das Schicksal liegt nicht in unserer Hand. Danke, Herr Dr. Nolte, auch für Ihre aufrichtigen Worte."
Spontan drückte er Anjas Mutter an sich. Er drückte sie sanft, ihr federleichter Körper erschien ihm zerbrechlich.

Frau Ohler begann leise zu schluchzten. „Wissen Sie Herr Dr. Nolte, es gehört zu den furchtbarsten Dinge in einem Leben, wenn man sein eigenes Kind beerdigen muss. Es ist auch mein einziges Kind. Es ist so schrecklich, am Grab des eigenes Kindes zu stehen."
Dietrich sah ihr in die hellen Augen. „Ich weiß wovon Sie sprechen, Frau Ohler. Ich weiß es leider aus eigener Erfahrung."
Eine Pause.
„Das ist ganz arg traurig, Herr Dr. Nolte. Das tut mir leid für Sie."
Sie drückten sich erneut, dann verabschiedete sich Anjas Mutter.
In der Tür drehte sie sich nochmals um. „Entschuldigen Sie, wie hieß das Lied, das Anja zuletzt gehört hat?"
„ ‚With or without you'. Von ‚U2'."

*

Er blickte aus dem Fenster seines Arztzimmers. Er sah nichts.
Ich werde bald heimgehen.
‚Heim' – bin ich denn dort ‚daheim'?
Niemand wird mich trösten.
Es gibt niemanden für mich …
Sophie – sie ist tausende Meilen entfernt.
Jasper – hat momentan wenig Zeit …
Es ist schrecklich, niemanden zu haben, der tröstet.
Nicht einmal ein Haustier …
Eine Katze, die Wärme gäbe, Fische, die zuhörten …

Ein Kollege war nachmittags auf Station gekommen um ihn zu entlasten, ihm die Arbeit des restlichen Tages abzunehmen. Dankend hatte er angenommen und war nach Hause gefahren, Anjas letzter Blick immer vor geistigem Auge.
Yvette war schon daheim, atypischerweise einmal nicht im Arbeitszimmer sondern vor dem laufenden Fernseher. „Hi, 'bin heute ziemlich groggy, kann nichts mehr arbeiten. Wie war dein Tag?"
Dietrich legte die Jacke ab, setzte sich neben sie auf die Couch.
„Furchtbar …" Er erzählte ihr von Anjas Operation.

Tränen liefen bei der Schilderung der Geschehnisse über seine Wangen. Sein Bericht endete mit dem Gespräch mit Anjas Mutter.

Eine Pause.

Yvette hatte aufmerksam zugehört, dabei den Fernseher allerdings nicht aus sondern lediglich leiser gestellt. Ihr erster Satz war für ihn wie ein Paukenschlag.

Er hatte einige Worte des Beileides erwartet, vielleicht sogar einen kleinen Trost, einen kleinen nur, eine winzige Geste des Trostes nur.

Stattdessen bemerkte sie kühl und schroff: „Die Patientin ist hoffentlich lege artis über den Eingriff aufgeklärt worden? Sie hat hoffentlich die Einverständniserklärung ordnungsgemäß unterschrieben?"

„Was bitte?"

„Dietrich, benimm dich jetzt bitte nicht wie ein kleiner Junge! Du hattest eine schwere operative Komplikation, okay? Die dir verantwortete Patientin ist jetzt tot. Abgenippelt. Aus vorbei, okay? Du musst aufpassen, Jungchen! Hat das Mädel die Einverständniserklärung richtig unterschrieben? Wo ist das Dokument jetzt, gerade in diesem Augenblick? Ich hätte gleich eine Kopie gemacht und sie mitgenommen! Du musst schauen, ob das Aufklärungsgespräch über die OP richtig geführt und vor allem dokumentiert wurde! Das ist das einzige, was den Richter interessiert. Der sieht sich nur den Aufklärungsbogen an. Sind darauf alle potenziellen Komplikationsmöglichkeiten festgehalten? Wurden die Fragen der Patientin ausreichend beantwortet und ebenfalls dokumentiert? Hast du die Patientin selbst aufgeklärt?"

„Nein, das hat Schuler gemacht, gestern."

„Mmh, eigentlich ein gewissenhafter Mann. Aber du musst das sofort checken, sonst bist du dran."

„Wieso das denn? Wer redet denn überhaupt von einem Richter? Ich habe mit Anjas Mutter gesprochen ..."

„Wer ist Anja?"

„Na, die Patientin. Ich ..."

„Ihr habt Euch geduzt? Ungewöhnlich ... Ich würde sogar sagen: unprofessionell."

„Äh, nein, nicht geduzt ... nur beim Vornamen ... Egal. Ich hatte jedenfalls bei der Mutter von Anja Ohler nicht den Eindruck, dass sie juristische Schritte wegen der Komplikation einlegen wird ..."

„Das kann man nie wissen, Liebling. Ich wäre da vorsichtiger ... Ist der erste Schreck einmal abgeklungen, kann diese Mutter auf alle möglichen Gedanken kommen. Wenn die schriftlich vorliegende Aufklärung regelgerecht ausgeführt und vor allem auch dokumentiert worden war, dann kann dir nichts geschehen."

„Darüber mache ich mir gar keine Gedanken. Es ist für mich viel schlimmer, dass diese junge Frau durch meinen Eingriff ... zu Schaden gekommen ist, dass ich ... sie war noch so jung ..." Er stockte, würgte.

„Sie hat es dir wohl mächtig angetan, das kleine Mädel? ’Bist ja fast am Flennen! Sah sie gut aus? Ihre Titten hattest du ja vor Augen …“
Er krallte die Fingernägel in die Ledercouch. Unbändiger Hass stieg ihm auf.
Ich habe nicht erwartet, dass sie mich einfühlsam tröstete, aber das hier …
Warum provoziert sie mich so? Macht sie es bewusst, mit Kalkül, einem Plan folgend? Oder ist sie so, ist das ihr wahrer Charakter?

„Ja, sie sah sehr gut aus.“ Nüchtern, sachlich, beherrscht kamen seine Worte. „Aber ich kann das differenzieren. Ich kann unterscheiden zwischen meiner ärztlichen Tätigkeit und meinem Leben außerhalb der Klinik. Manche könne das nicht …“ Er holte Luft. „Ganz abgesehen davon: Ich lasse mich nicht von puren Äußerlichkeiten leiten. Von reiner Schönheit kann man sich nichts kaufen …“
Yvette nahm die Spitze auf und wurde angriffslustig. Aufgestachelt kam die Replik: „Hört, hört! Was für hehre Worte! Pah! Nicht von Äußerlichkeiten leiten lassen … Das sagt gerade ihr Männer! Ihr mit eurem cerebro-cavernösen Shunt! Wenn der ’mal bei euch aktiviert ist, da setzt euch der Verstand aus! Dann fließt das Blut nur noch zum Schwanz, raus aus der Birne!“ Sie schien nach Luft zu schnappen. „Ich darf jetzt ’mal Resümee ziehen: Du hast heute eine operative Komplikation fabriziert. Das kommt vor, auch bei den besten Leuten. Gut, bisschen strange ist es schon, wenn man als Möchtegern-Thorax-Chirurg bei der Perikardpunktion anstatt in den Herzbeutel gleich in die rechte Herzkammer sticht, aber gut. Du hast also durch eine Komplikation eine Patientin abgemurkst. Junge, das kommt in den besten Familien vor! Frag’ mal unsere Leute von der Herzkathetermann-schaft – das gibt's halt. Was mich aber ein bisschen wundert, ist der Morali-sche, den du jetzt schiebst, diese emotionale Nummer hier … Scheinbar hat’s dir die Kleine doch mehr angetan als du zugeben willst.“
„Halt dein Maul.“
„Ja, prima, das ist alles was dir drauf einfällt. ‚Halt Dein Maul‘ – wie ein Prolet. Mann, am besten holst du dir jetzt deine übliche Abenddosis Bier-flaschen, nimmst noch zwei zusätzlich hinzu, setzt dich brav wie ein tumber Primat auf deinen Hintern und lässt mich in Frieden, okay?“

Dietrich zitterte, bebte. Er war zu keiner Antwort fähig.
Ich werde dich eines Tages fertig machen du elende Fotze …
Er ging in die Gästetoilette, schloss hinter sich zu. Er spritzte sich kaltes Wasser ins Gesicht. Wie beim Boxkampf …
Er überlegte. Was tun, an diesem Abend?
Ohne ein Abschiedswort nahm er die Jacke, ging nach draußen, lief die Straße entlang, dem Ortskern des Vorortes zu. In die erste Kneipe trat er ein. Wärme und ein übler, ätiologisch undefinierbarer Geruch trat ihm entgegen. Ein typisches Dorfwirtshaus. Fast ausschließlich Männer, einige Karten spielend, einige allein sitzend, alle Bier trinkend.

Am Tresen bestellte er ein Pils, leerte es fast in einem einzigen Zug. Eine Eruktation unterdrückend orderte er nach. In fast gleicher Geschwindigkeit fand das Pils seinen Weg.

„Noch eins bitte."

Wortlos begann der Wirt zu zapfen. Dietrich saß über dem fünften Bier. Er trank jetzt langsamer, versuchte Gedanken und Gefühle zu ordnen.

„Na, so allein und … so traurig?" Eine optisch schon in die Jahre gekommene Kellnerin sprach ihn von der Seite an.

„Ja. Ich bin allein und ich bin traurig." Er hatte nicht von seinem Pils aufgesehen.

„Kann man da etwas ändern?"

„Nein. Sie können es leider nicht. Danke. Nett von Ihnen." Dietrich sah unablässig in sein Pils, als müsse er die aufsteigenden Kohlesäurebläschen in dem Glas wie bei einem wissenschaftlichen Experiment hochkonzentriert beobachten.

„Schade. Darf's noch was sein?"

„Ja, ich nehme noch ein Pils."

*

Am nächsten Morgen nahm ihn Professor Stilgenbauer nach der Intensiv Visite beiseite. „Kommen Sie 'mal mit, Nolte. Sie sind ja ganz durch den Wind." Freundschaftlich griff er ihm an den Oberarm. Sie gingen in sein Oberarztzimmer. „Wissen Sie, Nolte, so was passiert. Es hört sich pietätlos an, es ist nicht so gemeint, aber – wo gehobelt wird, da fallen Späne …"

Dietrich blickte Stilgenbauer ins Gesicht. Er musste immer wieder auf die weißbuschigen Augenbrauen starren, die über den listigen, blauen Äuglein thronten. Ein schierer Überaugenwulst, ein Torus supraorbitalis, wie bei einem Menschenaffen …

Stilgenbauer fuhr mit ruhiger Stimme fort. „Das passiert jedem von uns einmal. Niemand macht Ihnen einen Vorwurf, auch der Chef nicht, auch die Kardiologen nicht. Natürlich ist es bitter, dass die Patientin noch so vergleichsweise jung war – andererseits: Wenn Sie eine 82-jährige Patientin in einer Operation verlieren – wieso sollte es weniger traurig, weniger tragisch sein? Jedes Leben ist gleich wertvoll, egal wie alt jemand ist. Das haben nur manche noch nicht begriffen …" Er drückte ihn mit beiden Händen an den Oberarmen. „So was kommt vor, besonders bei einer neuen Methode … wenn man noch am Anfang der ‚learing curve' steht …" Stilgi, lass doch bitte die Angliszismen … „Aber in nur wenigen Monaten und Jahren – da werden hunderte, tausende, zehntausende Patienten ein solches komplexes Schrittmachersystem implantiert bekommen haben und es wird ihnen gut gehen, sie werden davon profitieren. Warten Sie nur ab und denken

405

Sie dann an meine Worte …“ Der Professor machte ein pathetisches Gesicht.
„Wissen Sie was: Ich nehme Sie mit zu einer spannenden OP heute Nach-
mittag. Eine pulmonale Thrombendarterektomie. 66 jährige Frau nach meh-
reren stattgehabten Lungenembolien, jetzt erheblicher Lungengefäßhoch-
druck mit Rechtsherzbelastung. Wir werden sie von einem Teil ihrer
Thromben in der Lunge befreien. Ich zeige Ihnen was …“
Er war dankbar über die Worte des Professors.
Was für ein feiner Kerl …
Balsam auf meine Wunden …
Stilgenbauers Worte wirkten warm, ehrlich, von Herzen kommend.
Bestimmt hat er mich bei der Visite beobachtet, mich angesehen, dann sich
zu den Worten entschlossen.
Danke Stilgenbauer, es ist lieb von dir …

*

Zwei Tage später.
Als Dietrich von der Arbeit nach Hause kam, abends, ziemlich müde, abge-
spannt, bemerkte er sogleich die Veränderung.
Ein unbestimmtes Gefühl.
Ein unkonkreter Eindruck.
Vielleicht eine Ahnung.
Ein Vibrieren der Luftmoleküle.

Etwas ist anders heute … Irgendwas …
Er kontrollierte durchschnittlich lange den Wagen in der Garage.
Ein wenig fahrig schloss er die Haustüre auf, die Müdigkeit des Tages war
plötzlich verflogen, sein Puls ging schneller, seine Hände zitterten, nestelten
nervös am Schlüsselbund herum.
Es war Licht im Haus, aber Yvette nicht im Arbeitszimmer.
Das war ungewöhnlich.
Sie war auch nicht in der Küche, dem Wohnzimmer oder auf der Toilette.
Das war noch ungewöhnlicher.

Nanu?
Dietrich durchschritt die Zimmer.
Was ist los?

Er fand sie im Schlafzimmer, auf dem Bett liegend, angezogen, von fahler
Gesichtsfarbe, um sie herum stapelweise aufgeschichtet und verstreut
wissenschaftliche Artikel, Zeitschriften und ihr Laptop.
Sein Blick ging nach oben und er erschrak einen Moment.

Ein sehr kurzer Schreck nur - sofort wurde dieses Gefühl abgelöst.
Es wurde durch einen Schauer durch seinen Körper, durch ein heftiges Erzittern, ein Erbeben abgelöst.
Die Ideenmaschine hatte zugeschlagen, plötzlich, aus dem Nichts heraus, unerwartet, wie damals bei Nollendorf am Trifels, wie auf dem Weg kurz vor der unterbrochenen Steinmauer ...

Er registrierte eine Infusionsflasche aus Plastik, 500 Milliliter Volumen, physiologische Kochsalzlösung zum Inhalt, in Ermangelung eines Infusionsständers notdürftig mit Heftpflaster an den Schrank befestigt. Das zweite Ende der kleinen Infusionsleitung verschwand in Yvettes Ellenbeuge. Langsam tropfte Infusionslösung in eine Venenkanüle.

„Guck nicht so! Hast du noch nie eine Infusion gesehen?" Yvette sah von ihrem Laptop auf. „Ich habe seit heute Morgen eine fürchterliche Gastroenteritis. Mittags kam ich kaum noch vom Klo runter, da ging's kräftig hinten raus, seit ein paar Stunden übergebe ich mich permanent, die letzten Male kam nur noch Galle hoch. Ich hab' mich mit ein paar Infusionen eingedeckt, die Kanüle haben sie mir netterweise in der Klinik gelegt. Geht damit schon wieder besser ..."
Dietrichs Gedanken waren woanders.
Er war im Rausch.
Wie damals am Trifels.
Da ist sie!
Die Chance, die vielleicht nie mehr kommt!
Das ist die Möglichkeit ...

Yvette lenkte ihn nur kurz ab. „Sorry, das Gästeklo ist ... sagen wir – etwas in Mitleidenschaft gezogen ... Es ging etwas neben die Schüssel ... Kollateralschäden ..." Yvette lächelte matt, mit grauem Gesicht.
Ist ihre Nase spitzer als sonst?
Seine Ideenmaschine hatte alarmplanmäßig alle Generale zusammengetrommelt. Krisensitzung. Sofortige Intervention. Alle verfügbaren Kräfte an diesen Frontabschnitt. Die Entscheidung! Jetzt oder nie!
Jetzt muss zugeschlagen werden!
Gnadenlos!
Das ist die einmalige Chance!
Wer weiß, ob sie jemals wieder kommt!
Wie 1453 bei der Belagerung des christlichen Byzanz durch die osmanischen Türken. Nichts wurde damals von den Türken unversucht gelassen, die als uneinnehmbar geltende Stadtfestung einzunehmen, sogar die größte Kanone der Welt wurde erfolglos zum Einsatz gebracht. Nur ganz kurz, nur ganz geringe Zeit, vielleicht ein kleiner Moment nur stand sie offen, diese kleine, eigentlich unbedeutende Türe in der Stadtmauer, die Kerkaporta nahe

Blachernae - die Verteidiger hatten im Kriegsgetümmel vergessen, diese kleine Tür des inneren Stadtwalls zu schließen. Nur kurz war sie auf, ganz kurz, doch sie wurde durch Zufall von den Angreifern entdeckt, eine kleine Gruppe von Janitscharen gelangte ins Innere der Stadt, konnte den christlichen Verteidigern in den Rücken fallen und damit die Niederlage der Christen und den Fall der Stadt einleiten.

Genau so war es jetzt auch.
Ein Zufall.
Die Gelegenheit war da, die Tür stand offen, wer weiß wie lange, wer weiß, ob sie sich jemals wieder öffnet.
Das ist jetzt die Kerkaporta für mich!
Jetzt muss es geschehen …

„Ich hoffe, ich stecke dich nicht an …" Yvette blickte müde.
„Was musst du auch noch in diesem Zustand an deiner Wissenschaft arbeiten … Kannst du dir nicht 'mal jetzt eine Pause gönnen?"
„Nein. Es gibt Dinge, die erlauben keinen Aufschub …"
Das meine ich auch, du Hexe …

„Ich feile noch an der letzten Manuskriptversion für den ‚American Heart Association' Kongress in Chicago, nächste Woche muss er raus, da ist die ‚Deadline' für die Artikelannahme …"
Ja, bald ist auch ‚Deadline' für dich, Yvette.
Verlass dich drauf!

„Kann ich dir irgendwas bringen?" Seine Frage klang nüchtern, sachlich, als wäre er ein Krankenpfleger in der Klinik.
„Nein, die Infusion läuft noch, ich habe noch zwei weitere Flaschen draußen. Die Elektrolyte tun gut. Ich hoffe nur, die Übelkeit lässt bald 'mal nach".
Sie wird bald nachlassen, Baby, bald, sehr bald.
Du wirst keine Übelkeit mehr haben, Hexe.
'Brauchst dir auch keine Sorgen um den Manuskriptannahmeschluss zu machen …

Er ging aus dem Zimmer. Sein Puls raste.
Jetzt muss alles schnell, konzentriert und überlegt gehen. Wie bei einem Kommandounternehmen im Krieg. Wie bei der legendären Mussolini-befreiung durch Otto Skorzeny am Gran Sasso … Wie bei Nollendorf …
Er streifte sich die Jacke über, lugte nochmals ins Schlafzimmer. „Hab' noch was in der Klinik vergessen, bin gleich wieder da."
„Deine Scheiß Laborkladden? Du und dein Kontrollieren …"

Woher kommt jetzt diese spontane Idee, dieser geniale Schachzug?

Wo sitzt sie, meine Ideenmaschine, die jetzt innerhalb weniger Sekunden diesen genialen Plan ausspuckt hat?
Sie muss die ganze Zeit im Hintergrund, im Untergrund, halbbewusst, unbewusst, gearbeitet haben, permanent, jede Sekunde meines tristen Alltags …
Jetzt ist sie da!
Jetzt beginnt eine perfekte Operation!
Konzentriere dich Dietrich, keine Fehler!

Er eilte zum Auto, fuhr in die Klinik.
Würde es retrospektiv verdächtig sein, dort wieder aufzutauchen?
Nein, niemals …
Nicht für ihn! Jeder Mitarbeiter in der Abteilung würde aussagen, dass Dr. Nolte häufig, bestimmt einmal die Woche, nach Dienstschluss wieder auf Station erscheint, um dies oder jenes nachzufragen, nachzukontrollieren oder mitzunehmen.
Wenn überhaupt jemand befragt würde … Wenn überhaupt jemand etwas zu Protokoll zu geben hätte …
Der Fall wird gar nicht eintreten!
Nein, es wird gar nichts untersucht, gar nichts ermittelt werden, Freunde!
Alles wird prima sein!
Es wird perfekt!
Nollendorf lässt grüßen!

Er betrat das Stationszimmer.
Schwester Erika saß matronenhaft am Schreibtisch. Zwei Pflegekräfte holten gerade einen Patienten von einer Computertomographie ab, eine Schülerin maß Blutdruck und Fieber in den Patientenzimmern.
„’Muss noch mal was nachgucken, Erika.“ Dietrich lächelte.
Mann, bin ich cool … Wie kann ich so ruhig sein … so sicher …

„Sie und Ihre Pedanterie … Haben Sie denn kein Zuhause?“
Nein, momentan nicht …
„Es gibt auch noch ein Leben außerhalb der Klinik, wussten Sie das nicht? Hier ist alles im grünen Bereich, Doktor.“
„Ich muss bei Patient Heller noch was kontrollieren“, er blätterte in einer dicken Krankenmappe. Ein Klingelzeichen. Erika erhob sich schwerfällig.
„Zimmer 414, was ist denn nun schon wieder los …“ Keuchend verließ sie das Stationszimmer auf den Gang hinaus.
So, jetzt rasch zuschlagen!
Dietrich huschte zum Notfallwagen, riss die drittoberste Schublade auf. Auf kleinem Klebeband war ‚Notfallmedikamente‘ zu lesen.
Da lagen sie!
Er hielt kurz inne, als betrachte er einen eben entdeckten Schatz.

Er griff nach einem Päckchen mit der Aufschrift ‚Suprarenin'. Fahrig öffnete er es, zehn kleine Ampullen kullerten heraus, jede von ihnen ein Milliliter Lösung mit je einem Milligramm Adrenalin zum Inhalt.
Er nahm acht Ampullen heraus, zwei gingen wieder zurück in die Schachtel.
Würde es auffallen?
Niemals.
Der Notfallwagen wurde nur in größeren Zeitabständen von einer überarbeiteten und meist genervten Schwester kontrolliert; was verbraucht war, wurde einfach nachbestellt und ersetzt.

Die Ampullen wanderten in die Hosentasche.
Andere Schubladen wurden geöffnet.
Mit raschen Griffen wanderten zwei 10-Milliliterspritzen und einige Kanülen in seine Hosentasche.
Zum Abschluss eine Ampulle Metoclopramid, einem Antiemetikum zur Linderung von Übelkeit.
Das brauchst du aber nicht mehr, Yvette … Bald ist sie vorbei, die Übelkeit … Bald bist du hinüber, Baby …

Er verabschiedete sich von Schwester Erika auf dem Gang, eilte ins Erdgeschoss, hinaus auf den Parkplatz, zurück ins Auto, zurück nach Hause. Der Puls raste jetzt so schnell wie am Trifels.
Kurz vor der Haustür schloss er nochmals kurz die Augen.
Soll ich oder soll ich nicht?
Noch kann ich die Operation abblasen …
Noch gibt es ein Zurück …

Wie auf Kommando entleerte sein Hirn seinen ganzen Hass über seinen Organismus.
Diese Hexe …
Bilder ihrer hässlichsten Tiraden, ihrer mänadenhaftesten Auftritte, ihrer giftigsten Worte erschienen vor geistigem Auge.
Er entschied.
Sie ist jetzt dran! Jetzt ist sie fällig, fertig! Es ist entschieden …
Er eilte ins Haus, ging zunächst ins Arbeitszimmer. Er kramte eine Spritze und die acht Ampullen Adrenalin hervor. Manuskripte seiner Frau wischte er achtlos vom Tisch. Die brauchst du nicht mehr, Baby …
Er zog alle acht Ampullen des Adrenalins in die 10 Milliliterspritze auf. Acht Milliliter einer farblosen, klaren Flüssigkeit, kein Tropfen daneben, alles schön in die Spritze hinein.
Dann öffnete er die Ampulle Metoclopramid. Er brach den Ampullenhals und entleerte die fünf Milliliter Inhalt in Yvettes Kakteen.
Er atmete tief durch.
Die Operation konnte beginnen.

Jetzt stand alles auf Messers Schneide.
Konzentriert und stark bleiben, ruhig und überlegt handeln!

Die leeren Adrenalinampullen steckte er sich in seinen Geldbeutel, einige zerbarsten zu kleinen Scherben und Splittern. Egal …
Niemals würde man ihn leibesvisitieren, filzen, niemals.
Warum auch?

Er betrat das Schlafzimmer.
Yvette lag immer noch ausgestreckt ohne Bettdecke da, tippte langsamer als gewöhnlich an ihrem Laptop.
„Bin wieder da …" Seine Stimme klang ruhig. Ganz ruhig. Woher habe ich jetzt diese Ruhe, diese kalte Abgebrühtheit?
Yvette sah kaum von ihrem Laptop auf.
„Wie geht's dir denn so?" Immer noch eine ruhige, sachliche Stimme.
„Nicht so toll, ich habe vor fünf Minuten wieder gekübelt, 'hätte mir dabei beinahe die Infusion rausgerissen …"
Das wäre ja schrecklich, Baby …
„Kann mich kaum noch konzentrieren …"
Ist nicht notwendig, Baby …

„Tut mir leid …" Die Stimme immer noch ganz ruhig, sehr ruhig, brutal ruhig. „Ich habe dir aus der Klinik Metoclopramid mitgebracht. Da du Tropfen ja wahrscheinlich nicht bei dir behalten wirst, nahm ich eine intravenöse Ampulle mit."
„Keine schlechte Idee. Das andauernde Kübeln nervt. 'Habe schon überlegt, mir einen Eimer ans Bett zu stellen."
Sie hat angebissen!
Sehr gut!
Sie will eine Spritze!

Andernfalls hätte Plan B alternativ zum Einsatz kommen müssen, ich hätte es ihr in der Nacht, im Schlaf spritzen müssen. Hätte vielleicht auch geklappt, wäre aber die riskantere und unkalkulierbarere Operation gewesen …
Gut so!

„Ich zieh es dir rasch auf." Dietrich stahl sich nach draußen, holte die Spritze mit den acht Millilitern Adrenalin und die leere Metoclopramidampulle, deren Inhalt in der Kakteenerde versickert war.
Er atmete nochmals tief durch.
So das war's jetzt, Yvette.
Ein kurzer Flashback.

Wie in tausendfach potenzierter Zeitraffer liefen die letzten gemeinsamen Jahre vor seinem geistigen Auge ab.
Ich hab's in der Hand …
Nein, keine Gnade …
Sie ist jetzt dran. Fertig aus …

Er kam wieder zurück ins Schlafzimmer, Spritze und leere Ampulle unschuldig in der Hand.
„Danke …" Yvette griff nach der Spritze, sah kurz auf das Etikett der leeren Ampulle.
Die Täuschung funktionierte, Yvette würde davon ausgehen, in der Spritze befände sich das Metoclopramid, das Medikament gegen die Übelkeit.
Die leere Metoclopramidampulle lag ja neben der Spritze.
Wie sollte sie auf den Gedanken kommen, dass sich etwas anderes in der Spritze befinden könnte?
Beide Lösungen waren farblos, optisch nicht zu unterscheiden.
Ihre Venenkanüle hatte an der Oberseite eine durch eine abnehmbare Kappe verschlossene, zusätzliche Öffnung für Medikamentengaben. „Ich nehme erst mal die Hälfte, mal gucken, wie ich's vertrage …"
Dietrich blieb ruhig.
Das wird auch reichen, Baby … Wenn nicht, spritze ich dir noch ein bisschen nach …

Yvette hatte die Spritze aufgesetzt und drückte den Kolben bis zur Hälfte herunter. „Das ist nett von dir, dass du an mich gedacht und mir die Ampulle mitgebracht hast." Yvette lächelte ihn matt an.
Sein Puls raste.
Was für eine Aktion …
Ich bin Arzt, habe einen Eid geleistet, einen Eid nach bestem Wissen und Gewissen Patienten zu helfen … Der Eid des Hippokrates – ‚meine Verordnungen werde ich treffen zu Nutz und Frommen der Kranken; ich werde sie bewahren vor Schaden und Willkürlichem. Wenn ich diesen Eid erfülle und ihn nicht antaste, so möge ich mein Leben und meine Kunst genießen, gerühmt bei allen Menschen für alle Zeiten, wenn ich ihn aber übertrete und meineidig werde, dann soll das Gegenteil davon geschehen' – So steht's geschrieben …
Yvette ist krank, sie erwartet Hilfe von mir, sie erwartet, in der Spritze befände sich ein Medikament, das ihr Beschwerdelinderung verschafft, das ihre Übelkeit beseitigt …
Ich bringe sie stattdessen mit dieser Spritze um …
Was für ein niederträchtiges Hintergehen …
Gibt es schlimmeren Betrug?
Kann ich noch weiter Arzt sein …?

Keine Schwäche Dietrich! Ziehe es durch!

„Das Zeug brennt ganz schön in den Venen …" Yvette hielt sich den Unterarm.

Er wartete.

Das Adrenalin flutet jetzt an. Gleich ist alles vorbei.

Ich muss jetzt nur noch warten.

Sophie! Sophie! Ich bin jetzt frei! Jetzt musst nur noch du frei sein!

„Mir wird ganz komisch …" Yvettes Augen weiteten sich ängstlich. „Mein Kopf … er zerplatzt … Ich fang' an zu schwitzen …"

Dein Blutdruck explodiert jetzt. Er steigt ins Unermessliche …

Yvette krallte die Hände an ihre Schläfen, schloss schmerzverzerrt die Augen. Ihre Hände zitterten leicht.

Dietrich nahm die Bettdecke und drückte den Kolben damit ganz herunter.

Nochmals vier Milliliter Adrenalin pur.

Das müsste reichen …

Das wird ihr das Herz entweder zum Versagen oder auch gleich zum Flimmern bringen …

Yvette öffnete die Augen, sah auf die Venenkanüle. „Was machst du da …?"

Ihre Stimme klang laut, stark. Acht Milliliter Adrenalin entfalteten jetzt ihre Wirkung. „Ich … ich bekomm' keine Luft mehr!"

Er beobachte ruhig.

Ich habe schon überlegt, dir Luft in die Venen zu spritzen, auch das wäre post mortem schwer nachzuweisen …

Aber man braucht viel zu viel davon um sicher zu sein …

Viel mehr als in den kindischen Spielfilmen und Kriminalromanen …

Mit ein paar Bläschen ist's da nicht getan …

Ist in realitas weitaus schwieriger …

„Mir wird ganz … ganz komisch … Was hast du …" Yvette ruderte hilflos mit ihrem linken Arm, ihr Gesicht war rot wie bei einem Puter.

Sie stirbt jetzt.

Es ist jetzt gleich aus mit ihr …

Ihre Augen weiteten sich furchterregend, einem Exophtalmus bei der Basedowschen Erkrankung ähnlich, die Pupillen schauten nach nirgendwo.

Gleich bist du hinüber, Baby, gleich ist's vorbei … Alles wird gut …

Yvette seufzte auf, dann verdrehte sie die Augen in groteske Stellung.

Er registrierte das Sistieren der Atmung, ihr schlanker Brustkorb hob und senkte sich nicht mehr.

Er würde es auch nie wieder tun.

Er ging leise aus dem Schlafzimmer, atmete tief durch.

Es war vorbei.

Ein postorgastisches Gefühl …
Es ist jetzt wie nach Nollendorfs Absturz in die Tiefe, die Spannung weicht von mir, mein Puls geht wieder ruhiger …

Jetzt galt es, konzentriert weiter zu arbeiten.
Noch war die ganze Arbeit nicht getan.
Jetzt nicht abstürzen, nicht emotional werden; für Emotionen wird später auch noch Zeit sein.
Er ging in die Küche, sah gedankenleer einige Minuten aus dem Fenster.
Es ist perfekt gelaufen, alles wie geplant. Adrenalin in dieser Menge – ein absolut perfektes Gift, …
Alles kann Gift sein, es kommt nur auf die Dosis an … Wie schon Paracelsus richtig erkannt hatte …
Es ist absolut perfekt …

Ein bewusstloser Beatmungspatient der Intensivstation erschien ihm in Gedanken.
Vor wenigen Monaten hatte der Patient ohne sein eigenes Zutun für Aufsehen gesorgt. Durch eine fehlerhafte Blutdruckmessung hatte man unter der Vorstellung eines zu niedrigen Blutdruckes – der real nicht vorlag – zur Kreislaufunterstützung Adrenalin gespritzt; eine kleine Menge nur, ein einziges Milliliterchen einer aus 1:10 verdünnten Lösung. Ein Bruchteil dessen, was ich gerade eben … Dann hatte man den Messfehler bemerkt, dem armen Kerl hatte man folglich bei völlig normalem Blutdruck das verdünnte Adrenalin verabreicht. Kaum war die Messung wieder valide zur Verfügung, hatte man die Folgen des Irrtums vor Augen: Der Patient explodierte schier vor Blutdruck, er überstieg weit die 300 systolisch. Er hatte eine Hirnblutung als Folge der irrtümlichen Adrenalingabe bekommen.
Dietrich wusste – schon eine kleine Menge selbst verdünnten Adrenalins ließ den Blutdruck inflationär nach oben schnellen, eine Hirnblutung oder ein Einreißen der Hauptschlagader, eine Aortendissektion, war da ohne weiteres möglich.
Wenn man nun noch eine weit größere Menge Adrenalins bei normalem Ausgangsblutdruck verabreichte – Yvette erhielt ja die Achtzigfache des armen Patienten mit seiner Hirnblutung – dann traten noch andere, schwerwiegendere Phänomene auf. Man wusste, dass durch eine exorbitante Überflutung des Körpers mit Adrenalin ein akutes Herzversagen ausgelöst werden konnte.
Dietrich erinnerte sich an die Skorpione, die ihr Opfer dadurch aus dem Leben beförderten, indem ein spezielles Gift bei ihnen das in den Nebennieren gespeicherte Adrenalin auf einen Schlag freisetzte. Ein sofortiges Herzversagen durch die Adrenalinüberflutung war die Folge.

Aber auch unabhängig davon würde bei den meisten Menschen eine derart hohe Adrenalinmenge schnelle Herzrhythmusstörungen mit der Folge eines Kammerflimmerns und plötzlichem Herztod auslösen.
Adrenalin … was für ein elegantes Gift …
Keiner von euch gerichtsmedizinischen Schlaubergern wird es aufdecken …
Keine Angst, dieser Kasus erscheint in keinem eurer skurrilen Schaukästen, er wird auf keinem eurer schaurigen Poster dokumentiert werden …
Nichts, nichts, nichts werdet ihr nachweisen …
Warum?
Ganz einfach: Bald wird der Notarzt kommen. Der arme, dumme Kerl, bestimmt überarbeitet, gestresst, unterbezahlt, frustriert. Er wird eine junge Patientin mit Kreislaufstillstand vor sich haben. Ohne viel Federlesen wird er sofort heroisch mit der Wiederbelebung beginnen – sie künstlich beatmen, marzialisch eine Herzdruckmassage durchführen und: Medikamente geben.
Welche?
Ja, klar: Adrenalin.
Was für ein Zufall …
Adrenalin ist das wichtigste Medikament einer jeden Reanimation.
Er würde es wieder und wieder, in hohen Dosen, in sehr hohen Dosen, repetitiv spritzen – Herzdruckmassage – Adrenalin – Herzdruckmassage – Adrenalin … immer schön abwechselnd …
Der arme Thor …
Am Ende, wenn er aufgeben würde, hätte Yvette noch ein Vielfaches mehr Adrenalin intus als initial.
Selbst wenn man auf die Idee käme, in einer gerichtsmedizinischen Untersuchung Adrenalin in Yvettes Blut zu bestimmen – ein erhöhter Wert böte keinerlei Anlass zu interpretatorischen Schwierigkeiten, der Notarzt würde ja haufenweise von dem Zeug in sie hineingepumpt haben … Ein erhöhter Spie-gel wäre sofort erklärt!
Es war perfekt!

Und was würde man bei Yvette obduzieren?
Eine Hirnblutung oder ein Herzversagen oder einen plötzlichen Herztod durch Kammerflimmern.
Wie bedauerlich.
Ihr werdet verlieren, ihr obskuren Gerichtsmediziner!

Dietrich riss sich zusammen, die Operation geht weiter.
Er ging zurück ins Schlafzimmer.
Yvette lag leblos auf dem Bett, die Infusion tropfte langsam.
Sorgfältig nahm er die Spritze und die leere Ampulle an sich und verbrachte sie ins Arbeitszimmer. Er legte sie hinter eine Kassettenreihe.
Man wird nicht danach suchen …
Er kam zurück und fasste seiner Frau an den seitlichen Hals.

Nichts.
Kein Carotispuls tastbar.
Yvettes Gesicht blickte friedlich, sanfter als sonst, sanfter als zu Lebzeiten.
Mann, ich hab sie umgebracht … wie Nollendorf …
Jetzt nicht noch kotzen wie damals …

Nun lief der zweite Teil der Operation an.
Er griff zum Telefon, wählte die 19222, die deutschlandweite Nummer der
Rettungsleitstellen. „Schnell, meine Frau hat einen Herzstillstand, ich bin am
reanimieren, kommen Sie rasch!" Er vergaß die Adresse nicht.
Dann beugte er sich über Yvette.
Er wartete einige Augenblicke.
Dann überstreckte er ihren Kopf, schob ihr das Hemd hoch, ihre Brüste ent-
blößend.
Er begann mit der Herzdruckmassage.
Er drückte über dem Sternum.
Um das Szenario echt zu gestalten, blies er ab und an einige Atemstöße Luft
in ihren Mund.
Er sah auf ihren schönen, leblosen Körper. Alle Schönheit nützt nichts …
Gedanken durchströmten ihn.
Wie er sie kennengelernt hatte.
Das spontane Geburtstagsessen im türkischen Restaurant …
Der erste Kuss …
Händchenhalten in der Fußgängerzone, Passantenblicke auf sich ziehend …
Ihr Geruch …
Das erste Mal …
Der Urlaub in Andalusien …
Ihm wurde schwindlig.
Er drückte den Brustkorb nieder, wieder und wieder. Auf, nieder, auf, nie-
der. Nur nicht zu fest, nur nicht zu effektiv, am Ende hätte die Reanimation
noch Erfolg …
Er hielt für eine halbe Minute inne, machte Pause. Nur nicht zu heftig wie-
derbeleben …

Nach wenigen Minuten tönte ein Martinshorn vor dem Haus. Poltern, Klingeln. „Die Haustür ist offen!" schrie er.

Ein jüngerer Notarzt, etwa in Dietrichs Alter, und zwei Rettungsassistenten
stürzten ins Schlafzimmer. Sie sahen Dietrich erschöpft über Yvettes leblo-
sem Körper bei der Herzdruckmassage, Schweiß rann ihm von der Stirn.
„Meine Frau hatte eine schwere Gastroenteritis! Wir sind beide Ärzte, sie
hat sich eine Infusion mit Kochsalzlösung zur Rehydrierung angelegt. Wie
aus dem Nichts lag sie plötzlich bewusstlos da … Keine Ahnung wie lange

schon ... Ich kam gerade ins Zimmer ... Ich stellte den Kreislaufstillstand fest, alarmierte Sie, begann mit den Reanimationsmaßnahmen."

Der junge Notarzt suchte nach einem Puls am Hals, die Rettungssanitäter klebten Elektroden auf Yvettes Brust. „Kein Kreislauf", konstatierte der Notarzt, „Asystolie", ergänzten die Sanitäter mit Blick auf den EKG-Monitor. „Also weiter!" Der Notarzt übernahm Dietrichs Part und führte die Herzdruckmassage aus, kräftiger und schneller als zuvor Dietrich. Die Sanitäter bereiteten die Intubation, das Einführen eines Beatmungsschlauches in Yvettes Luftröhre, vor. „Fertig!" Das Team wechselte. Professioneller Ablauf. Einer der Sanitäter drückte jetzt auf Yvettes Brustkorb, der zweite assistierte dem Notarzt beim Versuch, den Beatmungstubus in die Luftröhre zu platzieren.

Der Plastiktubus verschwand in Yvettes Schlund. „Okay, Beatmung anschließen!" Der Sanitäter betätigte Knöpfe, die Beatmungsmaschine gab periodisch wechselnde Zischgeräusche von sich.

Dietrich sah es sofort.

Yvettes Oberbauch begann sich zu blähen.

Der Notarzt auskultierte mit seinem Stethoskop. „Scheiße!"

Dietrich wusste es – der Notarzt hatte den Beatmungstubus anstatt in die Luft- in die Speiseröhre geschoben. Das kann passieren ...

Der Magen wurde jetzt mit Luft aufgepumpt. Das hilft dir nicht, Hexe ...

Ein Problem, das gelegentlich beim Intubieren eines Patienten auftrat, insbesondere wenn man mit dem Laryngoskop keine ausreichende Sicht auf die anatomischen Verhältnisse bekam.

Der Notarzt versuchte es erneut.

Bonne chance ...

Er setzte das Laryngoskop an, um Sicht auf den Kehlkopf zu bekommen.

Er muss die Stimmritze einstellen, sonst schiebt er ihn wieder in den Ösophagus ...

„Hör' mal kurz auf zu drücken, ich seh' sonst nichts!" Die Notarztstimme klang schon leicht hektisch.

Hey, Kollege, schon beim ersten Problem gleich so aufgeregt ... Dietrich beobachtete Schweißflecke auf des Kollegens Stirn.

„Ich hab' keine vernünftige Sicht!" Er hebelte kraftvoller mit dem Laryngoskop. Dessen langer Spatel rutschte jetzt ab und ein fürchterliches, knirschendes Geräusch war zu hören. Durch die Krafteinwirkung des Spatels brach ein oberer Schneidezahn Yvettes ab. „Scheiße, hol' ihn schnell raus, den Zahn!"

Einer der Sanitäter versuchte nun, mit einer Magillzange den abgebrochenen Zahn aus Yvettes Schlund zu bergen bevor er weiteres Unheil anrichten konnte.

Mann, was habe ich dir angetan, Yvette ...

Übelkeit stieg ihm auf. Taumelnd erhob er sich, wandte sich ab. Was für eine Szene ... Yvette ...

Siehst du das eigentlich jetzt?

Hast du gesehen wie ich die Ampullen versteckt habe?

Siehst du jetzt, wie sie dir einen Zahn rausgebrochen haben?

Siehst du es alles, von irgendwo her?

Beim erneuten Anlauf hatte der Notarzt den Tubus diesmal an gewünschtem anatomischem Ort platzieren können. „Schnell, Beatmung anschließen! Ich drücke! Ein Milligramm Adrenalin!" Der Notarzt setzte die Herzdruckmassage fort.

Dietrich sah, wie einer der beiden Sanitäter verstohlen auf Yvettes entblößte Brüste sah. Ich habe eine sehr schöne Frau gehabt, fürwahr …

,Schön' allein nützt leider nichts … 'Kann sich nix davon kaufen, von ihrer Schönheit …

Der Notarzt drückte kräftig und schnell auf Yvettes Brustkorb. „Nochmal ein Milligramm Adrenalin!"

Es wird ja hoffentlich nicht gelingen, euer Bemühen …

Der Notarzt hielt kurz inne. „Pulskontrolle! EKG!" Ein Sanitäter tastete. „Nichts."

Ein Blick zum Monitor EKG.

Null-Linie.

„Weitermachen!"

Der Notarzt drückte manisch, schneller und fester als zuvor.

Dietrich blieb ruhig, beobachtete, analysierte.

Das wird nichts mehr, Jungs …

„Nochmal ein Milligramm Adrenalin und zieht Vasopressin auf!" Der Notarzt keuchte wie bei einem asthmatischen Anfall

Jawohl, immer nur hinein damit, nix wie rein mit dem guten Zeug …

Dietrich beobachtete, wie der eine Sanitäter Spritze für Spritze mit Adrenalin injizier-te. „Fünf Milligramm Adrenalin!" Die Stimme des Notarztes überschlug sich jetzt fast.

„Fünf pur? Auf einmal?" Verdutzt erscheinende Rückfrage des blutjungen Sanitäters.

„Die Frau ist jung! Wir müssen alles versuchen!" keuchte der Notarzt.

Ja! Sehr gute Idee! Immer hinein damit! Ganz viel auf einmal!

Schreibt das ja bloß nachher brav in euer Einsatzprotokoll, jeden Milliliter! Immer hinein damit mit dem guten Zeug …

Der Sanitäter injizierte die fünf Milliliter puren Adrenalins.

Wenn die wüssten, wie kontraproduktiv dies gerade ist …

Der Notarzt reanimierte weiter. „Kontrolle!" Er hielt inne. Blick auf den Monitor, tastender Griff am Hals.

Nulllinie. Kein Puls. Nichts.

„Weiter!"

Es ist vorbei Leute, die Schlacht ist geschlagen.

Nix mehr zu machen.

Aus, vorbei.

„Noch mal fünf Milliliter Adrenalin pur!" Der Sanitäter kam kaum nach, das Medikament aus den Ampullen in die Spritze aufzuziehen.

Prima! Immer rein damit! Je mehr desto besser!

Es ist jetzt schon ein Vielfaches meiner Dosis! Macht nur weiter so!

Dietrich wandte sich ab.

Er sah aus dem Fenster.

Eine Katze im Vorgarten. Sich sprungbereit duckend ging sie vor dem Zaun in Stellung, auf Beute aus einem Mauseloch hoffend. Leichter Nieselregen hatte eingesetzt.

Sophie! Wo bist du jetzt? Ich habe einen großen Schritt getan! Einen sehr großen Schritt zu dir hin! Wenn du wüsstest!

„Adrenalin!" Die johlende Stimme des Notarztes drang an sein Ohr. Sie gaben nicht auf. Sie setzten die Wiederbelebungsmaßnahmen fort.

Spritzt nur immer brav weiter euer Adrenalin …

„Herr Kollege", der Notarzt griff mit seiner Rechten an seine Schulter. „Mein Beileid. Ihre Frau ist tot. Wir hatten keinen Erfolg."

Dietrich sah, wie der eine Sanitäter die Klebeelektroden von Yvettes schöner Brust entfernte, der Zweite hatte die Venenkanüle aus ihrem Unterarm gezogen. Einige Blutstropfen färbten das Bettlaken dunkelrot.

Er blickte auf Yvettes Gesicht. Sie hatten ihr die Augen geschlossen. Friedlich und ruhig lag sie da.

Ob sie das Szenario jetzt sieht? Hatte sie ein Nahtoderlebnis?

Und dann ein – Toderlebnis?

Wenn es ein Nah-Tod-Erlebnis gibt, müsste es auch ein Todes-Erlebnis geben …

Wir kennen aus Erzählungen nur das Nahtoderlebnis, was kommt dann?

Kann Yvette auch weiterhin auf mich schauen, mich jetzt und hier beobachten?

Kann sie sehen, dass ich mich in ein paar Tagen mit einer Schwester der thoraxchirurgischen Intensivstation in einem stickigen Lagerraum treffe?

Wo bist du jetzt, Yvette?

Ein beträchtlicher Unterschied zur Nollendorf-Operation: Der Princeps war nicht nur aus dem Leben sondern auch visuell von der Bildfläche verschwunden. Ab den Abhang hinunter. Ab und weg.

Anders hier: Er musste Yvettes Leichnam betrachten, wie er auf dem Bett lag, wie ihre Gesichtsfarbe grauer und weißer, ihre Nase scheinbar spitzer wurde.

Er versuchte, das Gesicht des trauernden Ehemanns zu präsentieren. „Ich habe alles versucht, als ich sie so fand …"

Der Notarzt drückte ihn am Oberarm. „Bestimmt … Da bin ich ganz sicher, Herr Kollege … War ihre Frau … chronisch krank?"

„Nein. Seit vorgestern hatte sie diese schwere Gastroenteritis mit vielen Durchfällen und Erbrechen. Nichts behielt sie bei sich."

„Vielleicht war es ja eine Elektrolytstörung. Sie wissen ja – viele Durchfälle und Erbrechen, da kann man rasch auch 'mal viel Kalium verlieren. Vielleicht hatte sie ja eine Hypokaliämie und hat hierdurch Kammerflimmern bekommen."

Dietrich blieb stumm, starrte auf seine leblose Frau.

„Herr Kollege, ich kann Ihnen eines leider nicht ersparen … Ich kann in diesem Kasus unmöglich auf dem Totenschein ,Natürlicher Tod' bescheinigen. Ich muss ,Ungeklärte Todesursache ankreuzen' …"

„Aber das ist doch völlig nachvollziehbar, Herr Kollege."

„Ja … Gut, dass Sie das verstehen. Es tut mir leid, wegen der Scherereien. Sie wissen ja: Bei jedem ,Ungeklärten Todesfall' muss die Kripo anrücken und so weiter …"

„Ja, das weiß ich."

Sollen nur kommen, die Burschen.

Werden sich ihre Zähne an dem Fall ausbeißen.

Untersucht sie nur, diese Hexe, schneidet sie auseinander, weidet sie aus, macht mit ihr was ihr wollt.

Was werdet ihr schon finden … In ihrer Darmschleimhaut eine Entzündung – ihre Gastroenteritis.

Ihr Herz – versagt. Warum? Wisst ihr nicht …

Vielleicht war Yvettes Kalium durch den Durchfall tatsächlich niedrig, das konnte fürwahr lebensgefährliche Herzrhythmusstörungen auslösen …

Adrenalin? In ihrem Blut? Schaut nur nach, kein Problem …

Der tapfere Notarzt hat ja heroisch beinahe literweise von dem Zeugs in sie hineingepumpt. Ein erhöhter Adrenalinspiegel wäre kein Problem – er war durch die Wiederbelebungsmaßnahmen mehr als hinreichend erklärt. Der manische Notarzt hatte ein Vielfaches der acht Milligramm an Adrenalin verabreicht …

*

Er stand frühmorgens zu gewohnter Zeit auf.

Undeutlich, schemenhaft, traumähnlich, nur noch verschwommen in Erinnerung, war der vorherige Abend weiter verlaufen.

Die Kripo war angerückt, ein jüngerer Kommissar und ein noch jüngerer Assistent sowie ein Arzt der Gerichtsmedizin mit zwei Gehilfen.

Kurze Routinefragen, zahlreiche Photos vom Ort des Geschehens. Yvettes Leichnam wurde mitgenommen, die halbleere Infusionsflasche mit Kochsalzlösung asserviert.
Da werdet ihr nix drin finden ...
Dietrich war für neun Uhr morgens ins Polizeipräsidium einbestellt worden.

Nur noch dunkel erinnerte er sich der spätabendlichen Telefonate, nur noch schwach und konturlos, als wären die Gespräche in fernster Vergangenheit oder gar im Traum geführt worden. Bei der Todesnachricht hatte sein Schwiegervater aufgestöhnt, seine Schwiegermutter hatte Unverständliches gekreischt, sein Vater nur dumpf gegrunzt, da aus dem Schlaf geholt. Auch in der Klinik hatte er die Diensthabenden verständigt und informiert.

Er duschte, aß einen Joghurt. Obwohl ein Kaffee gut getan hätte, verzichtete er darauf, die Maschine in Gang zu setzen.
Jetzt keine Schwierigkeiten durch das Kontrollieren ...

Er erschien pünktlich, fragte sich im Polizeipräsidium nach dem betreffenden Zimmer durch, klopfte dort an, trat ein, stand vor einem einfachen Schreibtisch mit dem jungen Beamten vom Vorabend und seinem noch jüngeren Assistenten. Es roch muffig. Nüchternes, etwas in die Jahre gekommenes Mobiliar.
Der Kommissar, dessen Name er vergessen hatte, bot ihm einen Stuhl vor dem Schreibtisch an. „Wir werden das Gespräch protokollieren." Der noch jüngere Assistent betätigte die Taste eines Aufnahmegerätes.
Ist ja wie im Film hier ...
Dietrich blieb ganz ruhig. Absolut ruhig. Wie damals am Trifels.
Alles ist im grünen Bereich ... Nie wird man dir was nachweisen können. Es ist perfekt wie bei Nollendorf, vielleicht sogar noch perfider!
Der Leichnam wird eine Todesursache aufweisen, die durchaus als natürlich klassifiziert werden kann: Eine Hirnblutung durch den hohen Blutdruck oder ein Herzversagen ... Nach dem Adrenalin wird im Blut nicht gefahndet werden.
Wenn doch – egal, der Notarzt hat Fässer davon injiziert. Genau vom gleichen Standardpräparat. Dir wird nichts passieren, Dietrich ...

„Herr Dr. Nolte, wir möchten Ihnen nochmals unser Beileid aussprechen", eröffnete der Kommissar.
Dietrich nickte unmerklich.
„Möchten Sie rauchen?" Das ist ja jetzt wirklich wie im Film ... Fehlt nur noch die verspiegelte Glasscheibe mit den Verhörexperten dahinter ... Egal, ihr könnt mir nichts anhaben.
„Ich bin Nichtraucher."

„Herr Dr. Nolte – haben Sie ihre Ehefrau umgebracht?" Die Frage kam wie ein Hammer.
Dietrich blickte in das ernste Gesicht des jungen Kommissars. Der noch jüngere Assistent sah etwas betreten an sich herunter auf den Boden, das Haupt dabei leicht nach links geneigt.
Was ist hier los? Ist was schief gelaufen?
Hat man an Yvette schon auf die Schnelle etwas Verdächtiges bemerkt?
Ist es nur ein Bluff? Ein Test, wie ich reagieren werde?
Oder Routine? Fragen die immer so?
„Nein." Seine Antwort kam bestimmt und sicher. „Ich wusste gar nicht, dass Yvette …"
„Wir auch nicht … Noch nicht … Das Obduktionsergebnis liegt noch nicht vor. Wir wissen nicht, ob ein Fremdverschulden vorliegt. Aber ein bisschen komisch ist das ja schon, oder? Ihre Frau war nie ernsthaft krank, sie stand mitten im Leben, hat eine harmlose Darmgrippe und schwupps ist sie einfach tot …"
Pause, die Kommissare fixierten ihn starr.
Soll ich darauf antworten? Wird ein Kommentar erwartet?
Dietrich schwieg.

„Wie war Ihr Verhältnis zu Ihrer Frau? Wie war Ihre Ehe?" fragte der junge Kommissar. Der noch jüngere Assistent blickte wieder töricht zu Boden, wieder das Haupt tölpisch nach links geneigt.
Leidet er unter einem Schiefhals, einem Torticollis?
„Eigentlich ganz gut … normal würde ich sagen." Die Antwort auf diese zu erwartende Frage hatte er vorbereitet. „Wir hatten uns bei unserer Dissertation kennen gelernt. Wir liebten uns sehr. Es ging uns beiden gut, wir bekamen beide gute Arbeitsstellen an der Uniklinik. Dann kam der Schicksalsschlag mit unserer Tochter Lisa …"
„Ich weiß." Die Stimme des Kommissars klang schneidend.
Woher wisst ihr das schon?
Es ist erst Vormittag, habt ihr schon so schnell Ermittlungen angestellt?
Dietrich war etwas beunruhigt.

„Unsere Tochter ist am plötzlichen Kindstod verstorben. Es war ein furchtbarer Schlag für uns beide." Er machte eine bewusste Pause, setzte ein trauriges Gesicht auf. Der jüngere Assistent blickte noch betretener auf den Boden, wieder das Haupt in töricht erscheinender Weise schiefhalsig nach links geneigt, ein imaginäres, nur ihm bekanntes Ziel dort fixierend.
„Nach dem Tod unserer Tochter war unsere Stimmungslage nicht zum Besten. Ich denke, das ist nachvollziehbar. Jeder von uns beiden musste mit der Situation klarkommen, die Trauer innerlich verarbeiten. In unserem Beruf sind wir beide sehr eingespannt. Es ist als Arzt in der Uniklinik deutlich anstrengender als in einem kleineren Krankenhaus auf dem Land, wir haben

viele Dienste und Überstunden. Meine Frau arbeitete auch noch sehr engagiert in der Wissenschaft. Oftmals blieb da die Zeit für das Privatleben etwas auf der Strecke, durch den Stress in der Klinik fiel zu Hause auch ab und zu einmal ein böses Wort oder es gab einen kleinen Streit über Belang-loses. Aber ich denke, das ist normal für jede Ehe, für jede Beziehung. Es wäre kein Grund, sich zu trennen oder ihr gar ein Leid anzutun."

„Liebten Sie Ihre Frau?"

„Ja, natürlich. Wie gesagt, ich beurteile unsere Ehe als gut."

„Berichten Sie nochmals von dem gestrigen Abend."

„Ich kam von der Klinik nach Hause und fand meine Frau im Bett liegend vor. Sie berichtete von einer Darmgrippe, sie habe Durchfall gehabt und sich mehrmalig erbrochen. Aus der Klinik hatte sie sich Infusionen mitgenommen, um wieder Volumen zuzuführen."

„Fanden Sie das nicht ungewöhnlich? Ihre Frau liegt zu Hause, mit einer Infusion am Arm?"

„Nein. Es ist nichts Ungewöhnliches. Viele Ärzte in der Klinik bedienen sich an Medikamenten im Krankenhaus wenn sie krank sind. Sie holen sich ein fiebersenkendes Mittel wenn sie erkältet sind oder ein Antibiotikum wenn sie eine Bronchitis haben …"

„Die Ärzte entwenden also folglich Medikamente aus der Klink?" Zum ersten Mal hatte sich der jüngere Assistent zu Wort gemeldet. Er sah jetzt vom Boden auf, hielt das Haupt gerade. Er hatte eine hohe Fistelstimme.

„Ja, im Prinzip haben Sie Recht. Formal kann man das sicherlich ‚Entwenden' nennen. Aber es ist einfach so. Das ist Usus bei vielen Kollegen in vielen Krankenhäusern. Andererseits arbeiten dann diese Ärzte trotz ihrer Erkältung oder Bronchitis weiter, sie gehen nicht zum Hausarzt, lassen sich nicht krankschreiben. Von daher könnte man auch sagen, dass diese Art von Selbstmedikation insgesamt für das System eher Kosten einspart als …"

„Das ist jetzt außerhalb unseres Interesses", bellte der jüngere Kommissar unwirsch, eher in Richtung seines jüngeren Assistenten, der jetzt leicht errötete und wieder schiefköpfig auf seinen angestammten Platz auf dem Fußboden stierte und töricht sein imaginäres Ziel dort fixierte.

„Weiter bitte!"

„Meine Frau erzählte mir, dass sie sich in der letzten Stunde mehrfach erbrochen habe, auch Wasser und Tee. Nichts konnte sie mehr bei sich behalten. Daher habe sie sich in ihrer Abteilung eine Venenkanüle legen lassen und Infusionen mit Salzlösung angehangen. In ihrem Bett hatte sie ihr Laptop und zahlreiche Unterlagen, da sie noch an einer wichtigen wissenschaftlichen Publikation arbeitete. Wir haben uns eine Weile unterhalten, nach einer Viertelstunde bin ich dann nochmals in die Klinik gefahren, da ich etwas kontrollieren wollte."

„Sie sind nochmals ins Krankenhaus zurück?"

„Ja, mir fiel etwas zu einem bestimmten Patienten ein und musste etwas in seiner aktuellen Krankenakte kontrollieren."

Der Kommissar blickte etwas erstaunt. „Gibt es dafür Zeugen?"
„Ja sicher. Schwester Erika hatte Stationsdienst. Sie hat noch geschmunzelt und eine heitere Bemerkung gemacht, als ich in der Akte arbeitete." Dietrich sah, dass der Kommissar erstaunt und grübelnd blickte. Vielleicht erschien es ihm sonderbar, dass ein Arzt nach Dienstschluss wieder in die Klinik zurückfährt um etwas nachzukontrollieren. Bestimmt würde er Nachforschungen anstellen. Gut so! Das gesamte Pflegepersonal und alle Kollegen würden bestätigten, dass ich andauernd wieder in die Klinik zurückfahre, um dies oder jenes nachzukontrollieren, mindestens einmal die Woche. Sie werden lächeln und sagen, ja, der Dr. Nolte, der ist Perfektionist, der kommt ständig noch mal nach Dienstende, muss alles penibel und genau haben und kontrollieren, ob alles in Ordnung ist. Mein Anankasmus wird mir diesbezüglich sehr dienlich sein …

Dietrich hatte nun genaue Uhrzeitangaben über seine Fahrt und Rückankunft zu Hause zu machen und ob ihm Besonderheiten aufgefallen wäre. Er berichtete weiter. „Als ich wieder daheim war, berichtete meine Frau, sie habe sich nochmals erbrochen. Ich fragte sie, ob ich irgendwie behilflich sein könne, dann bin ich ins Wohnzimmer und habe dort gelesen. Vom Schlafzimmer hörte ich gelegentliches Klappern des Laptops und Papierrascheln der zahlreichen Unterlagen im Bett. Nach etwa einer halben Stunde bemerkte ich, dass es ungewöhnlich still geworden war. Da ging ich ins Schlafzimmer, um zu sehen ob meine Frau eingeschlafen sei. Und da sah ich sie tot liegen."

„Halt! Wie wollen Sie denn rasch gesehen haben, dass Ihre Frau tot sei?" Die Stimme des jungen Kommissars war jetzt wieder bellend. Der noch jüngere, schiefköpfige Assistent blickte von seinem imaginären Punkt am Boden auf.

Dietrich blieb ganz ruhig. „Herr Kommissar …" Seine Stimme klang sehr überlegen, fast überheblich. „Ich bin Arzt. Ich bin ein erfahrener Arzt, ich habe schon viele Menschen mit Kreislaufstillstand gesehen … Ich bemerkte sofort die fehlenden Atemexkursionen meiner Frau, sie hatte ja nur ein dünnes Hemd an und sie war aufgedeckt. Außerdem pflegte meine Frau, ihre Augen zu schließen wenn sie schlief …" Dietrich blickte den jungen Kommissar herausfordernd und forsch an. Belehrend, ein wenig herrisch fuhr er fort. „Meine Frau hatte aber die Augen geöffnet. Der Blick war starr nach links unten gerichtet. So schläft niemand, Herr Kommissar, mit offenen Augen und starrem Blick und ohne zu atmen!"

Der junge Kommissar schien eingeschüchtert, der noch jüngere Assistent blickte rasch wieder zu Boden, den Kopf schief, das Gesicht wieder leicht errötet. Treffer im Ziel! Mit euch beiden Hanswürsten werde ich fertig. Nichts könnt ihr mir nachweisen!

„Ich habe dann den fehlenden Puls getastet und sofort mit den Wiederbelebungsmaßnahmen begonnen. Gleichzeitig habe ich die Rettungsleitstelle alarmiert."

„Haben Sie ihrer Frau irgendetwas gespritzt oder verabreicht?"
„Nein. Was auch? Ich habe keine intravenösen Medikamente im Haus."
„Sie haben wiederbelebt bis der Notarzt eintraf?"
Dietrich bejahte. Die beiden Beamten wechselten kurz Blicke.
„Eine andere Frage." Der Kommissar schien sich zu sammeln. „Sie haben
vorher über ihre Ehe referiert und sie als ‚ganz gut' und ‚normal' be-
schrieben. Sagen Sie, haben Sie im Krankenhaus oder anderswo eine außer-
eheliche Beziehung gehabt? So als Arzt mit einer jungen Schwester? Sind
Sie schon einmal fremdgegangen?"
Ein Hammer. Ein Schlag.
Dietrich taumelte.
Können sie was von Sophie wissen?
Falls ja, wäre dies eine ungeheure Belastung für mich.
Eines der häufigsten und stärksten Mordmotive ... Dietrichs Ideenmaschine
arbeitete mit maximaler Intensität.
Es ist unmöglich, dass sie etwas von Sophie wissen ...
Können sie was herausfinden, wenn sie danach suchen?
Unwahrscheinlich, dass uns jemand in unserem Kellerversteck gesehen hat.
Die SMS über die Kartenhandys?
Dietrich bewahrte Ruhe.
Sie werden in der Klinik Nachforschungen anstellen.
Unwahrscheinlich, diesbezüglich etwas über Sophie zu finden.
Gut, dass Sophie sowieso noch im Urlaub ist ...

„Es mag sehr häufiges Thema in Romanen oder Filmen entsprechenden
Genres sein, dass die Ärzte im Krankenhaus von den Schwestern umgarnt
und verführt werden, dass ein tolles Liebestreiben in der Klinik besteht – in
der Realität sieht das anders aus, das hat mit derartigem Romanstoff wenig
gemein." Dietrich machte eine Gedankenpause. „Wissen Sie, der Job ist so
knochenhart, so anstrengend - Sie schuften stundenlang bis in den Abend im
OP, reiten brutale Dienstschichten ab, da bleibt schlichtweg keine Zeit für
Schwesterntechtelmechtel, selbst wenn man es wollte. Zudem haben die
meisten Schwestern gar kein Interesse an Ärzten, sie wissen um ihre
Arbeitszeiten und ihren Stress. Nein, ich bin nicht fremdgegangen. Und nicht
nur, weil ich dazu keine Zeit hatte, oder zu müde war – nein, ich bin nicht
fremdgegangen weil ich meine Frau sehr geliebt habe." Dietrich setzte jetzt
wieder routiniert sein trauriges Gesicht auf. Es schien glaubwürdig zu
wirken.
Der junge Kommissar schien ratlos.
So, jetzt bist du mit deinem Latein am Ende, du Gimpel!

Der Kommissar setzte wieder an. „Sie sind ja Arzt, wie Sie uns vorher über-
flüssigerweise nochmals zu verstehen gegeben haben. Was glauben Sie

denn, an was ihre Frau gestorben ist? Sie müssen sich doch darüber Gedanken machen?"

„Ja, natürlich. Ich habe aber keine Ahnung, keinen Schimmer. Ich weiß es nicht. Ich weiß nur … dass … dass ich sie sehr geliebt habe …" Dietrich schluchzte fast, seine Augen wurden feucht. Der jüngere schiefköpfige Assistent errötete wieder, schien zu Tränen gerührt. Der Kommissar blickte weniger beeindruckt.

„Herr Dr. Nolte, eines müssen Sie uns aber zum Abschluss schon noch sagen. Eines ist doch sehr merkwürdig und durch reinen Zufall kaum zu erklären: Drei Ihrer Zeitgenossen, drei Menschen aus Ihrer unmittelbaren Umgebung, versterben aus völligem Wohlbefinden, aus völliger Gesundheit heraus und das in kurzem zeitlichen Abstand. Professor Nollendorf, ihre Tochter Lisa, ihre Frau Yvette. Alle waren völlig gesund und peng – plötzlich sind sie unerwartet tot. . Alle drei! Das ist doch merkwürdig oder nicht?"

Dietrich blieb ruhig. Er versuchte, ein noch rührseligeres Gesicht zustande zu bringen. „Es ist nicht merkwürdig … Es ist traurig … Es ist furchtbar. Ein furchtbares Schicksal …" Die letzten Worte kamen schluchzend hervor.

„Für heute sind wir fertig. Wir werden uns wieder sprechen. Wir bleiben an Ihnen dran."

Er verließ das Präsidium.
Es war gut gelaufen, er war stark geblieben, hatte standgehalten.
Sie werden die Todesfälle von Nollendorf und von Lisa nochmals aufarbeiten. Es ist logisch, jeder Polizist dieser Erde würde das in diesem Fall so tun. Aber es wird zu nichts führen. Bei Lisa wird die Nachforschung rein gar nichts ergeben. Nichts könnten sie an ihrem kleinen Leichnam finden.
Und an Nollendorf? Sollen sie ihn doch exhumieren! Und dann? Man hätte einen Leichnam mit Dutzenden gebrochener Knochen und verletzter Organe von einem schwersten Trauma, durch einen bedauerlichen Sturz aus großer Höhe.
Und?
Niemals würde man daran ein Fremdverschulden ableiten können.

Und bei Yvette?
Sie würde sicherlich genau und penibel mit allen raffinierten Methoden der modernen Gerichtsmedizin untersucht werden. Sie werden alles auffahren, alle ihre Tricks anwenden. Aber werden sie Verwertbares finden?
Nein, der Mord war absolut perfekt.
Ein tödliches Gift, das die Polizei sogar finden darf!
Meine Idee mit dem Adrenalin war absolut genial!
Ihr Gimpel! Sucht ruhig nach Adrenalin im Blut, kein Problem! Im Notarztprotokoll sind die zahlreichen Ampullen alle ordentlich und penibel vermerkt. Hat alles der Notarzt rein gepumpt!

Er lief beschwingt durch die Stadt.

Eine plötzliche Sorgenwolke am blauen Himmel. Was ist, wenn sie tatsächlich Adrenalin im Blut Yvettes bestimmen? Was ist, wenn ihnen dann die Konzentration zu hoch vorkommt; zu hoch in Relation zu den vom Notarzt verabreichten Mengen?

Angst beschlich ihn.

Bleib ruhig! Der Notarzt hatte raue Mengen Adrenalin in einen Menschen gepumpt, der einen Herzkreislaufstillstand hatte und nur einen Minimalkreislauf durch die Herzdruckmassage aufwies. Das in die Vene gespritzte Adrenalin würde unter solchen Bedingungen ein ganz anderes Verteilungsverhalten und eine völlig abweichende Verteilungskinetik haben als bei einem normalen Menschen – Dietrich, es besteht keine Gefahr. Sie bestimmen Adrenalin, der Spiegel ist hoch, sie gucken aufs Notarztprotokoll, sehen dort haufenweise Ampullen vermerkt – der Rettungssanitäter war ja mit dem Aufziehen kaum noch nachgekommen – dann werden sie sich anderen Analysen und Nachforschungen zuwenden.

Dietrich, die Aktion war perfekt. Keine Angst!

*

Eine Woche war seither vergangen.

Es war früher Abend, er saß am Esstisch, alleine, blätterte im Bestellprospekt seines Lieblingsitalieners. Er hatte eine Flasche eines Haut-Medoc geöffnet und bestellte ‚Scaloppina Cartoccio', Rahmschnitzel mit Schinken, Spargeln und Champignons in pikanter Sauce. Es würde vierzig Minuten dauern, wurde am Telefon in gebrochenem Deutsch geantwortet.

Er trank Rotwein, überdachte die letzten Tage, zog Resümee.

Yvette war unter der Erde.

Auch dieser Teil der Operation war problem- und komplikationslos verlaufen.

Morgen würde er wieder in die Klinik gehen, übermorgen würde Sophie aus dem Urlaub zurückgekehrt sein.

Du wirst staunen, Sophie, was alles passiert ist …

Es war ungewohnt still im Haus, er trank, schenkte sich nach. Ein guter Tropfen.

Gestern waren Eltern und Schwiegereltern wieder abgereist. Seine larmoyante Schwiegermutter schien krank vor Trauer, unfähig zu zusammenhängenden verbalen Äußerungen, unentwegt schluchzend und wehklagend.

An der Beerdigung hatten ihr beim Gang zum Grab die Beine ihren Dienst versagt, sie hatte gestützt werden müssen.

Für ihn war die Beisetzung ohne besondere Höhepunkte verlaufen, nach außen den trauernden Witwer zu Schau stellend hatte er emotional unbeteiligt der Zeremonie beigewohnt. Scharf hatte er die Trauergesellschaft beobachtet und analysiert. Da waren seine Schwiegereltern gewesen – die einzigen, die manifest zu trauern schienen. Seine Eltern – sie standen mit starrem Blick, amimisch, akinetisch, wie versteinert, scheinbar in kurzer Zeit um Jahre, wenn nicht um Jahrzehnte gealtert, ihre graublassen Gesichter tief zerfurcht, abgemagert, fast kachektisch. Da waren Kollegen gewesen, die meisten aus der Kardiologischen Klinik, auch einige Schwestern – sie schienen teilnahmslos da zu stehen, sie schienen einfach nur da zu sein, Staffage bildend.
Freunde - ?
Echte Freunde hatte Yvette nicht.
Keine beste Freundin aus der Schulzeit, keine Busenfreundin aus dem Studium, mit der man über alles getratscht hatte.
Yvettes soziale Isolierung fiel auf dem Friedhof sicher nicht nur ihm auf.

Dann waren da noch zwei jüngere, unauffällig gekleidete, ihm unbekannte Männer, immer im Hintergrund stehend. Bestimmt von der Kripo … Ist im Film auch immer so … Die Mordkommission geht immer zur Beerdigung, spähend, analysierend.
Aber ihr könnt dastehen bis ihr schwarz werdet, ihr könnt glotzen, beobachten und euch das Hirn zermartern solange ihr wollt – die Schlacht habt ihr verloren, ihr müsst den Fall zu den Akten legen …
Ihr ward von vornherein ohne Chance …

Das Schnitzel kam. er gab großzügiges Trinkgeld. Er goss Rotwein nach, begann zu essen.
Der junge Kommissar und der noch jüngere Assistent hatten ihn noch zweimal befragt gehabt, aus ihrer Sicht ohne substanzielles Resultat.
Klar … Ihr habt Blut geleckt – kein Wunder bei drei Menschen in meiner unmittelbarer Nähe, die einfach so aus bester Gesundheit heraus versterben … Kann man nachvollziehen, dass ihr da nicht locker lässt.
Aber das Ergebnis der Obduktion war eindeutig gewesen. Es hatte kein Hinweis für ein Fremdverschulden festgestellt werden können.
Natürlicher Tod, am ehesten durch plötzliche maligne Herzrhythmusstörungen, vielleicht durch rasche Elektrolytveränderung bei Erbrechen und Durchfall ausgelöst.
Oh ihr armen Gerichtsmediziner … Habt ihr euch die Zähne ausgebissen an meinem Weib …
Wie schade – kein Kasus für eure perversen Schaukästen, für eure Schauerposter …

Sein Schwiegervater hatte ihn kurz vor der Abreise nachmittags im Wohnzimmer zur Seite genommen und ihn leise gefragt, ob er Yvette etwas angetan hätte. „So gut war eure Ehe zum Schluss nicht mehr, man las es zwischen den Zeilen …"

Dietrich war ruhig geblieben, hatte mit fester Stimme verneint.

Macht sich wohl seine Gedanken, der Alte.

Schieb bloß ab nach Hamburg …

Sie trafen sich wieder in ihrem mesquinen Liebesnest, ihrer unterirdische Kammer. Ausdünstungen der gelagerten, diversen Desinfektionsmittel lagen in der Luft.

Er zitterte, als er Sophie durch die Tür kommen sah, sie war zivil bekleidet, ihr Dienst würde erst am nächsten Tag wieder beginnen. Wortlos umarmten sie sich.

Er spürte Sophies starke Arme, kräftig umschlungen sie seinen schmächtigen Rumpf. Ihm lief eine Träne die Wange herab. „Ich habe dich so entsetzlich vermisst …" Weiter wortloses Umarmen.

Er nahm ein neues Parfüm war. Ein Geschenk von Olaf, dem Epheben? Oder ein Geschenk f ü r Olaf? Er verdrängte die Gedanken.

Sie küssten sich auf den Mund, kurz nur, fast hektisch, getrieben, wie unter Zeitdruck stehend.

„Es war ganz schön gewesen im Urlaub …" Sophie sprach leise.

Ja prima … Das freut mich aber sehr … Hat dich dein brünstiger Olaf wieder um den Finger wickeln können … Er biss sich auf die Lippen. Bleib ruhig, Dietrich, ruhig …

„Hier ist einiges passiert", sagte er jetzt ebenso leise.

„Ich habe es schon gehört. Es tut mir leid, Dietrich. Das hätte ich Yvette jetzt nicht gewünscht … Es ist ja schrecklich. Da hat man einfach eine schwere Gastroenteritis, und auf einmal …"

„Yvette ist nicht einfach so gestorben …"

„Wie? Wie meinst du das?"

„Ich meine, dass ich sie umgebracht habe." Er sprach jetzt sehr leise, flüsternd.

„Was?" Sophie ließ abrupt von ihrer Umarmung ab, trat einen Schritt zurück.

„Du hast sie …? Ja, wie denn …?" Sie stotterte, ihr Gesicht weiß wie die Wand.

„Ich habe ihr hochdosiert Adrenalin gespritzt. Sehr hochdosiert … und unverdünnt … Dann war sie ziemlich schnell tot." Er schmunzelte.

Sophies Entsetzen im Gesicht wuchs.

„Adrenalin … Adrenalin … wie konntest du ihr einfach Adrenalin injizieren …?"

„Nun ja, sie ging davon aus, es sei Metoclopramid, das harmlose Antiemetikum gegen Übelkeit. Den Venenzugang hatte sie ja schon am Arm

liegen. Wenige Sekunden nach der Injektion war sie sofort hinüber. Weißt du, wenn man jemandem ultrahohe Adrenalindosen verabreicht …"
„Ja, ja, ich weiß was dann passiert! Ich bin schon ein großes Mädchen!" Ihre Stimme klang unwirsch. „Der Blutdruck explodiert, ihr platzen Hirngefäße, ihr reißt die Aorta ein, sie bekommt Kammerflimmern oder sie stirbt am Herzversagen. Ich weiß das auch! Wenngleich ich nur eine kleine dumme Schwester bin!"
Schweigen.
Sein Herz raste.

Sophie trat wieder auf ihn zu. Ihre Stimme wurde wieder weicher. „Du hast also Yvette Adrenalin gespritzt. Und dann, wie ging das dann vor sich?"
„Sie verlor innerhalb weniger Sekunden das Bewusstsein …" Er sah wie Sophie erblasste. „Ich habe dann den Notarzt alarmiert. Er kam und begann zu reanimieren. Dabei verabreichte er natürlich enorme Mengen Adrenalin."
„Klar. Die Mengen, die bei der Wiederbelebung gegeben werden, sind sicherlich um ein Vielfaches höher als das, was du ihr initial gespritzt hast. Nichts wird man dir nachweisen können." Sophies Blässe nahm zu. Sie war anämisch weiß. „Mensch, Dietrich … Du hast deine Frau einfach so umgebracht. Fürchterlich … Kaltblütig ihr Leben beendet. Sie meinte, du würdest ihr helfen mit der Spritze, sie dachte, die Spritze lindere ihre Übelkeit … und du … Das ist … das ist ja furchtbar." Sophie war wieder einen Schritt zurückgetreten, Entsetzten blitzte in ihren blauen Augen auf.
„Ja was hätte ich denn sonst tun sollen?" rief er laut. „Es gab keine andere Möglichkeit …" Er sah, wie Sophie, einem verängstigten Tier gleich, sich an das Regal klammerte.
Ich muss sie jetzt wieder auf ein ruhiges Gleis bringen …
Verständlich, es ist ein Schock für sie, man trifft nicht alle Tage Menschen, die einem einen Mord gestehen.
Bleib ruhig, Sophie, bitte …

„Du kannst dir vielleicht nicht vorstellen, wie die Situation für mich war. Yvette ist eine starke Frau. Sie kann rhetorisch gewandt austeilen. Bei einer Scheidung hätte sie versucht, mich fertig zu machen. Wahrscheinlich wäre es ihr gelungen …" Die letzten Worte leise gesprochen. Sophie blickte immer noch entsetzt, verängstigt. Sophie, Sophie was ist denn …?
Er bekam Angst.
Verliere ich dich jetzt?
Bist du so entsetzt über mich, über meine Tat, dass sie alles beendet?

Gut möglich, so wie sie jetzt da steht, sich am Regal anklammernd.
Er wusste, wenn er jetzt einen Fehler machte, wenn er jetzt die falschen Worte wählte, dann wäre alles aus. Sophie würde entsetzt von dannen

rennen, bei ihrem Olaf bleiben, ihn aus ihrem Herz, aus ihren Gedanken
schütteln, Dietrich, den kaltblütigen Mörder …
Die Ideenmaschine arbeitete auf Hochtouren, mit voller Leistung. Ich muss
jetzt das Richtige sagen, muss Sophie beruhigen, sonst ist alles aus. Dann
habe ich niemand mehr …

„Sophie, ich kann mir vorstellen, was du jetzt denkst, was du empfindest."
Er machte eine kurze Pause. „Ich hatte entsetzliche Tage hinter mir. Du warst
nicht da. Ich habe dich vermisst, wie ich noch nie etwas oder jemand in
meinem Leben vermisst habe. Der Schmerz brannte mir Löcher in den Leib.
Ich habe kaum noch gegessen, habe Gewicht abgenommen. Ich habe
gelitten, es tat so weh, dass du nicht da warst … Und es tat so entsetzlich
weh, mir vorzustellen, dass du mit Olaf irgendwo unter Palmen … Jeder
nicht emotional abgebrühte Mensch, der noch Leben in sich hat, jeder Herzfüßler kann es sich vorstellen, diese Gefühl. Gleichzeitig bin ich in der Klinik
unter Druck geraten. Ich hatte bei einer jungen Frau eine Komplikation mit
Todesfolge. Perikardtamponade bei einer Schrittmacherrevision. Es war
entsetzlich, Sophie, glaube es mir. Ich habe mich fürchterlich gefühlt. Und
weißt du was ich daheim gehört habe, von Yvette? Nur niederträchtiges
Gerede, dummes Zeug." Gallig spuckte er die letzten Worte in den Raum.
„Es ist schlimm, derartig über einen Toten zu sprechen, aber Sophie, glaube
mir, es war oft die Hölle mit Yvette, es war fürchterlich." Er machte eine
Pause, atmete durch. „Ich war nervlich sehr angezählt und … und in diese
Situation hinein platzte plötzlich das Szenario von Yvettes Darmgrippe, wie
sie da lag, krank im Bett. Ich sah ihre Venenkanüle im Arm und schwupps –
da kam die Idee. Es kam aus einem Affekt heraus. So etwas hätte man ja
niemals planen können. Und da habe ich es getan." Er wurde jetzt leiser. Sein
Gesicht nahm pathetische Züge an. „Ich habe es aus Liebe getan. Ich habe
es für uns getan. Ich wusste, der andere Weg wäre furchtbar geworden, die
Schlammschlacht eines Scheidungskrieges. Sie hätte mit allen Waffen
gekämpft, mit erlaubten wie mit unerlaubten, Yvette wäre da auch nicht
zimperlich gewesen. Auch für mich war das nicht einfach, auch mir geht
diese Tat nahe. Ich werde sie mein ganzes Leben lang in mir tragen, sie wird
mich in meinen Nachtträumen heimsuchen. Aber ich habe es aus Liebe
getan. Aus Liebe zu dir …"
Wieder kurze Pause. Eine Träne lief auf seiner Wange herab, dramaturgisch
passend. „Sophie, ich hätte dir von einem Mord nichts zu sagen brauchen,
ich hätte dich ohne weiteres im Unwissen darüber lassen können, so wie alle
anderen im Unwissen über diese Sache sind. Ich habe es dir offen gesagt, es
dir gestanden, weil ich zu dir ehrlich sein möchte und weil ich Vertrauen zu
dir habe. Sehr großes Vertrauen." Er holte Luft. „Sophie, vielleicht habe ich
mich durch diese Tat von dir jetzt weit entfernt. Vielleicht bist du jetzt völlig
entsetzt über mich, möchtest nie wieder mit mir etwas zu tun haben, mit mir,
einem Mörder. Vielleicht habe ich dich dadurch nun verloren. Ich könnte das

verstehen, ich könnte es nachvollziehen. Aber du sollst wissen - ich habe es aus Liebe getan, aus Liebe zu dir."

Sophies anämisches Gesicht begann sich farblich etwas zu erholen. Ich bin im richtigen Fahrwasser, weiter Dietrich! „Weißt du, wenn ich mich hier in der Klinik so umschaue – da gibt es ja einiges an Beziehungen verschiedener Art zwischen verschiedenen Mitarbeitern. Viele davon kommen über das nicht hinaus, was man landläufig ‚Affäre' nennt. Vieles ist von kurzer Dauer, von wenig Tiefgang, vielleicht nur auf gefühlsarmen Sex beschränkt. Bei mir ist das nicht so, ich glaube du weißt das. Wenngleich du jetzt entsetzt über mich sein magst - du weißt, dass meine Liebe unendlich groß ist. Du weißt, dass es etwas anderes ist als zwischen manchen Assistenzärzten und Schwestern. Du weißt, dass es mehr ist, größer ist. Du weißt, dass du für mich alles bist. Alles, einfach alles. Ja, das weißt du. Ich bin doch ein Herzfüßler ... Und ich glaube, du weißt auch, dass du noch niemals in deinem Leben von jemandem so geliebt worden bist wie von mir. Ja, das weißt du. Von niemandem. Von deinen Eltern nicht, von Olaf nicht. Noch nie wurdest du so geliebt wie von mir armseligem Menschen. Und es wird niemanden geben, dessen Liebe größer sein kann als die meine."

Er schwankte ein Stück rückwärts, hielt sich am Regal gegenüber fest. „Ich liebe dich über alles. Ich würde alles für dich tun. Alles. Verzeih, was ich getan habe." Die letzten Worte kamen schluchzend, seine Nase troff.
Stille, lediglich schweres Atmen der beiden jungen Menschen.
Sophie machte einen Schritt auf ihn zu.
Sie legte ihm die Arme um den Nacken. „Verzeih, dass ich so reagiert habe. Ich war 'halt ziemlich erschrocken. Und ich bin es immer noch ein bisschen." Sie vergrub ihren Wuschelkopf an seiner Schulter. Sie bewegte ihre Lippen auf die seinen zu, sie küssten sich zärtlich. „Mensch, was machst du für Sachen...." Sie küssten sich erneut, er spürte ihre Brüste auf seinen Rippen. „Ich liebe dich, Dietrich." Ein Hauchen nur, aber sie hatte es gesagt. Er atmete durch, sie küssten sich wieder, heftiger nun, leidenschaftlicher.
Er ergriff fest ihren Rücken. Sophies Kopf wanderte wieder an seine Schulter, sie atmete heftig.
Seine Ideenmaschine arbeitete hochkonzentriert. Das Problem ward in gute Bahn gelenkt. Gut Dietrich!
Soll ich jetzt noch das Thema ‚Olaf' ansprechen? Wann sie ihn verlassen wird?
Nein, es wäre zu viel des Guten. Es wäre zu viel Belastendes auf einmal.
Lass sie erst mal dieses verdauen, dann sehen wir weiter ...

Er ging wieder zurück auf Station, Sophie in die Stadt zum Einkaufen. Sie verabredeten sich für den übermorgigen Tag an gleichem Ort, ihrem mesquinen Liebesnest.

*

Professor Stilgenbauer nahm ihn spätnachmittags auf Station zur Seite. „Mein Beileid, Nolte. Was für ein Schicksal …" Er drückte ihm die Hand. „Ich habe morgen eine spannende OP, hätten Sie Lust? Es gibt was zu lernen…"

„Gerne."

„Kommen Sie mit, wir gehen zu dem Patienten. Herr Waldemar Scheib, Jahrgang 34, hat eine Mitralinsuffizienz Grad 3. Morgen ist die Klappenrekonstruktion geplant." Sie betraten raschen Schrittes und mit wehenden Arztkitteln das Patientenzimmer. Herr Scheib lag müde im Bett.

„Guten Tag, Herr Scheib", Stilgenbauer übernahm die Gesprächsführung, „wir hatten uns ja heute Mittag schon kurz unterhalten. Bei Ihnen liegt eine Undichtigkeit an einer Herzklappe vor. Die Mitralklappe trennt normalerweise die linke Herzkammer vom linken Herzvorhof. Während der Entspannung des Herzens, der Diastole, fließt durch sie das Blut vom Vorhof in die Kammer. Während des Zusammenziehens der Kammer ist die Mitralklappe geschlossen und gewährleistet, dass das Blut nach vorn, in den Körper und nicht wieder zurück in die Lunge gepumpt wird. Die Herzklappen arbeiten also wie Ventile, sie sind für die Richtung des Blutes entscheidend. Ihre Mitralklappe schließt seit geraumer Zeit nicht mehr richtig, daher pumpt ihre linke Kammer das Blut nicht mehr überwiegend nach vorn, in die Hauptschlagader und in den Körper, sondern ein beträchtlicher Teil des Blutes fließt über die undichte Klappe wieder rückwärts in den Vorhof und zurück in den Lungenkreislauf. Dort staut sich es und dies verursacht bei Ihnen Luftnot."

Der Patient nickte verständig.

„Das in die Lungenstrombahn zurückgeflossene Blut gelangt dann gleich wieder zur linken Kammer, die dadurch vermehrt volumenbelastet wird."

Herr Scheib blickte jetzt weniger verständig.

„Stellen Sie sich vor, Ihr gesundes Herz pumpt vier Liter Blut pro Minute in den Körper. Wenn nun, sagen wir die Hälfte – und das ist sehr realistisch – anstatt nach vorn in den Körper, durch Klappenundichtigkeit wieder nach hinten in die Lunge fließt, dann muss Ihre linke Kammer praktisch acht Liter pumpen, damit im Körper vier Liter Blut ankommen – die Hälfte geht ja immer nach hinten, wegen der undichten Mitralklappe."

Herr Scheib nickte wieder verständiger.

„Die Klappenundichtigkeit hat man bei Ihnen durch Ultraschall des Herzens und in der anschließenden Herzkatheteruntersuchung festgestellt. Bei nur geringer oder mäßig ausgeprägter Undichtigkeit kann man mit Medikamenten das Herz entlasten und das Ganze beobachten. Bei Ihnen, Herr Scheib, ist die Undichtigkeit jedoch sehr bedeutsam, sodass wir operieren müssen."

Verständiges Nicken.

„Normalerweise würde man bei Ihnen nun die kaputte Klappe herausschneiden, entfernen, und sie durch eine neue Klappe, eine Kunstklappe, ersetzten. Alte Klappe raus, neue Klappe rein!"
Verständiges Nicken.
„Bei Ihnen haben wir etwas Anspruchsvolleres vor …"
Ängstliche Blicke.
„Wir wollen Ihnen ihre undichte Klappe nicht einfach raus reißen und ersetzen, nein – wir wollen ihre insuffiziente Mitralklappe reparieren durch eine Rekonstruktion."
Etwas entspannterer Blick von Waldemar Scheib.
„Durch die Reparatur beseitigen wir die Klappenundichtigkeit, Ihnen wird es wieder besser gehen ohne dass Sie eine Kunstklappe in sich tragen."
Wieder verständiges Nicken.
„Dies ist Herr Dr. Nolte, er wird den Eingriff morgen mit mir durchführen." Freundliche Blicke von Waldemar Scheib aus wasserhellen Augen.
„Wenn Sie noch Fragen haben, Herr Dr. Nolte wird Sie jetzt noch en detail aufklären … Bis morgen Nolte, machen Sie's gut." Stilgenbauer huschte aus dem Zimmer.
Dietrich nahm sich einen Stuhl an das Bett. Waldemar Scheib hatte bislang noch keinen Ton gesagt.
Dietrich begann, die geplante Prozedur nochmalig zu erläutern und nannte die potenziellen Komplikationsmöglichkeiten. Waldemar Scheib nickte verständig. „Ich habe keine andere vernünftige Wahl. Mit Medikamenten ging's nicht mehr. Beim Gehen muss ich schon nach wenigen Schritten stehen bleiben. Die Luft … Die Luft …" Waldemar Scheib ahmte kräftiges Luftholen nach. „Sie wird dann so knapp. Manchmal auch in der Nacht – konnte nicht mehr flach liegen, musste aufrecht sein, mit vielen Kissen." Er erkannte den typischen Dialekt der Russlanddeutschen.
„Es wird gut klappen. Professor Stilgenbauer ist ein erfahrener Operateur."
Kräftiges Nicken.
„Woher sind Sie gebürtig?"
„Ich komme aus Sibirien, geboren bin ich an der Wolga." Eine kurze Pause, Waldemar Scheib setzte sich etwas aufrechter. „Ich war sieben Jahre alt, als Hitlerdeutschland die Sowjetunion überfiel und Stalin die Wolgadeutschen hinter den Ural deportierte. Wir hatten einen kleinen Bauernhof …" Waldemar Scheib atmete schwerer. „Ich sah, wie meine Mutter und mein Vater auf dem Hof erschossen wurden, ich hatte nur noch meine zwei Jahre ältere Schwester, mit ihr bin ich nach Sibirien verschleppt worden. Wir mussten anfangs Bäume fällen. Es war eine schwere und auch gefährliche Arbeit. Dann kamen wir ins Bergwerk. Meine Schwester hat mich immer und überall beschützt, mir von ihrer Essensration abgegeben, mir bei meiner Arbeit geholfen …" Die wasserhellen Augen wurden feucht. „Sie starb, bevor sie erwachsen wurde, an der Ruhr. Eine schlimme Zeit …" Die wasserhellen Augen schienen weit in die Ferne zu blicken, zu einem Ziel,

das nur Waldemar Scheib zu erkennen vermochte. „Ich hatte keine schöne
Zeit, hab immer nur gearbeitet, im Bergwerk unter Tage, bei unmenschlicher
Kälte. Ich habe eine wolgadeutsche Frau in Sibirien geheiratet, wir haben
gesunde Kinder, vor zwölf Jahren sind wir nach Deutschland gekommen."
Waldemar Scheibs Augen blickten wieder in die Ferne, auf das nur ihm
bekannte Ziel.
Ergriffen nahm Dietrich den unterschriebenen Aufklärungsbogen zu den
Unterlagen. Er drückte Waldemar Scheib fest die Hand, länger als üblich.
Beide blickten sich lange in die Augen, länger als üblich.
„Es wird morgen alles gut gehen, Herr Scheib."
„Das wäre sehr schön, Doktor."

Tags darauf gingen Stilgenbauer und Dietrich direkt von der Intensiv-Visite
in die OP-Schleuse. Dietrich erzählte dem Professor während der Händedesinfektion von Waldemar Scheib. „Als Kind in diesem sibirischen Bergwerk
zu knechten … Fürchterlich. Und dann als Erwachsener gleich dort bleiben
zu müssen …"
Stilgenbauer blickte ihn ernst an. „Es ist beschämend, wie niederträchtig
manche Zeitgenossen in unserem Land mit unseren Gästen oder mit Einge-
wanderten umgehen. Kaum einer kann ermessen, welche Schicksale diese
Menschen durchlebt haben." Das Waschen und Desinfizieren der Hände war
beendet, das OP-Team betrat den Saal. „Kein Wunder, dass Waldemar
Scheibs Mitralklappe im Eimer ist …", raunte Stilgenbauer Dietrich zu. „Sie
wisse es ja selbst, die meisten Klappenvitien sehen wir bei Menschen aus
Osteuropa oder aus den sogenannten Schwellenländern. Es sind überwiegend Menschen, bei denen Infekte meist nicht antibiotisch abgedeckt worden
sind, die dann bakterielle Endokarditiden bekamen und denen langsam aber
sicher ihre Herzklappen mehr und mehr vor die Hunde gegangen sind. In
unserem schönen Land dagegen nimmt die Zahl an erworbenen Herz-
klappenfehlern in der Antiobiotika-Ära stetig ab."

Das Team positionierte sich am Operationstisch. Waldemar Scheib war von
der Anästhesie in einem Vorbereitungsraum bereits in tiefe Narkose versetzt
und mit allerlei Leitungen und Zugängen versorgt worden. „Schnitt!" rief
Stilgenbauer, eine OP-Schwester notierte die Uhrzeit für das Protokoll.
Es begann mit Routine.
Das Brustbein wurde der Länge nach aufgesägt, mittels marzialischem
Spreizwerkzeug wurde Sicht auf das schlagende Herz gewonnen, dessen
Herzbeutel jetzt ebenfalls in Längsrichtung eröffnet wurde.
Der Herzbeutel, das Perikard, erinnerte Dietrich immer an Plastiktüten, die
Konsistenz war nicht unähnlich.
Dietrich dachte an den vergangenen Tag.
Er hätte Sophies Bestürzung so nicht erwartet, zumindest nicht in diesem
Ausmaß. Na ja, ich bin jetzt vor ihr immerhin ein Mörder …

Waldemar Scheibs Hauptschlagader, die Aorta, sowie seine obere und untere Hohlvene wurden nun kanüliert und an die Herzlungenmaschine angeschlossen. Sein Körper wurde abgekühlt, die Aorta geklemmt, in die Aortenwurzel Blutkardioplegie gegeben. Alles Routine bislang.

Ich kann Sophie verstehen … Wer hätte nicht ebenso reagiert?

Es spricht für ihren Charakter, so zu reagieren …

Es war ja auch brutal, was ich mit Yvette …

„Der linke Vorhof ist sehr groß. Ich mache jetzt eine Inzision im Sulcus interatrialis und versuche, die Mitralklappe einzustellen", erklärte Stilgenbauer.

Dietrichs Gedanken waren woanders.

Bei Yvette.

Wie sie da lag, als es vorbei war, als der Notarzt aufgab.

Wie sie da lag, mit halbgeöffnetem Mund, den abgebrochenen Schneidezahn entblößend …

Dietrich schüttelte sich.

„Ich kann nur den hinteren Ring der Mitralklappe einsehen. Ich werde daher den rechten Vorhof eröffnen und es über einen transseptalen Zugang versuchen." Stilgenbauer werkelte routiniert im Operationsfeld.

Ihre letzten gesprochenen Worte: ‚Was machst du da …?' Ihr Blick dabei …

Ihn fröstelte, er schloss kurz die Augen.

Sophie hatte Recht. Eine furchtbare Brutalität, die ich da begangen habe …

„Wie im Echo vorbeschrieben! Das hintere Mitralklappensegel ist prolabiert!" rief Stilgenbauer.

Dietrichs Gedanken hingen weiter an Yvette fest. Wie kann ich noch Arzt sein, nach dieser Täuschung …?

Yvette erwartete Medizin, ich spritzte ihr tödliches Gift …

Er schüttelte sich wieder.

Dafür war es absolut perfekt … Ohne jede Chance für die Kripo …

„Wir werden jetzt zunächst Ethibondnähte durch den muralen Anteil des Mitralklappenrings legen, dann das hintere Mitralklappensegel vom Ring lösen und die prolabierenden Segelanteile entfernen. Die verbliebenen Segelanteile werden dann wieder vereinigt, danach erfolgt das Wiederanheften des Mitralklappenringes im Sinne einer Verschiebeplastik." Stilgenbauers Stimme war ruhig, routiniert, konzentriert.

Schön für Waldemar Scheib, dass bislang alles gut läuft. Dietrich dachte an seine gestrige Erzählung aus dem Leben des Wolgadeutschen.

Die Ermordung seiner Eltern vor den Kinderaugen, die Verschleppung, die Waldarbeit, das Bergwerk, die sorgende Schwester, selbst noch Kind, das karge Leben nach dem Krieg …

Seine Gedanken wechselten wieder zu Sophie.

„So wir testen jetzt die Mitralklappe … Gute Konfiguration! Nur minimale Restinsuffizienz!" Stilgenbauers Worte erreichten ihn nicht. Er bekam nichts mit.

Sophie … Ich liebe dich! Ich zähle die Stunden, bis wir uns wieder sehen …
Beim nächsten Treffen müssen wir über Olaf sprechen …
Bei dem Gedanken wurde es ihm mulmig.
„Wir wählen einen 34 Millimeter Anuloplastiering!" Stilgenbauer begann
mit der Implantation und gab hierbei für Dietrich allerlei Erläuterungen und
Er-klärungen ab.
Er nahm sie kaum wahr.
Ich muss mir für den epheben Olaf eine besondere Taktik ausdenken …
Oh Sophie, bitte verlasse den geckenhaften Kerl doch einfach … Der wird
schon jemand anderes finden, außerdem ist ihm seine Kohle sowieso wichti-
ger als alles andere …
„So! jetzt kommt die Elektroablation des linken Vorhofs!"
Dietrich wurde wieder aus den Gedanken gerissen. Er hatte die nun folgende Prozedur schon einige Male gesehen. Durch Setzen von Koagulationslinien wurden die Ostien der rechten und linken Lungenvenen elektrisch isoliert. Es war bekannt, dass bestimmte Rhtyhmusstörungen, die bei diesem
Klappenfehler gehäuft auftraten, durch elektrische Störungen aus dem Bereich der Lungenvenen kamen. Durch die isolierenden Koagulationslinien
um die Mündungen der Lungenvenen herum konnte das Auslösen von derlei
Rhythmusstörungen in einer Vielzahl von Fällen wirksam unterbunden werden; die elektrischen Störungen aus den Lungenvenen konnten dann nicht
mehr in den Vorhof gelangen. Dietrich riss sich zusammen und versuchte,
sich auf die aktuellen Geschehnisse zu konzentrieren. „Alles klar bei euch?"
rief Stilgenbauer über den kleinen Vorhang hinweg in Richtung Anästhesie.
„Bis jetzt schon …" kam als Antwort zurück.
„So, schauen Sie, Nolte. Wir haben jetzt die Lungenvenenmündungen
elektrisch isoliert, wir verbinden jetzt diese Linien hier miteinander sowie
dort mit dem Ring der Mitralklappe." Stilgenbauer trat mit dem Oberkörper
ein wenig zurück um Dietrich bessere Sicht in das Werk zu gewähren.
Stilgi, du bist schon ein lieber Kerl … Einer der wenigen hier in diesem La-
den …
„So, jetzt verschließen wir wieder das Vorhofseptum mit doppelter fortlau-
fender Naht. Danach werden wir ebenso die Inzision im Sulcus interatrialis
verschließen."
Sophie, ich werde alles für dich tun, alles was du verlangst!
Meinst du, es war einfach für mich, was ich mit Yvette?
Meinst du, so etwas fiele mir leicht?
Ich habe es aus Liebe getan. Ich habe es für uns getan …
„Die Trikuspidalklappe zeigt eine ganz schöne Erweiterung!" Stilgenbauer
inspizierte die Klappe zwischen dem rechten Vorhof und der rechten Kam-
mer. „Wir werden sie mittels Ethibondnaht raffen im Sinne einer De Vega-
Plastik". Dietrich blickte angestrengt. Ganz schön kompliziert, diese OP …
Seine Gedanken wirbelten durcheinander, einem wirren Traum ähnlich.
Yvette lachte höhnisch mit ihrer Schneidezahnlücke. ‚Den Notarzt werde ich

dafür fertig machen! Einfach meinen schönen Zahn abbrechen! Danach bist
du dran …'
Dann erschien Nollendorf … Er schrie aus der Tiefe am Trifels … ‚Error
Doktor!' Ein mehrfach nachhallendes Echo aus der Schlucht.
Nun sah er Sophie, wie sie entsetzt am Regal stand, zitternd, bebend. ‚Das
ist ja furchtbar! Sie einfach so zu ermorden …'
Jetzt erblickte er Scheib, als kleiner Junge im Bergwerk, frierend, hustend,
mit grauem Auswurf, seine aufopferungsvolle Schwester, an der Ruhr ster-
bend …
„Ist Ihnen nicht gut, Nolte?" Stilgenbauers Stimme klang laut.
Er erschrak. Er fuhr hoch wie früher in der Schule bei einschläferndem Un-
terricht.
„Sie schwanken ja … Alles in Ordnung?" fragte der Professor.
Dietrich bejahte, Stilgenbauer brummte etwas. „Haben's ja bald. Die Klappe
ist nun für zweieinhalb Finger eingängig und beim Testen vollständig
schlussdicht. Wir verschließen jetzt den rechten Vorhof mit doppelter fort-
laufender überwendlicher Naht!" Dietrich riss sich zusammen.
Waldemar Scheibs Herz wurde nun sorgfältig entlüftet und die Zirkulation
in den Herzkranzgefäßen wieder freigegeben.
Waldemar Scheibs Herz begann zu flimmern.
Alles Routine.
Das Herz wurde defibrilliert, es schlug jetzt wieder im Eigenrhythmus.
In den linken Vorhof wurde ein Druckmesskatheter eingenäht, anschließend
wurden Schrittmacherelektroden auf den rechten Vorhof und die rechte
Kammer angebracht.
Da Waldemar Scheibs Herz zwar eigenständig, aber nur mit dreißig Schlä-
gen pro Minute zu langsam schlug, wurde der externe Herzschrittmacher mit
den Elektroden verbunden, er übernahm jetzt die Stimulation.
Alles Routine.
Dietrich war erleichtert.
‚Wäre sehr schön', hatte Waldemar Scheib gestern gesagt gehabt.
Nach ausreichender Reperfusion und Wiedererwärmung erfolgte jetzt die
langsame Entwöhnung von der extrakorporalen Zirkulation, von der Herz-
Lungen-Maschine.
Alles Routine.
Schrittweise wurde dekanüliert und die Kanülierungsstellen in Aorta und
Hohlvenen übernäht.
„Wir machen noch eine transösophageale Echokardiographie." Das Schluck-
Echogerät wurde herangefahren, der flexible Schlauch von Stilgenbauer in
Waldemar Scheibs Speiseröhre eingebracht. Alle starrten gebannt auf den
Bildschirm des Ultraschallgerätes. Die reparierte Mitraklappe wurde einge-
stellt, man sah sie sich regelmäßig öffnen und schließen. Die Öffnungsbe-
wegung war ausreichend, durch die Raffung und Rekonstruktion war keine
iatrogene Verengung der Klappe eingetreten. Das ist schon mal gut …

Jetzt kam der entscheidende Augenblick. Die Farbdoppler-Funktion des Geräts wurde zugeschalten. Hierdurch konnte die Geschwindigkeit und die Richtung des fließenden Blutes durch die Frequenzverschiebung durch den Doppler-Effekt sichtbar gemacht werden.

Erleichterung auf allen Gesichtern, wenngleich nur an der nicht vermummten Augenpartie erkenntlich. Kein Blutrückfluss an der Mitralklappe war mehr festzustellen. Alles Blut des linken Vorhofs floss jetzt in der Diastole brav in die linke Herzkammer, bei der Anspannung der Kammer, in der Systole, schloss die reparierte Klappe suffizient.

„Glückwunsch, Herr Professor", sagte Dietrich leise.

Stilgenbauers Augen strahlten. „Es freut mich arg … Es freut mich vor allem für den Patienten, nachdem Sie mir vorher von seinem Leben erzählt haben. Schön, dass wir ihm wirkungsvoll helfen konnten!"

*

Sie trafen sich wieder in ihrem Liebeskeller.

Wieder umarmten sie sich zunächst wortlos, ohne verbale Begrüßung.

Dietrich blickte die Regalreihen entlang, die Desinfektionsmittel und Reinigungschemikalien standen in immer gleicher Anordnung.

Wird Entnommenes gleich wieder ersetzt, aus einem anderen Lager?

Sophies Züge erschienen heute ein wenig entspannter. Nach einem Kuss ließen sie voneinander ab. „Ich habe nachgedacht … Über deine … Wie soll ich es nennen … Tat?"

Er entgegnete ihr mit ruhigem Blick. Gut, geht dieses Thema also wieder los …

„Du musstest ja sehr spontan handeln, ungeplant. Kairos – der günstige Augenblick …"

„Ja, so könnte man es nennen."

„Entschuldige, dass ich heftig reagiert habe, aber … aber es lässt mich auch noch heute schaudern, wenn ich daran denke, wie du jemanden ermordet hast. Es ist und bleibt ein Mord, die Heimtücke ist unverkennbar."

Er blieb stumm. Ruhig sah er zu ihr, sie schien mit den Worten zu ringen.

„Dietrich, ich kann dich natürlich auch ein wenig verstehen … Ich weiß, dass du mich sehr liebst." Die letzten Worte waren nur noch geflüstert.

„Ich liebe dich nicht nur ‚sehr', ich liebe dich über alles. Wie ich dir sagte, noch nie jemand zuvor hat dich je so geliebt, und es wird kein anderer je in der Zukunft tun. Ich bin so vermessen, das so zu behaupten." Er beobachtete eine leichte Gesichtsröte bei ihr. „Ich sagte es dir schon einmal, Sophie. Ohne großes Problem hätte ich dir den … sagen wir es ruhig wie es ist … den Mord verheimlichen können. Es wäre ein Leichtes gewesen, dir nichts

439

von meiner Tat zu berichten. Dein Kenntnisstand in der Sache entspräche dann dem aller anderen Zeitgenossen. Du dächtest, meine Frau habe eine mysteriöse Gastroenteritis gehabt und sei unglücklicherweise an einer plötzlichen Herzrhythmusstörung verblichen. Ich hätte dir nichts zu sagen brauchen."

Pause, er ließ das Gesagte wirken.

„Das Gegenteil habe davon habe ich getan. Ich habe dir offen und ehrlich berichtet, was gewesen war, und dass ich für Yvettes Ableben verantwortlich bin. Ich habe es dir gesagt, wenngleich das Verschweigen das unvergleichlich Leichtere für mich und für dich gewesen wäre. Ich habe es dir gesagt …" Er machte ein etwas pathetisches Gesicht, „Weil ich offen und ehrlich sein will. Ich will es dir gegenüber immer sein: offen und ehrlich. Und: Weil ich Vertrauen habe. Ja, ich vertraue dir. Ich habe es dir gesagt, weil du Alles für mich bist, weil ich alles was ich habe, mit dir teilen will, die guten wie die schlechten Sachen, die materiellen Dinge wie die geistigen. Auch die Geheimnisse …"

Anstatt einer verbalen Antwort umarmte Sophie ihn heftig, drückte ihn an ihren Körper. „Oh Dietrich, ich liebe dich ganz arg. Bitte verzeih, dass ich so konsterniert, so bestürzt gewesen bin. Ich kann dich verstehen … Du sollst wissen, dass ich dich auch sehr liebe."
Er atmete auf. Die bittere Nuss scheint sie jetzt verdaut zu haben.
Arme Sophie … 'musst einen Mörder umarmen und lieben …

„Wie geht es nun weiter mit uns?" fragte er leise.
„Wie meinst du …?"
„Na mit uns zweien. Mit … Olaf?"
Wie von einem Sorgenblitz getroffen legte sich Sophies Gesicht in Falten. Eine lange horizontale Querfurche prangte plötzlich über ihrer Stirn. „Äh, ja … Wir müssen gut überlegen … nachdenken … Ich glaube, in der momentanen Situation sollten wir erst einmal gar nichts tun, es wäre viel zu gefährlich."
Er blickte zu Boden.
„Dietrich – die Polizei hat dich verhört, sie wird dich noch eine Weile im Auge behalten. Es muss ihnen schon auffällig erscheinen, dass in kürzester Zeit drei Menschen aus deinem engeren Umfeld aus heiterstem Himmel ihr Leben verlieren. Sie werden dir vielleicht noch nachstellen, dich beobachten, die Ohren offen halten. Was denkst du, was der Kommissar machen wird, wenn er hört, du seist keine drei Wochen nach Yvettes Tod mit einer Krankenschwester liiert?"
„Und mit was für einer hübschen erst …", scherzte er und kniff ihr in ihren Bauch.

„Mach keine Witze ... Es ist ernst. Wir müssen eine Zeit lang abwarten.
Zumindest einige Wochen. Sonst präsentierst du dem Commissario ein perfektes Motiv. Nebenbei das für Tötungsdelikte häufigste in unserem Land
…"
„Selbst wenn's so wäre - man kann mir nichts anhaben. Aber du hast Recht.
Man würde schon einen gewissen Wirbel verursachen, es würde unerträgli-
ches Gerede geben hier in der Klinik ..."
„Du sollst wissen, dass ich dich liebe. Aber jetzt aus der Deckung zu gehen,
könnte fatal sein." Sie umarmten sich, küssten sich lange. Seine Hand wanderte unter ihren Pullover, sie schob ihren BH nach oben und er spürte ihre
warmen Brüste. Sophies Mamillen waren steif und erigiert.
Sie keuchte.

*

Zwei Monate waren vergangen.
Dietrich hatte sich mit Jasper in dem neu eröffneten mongolischen Restau-
rant mit nicht einzuprägendem Namen in der Innenstadt getroffen. Noch
rohe Speisen konnten hier am Buffet auf den Teller verbracht, denselben
dann mittels einem die Tischnummer auszeichnenden Fähnchen kenntlich
gemacht und hiernach einem immer grinsenden, kleinwüchsigen Koch zur
Zubereitung übergeben werden. Dazu gab es stilbrüchig, aber schmackhaft
Weizenbier vom Fass.
Die beiden Freunde prosteten sich fröhlich zu.
Jasper hatte sich seit wenigen Wochen in einer Allgemeinmedizinischen
Praxisgemeinschaft mit naturheilkundlichem Zusatzangebot niedergelassen.
„Es ist ein ganz anderes Arbeiten als in der Klinik. Du bist dein eigener Chef.
Manches ist gewöhnungsbedürftig, der Papierkram zum Beispiel. Er war ja
schon im Krankenhaus ausufernd schlimm, aber in der Praxis - du machst
dir keine Vorstellung! Die Hälfte der Zeit geht nur zur Papiererzeugung
drauf." Jasper trank einen großen Schluck Bier. „Ökonomisch geht's ganz
ordentlich. Die Leistungen der gesetzlichen Krankenversicherungen sind ja
mau. Wenn dir der gleiche Patient im gleichen Quartal mehrmals mit einem
Problem kommt, hast du die Arschkarte gezogen. Du behandelst ihn dann
praktisch umsonst. Du musst versuchen, das Geld über die Privatver-
sicherten und durch Zusatzleistungen wieder rein zu holen."
„Zusatzleistungen?"
„Ja. IGEL: Individuelle Gesundheits-Eigen-Leistung. Es sind ärztliche Leistungen, die von der Kasse nicht übernommen werden."
„Und damit von den Patienten selbst berappt werden ..."

441

„Ja. Zum Beispiel Amalgammessungen in deinen Zahnplomben oder ich
biete Magnetfeld- oder Lichttherapie an, ich habe sogar in entsprechenden
Apparaturen investiert …“
„Du machst also mit diesem - sagen wir mal – Hokuspokus Geld, um Defizi-
te bei der Honorierung der klassischen schulmedizinischen Leistungen aus-
gleichen zu können?“
„Hokuspokus würde ich das jetzt nicht nennen.“
„Es kommt der Sache aber sehr nahe …“
„Dietrich, die Leute wollen das so, die verlangen danach, die fragen dich
nach den abgefahrensten Methoden und Techniken, neulich erkundigte sich
eine Patientin, ob ich auch Moxibustion anböte …“
„Was bitte?“
„Moxibustion – eine Form der Wärmetherapie aus der Traditionellen Chinesischen Medizin. Bestimmte Punkte am Körper werden stimuliert mit Hilfe
von Moxa-Zigarren, die meist aus Beifußkraut sind und die in Hautnähe an-
gezündet und abgebrannt werden.“
„Das ist jetzt nicht wahr, oder?“ Dietrich lachte. „Ist das feuerpolizeilich
überhaupt gestattet? Dir kann die ganze Praxis abfackeln … Aber wozu soll
das gut sein? Sind das solche Wohlfühl-Qualmhölzer?“
„Nein, sie sind sogar fast rauchfrei! Die speziellen Punkte, auf denen die
Moxa-Zigarren entzündet werden, liegen entlang bestimmter Energieleit-
bahnen.“
Dietrich verzog schalkhaft das Gesicht.
„Und sie sollen den Energiefluss im Körper positiv beeinflussen. Eine
Patientin in der 31. Schwangerschaftswoche kam in die Praxis, da ihr Kind
in Beckenendlage lag. Du weißt – damit ist eine Spontanentbindung ausgeschlossen. Durch die Behandlung sollte eine Drehung des Fötus herbeigeführt werden. Man muss hierzu einen bestimmten Akupunkturpunkt am
kleinen Zeh der Schwangeren mit einer glühenden Moxa-Zigarre aus
sicherem Abstand erwärmen, dann kann sich das Kind drehen …“
„Jetzt mach aber ’mal einen Punkt, Jasper! Das ist der größte Unsinn, den
ich seit langem gehört habe. Das soll dann noch Geld kosten? Da lass ich
mich lieber im OP bei Bypässen und Herzklappen und Schrittmachern
verheizen …“
„Die Moxibustion ist nicht so lächerlich wie du denkst. Die Schwangeren
entspannen sich, es führt zu Beruhigung, ihr Bauch wird weich, somit werden Bedingungen geschaffen, die eine Drehung des Fötus erleichtern …“
„Kann dieses Feuerwerk auch noch anderes bewirken als Föten zu drehen,
Dinge außerhalb der Geburtshilfe?“
„Sicher. Nach der Traditionellen Chinesischen Medizin stärkt die Moxibus-
tion das Yang …“
Dietrich glotzte töricht.
„… Dieses vertreibt Feuchtigkeit aus den Meridianen …“
Wieder unverständiges Glotzen.

„... Auch ein stagnierende Qi wird so wieder ins Fließen gebracht ..."
Völlig unverständiges, tölpisches Glotzen.
„Die Moxibustion verbessert hauptsächlich die Gewebedurchblutung und
beruhigt. Sie findet Anwendung bei der Behandlung des Asthma und der
chronischen Bronchitis, bei chronischem Durchfall und bei Erschöpfungs-
syndromen ..."
Dietrich glotzte unverändert unverständig. „Das ist nicht meine Welt.
Entschuldige. Ich halte mich an die westliche Schulmedizin. Ich schneide
lieber jemandem den Thorax auf und werkle an seinem Herzen, seinen
Gefäßen oder an seiner Lunge, ohne Yin und Yang, ohne Meridiane, ohne
Energielinien."
„Probier's doch mal aus, bevor du vorschnell urteilst." Jasper blickte ernst.
„Die Moxazigarren kann ich preisgünstig über einen Versandhandel
beziehen. Du bekommst eine Gratisbehandlung ..."
War das ein Scherz – oder meint er das im Ernst? Er schaut so komisch ...
„Weißt du, es gibt viele Krankheitsbilder, denen du mit deiner klassischen
Schulmedizin nicht beikommst. Ich habe eine Reihe von Patienten mit einem
Erschöpfungssyndrom. Die sind einfach immer müde, fühlen sich abge-
schlagen, leistungsschwach. Die kommen zu dir in die Praxis. Wie willst du
ihnen mit der Schulmedizin helfen? Oder Menschen mit chronischen Kopf-
schmerzen oder Patienten mit Schlafstörungen? Willst du denen einfach eine
Schlaftablette rezeptieren und sie dann wieder wegschicken? Es kommen
Leute mit chronischen Schwindelbeschwerden, die schon zigfach die schul-
medizinische Diagnostikmühle durchlaufen haben - ohne ein substanzielles
Resultat. Was willst du diesen Menschen anbieten?"
Dietrich schüttelte verlegen den Kopf. „Das wäre nicht meine Welt..."
„Weil du davon nichts verstehst ... und auch – entschuldige – nicht viel
weißt. Nehmen wir zum Beispiel die Akupunktur. Vor kurzem wurden zwei
prospektive, kontrollierte Studien publiziert, die GERACS, die ‚German
Acunpunctur Trials' ..."
„Sogar bei rein deutschen Projekten ersticken wir mittlerweile an unseren
Anglizismen ..."
„Egal, 'ist jetzt nicht der Punkt. In beiden Studien wurde die Wirksamkeit
der Akupunktur nach der traditionellen chinesischen Medizin untersucht. Es
zeigte sich, dass die Körpernadelakupunktur in einer Studie bei Patienten mit
Migräne oder chronischen Kopfschmerzen einer leitlinienorientierten
konventionellen Medikamentenbehandlung gleichwertig war. In einer
anderen Studie bei Patienten mit chronischen Rücken- und Knieschmerzen
war sie sogar überlegen! Nachgewiesenermaßen besser und effektiver als die
Pillen! Nicht irgendwelche Pillen, sondern die etablierte medikamentöse
Therapie gemäß den Leitlinien der Fachgesellschaften. Das ist doch was,
oder?"
Dietrich lehnte sich entspannt zurück. Ruhig antwortete er. „Diese beiden
Studien habe ich auch gelesen. Die sind doch der Klopper! Es stimmt – die

Nadelakupunktur gemäß traditioneller chinesischer Medizin, an genau fest-gelegten Körperstellen eingestochen, mit diesem ganzen Müll wie den er-krankungsspezifischen ‚Ashi'- Punkten und dem ‚De Qi'-Gefühl beim Ein-stechen, ja, sie war wirksam. Aber hast du auch den Klopper gelesen? Man hatte nicht nur zwei Vergleichsgruppen ‚Akupunktur' versus ‚Medikamen-te', es gab noch eine dritte: die ‚Sham-Akupunktur': Hier wurde den Patien-ten einfach planlos Nadeln an völlig willkürlichen Stellen eingestochen, ent-fernt von euren Meridianen, ohne ein ‚De Qi'-Gefühl. Die Patienten in der Studie wussten natürlich nicht, welcher Stech-Gruppe sie zugehörten – der ‚wahren' Akupunktur oder der völlig systemlosen Nadelpikerei. Und was kam raus? Diese Sham-Akupunktur, diese völlig planlose Nadelstechaktion ohne den ganzen chinesischen Klimbim, dieses Nonsens-Stechen war auch wirksam! Sie beseitigte auch Schmerzen! Und – sie war sogar genauso ef-fektiv wie die lehrbuchmäßig durchgeführte Stecherei nach der chinesischen Heilslehre. Fazit: Planloses Stechen genauso effektiv wie der ganze chinesische Klimbim!"

Jasper antwortete ebenso ruhig. „Du hast Recht. Die ‚Shamakupunktur' war auch wirksam. Die Patienten wussten nicht, ob sie traditionell chinesisch akupunktiert wurden oder nicht; für sie stellte die ‚Sham-Akupunktur' so eine Art ‚Super-Placebo' dar, es war eine invasive Technik, sie genossen eine zeitlich lang andauernde Zuwendung durch den Arzt, sie hatten sicherlich eine positive Erwartungshaltung gegenüber einem ‚Heilungsritual' mit fremden kulturellen Hintergrund …"

Das vom kleinwüchsigen grinsenden Koch zubereitete Essen wurde jetzt dampfend an den Tisch serviert, die Diskussion unterbrechend. Es erlaubte eine Gesprächspause und einen Themenwechsel.

„Na ja, wer heilt, hat Recht …", fügte Jasper abschließend an, bereits kau-end.

„Jasper, ich hatte dir ja schon mal von Sophie erzählt …"

Mein Freund war sofort hellwach. Rasch schluckte er den letzten Bissen herunter. „Äh, ja … Die Krankenschwester, in du die verliebt warst …"

„Verliebt bin, Jasper. Sie liebt mich auch, denke ich. Wir treffen uns oft im Keller der Herz-Thorax-Chirurgie in einem Lagerraum …"

„Wo bitte? In einem Lagerraum?"

„Ja. Ich erzählte dir doch letztes Mal, dass Sophie verheiratet ist, mit so einem Börsengeck. Es ist alles ein bisschen problematisch …"

„Ich erinnere mich. Bist du nach unserem Abend beim Italiener damals eigentlich zu ihr Fische gucken gegangen? Sie wollte dir doch ihre Fische zeigen …" Jasper lächelte verschmitzt.

„Ja … 'war sehr schön gewesen …" Dietrich musste auch lächeln.

„Sie hat bestimmt … sehr schöne Fische oder? … Aber die sind so glitschig …" Jasper prustete, Dietrich schmunzelte.

„Mal im Ernst. Du bist in sie verliebt, aber sie ist noch mit ihrem Manager-mann zusammen. Ist dies das Problem?"

„Unter anderem. Sie muss ihren Galan verlassen. Bei mir ... hat sich ja dieses Problem ... äh ... erledigt."

Betretenes Schweigen, Jasper sah etwas peinlich in sein Bierglas.

Dietrich, reiß dich zusammen, achte auf deine Wortwahl, du bist hier nicht im Selbstgespräch ...

„Es sieht natürlich auch sehr blöde aus, wenn ich jetzt mit Sophie offiziell zusammengehen würde, wo Yvette ja erst ... vor einigen Wochen verstorben ist ..."

„Versteh' ich", Jasper nickte.

„Wir wollen noch eine gewisse Zeit abwarten ..."

„Und so lange trefft ihr euch immer in den geheimen Katakomben der Klinik..."

„Ja. Das zerrt natürlich etwas an den Nerven, zumindest an den meinigen ... Wir schreiben uns SMS, treffen uns ein oder zwei Mal die Woche in diesem Kellerlagerraum. 'Ist kein so toller Zustand."

„Und wird Sophie ihren Mann denn verlassen?"

„Davon gehe ich aus."

Und wenn nicht? Dietrich zitterte.

„Was will man da sagen. Wo die Liebe hinfällt ... Ich drücke dir die Daumen, mein Freund." Jasper beobachtete Dietrichs Gesicht scharf. „Es fällt dir schwer, gell?"

Kopfnicken.

„Ich kann mir vorstellen wie du dich fühlst, ich kann dich verstehen. Auch ich war schon mal verliebt. Aber Dietrich ..." Jasper schien konzentriert seine Worte zu wählen, „verrenne dich in nichts. Erzwinge nichts. Das sei ein guter Rat von mir."

Kopfnicken.

„Es steht mir nicht unbedingt zu, derartige Ratschläge zu geben, aber wenn es nicht gehen sollte, wenn es mit Sophie nicht klappen sollte – tu nichts Unüberlegtes. Es ist jetzt ein saudummer Spruch, aber es gibt drei Milliarden Frauen auf der Welt ... Ich weiß, das Argument greift bei dir jetzt nicht richtig, in deinen Gedanken ist jetzt nur Sophie, der ganze Tag, die ganze Nacht lang. Ich wünsche dir auch, dass alles so klappt, wie du es dir vorstellst. Aber wenn es nicht klappen sollte, denke an meine Worte, bitte. Wenn es nicht klappt, wird es schlimm für dich sein ... eine Weile lang, einen Herbst, einen Winter lang, aber es wird auch wieder Frühling, es wird auch wieder hell werden, du wirst sie dann mehr und mehr vergessen, weniger an sie denken ... und neue Menschen kennenlernen. Und wenn es nicht klappt, tue mir noch einen Gefallen: Wenn irgendetwas ist, melde dich bei mir, ich werde immer für dich da sein."

‚Wenn es nicht klappt' ... Was soll das pessimistische Gerede?

Sophie liebt mich. Sie hat es selbst mehrfach gesagt. Ich habe es gespürt. Ich habe es g e s e h e n ...

„Das ist lieb von dir. Du bist der einzige Freund in meinem Leben, der einzige Mensch, der für mich da ist." Dietrich trank sein Bier aus. „Du weißt vieles von mir, fast alles. Du weißt um die Geschichte mit Hannah aus der Schulzeit. Du weißt wie es mir damals ging. Du weißt vieles aus meiner Beziehung mit Yvette, mehr als irgendein anderer Mensch auf der Welt. Aber dieses Mal ist es etwas anderes, etwas Größeres. Es ist die größte Liebe meines Lebens. Es ist Alles für mich. Es ist anders als je zuvor, stärker, mächtiger! Es ist ein Gefühl, wie ich es noch nie im Leben hatte und auch nie mehr vergleichbar haben werden." Seine Augen leuchteten. Jasper schien beinahe geblendet. Er biss sich auf die Unterlippe, um Antwort suchend. „Ich wünsche dir von ganzem Herzen, dass ihr zusammen findet. Ich sehe die Stärke deiner Liebe, ich sehe sie dir an."

*

„Sollen wir uns nicht einmal an einem anderen Ort treffen, einem etwas – gemütlicheren?" Er stellte die Frage schmunzelnd. Sophie hing an ihm, ihn umschlingend, und schüttelte den Kopf. „Zu gefährlich. Wenn uns jemand sähe, das gäbe nur böses Gerede …"
„Aber wir könnten doch in der Nachbarstadt in einen überfüllten Biergarten oder in ein Café …"
„Nein. Der Zufall will's – und es sieht uns jemand."
„Oder wie wär's mit … einem Hotel oder einer kleinen Pension?"
„Nein, Dietrich. Bitte nicht in eine Absteige. Nicht wie im Film … Das kann ich nicht …"
Er gab auf. Stattdessen drückte er Sophie fester an sich. „Ich liebe dich mein Schatz", flüsterte er leise.
„Ich dich auch."
Sie küssten sich.

„Willst du in Bezug auf Olaf bald … - wie soll ich sagen – tätig werden?" Ihm klopfte das Herz bei seiner Frage.
„Ja …" Sophie nickte unmerklich, blickte ernst. „Ich werde es ihm … sagen, in den nächsten Tagen, vielleicht nächste Woche …"
Er jubelte innerlich, er bebte. Sein Pulsschlag raste jetzt bis zum Hals. Ich werde wahnsinnig – sie verlässt ihn. Sie macht's …
„Ich habe großen Bammel davor … Ich weiß nicht, wie man so was anstellt, wie man vorgeht. Ich denke schon eine Weile darüber nach, überlege mir die Worte …" Oh, da fällt einem schon 'was ein … „Wir sind seit über sechs Jahren zusammen, das ist eine lange Zeit … Es wird Olaf wie der Blitz treffen …" Na, na … jetzt 'mal nicht zu viel Mitleid … „Es wird sehr schwer für mich werden … Ich habe ganz schön die Hosen voll …"

Er umarmte sie wieder fester, spürte ihre festen Brüste. Er küsste sie, tief drang seine Zunge in sie ein. Er fasste ihr wieder unter ihren Pulli, er musste wieder diese Brüste spüren. Ihre Brustwarzen waren wieder hart und erigiert. „Oh Dietrich …" Sophie fasste unter sein OP-Hemd. Sie keuchte. Dietrich ließ von den Brüsten ab und öffnete Sophies obersten Hosenknopf. Seine Hand fand den Weg an ihren Slip, spürte ihr feuchtes, warmes Geschlecht. Sophie stöhnte leise auf. Dann nahm sie zart seine Hand und führte sie wieder aus ihrer Hose heraus. Bevor er darüber hätte erstaunt sein können, war Sophie flink in die Hocke gegangen und hatte ihm die OP-Hose ein Stück herunter gezogen. Er fühlte, wie sie seinen Baumstamm zwischen seinen Beinen in die Hand packte. Er sah zur Decke, während Sophie kauernd ihr Werk verrichtete. Dietrich keuchte schneller und heftiger.

Nur nicht laut sein … wenn uns so jemand erwischt – eine Putzfrau, eine Schwester, die etwas aus dem Lager holt …

Er spürte wie seine Erregung rasant zunahm. Es würde nicht mehr lange dauern … Den Kopf in den Nacken geworfen sah er zur Decke, fokussierte die hässlich schmutzige Lampe. Sie erschien ihm hell wie die Sonne, dabei war sie matt vor Schmutz. Er war jetzt kurz davor, gleich würde es passieren …

Sophie verlangsamte ihre Tätigkeit, zögerte hinaus.

Er starrte in die Deckenlampe, stöhnte leise. Ich verliere den Verstand … Ich werde wahnsinnig … Mein Hirn setzt aus … Es scheint ihn tatsächlich zu geben, den cerebro-cavernösen Shunt. Er leitet mein Blut vom Gehirn direkt in die Corpora cavernosa, in meine Penis-Schwellkörper. Sie scheinen gleich zu platzen, oh Mann …

Sophie arbeitete jetzt noch ein wenig langsamer.

Mein Hirn wird blutleer … alles abgezapft … Ich werde verrückt …

Er schien zu explodieren, nicht nur in seinem kleinen Becken, der ganze Körper hatte sich konvulsivisch aufgebäumt. Er hatte einen mühsam unter-drückten, daher nicht allzu lauten Schrei von sich gegeben. Dann sank er in sich zusammen, kauerte sich zu Boden, neben Sophie.

„Es gibt hier verdammt wenig Sitz- oder Liegegelegenheiten …" lachte sie schelmisch.

„Ich habe doch gleich vorgeschlagen, uns in einem Hotel zu treffen …"

Sie umarmten sich auf dem unangenehm kalten Boden.

„Ich habe ganz schön Bammel vor den kommenden Tagen, Dietrich …"

Sie hatten bereits einen fixen Termin für ihr nächstes Treffen im unterirdischen Liebesnest vereinbart. Es sollte in acht Tagen sein.
Acht Tage der Sehnsucht ... Sophie – ich bin in Gedanken immer bei dir ...

Er versuchte, sich mit Klinikarbeit abzulenken. Nach zwei ereignisarmen Tagen sprach ihn Oberarzt Mertens an, als er gerade nachmittags aus dem OP kam. „Hey, Nolte - ich habe heute Morgen bei Ihnen Stationsvisite gemacht. Da habe ich ein absolutes Ei gefunden ...“ Mertens nestelte in der Kitteltasche herum, brachte einen schmuddligen Zettel zu Tage. „Momentchen ... wie heißt der noch gleich ...“ Er inspizierte seine Aufzeichnungen. „Da! Schofer! Wolfgang Schofer! Also Nolte, das ist ein absolutes Ei. Den müssen Sie gleich wieder entlassen!“
„Tut mir leid, ich kenne den Patienten nicht. Ich war gestern und heute die ganze Zeit im OP. Der Kollege muss zuständig sein.“
„Ja, ja. Er wurde gestern aufgenommen, von den hiesigen Kardiologen geschickt. Relevante Aortenklappenstenose zur OP. Ich weiß nicht, wer ihn von uns angenommen hat ... Nolte, der Opa ist 89 Jahre alt! Ich habe ihn bei der Visite gesehen, das ist ein absolutes Wrack, ein Tattergreis. Den kann man nicht operieren. Der ist jenseits von Gut und Böse, der ist schon ‚far over the hills‘ ...“
Dietrich blickte angewidert. „Sie meinen, der Patient ist nicht OP-fähig und ich soll ihn jetzt wieder nach Hause entlassen?“
„Ja, schicken Sie die Mumie zurück ins Heim. Ja, ab ins Heim! Der Mann ist völlig klapprig und auch total durch den Wind – der blickte gar nichts bei der Visite heute. Der weiß gar nicht, um was es geht. Also – tun Sie mir und auch ihm den Gefallen: Ab und zurück ins Heim mit ihm!“

Dietrich kam auf Station. „Wo liegt Herr Wolfgang Schofer?“ Schwester Heidi nannte ihm die Zimmernummer und drückte ihm die Krankenkurve in die Hand. „Mertens will ihn nicht operieren lassen ...“
„Er sagte es mir vorhin. Ist der Patient vom Allgemeinzustand so eingeschränkt, Heidi?“
„Nun ja, der jüngste ist er nicht mehr. Er ist ’halt etwas schwerhörig. Sie müssen laut, deutlich und langsam sprechen, dann versteht er alles.“
Dietrich betrat das Zimmer. „Guten Tag Herr Schofer!“
Wolfgang Schofer, im Bett liegend, wahrscheinlich dösend, fuhr erschrocken auf. Ein kleines Gesichtchen mit hoher Stirn lugte über das Ende der Bettdecke. „Guten Tag! Guten Tag!“ rief er eilfertig und begann an einem Hörgerät hinter seinem linken Ohr herumzunesteln. Dietrich wartete geduldig. Das Hörgerät begann zu pfeifen. Wolfgang Schofer regelte hektisch und fahrig an dem kleinen Gerät. „So, jetzt geht’s!“

„Was haben Sie denn für Beschwerden?" fragte Dietrich laut.

„Ja, schon seit geraumer Zeit habe ich mit der Luft zu tun. Ich bekomme Atemnot, wenn ich mich anstrenge, in der letzten Zeit auch schon bei geringen Belastungen. Dazu wird's mit hier ganz eng." Seine Hände umfassten den oberen Teil seines schmächtigen Brustkorbes.

Beide Symptome waren typisch für eine bedeutsame Verengung der Aortenklappe.

„Und dann bin ich umgefallen. Das erste Mal vor sechs Monaten, dann in den letzten vier Wochen drei Mal."

Synkopen … Plötzliches Hinstürzen mit Bewusstseinsverlust: Ein Kardinal- und wichtiges Warn-Symptom der hochgradigen Aortenklappenverengung.

Dietrich blätterte in der Kurve, las den Herzkatheterbericht. Die Aortenklappe von Wolfgang Schofer war hochgradig stenosiert. Sie war für den Katheter kaum noch passierbar gewesen. Die linke Herzkammer war dadurch in ihrer Funktion eingeschränkt, sie konnte nicht mehr ausreichend Blut durch die verengte Klappe in die Hauptschlagader und damit den großen Körperkreislauf pumpten.

„Heute Morgen bei der Visite hat man die Situation diskutiert …" Dietrich rang nach Worten. „Man hat entschieden, dass … eine Operation der Klappe bei Ihnen zu riskant sei. Man muss das mit Medikamenten behandeln …"

Wolfgang Schofer nickte. Er hatte sich jetzt im Bett aufrecht aufgesetzt. Kleine Tränen zeigten sich in seinen Augen. „Das muss ich so akzeptieren. Wissen Sie … Es ist schwer. Es ist … keine gute Lebensqualität mehr – die ständige Luftnot, das wiederholte Umfallen, der ständige Schwindel und die Brustenge … Ich nehme ja schon viele Medikamente. Meinen Sie, man kann medikamentös etwas verbessern?"

Dietrich überblickte die Kurve. „Nein. Eigentlich nicht …", sagte er leise. Wolfgang Schofer verstand ihn dennoch.

Dietrich grübelte.

Einer plötzlichen Eingebung folgend sagte er: „Kommen Sie 'mal mit. Wir schauen uns Ihre Klappe mit dem Ultraschall an."

Überraschend behände sprang Wolfgang Schofer aus seinem Bett, schlupfte flink in seine Pantoffeln und warf sich einen Bademantel um. Wolfgang Schofers Kleinwüchsigkeit wurde jetzt erst sichtbar, er schien gerade ein Meter sechzig zu sein. Fast militärisch reckte er die Brust gerade – Augen gerade aus – und los. Er ging mit Dietrich einige Zimmer weiter in den Untersuchungsraum. Dietrich schaltete das Echokardiographiegerät an, es würde zwei Minuten dauern, bis es einsatzfähig wäre. „Sie brauchen keine Angst zu haben, das ist nur eine Ultraschalluntersuchung!"

Wolfgang Schofer, den Bademantel abgelegt, schüttelte leicht den Kopf und schmunzelte. „Doktor, das ist nett von Ihnen, dass Sie das so sagen … Aber wissen Sie … Angst – Angst habe ich heutzutage keine mehr." Seine Augen blickten traurig. „Wissen Sie, ich war im Krieg drei Jahre an der Ost-front. Infanterie. Immer vorderste Linie. Sturmangriffe. Nahkämpfe. Trom-

melfeuer. Stalinorgeln. – Angst … die hatte ich dort gehabt, mehr als genug.
Mehr als für ein ganzes Leben … Mehr, als für einen einzelnen Menschen
gut ist … Seit dieser Zeit, habe ich keine Angst mehr. Es scheint so, als sei
die ganze Angst meines Lebens auf diese drei Kriegsjahre zusammenge-
drängt, konzentriert worden. Seitdem … nein, Angst habe ich seitdem nicht
mehr."
„Mussten Sie in russische Kriegsgefangenschaft?"
„Nein. Ich bin Ende 44 an der Weichsel schwer verwundet worden. Ich sollte
für meine Kompanie eine Meldung nach hinten zum Gefechtsstand bringen.
Als ich wieder zurück in die Stellung kroch, merkte ich, dass alle Kameraden
tot waren. Alle hundert Mann. Alle tot. Weggefährten, Kumpel, Freunde –
alle tot, keiner mehr am Leben. Ich taumelte durch die Gräben, von
Unterstand zu Unterstand – überall Leichen. Ich war der einzige Lebende.
Die Russen schossen aus allen Rohren. Ich rannte zurück, sie erwischten
mich schwer, ich habe es zu den rückwärtigen Einheiten geschafft. Ich kam
dann nach Wien ins Lazarett. Schlimme Zeit, Doktor. Seien Sie froh, dass
Sie in Frieden und auch in Freiheit leben. Seien Sie sehr froh." Wolfgang
Schofer zog das Pyjamaoberteil aus und legte sich in Linksseitenlage auf die
Pritsche. Er schien die Untersuchung zu kennen.
Ja, ich sollte, ich muss froh sein …
Frieden und Freiheit.
Was der Mann erleben musste …
Da sind meine Sorgen und Probleme submikroskopisch klein dagegen, gera-
de zu lächerlich …
Eine regelrechte Sorgenrelativierung … Problemrelativierung …
Dietrich begann die Untersuchung. Er setzte den Ultraschallkopf an ver-
schiedene Punkte des linken Brustkorbes.
So klapprig ist der Patient doch gar nicht … Vielleicht hat er bei der Visite
einfach akustisch nichts verstanden? Vielleicht war sein Hörgerät gerade
schlecht justiert?
Wie niederträchtig Mertens über ihn gesprochen hat …
Ein ‚Ei' – wie kann man einen Menschen als ein ‚Ei' bezeichnen, egal wie
gut oder eingeschränkt sein Gesundheitszustand ist …
Das Ultraschallbild zeigte eine bedeutsam verengte Aortenklappe, die enor-
me Verkalkungen aufwies.
„Wir sind fertig." Er wischte das Kontaktgel von Wolfgang Schofers Brust.
„Und – was schlagen Sie vor?" Wolfgang Schofer blickte ihn erwartungsvoll
an.
Ja, seine Augen sind erwartungsvoll.
Er erwartet jetzt etwas von mir.
Er erwartet, dass ich etwas tue, er erwartet, dass ich ihm helfe …
Dietrich war aufgewühlt. Der Patient ist nicht tattrig, er ist eigentlich in
keinem schlechten Allgemeinzustand …
„Sie leben im Heim Herr Schofer?"

„Ja, meine Frau und ich sind vor zwei Jahren in eine Pflegeeinrichtung gegangen. Wir sind seit 59 Jahren verheiratet, wir konnten keine Kinder bekommen. Wir haben nur uns zwei ..." In Wolfgang Schofers hellen Augen zeigten sich Tränen „Meine Frau entwickelte vor einigen Jahren eine Demenz, zunächst nur ganz leicht, aber dann wurde es schlimmer und schlimmer. Daher sind wir in ein Altenheim gegangen, meine Frau ist pflegebedürftig. Ich kümmere mich sehr viel um sie. Ich lese ihr aus der Zeitung vor, manchmal auch aus einem schönen Buch. Ich weiß nicht, ob sie versteht, sie kann nicht mehr sprechen. Aber ..." Eine Träne rollte jetzt die Wange herab. „Aber ich glaube ganz fest, dass sie es versteht. Sie wird ruhiger, wenn sie meine Stimme vernimmt ... Ich liebe sie doch so sehr ..."
Dietrich hatte jetzt auch feuchte Augen.
Was wäre mit mir selbst in dieser Situation?
Wenn ich 89 Jahre wäre, dement, pflegebedürftig?
Läse mir jemand aus der Zeitung oder einem schönen Buch vor?
Schöbe mich jemand im Rollstuhl durch den Garten?
Sophie?
Wolfgang Schofer riss ihn aus den Gedanken. „Es ist nicht einfach in so einem Heim. Man sieht viel Leid ... Aber ich bin für meine liebe Frau da. Ich bin sicher, sie weiß das und ich helfe wo es geht ..."
„Herr Schofer, die alleinige Behandlung mit Medikamenten ist ja nicht so optimal. Ich ... ich werde mit den Oberärzten nochmals reden, ob man nicht doch eine Operation wagen sollte."
Wolfgang Schofers Gesicht hellte sich auf, strahlte. Er reckte das Kinn vor. „Das würden Sie wirklich für mich tun? Ich wäre ihnen unendlich dankbar, Doktor ... Wobei die Haltung des Oberarztes heute Morgen ziemlich eindeutig erschien ..."
„Lassen Sie das meine Sorge sein. Ich gehe zu einem anderen, heute Abend noch!"
Wolfgang Schofer drückte ihm die Hand.
Lange.
Fest.
Fast eine halbe Minute lang.
Er sagte nichts mehr.
Er brauchte nichts mehr zu sagen.

Er stand in Stilgenbauers Arztzimmer. Der Professor blätterte in einer wissenschaftlichen Zeitschrift. Daneben lag eine Tageszeitung. „Kann ich Sie kurz sprechen?"
Dietrich berichtete von Wolfgang Schofer. Er erzählte von Mertens und seinen harten Worten, beschrieb seinen eigenen Eindruck von Herrn Schofer, rapportierte die medizinischen Eckdaten. Stilgenbauer hörte ruhig zu. Bedächtig dachte er nach.

„89 Jahre, Nolte … Das ist schon ziemlich stramm für eine Herz-Lungen-Maschinen-OP … Mmmh … Wissen Sie, in dem Alter ist die Aorta meist ziemlich verkalkt. Wenn Sie die in der OP klemmen, dann bröckeln Ihnen die Kalkschollen ab und fliegen Ihnen um die Ohren, beziehungsweise leider meistens ins Hirn des Patienten. Sie haben eine deutlich erhöhte Schlaganfallrate … Dann haben viele der betagten Patienten nach einer solchen OP ein ausgeprägtes Durchgangssyndrom, über Wochen, manchmal sogar Monate … Manche sind hinterher bleibend verändert …“ Auf Stilgenbauers Gesicht zeigten sich grüblerische Falten. „Andererseits haben Sie auch Recht. So kann der Patient kaum weiterleben, beziehungsweise er wird es wahrscheinlich auch nicht … Er hat kaum noch Lebensqualität. Vielleicht sollte man doch …“
„Können Sie mal mit Mertens reden?“
„Nein. Ich bin für die Station nicht zuständig, das ist allein Oberarzt Mertens. Ich würde dies an Ihrer Stelle mit dem Chef besprechen. Er soll entscheiden, er ist der Boss.“
„Meinen Sie das macht Sinn?“
„Absolut. Es ist ein Grenzfall. Wenn ich mich festlegen müsste, ich würde die OP wagen, aber Bade ist der Chef …“
Dietrich nickte. Er hatte mit Professor Bade eigentlich bislang erstaunlich wenig zu tun gehabt. Es gab immer noch die morgendliche Intensiv-Visite, die aber weitaus erträglicher als früher ablief. Der neue Princeps arbeitete meist immer mit einem eingespielten OP-Team, er operierte zahlreiche Privatpatienten. Nur selten war Dietrich mit ihm am Tisch gestanden. Die Wissenschaft schien Bade nur mäßig zu interessieren. Im Grunde für Dietrich eine akzeptable Situation.
Um Dimensionen besser als vor dem Ausflug zum Trifels …
Stilgenbauer telefonierte. „In einer halben Stunde können Sie zu ihm, er hat momentan noch ein Gespräch.“
Dietrich ging nochmals auf Station zurück, erledigte einige Arbeiten. Bevor er sich Richtung Chefsekretariat aufmachte, schaute er noch bei Wolfgang Schofer vorbei und berichtete ihm den aktuellen Zwischenstand.
„Viel Glück“, wünschte Wolfgang Schofer, als Dietrich aus dem Zimmer ging. „Ich drücke Ihnen die Daumen. Beide!“

Er trat nach Aufforderung in Professor Bades Zimmer. Einiges hatte sich verändert, den Schreibtisch hatte er jedoch von seinem Vorgänger übernommen. „Was gibt's denn?“ fragte der Chef leicht unwirsch.
Dietrich war ruhig und innerlich stark. Er wusste, er musste jetzt um Wolfgang Schofers Leben reden. Lehnte der Chef die OP ab, wären seine Tage gezählt, vielleicht nur an wenigen Händen.
Ich muss ein Plädoyer halten, wie im Gericht … Ich muss klug und konzentriert, überzeugend die Dinge vortragen. Nichts darf falsch laufen.

„Ich möchte Sie um Hilfe bitten, Herr Chefarzt! Um Hilfe für einen Patienten. Einen Patienten mit einem anspruchsvollen Problem ...“
„Ah ja ...“ Professor Bades Züge entspannten sich, sein Gesicht wurde
wohlwollender, freundlicher.
Gute Eröffnung, Dietrich! Jetzt gib alles ...
Er berichtete von dem Kasus. Er ließ die rüden Formulierungen Mertens
weg. Dagegen erwähnte er, dass Stilgenbauer eine Operation befürworte. Er
trug die Lebenssituation Wolfgang Schofers vor, wie er sich liebevoll um
seine demente Frau kümmere, wie agil er im Leben stünde. Er erklärte, nur
durch einen dummen Zufall sei er nach der Visite vom OP-Plan herunter genommen worden. Er habe vormittags sein Hörgerät nicht angehabt, daher
akustisch wenig verstanden und damit fälschlicherweise den Eindruck er-
weckt, geistig nicht auf der Höhe zu sein. Aber das Gegenteil sei der Fall, so
der eigene Eindruck in langem Gespräch. Dietrich schloss mit den medizinischen Eckdaten.

Professor Bade saß still da, fast eine ganze Minute lang. Dann antwortete er.
„In diesem Lebensalter ist das Komplikationsrisiko deutlich erhöht, vor
allem hinsichtlich eines Schlaganfalls ... Wissen Sie Nolte, es gibt Klinikchefs, die prahlen mit schönen Statistiken mit guten Operationsergebnissen
und ganz niedrigen Operationskomplikationen. Macht sich gut in der Öffentlichkeit...Wissen Sie, wie diese Klinikchefs zu ihren niedrigen Kompli-
kationsraten in ihrer Statistik gelangen? Ganz einfach – durch die
Patientenauswahl. Solche Patienten wie Herrn Schofer lehnen sie einfach
kategorisch ab. Sie lassen Patienten mit sehr hohem Operationsrisiko einfach
außen vor, operieren nur die ‚guten‘ Patienten mit niedrigerem Risiko und
schwupps – ist die Komplikationsrate niedriger. Würden wir Herrn Schofer
operieren, könnte sich unsere Komplikationsrate in unserer Statistik schnell
erhöhen. Macht sich nicht gut bei der Qualitätssicherung oder wenn in
überregionalen Blättern wiedermal Hitlisten der sogenannten ‚besten
Chirurgen‘ propagiert werden ...“ Professor Bade machte eine kurze Pause.
„Soll ich Ihnen was sagen, Nolte: Ich scheiße auf die Komplikationsstatistik!
Wenn ich es für medizinisch sinnvoll halte, operiere ich und wenn nicht,
dann lasse ich es sein. Ich finde es jedenfalls prinzipiell sehr gut und
lobenswert, dass Sie sich für Ihren Patienten Mühe machen und sich
engagieren, dass Sie abends um halb sieben zu mir kommen und sich für ihn
einsetzen ... Bestimmt habe Sie auch Besseres vor ...“
Nein, habe ich momentan nicht ...
„Ich bin einer Operation prinzipiell nicht abgeneigt. Ich werde mir morgen
Vormittag Herrn Schofer persönlich ansehen, mit ihm sprechen und dann
entscheiden. Aber die Tendenz geht in Richtung Operation, ganz eindeutig.“
Dietrichs Herz machte einen Sprung. Geschafft! Fast ...
Die Ideenmaschine wirbelte jetzt noch einen Gedanken hervor. Woher nur?
Woher kam jetzt diese Idee?

„Noch eine Frage, Herr Professor. Sollten Sie einen Eingriff befürworten …
Es wäre, wie wir alles wissen, eine anspruchsvolle Operation… Mit
erhöhtem Risiko … Darf ich Sie etwas fragen, um etwas bitten?"
Der Princeps nickte, einem Herzog ähnlich.
„Herr Schofer ist ja nicht privat versichert … Ich weiß, dass alle Operateure
in unserer Abteilung ein hohes Niveau und eine hohe Kompetenz haben …
Aber wäre es nicht sinnvoll … die maximale Kompetenz in dieses Unter-
nehmen einzubringen? Könnten Sie persönlich vielleicht Herrn Schofer …
Ich weiß, es klingt unverschämt …"
„Sie sind ein kluger Schelm, Nolte …", Bade lächelte gönnerhaft, herzöglich
„Mal sehen was der Terminplan hergibt. Wenn möglich, operiere ich ihn
selbst."
Mit einem herzöglichen Nicken war die Audienz beendet, Dietrich flog über
die Gänge auf Station zurück. Er stürmte in Wolgang Schofers Zimmer,
euphorisch berichtete er vom Gespräch beim Chefarzt. Wolfgang Schofer
drückte ihm dankbar lange die Hand.
„Der Chef wird gegen elf Uhr bei Ihnen vorbeikommen, Herr Schofer."

Am nächsten Tag hatte er seine Visite am frühen Vormittag zu Ende ge-
bracht. Professor Bade erschien mit viertelstündiger Verspätung auf Station.
„Herr Doktor Nolte, können wir?"
Dietrich reichte dem Princeps Wolfgang Schofers Krankenkurve, zusammen
mit einer Schwester und einer Schülerin liefen sie zu seinem Zimmer.
Dietrich klopfte, öffnete, hielt Bade die Türe auf, der herzöglich hin-
durchschritt, die Euquipage folgend.
Dietrich sah in das Zimmer und traute seinen Augen nicht.
Wolfgang Schofer war allein, sein Bettnachbar war unterwegs.
Wolfgang Schofer stand in militärischer Grundstellung neben seinem Bett.
Anstatt des antiquierten Pyjamas trug er einen dunkelgrauen Anzug mit
weißem Hemd und Krawatte. „Guten Tag Herr Professor!"
Es wirkte wie beim präsidialen Neujahrsempfang des diplomatischen Corps.
Mit aufrechter Brust und nach vorn gerecktem Kinn schüttelte Wolfgang
Schofer die Hand des Professors.
Auch die Schwester machte ein erstauntes Gesicht. „Zum Glück hat er heute
sein Hörgerät schon vorher justiert und richtig eingestellt …", flüsterte sie
Dietrich zu.
Das Gespräch begann. Der Chef erläuterte Vor- und Nachteile der Operation, fragte dann nach dem Alltagsleben des Patienten. Wolfgang Schofer
antwortete klar, deutlich, nicht zu knapp, nicht zu langatmig, er berichtete
von seiner Frau, vom Heim, von seinen Beschwerden und daraus resultie-
renden Einschränkungen in seinem Leben. „Die Luft ist manchmal so knapp,
dass ich meine Frau nicht mehr im Rollstuhl auf die Terrasse schieben kann,
wenn die Sonne scheint … Meine Frau liebt so sehr den großen Garten …"

„Sie werden es bald wieder können, Herr Schofer. Übermorgen werde ich
Sie operieren."

Am Vortag der Operation wurde bei Wolfgang Schofer eine Computer-
tomographie des Brustkorbs angefertigt, um das Verkalkungsausmaß und
die Lokalisation von einzelnen Kalkschollen in der Aorta zu untersuchen.
Dietrich drückte Wolfgang Schofer am Abend an seinem Bett stehend lange
und fest die Hand. „Alles Gute. Toi, toi, toi."
„Sind Sie auch bei der Operation dabei?"
„Nein, der Chef operiert mit seinem eigenen, eingespielten Team."
Im Klinikjargon nannte man es das ‚A-Team', Dietrich dagegen befand sich
im ‚C-Team'.
„Vielen Dank für alles, Herr Doktor."

Am nächsten Tag hatte er Nachtdienst. Nach seiner Schicht ging er gegen
neun Uhr morgens nach Hause, schlief unruhig einige Stunden. Es war früher
Nachmittag, als er zum Telefon griff und die Nummer der Intensivstation
wählte. „Wie geht es Wolfgang Schofer?"
„Moment ..." Sekunden des Wartens.
„Er ist vor einer Stunde aus dem OP gekommen. Er ging gut von der
Maschine ab. 'Ist kreislaufstabil. Soweit alles im grünen Bereich."
Erleichtert legte er auf.
Ein Kaffee täte jetzt gut … Um die Kaffeemaschine zu umgehen, bummelte
er in die Stadt und setzte sich in ein Straßencafé.
Noch vier Tage bis wir uns wieder sehen …

Am Nachmittag des nächsten Tages ging er auf die Intensivstation, er-
kundigte sich nach Wolfgang Schofer.
„Schofer? Der hat uns verlassen … Der ist schon auf der ‚Intermediate care'"
Die Anglizismen haben sich schon auf das Pflegepersonal ausgedehnt …
Dietrich atmete erleichtert auf. Er ging auf die direkt benachbarten Wach-
station. Wolfgang Schofer lag in einem Bett, noch an zahlreiche Kabel und
Schläuche angeschlossen. Er erkannte Dietrich und hob freudig seine rechte
Hand. Dietrich jubelte. Er hat's gepackt …
„Bin noch ein bisschen schwach. Aber Unkraut vergeht nicht …"
„Ich freue mich ganz arg für Sie!"
„Ich mich auch …", grinste Wolfgang Schofer.
Wortlos sahen sich die beiden eine Weile an.
„Ich möchte Ihnen etwas sagen, Herr Doktor Nolte." Wolfgang Schofer
rappelte sich im Bett ein wenig hoch. „Ich bin Ihnen zu großem Dank ver-
pflichtet. Zu sehr großem Dank. Die Arbeit des Chefarztes war wohl sehr
gut, auch dafür bin ich dankbar. Aber das ist sein Beruf, das ist seine
Profession. Aber das was Sie getan haben – das war menschlich. Ohne Sie,
Herr Doktor, ohne Ihr Engagement für mich, wäre die Operation gar nicht

durchgeführt worden. Dafür möchte ich Ihnen von ganzem Herzen danken und Ihnen noch etwas schildern, sofern ich Ihre Zeit dafür in Anspruch nehmen darf." Wolfgang Schofer trank einen Schluck kalten Tee, seine Stimme klang rau. „Ich habe Ihnen erzählt, dass ich Ende 44 im Krieg schwer verwundet worden und nach Wien ins Lazarett gekommen war. Die Ärzte konnten mich wieder notdürftig zusammenflicken, mehrere Operationen waren notwendig, um mich von einer Unzahl von Granatsplittern zu befreien. Nach drei Monaten, es war wohl Ende Februar 45, war ich immer noch im Lazarett, aber schon wieder gehfähig und ein wenig mobil. Daher wurde ich zum Kalfaktor, zu Hilfstätigkeiten eingeteilt, kleine Botengänge, Telefondienst und ähnliches. Eines Tages sollte ich morgens mit einem kleinen Handwägelchen einige Straßen weiter in einem Schlachthof zwanzig Pfund Fleisch und Wurst zur Verpflegung des Lazaretts abholen. Auf dem Rückweg gab es plötzlich Fliegeralarm. Amerikanische Bomber aus Oberitalien." Wolfgang Schofers Augen blickten traurig, aber klar. Die Bilder schienen szenisch vor ihm abzulaufen. „Ich kannte mich in der Stadt nicht aus, wusste nicht, wo sich Bunker befanden, da bin ich mit meinem Bündel in den nächstbesten Hauskeller hinein. Er war klein, es war kein offizieller Luftschutzkeller, etwa ein Dutzend Bewohner eines Mietshauses kauerten sich am Boden. Es gab kaum Licht. Da sah ich in einer dunklen Ecke vier Personen, ein Paar und zwei kleinere Kinder. Entsetzt blickten sie mich an. Dieser apokalyptische Blick … Ich werde ihn nie vergessen … Manchmal begegnet er mir noch in meinen Träumen …" Wolfgang Schofer schloss kurz die Augen, trank einen Schluck kalten Tee. „Alle vier Menschen trugen den Judenstern auf der Brust. 1945! Dass es Juden gelungen ist, sich solange vor ihren Häschern zu verstecken … Entsetzt blickten sie auf meine Uniform, auf meine Pistole am Gürtel. Dann kamen die Bombeneinschläge. Menschen stöhnten, das Licht flackerte." Wolfgang Schofer schloss wieder kurz die Augen. Er öffnete sie wieder und erzählte langsam weiter. „Herr Doktor, es liegt mir fern, mich selbst zu glorifizieren, mich selbst zu heroisieren. Aber als alles vorbei war, habe ich das Bündel mit dem Fleisch und der Wurst genommen und es der jüdischen Familie vor die Füße gestellt. Ich habe nichts gesagt, keine Hand gedrückt, sie kaum angesehen. Einfach nur das Bündel vor ihnen abgestellt. Dann drehte ich mich um, verließ den Keller und ging zurück ins Lazarett. Ich erklärte dort, der Proviant sei mir beim Bombenangriff verloren gegangen. Niemand stellte Fragen." Wolfgang Schofer machte eine Pause. „Wissen Sie Doktor, ich weiß nicht, ob es der jüdischen Familie geholfen hat - mein Fleisch und meine Würste. Ich hoffe es, aber wissen tue ich es nicht. Aber ich glaube, es war eine gute Tat gewesen. Ich möchte deswegen nicht hochmütig sein, mich auf den Sockel stellen … Aber vielleicht bin ich jetzt für diese gute Tat belohnt worden. Vielleicht habe ich wegen dieser guten Tat vor sechzig Jahren jetzt Sie getroffen und Sie haben eine gute Tat an mir verrichtet. Wir wissen beide nicht, ob die gute Tat zum Erfolg führte. Ich weiß nichts über den Verbleib der jüdischen Familie, wir wissen beide nicht, ob ich wieder voll auf die Beine komme. Wir wollen beides erhoffen." Wolfgang Schofer weinte.

„Es war eine meiner einzigen guten Taten im Leben", fuhr er fort, „ja, ich bin überzeugt, ich bin jetzt dafür belohnt worden, für mein damaliges Werk." Dietrich beugte sich zu Wolfgang Schofer hin und drückte ihn fest.

*

„Herr Doktor, wie sieht denn eigentlich mein EKG aus?"
„Alles in Ordnung. Der Schrittmacher stimuliert regelmäßig und effektiv mit einer Frequenz von 60 pro Minute."
„Aber Doktor, ich habe doch gar keinen Schrittmacher ..."
„Doktor Nolte", flüsterte die Schwester „das ist das EKG des Nachbarpatienten. Hier ist das Richtige ..."
Die Visite stand vor dem die Verunsicherung ins Gesicht geschriebenen Patienten. Dietrich stotterte, konfabulierte, wühlte fahrig in der Krankenkurve. Schon zum zweiten Mal heute hatte er wichtige Befunde verwechselt.
In zwei Stunden, um 13 Uhr, werde ich Sophie treffen, im Keller ... Sophie – ich sterbe vor Spannung, hast du mit Olaf gesprochen, ihn verlassen?
Sophie – ich sehne mich so nach Dir ... Die Visite kam zum nächsten Bett. Unkonzentriert unterhielt sich Dietrich mit dem Patienten. Mann, reiß dich zusammen! Schon zwei größere Böcke auf dieser Visite ...
Es ist paradox – abends kontrolliere ich unwichtige Routinelaborbefunde, zehnfach, hundertfach, stundenlang, um ja nichts zu übersehen – und jetzt und hier auf der Visite reiht sich Versäumnis an Versäumnis, ich bin unaufmerksam, unkonzentriert und denke nur an Sophie ...
Unlogisch, oder?
Hat wohl beides nichts mit Vernunft zu tun, weder meine Zwänge noch meine Liebe.
Mit angestrengtem Gesicht setzte er die Visite fort. Kurz vor ein Uhr würde er sich bei den Schwestern wieder abmelden. Seine zeitweiligen Abwesenheiten waren bislang noch nicht sonderlich aufgefallen. Die Schwestern könnten ihn ja bei Bedarf anpiepsen.

Er war als erster da.
Die Spannung ließ ihn beben.
Taumelnd, ataktisch hielt er sich an einem Regal fest.
Sein Magen schmerzte. Mittags hatte er nur etwas Leitungswasser getrunken.
Er hörte Schritte.
Sophie.
Leise schloss sie die Türe hinter sich, umarmte ihn.

457

„Und?“
„Was – und?“
„Wie war's gelaufen? Wie ging es - mit Olaf?“
Sophie löste sich aus der Umarmung, blickte ernst. „Ich habe noch nicht mit ihm gesprochen. Ich habe noch nichts gesagt …“ Sie sprach leise und langsam.
„Wie – du hast es ihm noch nicht gesagt?“ Er zitterte. „Warum denn nicht? Sophie!“
„Es … Es ging einfach nicht … Es passte auch nicht …“
„Wie – es passte nicht?“
„Es war … keine so gute Gelegenheit. Wir waren zum Beispiel Freitagabend auf einem geschäftlichen Empfang …“
Toll …
„… und Samstagabend hatten wir Gäste zu Besuch, zum Abendessen, die bis Sonntag blieben … Es ging einfach nicht …“
Und an den anderen Tagen, den Werktagen? Tagsüber? Warum ging es da nicht? Dietrich dachte es nur.
Er blickte traurig, ließ Sophie weiter berichten.
„Weißt du, das fällt mir alles nicht so leicht. Es ist was anderes, als Olaf mitzuteilen, ich ginge mit meiner Freundin Samstagabend mal eben weg.“ Ihr Gesicht schien verzweifelt. „Ich … ich weiß auch noch gar nicht die richtigen Worte …“ Sophie, das soll kein literarischer Wettbewerb werden … „Und manches ist mir selbst auch noch unklar, zum Beispiel solche Aspekte wie wer im Haus bleibt und wer auszieht. Ich glaube, Olaf würde tendenziell im Haus bleiben wollen, ich weiß es aber nicht sicher …“
„Das ist kein wirkliches Problem. In meinem Haus ist Platz genug …“
„Ich weiß auch nicht, wie er reagieren wird. Bestimmt wird es für ihn ganz schrecklich sein. Er tut mir … leid.“
Stille.
Dietrich sagte nichts.
Er tut ihr leid … Olaf – dieses Arschloch, dieser Geck …

Sophie fuhr nicht weiter fort. Sie umarmten sich wieder, es glich mehr einer Übersprungshandlung. „Dietrich, ich brauche noch Zeit …“
Er wagte die Offensive. „Sophie, wir hatten doch das letzte Mal besprochen, dass du mit Olaf sprechen willst …“
„So etwas kann man nicht beschließen und festlegen.“ Ihre Stimme klang leicht unwirsch. „So etwas sollte man auch tunlichst überlegt und konzentriert tun …“ Das klingt jetzt vieldeutig … „Das kann man nicht in einem Husarenritt erledigen, zumindest kann ich es nicht. Und – wenn ich das so frei sagen darf – bei dir verlief es nicht gerade eben erfolgreicher. Du ranntest wie Blücher blindlings auf deine Frau zu und – was war dann? Sie hat dich abgewatscht, sie hat dich abgebürstet. Wie ein geprügelter Hund bist du von dannen gegangen … Tut mir leid, aber ich sehe das Bild noch vor mir,

wie du angekrochen bist, geschlagen und von großen Schwierigkeiten, von drohendem Scheidungskrieg geredet hattest. Es erschien etwas wenig durchdacht, wenig klug, dein Vorgehen damals."

Er blickte auf den kalten Boden.

„Dietrich ... es war nicht böse gemeint. Ich will dir nur sagen, dass ich überlegt an die Sache heran gehen muss. Ich kann nicht so drauflos stürmen ..."

Kritisiere mich bitte nicht, Sophie! Ich habe das Problem mit Yvette gelöst! Ich habe die Schlacht gegen sie nicht verloren, wenngleich ich anfangs als der Geprügelte erschien – am Ende war ich es nicht mehr ...

„Ich brauche einfach noch etwas Zeit zum Nachdenken."

Nachdenken worüber?

W i e du ihn verlässt oder o b du ihn überhaupt verlässt? Frustriert blickte er wieder auf das Bodenmuster.

Sophie nahm ihn in den Arm. „Dietrich, ich liebe dich doch. Ich liebe dich wirklich ..."

Pause.

Es ist eigentlich alles gesprochen für heute.

Sie braucht noch Zeit, gut, warum und für was – weiß ich nicht, 'kann ich wohl auch nicht beeinflussen.

Mir bleibt, zu warten, abzuwarten, der Dinge zu harren ...

Sie standen unverändert in Umarmung.

„Ach Dietrich ..." Langsam wanderte Sophies Hand in seine OP-Hose. Ihr Ziel rasch auffindend, begann sie ihr Werk, diesmal zu Anfang ganz langsam, sachte.

Er dachte nichts, tat nichts; er stand einfach da, passiv, ließ geschehen.

Sophie kauerte sich hin, intensivierte ihr langsames Werk.

Er stand immer noch unverändert, passiv, nur sein Vegetativum war jetzt tätig. Sein Pulsschlag ging schneller, seine Atmung nahm zu, sein Blut erfuhr eine Umverteilung. Die Gedanken an Olaf entschwanden, lösten sich auf wie ein morgendlicher Frühnebel im Sommer. Rasch wuchs das Organ an, das jetzt seine Corpora cavernosa füllte, es wuchs gleichermaßen an Größe wie an Konsistenz. Der Piepser! Der Piepser!

Die Angstflamme schoss plötzlich hoch.

Er sah zu seinem Arztkittel, er hing am Regal.

Der Piepser steckte in der oberen Tasche, das ‚Display' war aus seiner Position nicht einsehbar. Wenn der Piepser aus wäre ... oder wenn ich hier keinen Empfang hätte ... Wenn es zu einem Notfall auf Station käme ... man mich hier nicht erreichte ... ein fristloser Kündigungsgrund ... Ich muss ihn kurz kontrollieren ... Nur ganz kurz ... ein einziges Mal nur ...

„Wart 'mal kurz", sagte er leise, die kauernde Sophie hielt erstaunt inne. Er ging zu seinem Arztkittel, dabei sein Baumstamm zwischen den Beinen baumelnd, auf und ab schwankend, pendelnd, einem seismischen Messgerät gleich.

Er sah auf den Piepser. ‚Display' in Ordnung, Batterie in Ordnung, Empfang in Ordnung. Alles okay.
Eine einzige Abschlusskontrolle. Check! Alles gut.
Er ging wieder zu Sophie zurück.
„Was …?"
„Nichts, mach einfach weiter, bitte …"

Er entspannte sich, die Gedanken an das frustran verlaufene Gespräch verschwammen, verschleierten sich, entschwanden nun völlig. Sophie richtet sich wieder auf. „Streichel' mich bitte."
Er fasste ihr unter die Bluse, berührte ihre Brüste. Seine Erregung nahm zu. Sophie kauerte wieder, setzte wieder ihr Werk fort. Er stöhnte. Yvette hatte sowas nie gemacht … Und wenn, dann glich es mehr einer fachurologischen Untersuchung als …
Sophies Werk nahm jetzt an Geschwindigkeit und Intensität zu. Gleich kommt's mir … Dann hielt sie abrupt inne, stand auf, stellte sich vor ihn hin. Sie sah ihm in die Augen und riss sich ihre Jeans samt Slip herunter. Ihre Augen blickten unverändert in die seinen. Mit einer einzigen raschen Bewegung riss sie sich die Bluse vom Leib. Dietrich hörte mindestens einen abgerissenen Knopf auf dem Boden springen. Ihre Augen blickten ihn immer noch durchdringend an, auch jetzt, wo sie sich auf den eiskalten Fussboden legte, splitternackt, und leicht die Beine spreizte. „Bitte nimm mich … Nimm mich brutal!"
Er stand wie erstarrt, unfähig zu einer Bewegung. „Dietrich, komm, schnell!"
Er war rasch aus seiner Hose und kniete vor Sophie. Er drang in sie ein, sie stöhnte auf. Fast ein bisschen laut …
Er versuchte zu verzögern, zurückzuhalten … ohne Erfolg. Er ließ sich gehen. Als er kam drückte er seine Hand auf Sophies Mund, einen Schrei unterdrückend. Ist es ihr auch gekommen? Sieht fast so aus … Es erschien ihm ähnlich wie damals bei Emily … Es ist schon so lange her …
Der Fußboden war eiskalt. Sie zogen sich wieder an. „Ich komme zu spät zur Schicht, in zwei Minuten beginnt die Übergabe", sagte Sophie hektisch, ihr Haar notdürftig ordnend.
„Nimm doch einen Bottich Desinfektionsmittel mit und sag, du seist noch im Lager gewesen …"
„Du bist ein Scherzkeks …" Liebevoll küsste sie ihn. „Ich liebe dich, Dietrich." Im nächsten Augenblick war sie zur Tür hinaus.

Er war zurück auf seiner Station. Er hatte zwei neue Patienten aufzunehmen. Er war so unkonzentriert, so unsortiert wie am Vormittag. Die Worte der Patienten erreichten ihn kaum, trunken fingerte er in den Unterlagen, fahrig durchwühlte er Befundberichte. Er schwamm in seinen Gedanken – an

Sophie, an Olaf, an den Lagerraum, alles wirbelte durcheinander. Es war schön gewesen, dort unten …
Ein plötzlicher Stich.
Die Angstflamme.
Waren da eigentlich Hinterlassenschaften von unserem Treiben? Ein Fleck auf dem Boden?
Vaginalsekret, Sperma?
Durchaus möglich. Oft läuft derlei Flüssigkeit aus der Vagina heraus.
Und?
Ich muss nachsehen, ob ein Fleck auf dem Fußboden ist, es darf keine Hinterlassenschaft von uns geben, alles muss in dem Raum so sein wie zuvor!
Es darf dort kein Fleck sein …
Und wenn doch?
Es wäre doch egal …
Nein – es darf dort nichts sein!
Nichts! Nichts! Nichts!
Die Gedanken quälten, Dietrich hörte dem monologisierend von seiner Krankengeschichte erzählenden Patienten nicht mehr zu.
Was wäre so schlimm, wenn sich da so ein Fleck befände, egal von was, egal welchen Saftes?
Na und?
Würde es überhaupt je jemand beachten?
Aber die Angstflamme brannte weiter.
Die Vernunft war seit jeher ein untaugliches Löschmittel.
Es darf da kein Fleck sein.
Es darf einfach nicht sein, basta!
Es wäre sehr schlecht. Sehr schlimm!
Sieh nach und falls nötig – mach ihn weg!
„Entschuldigen Sie bitte, ich bin gleich wieder bei Ihnen." Hastig lief er ins Treppenhaus. So was Bescheuertes …
Er stob die Treppen herab, lief durch das zweite Untergeschoss.
Wenige Meter vor ihrem Liebesnest zuckte er zusammen. Eine junge Schwesternschülerin kam ihm entgegen, einen Behälter Desinfektionsmittel unter dem Arm tragend. Sie grüßte höflich und schien sich nicht zu fragen, was ein Arzt der Herz-Thorax-Chirurgie in den unterirdischen Lagerräumen zu suchen habe.
Sein Schreck war maßlos. Sie war in unserem Liebesnest!
Hastig rannte er in den Liebesraum.
Er sah auf den Boden.
Tatsächlich. Ich hab's doch gewusst!
Ein kleiner, zwar nur unscheinbarer, aber doch sichtbarer, nahezu kreisrunder Fleck.
Ob sie ihn gesehen hat, die Schülerin?

Na wenn schon. Na und?

Er sah sich um. Wie kann ich ihn entfernen?

Es gab hektoliterweise Lösungen, aber kein Putzmaterial, keine Lappen, keine Tücher, nicht mal Papier.

Was tun? Der Fleck muss da weg!

Er nahm eine Desinfektionslösung und goss großflächig davon über dem Fleck aus. Mit dem Ärmel seines Arztkittels begann er zu scheuern. Rasch färbte sich der weiße Kittel an den Scheuerstellen schmutziggrau.

Nach einigen Minuten betrachtete er sein Werk.

Es war jetzt eine vielfach größere, feuchte Fläche zu sehen als zuvor.

Der Alkohol wird verdunsten; wenn ich Glück habe, ist der Fleck dann mit weg.

Er wartete.

Nichts geschah.

Wie lange wird der Verdunstungsvorgang dauern?

Minuten vergingen, der Fleck wurde langsam heller.

Was mache ich hier? Auf was warte ich jetzt?

Mann, bin ich krank …

Die Flamme folterte.

Der Fleck muss weg sein! Frag nicht warum!

Er muss einfach weg sein. Weg! Ganz weg!

Es geschieht ein Unglück, wenn der Fleck nicht weg ist, es wird Schreckliches passieren, wenn der Fleck bleibt!

Er wartete.

Da ging sein Piepser.

Die Nummer der Station wurde angezeigt.

Dietrich lief zu den Aufzügen, dort war ein Haustelefon an der Wand. Er rief zurück. Die Schwester erkundigte sich nach seinem Verbleib. Der noch nicht aufgenommene Patient frage nach ihm. „Soll sich geduldigen. Habe noch … sehr Wichtiges zu tun. Komme gleich zurück!"

Wieder im Lagerraum.

Der großflächige Fleck war jetzt sehr hell geworden, kaum noch sichtbar. In seinem Zentrum war von dem ursprünglichen Sekretfleck nichts mehr erkenntlich.

Gut so! Gut gemacht Dietrich! Du hast ihn beseitigt …

Er wartete.

Er dachte an Sophie.

Ich muss ihr Zeit lassen, es hilft nichts. Sie braucht einfach noch Zeit, bis sie ihren Gecken in die Wüste schickt …

Er sah auf seine Uhr. Schon eine Viertelstunde brachte er jetzt mit diesem Fleck zu. Das darf echt niemand sehen … Die sperrten mich gleich weg …

Er wartete noch weitere fünf Minuten, dann war der Fleck nicht mehr zu sehen, weder der originäre, noch der des Desinfektionsmittels. Der Boden war völlig unauffällig.
Dietrich atmete durch, trat den Rückweg an.

Auf Station war der Patient ungehalten über die Unterbrechung seiner Aufnahme. Dietrich wurde dysphorisch und fuhr ihn an: „Ich habe hier irrsinnig viel zu tun. Wichtige Arbeit, die nicht warten kann!" Eingeschüchtert fuhr der Patient mit seiner Krankengeschichte fort.

Eine Viertelstunde später, beim Diktat eines Arztbriefes musste er schon wieder an den Fleck denken.
Das nimmt jetzt langsam Ausmaße an …
Aber ich muss noch ein Mal nachschauen, wie das jetzt aussieht.
Das Desinfektionsmittel könnte den Boden angreifen, vielleicht ätzend wirken.
Womöglich sieht man jetzt etwas sehr deutliches, erst jetzt, nach zeitlicher Latenz.
Dietrich, eine Kontrolle, eine einzige nur!
Es darf da kein Fleck sein! Er unterbrach das Diktat, fuhr in das Untergeschoss.
Der Lagerraum war unverändert so, wie er ihn verlassen hatte.
Kein Fleck, weder ein kleiner noch ein großer.
Dietrich schloss die Türe, wollte zurück.
Noch ein kurzer Blick, eine Abschlusskontrolle!
Türe wieder auf, Licht an.
Alles in Ordnung. Alles im grünen Bereich.
Erleichtert fuhr er wieder auf Station, setzte seine Arztbriefdiktate fort.
Er war noch nicht beim zweiten Brief angelangt, da meldete sich wieder die Angstflamme.
Schau nochmals nach dem Fleck! Du warst vorher nicht voll konzentriert, Sophie hängt dir in Gedanken, der Sex hat dein Hirn entleert, du bist nicht richtig bei der Sache, es war keine konzentrierte Kontrolle, so wie man es gewohnt ist … Kontrolliere!
Er verließ wieder seinen Schreibtisch, diesmal nahm er die Treppen. Zu viel Publikum im Aufzug.
Er inspizierte den Lagerraum.
Alles in Ordnung.
Kein Fleck, nicht die Spur davon.
Erleichtert zog er die Türe zu.
Ich mache jetzt noch zehn Kontrollen. Voll konzentriert, dann ist Schluss mit dieser dämlichen Sache!
„Kontrolle ‚eins'!" Er sah in den Raum. Alles in Ordnung. Er löschte das Licht, trat vor die Tür.

„Kontrolle ‚zwei'!" Wieder hinein, Kontrolle, Inspektion, volle Konzentration. Wieder hinaus. Licht aus, Türe zu.
„Kontrolle ‚drei'!" Tür auf, Licht an, Kontrolle. Licht aus, Tür zu.
„Kontrolle ‚vier'!" Er sprach lauter, es war einem Rufen nahe.
Dietrich, nicht so laut … Wenn dich jemand hört …
Erschöpft beendet er die Kontrolle ‚zehn'.
So, jetzt zurück!
Noch vor dem Treppenaufgang durchschoss ihn ein Gedanke.
Wie oft habe ich jetzt nach dem Fleck gesehen?
Einmal, als ich ihn mit dem Desinfektionsmittel entfernte, dann bin ich wieder runter, habe zwei Mal kontrolliert. Und jetzt die zehn Kontrollen.
Eins plus zwei plus zehn macht? – Dreizehn! Ich habe dreizehn Mal kontrolliert. Dreizehn! Die Unglückszahl!
Das darf auf überhaupt gar keinen Fall so stehen bleiben!
Er hastete zurück.
Ich schließe einfach nochmals zehn Kontrollen an, dann wäre ich bei 23.
Eine unauffällige, eine nichtssagende, eine völlig unmysthische Zahl.
Los geht's.
„Kontrolle ‚eins'!"...

Zurück auf Station hatte er vor, den angefangenen Arztbrief weiterdiktieren. Er hatte den inhaltlichen Faden völlig verloren. Er spulte das ganze Band zurück, blätterte konfus und unsortiert in der Krankenakte. Mit Mühe begann er stockend wieder das Diktat.

Auf dem Weg zum Auto schaltete er auf dem Parkplatz sein Mobiltelefon an. Er stieg gerade in den Wagen, als das Telefon ein kurzes akustisches Signal gab.
Eine neue SMS.
Die neue Nachricht wurde visuell durch ein kleines Symbol eines Briefcouverts angezeigt.
Es gibt sie immer weniger – echte, wirkliche Briefe in schönen Briefumschlägen.
Werden die Kinder in dreißig Jahren überhaupt noch die Bedeutung dieses Briefsymbols kennen?
Wird es dann überhaupt noch Briefe aus Papier geben?
Das Mobiltelefon ließ zynisch, fast höhnisch das kleine Symbol des Briefcouverts blinken, ein Relikt aus zu Ende gehender Epoche.
Dietrich drückte die Anzeigetaste.

„Es war sehr schön heute. Ich liebe dich. Sophie"

Es war Freitag, das Wochenende begann. er hatte dienstfrei, er war allein in seinem für eine einzelne Person viel zu großen Haus.

Am Samstagvormittag kaufte er ein. Butter, Obst, zwei Kisten Mineralwasser, zwei Kisten Bier.

Er hatte ein kleines nervliches Tief, als er den Wagen wieder abgestellt und ausgeladen hatte. Über eine halbe Stunde dauerte das Kontrollieren der Türschlösser und der Beleuchtung. Durch das wiederholte Rütteln an der Fahrertür war der Griff etwas locker geworden, er müsste damit in die Werkstatt.

Seit er allein im Haus lebte, blühte hier der Kontrollzwang auf.

Niemand war mehr da, der ihn sah, der fragte, was er da mache, der sich über ihn wunderte, der seine Handlungen kommentierte.

Er konnte sich hemmungslos ungestört bei seinen Kontrollen inflationär austoben.

Der Wagen am Vormittag hatte es auf 80 Kontrollen gebracht.

Er war schweißtreibend, es kostete Kraft.

Vieles vermied er mittlerweile.

Schon seit Wochen hatte er sich keinen Kaffee mehr gekocht, die Maschine könnte er eigentlich verkaufen.

Es kostete schlichtweg zu viel Zeit und Kraft, die Kaffeemaschine nach dem Ausschalten und Ausstecken zu überprüfen.

Es wäre gefährlich, wenn sie an bliebe …

Auch warme Mahlzeiten bereitete er nur noch selten zu.

Der Herd! Das ganze Haus könnte abbrennen!

Er dachte an seine Mutter.

Der Herd ist wirklich gefährlich. Der Herd ist eines der wirklich wichtigen Kontrollobjekte …

Das Kontrollieren des Herdes war wirklich anstrengend, drei unterschiedliche Kontrollkomponenten galt es zu überprüfen: Zum Ersten die kleinen elektrischen Lichter, die den Betriebszustand anzeigten. Sie allein gaben natürlich keine Sicherheit, die kleinen Birnchen könnten ja defekt sein, dann wäre das Lichtlein aus, der Herd aber noch an.

Zum Zweiten die mechanische Stellung der vier Drehknöpfe, sie mussten alle eindeutig auf Null stehen.

Zum Dritten, als Absicherung und sozusagen effektive Endkontrolle, die taktile Prüfung der Herdplatten mit der Hand. Diese hatte nach seiner Ansicht den zusätzlichen Vorteil, dass dadurch eine Kontrolle mit einer anderen sensorischen Qualität erfolgte. Wer verlässt sich schon allein auf die Augen…

Der Herd ist auch wirklich wichtig, was da alles passieren könnte …

Das Herdkontrollieren war derart ausufernd und belastend geworden, dass es zeitsparender war, in ein Schnellrestaurant zu fahren und dort eine Mahl-

zeit einzunehmen, wenngleich danach eine Kontrolle des Wagens notwendig wurde.
Am bequemsten und mittlerweile gebräuchlichsten war die Bestellung bei einem Heimservice. Dies gelang, ohne sich in Kontrollen zu verfranzen.
Er hatte die Prospekte und Karten Dutzender Anbieter verschiedenster Nationalitäten, Italiener, Chinesen, Thailänder, Griechen, Inder übersichtlich in einem eigenen Ordner sortiert. So konnte rasch Auswahl getroffen werden.
Aber zu seinem Leidwesen wurde auch ohne Gebrauch regelmäßige Kontrolle des Elektroherdes verlangt. Es war völlig irrational, aber es musste sein. Ich muss ihn kontrollieren, ich muss!
Die Vernunft ist eine stumpfe, eine untaugliche Waffe …

Er verbrachte gewaschene Wäsche in den Trockner.
So, das wäre auch erledigt, der Samstagnachmittag und –abend lag jetzt noch vor ihm.
Und der gesamte Sonntag …
Er saß in einem Wohnzimmersessel und wurde grüblerisch.
Es war bedrückend ruhig im zu großen Haus.
Drückende Langeweile legte sich auf sein Gemüt.
Er hatte keine Pläne für dieses Wochenende.
Jasper und Zoe waren zu einer familiären Feier gefahren. Die meisten Kollegen aus der Klinik waren mit ihren jungen Familien beschäftigt und ausgelastet.
Ich versuche, Ruhe zu finden, Kraft zu tanken an diesen beiden Tagen …
Er setzte sich an den Computer und durchstöberte im Internet Seiten über Musikneuheiten. Er bestellte sich zwei CDs.
Er strich über sein gehegtes und gepflegtes CD-Regal. Die neuen Tonträger hatten die mittlerweile schon historischen Kassetten an Quantität überrundet, seine musikalische Datenbank dokumentierte es anschaulich in Zahlen und schmucken Balkengraphiken.
Er lief planlos im Wohnzimmer auf und ab.
Was machst du gerade, Sophie?
Redest du jetzt gerade mit Olaf?
Sagst du es ihm, just in diesem Augenblick?
Oder macht ihr einen Ausflug, besucht eine Ausstellung oder ein Konzert?
Oder streichelt er dich gerade, vor dem Aquarium, vor dem Skalar? Gallige Übelkeit stieg ihm beim letzten Gedanken hoch. Er würgte.
Sophie, verlass ihn, dann wird alles gut!
Bitte! Ich kann nicht mehr, ich halte es nicht mehr aus, ich brauche dich …

*

Sie hatten sich für Dienstag verabredet.

Die Sehnsucht war quälend, allzeitig präsent.

Zwei Stunden vor ihrem Wiedersehen im Liebeskeller wurde er außerplanmäßig kurzfristig in den OP kommandiert. Eine Kollege sei erkrankt, das Programm heute besonders umfangreich, er würde in zehn Minuten im Saal erwartet.

Es traf ihn wie ein Keulenschlag.

Er schimpfte und fluchte, schrieb rasch eine SMS an Sophie, um das Treffen abzusagen.

Verdammte Scheiße! Warum gerade ich? Warum muss ich jetzt in den OP, nicht ein anderer?

Es gab kein für die Abteilungskollegen akzeptables Argument, seinen Gang in den OP zu umgehen.

Es war nichts zu machen.

Dysphorisch und niedergeschlagen ging er in den Saal.

Der Eingriff nahm mehr Zeit in Anspruch als vorgesehen, äußerst instabil wurde der Patient auf die Intensivstation verlegt, sein Leben an seidenem Fädchen hängend.

Ihm war es völlig egal, emotional unbeteiligt und mit weiter bestehender Dysphorie kam er gegen 20 Uhr nach Hause. Der Appetit war ihm vergangen, er drehte laut die Musik auf und öffnete sich in rascher Abfolge drei Flaschen Weizenbier, dabei erratisch im Wohnzimmer auf und ab laufend.

Sophie, bitte schreib zurück …

Wann treffen wir uns?

Er trank schon das vierte Bier, es war bereits nach elf Uhr, Sophie hatte noch nicht geantwortet. Fast minütlich inspizierte er repetitiv den SMS-Eingang an seinem Mobiltelefon.

Kein Briefcouvertsymbol blinkte auf dem kleinen Bildschirm.

Gibt es vielleicht ein technisches Problem?

Das Handy ist doch an, voll funktionsfähig, ich habe es mehrfach kontrolliert …

Er hatte die Musik abgestellt, die CDs wieder ordnungsgemäß einsortiert. Das vierte Weizenbier war geleert. Er musste mehrmalig aufstoßen, die Biere unterhielten seinen Darm, der lautstarke Geräusche, Borborygmi, von sich gab.

Er sah hinaus in die Nacht. Viertel vor Zwölf.

Immer noch keine Nachricht.

Sophie, was ist los …?

Selten schrieb sie von der Klinik aus, oft war viel zu tun auf der Intensivstation, außerdem gab es neugierige Kolleginnenblicke.

Aber ihre Spätschicht müsste doch längst vorbei sein …
Ist sie vielleicht Olaf abgeholt worden, so dass sie nicht mehr zum Schreiben kam?
Fährt er jetzt gerade in seinem Porsche mit ihr durch den Gegend, den Arm in ihrem Nacken?
Oder sind sie schon zu Hause und er zieht sie gerade aus, noch im Flur?
Legt er sich jetzt gerade brünstig grunzend auf sie, dringt in sie ein, bespritzt sie?
Die Gedanken marterten.
Sophie, bitte schreib!
Er hatte ihr versprechen müssen, das Mobiltelefon nur zum ‚SMS'-Verkehr zu nutzen, konventionelle Anrufe waren streng untersagt. Zu gefährlich …
Er hatte beste Lust, jetzt ihre Nummer zu wählen, sie anzurufen. Warum antwortest du nicht? Was machst du gerade? Was – Olaf ist gerade bei dir? Gib ihn mir mal ans Telefon, ich erzähl' ihm 'mal was Spannendes …
Er tippte ein einzelnes Zeichen.
Ein einziges nur.
Ein Fragezeichen.
Er sandte es ab.
'SMS gesendet' vermeldete der kleine Bildschirm nüchtern.
Dietrich wartete.
Sein Bauch grummelte.
Er sah hinaus in die Nacht.
Er weinte leise.
Im Garten war nichts zu erkennen, nur Schwärze.
Kein Stern am wolkenverhangenen Himmel.
Er hielt die Hände vor sein Gesicht, ließ den Tränen freien Lauf.
Ich habe sie verloren … Ich habe gegen ihn verloren, ich habe gegen Olaf verloren …
Sie bleibt bei ihm, 'ist ja auch schön bei ihm, du liebst ihn ja auch noch … Wieso da Unwägbares riskieren … Ich habe verloren … Sophie warum schreibst du nicht?

Dietrich erwachte, die Armbanduhr zeigte halb sechs Uhr. Kein Wecker hatte geklingelt. Oh Mann, ich liege auf der Wohnzimmercouch! Ich bin gar nicht ins Bett gegangen, habe einfach hier auf der Couch gepennt, ohne Zähne zu putzen, ohne den Wecker zu stellen … Er streckte sich.
Wie paradox … Jeden Abend kämpfe ich mit dem Wecker, sehe zwischen vierzig und fünfzig Mal nach, ob er richtig gestellt und in Funktion ist, aus Angst zu verschlafen … Und heute? Ich muss mich in der Nacht auf die Couch geworfen haben ohne eine Millisekunde an den Wecker zu verschwenden … Und aufgewacht bin ich trotzdem.
Er erhob sich taumelnd.

Er kannte dieses morgendliche Gefühl nach stattgehabtem, ausgiebigem Alkoholgenuss. Die Blase drückte penetrant, fast schmerzend, und gleichzeitig hatte er unsäglichen Durst.
Er nahm einen großen Schluck Leitungswasser, urinierte, trank dann gleich wieder am Wasserhahn.
Er verschlang ein ungetoastetes Toastbrot mit Marmelade, trank reichlich Mineralwasser dazu. Ich trinke ganz schön viel … Ein Kasten Bier reicht kaum eine Woche …
Er ging unter die Dusche, der Kopf wurde klarer. Sophie …
Der Gedanke schmerzte wie eine Folter.
Er zog sich an, blickte auf das Mobiltelefon.
Eine neue Nachricht.
Er taumelte.
Sophie, sie hat geschrieben!
Hastig drückte er die Tasten.
Zunächst erschien die Ankunftszeit der Nachricht.
02 Uhr 02. Mitten in der Nacht. Sophie!
Zitternd öffnete er die Nachricht.

„Lieber Schatz! Ärgere dich nicht wegen des verschobenen Treffens. Wie wäre es heute um 13 Uhr 30? Entschuldige die späte Antwort. Viel los auf Station, erst später rausgekommen, dann der Akku leer. Musste erst zu Hause heimlich aufladen … Ich liebe dich. Deine Sophie“

Er stöhnte auf.
Ihr Akku war leer … Mensch Sophie, du bist erst nach Mitternacht nach Hause gekommen und hast dann noch heimlich das Handy geladen, um mir noch zu schreiben!
Sophie! Ich liebe dich über alles!

Sie trafen sich wie verabredet. Er war wieder als erster im Liebeskeller.
Gleich hatte er im Lagerraum auf den Boden gestarrt. Nichts war mehr zu sehen von einem Fleck. Ob wir heute wieder etwas hinterlassen werden …?
Sophie kam einige Minuten verspätet.
Prima vista, auf den allerersten Blick sah er es ihrem Gesicht an.
Sie hatte noch immer nicht mit Olaf gesprochen.
Ernst und angespannt wirkte es.
Sie umarmten sich.

„Ich war wahnsinnig in Sorge, als du gestern Abend nicht gleich nach deinem Schichtende zurück geschrieben hattest …“
„Psst …“ Sophie legte zärtlich ihren Zeigefinger auf seine Lippen. „Es tut mir leid, der blöde Akku war leer. Aber ich habe dir ja dann noch zu später

getipselt ... und dir geschrieben, was ich ... fühle." Sie küsste ihm auf den Mund.
„Ja. Ich habe mich ganz arg darüber gefreut ..."
Sie kuschelten aneinander.

„Hast du schon mal mit Olaf ..."
Sophies Körper wurde augenblicklich steifer, unentspannter.
„Nein." Sie sah ihn ernst an. „Ich sagte dir doch, dass ich Zeit brauche ... Das ist alles keine Bagatelle..."
Zeit – für was?
„Bitte dränge mich nicht, du kannst sonst alles kaputt machen ..."
Dietrich schloss die Augen.
Dieser Olaf ... Ich kann jetzt nicht noch einen dritten Menschen ermorden ...
Aber warum eigentlich nicht?
Es wäre verlockend ...
Dietrich, reiß dich zusammen! Du hast schon zwei Menschen auf dem Gewissen, heimtückisch und grausam getötet!
Seine Gedanken bissen sich jetzt an Olaf fest, ob er es wollte oder nicht.
Er stand eng umschlungen mit Sophie, sie küssten sich wieder zärtlich.
Wer steuert meine Gedanken, wer legt die Themenauswahl fest?
Warum denke ich jetzt zwanghaft an Olaf?
Er drückte Sophie fester an sich.
Ich habe zwei absolut perfekte Morde hinter mir, zwei absolut perfekt verlaufene Operationen ohne nennenswerte Gefahr, dafür belangt zu werden.
Meine Perfektion hat sie alle ausgetrickst.
Wird mir noch ein dritter perfekter Mord gelingen?
Die Ideenmaschine lief unaufhörlich.
Bei beiden Operationen, bei Nollendorf und bei Yvette, waren zufällige Gelegenheiten, zufällig entstandene Situationen entscheidend – Nollendorf plötzlich vor der ungesicherten Schlucht, Yvette plötzlich daniederliegend mit ihrer Venenkanüle im Arm – tyche – der blinde Zufall – kairos – die günstige Gelegenheit.
Zweimal hatte sie sich geboten und zweimal habe ich sie erbarmungslos genutzt.
Aber wird sich eine solche zufällige, günstige Gelegenheit auch jemals bei Olaf ergeben?
Äußerst unwahrscheinlich, da könnte ich lange warten.
Zumal ich fast keinerlei Kontakt zu ihm pflege.
Ich müsste ihn öfters sehen, ihm öfters begegnen, vielleicht ergäbe sich dann Nutzbares ...
Nein, das ist unmöglich, ich kann dem Gecken nicht unter die Augen treten...

„Was denkt denn mein Schatz? Wo sind deine Gedanken? Wenn ich die jetzt lesen könnte …“ Sophie lächelte.
Dietrich küsste sie seitlich am Hals.
Nein, besser nicht … Lese sie besser nicht …

*

Die folgenden Tage hätten ablenkenden Charakter für ihn besitzen können. Aber Sophie hatte es sich in seinem Herzen sehr breit gemacht, sich dort fest eingenistet. Er musste sie ständig in Gedanken tragen, selbst als ihn eines Nachmittags der Chef zu einem kurzen Gespräch rief. „Herr Dr. Nolte“, eröffnete Professor Bade, „wie Sie wissen, haben wir Zwischenergebnisse Ihres kleinen Bioklappenprojektes als ‚Abstract‘ für einen Kongress eingereicht. Nichts großes … Er wurde als Vortag angenommen, leider ist Kollege Görgens aus …“ Bade stockte kryptisch „… privaten Gründen kurzfristig verhindert. Daher dachten wir, dass Sie vielleicht die Präsentation der Daten übernehmen könnten. Basteln Sie die Resultate auf 12 bis 15 Dias, tragen Sie mir das übermorgen vor, dann schicken wir Sie an Görgens Stelle Freitag nach Berlin. Wir haben Flug und Hotel bereits auf Ihren Namen umgebucht.“
Dietrich blickte erstaunt. Ich soll den Kongressvortrag halten?
„Herr Chefarzt, es gibt ein kleines Problem, am kommenden Samstag habe ich Dienst im Haus …“
„Das ist k e i n Problem!“ Bade blickte aus zornigem Gesicht, wählte rasch eine Telefonnummer. „Dr. Arndt! Sie haben am Samstag Dienst. Sie müssen Noltes Schicht übernehmen!“
Dietrichs Assistenzarztkollege versuchte offensichtlich heroisch eine argumentative Entgegnung. Er kam nur wenige Sekunden weit. „Arndt! Sie haben Samstag Dienst! Das ist eine Feststellung!“ Brüllend knallte der Princeps den Hörer auf die Gabel. „Bis übermorgen zum Vorsingen!“
Dietrich war entlassen.
Auf dem Gang begegnete ihm Arndt mit dunkelroter Gesichtsfarbe. „Tut mir leid wegen Samstag, ’muss kurzfristig so einen blöden Vortrag …“
Arndt reckte den Mittelfinger in Richtung Chefsekretariat.

Das Vorsingen war zur Zufriedenheit Bades verlaufen, Dietrich hatte nur noch geringfügige Änderungen in seiner Präsentation anzufertigen. Mit seinem besten Anzug und der Vortrags-CD im Koffer, dazu einer Ersatz-CD im Handgepäck und einer weiteren Ersatz-Disk in der Manteltasche – man kann ja nie wissen – flog er in die Hauptstadt. Noch vor einem Jahr wäre er erheblich aufgeregter, nervöser gewesen; jetzt schienen seine Nerven für derlei Dinge keine nennenswerte Kapazität mehr zu haben, die Gedanken an Sophie überlasteten seine Synapsen, ließen seine Leitungen vibrieren.

Im Zimmer seines Luxushotels, einem der größten der Kapitale, verräumte er nach seiner Ankunft ordentlich seine Sachen und ging gedanklich nochmalig den Vortrag durch. 14 Dias für zehn Minuten, danach würde noch eine fünfminütige Diskussion mit Fragen aus dem Auditorium folgen. Einige neuere Publikationen zur Thematik hatte er in Kopie mitgenommen und las diese jetzt auf dem Bett lümmelnd. Er fühlte sich einigermaßen sicher.

Das Symposium wurde finanziell durch die Industrie unterstützt, eine Medizintechnikfirma hatte für den Abend zu einem Diner geladen. Dietrich erschien pünktlich, frisch geduscht, in einem Saal des Hotels. Die rund zweihundert geladenen Thorax-Chirurgen, fast ausnahmslos männlichen Geschlechts, sahen sich rund vierzig Mitarbeitern der Firma, der ‚Sales force', wie auf neudeutsch bevorzugt genannt, gegenüber.
Es wurde zu Tischen geführt, je ein ‚Sales force' Mitarbeiter betreute dauerlächelnd fünf Ärzte. Kollegen aus Deutschland, der Schweiz und aus Österreich waren geladen.
Dietrich bediente sich an einem mondänen Buffet, trank einige Gläser Wein und beteiligte sich nur wenig am platten Tischgespräch. In Gedanken war er woanders, weit abwesend. Die Tischthemen erreichten ihn nicht.
Ihn erinnerte der die Tischunterhaltung zwanghaft in Gang haltende ‚Sales force' Mitarbeiter an einen Animateur in einem Urlaubshotel.
Der scheint unter euphorisierenden Drogen zu stehen …
Haben die dem das Dauerlächeln eigentlich hinoperiert?
Schweigend löffelte Dietrich sein Dessert, Blickkontakt mit den Tischgenossen meidend. Für die Kollegen würde er einen eigenbrödlerischen, verschrobenen, vielleicht misanthropischen Eindruck hinterlassen.
Egal, die sehe ich nie wieder …
Früh ging er wieder auf sein Zimmer, vom Wein etwas ansediert. Er blickte auf sein Mobiltelefon. Sophie hatte geschrieben.
„Ich drücke dir für morgen fest die Daumen. Du machst das bestimmt klasse! Ich bin in Gedanken immer bei dir. Tausend Küsse, deine Sophie."
Er fiel in einen tiefen Schlaf.

Der Wecker klingelte. Nach einer Gute-Morgen-SMS an Sophie, dem Duschen, Rasieren und dem Kontrollieren der Flugtickets und der Hausschlüssel ging er kurz vor sieben Uhr in den Frühstückssaal. Neben einigen diszipliniert wirkenden Japanern und einer Handvoll sich lautstark und weithin hörbar unterhaltender Amerikanern waren auch schon drei Dutzend Thorax-Chirurgen am reichhaltigen Buffet zu Gange.
Er wählte beabsichtigt einen kleinen Tisch, weit abseits stehend. Er war jetzt doch ein wenig aufgeregt vor seinem heutigen Auftritt. Leise Nervosität

beschlich ihn. Würde technisch alles klappen? Er hatte in die Präsentation eine kleine Videosequenz einer Echokardiographie eingebaut, würde sie wie geplant über den Beamer laufen? Würde er sich verhaspeln, stottern, staksen? Würde er in der Diskussionsrunde bestehen können?

Er aß nur Joghurt und etwas Obst. Nicht, dass ich während des Vortrags aufstoßen muss ...

Er holte sich seine CD und begab sich in den Konferenzsaal. Für neun Uhr war die offizielle Eröffnung festgesetzt, die Vortragenden wurden gebeten, zuvor ihre Dias oder Präsentationen auf CD abzugeben.

Beim Betreten des Saals stieg die Nervosität noch ein wenig mehr. Mehrere Dutzend Stuhlreihen in beträchtlicher Breite, eine leistungsstarke Verstärkeranlage, mehrere Kameras, ganz vorn ein Tisch für die Chairmen, wie die Vorsitzenden neudeutsch genannt werden wollten, einem Inquisitionstribunal ähnlich.

Dietrich sprach eine burschikos wirkende junge Frau an, dabei fragend auf seine CD weisend. „Bei mir sind Sie richtig. Ich bin der ‚Technical manager‘ hier ...“ Dietrich zuckte zusammen. Nehmen immer mehr überhand, diese Anglizismen ...

Der ‚Technical manager‘ nahm ihm die CD ab und machte ihn mit einigen Aspekten der Mikrophonanlage vertraut. Dietrich sah in das Programm. Unmittelbar nach der offiziellen Eröffnung begännen die Vorträge. Seine Präsentation stand auf 12 Uhr 10 fest, Dietrich würde nach einem Professor aus Köln an der Reihe sein, unmittelbar nach ihm sprach eine der wenigen vertretenen Frauen, eine Kollegin aus Luzern. In dem Programmheft war hinter jedem Vortrag die jeweilige Klinik des Betreffenden aufgeführt, in der Mehrzahl waren es Universitäten. Na denn ...

Er ging auf sein Zimmer um sich die Zähne zu putzen.

Die Eröffnungsrede war für ihn nicht minder langweilig wie die nachfolgenden ersten Vorträge. Er gähnte. Er dachte an Sophie. Sie drückt mir die Daumen, sie denkt immer an mich ...

Noch über zwei Stunden galt es zu harren.

Vortrag für Vortrag wurde abgespult.

Einschläfernd ...

Dietrichs Vigilanzniveau wurde etwas erhöht, als ein Wiener Kollege in der Diskussion erheblichen Schiffbruch erlitt. Er hatte kritische Fragen aus dem Auditorium zu parieren, die sich mit seiner wissenschaftlichen Methodik auseinandersetzten. Die ersten zwei Stuhlreihen waren überwiegend mit weißgrauen Eminenzen besetzt. Von dort kam besonders scharfes Feuer für den armen Wiener Doktor, der hilflos auf der Bühne schlingerte und nur noch stockend und wenig verständlich ins Mikrophon sprach. Der Chairman erlöste ihn schließlich, wie ein geprügelter Hund trottete er ab.

Junge, Junge ... Dietrichs Anspannung wuchs.

Es folgte wieder ein einschläfernder Vortrag.

Noch anderthalb Stunden.
Er sah zur Uhr.
Ich gehe jetzt noch ein bisschen aufs Zimmer.
Entspannen. Rekapitulieren. Den Vortrag noch einmal vor mich hersagen.
Manöver, Generalprobe …
Er verließ den Saal.

Er legte sich auf sein Bett.
Sophie … Ich liebe dich!
Er stellte sich vor, sie jetzt hier liegend zu umarmen. Sie würde jetzt auf ihm
liegen … Ihr Geruch … Ihr Körper … Ihre Wärme …
Dietrich trank einen Schluck Wasser, probte den Vortrag. 10 Minuten 20
Sekunden, er hatte die Zeit gestoppt.
Es war essenziell, in der Zeit zu bleiben.
Er sah aus dem Fenster.
Eine belebte Straße des Bezirks ‚Mitte'. Autos hupten, Fußgänger huschten
über die Straße, Fahrräder drängelten.

11 Uhr 45. So, auf geht's.
‚Gehts raus und spielts Fußball' hatte einst Franz Beckenbauer gesagt.
Auf in die Schlacht.
Er urinierte nochmals. Zur Sicherheit …
Er überprüfte kurz seinen Anzug.
Alles sitzt.
Er atmete durch.
Noch 25 Minuten.
Los, raus in den Kampf.
Er ging aus dem Zimmer und schloss die Türe.
Auf dem Gang stehend prüfte er die Zimmertüre.
Er wollte daran rütteln – zu seiner Überraschung ließ sie sich problemlos
öffnen, er fiel bei der Kontrolle fast in das kleine Vestibulum hinein.
Er zog die Türe jetzt fest zu. Gut, dass ich kontrolliert habe!
Es war eine moderne Hoteltüre mit elektronischem Schloss, die sich mittels
Karte öffnen ließ.
Er rüttelte an der Tür.
Jetzt war sie zu.
Sie scheint jetzt zu zu sein.
Scheint so. Scheint sicher.
Er rüttelte fester.
Zu.
Er drückte vehement.
Zu.
Sicher.
Sie ging jetzt nicht mehr auf, definitiv nicht.

Dietrich grübelte. Muss ich die Türe eigentlich aktiv abschließen – so wie bei einem herkömmlichen Schloss, an dem man den Schlüssel aktiv nach links dreht – ein oder zwei Umdrehungen? Muss ich hier Ähnliches tun oder reicht das bloße Zuziehen?

Er rüttelte wieder.

Die Tür war zu.

Ein Schauer überlief ihn.

Also die Tür muss zu sein. Das wäre sonst Wahnsinn.

Er rüttelte und drückte.

Gut.

Dietrich, konzentriere dich!

Zehn Kontrollen, absolut konzentriert – und dann ab runter in den Saal.

„Kontrolle ‚eins‘." Er flüsterte nur, arbeitete dann konzentriert.

„Kontrolle ‚zwei‘." Er begann leicht zu schwitzen.

Zwischen Kontrolle ‚fünf‘ und Kontrolle ‚sechs‘ kam ein Hotelgast den Flur entlang. Mittsechziger, wie ein amerikanischer Tourist erscheinend.

Eine gewohnte Situation, die Dietrich professionell bearbeitete.

Während der freundlich blickende Mann sich näherte, nestelte Dietrich an der Innentasche seines Anzuges herum, als ob dort Wichtiges zu suchen wäre. Er grüßte höflich. Der Mann nickte lächelnd.

Weiter, die Kontrolle ‚fünf‘ durfte wiederholt werden.

Hoffentlich hört mich niemand, die Zimmer sind hier doch sehr hellhörig …

Kontrolle ‚zehn‘ war erfolgreich hinter sich gebracht, er wollte sich auf den Weg zu den Aufzügen machen.

Unbehagen beschlich ihn.

Angst.

Die Angstflamme.

Die zehn konzentrierten Kontrollen konnte sie mitnichten befriedigen.

Sie verlangte nach mehr.

Ich bin bei den Kontrollen gestört worden … Außerdem bin ich nervös, aufgeregt, abgelenkt wegen des Vortrages.

Die Angstflamme brannte in seinem Körper, im Leib, im Kopf, an den Extremitäten. Er zitterte. Meine Wertsachen … im Zimmer … die Tür, wer weiß, ob sie richtig verschlossen ist …

Da! Eine Idee blitzte auf.

Ich hole meine wichtigsten Sachen einfach aus dem Zimmer heraus, nehme sie an mich, dann habe ich alles Wichtige bei mir, mein Geld, meine Flugtickets, meine Schlüssel, dann guck ich nochmals kurz nach der Zimmertüre, die ist ja dann nicht mehr so wichtig. Habe ja dann alles Wesentliche bei mir.

Dietrich sah kurz zur Uhr, sperrte das Zimmer wieder auf.

Guter Plan! Alles Wichtige zu mir! So trickse ich sie aus …

Er nahm die Flugtickets in die Brusttasche des Anzugs, den Geldbeutel in die hintere, den Schlüsselbund in die vordere rechte Hosentasche. Die Mobiltelefone.

Sein offizielles, mit Vertrag, und sein zweites, von Sophie geschenktes, mit der Karte, das nur zum elektronischen Kurznachrichtenaustausch bestimmte, sein ‚Liebes-Handy‘ …
Beide Mobiltelefone mussten mit.
Sie mussten natürlich aus gestellt sein.
Gut, sie sind aus. Ganz sicher …
Dietrich verbrachte sie auch noch in die Hosentaschen. Es sah jetzt schon etwas grotesk aus, breite, weithin sichtbare Ausbeulungen an der Hose vorne beidseits und hinten rechts, dazu klimperte der Schlüsselbund weithin hörbar bei jedem Schritt.
Scheißegal, wenn’s blöd aussieht – so ist es sicherer, ich habe alles bei mir!
Er ging aus dem Zimmer, stand wieder vor der Tür.
Er zog sie fest zu.
Gut.
Er drückte die Klinke.

Nichts, die Tür war zu.
Er rüttelte.
Nichts.
Zu.
Alles regelrecht.
Er begann mehr und mehr unter den Achseln zu schwitzen, auf dem Gang war es stickig.
Er rüttelte wieder.
Alles gut, die Tür war zu.
Gut, jetzt nochmals konzentriert zehn Kontrollen und dann aber los! „Kontrolle ‚eins‘!“
Die Tür war zu.
Dietrich musste es leise vor sich hinsagen. „Die Tür ist sicher zu.“
Dann: „Kontrolle ‚zwei‘!“
Die Tür war zu.
Er sagte es wieder vor sich hin, leise nur, flüsternd.
Aber er musste es sagen: „Die Tür ist sicher zu.“
Warum sage ich das vor mich hin?
Es ist verrückt ...
Es ist bar jeder Vernunft …
‚Der Zweifel steht über der Vernunft‘, so hatte es Professor Riefenstahl in der Vorlesung formuliert gehabt …
Es ist jetzt völlig egal, ich sage es vor mich hin und basta.
Es gibt Sicherheit …

„Kontrolle ‚drei‘!“
Die Schweißlachen unter dem Hemd wuchsen progredient, er spürte unangenehm deren Feuchtigkeit.

Scheißegal, 'sieht eh keiner, ich zieh das Jacket nicht aus …

Konzentriere dich, Dietrich! Das hier ist jetzt wichtiger!

„Kontrolle ‚vier'!" Er sprach schon etwas lauter.

Ein Hotelpage näherte sich vom Fahrstuhl her. „Alles in Ordnung bei Ihnen?" fragte er höflich aus der Entfernung.

Hoffentlich hat der Schwachkopf mich nicht gehört …

„Ja, ja, … ich schaue nur … ob ich alles habe …" Dietrich nestelte wieder an seinen Taschen, holte abwechselnd Schlüsselbund, Flugtickets, Mobiltelefone demonstrativ hervor.

Der Page ging vorbei, den Flur entlang und verschwand in einem entfernten Zimmer.

Dass man auch immer gestört wird … Wenn man in aller Ruhe konzentriert kontrollieren muss … Gerade jetzt …

Nochmal zurück: „Kontrolle ‚drei'!"

Er rüttelte, drückte die Klinke.

Die Tür war zu.

„Die Tür ist zu", flüsterte er sich zu.

Es wäre fatal, wenn der dämliche Page jetzt zurück käme, wieder zum Fahrstuhl ginge. Das sähe dann ziemlich blöde für mich aus …

Verdächtig blöde!

Der Page würde sich fragen, was ich fünf Minuten lang vor einer Zimmertüre mache.

Viellicht würde er gar den Sicherheitsdienst holen.

Das wäre eine Katastrophe, wenn der Page nochmals zurückkäme.

Weiter Dietrich! Schnell!

„Kontrolle ‚vier'!"

Die Tür war sicher zu.

„Die Tür ist zu." Diesmal sprach er etwas lauter.

Nach Kontrolle ‚sechs' kam ein Gedanke.

Ich habe alle Wertsachen jetzt bei mir, ‚am Mann' wie es bei der Bundeswehr hieß. Aber die Ersatz-CDs mit dem Vortrag sind noch im Zimmer. Soll ich sie nicht auch mitnehmen? Es könnte gut sein, dass die CD, die ich der burschikosen Technikdame übergeben hatte, fehlerhaft, vielleicht auf dem Computer im Konferenzsaal nicht lesbar wäre, nicht funktioniere. Nein, es ist zu spät! Jetzt nicht noch mal rein, du müsstest dann wieder von vorn anfangen mit dem Kontrollieren.

Er verwarf den Gedanken, wiederholte Kontrolle ‚sechs'.

„Kontrolle ‚sechs'!"

Rütteln, drücken.

„Die Tür ist zu."

Die Fahrstühle liefen geräuschvoll, jemand in einem nahe gelegenen Zimmer hustete lautstark.

Der Gedanke an den Konferenzsaal ließ seine Nervosität wachsen.

Diese ersten beiden Stuhlreihen, mit den ganzen Grauköpfen, den versammelten ehrwürdigen Professores, anerkannten Koryphäen, Eminenzen, Honoratioren. Dietrich taumelte schwindlig.
Bei welcher Kontrolle war ich eigentlich? ‚Fünf‘,‘ Sechs‘?
Ich werd‘ noch zum Narr …
Die Transpiration unter den Achseln nahm zu.
Er stemmte sich gegen die Tür.
Sie war zu.
Definitiv.
Sie ist zu, aber ich muss ganz sicher sein!
Warum eigentlich?
Ich habe die Angstflamme doch elegant ausgetrickst, ich habe alles Wesentliche bei mir, ‚am Mann‘. Im Zimmer befindet sich nichts mehr, was Wichtigkeit besäße, es kann mir doch völlig egal sein, ob …
Egal ob wichtig oder unwichtig - die Tür muss zu sein und du musst sicher sein, ganz sicher, absolut sicher, hundertprozentig.
Also – Ich fange jetzt noch ein einziges Mal von vorne an, ein letztes Mal.
Zehn Kontrollen im Block.
Zehn Mal Konzentration ohne jegliche Ablenkung, weder von außen noch von innen.
„Kontrolle ‚eins‘!“

Die Kontrollen verliefen gut, ungestört, routiniert - keine Gäste, keine Bediensteten mehr auf dem Gang.
Nach Kontrolle ‚vier‘ dachte er plötzlich an Sophie.
Wenn sie das hier sähe …?
Fürchterlich …
Was würde sie denken …?
Er schluckte trocken, sein Hals brannte
Was machst du jetzt gerade, Sophie?
Denkst du an mich?
Dietrich versuchte, die Gedanken an sie zu verdrängen, hochkonzentriert setzte er die Kontrollen fort.
Er war jetzt wieder voll bei der Sache, ohne ablenkende Gedanken.
Sie ist zu, ganz sicher, absolut sicher …
Kontrolle ‚neun‘ ward vollbracht.
Bei Kontrolle ‚zehn‘ war er mechanisch recht vehement gegen die Tür gegangen, es hat hörbar gepoltert, aber das musste sein.
„Zu!“ rief er recht laut, sehr laut eigentlich, zu laut, auffällig laut, sicherlich über die gesamte Länge des langen Etagenflurs weithin hörbar.
Scheißegal, wenn’s jemand hört … Kennt mich eh keiner hier … Komme auch nicht mehr hierher …
Er atmete durch.
Geschafft.

Er spurtete zum Aufzug.
Erstes Obergeschoss zu den Konferenzsälen.

Dietrich betrat den Saal und blieb wie vom Schlag getroffen an der Tür stehen.
Sofort hatte er es erfasst.
Im Bruchteil eines Augenblicks.
Der Saal war dunkel.
Nicht unüblich während eines laufenden Vortrages.
Vorn am Stehpult, am Mikrophon die Schweizer Kollegin aus Luzern.
Sie kommt doch erst nach mir an die Reihe …
Dietrich sah auf seine Uhr.
12 Uhr 14.
Scheiße.
Er hatte seinen Vortrag verpasst.
Um vier Minuten.
Man war im Programm einfach weiter gegangen und nun lief bereits der nach ihm folgende Vortrag, der eigentlich erst für 12 Uhr 25 vorgesehen war.
Dietrich zitterte, taumelte zurück.
Zum ‚Technical manager!‘
Er stolperte zurück auf den Gang.
Wo ist die Kuh?
Einige gelangweilte Kongressteilnehmer standen kaffeetrinkend an Stehtischen. Dietrich fragte hektisch.
Nach zwei Minuten hatte er sie.
Sie saß vor einem Laptop in einem kleinen Nebenraum. Auf ihm wurde gerade der aktuelle Vortrag der Luzerner Kollegin abgespult.
„Hallo! Ich … mein Vortrag … um 12 Uhr 10 … ich habe mich nur gering verspätet … Frau …?“ Wie heißt sie eigentlich?
Die junge Frau blickte ihn ruhig an. „Doktor, Sie waren nicht dagewesen. Ich habe brav ihr erstes Dia über die Beamer an die Wand projiziert und Sie mehrfach aufgerufen! Sie waren nirgends.“
„Ich … entschuldigen Sie … ich habe mich verspätet … Ich musste etwas sehr Wichtiges erledigen … Bitte …“
„Ihr Vortrag wurde ‚gecancelt‘. Es spricht jetzt jemand von der Luzerner Arbeitsgruppe. Das Programm läuft einfach weiter.“
„Ja, aber … könnte ich nicht … einspringen … als nächster … oder auch als letzter, ganz hinten ans Programm …?“
„Nein.“ Ihre Stimme klang klar und entschieden. „Das entscheide nicht ich, sondern der Chairman der Sitzung und das ist Professor Ruprecht. Da vorn sitzt er an seinem ‚Desk‘.“
Dietrich blickte flehend.
„Der Chairman hat entschieden, im Programm fortzufahren. Sie sind raus. Sorry.“

Er musste sich an dem Schreibtisch festhalten.

Sie haben mein erstes Dia projiziert.

Darauf abgebildet neben dem Vortragstitel die Abteilung, die Klinik, die Universität samt altehrwürdigem Universitätswappen im rechten oberen Eck.

Und dann hat man mich mehrmals vergeblich ausgerufen, durch den ganzen Saal …

Was für eine Blamage …

„Hier, Ihre CD!"

Dietrich taumelte aus dem kleinen Raum in den Gang hinaus.

„Sind Sie fündig geworden?", rief einer der kaffeetrinkenden Thorax-Chirurgen süffisant, die er zuvor nach Frau ‚Technical Manager' gefragt hatte.

Weg hier, nichts wie weg!

Er rannte auf sein Zimmer, warf sich aufs Bett.

Zurück zur Zimmertüre zur kurzen Kontrolle.

Nicht einmal jetzt kann ich's lassen!

Aber die verdammte Tür muss zu sein!

Glücklicherweise bewältigte er sie in einem raschen Block von zehn Kurz-kontrollen.

Er schaltete sein Mobiltelefon an.

Eine neue SMS.

Sophie.

„Na wie war's? Ich habe dir fest die Daumen gedrückt, alle beide! Ich freue mich auf dich, mein Held! Sophie."

Er lag auf dem Bett, regungslos, in seinem guten Anzug, zur Decke starrend.

Von der betriebsamen Stadt drang akustisch nichts in sein Zimmer, die Ver-glasung war schallisoliert.

Nur ein leises, konstantes Rauschen der Lüftung war zu vernehmen, gele-gentlich eine entfernte Toilettenspülung, nach einiger Zeit kam ein Stöhnen aus einem der Nachbarzimmer hinzu.

Dietrich starrte ohne jede Regung katatonisch zur Decke.

Ich habe hoffnungslos versagt …

Es wird immer schlimmer.

Es wird immer katastrophaler …

Ob ich doch nochmals einen pharmakologischen Therapieversuch unter-nehme?

Es gibt neue Serotonin-Wiederaufnahmehemmer, sehr wirksame Präparate, sicherer als die Neuroleptika …

Er schüttelte gedankenverhangen den Kopf.

Nein, … Keine Pillen mehr …

Oder eine Therapie? Eine Psychotherapie? Irgendwo ambulant, vielleicht außerhalb der Stadt, ungesehen von den Kollegen?
Nein, auf überhaupt gar keinen Fall.
Keine Psychotherapie ... Kommt nicht in Frage ...

Er lag unverändert, starrend, sinnierend, analysierend.
Die Angstflamme ist auf dem Vormarsch, ungebremst, unaufhaltsam, un-löschbar, unbesiegbar, unkontrollierbar ...
Ein ganz anderer Gedanke ließ ihn jetzt erschrecken. Was sage ich eigent-lich dem Chef und den Kollegen am Montagmorgen? Der Chef wird toben, ausflippen ... Dietrich schauderte. Wird er mich vielleicht sogar feuern? Er zitterte. Eine Entlassung wäre katastrophal. Sophie! Was wäre mit Sophie? Würde sie mit mir gehen? Nach irgendwo? Mit mir, einem Entlassenen, einem Arbeitslosen? Sophie! Professor Bade ... Ich muss mir eine Lösung aus-denken ...

Er lag bis am frühen Abend im Hotelbett, unveränderten Blickes an die Decke. Kleine Tränen liefen stetig seine geröteten Wangen herab.

*

Zeitiger als üblich war er am Montagmorgen in der Klinik. Vor der Intensiv-Visite saß Professor Bade oft einige Minuten in seinem Büro am Schreib-tisch. Dietrich wollte von seiner Niederlage Meldung machen. Er klopfte, trat in das Vorzimmer, die Sekretärin war nicht anwesend. Der Geruch frischen Kaffees lag in der Luft. „Herr Professor?"
Aus Bades Zimmer war ein Grunzen zu vernehmen. Dietrich trat ein. Der Princeps saß über Dienstplänen gebeugt. „Ah, Nolte, wie war's in Berlin? Wie ist es gelaufen?" Bades Züge wirkten freundlich, heiter.
Dietrich schlotterte. Jetzt wird es sich entscheiden. In drei Minuten bin ich vielleicht schon gefeuert. Adieu Herz-Thorax-Chirurgie ... Adieu Sophie ...
„Miserabel ... Es ist miserabel gelaufen, Herr Professor." Seine Stimme war zur eigenen Überraschung kräftig und stark, kein Zittern, keine Schwankung in der Tonlage, flüssig, ohne Stocken. Bade blickte interessiert fragend.
„Ich habe mich optimal und mit viel Mühe auf den Vortrag vorbereitet. Das Programm ist im Ablauf durch eine Fehlorganisation etwas durcheinander geraten, dadurch habe ich meinen Vortrag verpasst. Er wurde dann einfach übersprungen. Es tut mir leid. Der Vortrag ist nicht gehalten worden." Er blickte Bade entschlossen und trotzig ins Gesicht. Jetzt kommt das Urteil ...
„Das ist ein bisschen Schade ..." Bade schien nachzudenken, das Gesagte zu verdauen.

Es ist eine ziemliche Lüge. Es gab keine Unregelmäßigkeiten, keine Fehlorganisation beim Programmablauf ... Aber ich kann ihm schlecht sagen, ich hätte eine halbe Stunde an meiner Zimmertüre ...

„Aber unser ‚Abstract' ist schon gedruckt, das heißt publiziert?"

„Ja sicher. Ich habe ein ‚Abstract'-Band des Kongresses dabei. Unsere Arbeit ist dort abgedruckt und als Publikation erschienen ..."

„Nolte, wissen Sie was?" Bade kam ihm mit dem Gesicht näher, sprach jetzt leiser. „Das ist eigentlich die Hauptsache. Das Ding ist gedruckt. Jeder den's interessiert, kann es dort nachlesen, es ist in der Datenbank, in der Medline gelistet. Veröffentlichung ist Veröffentlichung. Kein Mensch wird sich darum kümmern, ob dieser Vortrag gehalten wurde oder nicht. Nur die Publikation zählt. Wie heißt es so schön: ‚Publish or parish!' Mund abwischen und weiter! Wir haben eine Veröffentlichung, egal, ob Sie Ihren Vortrag gehalten oder verpennt haben oder sonst was." Bade kam jetzt noch näher, schelmisch grinsend. „Na, Nolte, kann es sein, dass Sie am Vorabend zu tief ins Glas geschaut haben? Da war doch das Diner ... Oder hat sie anderweitiges um den Schlaf gebracht? He, he ..." Der Princeps grinste aufgeräumt. Dietrich grinste zurück. Alles wird gut ... Er feuert mich nicht ... Hauptsache, das Abstract ist veröffentlicht, das ist ihm das Wichtigste. Das ist das Zählbare ... Er hat Recht ... In zwei Jahren wird die Publikation immer noch dastehen, immer noch in den Büchern zu finden sein ... Kein Mensch wird sich mehr daran erinnern, dass in einem Vortragsmarathon an einem Vormittag ein einzelner Beitrag übersprungen worden ist ... Alles wird gut ...

„Kommen Sie Nolte, wir gehen zur Visite." Bade schlug ihm kameradschaftlich auf die Schulter. „Don't worry. 'Werden noch genug Vorträge halten ..."

Der Klinikalltag begann wieder. Visite. OP. Stationsvisite. Arztbriefe. Ein bisschen angelogen habe ich ihn ja schon ... Ich muss Sophie ähnliches sagen... Ein unglückliches Durcheinander im Programmablauf und schwupps – wurde mein Vortrag einfach übersprungen ... Sophie! Mann, jetzt muss ich dich anlügen ... Aber ihr die Wahrheit zu erzählen - unmöglich! Diese Angst-flamme, sie bestimmt mich, sie dominiert mich ... Er biss auf die Zähne.

Am darauffolgenden Tag trafen sie sich im Keller. Er war wieder zu früh dort. An eines der Regale gelehnt wartete er. Ich werde es ihr sagen, ihr von der Angstflamme erzählen. Wie sich mich quält, wie sich mich foltert, wie sie einige Zeit verstummt, und dann wie aus dem Nichts hervorschnellt und ihre Marter an mir verrichtet. Wie es anfing, vor Jahren begann, unscheinbar zu-nächst, kaum wahrgenommen, wie es dann schleichend, heimtückisch schlimmer wurde, schlimmer an Häufigkeit und schlimmer an Intensität, wie ich die Neuroleptika dagegen nahm, welche Peinlichkeiten mir der Kontrollzwang schon bereitete, wie ich erfolglos dagegen anging. Wie ich darunter

leide, wie es schmerzt. Ja, ich werde es ihr alles erzählen und Sophie wird
mir helfen. Sie wird ihre starken Arme um mich legen und mit mir gemeinsam dagegen ankämpfen. Sie wird mir Kraft geben. Dietrich schloss die Augen. Nur heute, nur jetzt in dieser Zeit, da kann ich es dir nicht sagen, Sophie,
ich kann dir nicht von der Episode mit meiner Hotelzimmertüre erzählen.
Nein, das kann ich jetzt nicht. Erst später, wenn wir richtig zusammen sind…
Er wartete. Es wäre alles zu kompliziert, Sophie jetzt in dieser Entschei-
dungsphase mit der Sache zu behelligen. Es steht alles auf Messers Schneide
– die Entscheidung zwischen Olaf oder mir. Nein, auf keinen Fall kann ich
jetzt mit meinen Zwängen kommen …
Er hörte ihre Schritte. Sophie kam durch die Türe, schloss sie sachte.
„Dietrich!" Sie küssten sich, umarmten sich, lange, ohne zu sprechen, ohne
voneinander abzulassen. Er spürte Sophies kräftigen Herzschlag an seiner
Brust. Wie allein ich in Berlin war, in diesem kalten Hotel … Wie allein ich
bin in meinem Haus … Wie allein ich bin den ganzen Tag, die ganze Zeit …
Von Menschen und Trubel umgeben – und doch allein.
„Ich habe dich so vermisst, Sophie."
„Wie war es in Berlin, erzähle!" Sophie strahlte ihn erwartungsfroh an.
„Es war nicht so klasse …" Er erzählte von dem Luxushotel, den aalglatten
Verkaufsmitarbeitern der Sponsorfirma, vom langweiligen Abendessen mit
den flachen Tischgesprächen, von seinem Alleinsein. „Die Vorträge waren
alles andere als interessant. Einer nach dem anderen spulte seine Präsentati-
on runter, der halbe Saal schlief. Ich habe mir das dann nicht mehr angetan,
bin aus der Sitzung raus. Tja, dann gab es einige Verschiebungen im Programmablauf, einiges Durcheinander …"
‚Es gab einiges Durcheinander', ja das kann man getrost so nennen …
Durcheinander in meinem Hirn …
„So was Blödes. Da hast du dir so viel Arbeit mit dem Vortrag gemacht und
durch organisatorische Misslichkeiten konntest du ihn gar nicht halten …"
Sophie nahm ihn wieder in den Arm.
„Ich fand's jetzt nicht weiter schlimm. Es gibt Wichtigeres im Leben." Er
küsste sie zärtlich auf die Lippen. „Professor Bade war auch nicht sonderlich
unglücklich. Ihm schien nur die Veröffentlichung wichtig zu sein. Wieder
eine Publikation mehr aus seiner Abteilung …" Sie umschlangen sich und
drückten sich.
„Den Raum hier, unser Liebesnest, werde ich niemals vergessen".
Sophie nickte bejahend. „Wenn wir in sechzig Jahren ein hutzliges Pärchen
sind und dieser Laden hier noch steht, könnten wir einen romantischen Ausflug hierher machen …" Sophie lachte. „Weißt du, was ich gerade dachte?"
fragte sie. „Es gäbe noch ein anderes Erinnerungsstück, ein nicht unwichtiges …"
Dietrich blickte fragend.
„Mein rotes Mazda Cabrio! Weißt du noch, wie ich dich am Klinikparkplatz
fast über den Haufen gefahren hatte?"

Er lächelte gequält. Ja, natürlich erinnere ich mich. Ich hatte eine längere Kontrollattacke an meinem Wagen. Nur wegen des Kontrollierens ist das geschehen, nur weil ich kontrolliert habe, hast du mit deinem Cabrio gestoppt und wir kamen ins Gespräch, in Kontakt …

„Es war so witzig. Mir war es zunächst peinlich, aber dann kam die spontane Idee, etwas zusammen zu trinken – und es war der Anfang. Unser Anfang…"

„Ja! Den Mazda müsste man konservieren. Durch ihn sind wir zum ersten Mal zusammen weg gewesen, durch den roten Flitzer hat es begonnen … Man müsste ihn in unsere persönliches Museum stellen. Ich …" Er suchte die richtigen Worte, „Ich wäre der glücklichste Mensch der Erde, wenn wir in einigen Jahrzehnten immer noch zusammen wären und uns dieser Dinge entsinnen würden."

„Niemand von uns beiden vermag in die Zukunft zu blicken, schon gar nicht so weit." Sie küssten sich.

„Hast du schon mit Olaf gesprochen?" Sein Herz raste. Er bemerkte, dass ihre Züge eine kleine Spur ernster wurden, eine winzige Nuance nur.

„Nein …", sagte sie gequält. „Im Moment geht es nicht gut."

Wie soll das zu verstehen sein?

Wann ist für so etwas schon der richtige Moment?

„Du musst mir noch ein wenig Zeit lassen. Eine so weitreichende Sache … Ich kann das nicht ex und hopp über die Bühne bringen. Außerdem haben wir ja keine Eile …" Sie küsste ihn, ihre Zunge drang stürmisch in seinen Mund, ließ ihn schweigen.

*

Liebe Aspasia,

ich bin krank. Sehr krank. Die Krankheit, von der die meisten Menschen nicht wissen, dass es sie gibt, habe ich schon viele Jahre in mir. Bewusst wurde sie mir erst in jüngerer Zeit. Noch nie habe ich Dir davon geschrieben, noch nie etwas davon angedeutet. Die Krankheit war schon lange in mir, ohne dass ich von ihr wusste. Sie ist da – jeden Tag, jede Stunde, fast jeden Augenblick. Sie quält, peinigt, foltert mich Tag für Tag, lässt nie von mir ab; ich kämpfe gegen sie an, mit all meiner Kraft, mit all meinem Verstand. Erfolglos. Sie ist auf stetigem Vormarsch, unaufhaltsam. Heimtückisch unscheinbar begann es, breitete sich langsam, allmählich aus, nahm mehr und mehr Besitz von mir. Zu Anfang bagatellisierte ich sie, jetzt dominiert sie mich, bestimmt meinen Tag, mein Leben. Sie zerfrisst mich, einem bösartigen Malignom gleich.

Ich habe eine Neurose. Einen neurotischen Zwang. Einen Kontrollzwang. Ich muss immer und alles kontrollieren. Auch noch so Unwichtiges und Stupides, Sinnarmes wie Sinnloses. Zu jeder Tageszeit, zu jeder Stunde. Wenn ich allein bin, ist es besonders schlimm, und ich bin jetzt oft allein. Aber auch in der Öffentlichkeit, sogar während der Arbeit, gehe ich den Kontrollen nach. Die meisten Mitmenschen merken nichts davon, wissen nichts, ahnen nichts. Ich bin ein Meister der Täuschung geworden. Ich tarne meine Kontrollen mit Verstand und Raffinesse, mit den tollsten Ausreden, Finten und Ausflüchten. Aber überwinden kann mein Verstand die Kontrollzwänge nicht. Sie sind resistent gegenüber jeglicher Ratio. Glaube mir, ich habe es versucht. Ich habe dagegen angekämpft, mit aller Logik. Erfolglos. Sogar Medikamente, Psychopharmaka, habe ich genommen, ohne Erfolg. Beängstigende Neben-wirkungen ließen mich die Tabletten wieder absetzten.

Yvette wusste davon. Sie musste es tagtäglich mit ansehen. Geholfen hat sie mir nicht. Nie, zu keiner Sekunde. Verhöhnt hat sie mich deswegen. Vielleicht meinte sie es gut, glaubte, es führe zur Besserung. Es schmerzte nur. Niemand sonst weiß davon. Vielleicht sehen es manche in meiner Umgebung als eine gewisse Verschrobenheit an, einen peniblen oder anankastischen Charakterzug von mir. Noch nie sprach mich jemand darauf an.

Ich schreibe Dir davon, weil ich nicht mehr weiter weiß. Dir wird keine Patentlösung einfallen. Du bist der erste Mensch, dem ich offen davon berichte. Wenn sie mich sehen könnten, meine Mitmenschen, meine Kollegen – wenn sie mich sehen könnten, wie ich mich in meinen Wochen-enden, allein im Haus, quäle, selbst peinige mit meinen unaufhörlichen Kontrollen, die mich erbarmungslos foltern. An manchen Samstagen nimmt es mehr als den halben Tag ein, wenn ich die Minuten und Stunden meiner stupiden Verrichtungen addierte. Und wehe ich übergehe sie, ignoriere sie, gehe ihnen nicht nach, missachte sie – unbarmherzig schlagen sie mich mit entsetzlicher Angst. Eine Angst, Aspasia, wie Du sie vielleicht noch nie erlebtest und hoffentlich nie erleben wirst; eine Angst, wie sie normale, gesunde Menschen vielleicht niemals haben werden. Nur durch die Kontrollen kann ich der Angst entkommen. Ich muss ihnen nachkommen. Ich muss. Ich muss. Ich muss.

Die Krankheit ist weit verbreitet, die Bücher berichten von einer hohen Prä-valenz. Die wenigsten sehen sie, die Menschen, die darunter leiden, die von ihr gequält und gefoltert werden. Die meisten Patienten leiden im Verborge-nen, tarnen ihre Rituale mit Geschick. Es ist grausam, Aspasia, glaube mir. Es ist für Gesunde nicht vorstellbar, nicht nachvollziehbar. Gesunde können nicht verstehen, wie es ist, eine Stunde lang die Kaffeemaschine zu kontrollieren. Es ist für sie außerhalb ihrer Vorstellungskraft. Würde mich jemand am Tag 24 Stunden lang beobachten, filmen, analysieren – er würde mich für völlig verrückt, für schwerst verhaltensgestört halten. Es tut so sehr weh, die-se Krankheit. Vielleicht mehr als somatische Schmerzen bei einem Patienten mit einer Arthritis oder einer Kolik. Es ist eine andere Qualität von Schmerz. Die Psychiatrie beschreibt eine ganze Palette verschiedenster Krankheiten und Leiden. Bei dieser hier, die auf mich gefallen ist, ist der Verstand, die Ratio völlig intakt. Vielleicht ist dies das Schlimme: Der Verstand ist völlig intakt, steht dem Geschehen aber hilflos gegenüber. Er kommt gegen die Krankheit nicht an. Die Vernunft ist machtlos. Hilflos agiert sie und ist allenfalls tauglich, Ausreden zu generieren, wenn doch einmal ein Zeitgenosse Fragen stellt. Der Verstand, die Vernunft, dieses hohe Gut, diese hohe Instanz meines Handelns, sie versagt vollkommen angesichts des Zwangs. Der Zwang ist um Dimensionen stärker. Die Auseinandersetzung ist zwecklos.

Wenn ich nervlich angespannt bin, scheint es schlimmer zu sein. Druck, Stress in der Klinik – und schon nehmen die Kontrollen zu, blühen auf, an Zahl wie an Intensität. Nicht mehr zehn oder zwanzig Kontrollen reichen dann aus, nein ich brauche fünfzig, beizeiten auch hundert und mehr. Würde man alle meine Kontrollen eines Tages aufsummieren – es wäre eine entsetzliche Zahl – die Summe wäre ein Korrelat meines Seelenzustandes. Leider bin ich momentan fürchterlich angespannt, nervlich leider alles andere als im Gleichgewicht. Ich werde Dir im nächsten Brief davon schreiben.

Es grüßt Dich ganz lieb

Dein Dietrich

Er steckte den Brief in den Umschlag.
Ja, von Sophie und dem Problem mit Olaf kann ich jetzt nicht auch noch den Brief füllen. Es würde zu umfangreich … Sophie – bitte entscheide dich. Bald. Für mich. Ich gehe zugrunde. Bitte verlass ihn. Bitte.

*

Zehn lange Tage konnten sie sich nicht wieder treffen. Sophie hatte durch Krankheit einer Kollegin deren Nachtschicht übernehmen müssen. Jeden Morgen, gegen halb sieben, wankte sie erschöpft aus der Klinik. Die Ge- danken an sie, die Sehnsucht peinigten ihn gleichsam wie die Angstflamme seiner Kontrollen. Die Abende, alleine zu Hause, waren grausig verlaufen.

Entweder folterte die Angstflamme, unbarmherzig, gnadenlos, schon beim Abstellen des Wagens oder gleich beim Durchtritt durch die Haustür – oder die Gedanken an Sophie. Kaum war die Angstflamme, zumindest für einen Moment, ausgetreten, quälten und marterten ihn die Gedanken an Sophie. Die Vorstellung, wie sie jetzt bei Olaf auf der Couch säße, ein Buch im Schoß, einen schönen Film vor Augen … Die Vorstellung, wie sie vielleicht allein zu Hause sei und nachdenke, abwäge, Für und Wider, Olaf oder Dietrich, und entschiede … Sie muss sie bald fällen, die Entscheidung …
Schon oft hatte er das Urteil erwartet bei ihren Treffen im Liebeskeller – dessen Aufschiebung war gleichsam enttäuschend wie erleichternd. Bislang keine Entscheidung für ihn, aber auch keine Entscheidung gegen ihn. Die Schlacht war völlig offen. Regelmäßig wurden die Sehnsüchte, Gedanken und Sorgen um Sophie an den einsamen Abenden wieder von der Angstflamme abgelöst. Die Martern wechselten sich ab, in biphasisch periodischer Regelmäßigkeit. Nie bestanden sie gleichzeitig, folgten aber nahezu stetig aufeinander. Die Folter der Liebe und die Folter der Kontrollen gaben sich die Hand, schienen schichtweise abwechselnd ihre grausame Arbeit zu verrichten.
Die Angstflamme beanspruchte jetzt neu erschlossene Themenfelder, Bereiche des Alltags, die bislang noch unkontrolliert geblieben waren. Seit einiger Zeit kontrollierte er neuerdings, ob abends im Haus auch ganz sicher alle Fenster geschlossen waren. Mehrere Viertelstunden wurden benötigt, wenngleich schon längere Zeit kein Fenster mehr offen gestanden war. Die allein visuelle Kontrolle erschien nicht ausreichend, er rüttelte an den Fensterhebeln ähnlich wie an den Türklinken.
Man kann sich nicht allein auf die Augen verlassen … Die Fenster müssen zu sein … hundertprozentig, ganz sicher! Die Weizenbiere, egal in welcher Quantität zugeführt, dämpften nur gering die Angstflamme und praktisch kaum seinen Liebesschmerz.

Dietrich saß auf der Couch, biss in ein schon betagtes, ungeröstetes, daher gummiartiges, zähes Toastbrot und schrieb eine SMS.
„Sophie – Du bist mein Leben (Das würde die Angstflamme anders sehen). Ich sehne mich nach Dir, zähle die Sekunden bis wir uns wiedersehen. Ich liebe Dich, mehr als jemals Dich jemand geliebt hat, mehr als Dich jemals jemand anderes lieben wird. Ich liebe Dich über alles. Verlass ihn. Bitte. Entscheide Dich. Es schmerzt so entsetzlich.
Dein Dietrich, der Herzfüßler.“

Er trank den Rest des Bieres aus und ging ins Bett. Er putzte nicht die Zähne, das ersparte die langwierige Kontrolle, ob das Licht im Bad gelöscht war, ein ebenfalls neuerer, etablierter Kontrollpunkt in seinem Tagesablauf. Der Wecker kostete diesen Abend schon ohnehin überdurchschnittlich Kontrollzeit.

*

Die zehn Tage von Sophies Nachtschicht waren quälend vorübergegangen. Sie trafen sich wieder in ihrem mesquinen Keller. Diesmal war Sophie zuerst da. Er schloss sie in die Arme. „Entschuldige, ich habe mich etwas verspätet …" Er ließ kurz von ihr ab. „Ich war schon auf dem Weg nach unten, da wurde ich von meiner Station angepiepst. Ein Patient war hypertensiv entgleist, der Blutdruck war bei 220. Ich bin dann zurück, habe ihm eine Kapsel der neuen Calciumantagonisten zum Zerbeißen gegeben und die Dauermedikation eskaliert. Ich hoffe, sie lassen mich in Ruhe …" Er küsste Sophie wieder intensiv, sie erwiderte sein Zungenspiel, Sophie atmete heftig und schnell.

Dietrich ließ wieder von ihr etwas ab. „Hast du ihm … hast du mit Olaf gesprochen?"

Er las die Antwort im Gesicht. Unmittelbar und sofort. Nein, sie hat nicht …

„Nein …" Sophie blickte ernst, gequält, die Gesichtszüge verhärmt. „Es ergab sich keine vernünftige Gelegenheit …"

Vernünftig? Die Liebe hat nichts mit Vernunft zu tun, Sophie …

„Wir hatten viel um die Ohren, ich habe während der Nachtschichten tagsüber die meiste Zeit geschlafen, abends war Olaf oft weg oder es waren Geschäftspartner da. Wir haben uns kaum gesehen."

Dann sag's ihm doch vor seinen Manageraffen! Oder gib's ihm einfach schriftlich! Zieh aus, pack die Sachen, komm' zu mir …

„Du weißt, wie es mich quält …"

„Ja, ich weiß es." Sophie umarmte ihn zärtlich. „Ich weiß, wie schwer das für dich ist. Aber du musst auch mich verstehen. Es ist keine so leichte Entscheidung. Es geht nicht darum, einen Kinobesuch abzusagen oder einen Besuch bei den Eltern. Es ist mehr, als den Sommerurlaub umzubuchen. Es ist … es ist eine größere Entscheidung … es ist …"

„Es ist eine Entscheidung des Herzens", unterbrach er.

„Ja … Du hast Recht." Sophie blickte ihm in die Augen. Einige Sekunden, ununterbrochen, eine viertel Minute lang, eine halbe, eine ganze.

„Ich werde ihn verlassen, Dietrich."

Er sank auf die Knie. Er umarmte Sophies Becken. In nur geringer Distanz zu ihrem Geschlecht meinte er, dessen Geruch zu vernehmen. Erregend Säuerliches sog er ein. Pheromone?

„Ich werde ihn verlassen. Ich brauche nur noch etwas Zeit."

Für was? Für was brauchst du Zeit? Es quält mich so …

Er öffnete Sophies Jeans, zog sie vorsichtig samt Höschen herunter. Er erblickte ihre Scham. Schläft sie noch mit ihm? Wenn ja, wie oft? Wie ist es für sie? Pflichterfüllung oder Lust? Übelkeit und Würgereiz stieg ihm hoch. Mechanisch streichelte er sie zwischen ihren Beinen, Olaf vor geistigem Auge. Ihr Geschlecht war feucht, Sophie stöhnte auf. Dietrich verdrängte

Olaf, liebkoste das feuchte Organ mit seiner Zunge. Sophie zuckte auf, laut, auf-stöhnend. Seine Finger spürten Kontraktionen ihrer Vagina. Sophie kniete sich nun ebenfalls hin, entledigte sich ihrer Bluse. Dietrich zog sein Oberhemd ab, mehrere Kugelschreiber purzelten aus der Brusttasche und kullerten über den kalten Boden. Er legte den Piepser in ein tiefer gelegenes Regalfach. „Oh Sophie. Ich liebe dich so sehr. Ich gehe kaputt. Bitte verlass ihn. Bitte komm' zu mir!"

Sophie legte ihm ihren vertikal gehaltenen Zeigefinger auf die Lippen. Sie zog ihm seine Hose herunter. Ihre Lippen fanden den Baumstamm in seinen Lenden. Dietrich schloss die Augen. Halte es zurück! Genieße es … Sophie ließ abrupt ab, legte sich auf den Boden, ihre Beine spreizend. „Komm …"

Er legte sich auf sie, drang in sie ein. Er spürte ihre Wärme, ihre Feuchtigkeit. Yvette war nie so feucht gewesen … Er stieß in sie. Sophie stöhnte leise, er spürte wie seine Erregung wuchs, er spürte den Druck über seiner Symphyse, der Druck, der jetzt fast zu einem Schmerz wurde. Gleich, gleich wird es mir kommen, werde ich mich verströmen. Sophie stöhnte lauter. Plötzlich war sie da. Jetzt, mitten im Akt. Wie aus dem Nichts. Woher kam sie? Die Angstflamme. Wie durch einen Flammenwerfer in Brand geschossen, loderte es in ihm auf. Der Piepser! Der Patient mit dem entgleisten Blutdruck. Oftmals führten die initialen Maßnahmen zu keiner ausreichenden Blutdrucksenkung. Die Schwestern maßen ihn einige Male, dann riefen sie wieder an. Es ist durchaus wahrscheinlich, dass mich die Station wegen des Patienten wieder anruft. Dazu müsste mein Piepser funktionieren… Dietrich sah zum Regal. Der Piepser lag im untersten Fach. Er konnte seine Längsseite sehen, nicht die Querseite mit dem für die Funktionskontrolle wesentlichen kleinen Display. Ich bin noch nie in diesem Keller angepiepst worden – vielleicht habe ich hier ja gar keinen Empfang? Und der Akku? Ich habe den Piepser schon einige Tage nicht mehr auf der Ladestation gehabt … Er löste sich von Sophie, mit einem glitschig ploppendem Geräusch zog er seinen Penis aus ihrem Geschlecht. Er robbte zu dem Regal und griff nach dem Piepser, sein schleimig gewordener Baumstamm schwankte zwischen den Beinen.

„Dietrich … was ist?"

„Mein Piepser … der Patient mit dem Blutdruckproblem …" Er besah das Display. „Es kann sein, dass sie mich anfunken, wenn er sich verschlechtern sollte …" Das Display vermeldete regelrechte Funktion. Der Batteriestatus zeigte drei von vier möglichen Balken an, die Erreichbarkeit zwei von fünf. Alles in Ordnung. Er robbte zurück. Er sah kurz Sophies angeschwollene Klitoris und drang mit einem flutschenden Geräusch wieder in ihre feuchte Höhle. Sophie gurrte, ihre Brüste hoben und senkten sich schneller. Der Piepser … Er war in Ordnung. Aber ich habe ihn nur einmal kontrolliert. Ein einziges lächerliches Mal … Eine einzige Kontrolle mitten während eines Geschlechtsaktes … Eine Kontrolle, während der cerebrokavernöse Shunt läuft, das Blut vom Hirn in die Lenden umverteilt wird … Sie taugt nichts, eine solche Kontrolle … Ich muss noch einmal, eine einzige konzentrierte Nachkontrolle … Die Angstflamme gewann an Intensität, loderte auf. Er ließ erneut, wiederum mit flutschendem Geräusch, seinen Penis aus Sophie herausgleiten und robbte auf dem Boden Richtung Regal.

„Dietrich …?" flüsterte Sophie fragend, besorgt blickend.

Anstatt einer Antwort fixierte er den Piepser. Es wäre auch zu blöd, wenn gerade jetzt ein Notfall auf Station wäre und sie mich nicht erreichten. Was sollte ich später dazu sagen? Wo sollte ich gewesen sein? Die Kontrolle ist wichtig! Sehr wichtig! Er besah das Display. Alles in Ordnung. Drei von vier Balken neben dem Batteriesymbol, unverändert zwei von fünf beim Empfang. Alles paletti. Er vernahm Sophies keuchendes Atemgeräusch. Schnell Dietrich, fünf superschnelle Kontrollen! Jeweils drei Sekunden Schnellkontrolle. Los! Kontrolle 1! Zack – Kontrolle 2! Zack – Kontrolle 3!

„Dietrich, was ist …?"

Er war fertig. Alles in Ordnung. Gerade wollte er zurück, zurück zwischen Sophies Beine, da kam ihm eine Idee. Er drehte den Piepser im Regal um neunzig Grad, so dass er während des fortgesetzten Liebesaktes direkten Blick auf das Display hatte. Auf Sophie liegend befand er sich fast in der gleichen Höhe wie der Piepser im untersten Regalfach. So konnte er ohne die Liebestätigkeit erneut zu unterbrechen, den Piepser bequem nachkontrollieren. So habe ich dich elegant ausgetrickst, Angstflamme … Ich sehe den Piepser fortwährend, habe ihn immer unter voller Kontrolle … Er drang wieder in sie ein. Während des Auf und Nieders entschloss er sich zu einer Nachkontrolle, einer einzigen nur. Unmerklich drehte er während des Aktes den Kopf leicht nach rechts. Er sah es gut, das Display. Eindeutig. Scharf und klar. Batteriestatus und Empfang unverändert, alles in bester Ordnung. Er sah wieder in Sophies Gesicht. Mann bin ich krank. Sogar während des Sex holt sie mich, die Angstflamme …

„Oh, Dietrich, gib's mir …" Sophie stöhnte merklich lauter.

Er erschrak. Wenn uns jemand hörte … Der Gedanke verlosch sogleich wieder. Die Angstflamme beherrschte wieder sein Bewusstsein. Los, kontrolliere! Du bist nicht konzentriert während dem Bumsen, nicht konzentriert genug, du musst daher häufiger … Los! Dietrich sah wieder zum Piepser.

Gut – vereinbaren wir nochmals fünf Kontrollen, das müsste reichen, fünf langsamere, konzentrierte Kontrollen, nicht so schnelle und hektische wie vorhin. Er sah angestrengt zum Display. Alles unverändert. Einmal, zweimal, dreimal, Sophie stöhnte nun rhythmisch zur Bewegung seiner Lenden, viermal, fünfmal. Alles okay. Der Piepser ist in Ordnung. Dietrich sah wieder auf Sophies Körper. Ihre Brustwarzen waren dunkelrot und erigiert. Er nahm sie zwischen die Finger, Sophie bäumte sich auf. „Bitte … bitte …!"

Er stieß zu, auf und nieder. Sie packte ihn wieder, die Angstflamme. Ein erneuter Flammenwerferangriff. Die Flamme loderte hoch. So leicht nicht, Dietrich, so einfach geht das nicht! Ein paar Mal kurz gucken während du jemand bumst – los: sieh nach! Dietrich neigte wieder den Kopf leicht nach rechts. Also gut. Zehn schnelle Nachkontrollen, hochkonzentriert. Das muss absolut reichen. Dann bin ich absolut sicher. Los! Kontrolle ‚eins'! Kontrolle ‚zwei'! Nur in Gedanken zählte er die Kontrollen ab. Sophie, keuchend, beinahe asthmatisch pfeifend, hatte die Augen geschlossen. Bei Kontrolle ‚sechs' merkte er es. Sophie hatte es bestimmt auch gemerkt, vielleicht schon früher. Voll konzentriert auf den Piepser, nahm die Rigidität seines Baumstammes merklich ab. Kontrolle ‚sieben'! ‚Acht'! ‚Neun'! ‚Zehn'! Alles in Ordnung. Batteriestatus und Empfang unverändert. Dietrich schloss die Augen. Mann, bin ich krank. Sein Penis war jetzt so schlaff, das es Mühe bereitete, ihn im Zielort hin und her zu bewegen. Sie muss es gemerkt haben…

Hass erfasste ihn. Hass auf die Angstflamme. Hass auf seine Zwänge, seine Kontrollen. Warum müssen sie mich so quälen, sogar jetzt während wir … Entschlossen stieß er mit seinen Lenden zu, vehement, fast gewalttätig. Augenblicklich gewann sein Baumstamm wieder seine gewohnte Stärke. Mit aller Kraft stieß er zu. Keine Zärtlichkeit mehr, er stieß und stieß fester und stärker. Sophie hatte die Augen aufgerissen. Sie sah in an. Sie zitterte, bebte konvulsivisch. „Dietrich! … Mir kommt es … noch mal … mir kommt's zum zweiten Mal!" Dietrich explodierte. Ein kurzer Schmerz unter seiner Symphyse, dann entleerte er sich. Augenblicklich schrie Sophie ekstatisch auf, bäumte sich beinahe zu einem arc der cercle. Er spürte das Zucken ihrer Vagina. Erschöpft sanken die beiden ineinander. Ihr scheint es gefallen zu haben … Ob sie bei Olaf auch zwei Mal …?

Schweigend zogen sie sich an. Er vergaß, nach fleckigen Hinterlassenschaften auf dem Boden zu achten. Sie küssten sich zum Abschied. „Ich werde ihn verlassen." Sophies Gesicht wirkte entschlossen kämpferisch. „Ich werde es ihm sagen. Es wird hart, aber es muss sein. Es ist eine Entscheidung des Herzens."
„Das Herz ist stärker und wichtiger als der Verstand. Deshalb sind wir beide auch Herzfüßler und keine Kopffüßler."
„Bis bald. Ich liebe dich. Ich werde dir schreiben." Sophie entschwand in den Gang.

Taumelnd bestieg er den Fahrstuhl. Auf Station vernahm er, dass sich der Blutdruck des Patienten normalisiert habe. Er ging in sein Arztzimmer und diktierte Entlassungsbriefe.

Gegen sechs Uhr fuhr er nach Hause. Er öffnete eine Flasche Bordeaux. Rasch und durstig trank er. Sie wird es tun … Sie verlässt ihn … Bald ist sie bei mir …
Er dachte an den Liebeskeller. Sehr paradox, vielleicht bin ich wegen meiner Piepserkontrollen nicht so schnell zum Höhepunkt gelangt, vielleicht waren

es die Kontrollen, die den Akt in die Länge zogen, vielleicht ist es ihr ja dadurch ein zweites Mal ... Dietrich schmunzelte. Meine Kontrollen ... Schon auf dem Parkplatz, als wir das erste Mal zusammen was trinken gegangen waren ... Nur weil ich den Wagen so oft kontrolliert habe, hätte sie mich fast mit ihrem Flitzer überfahren ... und nur dadurch bin ich dann zusammen mit ihr in die Stadt ... Dietrich war aufgeräumter Stimmung, der Bordeaux schmeckte lecker, er blätterte in der Angebotskarte seines Lieblings-Pizzaservices. Ein kurzes Piepsen seines Mobiltelefons. Eine SMS. Sie musste von Sophie sein. Er klickte auf das kleine Zeichen, das einen Briefumschlag symbolisierte. Es dauerte lange, bis der Text erschien, es war eine längere Nachricht.

„Es war sehr schön heute ... Mich kribbelt es, wenn ich daran denke ...“ Dietrich spürte eine leichte Erektion und las weiter. „Ich weiß, wie Du Dich fühlst, wie Du leidest. Aber bitte habe Verständnis, dass ich noch Zeit brauche. Es ist eine so große Entscheidung. Es ist so schwer. Konnten wir uns nicht früher begegnen? Bitte gib mir noch etwas Zeit. Bitte dränge mich nicht. Deine Sophie.“

Er trank das gut gefüllte Rotweinglas in einem Zug leer. Er taumelte. Was war das? Was soll das Zögern, das Larvieren? Wo ist deine Entschlossenheit von heute Mittag, Sophie? Wo ist sie geblieben? Was ist geschehen? Hast du mit deinem brünstigen Mann eine romantische Spazierfahrt im Porsche unternommen? Oder sitzt ihr gerade bei einem romantischen Abendessen am Kaminfeuer und du bist zur Toilette gegangen, mir diese Zeilen zu schreiben? Dass du jetzt doch wieder nachdenken musst? Dietrich goss sich das bauchige Rotweinglas fast bis zum Rand voll. Er trank böse, in großen Schlucken. Er lief im Wohnzimmer auf und ab. Sophie! Was ist passiert? Du hast gesagt, du wirst ihn verlassen ... Und jetzt? Warum musst du jetzt wieder nachdenken? Warum brauchst du plötzlich wieder Zeit? In wenigen Augenblicken hatte er das Rotweinglas geleert. Er schenkte sich reichlich nach, fast wieder bis zum Rand. Die teure Flasche war beinahe leer. Er trank hastig. Er trank böse. Verbissen griff er zu seinem Mobiltelefon. Mit zusammen gepressten Lippen tippte er Zeichen ein. Dann drückte er auf ‚Senden‘.

„Entscheide Dich nach Deinem Herzen. Ich liebe Dich über alles. Dietrich.“

Im Laufe der Zeit hatten sie vereinbart, ihre elektronische Kommunikation per SMS auf eine Nachricht pro Tag zu beschränken. Dietrich war klar, dass Sophie hierfür Aspekte der Sicherheit ausschlaggebend waren. Eine einmalig eintreffende SMS auf ihrem Mobiltelefon war besser kontrollierbar vor Olaf. Dietrich legte das Telefon beiseite und leerte das Glas. Er schenkte den Rest aus der Flasche nach. Olaf ... Dieses Schwein ... Was findet sie an ihm? Sein Aussehen? Immer smart und elegant angezogen, dieser Geck, aber er trägt einen gehörigen Wanst vor sich her ... Dietrichs Züge wurden verbissen. Er legte das Heftchen des Pizzaservice zurück in die Schublade. Der Appetit war ihm vergangen. Er leerte das Glas. Aus dem Küchenschrank holte er eine neue Flasche Rotwein, wieder einen Bordeaux. Hastig entkorkte er ihn. Er übersah die vergangenen Tage. Häufig, dass ich abends nichts mehr esse, stattdessen nur noch trinke ... Ich werde noch zum Alkoholiker ... Ich bin nach Jellinek ein Alpha-Trinker, ein Konflikt- und Erleichterungstrinker ... Bringt es überhaupt Erleichterung? Dietrich überlegte fieberhaft, rotweintrinkend, zwischen Wohnzimmer und Küche auf und ab gehend, was Sophie heute veranlasst haben konnte, ihren offensiven Schwung zu verlieren. Wurde sie von Olaf überrascht – mit einem teuren Geschenk vielleicht? Einem riesigen Strauß Rosen, einem Schmuckstück? Er schwimmt doch im Geld ... Hat der Galan sie auf irgendeine Weise eingelullt?

Dietrich trank.

Ich werde dich fertig machen, Olaf. Ich werde dich töten. Ich werde dich umbringen so wie Nollendorf und so wie Yvette. Mir wird etwas einfallen, verlasse dich drauf! Meine Ideenmaschine wird etwas produzieren, sie wird ab jetzt auf Hochtouren laufen, sie wird alle verfügbare Energie, alle Ressourcen erhalten. Sie wird auf voller Drehzahl laufen! Olaf, ich werde dich brutal umbringen und niemand wird etwas merken, niemand wird Verdacht schöpfen. Und ich werde es niemandem sagen, auch dir nicht Sophie .... Dietrich trank. Es war eine meiner besseren Ideen gewesen, von dem Mord an Nollendorf seinerzeit auch Yvette nichts zu sagen. Es wäre einige Zeit später zu einem großen Problem geworden – locker flockig hätte sie Substrat gehabt, mich zu erpressen. Nein – niemand wird davon wissen, niemand wird davon etwas ahnen. Meine Truppen sind gerüstet und sie sind mittlerweile kampferfahren: Die Operationen ‚Nollendorf' und ‚Yvette' sind optimal verlaufen. Zwei Menschen perfekt ins Jenseits befördert und keine nennenswerte Gefahr, dafür belangt zu werden. Es war aussichtslos für die Kripo und die Rechtsmedizin, mir etwas anzuhängen, sie hatten von vornherein keine Chance. Die Morde waren einfach perfekt. Nie hätte man an Nollendorfs schwerst traumatisiertem Körper Verdächtiges feststellen können, nie wäre man bei Yvettes Leichnam auf den richtigen Gedanken gekommen ... Absolute Perfektion. Und: In beiden Fällen hat meine Ideenmaschine ganz spontan, aus der Situation heraus eine geniale Idee kreiert. So wie ein begnadeter Spielmacher beim Fußball innerhalb der neunzig Minuten einen einzigen genialen Pass schlägt, den der Stürmer zum Tor verwandelt – einen ‚No look Pass', wie man auf neudeutsch zu sagen pflegt. Mir wird etwas einfallen. Ganz spontan. Ganz plötzlich. Und dann ist er fällig. Dann bist du hinüber, Olaf!

Er trank, schenkte nach, schon war die zweite Flasche zur Hälfte entleert. Mach' langsam! Du wirst zum Alkoholiker. Eineinhalb Flaschen Rotwein, dazu kein Abendessen … Er kramte einige Gummibärchen aus der Küchenschublade. Sie waren hart, weil alt, schmeckten fade. Etwas Glukose … Dietrich ließ vom Hin und Her Gehen ab und setzte sich auf das Sofa. Er trank das Glas aus. Sophie … Der Gedanke an sie schmerzte bestialisch. Selten dämpfte der Alkohol seinen Liebesschmerz, ab und zu ließ er ihn nebulös werden, verschwimmen, verschleiern. Heute potenzierte er ihn. Sophie! Er griff zum Mobiltelefon. Ungeschriebene Abmachung hin oder her, er musste jetzt nochmalig schreiben.

„Ohne Dich werde ich sterben. Dein Dietrich, der Herzfüßler."

Er drückte auf ‚Senden'.
Da hast du sie. Vielleicht piepst jetzt dein Handy während des romantischen Abendessens oder während ihr auf der Couch vor dem Fernseher sitzt.
Oder ihr seid schon im Bett, es ist immerhin schon halb elf, und es rappelt vibrierend in deiner Hosentasche oder auf dem Nachtisch … Dietrich malte sich das Szenario genussvoll aus.

Er legte sich eine seiner ältesten Musik-Kassetten auf. Einige der Titel hatte er seinerzeit für die Kassette für Hannah bestimmt gehabt. ‚Clowns und Helden' sangen ‚Ich liebe dich'. 1986. Erdachte an seine Schulzeit. Er machte die zweite Flasche Bordeaux nieder, schenkte den letzten Rest in sein Glas. Sophie … Er schwankte ins Schlafzimmer. Kein Zähneputzen mehr. Er warf die Kleider achtlos beiseite, legte sich nackt ins Bett. Er stellte den Wecker und vergaß, ihn zu kontrollieren. Die Angstflamme schien eingeschlafen zu sein – oder verdrängt, von Sophie? Er knuddelte die Bettdecke zu einem Klumpen und presste ihn sich an seinen Leib. Sophie … Wenn du nur da sein könntest, wenn ich dich nur spüren, riechen, fühlen könnte … Die beiden Rotweinflaschen ließen ihn rasch in den Schlaf fallen.

Bald darauf begegnete ihm Nollendorf. „Error-Doktor!" Er schrie und johlte infernalisch, einem heulenden Derwisch gleich. Sie begegneten sich in der Klinik, auf einem der endlos langen Gänge. Nollendorfs Kopf war erheblich deformiert, das linke Auge völlig verschwollen, alle Frontzähne fehlten. Bei der höhnischen Lautbildung waren die leeren Zahnleisten sichtbar. An seinen Extremitäten staken freie Knochenenden hervor, weißlich hell blitzend, wacklig kam er daher, seinen rechten Arm drohend erhoben, anstelle seiner Hand nur ein matschiger blutiger Klumpen. An seinem Hinterkopf lief etwas hinunter. Dietrich kniff die Augen zusammen. Es war Hirnmasse. Der Lobus occipitalis quoll aus offener Stelle den Nacken herunter. „Ich mach' dich fertig Error Doktor!"

Dietrich zuckte zusammen angesichts einer weiteren Person, die hinter Nollendorfs Rücken gespenstisch hervortrat. Yvette. Sie war vollkommen nackt. Er blickte als erstes auf ihr dunkles, schwarzes Schamdreieck. Dann sah er an ihrem Unterarm eine Venenkanüle. „Du wolltest mir doch nur ein Antiemetikum geben, dass die Übelkeit weicht … Was hast du mir gespritzt, Liebling? Was hast du getan?" Nollendorf mit seinen zerschmetterten, frei aus dem Gewebe heraus lugenden, weißlichen Knochen und die nackte Yvette traten näher. Dietrich wich zurück. Zombiehaft wankten die beiden Horrorgestalten näher. Nollendorf war trotz seiner zertrümmerten langen Röhrenknochen erstaunlich behände auf den Beinen und kam rasch auf ihn zu. Dietrich stand wie gelähmt. Da packte ihn Nollendorf mit seiner zermatschten, unförmig klumpenhaften rechten Hand an der Kehle. Sie war eiskalt. Dietrich schrie aus Leibeskräften.

Er erwachte. Schweiß troff am Hals herunter. Er sah zur Uhr. Halb fünf Uhr morgens. Was für ein Traum …
Er setzte sich auf. Gleichzeitig verspürte er gleichsam quälenden Harndrang wie Durst. Er wankte ins Bad, uriniert. Er hielt den Kopf unter den Wasserhahn, trank vom kalten Wasserstrahl. Er tappte zur Küche. Der Durst quälte, er nahm eine Flasche Mineralwasser aus dem Kühlschrank und trank in hastigen Schlucken. Mann, was für ein Brand …
Nollendorf … Yvette … Es war das erste Mal, dass sie ihn im Traum heimsuchten …
Olaf – du bist auch bald dran! 'Kannst dich dazu gesellen, in den Club … Wie wirst du dann aussehen?

*

Einige Tage später. Sie hatten sich wieder für den Liebeskeller verabredet. Sophies elektronischen Kurzbotschaften waren bislang keinerlei Hinweis auf eine gefallene Entscheidung zu entnehmen. Dietrich wartete im vertrauten Lagerraum. Heute muss sie es mir sagen. Sie muss sich jetzt entscheiden. Sie muss … Ich verliere sonst den Verstand …
Schritte näherten sich. Sein Puls raste. Die Tür öffnete sich. Eine kleinwüchsige, etwas pummelige Schwesternschülerin, vielleicht achtzehnjährig, mit androgyn erscheinendem, pickeligem Gesicht erschrak ebenso wie Dietrich. „Ich … Bodendesinfektionsmittel … ist ausgegangen … Entschuldigen Sie …" Zielsicher griff die Schülerin in das der Tür nahe stehende Regal und entnahm einen Kanister.
Dietrich war bleich wie die Wand. Wenn sie zehn Minuten später gekommen wäre … Der Raum hier ist gar nicht so sicher … Was wäre das für eine Pein-

lichkeit … Die pyknische Schülerin verschwand mit dem Kanister, ohne Dietrich nach seiner Tätigkeit oder Funktion in dem Lagerraum zu fragen.
Wieder Schritte. Diesmal trat Sophie durch die Türe, breit lächelnd, beschwingt. Sie fiel ihm um den Hals. „Hallo mein Dietrich …“
Soll ich ihr von der Schülerin erzählen?
Nein, besser nicht. Sophie würde sehr unentspannt werden dadurch … Sie hat ja ohnehin dauernde Angst vor Entdeckung … Deshalb sind wir ja in diesem Loch hier und nicht anderswo … Er erwiderte ihren Kuss, kraulte mit seiner rechten Hand ihren muskulösen Rücken.

Wieder das gleiche Ritual. Die Umarmungszeremonie, Momente der stummen Zärtlichkeit, dann seine nüchterne Frage. „Und? Hast du mit Olaf gesprochen?“ Diesmal zitterte seine Stimme, sein Mund war staubtrocken, die Speichelproduktion schien versiegt zu sein.
Bevor Sophies Artikulation begann, wusste er die Antwort.
Ihre Züge wurden ernst, gespannt, beinahe verhärmt, wie in Sekunden um Jahre gealtert. Ihre Gesichtsfarbe wechselte in ein fahles Grau. Es erinnerte ihn an den Café au lait Kolorit, die bräunlich graue Hautfarbe, die für die terminale Niereninsuffizienz, die Urämie typisch war.
„Nein. Bitte sei nicht enttäuscht. Sei nicht traurig. Ich habe noch nichts getan… Ich brauche noch ein bisschen… Es ist alles so schwer…“
Immer die gleichen Phrasen!
„Hätten wir uns nicht früher treffen, kennenlernen können…?“
„Das lässt sich leider nicht mehr realisieren. Die Zeitreisemaschine gibt es nur in Romanen. Die Vergangenheit ist vorbei. Aber die Zukunft – die liegt vor uns. Die können wir beeinflussen!“ Seine Stimme hatte einen gereizten, sogar leicht aggressiven, fast wütenden Unterton.
Sophie erkannte, dass er heute weniger traurig, dafür mehr ungehalten reagierte. Sie setzte wieder an, mit leiser Stimme. „Dietrich, ich weiß, wie es dich quält. Es ist auch nicht in Ordnung von mir, Menschen so zappeln zu lassen. Es muss eine Entscheidung her.“ Sie holte Luft. „So kann es nicht weiter gehen. Dietrich, ich werde mich binnen 72 Stunden entscheiden. Ich setze mir selbst diese Frist. Du wirst es als Erster erfahren.“
Ein Paukenschlag.
Wow, jetzt ist es heraus. 7
2 Stunden, drei Tage.
Er nahm sie in die Arme. „Sophie. Ich liebe dich über alles. Ich würde alles für dich tun. Ich möchte, dass du das weißt.“ Er küsste sie zärtlich auf den Mund. Sie entscheidet sich in den nächsten drei Tagen! Wie soll ich diese Spannung ertragen? Vielleicht steht sie schon morgen oder übermorgen mit ihrem roten Flitzer mit Koffern und Taschen vor meinem Haus in der Einfahrt …
Und wenn nicht? Wenn sie sich für Olaf entscheidet?

Er küsste unvermindert weiter, seine Zunge spielte in Sophies Mundhöhle. Finstere Wolken zogen über seinen Gedankenhimmel. Wenn sie sich für Olaf entschiede – dann müsste er sterben. Das wäre dann sein Todesurteil. Ja, dann wäre er endgültig fällig. Dann mache ich ihn brutal fertig. Wie Nollendorf. Wie Yvette.

Sie küssten sich weiter, er spürte, wie ihr Atem schneller und heißer wurde. Seine Ideenmaschine gab strategische Vorschläge. Der Entscheidungsbaum ist ganz klar. Er besteht nur aus zwei Ästen, einer einzigen dichotomen Aufteilung. Kommt Sophie zu mir, wird alles gut. Entscheidet sie sich für Olaf, dann muss ich mich um ihn kümmern. Dann muss er weg. Und das wird er… Er küsste verbissen, fast mit Aggression, seine rechte Hand streichelte jetzt nicht mehr, sie krallte sich in Sophies Rücken. Olaf, dann mache ich dich alle. Mir wird etwas einfallen, verlass' dich drauf. Mir wird eine Idee kommen, eine ganz spontane. Aber eine, die genauso perfekt ist wie bei deinen Vorgängern. Ein absolut perfekter Mord – ohne Gefahr für mich selbst, ohne die Spur eines Verdachtes. Er küsste weiter, in Gedanken bei Olaf. Es müsste diesmal absolut perfekt sein, nicht einmal Sophie dürfte erkennen oder erahnen, dass ein Mord, ein Fremdverschulden, eine Einflussnahme von außen vorläge. Es müsste wie ein tragischer Unfall, eine heimtückische plötzliche Krankheit ausschauen … Und ich hätte Zeit. Ja, ich hätte dann Zeit. Ein zu früher Schlag würde bei Sophie großen Verdacht erregen. Es könnten viele Wochen, einige Monate vergehen, bis der Schlag käme. Lange, lange Zeit, in der meine Ideenmaschine auf Hochtouren liefe; lange, lange Zeit, in der ich Kontakt mit Olaf aufbauen könnte … Ich müsste dann näher an ihn ran, damit ich zu Spontanoperation wie bei Nollendorf und Yvette befähigt wäre … Dietrich küsste unvermindert vehement, fast schon brutal weiter, krallte unvermindert seine Hand in Sophies Rückenmuskulatur. Die Sache ist klar. Ich werde nicht aufgeben. Im schlechteren Fall müsste eben Olaf aus dem Weg geräumt werden. In einem halben, in einem Jahr …

Wie würde Sophie darauf reagieren? Was würde passieren, wenn Olaf völlig unerwartet verstürbe? Sie würde entsetzt sein, trauern. Aber dann … nach einer gewissen Zeit … nach einigen Wochen oder Monaten …

„Hey, Dietrich … was ist los mit dir?" Sophie lächelte ihn keck an. Ihre Hand hatte für ihn unbemerkt Eingang in seine Hose gefunden. „Wo bist du in Gedanken?" lachte Sophie.

„Ich musste einen Moment nachdenken …"

Als sie miteinander geschlafen hatten und gerade im Begriff waren, sich wieder anzukleiden, meldete sich Dietrichs Piepser. Heute habe ich ihn ja gar nicht kontrolliert … „Ich gehe schnell zum Telefon am Fahrstuhl. Es ist die Station. Bin gleich zurück". Er wählte die Nummer, eine Schwester seiner Station mit jüngerer Stimme meldete sich. „Doktor Nolte, Sie müssen einen Totenschein ausstellen."

Was war das? Was für eine abartige Eröffnung? „Wie bitte?"
Die jünger klingende Schwester schien über seine Begriffsstutzigkeit zu seufzen. „Wir haben einen Abgang. Jemand ist gestorben. Herr Welker. Zimmer 315. Lag einfach so im Bett".
„Welker? Welker …"
„Kam erst gestern Abend. Sollte morgen Bypässe bekommen."
Dietrich erinnerte sich nur nebulös, konnte dem Namen kein Gesicht zuordnen.
„Wieso liegt er einfach tot im Bett? Haben sie nicht reanimiert? Nicht den Alarm ausgelöst?"
„Doktorchen … Wir haben Herrn Welker beim Durchgehen in seinem Bett gefunden, da war er schon fast eine Stunde verblichen. Kalt. Leichenstarre. Die anderen beiden Patienten des Zimmers waren draußen spazieren …"
„Gut, ich komme hoch. Das heißt – es dauert noch einige Minütchen …"
Er ging zurück in die Liebeskammer. Er umarmte Sophie.
„72 Stunden. Ich verspreche es dir. Ich werde dir per SMS schreiben oder dich anrufen. Und …" Sie blickte ihn ernst an. „Ich liebe dich, Dietrich. Sehr …"
Sie umarmten sich fest. Er taumelte. 72 Stunden, drei Tage … Was für eine Spannung … Wie soll ich das aushalten …?
Ich könnte jetzt ein Bier gebrauchen … Er wankte zurück auf Station.

Eine hochgewachsene, strohblonde Schwester mit einer atemraubenden Figur traf ihn auf dem Gang. „Ich bin Inga. Ich hatte Sie angerufen …"
Dietrich blickte fragend.
„Ich war vorher auf Station C 6, habe jetzt hierher gewechselt." Sie lächelte. Dietrich erinnerte sie an ein Mannequin. An einen Laufsteg mit Blitzlichtgewitter. Er schätzte sie Anfang zwanzig. Sie schien eher einer Model-Agentur als einer Herz-Thorax-Chirurgischen Station zugehörig zu sein. Was für ein Geschoss, diese Inga …
„Hier ist das Zimmer. Wir haben die anderen Patienten verlegt. Hier ist die Akte von Herrn Welker. Ich habe dem OP schon Bescheid gesagt, dass sie ihn morgen streichen können. Er hat's ja hinter sich …" Schwester Inga trat einen Schritt nach vorne. Ihm wurde ein betörendes Parfüm gewahr.
Fast ein bisschen distanzlos bei der alltäglichen Arbeit …
Sie betraten das Zimmer.

Er hasste die Leichenschau. Mehr als zwei Dutzend Mal hatte er schon den Tod amtlich testiert. Er hatte keine Angst vor dem Toten. Er hatte keine Angst, den Leichnam zu berühren, ihn zu untersuchen. Er hatte eine andere Angst, eine andere Sorge: Die Furcht, jemanden für tot zu erklären, der noch moribund, der noch am Leben war. Es kam selten vor, es wurde aber immer wieder vereinzelt darüber berichtet. Es war fürchterlich, jemanden für tot zu erklären, den Totenschein auszufüllen, die Angehörigen zu verständigen, das

Beerdigungsinstitut zu konsultieren – und dann festzustellen, dass der Betreffende noch lebt. Eine ärztliche Katastrophe …
Den Tod festzustellen war nicht so simpel, wie es sich anhören mag. Ein moribunder Patient in der Agonie kann einem Toten stark ähneln, Fehler sind leicht gemacht.
Er machte sich an die Arbeit. Er zog die Bettdecke zurück. Herr Welker lag friedlich da, die Schwestern hatten im die Hände auf der Brust gefaltet. Mann, wäre das peinlich, ihn für tot zu erklären und nachher … Dietrich löste die gefalteten Hände. Die Haut war kalt. Die Arme ließen sich nur mit Widerstand bewegen. Ist das die Totenstarre oder sind seine Gelenke lediglich alterssteif? Er runzelte die Stirn. Ich muss bei der Leichenschau mindestens ein sicheres Todeszeichen feststellen, um den Tod beurkunden zu können: Totenflecke, Totenstarre, Fäulnis. Letzteres entfiel bei in der Klinik Verstorbenen. Er bewegte die Unterarme des Patienten im Ellenbogengelenk. Es ging schwer, aber nicht sehr schwer. Totenstarre? Tja, schwer zu sagen. Kann sie denn überhaupt schon vorhanden sein? Sie tritt üblicherweise erst zwei bis vier Stunden nach dem klinischen Tod ein. Dietrich drehte Herrn Welker zur Seite. Schwester Inga half ihm, beugte sich tief über den Leichnam. Er sah kurz in ihren weiten Ausschnitt. Reiss dich zusammen, Mann! Du untersuchst gerade einen Leichnam, wie kannst du da bei der Schwester … Er biss sich auf die Zähne. Außerdem habe ich vor einer halben Stunde mit der Frau meines Lebens geschlafen, wie kann ich da … Er versuchte, sich zu konzentrieren. Olaf. Jetzt musste er an Olaf denken. Ob der Geck auch in Bälde so da läge, auf Todeszeichen untersucht würde? Dietrich besah sich den Rücken. Er suchte nach den Totenflecken, den Livores. Sie begannen normalerweise schon nach zwanzig Minuten sichtbar zu werden, erreichten ihre volle Ausprägung sechs bis zwölf Stunden nach dem Versterben. Sie entstanden durch Hypostase, durch Absinken des Blutes aufgrund der Schwerkraft in tiefer gelegene Kapillaren und kleine Venen. Anfänglich fleckförmig, dehnten sie sich mit der Zeit aus und konfluierten. An den Aufliegestellen des Leichnams wie an Schulterblättern und im Gesäßbereich fehlten sie üblicherweise. Er sah an Herrn Welkers Rücken blaugraue Flecke, einige waren von eher violetter Farbe. Er drückte mit seinem behandschuhten Finger auf die Haut. Die Flecke waren verschieblich und wegdrückbar. Dies war typisch für Totenflecke in den ersten sechs Stunden; nach mehr als einem halben Tag ging diese Eigenschaft der Livores verloren. „Gut." Er legte den Leichnam wieder in Rückenlage, Inga faltete Herrn Welker wieder die Hände. Das sind Totenflecke … Ziemlich sicher …
Bin ich ganz sicher? Kann ich den Totenschein ausfüllen, die Angehörigen, das Bestattungsinstitut benachrichtigen? Dietrich zögerte. Er griff zum Stethoskop und auskultierte die linke Brustseite.
„Was machen Sie …?", lächelte Schwester Inga.
Dietrich schüttelte nur leicht den Kopf, konzentrierte sich auf sein Gehör. Er hörte nichts.

Absolute Stille. Totenstille.

Da ist nichts.

Kein Herzschlag. Kein Atemgeräusch. Nichts. Herr Welker ist tot. Ganz sicher. Er ließ ab. Der fehlende Herzschlag und die fehlende Atmung sind keine sicheren Zeichen des Todes. Aber trotzdem … Es macht die Sache sicherer … Dietrich zögerte noch immer.

„Er sollte ja morgen operiert werden. Er hatte laut Herzkatheterbefund eine koronare Dreigefäßerkrankung. Überall Engstellen und Verschlüsse an seinen Herzkranzgefäßen. Er war heute Mittag allein in seinem Zimmer. Vielleicht erlitt er eine Rhythmusstörung. Er hatte nicht geklingelt, sich nicht gemeldet. Er lag einfach friedlich im Bett. Tot. Einfach so eingeschlafen.“

Inga ordnete die Bettdecke.

„Lassen Sie uns nochmals die Totenflecke am Rücken besehen. Ich muss ganz sicher sein.“

Inga sah ihn erstaunt an. „Doktor. Der Mann ist tot. Der ist doch kalt wie die Wand. Der ist so tot wie …“

Dietrich drehte den Körper wieder zur Seite, Inga half, dabei bewusst oder unbewusst wieder ihren Hemdausschnitt entblößend. Er sah die Flecke. Ja, ich bin sicher. Leichenflecke. Sie sind sicher da. Ganz sicher. Ich kann den Totenschein ausfüllen, die Angehörigen verständigen. Ich bin ganz sicher. Die Totenflecken sind ganz sicher da. Sie sind sicher da. Ich täusche mich nicht. Ich bilde sie mir nicht nur ein. Sie sind da … „Doktor?“ Inga fragte leise, die Miene besorgt. Ich muss sie zwanzig Sekunden lang sehen. Eine Kontrolle über zwanzig Sekunden. Ich zähle in Gedanken von zwanzig bis vierzig. Das sind zwanzig Sekunden. Sie sind sicher da, die Totenflecke, ich kann den Tod bescheinigen. Einundzwanzig, zweiundzwanzig … Sie sind sicher da, ich sehe sie klar und deutlich, die Schwester sieht sie auch … dreiundzwanzig, vierundzwanzig … „Doktor Nolte?“ Lass dich nicht stören Dietrich, fünfundzwanzig, sechsundzwanzig … Volle Konzentration … Sie sind sicher da, ganz sicher, ich sehe sie deutlich … achtundzwanzig, sie sind hundertprozentig da, absolut sicher … zweiunddreißig, es ist keine Täuschung … fünfunddreißig, ich bin voll konzentriert und ich sehe sie deutlich, ganz deutlich … vierzig! Dietrich atmete tief durch. „Gut.“ Er drehte Herrn Welkers Rumpf wieder auf den Rücken. Fragend, erstaunt, vielleicht sogar verstört blickte ihn Schwester Inga an. „Alles in Ordnung, Doktor Nolte?“

„Ja, ja, sicher. Haben Sie den Totenschein schon vorbereitet? Ich brauche die Adresse der nächsten Angehörigen, ich werde sie gleich verständigen.“

Inga reichte ihm den Totenschein, Dietrich begann, seine Angaben einzutragen. Herr Welker wurde 72 Jahre alt. In einem Feld hatte er die Wahl zwischen ‚Natürlichem Tod‘ – ‚Unnatürlichem Tod‘ – ‚Ungeklärte Todesursache‘. Er kreuzte Ersteres an. Hätte ich bei einer ordentlichen Leichenschau nicht den Patienten komplett entkleiden müssen? Um sich des natürlichen Todes sicher zu sein? Herr Welker hätte ja auch ermordet sein können … Nur weil er schwer herzkrank war, schließt dies ein Tötungsdelikt nicht aus.

Vielleicht gibt es ungeduldige, potenzielle Erben? Dietrich schloss kurz die Augen. Wie oft mag in unserem Land der natürliche Tod bescheinigt worden sein ohne dass er vorlag? Welcher Arzt nimmt schon eine vollständige Leichenschau am komplett entkleideten Leichnam vor, wenn der chronisch kranke, 89-jährige Großvater tot auf der Couch liegt?
„Wo stehen in der Kurve die Angehörigen vermerkt?"
„Herr Welker hatte keine Angehörigen."
„Wie – er hatte keine Angehörigen? Irgendjemand muss es doch geben ..."
„Nein. Ich habe gestern in der Schicht kurz mit ihm gesprochen. Seine Frau ist vor über zehn Jahren verstorben. Sie hatten keine Kinder. Ein älterer Bruder von ihm starb im Krieg. Er hat keine Verwandten. Ich habe ihn explizit gefragt - er antwortete, es gäbe niemanden ..."
Dietrich legte den ausgefüllten Totenschein in die Akte. Er sah aus dem Fenster. Es hatte zu nieseln begonnen. Die benachbarten Klinikgebäude erschienen grauer, düsterer, trister denn je. Die geschäftigen Menschen auf der Straße erhöhten ihr Lauftempo. ‚Er antwortete, es gäbe niemanden' ... Wird es bei mir jemanden geben, wenn es so weit ist? Wird es Menschen geben, die um mich weinen, die um mich trauern? In zwanzig, in vierzig, in sechzig Jahren? Oder in zwei? Oder bald? Meine Eltern? Wie schwach ist der Kontakt zu ihnen, beschränkt auf Geburtstage, auf Weihnachten. Wenn sie nicht mehr da sind ... in zwanzig, in vierzig, in sechzig Jahren – was wird in meiner eigenen Krankenakte stehen, wer zu verständigen sei? Wenn an mir selbst die Leichenschau vorgenommen und der Totenschein ausgefüllt worden ist und der Arzt nach den nächsten Angehörigen fragt – was wird er zur Antwort bekommen? Sophie? Ja, Sophie, das wäre schön ... Kinder? Ob ich nochmals Vater werde? Mit Sophie? Ob wir Kinder haben werden? Der Re-gen wurde stärker, die winzigen Menschen auf der Straße liefen noch schneller, einige hielten eine Zeitschrift über ihr Haupt. Oder werde ich alleine sein? So wie jetzt? Unter und mit vielen verschiedenen Menschen zusammen arbeiten, im Grunde genommen aber allein sein.
Jasper! Ja, Jasper wäre einer der wenigen Menschen, die weinen würden. Jasper, du Freund meines Lebens; du, der meinem Weg so lange begleitet. Ja, Jasper wäre einer der ganz wenigen, die weinten. Aber sonst? Ich bin einsam ... Sophie, bitte komme zu mir. Bitte ...
„Doktor Nolte ..." Schwester Ingas Stimme klang sanft. Sie legte ihre Hand zart an seinen Unterarm. Leise, kaum hörbar fuhr sie fort. „Es ist immer traurig, wenn jemand stirbt ... auch für mich. Vielleicht glaubt man dies nicht angesichts meiner Barschheit beim Telefonanruf. Vielleicht ist es ein Schutz ..." Ihre Hand drückte seinen Unterarm eine Spur fester. „Darf ich Sie was fragen?" Ohne abzuwarten fuhr Inga fort. „Haben Sie heute Abend schon was vor? Ich habe um neun Uhr Schluss. Wenn Sie Lust und Zeit haben ... Ich kenne da eine nette Musik-Kneipe am Stadtrand ..." Betörend lächelte sie ihn an. Sie sah wirklich aus wie ein Model eines Bekleidungskataloges. Ihr Lächeln war unglaublich schön. Ein ziemlich eindeutiges Angebot ... Er

schloss die Augen. Keine zwei Meter von uns entfernt liegt ein toter Mensch. Ob er uns sieht? Ob er uns versteht? Ob er hört, wie die Schwester mit dem Assistenzarzt turtelt? Ihn in die ‚nette Musik-Kneipe' einläd?
Sophie! Bitte komm zu mir Sophie! Ich verliere sonst den Verstand! Unbändiges Verlangen nach ihr ließ seine Muskeln vibrieren.
„Äh … nein. Das ist nett von Ihnen … aber äh, nein." Dietrich ging aus dem Patientenzimmer, Inga folgte. „'War nur 'ne Frage, Doktor …"

Er kam nach Hause. Die melancholische Phase und die Gedanken über die Einsamkeit des verstorbenen Herrn Welker waren verflogen. Er kontrollierte ausgiebig den Wagen, es kostete über eine halbe Stunde. Die trüben Gedanken waren der Spannung gewichen: Der Spannung über die bevorstehende Entscheidung.
Es ist die Entscheidung für mein Leben. Ich harre ihrer, unfähig, jetzt noch etwas beeinflussen zu können. Sophie wird entscheiden … In den nächsten 72 Stunden, in den nächsten drei Tagen.
Dietrich öffnete ein Weizenbier. Er trank, setzte sich auf die Couch. Auf wen wird das Beil niedersausen? Wem gibt sie den Korb, wem den Laufpass? Wenn sie bei Olaf bliebe … Entschuldige Olaf, das wäre dein Todesurteil … verlass dich drauf. Er trank Bier. Es milderte seine aggressiven Gedanken ein wenig ab, rief die Erinnerung an den Mittag mit Sophie zusammen zurück. Es war wieder schön gewesen … Ihr Duft, ihr Lächeln, ihr Körper, ihre Zärtlichkeit, ihre Leidenschaft … Sie liebt mich … Sie liebt mich … Er trank das Bier aus., er öffnete ein zweites.
Sophie! Du bringst mich um den Verstand! Er nahm sein Mobiltelefon, öffnete das SMS-Feld und begann zu tippen.

„Treffe Deine Entscheidung nach Deinem Herzen, nicht nach Deinem Verstand! Ich harre aus, krank vor Spannung. Ich habe den Verstand vor Liebe schon verloren. Ich bin völlig … unsortiert! Ich liebe Dich. Dicker Gute-Nacht-Kuss. Dein Dietrich, der Herzfüßler."

Er schickte die Nachricht ab. Er schloss kurz die Augen. Nach Abendessen war ihm nicht zumute, er holte sich ein Buch. ‚Die Liebe in Zeiten der Cholera' von Gabriel Garcia Marquez. Es tat gut, von den Schmerzen der Liebe anderer Menschen zu lesen, wenngleich es sich nur um ersonnene Romanfiguren handelte. Nach einigen Dutzend Seiten ermüdete er. Es war halb zehn Uhr. Er beschloss, ins Bett zu gehen. Die Angstflamme hatte seit einiger Zeit jedoch auch in seine Bücher Einzug gehalten. Nur unmerklich dezent, nicht in Form von Kontrollen, wie sie den ganzen Tag, sein ganzes Leben beherrschten, sondern in anderer Art und Weise, mit anderer, perfiderer Technik.

Er war auf Seite 211 seines Romans und unfähig, an dieser Stelle das Buch beiseite zu legen. Dies hatte keineswegs mit dem Inhalt von Marquez' Geschichte zu tun, vielmehr mit der Seitenzahl.

So wie er schon viele Jahre lang die Zwischenfugen auf den Gehwegplatten mied – das Betreten der Zwischenfugen konnte Pech und Unglück bedingen – so hatten sich derlei Gedanken auch auf die Zahlenwelt ausgedehnt.

Ihm war klar – vom Standpunkt der Vernunft aus war es völlig hirnrissig, anzunehmen, dass das Beenden eines Buches auf einer bestimmten Seitenzahl sein weiteres Schicksal in irgendeiner Form tangieren könnte. Es stellte eine völlig unvernünftige, absolut alogische Form einer abergläubischen Angst dar.

Andererseits - die Vernunft bedeutete nicht alles im Leben. Ich brauche nur an Sophie zu denken … Die Liebe setzt die Vernunft außer Kraft. Ich würde die unvernünftigsten Dinge der Welt tun, um …

Dietrich sah auf die Seitenzahl. 211. Sei es drum, seit geraumer Zeit beanspruchte die Angstflamme eben auch dieses Segment seines Lebens und verlangte ihre Berücksichtigung, ihren Tribut. Arithmomanie – ja so hat es Riefenstahl in seiner Vorlesung genannt. Arithmomanie …

Er stöhnte, denn auf einer Seite ‚elf' durfte er nicht aufhören zu lesen. Eine Seite ‚elf' beinhaltete auch die Seiten ‚111', ‚211" und so fort.

Die ‚elf' war nicht nur die Symbolzahl der Narren, sie überschritt die Zahl ‚zehn', die Zahl des Vollendeten, des Ganzen, um eins und symbolisierte damit die Zahl der Maßlosigkeit und der Sünde.

Ich weiß, es ist völlig unvernünftig, n i c h t auf dieser Seite aufzuhören, aber … Es geht nicht … Es bringt Unglück, es bringt Pech. Meine Kontrollen sind ja genauso unvernünftig, also … Es ist eben eine meiner Marotten …

Gut, kein Problem, ich meide einfach einige bestimmte Seitenzahlen …

So wie ich auf keiner Seite mit der Zahl ‚sechs' an der letzten Stelle aufhöre. In der Offenbarung des Johannes ist die Zahl ‚sechs' Symbol des Bösen und ihre dreifache Wiederholung, die ‚666', Symbol des apokalyptischen Tieres.

Er las weiter. Seine Angstflamme befahl ihm zudem, immer an einem Seitenende mit dem Lesen aufzuhören, dies war eine feste Abmachung. Am Ende der Seite ‚212' - dies wäre eine erlaubte Zahl - fand sich im Roman die Formulierung ‚Endstation'. Nein, an dieser Stelle kann ich auch nicht aufhören. Dies würde Unheil bedingen. Bei einem solchen Wort kann ich auf überhaupt keinen Fall aufhören und das Buch beiseite lesen. Ausgeschlossen!

Dietrich las weiter. Die Seite ‚213' erlaubte es natürlich keineswegs, hier zu terminieren. Die ‚13', die Zahl für das Unheil – die jüdische Kabbala kennt 13 böse Geister, das 13. Kapitel der Johannesoffenbarung handelt vom Antichristen, und ‚13' ist die Zahl der babylonischen Unterwelt. Nein, es war völlig ausgeschlossen, hier aufzuhören. Am Ende der ‚214' las er den Satz ‚… er wusste nicht, wie sein Leben weitergehen sollte …'

Nein, bei diesem Satz kann ich auch nicht aufhören. Er kann Unheil bedingen. Ich weiß, wie es weitergeht. Sophie entscheidet sich für mich, dann werden wir glücklich. Oder sie entscheidet sich für Olaf, vorerst, dann läuft die Kriegsmaschinerie an, dann wird mobil gemacht. Dann werde ich mich um sein baldiges, unauffälliges, unerwartetes, unfassbares Ableben kümmern …
Erst auf der nächsten Seite konnte er beruhigt das Buch schließen und auf den Tisch legen.
Es ist schon verrückt mit mir … Was sollen diese zahlenmystischen Ängste? Ich habe Hunderte von Büchern gelesen, früher scherte es mich ja auch nicht, bei welcher Seitenzahl ich aufhörte oder bei welchem Satz ich das Buch schloss … Die Angstflamme … Sie macht Boden gut, rückt immer weiter vor, auf bald alle Bereiche meines Lebens. Ich kann ja fast nichts mehr machen, ohne …
Er ging ins Bad Zähneputzen. Es würde zwar einige Zeit kosten, aber es war ja noch nicht so spät am Abend. Seit einiger Zeit kontrollierte er stetig nach jedem Gebrauch ausgiebig den Wasserhahn. Einmal hatte er die ganze Nacht über getropft, da er die Armatur nicht sorgfältig zugedreht hatte. Die Kontrolle kostete heute zehn Minuten. Dann das Licht im Bad. Es dauerte länger, fast eine Viertelstunde. Er musste immer zwischen Schlafzimmer und Bad hin und her. Erst nach sechzig Kontrollen war er sicher und beruhigt. Er wusste – in Zeiten innerer Zerrissenheit und Aufwühlung war sie deutlich schlimmer, heftiger, brutaler, seine Angstflamme … Je unausgeglichener er war, desto mehr Stress auf ihn einwirkte, desto weniger war die Angst-flamme auszutreten, desto mehr peinigte und marterte sie ihn. Das Weckerstellen und Nachkontrollieren verlief quälend. Beinahe eine halbe Stunde nahm es in Anspruch.
Dietrich löschte das Licht. Was mache ich bloß, wenn Sophie bei mir einzieht? Wenn sie sieht, wie ich … Vielleicht werfe ich mit einem Schlag alle Ängste und Kontrollen über Bord, ziehe einen Schlussstrich …
Er schloss die Augen.
Er wusste, dass dies außerhalb der Realität stand.
Die Angstflamme war zu stark und nicht von einem auf den anderen Tag zu vertreiben.
Dann werde ich mit Sophie reden. Gleich nachdem wir zusammengezogen sind. Sie wird mich verstehen, sie wird das Problem verstehen. Sie wird mir helfen, es mit der Zeit zu überwinden. Sie wird mir Kraft geben, sie wird mich unterstützen. Sie hat ein großes Herz, ich weiß es …

*

Sophie hatte sich nicht gemeldet. Am nächsten Morgen in der Klinik nahm Professor Stilgenbauer Dietrich nach der Intensiv-Visite beiseite. „Wie viele Überstunden haben sie eigentlich, Nolte?"
„Mmh, seit einigen Monaten dokumentiere ich nicht mehr. 'Macht ja keinen großen Sinn ... Es sind weit über 500."
„Die Verwaltung möchte, dass Überstunden abgebaut werden ..."
„Das ist ja das Neueste! Wie soll das gehen? Bekommen wir dafür drei neue Arztstellen, um den Betrieb aufrecht erhalten zu können?"
„Nein ... natürlich nicht. 'Ist ja nicht meine Idee, ich geb's ja nur weiter. Wenn Sie möchten, können Sie für die nicht mehr zählbaren Überstunden der Vergangenheit 'mal zwei Wochen frei nehmen. Zum Ausspannen ..." Stilgenbauer lächelte freundlich.
Schöner Gedanke ... Aber nicht jetzt! Jetzt muss ich in der Klinik bleiben, na-he an Sophie bleiben ... Ich kann jetzt nicht weg!
„Danke, das ist nett. Momentan habe ich noch keine Urlaubspläne ..." Aber vielleicht bald ... „Ich melde mich rechtzeitig."

Als er gegen spätvormittags aus dem OP kam, blickte er in seinem Arztzimmer kurz auf sein Mobiltelefon. Noch keine Nachricht von Sophie. Er machte Visite, nahm die neuen Patienten auf, entließ andere nach Hause. Auch gegen Abend noch keine SMS von Sophie.
Sie sagte 72 Stunden – es sind ja noch 48 ...
Er ging nach Hause.
Wieder so ein quälender Abend vor mir, allein im Haus, allein mit meinen vibrierenden, kranken Nerven...
Als er durch die Tür trat war es bereits 19 Uhr. Ich muss eine Stunde lang am Wagen kontrolliert haben ... Es wird schlimmer ... Es nimmt zu, mehr und mehr. Eine ganze Stunde Zeit vergeudet durch dieses ... durch diese Krankheit.
Dietrich rüttelte an der Haustüre. Auch diese hatte mittlerweile regelmäßigen Eingang in seine kontrollpflichtigen Stellen gefunden. Hier galt es nicht nur kontrollierend zu beobachten, man konnte die Kontrolle zusätzlich durch mechanische Tätigkeit ergänzen, zusätzlich absichern, indem man an der abgeschlossenen Haustüre rüttelte und bei heruntergedrückter Klinke an ihr zog. Eines Tages werde ich sie noch aus den Angeln reißen ...
Er sah auf sein Telefon. Keine Nachricht von Sophie. Macht es Sinn, ihr zu schreiben? Welche Worte wären jetzt angebracht, jetzt in dieser entscheidenden Phase?

„Ich liebe Dich."

505

Die Reduktion auf das Wesentlichste. Er drückte auf ,Senden'. Er holte sich ein Bier. Auch an diesem Abend blieb ihm Appetit auf feste Nahrung versagt. Er schaltete das Radio ein. Noch so ein schrecklicher Abend, an dem ich vor Spannung umkomme. Heute darf ich mir höchstens zwei Weizenbiere genehmigen, mein Konsum wird langsam bedenklich ...
Das Radio spielte ,White flag' von Dido, eine langsame Ballade.
Sophie! Ich muss immer an dich denken. Entscheide dich. Bitte. Ich gehe sonst zugrunde ...
Er holte sich das zweite Bier. Das Letzte für heute Abend ...
Ohne wesentliche Informationsaufnahme zappte er sich durch die Fernsehkanäle. Er schaltete aus, sah auf das Mobiltelefon.
Nichts. Keine Nachricht. Noch 40 Stunden ...
Tränen liefen seine Wangen herab, stumm, ohne Schluchzen.
Ich werde ins Bett gehen, auch wenn ich wohl nicht schlafen kann.
Werde ja noch etwas Zeit brauchen, für die Abendkontrollen. Wasserhahn, Badbeleuchtung, Abschlusskontrolle Haustüre, Wecker.
Sophie, entscheide dich für mich, bitte ...

Wieder hatten Nollendorf und Yvette ihn in den Träumen heimgesucht. Nur nebulöse Erinnerung war noch präsent, als er sich nach dem Weckergeläut aus dem Bett erhob. Warum gerade jetzt? Warum gerade in diesen Nächten? Dietrich versuchte, die zombiehaften Traumbilder abzuschütteln, sah kurz auf das Mobiltelefon, ging unter die Dusche und drehte die Brause mit kaltem Wasser auf.

Er frühstückte gar nichts mehr, dies bedeutete eine wesentliche Einsparung an Kontrollen. Er klemmte sich lediglich eine Flasche Mineralwasser unter den Arm, aus welcher er während der Fahrt in die Klinik am Steuer sitzend trank.

Er war heute für zwei große Operationen eingeteilt. Gut so. Haken und die Fresse halten. Es lenkt ab. Während der Visite am frühen Nachmittag bügelte die begleitende Schwester einige Versäumnisse, Unkonzentriertheiten und Fehler aus. „Doktor Nolte! Wo sind Sie mit Ihren Gedanken?"
Dietrich riss sich zusammen. Konzentriere dich! Die Patienten haben Anrecht auf eine professionelle Behandlung!
Ein Patient war mit der Blutplättchenzahl erheblich abgefallen. Bei weiterem Abfall drohten spontane Blutungen. Dietrich hatte am Vortag den Laborwert übersehen, erst heute konnte er darauf reagieren. Er setzte das Heparin ab, da dies den Plättchenabfall ursächlich bedingen konnte und pausierte die Azetylsalizylsäure, welche die noch wenigen vorhandenen Plättchen in ihrer Funktion hemmte. Mann oh Mann, vor einiger Zeit habe ich die Laborwerte immer noch zu Hause zigfach kontrolliert ... In der letzten Zeit hat sich die Angstflamme andere Themenfelder gesucht. Die Haustüre, die

Wohnzimmer-fenster, der Wasserhahn, das Licht im Bad … Dagegen waren
die Kontrollen der Laborwerte noch richtig sinnvoll, wenn zwar nicht in der
Quantität dann zumindest in der Qualität des Kontrollthemas.
Komisch, dass die Kontrollfelder einfach so wechseln …
Wer bestimmt darüber? Ich?
Ich leide darunter, sie werden mehr, sie werden zahlreicher, ausgedehnter,
und sie werden immer sinnloser.
Wer steuert die Angstflamme? Wer veranlasst sie, nun nicht mehr die Laborwerte zu kontrollieren sondern jetzt das Licht im Badezimmer? Wer legt fest,
wie viele Kontrolleinheiten notwendig sind, wer sagt, dass ich an dem einen
Tag zehn, am nächsten Tag dreißig und am übernächsten Tag nur fünf Mal
die einunddieselbe Sache zu kontrollieren habe? Bin das ich? Wir scheinen
noch weit davon entfernt zu sein, das Wesen dieser Krankheit verstanden zu
haben. Oh, wir wissen so wenig auf dieser Welt …

Nach dem Diktat einiger Arztbriefe sah er auf sein Mobiltelefon.
Eine neue Nachricht.
Von Sophie.
Er wurde augenblicklich leichenblass.
Er zitterte feinschlägig.
Die Nachricht.
Die Entscheidung.
Da ist es, das Urteil.

Ich kann die Nachricht auf keinen Fall hier in diesem Arztzimmer lesen. Sie
ist zu wichtig. Es kann die Entscheidung sein … Vielleicht kommt ein
Kollege herein, gerade wenn ich die Worte … Nein, ich lese sie erst im Auto.
In aller Ruhe. Wenn mich niemand sieht. Wenn ich ganz allein für mich bin.
Hastig zog er sich um. Fahrig nahm er seine Schlüssel, das Mobiltelefon, sei-
ne Jacke und stürzte aus dem Zimmer. Schwestern und Pfleger, das Abend-
essen abräumend, wünschten erholsamen Feierabend. Mit unveränderter
Leichenblässe nickte er mechanisch. Er ging über die Gänge zum Fahrstuhl.
Die Entscheidung. Sie steht im Speicher der eingetroffenen Nachrichten
meines Telefons. Ein Tastendruck – und ich werde sie lesen. Ein
Tastendruck – und ich werde Bescheid wissen. Einige wenige Zeichen auf
dem kleinen Bildschirmchen, die alles bedeuten, die alles entscheiden.
Dietrich setzte die Füße zielsicher in die Mitte der Bodenfliesen. Jetzt nur
auf keine Fuge treten! Gerade jetzt, gerade in dieser Stunde, könnte es besonderes Unglück bedeuten … Niemand sah ihn, wie er, seine Schrittlänge,
gelegentlich auch die Schrittrichtung variierend, einem abstrusen Tanzritual
ähnelnd, die Fahrstuhltür erreichte. Geschafft. Keine Zwischenfuge
touchiert.
Er fuhr nach unten, hastete über den Parkplatz und stieg in den Wagen.
Niemand schien von ihm Notiz zu nehmen.

Er kramte das Mobiltelefon aus der Hosentasche.

Er starrte auf den Bildschirm.

Er wartete noch kurz, bevor er die ‚SMS' öffnete. Soll ich sie erst zu Hause öffnen? Vielleicht bringt es Pech, sie hier auf dem Parkplatz ... Sein Atem ging schneller, sein Puls raste. Andererseits – hier auf diesem Parkplatz sind wir in Kontakt gekommen, als sie mich mit ihrem roten Flitzer gerammt hatte, als wir dann Kaffeetrinken gegangen sind ... Ein guter Platz. Der Ort, an dem es begann ... Ja, ich öffne die Nachricht hier auf dem Klinik-parkplatz.

Dietrich drückte das Feld ‚Öffnen'.

Die Nachricht erstreckte sich über mehrere Zeilen des kleinen Bildschirms. Nur jeweils drei Zeilen fanden auf einem Bildschirmfensterchen Platz, mittels einer Taste musste man sich nach unten bewegen, um die gesamte Nachricht zu erfassen.

Er blätterte die Zeilen nach unten durch, er ‚scrollte', wie heutzutage neu-deutsch gesagt werden will.

Unten, bei der letzten Zeile angelangt, musste er mit der Taste wieder nach oben, zu den ersten Worten zurück, er hatte die Worte inhaltlich nicht erfas-sen können. Wie bei einer sensorischen Aphasie hatte er Worte gelesen, des-sen Sinn er nicht erfassen konnte.

Vor Spannung stockte die Atmung, apnoisch las er den kurzen Text noch-mals. Dieses Mal gelangte der Inhalt in sein Bewusstsein, dieses Mal erfasste sein vibrierendes Gehirn den Sinn der Worte.

„Dietrich, Olaf ist heute Mittag schwer verunglückt. Er liegt in sehr kriti-schem Zustand auf der anästhesiologisch-traumatolgischen Intensivstation. Er ist ohne Bewusstsein. Ich melde mich wieder. Deine Sophie."

Saurer Magensaft stieg ihm vom nach oben, ließ seine Speiseröhre hinter dem Brustbein brennen. Ohne Zögern, ohne Nachzudenken wählte er Sophies Nummer. Es war das erste Mal, dass er sie auf dem Mobiltelefon anrief.

„Ja?" Im Hintergrund Stimmengewirr.

„Ich habe gerade deine SMS gelesen."

„'Bin gerade in der Unfallchirurgie. Olaf hat sich mit dem Porsche über-schlagen, er ist aus einer Kurve raus ..." Tja, so ist das mit den Rennkaros-sen!

„Er hat sehr viel Blut verloren, er war ... oder er ist noch im hypovolämi-schen Schock. Er hat ein Polytrauma mit Kopf-, Bauch- und Wirbelsäulen-verletzungen, an beiden Beinen zahlreiche offene Frakturen. Bei Aufnahme sah man in der Notfallsonographie eine Milzruptur, er kam sofort in den OP und man hat ihn splenektomiert. Er muss nachher wieder in den OP, da er offensichtlich im Bauchraum weiter blutet ..." Recht so ... Dietrich biss sich auf die Lippen. Sophie, hast du vor seinem Unfall mit Olaf gesprochen? Na wahrscheinlich nicht … Er verkniff sich die Frage.

„Olaf war geschäftlich unterwegs, er wollte heute Mittag nach Hause kommen. Da hatte ich vor, mit ihm zu reden …" Olaf, konntest du nicht einen Tag später aus der Kurve fliegen …? Dietrich biss sich erneut auf die Lippen.

„Olafs Zustand ist mehr als kritisch. Ich …" Stimmen im Hintergrund waren zu hören. Offensichtlich forderte man Sophie auf, das Mobiltelefon abzuschalten. „Ich melde mich wieder, wenn man mehr weiß. Mach's gut."

„Ich liebe dich, Sophie."

Er sank über dem Lenkrad zusammen. ‚Mach's gut, – was für eine Formulierung von ihr … Wie war sie gemeint? Bezieht sie sich auf heute, auf die kommende Woche oder auf immer? Was soll ich ‚gut' machen – heute, morgen, die kommende Woche?

Dietrich startete den Wagen, steuerte umgehend die nächste Tankstelle an. Er kaufte sich zwei Halbliterbüchsen Bier. Er fuhr los. Er fuhr nicht nach Hause. Er fuhr ziellos. Er fuhr und trank. Das Bier schmeckte metallisch, Schaum war auf den Boden getropft. Er fuhr zu schnell. Er trank in großen Schlucken. Trank, fuhr, öffnete die zweite Büchse, trank, fuhr weiter ziellos, trank. Er fuhr bei Rot über eine Ampel. Er trank hastig. Wieder verschüttete er was, diesmal auf die Hose. Er trank, fuhr, trank, fuhr. Planlos. Ziellos. Sinnlos.

Was für eine Katastrophe.

Warum musste heute dieser Unfall passieren?

Die erste, geleerte Büchse begann zwischen seinen Füßen und den Pedalen hin und her zu rollen. Wütend warf er sie aus dem Fenster. Im Rückspiegel sah er sie am Straßenrand aufspringen nebst kopfschüttelnden Passanten auf dem Trottoir.

Nichts ist es mit dem dichotomen Entscheidungsbaum!

Vielleicht wäre ihre Entscheidung für Olaf noch die bessere Variante gewesen.

Ich wüsste dann wenigstens genau, was ich zu tun hätte!

Dann wäre die Operation ‚Kill Olaf' angelaufen!

Dann wüsste ich, wie wir drei Figuren auf dem Brett stehen!

Aber so?

So weiß ich nichts!

Und Sophie weiß wohl auch nichts.

Und Olaf schon gar nicht …

Der liegt jetzt erst 'mal nur da in seinem künstlichen Koma und bekommt nachher schon wieder den Wanst aufgeschnitten.

Wut stieg in ihm auf. Mann, muss dieser Depp heute einen Unfall haben …

Und wenn er abnippelt? Wenn er die erneute Bauchoperation nicht überlebte? Sophie hat gesagt, sein Zustand sei kritisch, er sei im Volumen-

mangelschock. Wenn er es nicht überstände ... Ein tragischer Unfall, sehr
traurig, wirklich, aber dann ...
Dietrich hielt am Straßenrand. Er war in einer ihm unbekannten Vorstadt.
Das zweite Bier war jetzt auch leer. Was kontrolliere ich eigentlich immer
die Wagenlichter, wenn ich jetzt besoffen und planlos durch die Gegend
fahre ... Paradox ...
Er öffnete das Fenster, sog frische Luft ein. Ich muss weiter abwarten. Ab-
warten, was Olafs Zustand macht, wo seine Reise hingeht, in Richtung
Jenseits oder in Richtung Genesung. Es kann dauern, bis sich dies ent-
scheidet.
Super.
Viele Tage, Wochen, vielleicht Monate des Abwartens.
Sophie! Du musst dich bald entscheiden. Ich verliere völlig den Verstand.
Ich kann nicht mehr abwarten. Ich kann nicht mehr. Ich halte das Abwarten
nicht mehr aus. Ich kann nicht mehr ... Ich kann nicht mehr ... Ich kann
nicht mehr ...

Er fuhr nach Hause. Sofort schenkte er sich ein Weißbier ein. Er trank, stellte
das Bierglas ab und ging zum Wagen zurück. Jetzt trinke ich schon zu den
Kontrollen ... Na was soll's, auf ein gewisses Quantum Spinnerei mehr oder
weniger kommt es jetzt nicht mehr an ...
Er tätigte zwanzig Kontrollen, Licht und Türschloss des Wagens zugleich,
ging ins Haus, trank einen großen Schluck und legte hiernach von vornherein
geplante, weitere zwanzig Kontrollen nach. Ähnlich wurde mit der Haustüre
verfahren. Nach einer knappen Stunde waren die Kontrolleinheiten abgeschlossen, Dietrich trank den Rest des Bieres aus.
In der Küche entdeckte er entsetzt, dass es die letzte Bierflasche gewesen
war. Er sah zur Uhr. Zehn Minuten nach sieben Uhr. Kein Problem, noch im
Supermarkt Nachschub zu holen. Dietrich runzelte die Stirn. Ich müsste wieder aus der Haustür, müsste wieder den Wagen bewegen, müsste dann wieder ewig kontrollieren beim Heimkommen ...
Eine plötzliche Idee erhellte seine Miene. Er wählte die Nummer des Pizza
Service. „Nein, ich möchte, keine Pizza bestellen, auch keine Pasta, ich...
äh ... Sie haben ja auch Bier, nicht wahr ...?" Ganz am Ende des Bestellpros-
pektes waren Getränke aufgeführt. Es wurde darauf hingewiesen, bei
Bestellung mehrerer Pizzen sei eine Flasche Rotwein gratis.
„Sie wollen nur zehn Flaschen Bier? Für 20 Euro? Ohne Essen?"
„Ja, uns äh ... ist das Bier ausgegangen ... Das ist sehr problematisch ..."
Am Ende seiner Worte musste er einen lautstarken Rülpser, eine Eruktation,
unterdrücken.
Die Bestellung wurde entgegengenommen.
Mann, bin ich krank ... Anstatt in den Getränkemarkt zu fahren, bestelle ich
Bier beim Pizzaservice ... Nur, um die Kontrollen des Wagens zu vermeiden
... Und ich werde zum Alkoholiker ...

Er setzte sich auf die Couch, die Türklingel erwartend.

Er sah zur Uhr.

Olaf müsste jetzt im OP sein.

Wahrscheinlich wurde mittels Ultraschall erneut freie Flüssigkeit im Bauchraum gesehen, die am ehesten Blut entsprach, vielleicht hatte sich auch die Kreislaufsituation weiter verschlechtert, deshalb würde er jetzt revidiert, intraoperativ nach weiteren Blutungsquellen gesucht werden.

Wo ist Sophie? Vor dem Operationssaal, wartend auf ein Ergebnis?

Ist sie in Sorge um ihren Mann? Denkt sie noch an mich? Denkt sie über die Situation nach? Hätte sie Olaf den Laufpass gegeben ohne den Unfall?

Am Telefon hat sie gesagt, sie habe mit ihm ‚reden wollen'.

Vieldeutig.

Reden kann hier ein Monolog sein.

Olaf Adieu sagen. Mach's gut. Lebe wohl. Lass uns die Scheidung ordentlich über die Bühne bringen …

‚Reden' könnte aber auch anderes bedeutet haben. Vielleicht wollte sie mit Olaf über ihre Beziehung sprechen, über Probleme, Defizite. Vielleicht wäre Olaf ja sehr verständig, sehr konstruktiv gewesen, hätte Besserung gelobt.

Es klingelte. Ein verdutzt blickender Mitarbeiter des Pizzaservice brachte das Bier. Dem Anlass angemessen übergab er es in einer Plastiktüte, die Flaschen schepperten. Dietrich gab großzügiges Trinkgeld. Es waren gekühlte Flaschen Pils, er schenkte sich eine davon der Einfachheit halber und des Verlangens wegen stilbrüchig in das Weißbierglas ein.

Jetzt muss ich wieder abwarten.

Ich kann nichts tun.

Andere bestimmen nun den Lauf des Schicksals.

Mir bleibt nur die Rolle des Abwartenden.

Abwarten bis sich Olafs gesundheitliche Situation entscheidet.

Abwarten bis Sophie sich entscheidet.

Ich muss abwarten.

Der Dinge harren.

Er trank. Dann urinierte er im Bad, ohne das Licht anzuschalten. Auch im Halbdunkel vermochte er seine Ausscheidung zielsicher an gewünschten Ort zu verbringen. Es spart mir nachher die Kontrolle … Das Zähneputzen ließ er heute Abend sein, der Wasserhahn konnte so quälen …

Nach den Kontrolleinheiten am Wecker fiel er ins Bett, unfähig Schlaf zu finden. Er starrte in die Dunkelheit. Die Blase meldete sich, er ging nochmals zur Toilette. Er lag wieder dar, wieder starrend, gar nicht den Versuch machend, die Augen zu schließen, um Schlaf zu finden.

Es war vollkommen still.

Nochmalig musste er urinieren.

Er erstaunte beim Blick auf den Wecker. Halb zwei Uhr. Bin ich schon so lange wach gelegen, starrend, sinnierend?

Da fiel ihm die Haustüre ein. Der Pizza-Mann hatte ja das Bier gebracht, die Haustüre war geöffnet gewesen, damit waren die Verschlusskontrollen beim Heimkommen wieder hinfällig, aufgehoben. Ich muss noch mal nachsehen…

Er nahm sich fünfzig Kontrollen vor und schaffte es, in seiner Vorgabe zu bleiben. Ich könnte eigentlich wieder kopierte Laborblätter mit nach Hause nehmen … Yvette motzt ja nicht mehr … Wäre sinnvoller als an der Haustüre zu rütteln … Wenn jemand rein will, schaffte er es auch so … Dietrich lag wieder im Bett, starrend, nachdenkend, die Augen geöffnet, die Arme hinter dem Kopf verschränkt. Bitte Sophie … Unfall hin oder her … Bitte entscheide dich irgendwann … Ich liebe dich.

*

Als der Wecker sein unmelodisches Signal zum Aufstehen gab, konnte er nicht mehr sagen, ob er im Laufe der Nacht noch eingeschlafen oder in seinem sinnierenden Dämmerzustand mit hinter dem Kopf verschränkten Händen verblieben war.
Ungelenk erhob er sich, hielt sich die steifen Arme, wankte müde ins Bad. Hoffentlich bin ich heute nicht im OP eingeteilt …

Er musste nicht in den OP. Der Kaffee in der Stationskaffeemaschine war schon mehrere Stunden alt. Nach zwei Tassen des bitteren und gering belebenden Gebräus rief er am frühen Vormittag Sophie an.
Olaf wird es ja nicht mitbekommen …
Sophie gab ein medizinisches Bulletin von sich. Bei der operativen Bauchrevision hatte man ein blutendes Gefäß am Mesenterium entdeckt und die Blutung unterbunden. Olafs Zustand war momentan stabil, es wurde nun geplant, welche der zahlreichen Brüche als erstes unfallchirurgisch operiert und stabilisiert würden. Eine Computertomographie habe zusätzlich Beckenfrakturen ergeben. Die Nieren seien aktuell außer Funktion, sicherlich als Folge des kritischen Kreislaufschocks. Wenn sie bis Morgen nicht in Gang kämen, müsse Olaf dialysiert werden. Sophies Stimme klang ruhig und nüchtern. Dietrich war es, als spräche sie über einen völlig neutralen Patienten, nach dem sich ein Angehöriger erkundigte. Ihre Emotionsarmut ließ ihn innerlich lächeln. Sophie …
„Wann sollen wir uns treffen?" fragte er sachte.
„Heute ist es nicht so gut. Bin auch sehr müde. Wie wär's mit morgen 14 Uhr? Am üblichen Ort?"
„Ja, das würde mich arg freuen …" Er holte Luft, formulierte vorsichtig.
„Wie wäre es, wenn wir uns … anstatt in dem Kellerloch an einem schöneren Ort träfen, vielleicht bei dir?" Ihm erschien sein Anliegen nicht unver-

nünftig, schließlich würde der arme Olaf in seinem künstlichen Koma auf der Intensivstation liegend dabei kaum stören und nur schwerlich etwas mitbekommen.

„Nein. Keine gute Idee … Wenn das die Nachbarn sähen, oder anderswer…"

„Du könntest auch zu mir nach Hause kommen. Du warst ja noch nie bei mir … Da gibt es eigentlich keine neugierigen Nachbarn. Niemand …"

„Nein." Sophies Stimme klang entschieden. „Es wäre saublöd, wenn das irgendjemand mitbekäme. Die Welt ist so klein. Lass uns an unserem geheimen Ort sein."

„Gut. Ich freue mich, wo immer wir uns treffen, selbst wenn's in der Antarktis wäre."

Sophie antwortete leise, kaum hörbar. „Ich freue mich auch …"

Warm lief es ihm den Rücken hinunter. Er sah aus dem Arztzimmerfenster ohne etwas wahrzunehmen. Sophie, ich sehne mich so nach dir. Noch etwas mehr als 24 Stunden … Auch wenn es nur der mesquine Keller ist …

Er kam etwas später nach Hause, ein Patient seiner Station hatte frühabends eine Lungenembolie erlitten. Er war stabiler als am Vorabend. Das Telefonat mit Sophie war gut verlaufen, er freute sich auf das morgige Treffen. Er nahm sich ein Mineralwasser, ließ das Bier vom Pizza Service stehen. Er bedachte den Tag.

Olaf ist nach wie vor in kritischem Zustand. Sein Reiseziel hat sich noch nicht entschieden. Sein Nierenversagen ist kein unlösbares Problem, aber dennoch ein Faktum, welches die Instabilität seines Zustandes unterstreicht. Kannst du nicht sterben, Olaf? Er trank vom Wasser, seine Ideenmaschine lief hochtourig. Gibt es aktuell eine Möglichkeit, Olafs Reiseziel etwas zu beeinflussen?

Ich bin Arzt in der gleichen Klinik, ich war schon einige Male auf der Anästhesiologischen Intensivstation. Es wäre nicht so sehr ungewöhnlich, dort aufzutauchen. Ich könnte alles Mögliche vorgeben, was ich dort zu tun hätte…

Ich müsste dann allein an seinem Intensivbett sein … Diese Möglichkeit ist durchaus denkbar … Ich könnte die Einstellung der Beatmungsmaschine verändern, die Sauerstoffkonzentration herunterdrehen, das Atemminutenvolumen reduzieren, dann bekäme der arme Olaf ein bisschen weniger Luft…

Oder die Infusion mit den Schmerzmitteln und den Narkotika ein bisschen erhöhen …

Oder ihm 'was Nettes injizieren, eine Ladung Kalium vielleicht, da bleibt deine Pumpe einfach so stehen, Olaf …

Dietrich verwarf die Gedanken sogleich. Das Meucheln auf Intensivstationen blieb einschlägigen Romanen und Spielfilmen vorbehalten. In der Realität erschien es ihm nicht praktikabel.

Ein Hauptproblem bestand darin, dass Olafs Vitalfunktionen ständig überwacht waren. Beim geringsten Problem, bei der kleinsten Abweichung eines Parameters, gäbe es automatisch sofortigen Alarm, eine ganze Schwadron Ärzte, Pfleger und Schwestern würde einfallen und könnte in den wahrscheinlich meisten Fällen das Problem sofort beheben. Selbst bei einem Herzstillstand bestünde eine hohe Chance einer erfolgreichen Reanimation, da das Problem durch die Monitorüberwachung in Sekundenschnelle detektiert wäre.

Wenn man etwas manipulierte, müsste sich das Problem für Olaf langsam, allmählich entwickeln, nicht wenn ich an seinem Bett stehe. Der Verdacht, der dann auf mich fiele, wäre unendlich groß. Wie sähe das auch aus – an Olafs Bett tappen und nach wenigen Augenblicken kackt er ab … Das geht nicht. Leider.

Dietrich – keine Chance, auf der Intensivstation kommst du nicht an ihn ran. Überwachung verschiedenster Vitalparameter viel zu gut, der sofort entstehende Verdacht auf mich viel zu groß. Das gibt's nur im Film …

Schade, der Gedanke ist frohlockend gewesen. Aber vielleicht klappt's ja auch ohne Mithilfe mit dem richtigen Reiseziel … Er trank das Wasser aus, schaute nach sehr langer Zeit zum ersten Male wieder aufmerksam die Nachrichten. Das Schlafdefizit machte sich bemerkbar, er war hundemüde. Das Zähneputzen ging ohne Probleme, nur wenige Kontrollen waren im Bad von Nöten. Er schlief diesen Abend rasch ein, das Kissen wieder zu einem Knäuel geformt an seine Brust gedrückt.

Tags darauf trafen sie zeitgleich in ihrem Liebeskeller ein, pünktlich auf die Minute waren sie im selben Aufzug nach unten gefahren. Wortlos betraten sie den Lagerraum. Sie küssten sich wie immer. Wild kraulte Sophie seinen Rücken und Nacken. Ungeduldig, heftig, fast animalisch drang ihre Zunge in seine Mundhöhle ein. Bevor ein Gespräch entstehen konnte, riss sich Sophie die Kleider vom Leib, mindestens ein amputierter Blusenknopf landete hörbar auf dem kalten Boden. Mit unerwarteter Wildheit entledigte sie ihn von seiner Klinikbekleidung. Sophie fiel über ihn her. Ihn schwindelte es. Sein Erstaunen über Sophie hatte nicht viel Gelegenheit zu differenzierten Überlegungen.

Yvette hatte wirklich Recht. Es gibt ihn, den cerebrocavernösen Shunt. Die Blutumverteilung vom Hirn ins Gemächt …

Dietrich ließ es einfach geschehen, genoss es, wie Sophie hemmungslos agierte.

Sie kamen unmittelbar hintereinander.

Sophie lag auf ihm, atmete tief, kleine Schweißperlen troffen von ihrer Stirn. Jetzt bestand wieder etwas Kapazität zu kortikalen Denkleistungen. Das Blut schien wieder ins Hirn zurückzuströmen.

„Ich liebe dich, Sophie."

„Ich dich auch. Verzeihe, dass ich so über dich hergefallen bin. Es hat mich einfach überkommen, ich hatte einfach tierische Lust …"

‚Tierisch' ist nicht ganz unpassend …

„Weißt du, die letzten Stunden waren sehr nervenaufreibend, da habe ich …" Sie brachte den Satz nicht zu Ende, küsste ihn stattdessen auf den Mund.

Sie lösten sich voneinander, zogen die Kleider wieder an.

„Wie sieht's aus, mit Olaf?"

„Sie haben ihn heute wieder operiert und die Frakturen an den Beinen versorgt. Er bekam rechts einen Fixateur externe, das Schienbein ist ziemlich zertrümmert. Die Nieren scheiden nach wie vor nichts aus, sie dialysieren ihn heute einmalig …"

Dietrich brannte die Frage auf der Zunge. Wolltest du ihm vorgestern sagen, dass du ihn verlässt? Hättest du es ihm gesagt, wenn er mit seinem dämlichen Sportwagen nicht aus der Kurve gegangen wäre? Er behielt die Frage für sich, es erschien müßig, sie zu stellen.

„Es ist natürlich jetzt eine ziemlich blöde Situation, für alle drei …", meinte Sophie.

Ja, für Olaf ist sie sicherlich am blödesten … Aber wer weiß, vielleicht geht es ihm besser als mir …

„Wir müssen jetzt halt 'mal abwarten, wie sich die Dinge so entwickeln."

„Was wirst du tun?" fragte er vorsichtig.

„Na jetzt erst 'mal gar nichts. Ich kann ihm ja schlecht einen Abschiedsbrief ans Intensivbett legen, meine Sachen aus dem Haus holen und über alle Berge verschwinden, oder?" Dietrich erschrak ob des angespannten Untertons ihrer Stimme.

„So meinte ich das doch nicht …", beschwichtigte er.

„Entschuldige, aber du verstehst, dass ich jetzt auch abwarten muss. Du verstehst, dass ich ihn jetzt nicht Hals über Kopf verlassen kann. Du verstehst sicherlich auch, dass wenn er in drei Tagen aus dem Koma erwachen würde, nicht meine ersten Worte sein können: ‚Hey Olaf, gut, dass du wieder wach bist. Übrigens, ich verlass' dich. Hab' meine Sachen schon gepackt. Gute Genesung noch …' Du verstehst, dass das nicht geht, oder?"

„Ich müsste es eigentlich verstehen, ja. Aber du hast mich um den Verstand gebracht, Sophie. Entschuldige. Mein Verstand ist weg …" Er lächelte, Sophie musste jetzt auch lachen.

„Du bist so goldig." Sie umarmte ihn zärtlich. „Ich liebe dich, du Herzfüßler."

„Ich liebe dich über alles."

Zurück auf Station gab es ein Ärgernis. Es fehlten zwei freie Betten, zwei neu aufzunehmende, wartende Patienten standen nebst Reisetaschen lamentierend auf dem Klinikgang. Dietrich musste rasch zwei Entlassbriefe fertig machen. Die dysphorischen Emotionen der Patienten und der Schwestern auf dem Gang erreichten ihn nicht. Mechanisch schrieb er die Briefe, in Gedanken weit weg.

*

Wieder ein Abend, alleine zu Hause, alleine mit den Nerven, alleine mit den Emotionen, zum Abwarten verdammt.
Dietrich fühlte sich halbwegs stabil, er nahm sich eine Flasche Pils.
Heute bleibt's bei zwei Flaschen. Der Tag war ja nicht so schlecht verlaufen …
Er trank, dachte an Sophies animalische Wildheit im Keller. Er dachte an Olaf. Die ausgefallene Nierenfunktion musste durch die Hämodialyse ersetzt werden. Häufig fielen bei einem stattgehabten Kreislaufschock die Nieren aus. Aber auch andere Organe konnten durch den Schock beeinträchtigt sein: Die Leber, das Blutgerinnungssystem, die Lunge … Die Schocklunge stellte ein weit größeres Problem dar. Wenn Olaf auch noch eine Schocklunge hätte … Ein ‚ARDS', wie es auf neudeutsch genannt werden will, ein ‚adult respiratory distress syndrome' …
Eine ausgefallene Lungenfunktion kann man nicht so ohne weiteres durch eine Maschine wie ein Dialyseapparat ersetzen.
Wenn seine Lungenfunktion zusammenbräche, wenn er sich nicht mehr beatmen ließe … Dietrich holte sich das zweite Bier.
Auf dich, Olaf! Prost auf das richtige Reiseziel … Mann, wäre das gut, wäre das elegant, wenn er einfach abnippelte, eine weitere Blutung, eine septische Komplikation – Boing, das wär's. Die Übergangszeit bräuchte etwas Zeit, aber dann … Dietrich hatte ausgetrunken, schlurfte ins Bett. Kein Bad heute, die Kontrolle am Wecker war ausgedehnter mit fünfzig Kontrollen und vierzig Nachkontrollen.

Er erwachte kurz nach 5 Uhr. Schweiß troff ihm von der Stirn. Schon wieder – der Nollendorf-Zombie und die Hexe Yvette hatten ihn heimgesucht. Sein Chef wiederum mit seinen grauenvollen Traumata, seinem verbeulten Gesicht, den freistehenden Knochenenden und seine Frau mit ihrer Venenkanüle am Unterarm. Was soll das, kommt ihr jetzt Nacht für Nacht?
Er konnte sich an den Inhalt des Traumes schon nicht mehr erinnern, aber sein Puls raste immer noch, auch unter den Achseln fühlte er Schweiß. Er versuchte erfolglos, wieder in den Schlaf zu finden. Noch 40 Minuten …
Mann, ist das blöd, wenn man kurz vor dem Weckerklingeln aufwacht …
Er dachte an Nollendorf und Yvette.
Ob sich Olaf in diese Reihe einreiht, das dritte Opfer wird?
Dietrich zitterte. Ich habe zwei Menschen getötet, umgebracht, heimtückisch ermordet. Beide Menschen haben mich in den letzten Augenblicken ihres

516

Lebens gesehen, bei meiner Tat, bei meinem Mord. Beide haben gesehen, dass ich sie tötete. Ich war ihre letzte Sinneswahrnehmung in der diesseitigen Welt …

War es das wert? War es notwendig?

Musste Nollendorf sterben, nur weil er einen autoritären Führungsstil, mich ‚Error-Doktor‘ genannt hatte, weil er meist johlte und dysphorisch war? Rechtfertigte das einen Mord?

Und Yvette?

Hätte ich es nicht auf die Scheidung ankommen lassen können?

Oft wird nicht so heiß gegessen wie gekocht …

Vielleicht wäre die Scheidung ohne Probleme über die Bühne gegangen.

War es notwendig, Yvette brutal zu töten? Unruhig wälzte er sich im Bett. Und Olaf? Vielleicht ist er ein ganz netter Kerl, ich kenne ihn ja kaum. Er liebt eben dieselbe Frau wie ich, wer kann ihm dies verdenken. Er war halt vor mir da …

Es war halb sechs. In wenigen Minuten würde der Wecker klingeln. An Einschlafen war jetzt nicht mehr zu denken. Egal, vorbei ist vorbei, ’lässt sich jetzt nicht mehr rückgängig machen. Aber eines muss man mir lassen – die Operationen mit Nollendorf und Yvette waren absolut perfekt. Keine Chance für euch Rechtsmediziner und Kriminalisten! Der schlaue Dietrich war euch Gimpel voraus … Gibt leider kein Poster mit heroischer Falldokumentation in eurem rechtsmedizinischen Horrorkabinett … Dietrich schaltete den Wecker aus, stand auf, ging unter die Dusche.

Die Tage vergingen. Täglich gab es ein medizinisches Bulletin über Olaf, sachverständig und unverändert kühl, emotionsarm von Sophie vorgetragen. Mehrere unfallchirurgische Operationen an den Beinen und am Becken waren erfolgt. Die Mund-Kiefer-Gesichts-Chirurgen verbrachten zwei kleine Titanplättchen in Olafs linken Jochbogen. Seine Nieren waren nach einigen Tagen der Dialyse wieder in Gang gekommen.

Die Richtung seines Reiseziels schien klarer zu sein, zeigte stramm Richtung Stabilisierung, Richtung Genesung.

Dietrich nahm die Entwicklung missmutig und übellaunig zur Kenntnis.

Er hatte die Nachtdienste eines an Scharlach erkrankten Kollegen übernommen. Der Dienst ersparte ihm den Abend zu Hause. Auch in der Klinik gab es einiges zu kontrollieren, einige festgelegte Kontrollpunkte; unter Beobachtung stehend waren die Kontrollen hier jedoch bei weitem nicht so ausgiebig wie zu Hause.

Er telefonierte täglich mit Sophie, die medizinischen Verlaufsberichte über Olafs Zustand nahmen dabei wesentlichen Raum ein.

Erst nach zwölf Tagen trafen sie sich wieder im Liebeskeller. Sophie eröffnete mit einer ernüchternden Neuigkeit.

Dietrich konnte nicht wissen, dass es nicht die einzige schlechte Nachricht des Tages für ihn bleiben würde.

„Wir müssen das Telefonieren wieder sein lassen, lass uns wieder SMS schreiben … 'Ist besser so.“

Er blickte verdrießlich.
„Dietrich, meine Schwiegereltern sind angereist, sie wohnen im Haus. Sie sind natürlich in großer Sorge um Olaf … Wäre blöd, wenn sie von unseren Telefonaten etwas mitbekämen … Käme nicht gut …“
Er blickte von ihr weg in das Regal. Die Telefonate haben mir gut getan. Wenngleich sie größtenteils die medizinischen Bulletins zum Inhalt hatten – ich konnte wenigstens ihre Stimme hören, ihr sagen, dass ich sie liebe … Es waren zwei, drei Minuten Sonnenschein am Tag für mich. Zwei, drei Minuten Helligkeit … Das sollen wir jetzt lassen, nur weil seine Alten um Sophie her-umschleichen … Wenn man es vernünftig anstellte, bekämen sie doch nichts mit, wenn wir kurz telefonierten …
„Guck jetzt nicht so bockig“. Sophies Miene glich einer genervten Grundschullehrerin „Das ist doch jetzt kein Beinbruch! Versteh das doch! Es wäre absolut blöd, wenn ich mit den Schwiegereltern im Auto säße und du würdest…“
„Ja, ja … ich hab's verstanden. Ich werde brav sein und nicht mehr anrufen …“ Er blickte finster.
„Mit Olaf geht es weiter aufwärts …“ Aha, jetzt folgt das medizinische Bulletin. An was für Erfolgsnachrichten können wir uns denn heute erfreuen?
„Morgen wird Olaf wahrscheinlich extubiert werden.“
„Wie?“ Dietrich war überrascht.
„Es ist geplant, ihm morgen den Tubus zu entfernen und ihn von der Beatmungsmaschine abzunehmen. Die Sedierung wurde seit heute Morgen pausiert. Man versucht, ihn wach werden und allein atmen zu lassen. Eventuell wird er morgen wieder bei sich sein, wieder sprechen können …“
Ja was für ein Glück! Welche Freude! Du könntest ihm gleich die neuesten Börsendaten vorlesen! Dietrich blickte griesgrämig. „Er scheint es also zu packen …“
Sophie nickte.
Eine längere Pause entstand.
Er dachte fieberhaft nach. Sicherlich ist er noch nicht über den Berg. Alle möglichen Komplikationen könnten sich noch einstellen. Eine tiefe Beinvenenthrombose vom langen Liegen, von der aus der dann eine hübsche Lungenembolie werden könnte.
Oder eine nette Sepsis, eine Blutvergiftung, durch die zahlreichen offenen Wunden und Brüche oder noch besser von den vielen künstlichen Zugängen

und Kathetern, am besten mit multiresistenten Erregern, wie sie sich mannigfaltig auf Intensivstationen tummeln.

Aber das Reiseziel sieht doch sehr nach Genesung aus …

Ich muss mich an den Gedanken gewöhnen, dass Olaf bald wieder in seinen smarten Anzügen sein ätzendes Börsen-Geschwätz von sich gibt, seinen Wanst in eleganten ‚Button-Down'-Hemden gezwängt …

„Was wirst du tun? Was wirst du ihm sagen?"

Sophie blickte sichtlich genervt. „Bestimmt nicht, dass ich ihn verlasse und morgen ausziehe! Oder wie stellst du dir das vor?"

Er sah wieder zum Regal, an Sophie vorbei.

„Entschuldige …" Sie nahm ihn in den Arm.

„Es schmerzt eben, Sophie …"

„Ja, das glaube ich dir. Aber ich brauche jetzt Zeit. Was soll ich denn anderes tun? Olaf wird vielleicht erwachen und erst einmal ein Durchgangssyndrom haben, völlig desorientiert sein, völlig neben der Kappe … Du weißt, wie das ist, wenn man längere Zeit beatmet war, längere Zeit zwischen Leben und Tod stand und dann wieder langsam zu sich kommt. Die Patienten sind anfangs ziemlich neben der Spur … Wahrscheinlich wird es bei Olaf morgen nicht anders sein. Meine Schwiegereltern habe ich diesbezüglich schon vorgewarnt. Es wird Tage, vielleicht Wochen dauern, bis Olaf wieder klar bei Sinnen sein wird." Hoffentlich dauert es ewig, bis er wieder … Vielleicht bleibt er ja …

Sophie fuhr fort. „Du verstehst – solange Olaf gesundheitlich derart angeschlagen ist, kann nichts geschehen …"

Dietrich klarte auf. Ja, das habe ich verstanden.

Strategiewechsel, aber schnell!

So sehr ich mir bislang gewünscht habe, Olafs Zustand solle den Bach runter gehen, so sehr ich mich danach sehnte, er möge alle Komplikationen dieser Welt erleiden und ins Jenseits reisen – so sehr muss ich mir jetzt das genaue Gegenteil wünschen.

Ja. Jetzt muss ich mir wünschen, er möge baldigst genesen, so schnell wie nur möglich.

Ohne seine Genesung, gibt es von Sophies Seite keine Entscheidung.

Also: neues Ziel, neuer Kurs: Olaf, du musst jetzt schnellstens gesund werden! Damit sie dir Auge in Auge sagen kann …

„Verzeihe, wenn ich so emotional reagiere. Du bist und bedeutest mir eben alles. Verstehe, wenn mir manchmal die Nerven blank liegen …"

„Ja, ich verstehe dich", sie umarmte ihn heftig. „Auch meine Nerven sind angespannt. Es ist eine wahnsinnige Entscheidung, die ich über mein weiteres Leben zu fällen habe. Aber anderseits: Olaf schwebt zwischen Leben und Tod – das ist wichtiger, bedeutender, als die Entscheidung eines jungen Dings, ob sie nun zu diesem oder jenen Mann geht …"

Sag das nicht, Sophie …

Meine Liebe ist stärker als die Frage um Leben und Tod …

„Es wird auf irgendeine Weise alles gut werden, Dietrich." Sie küsste ihn.

Warum musste das passieren, dieser Scheiß Unfall! Ihm lief eine Träne die Wange herab.
„Dietrich – ich liebe dich, was immer passieren mag, was immer die Zukunft ergeben mag!"

Sophie ging zuerst. Wie immer wartete er einige Minuten, um erst mit dem nächsten Aufzug nach oben zu fahren. Er hielt sich am Regal und weinte hemmungslos. Schluchzend wischte er sich mit dem Arztkittelärmel über das Gesicht. Er hielt sich die Hände vor die Augen.
Ich halte die Zeit nicht mehr aus. Ich schaffe die Zeit nicht mehr. Ich gehe zugrunde. Sie muss sich bald entscheiden, sonst kann ich für nichts garantieren. Ich verliere den Verstand …

Mit verquollenem Gesicht fuhr er im Aufzug auf die Ebene seiner Station. Zwei sehr junge Schwesternschülerinnen, kaum volljährig erscheinend, kicherten in der Aufzugkabine. Dietrich warf ihnen einen bösen Blick zu.
„Alles in Ordnung, Doktor Nolte?" war die Begrüßung durch die Stationsschwester. Er sah in aufgeschlagene Krankenkurven auf dem Tisch. Die Stationsschwester reichte ihm eine siffige Tasse. „Trinken sie erst 'mal 'nen Kaffee …"

Wieder abends zu Hause.
Während der knapp einstündigen Kontrolle des Wagens und der Haustüre wurde er ruhiger.
In den intensiven Kontrollphasen dachte er kaum an Sophie, hatte er nur wenig Herzenskummer. Alle Neurone schienen voll auf die Kontrolltätigkeit fixiert.
In der Küche entkorkte er eine Flasche Rotwein. Ein Pommerol aus dem Medoc.
Dietrich trank in großen, in zu großen Schlucken. Rotwein ist kardioprotektiv … Epidemiologische Untersuchungen haben ergeben, dass durch Rotwein die Arteriosklerose, die Wandveränderungen der Arterien mit Engstellenbildung und Verschlüssen, signifikant gehemmt wird …
Er trank mit einem weiteren Schluck das erste Glas leer.
Auf der Küchenanrichte fand sich in einer Obstschale, einem Geschenk von Jasper und Zoe, eine einzelne, verschrumpelte, kleine Mandarine. Er schälte sie und steckte sich die trockenen, nahezu geschmackslosen Stückchen in den Mund. Das Abendessen für heute …
Und heute nicht mehr als die eine Flasche …

Nein! Heute keine Limitierung, heute war ein belastender Tag!

Erst die Hiobsnachricht vom Abbruch der Telefonate... Nur wegen dieser Scheiß-Schwiegereltern ...
Dann Olafs Entwicklung und die Aussicht auf wochen- und monatelanges Abwarten.
Warten. Abwarten. Abwarten bis zum Schwarzwerden. Dietrich goss sich Wein nach. Ich kann nichts tun, außer warten – abwarten, bis sich der Depp langsam erholt und Sophie dann handelt ...

Sophie – bitte handle ... Bitte mach irgendwas – bitte entscheide dich – für oder gegen mich – aber bitte mach was ... Er goss nach, trank.
Sophie, du musst etwas tun, bald, ich kann nicht mehr, ich gehe unter, ich ertrinke ... Er goss nach, trank, holte eine neue Flasche, entkorkte, goss nach, trank. Sophie, ich kann nicht mehr ... Er weinte. Er hielt sich die Hände vors Gesicht, als dürfe es niemand sehen. Er trank, schenkte nach. Er weinte, schluchzte laut; im ganzen Haus wäre es zu hören gewesen, befänden sich dort noch Bewohner. Er weinte, trank, weinte, trank, weinte, schenkte nach, schon anderthalb Flaschen, egal, es betäubte kaum, er weinte, trank, weinte, trank, schenkte nochmals nach, Weintropfen gerieten auf die Jeans, scheißegal. Er trank, weinte. Er tastete mühselig nach seinem Mobiltelefon. „Vielleicht bin ich genauso krank wie Olaf. Vielleicht bin ich genauso instabil wie er. Vielleicht geht es mir genauso schlecht. Oder noch schlechter... Sophie – ich bin völlig unsortiert, die Welt gerät für mich völlig aus den Fugen. Bitte erlöse mich, ich flehe dich an. Bitte rette mich, komm zu mir. Ich liebe dich über alles. Dein Dietrich." Senden. SMS verschickt. Er schenkte nach, trank. Wieder kamen Tränen. Alles verschwamm. Er schenkte nach, trank. Er legte das Telefon beiseite. Sophie würde heute Abend nicht mehr zurückschreiben. Wahrscheinlich sitzt sie mit den Scheiß-Schwiegereltern am Tisch, debattieren das medizinische Procedere ... Er trank, schenkte nach. Die Tränen quollen unvermindert, ungebremst, zügellos, unkontrollierbar. Er schrie ihren Namen, gellend, den Kopf konvulsivisch in den Nacken werfend. Ungehört verhallte sein Schreien im leeren Haus. Er weinte ohne Schleusen. Er schenkte nach. Gleich die zweite Flasche leer ... Er trank. Er schrie ihren Namen. Er weinte. Er schenkte nach, den letzten Rest der Flasche. Er trank.

Dietrich erwachte auf dem Sofa. Vor ihm standen zwei leere Rotweinflaschen. Rote Flecken auf seiner Jeans. Er rappelte sich in aufrechte Sitzposition. Halb ein Uhr. Ich muss eingepennt sein ... Der Schädel dröhnte. Per Fernbedienung schaltete er den Fernseher an. Der erste angewählte Kanal, dessen Name und Konzept Sport erwarten ließ, zeigte zwei sich langsam entblätternde Blondinen in homoerotischer Pose. Ein Großteil des Bild-schirms war durch verschiedenartige Einblendungen sichtblockiert, die mannigfaltige Dienste und Angebote zum Inhalt hatten. Dietrich sah auf die bloßen Brüste der beiden jungen Frauen. Er überlegte

kurz, zu onanieren. Er schloss die Augen, schaltete das Gerät aus. Er erhob sich, nahm die leeren Weinflaschen. Ataktisch schwankend rammte er mit seinem Schienbein den kleinen Beistelltisch. Das Periost der Tibia ist sehr schmerzempfindlich.
Er biss sich auf die Zähne … Was sind schon körperliche Schmerzen gegen die Leiden der Seele, des Herzens? Er wankte in die Küche. Zwei Flaschen Wein, Mann oh Mann …
Sophie … Die Gedanken an sie waren jetzt wattiert, die Schmerzen des Herzens abgemildert. Nein, kein Bad heute und bitte – nur eine kurze Weckerkontrolle, vielleicht ein Zehnerblock nur …
Er schaffte es mit nur einer einzigen Nachkontrolle. Es schwindelte ihm nach dem Lichtlöschen. Er schloss die Augen, erst nach langer Zeit fiel er in einen unruhigen Schlaf.

Er träumte von Lisa. Sie begegnete ihm heute anstelle des sonstigen zombiehaften Traumduos. Lisa konnte, obgleich noch Säugling, auf wunderbare Weise laufen. Behände kam sie kleinschrittig trippelnd auf ihn zu, umarmte ihn auf Höhe seiner Kniekehlen. Das von weitem babyhafte Gesichtchen erschien in der Nähe eigentümlich alt, faltig, einer Progerie ähnlich. Das vergreisend wirkende Babygesicht blickte ihn an. „Was hast du mit Mama getan?" Dietrich wich zurück. Während Lisa anklagend auf ihn zuschritt, klingelte der Wecker. Er machte Licht, runzelte die schweißgeperlte Stirn, die schmerzhaft drückte. Lisa! Meine Tochter! Wieso habe ich so lange nicht an dich gedacht! Du bist völlig untergegangen im Räderwerk meiner Gedankenwelt, bist zwischen die Zahnräder, die Mühlsteine meiner Emotionen gekommen … Lisa! Wie konnte ich so wenig an dich denken? Meine Tochter, meine einzige! Er starrte zur Decke, dachte an das kleine Wesen, das so früh wieder aus dieser Welt gegangen war. Wie sie gierig am Fläschchen genuckelt, wie sie friedlich in seinen Armen geschlafen, sich beim Aufwachen geräkelt und gestreckt hatte …
Er biss auf die Zähne, ging unter die Dusche. Er drehte die Brause voll auf, den Einhandmischer auf maximaler Stellung in Richtung des blauen Symbols gestellt. Ein neuer Tag. Ein neuer schrecklicher Tag in meinem schrecklichen Leben.
Wann wird es anders? Wann wird es besser? Wann werde ich erlöst? Erlöst von meiner entsetzlichen Traurigkeit?
Ich kann nicht mehr …
Mühsam wankte er zum Kleiderschrank, griff nach Unterwäsche, zog darüber die Kleider des Vortages, des Vor-Vortages, der Vorwoche.
Es bereitete ihm Mühe, aus dem Haus zu gehen, nicht nur wegen der zahlreichen Kontrollen – Herd, Licht, Fenster, Haustüre, nicht nur wegen seiner drückenden Kopfschmerzen.
Morgens war es oft besonders schlimm mit der Niedergeschlagenheit, mit der Traurigkeit.

War es am späten Abend, vielleicht infolge des Alkohols, noch ein wenig
erträglicher, schlug sie morgens erbarmungslos drein wie ein Rebound bei
Absetzen eines Betablockers.

Er quälte sich auf der Autofahrt. Nicht durch den Verkehr, nein, es quälte,
die einfachen mechanischen Verrichtungen zu tätigen, das Kuppeln, das
Schalten, das Blinken, das Lenken.

Nur unter größter Willensanstrengung schaffte er es zur Intensivstations-
Visite, drei Minuten verspätet, von den Kollegen eher mitleidig als maß-
regelnd beäugt. Während der Visite dachte er an nichts anderes als an
Sophie. Er stellte sie sich in ihrer grünen Intensivkleidung vor, während ihrer
Arbeit, wie sie empathisch auf die Patienten einging, sie versorgte, ihm ein
Lächeln zuwarf ...

„Du siehst schlecht aus ...“ Ein Assistenzarztkollege griff ihm beim Aus-
einandergehen an den Arm. „Alles in Ordnung?“

Dietrich nickte, ging in Trance zu seiner Station. Sophie, bitte entscheide
dich. Entscheide dich bald. Ich kann nicht mehr ...

Das wievielte Treffen ist es in unserem Liebeskeller? Er blickte über die vertrauten Regale mit den vertrauten Inhalten, den Eimern, den Nachfüll-
packungen, den Flaschen verschiedenster Desinfektions- und Reinigungsmittel. Er war pünktlich, sie hatten sich für halb drei Uhr verabredet. Sophie
kam einige Minuten verspätet. „Entschuldige, ich war noch bei Olaf ...“ Was
für ein Auftakt ...

Sie umarmten sich stumm. Sophies Antlitz wirkte angespannt. Kann man
verstehen, sie geht ja von ihrem schwerverletzten Gatten direkt zu mir in
unseren Liebeskeller ...

Sophie begann mit dem täglichen Medizinbulletin. Olafs Genesung machte
Fortschritte. „Er ist völlig klar im Kopf, er hat überhaupt kein Durchgangssyndrom. Seine Stimme ist von dem Beatmungstubus noch etwas heiser,
aber er ist in keiner Weise desorientiert ...“ Wie schön für dich, Olaf ...
Dann können wir dir ja bald die erfreulicher Mitteilung machen, dass ...

„Darüber bin ich schon froh. Weißt du, er hätte von dem Trauma durchaus
auch eine cerebrale Schädigung davontragen können, du müsstest sein
lädiertes Gesicht sehen; er hätte eine geistige Behinderung davontragen
können.“ Oh wie schade ... Dietrich biss sich auf die Unterlippe. Reiß dich
zusammen!

Außerdem wäre es vielleicht strategisch viel schlechter! Stell dir Olaf mit
einer schweren Behinderung vor!

Meinst du, Sophie würde ihn dann Hals über Kopf verlassen?

Nein! Olaf muss schnell gesund werden, wiederhergestellt sein – nur dann
wird sie mit ihm Klartext reden. Olaf: Werde gesund!

„Ja ... Das wünscht man niemandem ...“, antwortete er nicht ganz wahr-
heitsgetreu. Sie küssten sich.

„Sophie, mir geht es nicht gut." Die beiden Augenpaare standen sich in minimalem Abstand gegenüber. „Ich bin nervlich ziemlich angezählt, weißt du … Ich bin völlig unsortiert. Ich bin kurz davor … verrückt zu werden."
„Ja … mir geht es nicht viel anders. Eine emotionale Achterbahnfahrt …"
„Aber weißt du, Sophie – ich bin abends und an den Wochenenden immer allein. Bei dir ist das Haus voller Leute. Wenn ich so alleine zu Hause bin und grübele und sinniere und nachdenke und mich nach dir sehne, dich unendlich vermisse und kaputt gehe vor Liebe – und vor mir die völlige Ungewissheit habe – das ist … an der Grenze dessen, was ich emotional aushalte. Manchmal trinke ich ziemlich viel Rotwein oder Bier, manchmal schon unmittelbar nach dem Dienst …"
Sophie drückte ihn fester an sich.
„Es hilft nur wenig, betäubt lediglich, macht etwas dumpf und dickfellig. Dafür ist's dann am nächsten Morgen umso schlimmer. Es schmerzt so wahnsinnig. Und es passiert nichts … Wir treffen uns seit ewiger Zeit zum tausendsten Mal in diesem kalten Kellerloch und … Es entscheidet sich nichts …" Er blickte bitter.
„Ich verstehe dich. Auch für mich ist es schrecklich. Ich … Olafs Genesung macht ja Fortschritte, bald wird er wieder einigermaßen hergestellt sein. Dann werde ich mit ihm reden."
Was heißt das: ,Reden'? Ihm sagen, dass du ihn verlässt? Heißt es das? Ihm brannte die Frage im Herzen. Es hat keinen Sinn, sie zu stellen …
„Dietrich, ich möchte mit dir schlafen …"

Wieder zurück auf Station, bemerkte er, wie zwei Schwestern tuschelten, dabei verstohlen auf ihn blickend.
Sie reden über mich.
Weil ich an unzähligen Nachmittagen für eine halbe oder eine ganze Stunde von Station entschwinde?
Oder weil ich schlecht aussehe, Ringe unter den Augen habe, die Wangen aufgedunsen, die Hautfarbe fahl, grau, von krankem Kolorit ist?
Oder weil ich immer mehr kleine Fehler, kleine Versäumnisse, Unkonzentriertheiten im Stationsalltag abliefere? Egal …
Er missachtete die Schwestern, begann mit der Nachmittagsarbeit.

Wieder ein schrecklicher Abend, allein zu Hause. Für den Samstagabend hatte er sich mit Jasper verabredet. Noch drei Tage bis dahin, noch drei grässliche Tage allein zu Hause, ohne Sophie, ohne Freude, allein im Netz meiner erbarmungslosen Kontrollen.
Schon über eine Stunde dauerte es, bis er die Wagen- und Haustürkontrollen hinter sich gebracht hatte. Ohne Zeugen, ohne Zuschauer tobte sich die Angstflamme voll aus. Lächerliche fünfzig Kontrollen waren da viel zu wenig, konnten sie keinesfalls befriedigen.

Er trank ein Bier, griff zum Telefon und rief seine Eltern an. Mutters Geburtstag. Sie schien sich über den Anruf zu freuen, bedankte sich über einen zugestellten Blumenstrauß. „Bist du erst jetzt aus der Klinik heraus? Es ist ja schon acht Uhr durch …" Ich hätte dir ja auch schon um sieben anrufen können, gäbe es da nicht dieses kleine Problemchen bei mir …
Seine Mutter erzählte Belanglosigkeiten und Tratsch aus seinem ehemaligen Heimatstädtchen. Dietrich wünschte nochmals alles Gute.
Dann saß er auf der Couch, es war totenstill.
Er dachte daran, wie wenig seine Eltern eigentlich über ihn wussten. Sie ahnten nichts von seinen Kontrollzwängen, sie hatten nicht den leisesten Schimmer, wie es in ihm innen drin aussah, wie die Angstflamme ihn grausam folterte, wie ihn die infernalischen Schmerzen seiner Liebe quälten.
Er stellte sich ihr Entsetzen vor, wenn sie in ihrem verstaubtem Konservativismus davon hörten, er liebte eine verheiratete Frau.
Es ist traurig, dass sie rein gar nichts davon wissen.
Es ist traurig, so wenig, so geringen Kontakt mit den Eltern zu haben.
Es ist traurig, eigentlich niemanden zu haben außer Jasper, der sich in letzter Zeit rar gemacht hat, warum auch immer.
Es ist traurig, so allein zu sein.
Wer würde an meinem Grab um mich trauern, um mich weinen?
Jasper, Sophie. Niemand mehr.
Sophie – würde sie weinen?
Oder wäre sie erleichtert?
Erleichtert, weil dann ihr weiterer Lebensweg klar, entschieden wäre?
Es ist traurig, so krank zu sein.
Es ist traurig, eine Krankheit zu haben, von der die meisten Menschen nichts wissen, eine Krankheit, die die meisten Menschen gar nicht akzeptieren würden.
Ein gebrochener Arm, eine Blinddarmentzündung, ein Herzinfarkt, Brustkrebs – das kennt man, das akzeptiert man.
Einen Kontrollzwang? Man würde nur lachen, den Kopf schütteln, einen für verrückt halten, reif für die Klapsmühle …
Es ist traurig, hier zu sitzen mit diesem Bier in der Hand, noch zwei Stunden vor sich, bis man zu Bett gehen kann, zu müde, um zu lesen, zu träge, um fern zu sehen.
Es ist traurig … an Sophie zu denken. Seine Finger krallten sich um das Weißbierglas. Sophie – ich tue alles für dich, alles was du verlangst. Aber bitte entscheide dich, ich verliere den Verstand! Er aß eine halbe Tafel Schokolade, holte sich ein zweites Bier. Er sah auf die Uhr. Halb neun. Er sah auf sein Mobiltelefon. Unter ‚Neue Nachrichten' stand lapidar: ‚Keine'. Was kann ich ihr schreiben? Er trank das zweite Bier aus. Ihm war schwindlig. Er suchte nach Worten, die für eine SMS tauglich erschienen. Er holte ein drittes Bier, schenkte ein, trank. Er legte eine alte Musik-Kassette ein. Immer noch eine gute Qualität … Wer weiß, ob man in zwanzig

Jahren CDs noch abspielen kann? Er trank rasch. Es brannte stärker und stärker in seinem Herzen. Noch fester krallte er sich an das Weißbierglas. Er drehte die Musik laut auf, er drehte sie wieder leise. Er trank aus, holte sich ein viertes Bier, nahm noch einen Riegel Schokolade. Erst kurz vor Neun. Zu früh fürs Bett, ich würde in der Nacht aufwachen und nicht mehr einschlafen können. Er trank rasch. Er musste aufstoßen, geräuschvoll. Er wusste um die pathophysiologischen Auswirkungen des Alkohols auf den Schlaf, nicht nur aus der Vorlesung, mittlerweile auch aus eigener Anschauung. Durch Alkohol wurde das Einschlafen erheblich erleichtert, das Durchschlafen jedoch erheblich beeinträchtigt. Die erholsamen Schlafphasen wurden kürzer und seltener, oft wachte man in tiefer Nacht oder am frühen Morgen auf, nicht nur aufgrund der Harnblasenfüllung … Dietrich trank, hörte Musik, weinte. Das Weizenbier blähte seinen Bauch, Er trank, weinte heftiger. Kurz nach neun Uhr. Er stellte die Musik ab, sortierte die Kassette wieder ordentlich an ihren angestammten Platz. Er trank, nahm das Mobiltelefon. Er wählte Sophies Nummer. Während des Wartens plumpsten zwei Tränen nahezu gleichzeitig auf die Ledercouch. Der Anruf wurde angenommen. „Hallo Sophie …" Er sprach leise. „Ich wollte dir schreiben. Einen Gute-Nacht-Kuss schicken, etwas Liebes … Aber ich rufe dich viel lieber an, ich möchte deine Stimme hören, dir mit echten, gesprochenen Worten sagen, dass ich dich vermisse, dass ich dich liebe, dass ich …"
„Dietrich, wir sind gerade beim Essen …" Sophie sprach leise, kaum hörbar, überdeckt von undefinierbaren Hintergrundgeräuschen.
„Entschuldige … Mir geht es nicht so besonders. Ich muss die ganze Zeit an dich denken … Ich sitze hier ganz allein auf meinem Sofa, trinke ein Bier und … Ich weine. Ich weine um dich, Sophie, ich weine wegen dir … Ich weine, weil alles so schrecklich ist …"
„Verzeih …" Ein besonders lautes Geräusch von Besteck- und Tellerklappern und eine fremde Stimme im Hintergrund war zu vernehmen. „Wir sind in einem Restaurant … Meine Schwiegereltern und ich … Ziemlich förmlich hier alles …"
Kann's mir schon denken, Olafs Eltern sind gut betucht …
Lasst euch nicht stören bei eurem Gourmetessen …
Habt ja sicherlich was zu feiern … Olafs Fortschritte …
Habt bestimmt mit Champagner zum Apero angestoßen, auf dass Olaf bald wieder zu Hause ist …
„Sei nicht traurig, momentan ist es wirklich fürchterlich ungünstig …" Sophies Stimme war kaum hörbar, eine fremde Stimme, mutmaßlich ein Kellner, schien eine Frage zu stellen. „Ich muss Schluss machen. Ich melde mich bald wieder. Nicht traurig sein …" Klack.
‚Verbindung beendet' meldete der kleine Bildschirm höhnisch.
Sein Arm mit dem Telefon sank zur Seite. Er trank.

Ich dachte, der Anruf könnte mir Kraft geben ... Ich dachte, sie würde mir sagen, dass sie mich liebte, mir sagen, dass sie es heute Mittag schön fand, im Liebeskeller, als wir ... Ich hoffte, sie würde mir wenigstens eine gute Nacht wünschen ...
,Nicht traurig sein', das war alles ...
Wie? Wie soll ich ,nicht traurig sein'?
Wie kann ich etwas anderes als traurig sein?
Wie kann ich mich anders fühlen, wenn ich hier sitze ohne dich?
Er holte sich ein weiteres Bier, trank, verbrachte weitere Bierflaschen in den Kühlschrank. Er setzte sich wieder auf die Couch, trank. Er weinte. Das Wohnzimmer verschwamm, die Augen quollen. Er trank, es half nichts. Die Traurigkeit war refraktär gegenüber dem Weißbier. Er trank weiter, der Magen blähte sich noch mehr, er rülpste laut, trank nochmals. Er stellte das Glas auf den Beistelltisch, hielt die Hände vors Gesicht, rieb in den verquollenen Augen, schluchzte. Sophie!

Er erwachte. Der Kopf schmerzte. Tageslicht schien durch das Fenster. Das große Wohnzimmerfenster! Ich bin gar nicht im Schlafzimmer! Ich bin auch nicht durch den Wecker geweckt worden! Er sah auf die Armbanduhr. Viertel vor acht. Die Intensiv-Visite war schon zu Ende, die OPs begannen schon. Dietrich sah sich um, er lag auf der Couch. Vor ihm ein kleiner Rest Weizenbier im weiss-nicht-mehr-wie-vielten Glas. Er wankte ins Bad, trank Leitungswasser, urinierte, spülte ab, löschte das Licht, ging hinaus, ging wieder hinein, sah nach dem Licht, ging wieder hinaus, schloss die Türe, öffnete sie wieder, sah nach – das Licht war aus, ging wieder hinaus, ging wieder hinein. Nach sechs Kontrollen fasste er sich an den Kopf. Nicht zu fassen ... Ich bin besoffen auf dem Sofa eingepennt, habe verschlafen ...
Jetzt gucke ich zwanghaft nach dem Badezimmerlicht! Wie paradox!
Man wird mich in der Klinik vermissen, ich war für eine OP eingeteilt, das Badlicht hätte die ganze Nacht brennen können, das Wohnzimmerlicht war ja auch die ganze Nacht an ... Warum muss ich das Badlicht jetzt zigfach kontrollieren?
„Kontrolliere!" Schrie die Stimme, die Angstflamme. „Kontrolliere! Ich befehle es dir. Los, kontrolliere sie nach! Noch fünf Kontrollen!"
Er ging wie befohlen ein und aus, fünfmal sah er ein dunkles Bad. Das Licht war sicher aus. Er wankte zurück ins Wohnzimmer. Er griff zum Telefon. Das Chefsekretariat. „Ah, Doktor Nolte ... Wir vermissen Sie schon ..."
„Ich möchte mich krankmelden ... Es geht mir sehr schlecht ..." Beides war ja richtig. Ich bin krank, sehr krank, ernsthafter krank als vielleicht bei einer Lungenentzündung oder einem gebrochenen Schienbein ...
Und es geht mir sehr schlecht. Ja, sehr richtig, es geht mir wirklich sehr schlecht, sauschlecht ...

„Oh, das tut mir leid. Da wünsche ich Ihnen gute Besserung", flötete die Chefsekretärin. Er antwortete, es sei nicht so schlimm. Was für eine Lüge …
„Ich werde morgen wieder auf meinem Posten sein."
„Erholen Sie sich gut, Doktor Nolte. Nochmals gute Besserung!"

*

Jetzt muss ich halt den ganzen Tag allein hier verbringen, gammelnd untätig, wartend, abwartend …
Ich könnte gegen Mittag eigentlich auch in die Klinik gehen, in aller Ruhe noch einige ausstehende Arztbriefe diktieren, nach dem Rechten sehen, kund tun, ich sei morgen wieder da, wieder fit …

Gegen Mittag holte er sich in der Innenstadt eine Portion Pommes und eine Cola und fuhr in die Klinik. Er erreichte sein Arztzimmer ohne dass jemand von ihm Notiz genommen hatte. Einige ältere Briefe fanden Eingang in zwei Diktier-Kassetten.
Er sah auf sein Mobiltelefon. Noch keine Nachricht von Sophie.
Was für ein Telefonat gestern Abend …
Ihre Scheiß-Schwiegereltern, muss sie mit ihnen dauernd herumhängen?
Dietrich legte die diktierten Kassetten beiseite, er würde sie morgen im Schreibbüro abgeben. Wenigstens etwas geschafft heute …
Gegen Spätnachmittag trottete er wieder über den Parkplatz zu seinem Auto. Niemand sah ihn.
Es steht fast an der gleichen Stelle wie damals, das Auto …
Damals, als Sophie mich beinahe über den Haufen gefahren und mich dann in ihren roten Flitzer eingeladen …
Und mir danach im Regen gesagt hatte: „Habe dich lieb!"
Damals, als alles begann …
Dietrich stand gedankenversunken.
Wie würde es sein, mit ihr zusammen in ihrem flotten Cabrio unterwegs zu sein, aufs Land hinauszufahren, irgendwo anzuhalten, sich ins Gras zu legen, in den Himmel zu schauen …
Er stieg ein, sah auf sein Telefon.
Immer noch nichts.
Er begann zu tippen.

„Wusstest Du, dass es am Tag als Du geboren wurdest, geregnet hat?
Der Himmel weinte, denn er verlor seinen schönsten Stern.
Ich liebe Dich.
Dein Dietrich, der Herzfüßler."

Senden.

Abgeschickt war sie, die SMS.

Er fuhr nach Hause.

Die Wagenkontrolle ging ordentlich, die Haustüre war dafür heute problematischer. Schon einhundert Kontrollen.

Bei der einhundertfünften trat er vor Wut an die Innenseite der Türe. Verdammte Türe!

Es tat gut, der Tritt.

Er setzte noch einmal mit der Fußsohle nach.

Aber es half nichts.

Noch … noch zehn Kontrollen! Dann ist's gut …

Ich wer' noch zum Narr …

‚Neun!' ‚Zehn!'

Die letzten beiden Kontrollen rief er laut stark heraus, von niemandem im leeren Haus gehört.

Er holte ein Weizenbier und eine Tafel Schokolade. Er setzte sich auf die Couch. Sophie … Warum antwortest du nicht? Was ist los? Er trank, aß einen Riegel Milchschokolade. Ob ich sie nochmals anrufen soll?

Besser nicht, vielleicht wird sie wieder dysphorisch …

Vielleicht ist sie wieder mit ihren Scheiß-Schwiegereltern unterwegs, auf dem Weg ins Gourmet-Restaurant?

Oder vielleicht ist sie bei Olaf? Hält ihm das Händchen, beguckt seine tausend Brüche und Verbände …

Er trank das Bier aus, vertilgte den letzten Riegel Schokolade.

Auf dem Weg zum zweiten Bier kam ihm eine Idee. Was wäre, wenn ich Sophie anriefe während sie gerade bei Olaf am Bett säße?

Was passierte wenn Olaf etwas erführe?

Wenn er vom Liebeskeller wüsste?

Wie würde er reagieren? Vielleicht würde er toben, die Beziehung mit Sophie sofort beenden?

Es wäre eine Option – Olaf 'mal die Brille aufsetzen und sehen, wie er reagiert.

Er verwarf den Gedanken. Er kannte Olaf viel zu schlecht, um seine wahrscheinlichste Reaktion abschätzen zu können. Zu riskant, ein viel zu unkalkulierbares Unternehmen …

Ich muss abwarten. Abwarten und ausharren. Zur Passivität verdammt. Zum Nichtstun.

Er trank. Sah auf sein Mobiltelefon. Nichts. Ich kann nichts machen, rein gar nichts. Ich muss hoffen, dass der Kerl möglichst bald wieder auf die Bei-ne kommt, dass Sophie Auge in Auge Klartext mit ihm reden kann.

Er trank. Was ist, wenn sich die beiden wieder näher kommen? Eine schwere Krankheit, eine ernste Verletzung kann eine Beziehung schnell stabilisieren, Gräben kitten. Er leidet, hat Schmerzen, sie tröstet ihn …

Er trank. Die Vorstellung, wie Sophie jetzt vielleicht an seinem Bett säße, ließ ihn beben. Er trank den Rest des Bieres aus.

Dann muss er sterben … Olaf, dann musst du sterben – also: besser Sophie verlässt dich, sonst …

Er holte ein drittes Bier. Es war erst halb acht Uhr. Nur noch dieses, dann gehe ich schlafen …

Er trank. Er dachte an Sophie. Tränen quollen aus den Augenwinkeln. Ohne Schluchzen fanden sie ihren Weg über die Wangen, Dietrich trank stumm. Es ist so furchtbar. Warten. Nur warten. Abwarten. Ich kann nichts tun …

Gegen zwei Uhr erwachte er.

Die Harnblase drückte, schwankend erhob er sich, ihm war speiübel.

Nach dem Urinieren trank er Leitungswasser. Es drückte im Oberbauch, er beugte sich gerade noch über das Klosett und er erbrach im Schwall. Mit platschenden Lauten fand das Nicht-Behaltene seinen Weg in die Schlüssel. In mehreren Wellen stieß es hoch, im Hals brennend, im Mund säuerlichen Geschmack hinterlassend.

Dietrich betrachtete durch reflektorisch tränende Augen das Produkt in der Schüssel. Es war von überwiegend flüssiger Konsistenz, es sah farblich dem Hefeweißbier nicht unähnlich. Es ist kaum etwas anderes im Magen gewesen … Die paar Rippchen Schokolade, die Pommes vom Mittag … Nur vereinzelt schwammen einige Brocken als Residuen herum, einige davon hingen unter dem Klosettrand fest. Er spülte ab, schwankend. Ich werde die Schüssel morgen sauber machen oder irgendwann … Er schwankte zurück ins Bett. Sophie – warum kannst du nicht da sein …? Er sah wieder auf das Mobiltelefon. Keine Nachricht. Bitte schreibe, ich sterbe sonst, bitte! Dietrich starrte mit weit offenen Augen in das Schlafzimmerdunkel. Sophie … ich liebe dich … Kurz vor dem Weckerklingeln schaltete er den Weckalarm vor-zeitig aus und stand auf. Er war nicht mehr eingeschlafen. Er wankte ins Bad, säuerlicher Geruch schlug ihm entgegen, in seinen Darmschlingen rumorte es.

*

Vier Wochen vergingen.
Olaf genas stetig.
Sophies Bulletins kündigten von kontinuierlichen Fortschritten.
Seit einigen Tagen war er erstmalig aus dem Bett mobilisiert worden.
Jede Woche trafen sie sich im Liebeskeller.
Manchen Tag liebten sie sich fast wortlos.

An den Abenden, an den freien Tagen, vegetierte Dietrich in seinem Haus. Die Angstflamme quälte, die Schmerzen quälten, die Ungewissheit folterte, das Abwarten marterte, das Nichtstun peinigte.

Er sah es Sophie an, als er sie an diesem Nachmittag im Liebeskeller traf. Der Ernst ihres Blickes, die Tiefe ihrer Stirnfalten, die Nervosität ihrer Augenmotorik, die Tonlage ihrer Stimme.
Nach der Umarmung begann sie:
„Dietrich … Du weißt, Olaf ist auf einem guten Genesungsweg …" Sie holte Luft, schien nachzudenken, die richtigen Worte abzuwägen. „Sein linkes Knie macht noch große Probleme, es war ja schwer zertrümmert … Seine Eltern haben vorgeschlagen … Man hat ihm empfohlen … Es von einem Professor Irgendwer, einer Koryphäe in Chicago operieren zu lassen. Er wird nächste Woche in die USA fliegen …"
Ja und? Bestimmt nicht billig, der Spaß …
„Ich muss mitfliegen … ihn begleiten …"
„Wie – du musst mitfliegen?"
„Olaf sitzt noch in einem Rollstuhl, er kann keinen Meter alleine gehen, er ist hilflos … Außerdem braucht er noch Tonnen von Schmerzmitteln, er ist halb sediert. Er kann unmöglich allein nach Chicago fliegen …"
„Ah, verstehe … Er braucht … eine begleitende Krankenschwester." Dietrich blickte böse.
„Jetzt mach 'mal einen Punkt, ja! Noch bin ich mit Olaf verheiratet, noch ist er mein Mann. Er ist nicht mit Absicht gegen einen Baum gefahren! Er hatte einen schweren Unfall, er ist fürchterlich verletzt, war halbtot. Seine Eltern und er fragen mich, ob ich ihn in die USA zur Operation begleiten kann – ich finde, das ist ein sehr normales Ansinnen an eine Ehefrau, oder? Was soll ich antworten? Soll ich sagen, nein Olaf – geh allein dorthin, miete dir doch eine Krankenschwester zur Begleitung …"
Warum eigentlich nicht? Ihr schwimmt doch in Geld …
Dietrich blickte betreten zu Boden. „Es tut mir sehr weh …" sagte er leise.
„Es ist nur für eine einzige Woche, dann sind wir zurück. Hinflug, nächster Tag OP, fünf Tage stationär und zurück nach Deutschland. Für mich kommt das auch ziemlich überraschend. Sei nicht traurig …" Sie drückte seinen Kopf an ihre Brust. „Dietrich, ich kann dies nicht ausschlagen … Ich muss mit."
Er nickte an Sophies Busen.
„Es wird für absehbare Zeit Olafs letzte Operation sein. Er wird danach in Reha gehen, dann ist er wiederhergestellt!"
„Bitte rede mit ihm, bitte spreche mit ihm. Du musst es ihm dann sagen … Ich … ich kann nicht mehr, Sophie. Ich kann nicht mehr, ich halte es nicht mehr aus, das Warten …"
Sophie legte ihm zart ihren Zeigefinger auf den Mund.

„Nein, Sophie, ich kann nicht leise sein … Ich muss es dir sagen: Entscheide dich bald. Rede mit Olaf und entscheide dich: Für ihn oder für mich. Aber bitte entscheide dich. Wenn du dich gegen mich entschiedest, wäre das immer noch besser als das grausame Warten, das fürchterliche Abwarten und Larvieren." Ja, das ist Ernst. Auch eine Entscheidung für Olaf wäre mittlerweile besser, als der jetzige Zustand. Dann wüsste ich, was zu tun sei, das wäre der Beginn der Operation ‚Kill Olaf'. Der Anfang vom Ende seines Lebens …

„Verstehe mich, Sophie – du musst dich entscheiden – es kann so nicht weitergehen. Seit Monaten diese Hängepartie, diese heimlichen Treffen in diesem Loch hier – es geht nicht mehr. Du musst dich entscheiden, ich flehe dich an … und …" Er sprach jetzt leiser, nur noch flüsternd, „… und ich flehe dich an: bitte entscheide dich für mich. Bitte …"

Sophie drückte ihn fest an sich, ihr Atem ging schneller. Ihre Augen tränten. „Dietrich, ich liebe dich. Ich verspreche dir, ich werde mit Olaf reden, wenn wir aus den USA zurück sind, wenn er wieder auf eigenen Beinen stehen kann. Ich … ich liebe dich über alles …" Sie versanken wortlos ineinander.

„Ich liebe dich", wiederholte Sophie, als sie das Lager verließ. „Mein Versprechen gilt. Bald sind wir zurück. Es ist nur eine Woche."

*

Vier Tage waren vergangen. Sophie war mit Olaf nach Chicago geflogen. Dietrich vegetierte zwischen Klinik und seinem Haus hin und her. Die Tage, die Abende allein zu Hause wurden schlimmer und grauenvoller. Die Kontrollen, der Schmerz – das eine löste das andere ab, quälten ihn in diabolischem Wechselspiel …

Sein letztes Treffen mit Jasper hinterließ unerwartet bitteren Nachgeschmack. Sein bester Freund hatte ihm bei einer Pizza eröffnet, er würde bald Vater werden. Nahezu der ganze Abend wurde von euphorischen Erzählungen und Plänen über die anstehende Hochzeit, die bevorstehende Geburt, der Umzug in ein eigenes Haus eingenommen. Jasper monologisierte logorrhoeisch. Dietrich hörte nur zu, kaute auf einer faden Pizza von gummiartiger Konsistenz, trank ein Glas Rotwein auf das andere. Die enthusiastischen Worte seines euphorischen Freundes über das traute Glück schmerzten. Eifersucht überkam ihn. Wieso habe ich niemanden wie Zoe? Jemand, der mich so liebt wie Zoe meinen besten Freund? Anstatt sich über das Glück seines Freundes zu freuen, machten ihn Jaspers freudige Berichte von Satz zu Satz, von Minute zu Minute dysphorischer und ungehaltener. Nach dem Abend in der Pizzeria trank er nach unzähligen Gläsern Rotwein zu Hause noch ein Weißbier. Es vermochte nicht zu betäuben. Es erbrachte keinerlei

Linderung. Dietrich trank verbissen am Bier, die Gummipizza generierte dumpfe Oberbauchschmerzen. Entschuldige, Jasper. Ich kann nicht zu dir kommen, dich in deinem trauten Heim mit der glücklichen Zoe besuchen. Ich kann's momentan nicht aushalten, das anzusehen. Dietrich trank. Der Magen rebellierte. Ich kann es nicht sehen, euch beide am Tisch sitzen, händchenhaltend, Küsschen austauschend wie frisch verliebt in den ersten Tagen. Ich kann euer Glück nicht mitansehen … Entschuldige mein lieber Jasper, mein bester und einziger echter Freund, ich bin zu eifersüchtig, es schmerzt zu sehr … Später vielleicht, ja, später. Später wenn … Ja, wenn … Ja, wenn ich mit Sophie zusammen …

Er konnte an diesem Abend lange nicht einschlafen. Jaspers Glück machte ihn wütend. Er fühlte sich einsam, wenn er hier allein in seinem Haus war, aber er hatte sich genauso einsam gefühlt, als er in der Pizzeria Jasper von seinem trauten Glück monologisieren hatte hören. Gegen drei Uhr beförderte sein Magen die Gummipizza in retrograder Richtung in das Klosett. Unter dem Rand befanden sich noch immer kleine Bröckchen vom letzten Mal … Die Speiseröhre brannte von der Magensäure.
Er weinte. Sophie – wo bist du jetzt? Sitzt du am Krankenbett von Olaf? Oder bist du allein in einem Hotelzimmer? Denkst du an mich? Er musste sich noch ein zweites Mal übergeben. Erst in den Morgenstunden fand er in unruhigen Schlaf.

Am darauffolgenden Sonntag erwachte er am späten Vormittag. Er trank etwas Leitungswasser, aß einen Riegel Schokolade. Mehr Appetit bestand nicht. Ein regnerischer Tag. Er setzte sich in sein Auto und fuhr los. Ziellos. Ohne Richtung. Er fuhr einfach. Durch spießig anmutende Vorstadtsiedlungen, über kleine Landstraßen, durch unbekannte Dörfer. Er fuhr einfach. Jasper, Mensch Jasper … Ich wollte dir von Sophie erzählen, berichten, wie es steht. Mehrmals habe ich das Thema aufgemacht, angeschnitten, immer hast du es mit deiner Logorrhoe über dein werdendes Kind zugedeckt, erstickt. Du warst nicht zu stoppen, unablässig musstest du von Zoe und dem Kind erzählen, manchmal auch dasselbe mehrfach hintereinander … Es war fast schon ein Perseverieren – ist das nicht ein Symptom der senilen Demenz?
Du konntest oder wolltest mich nicht hören. Dein Hirn oder was auch immer ist völlig von Zoe, deinem Kind und dem Haus vereinnahmt.
Dietrich fuhr und weinte. Er war zu träge, sich die Tränen abzuwischen. Schlierenartig verschwommen Straßen, Leitplanken, Verkehrsschilder, Ampeln.
Nach unbekannter Fahrzeit und unbekannter Route ging der Tankinhalt zur Neige, an der Armatur durch ein penetrant blinkendes Warnsymbol erkenntlich. Dietrich tankte, nahm zusätzlich eine Büchse Bier. Gute Tradition … Er fuhr weiter, versuchte seinen Standort zu lokalisieren. Er

trank das metallische, eiskalte Getränk. Sophie – du musst dich bald entscheiden, ich verliere sonst den Verstand. Bitte entscheide dich – für oder gegen mich, es ist schon fast egal, aber bitte entscheide dich … Jede Entscheidung von dir ist besser als das hier – das Abwarten, das passive Nichtstun. Es ist für mich eine Folter, eine Qual, die niemand nachvollziehen kann …

Gegen vier Uhr nachmittags erreichte er wieder sein Haus. Die Angstflamme schlug jetzt erbarmungslos zu, forderte ihren Tribut. Ich habe heute ja noch fast gar nichts kontrolliert … Er brauchte zweihundertzehn Kontrollen am Wagen, bis er ins Haus konnte. Inflationär … Er atmete durch. Fürchterlich … Was wird Sophie sagen, wenn sie davon weiß? Er sah zum Mobiltelefon. Eine neue Nachricht. Sophie! Eine SMS aus Amerika!
Er drückte im Dialogfeld die Taste ‚Öffnen'.
Ihm stockte das Herz.
Er musste die Nachricht nochmals lesen.
Nochmals und nochmals, obgleich sie an Einfachheit und Klarheit ihres Inhaltes kaum zu überbieten war.

Ihm sank der Arm mit dem Telefon herab, er sah zum Fenster, hinaus in den grauen, regenverhangenen Himmel.
Das Bild verschwamm in seinen Tränen.
„Nein!" Er schrie es laut gellend durch das leere Haus. Er rannte durchs Wohnzimmer, schlug mit der Faust gegen die Wand. „Nein!"

Er löschte die gelesene Nachricht aus dem Speicher, als würde sich dadurch auch deren Inhalt aus der Realität tilgen lassen. Noch einmal hatte er zuvor die wenigen Zeilen gelesen.

„Lieber Dietrich. Nachdem Olafs Knieoperation von orthopädischer Seite erfolgreich verlaufen war, hat er heute eine ernste Komplikation erlitten. Olaf hat eine ausgedehnte tiefe Beinvenenthrombose. Bei drohender Lungenembolie wird er sieben Tage antikoaguliert und darf nicht das Bett verlassen. Er ist natürlich transportunfähig. Der Aufenthalt hier in Chicago verlängert sich dadurch um mindestens zehn Tage. Armer Dietrich! Ich liebe dich. Aber bald bin ich wieder da. Deine Sophie."

Das gibt's doch nicht! Jetzt kriegt dieses Arschloch auch noch eine Thrombose! Kannst du nicht an einer Lungenembolie verrecken? Kann die Operation nicht normal verlaufen, kannst du nicht genesen, damit man mit dir endlich Klartext reden kann? Wird Sophie mit ihm überhaupt jemals Klartext reden? Wird sie ihn überhaupt verlassen? Er holte sich, obwohl erst Nachmittag, ein zweites Bier. Sophie wird jetzt noch einige Tage mehr an deinem Kranken-bett sitzen, dir das Händchen halten, dein schlaffes armseliges Händchen, das noch nie richtige Arbeit gekannt ... Sie wird dir deinen Wanst kraulen oder deinen verunstalteten Ohren tröstliche Worte sagen ... Ich kann jetzt hier noch länger ausharren, wer weiß wie lange ...

Die folgenden Stunden saß er einfach da. Das zweite Bier war schon längere Zeit leer, es kostete unendliche Kraft, sich von der Couch zu erheben und ein weiteres aus dem Kühlschrank zu holen. Es betäubte ohnehin nicht. Die Schmerzen brannten höllisch. Gegen zehn Uhr schüttelte er sich. Was habe ich die letzten fünf Stunden hier gemacht auf dem Sofa? Seine Tränendrüsen schienen versiegt zu sein, die Augen brannten nur noch. Ich muss was essen ... Aber ich kann nicht ... Er zwang sich zu einem Riegel Schokolade, trank etwas Wasser nach. Vielleicht wäre es sogar gut und konstruktiv, wenn mir Sophie sagen würde, sie bliebe bei Olaf. Vielleicht würde ich ja versuchen, sie zu vergessen, sie in der Klinik zu übersehen, mich anderen zuzuwenden ... Es gibt genug weibliches Klinikpersonal, das gerne einen Arztkittel daheim hätte ... Oder ich würde die ‚Operation Olaf' beginnen, meine Ideenmaschine auf Höchstleistung bringen. Wer weiß? Das kann ich dann in Ruhe abwägen. Entweder neues Ziel oder Olaf ins Jenseits befördern – beides sind Vor-haben, in denen ich aktiv agieren kann. Aber ich brauche Klarheit, Sophie! Du musst etwas entscheiden! Dietrich holte sich jetzt doch noch ein weiteres, finales Weißbier. Sophie – es wäre am einfachsten, du entschiedest dich für mich. Bitte – komm zu mir, bitte verlass ihn, ich flehe dich an!

Er war wieder auf der Couch eingeschlafen. Zehn Minuten vor Beginn der Intensiv-Visite erwachte er morgens benommen auf dem Sofa, geweckt von Tageslicht und Vogelgezwitscher. Scheiße ... Eilig trank er etwas Leitungswasser. Die Straßenkleider hatte er ja noch an. Er hastete aus dem Haus, vergaß sogar die die Türkontrollen. Er raste durch den montagmorgendlichen Berufsverkehr, betrachte sein unrasiertes Gesicht im Rückspiegel. Die Intensiv-Visite war noch im Gange, als er die Station gehetzt erreichte. Unauffällig reihte er sich im hinteren Bereich des Vistentrosses ein, unfähig vom Gemurmel der Generale an der Spitze Substanzielles zu vernehmen. Ein Assistenzarztkollege bot ihm unauffällig einen Kaugummi an. Extrastarker Pfefferminzgeschmack versprach die Verpackung. „Gestern einen gepichelt, was?" fragte der Kollege lächelnd.

Der Arbeitstag verlief quälend. Frühabends kontrollierte er ausgiebig die Laborwerte des Morgens, er nahm sie nicht mehr mit nach Hause. Bereits zehn konzentrierte Kontrollen im Arztzimmer befriedigten die Angstflamme. Sie schien neue Themenfelder interessanter zu finden ...

Er fiel zu Hause erschöpft auf sein Sofa. Sophie hatte nicht geschrieben. Er holte sich ein Weizenbier. Seit einiger Zeit schrieb er sich seine tägliche

Alkoholmenge in eine kleine Computerdatei. So gewann er Überblick. Den halben Liter Bier veranschlagte er mit 25 Gramm.
Er versuchte zu lesen, versuchte fern zu sehen, versuchte etwas zu essen. Nichts. Erfolglos. Sein Hirn oder wasauchimmer blockierte. Er nahm sein Mobiltelefon und tipselte an Sophie. Dass er sie liebe, dass er sie vermisse, dass sie bald zurückkommen möge. Er schickte die Nachricht ab. Es war seine einzige konstruktive Handlung des Abends.

Er öffnete eine Flasche Rotwein. Trank. Schenkte nach. Trank. Schenkte nach. Machte Musik an. Trank. Ob sich Sophie und Olaf wieder näher kommen, am Krankenlager? Er trank. Schenkte nach. Drehte die Musik wieder aus. Trank. Schenkte nach, den letzten Rest der Flasche. Mann, was für eine Geschwindigkeit. Keine dreiviertel Stunde und eine Flasche Rotwein weg … Er trank. Öffnete eine zweite Flasche. Schenkte ein. Trank. Schenkte nach. Weinte. Trank. Lief auf und ab, hin und her im stillen Wohnzimmer. Trank. Lief. Schenkte nach. Trank. Weinte. Lief. Urinierte. Nahm einen Schluck Leitungswasser. Trank. Weinte heftiger, lauter, ungehört, ungesehen im leeren Haus. Trank. Schenkte nach. Schon die zweite Flasche zur Hälfte leer. Trank. Ganz schön hohe Schlagzahl … Trank. Setzte sich wieder auf das Sofa. Trank. „Sophie!" Ein gellender Schrei. Sophie!" Es hallte durch den Raum, der nebulös verschwamm. Tränen liefen, aufs Hemd, auf die Couch, auf die Jeans. Er trank. Schenkte nach. Die zweite Flasche fast leer. Trank. Schenkte nach. Weinte. Schrie jetzt nicht mehr. Wurde ruhiger. Trank. Schenkte den Rest der Flasche ein. Trank. „Sophie …" Nur noch ein leises Flüstern. Trank leer. Ich bin im freien Fall…

In der Nacht besuchte ihn Yvette. Nicht als Zombie diesmal. Sie lag neben ihm im Bett, kuschelte sich zärtlich an ihn. Er roch ihren Körperduft, ihre Pheromone. „Ich liebe dich, Dietrich … Auch wenn ich manchmal grummelig oder gehässig bin. Oft bin ich so angespannt, weißt du? Von der Klinik, dem Mobbing dort, den Kämpfen im Labor, von der Arbeit hier im Haus mit unserem Kind. Verzeih, dass ich manche Stunde so abweisend, so kalt bin. Aber ich liebe dich …" Ihr schlanker Körper schmiegte sich an den seinigen. Dietrich spürte ihre Brüste, ihre Schenkel, ihre Hand zart in seinem Nacken.

Mit einem gellenden Schrei fuhr er hoch. Was für ein Traum!
War es Traum oder war es Erinnerung?
Es war realistischer denn je, ich habe sie gespürt, bei mir liegen. Sie war da … Er schüttelte sich, wankte ins Bad, trank Leitungswasser ohne Licht zu machen. Nach wenigen Wasserhahnkontrollen ging er zurück ins Bett, unfähig nochmals einzuschlafen. Warum träume ich zurzeit so intensiv? Sie kommen, sie holen mich ein – Yvette, Nollendorf … Warum träumt man über-haupt? Was ist der Sinn dabei? Er sah aufs Telefon. Keine Nachricht

von Sophie. Yvette … musste sie unbedingt sterben, nur weil sie manchmal kau-zig, mänadenhaft war? Was habe ich getan …?

Der folgende Arbeitstag verlief wie im Fluge. Kaum bei der Frühvisite, schon stand Dietrich frühabends wieder auf dem Parkplatz bei seinem Wagen. Die letzten Stunden waren ihm kaum mehr erinnerlich. Ich war im OP, dann Visite, dann Besprechung, dann Papierkram …
Reiß dich zusammen Dietrich, du bist ja kaum noch bei der Sache, es geht um ernsthaft kranke Patienten, du hast Verantwortung!
Die Laborwerte des Tages hatte er heute wieder einmal kopiert, er würde sie zu Hause ausgiebig kontrollieren. Dann habe ich schon was zu tun, zu Hause …

Eine neue Nachricht von Sophie.
Dietrichs Hände zitterten.
„Liebster Dietrich! Olaf geht es nicht so besonders. Es ist alles so schwierig. Ich freue mich auf Dich. Pass auf Dich auf! Es drückt Dich ganz fest – Deine Sophie.“

Er trank am Bier, analysierte jedes Wort. ,Nicht so besonders?' - Was sollte das heißen? Verlief die Thrombose progredient? Hatte er eine Lungenembolie? Oder war er nervlich nicht so gut drauf? Weinte er vielleicht? Hatte er einen Klinik-Koller? Könnte man verstehen …
,Es ist alles so schwierig.' - was sollte das jetzt? Schwierig mit Olafs Genesung? Oder Schwierigkeiten in Chicago? Oder schwierig mit der Entscheidung … Dietrichs Herz raste. Kommen sie sich wieder näher, die zwei? Driftet sie zu Olaf ab? Dietrich trank. Das Glas war nicht einmal leer, als er ins Schlafzimmer wankte. Kein Essen heute. Kein Buch. Keine Musik. Kein Zähneputzen. Nicht einmal mehr Bier. Dietrich streckte sich angezogen aufs Bett, starrte zur Decke. Sophie – ich flehe dich an: Entscheide dich. Für oder wider, egal, aber entscheide dich! Er starrte weiter regungslos zur Decke. Wenn sie bei Olaf bliebe … Wenn sie zurückkäme, mir im Liebeskeller sagte, es sei doch alles so ,schwierig', es sei doch besser, wenn … Tränen liegen die Wangen herab. Wenn sie sagte, sie könne Olaf nicht verlassen, sie wolle bei ihm bleiben, es sei schließlich ihr Mann, sie liebte ihn schließlich auch noch … Er malte sich die folternde Szenerie aus. Elektrisierende Schmerz durchfuhr seinen Brustkorb. Er weinte jetzt laut schluchzend.

Dietrich weinte.
Er weinte Minuten, Viertelstunden, halbe Stunden, Stunden.
Es wurde tiefe Nacht.
Regungslos lag er im Schlafzimmer, weiterhin an die Decke starrend, bewegungslos, regungslos, katatonisch.

Es fiel zu schwer, Tränen aus dem Gesicht zu wischen. Die Augen brannten. Er hatte nicht zur Uhr geblickt, nicht zum Wecker. Ist es elf, ein oder drei Uhr? Einerlei ... Seine Gedanken kreisten um seine Tränen. Ist Weinen nicht eines der wesentlichen Charakteristika, die den Mensch vom Tier unterscheidet? Können Tiere auch weinen?
Nein, sie können es nicht. Sie können trauern, sehr ausgeprägt sogar. Papageien leben ihr gesamtes, langes Leben streng monogam. Verlieren sie nach mehreren Jahrzehnten ihren Partner, zeigen sie ihre Trauer durch Selbstgeißelung, rupfen sich ihre bunten Federn aus, verstümmeln sich selbst. Auch Hunde können ausgeprägte Trauer zeigen. Immer wieder wird berichtet, wie sie nach dem Tod ihres Herrchen auf deren Grab jaulend und leidend sitzen bis sie selbst ... Auch in Menschenaffen- oder Elefantenherden wird der Tod eines Mitgliedes durch spezifische Verhaltensmuster ritualähnlich betrauert.
Aber weinen? Nein, weinen können die Tiere nicht. Nur die Menschen weinen. Es ist nur uns eigen, diese besondere emotionale Ausdrucksform. Nicht einmal die Krokodile weinen ...

Es war schon frühmorgens.
Dietrich weinte immer noch.

Noch eineinhalb Stunden bis zum Aufstehen ... Dietrich, du brauchst Kraft für den Tag! Versuche zu schlafen! Oder soll ich daheim bleiben, krank machen? Schließlich bin ich ja krank ... Krank vor Liebe ... Und krank mit ... mit dem anderen da ... Er verwarf den Gedanken. Die Klinik lenkt wenigstens ab. Müsste ich den ganzen Tag alleine zu Hause sein ... es wäre ja so schlimm wie an den Wochenenden ... Es kann so nicht weitergehen ... Ich gehe kaputt! Ich sehe es ...

*

Die Tage vergingen. Uniform und gleichförmig. Die Werktage brachten geringe Abwechslung tagsüber, im Dienst auch abends und nachts.
Die Stunden zu Hause wurden furchtbarer denn je.
Dietrich hatte in Erfahrung gebracht, dass Sophie von Amerika aus die Klinik um unbezahlten Urlaub gebeten hatte. Er war gewährt worden.

‚Die arme Schwester Sophie ... Ihr so schwer verletzter lieber Mann! Wie lieb sie sich um ihn kümmert ... Lassen Sie sich Zeit, kommen Sie zurück, wenn er genesen ist ...'

Dietrich hatte auf den Dienstplan des Pflegepersonals gesehen. Auf dem DIN A 3 Blatt war in der Zeile von Sophie für den gesamten laufenden Monat ein einziger horizontaler Querstrich vermerkt.

Das Essen machte zunehmend Probleme. Er aß nur noch sporadisch und wenig. Morgens manchmal eine Banane auf dem Weg zur Arbeit. Bananen waren ihm gut bekömmlich. Ihr reichlicher Kaliumgehalt war für seinen Elektrolythaushalt günstig, wenn er abends zuvor einiges getrunken hatte.
Die belegten Brötchen am Klinik-Kiosk stießen ihm übel und brennend auf. Seltene Kuchenstückchen im Schwesternzimmer stellten die einzige nennenswerte Energiequelle während des Tages dar.
Am Abend hatte er schon lange nichts mehr beim Pizzaservice bestellt. Abgesehen vom völlig fehlenden Appetit nervten ihn die nach Lieferung erneut notwendigen Kontrollen der Haustüre. An einem Abend hatte er nach der Annahme der bestellten Pizza derart lange die Haustüre kontrollieren müssen, dass sein Abendessen nicht nur kalt, sondern schon von Fliegen umschwirrt gewesen war.
Nach einem Arbeitstag aß er meist nur noch einige Riegel Schokolade. Dazu kamen Weißbiere, mehrere, meistens viele an der Zahl.
Als Abwechslung diente gelegentlich eine Flasche Rotwein. Oder zwei.
Schon Ewigkeiten hatte er sich an den Wochenenden nichts mehr selbst zubereitet. Um Frühstücksbrötchen zu holen, war er zu träge. Außerdem müsste ich die Kaffeemaschine anmachen ... Ihre Kontrolle würde ewig Zeit und Energie kosten ... Die Banane tat's auch. Auf eine warme Mahlzeit bestand kein Appetitgefühl mehr. Ein dumpfes Druckgefühl im Oberbauch beherrschte ihn. Nur mit Mühe und einiger Qual bewegte er an einigen Samstagen den Wagen zu einem Schnellrestaurant, um dort das zu essen, was landläufig neudeutsch ‚junk food' genannt werden will.

Er verfiel. Nicht nur innerlich, seelisch, in seinem Herzen. Sein sichtbarer körperlicher Verfall gab Anlass zu vorsichtigen Nachfragen seitens der Schwestern, der Ärztekollegen, den einzigen Menschen, die ihn regelmäßig sahen. Er hatte sichtlich an Gewicht abgenommen, musste sich enger geschnittene OP-Hemden und -Hosen bestellen. Im Spiegel blickte er in ein fahlgraues, hohlwangiges, kachektisches Gesicht. Seitdem er eines Morgens Zahnfleischbluten bemerkt hatte, kaufte er sich im Supermarkt Vitamintabletten. Jeden Tag ein Pillchen, dann kann ich bei der Schokolade und dem Bier bleiben ...

Sophie hatte sich gemeldet und angekündigt, in der kommenden Woche mit Olaf zurück zu fliegen. Dietrich nahm die Nachricht emotional unberührt auf. Er hatte schon drei Weizenbiere in sich, als die SMS auf seinem Telefon erschien. Sophie – bitte entscheide dich ...

Die Kontrollzwänge waren explodiert, einem ultramalignen Tumor gleich. Die Angstflamme, längst ein Flächenbrand, ging in die finale Offensive. Dietrich musste seinen Wecker früher stellen, um überhaupt noch rechtzeitig morgens aus dem Haus zu kommen. Eine Stunde Kontrolltätigkeit am Morgen reichte meistens nicht aus.
Die Abende wurden zum größeren Teil vollständig durch Kontrollen ausgefüllt, oft war es schon nach zehn Uhr, bis er sich endlich auf das Sofa plumpsen lassen konnte, ohne dabei innerlich Ruhe finden zu können.
War das Kontrollieren endlich abgearbeitet, die Angstflamme endlich befriedigt, meldete sich sein Herz, quälte ihn Sophie.
Er hätte nicht entscheiden können, welche Marter die schlimmere sei. Beides folterte auf seine eigene Weise. Das Eine wurde auch nicht durch das Andere verdrängt.
Zu Hause hatte er abends die Auswahl zwischen Kontrollieren oder Weinen. Die Kontrollen wurden beängstigend. An einem Tage hatte er bei der dreiunddreißigsten Kontrolle der Wohnzimmerheizung den Drehknopf der Heizung abgerissen. Dietrich kontrollierte die Heizung nicht nur ein visuell, sondern auch mechanisch, in dem er versuchte, den Knopf nach links zu drehen, um zu prüfen, ob er wirklich am Anschlag sei. Bei dieser Kontrolle hatte er plötzlich staunend den auf diese Weise amputierten Drehknopf in der Hand. Er musste für Samstagmorgen den Heizungsmonteur bestellen.

Pünktlich klingelte dieser um elf Uhr. Ein Mittfünfziger mit Latzhose und Werkzeugkoffer in der Hand. „Kommen Sie bitte herein ...“
Befremdlich blickte sich der Monteur um, als er das Wohnzimmer betrat.
„Tsss ...“, machte er, nach rechts und links auf den Boden blickend.
„Wie meinen?“, fragte Dietrich, fast etwas forsch.
„Hatten sie ’ne Party hier? Sorry, aber lüften wäre ’mal ne gute Idee ...“
Dietrich sah um sich. Schon einige Wochen hatte er es vermieden, die Fenster zu öffnen. Auch so schon musste er jedes einzelne abendlich zehn bis dreißig Mal kontrollieren. Würde ich sie öffnen, wären vorneweg über hundert Kontrollen fällig ...
Der Monteur hatte auch abschätzig auf den Boden und den Tisch geblickt. Während er an dem Heizkörper werkelte, sah sich Dietrich um. Mehrere leere Weizenbierflaschen. Mehrere gebrauchte Gläser. Mehrere Pizzakartons älteren Bestelldatums. Unzählige Schokoladenpapierfetzen. Was guckt er so tadelnd, dieser Monteur? Völlig egal wie’s hier aussieht! Bevor Sophie kommt, bring ich das Haus schon noch auf Vordermann, keine Bange! Sophie ... bitte komm’ ... Bald! Schnell!
Wortlos verrichtete der Monteur seine Arbeit. Er kann mich nicht verstehen. Er weiß ja nicht, wie es in mir aussieht. Außerdem bin ich gar nicht unordentlich. Bestimmte Dinge des Lebens ordne und sortiere ich besser als nahezu jeder andere Mensch dieser Erde. Meine Kassettensammlung. Meine CDs. Meine Bücher! Wenn Sie das sähen, wie da Ordnung herrscht, wie die

sortiert sind! Sogar eine Datenbank gibt es, mit gleich mehreren Ordnungs-
kriterien!

Schon komisch … Manche Dinge des Lebens sind bei mir penibel akribisch
geordnet – Dinge, die mir wichtig sind, meine Musiksammlung zum
Beispiel, aber auch weniger wichtiges, wie meine tägliche Alkoholmenge,
die ich quantifiziert nach Grammzahl in eine Datenbank eintrage. Dafür hat
sich bei anderen Dingen mittlerweile eine fürchterliche Unordnung breit
gemacht …

Der Monteur ging wortkarg von dannen. Dietrich sah ihm aus dem Fenster
nach. Vor seinem Wagen stehend, klingelte sein Mobiltelefon. Der Monteur
fingerte es aus seiner blauen Latzhose. „Bin in zehn Minuten da … Du, ich
war hier gerade bei einem ‚Messy‘ …!“
Dietrich wandte sich ab, sah auf den Boden, den Tisch. Er setzte sich auf das
Sofa. Es sieht schon ziemlich übel aus hier … Wenn du kommst, Sophie,
räume ich schon noch auf … Es wird noch genug Zeit sein. Wenn du
kommst… Wenn …

Er wusste am Abend nicht mehr, wie er diesen Tag verbracht hatte. Die
wenigen Worte mit dem Heizungsmonteur waren die einzigen des Tages
gewesen. Ob ich einmal meine Eltern anrufe? Nein, warum auch. Oder
Jasper? Er wird mich mit seiner Logorrhoe über die bevorstehende Geburt
nerven und quälen. Nein …
Sophie meldete sich per SMS. In fünf Tagen würde sie definitiv wieder in
Deutschland sein. Sie würde sich freuen.
Dietrich aß einen Riegel Schokolade und nahm zum Bier eine Vitamin-
tablette. Ich werde mir etwas Laktulose besorgen müssen, ich habe ja kaum
noch Stuhlgang …
Bis knapp Mitternacht saß er auf dem Sofa, immer noch umgeben von den
leeren Flaschen, Gläsern, Schokoloadenpapierschnipseln. Er war zu kraftlos,
zu träge zu jedweder Handlung. Selbst fernsehen erschien zu anstrengend.
Kein Hunger auf Bücher, kein Hunger auf Nahrung, kein Hunger, das Haus
zu verlassen, irgendwo hin zu gehen. Ich möchte einfach nur hier sitzen. Einfach nur da sein, passiv, ausharren, zum Warten verdammt. Ich muss abwarten. Abwarten, was passiert, abwarten, wie die Entscheidung fällt. Ich
kann nur Warten.

Einige Tage später sprach ihn in der Frühschicht Iris an. Eine der netteren
Schwestern seiner Station, Mitte Dreißig, Mutter zweier Kinder. Sie war in
sein Arztzimmer gekommen, schloss die Tür hinter sich, sie schien ein wenig
nervös zu sein; gepresst, angestrengt kamen ihre Worte hervor. „Doktor
Nolte, … Ich … wir … machen uns Sorgen um Sie …“ Etwas hilflos stand
sie da, wusste nirgends ihre fahrigen Hände unterzubringen, wusste nicht,

wohin sie ihre Blicke lenken sollte. „Sie sehen ... schlecht aus. Krank. Sie haben abgenommen, 'sind ganz grau. Sie haben ... Ich achte nicht auf so was, aber ... Sie haben seit drei Wochen die immergleiche Hose und den immergleichen Pulli an ... Verstehen Sie mich nicht falsch, Doktor Nolte, aber ich mache mir Sorgen. Kann ich Ihnen irgendwie helfen?" Ihre grünen Augen blickten traurig und ehrlich. Ihre Wangen waren gerötet.
Dietrich sah zu seinem Pullover, der achtlos über einem der Stühle hing. Der Kragen war braun, speckig. Wahrscheinlich roch die Jeans im Schritt.
„Nein, Iris ..." Er sprach sehr leise. „Es ist nett, dass Sie vorbeigekommen sind, dass Sie nachfragen." Er wandte den Blick langsam aus dem Fenster. „Nein. Sie können mir nicht helfen ..." Es war nur noch ein Flüstern.
Schwester Iris nickte, ging leise aus dem Raum.

*

Am Tag nach Sophies Rückkehr aus Chicago vernahm er seit langer Zeit wieder ihre Stimme.
Sie hatte ihn angerufen, abends zu Hause.
Ein kurzes Bulletin über die aktuelle medizinische Lage.
Olaf würde in wenigen Tagen eine Anschlussheilbehandlung in einer orthopädischen Rehabilitationsklinik antreten. Sophie wollte ihn in den bekannten, renommierten Kurort bringen, dort drei Tage bei ihm verweilen und dann wieder ihren Klinikdienst antreten. „Die Reha dauert vier Wochen, danach wird er wieder hergestellt sein ..."
Dann ist deine Schonzeit vorbei, Olaf ...
„Dann muss ich eine Entscheidung treffen ..." Sophies Worte hallten in seinem Ohr nach. Du wolltest dich schon vor ewigen Zeiten entscheiden ... Entscheide dich, Sophie!
„Es waren und es sind schwierige Tage und Wochen, Dietrich. Eine kurze Zeitspanne nur, in der sich ein ganzes Leben entscheiden kann ..."
„Bitte entscheide dich. Ich kann nicht mehr ..."

Die Tage vergingen. Noch uniformer und eintöniger, noch einsamer, noch quälender als je zuvor. Der Klinikalltag vermochte kaum noch abzulenken. Er dachte permanent an Sophie, während der OPs, während der Visiten, während der Besprechungen, während der Diktate der Arztbriefe. Nur noch nebulös nahm er die Geschehnisse in der Klinik wahr. Fehler schlichen sich ein. Eine verwechselte Diagnose im Entlassungsbrief hier, eine vergessene Untersuchung dort, ein falsche Antibiotikum für einen Patienten.
Die Angstflamme meldete sich nun auch häufiger während der Arbeit.
Vieles wollte kontrolliert sein.

Samstagabends starrte er von seinem Sofasitzplatz aus durchs Wohnzimmer-
fenster. Ein neuer Rekord ... Nahezu den gesamten Tag, nahezu jede Stunde,
jede Minute habe ich mit Kontrollieren ausgefüllt. Eine neue Dimension ...
Zählte man alle Kontrollen zusammen, so habe ich heute zwei Dutzend
Dinge weit über eintausend Mal kontrolliert ...
Sophie war mit Olaf in die Kur gefahren. In einigen Tagen sei sie zurück.
Sie hatte heute bislang nicht geschrieben. Viertelstündlich sah Dietrich auf
sein Mobiltelefon. Keine SMS.
Er hörte eine ältere Kassette. Achtzigerjahre. Er musste kurz an Hannah
denken. Wo mag sie jetzt sein, wie leben?
In einem gepflegten Reihenhaus mit zwei süßen Kindern, einem niedlichen
Hund und einem reizenden Ehemann?
Dietrich sortierte die Kassette wieder liebevoll an ihrem angestammten Platz
ein.

Die Tage quälten sich dahin.
Zombiehaft ging er seiner Wege.
Sonntagabend hatte Jasper angerufen, er das Telefonat jedoch nicht entgegen
genommen.
Zu träge saß er auf dem Sofa, zu unfähig, die Belastung von Jaspers Rede-
schwall über das werdende Kind und das traute Glück zu ertragen.
Er ernährte sich im Wesentlichen nur noch von Bananen, Schokolade,
Vitamintabletten, Laktulose für die Darmmotorik und Alkohol.
Der Mittwoch verlief war noch grauenhafter verlaufen als die Tage zuvor.
Während einer Operation war er vom Oberarzt mehrmalig wegen eklatanten
Unaufmerksamkeiten gemaßregelt worden.
Mertens' harsche Worte erreichten aber sein nebulöses Bewusstsein kaum.
Alles schien wattiert, traumähnlich, entrückt.
Selbst während der abendlichen Kontrollen vermochte er keine Konzen-
tration mehr aufzubieten.
Die Gedanken entglitten ...
Zweihundertfünfzehn Kontrollen der Haustüre, mehrere Dutzend für jedes
einzelne Fenster im Erdgeschoss.
Danach fast einhundert Kontrollen des Festnetztelefons.
Dieses war von der Angstflamme erst seit jüngerer Zeit zur neuen Beute
auserkoren worden. Obgleich der Apparat schon wochenlang unbenutzt war,
musste er ausgiebig kontrollieren, ob das letzte Telefonat – wann war das
eigentlich? - ganz sicher ordnungsgemäß unterbrochen war.
Dietrich hatte in der Klinik von einer Frau gehört, die nach einem Auslands-
gespräch versehentlich den Hörer nicht aufgelegt habe, sodass die Verbindung tagelang gehalten worden sei und zu einer inflationären Telefonrechnung geführt habe. Sein Festnetzapparat wollte seitdem ausgiebig und
konzentriert kontrolliert sein.

Er prüfte, ob der Status des Telefons, obgleich unbenutzt, ganz sicher ‚aufgelegt' sei.
Was für ein Wort …
Die Begrifflichkeit des ‚Auflegens' hat in diesem Zusammenhang schon einen antiquierten Charakter.
‚Ich lege auf …' – Bei den meisten Telefonen, überwiegend schnurloser Art, gab es mechanisch nichts mehr ‚aufzulegen'.
‚Mach bitte bald Schluss und lege den Hörer auf!' wird von manchen Kindern heutzutage mit fragendem, unverständigen Blick beantwortet, wie mir ein junger Vater in der Klinik erzählt hat.
Egal – das Telefon muss kontrolliert sein. Es muss in Ordnung sein. Ich muss sicher sein …
Erschöpft saß er wieder auf seiner Couch. Er trank Rotwein. Keine SMS von Sophie.

„Bitte rufe mich an. Ich bin zu Hause. Ich weine. Ich weine um Dich, meine geliebte Sophie. Bitte rufe mich an. Ich bin im freien Fall, Sophie …"
Senden.
Ein kurzes Blinken.
Fertig.
Er sah aus dem Fenster, trank.
Die Bilder verschwammen, Tränen liefen, kullerten, plumpsten.
Die Schokolade war ausgegangen. Er schenkte Wein nach. Keine Antwort von Sophie. Kein Anruf. Er öffnete eine zweite Flasche Wein. Der Korken fiel auf den Küchenboden, blieb dort liegen, gesellte sich zu zahlreichen Schokoladenpapierfetzchen. Im Eck lag ein Stück abgebrochener Banane. Überall Unrat.
Pervers, was? Meine Musikkassetten, meine CDs, meine Bücher – ich sortiere sie pedantisch, nicht die kleinste Unordentlichkeit, nicht die geringste Unsortiertheit wird toleriert – und hier auf dem Boden … und im Wohnzimmer …
Bevor Sophie kommt, räume ich auf. Ganz bestimmt. Ja, ich räume einen ganzen Tag für sie auf. Ich werde auch lüften. Ja, ich werde für sie die Fenster öffnen, frische Luft herein lassen … Und ich werde die Fenster dann nicht kontrollieren … Sophie bitte komme bald! Bitte!

Dietrich war eine ganze Weile auf dem Sofa gesessen. Die Hälfte der zweiten Flasche war geleert. Er fuhr hoch. Telefon!
Sophie! Habe ich gedöst? Er sah kurz zur Uhr. Kurz vor elf.
„Ja?"
„Hallo Dietrich." Sophies Stimme klang erschöpft. Sie schien in ihrem Auto zu sitzen, ihrem roten Flitzer.
„Sophie! Warum meldest du dich erst so spät?"

„Vielleicht hatte ich Spätschicht! Bin gerade eben raus, habe deine SMS gelesen und dir prompt angerufen!"

„Entschuldige, ich meinte es nicht böse. Ich bin auf dem Sofa eingeschlafen."

Sie antwortete nicht. Stattdessen waren Geräusche zu vernehmen, die offensichtlich vom Anlasser des Wagens kamen. Pause. Jetzt waren Fahrgeräusche zu hören. Sophie fuhr wohl über den Klinikparkplatz.

„Sophie, ich vermisse dich wahnsinnig. Können wir uns treffen? Morgen oder übermorgen?"

„Das ist momentan schlecht. Ich habe auf absehbare Zeit Spätschicht ..."

Er wusste, dass diese um 13 Uhr 30 begann und um 22 Uhr auf dem Papier, meist um 23 Uhr in realitas endete.

„Vielleicht irgendwann am Vormittag."

„Dietrich – du bist doch fast jeden Vormittag im OP. Und wenn nicht, läuft die Oberarzt- oder die Chefarztvisite. Das geht nicht vormittags ..."

„Ja ... und wenn wir uns spätabends nach deiner Schicht treffen, wenn du fertig bist?"

„Ich komme erst um elf Uhr 'raus ..."

„Wir könnten uns doch irgendwo anders ... nicht in dem Kellerloch treffen. Bei mir oder ..."

„Nein." Es klang deutlich. „Es wäre blöd, wenn uns jemand sähe. Olaf ist immerhin noch in stationärer Behandlung ..."

„Er ist in Reha!"

„Er ist in stationärer Behandlung und ich finde es wirkte sehr blöde, wenn uns jemand in trauter Zweisamkeit sehen würde. Es wäre jetzt wirklich unpraktisch. Bitte habe Verständnis ..."

Er blieb stumm.

„Bitte gib mir Zeit. Ich muss nachdenken. In drei Wochen ist Olaf ja wieder zurück, dann ..." Ja was dann? „... Dann muss ich entscheiden."

„Du sagtest einmal, du bräuchtest nur noch drei Tage, um dich zu entscheiden, Sophie. Jetzt brauchst du wieder drei Wochen, 'bist dir so unsicher..."

„Jetzt mach aber 'mal einen Punkt! In der Zwischenzeit ist Olaf immerhin an einen Baum geknallt und mehr tot als lebendig gewesen ..."

Pause.

Fahrgeräusche.

„Ich kann ihn jetzt nicht verlassen, während er stationär behandelt wird. Das sieht nicht nur schlecht aus, das wäre auch nicht fair!"

Dietrich schluckte. „Gut, Sophie. Ich werde warten. Warten. Warten. Warten. Zur Untätigkeit verdammt. Es ist so ... furchtbar für mich ..."

„Ich verstehe dich ja. Aber du musst auch mich verstehen."

So ganz vermag ich es nicht ...

Natürlich - es fällt schwer ...

Sie ist sich nicht im Klaren. Sie weiß nicht, wie sie sich entscheiden soll, sie schwankt. Es ist schrecklich. Es ist furchtbar. Er trank das gut gefüllte Rotweinglas in einem Zug leer. Er schenkte nach. Er holte eine Kassette aus dem Regal, legte sie ein.

‚Comptine d'un autre été' von Yann Tiersen.
Das melancholische Klavierstück aus dem Film ‚Die fabelhafte Welt der Amelie".
Dietrich spulte zurück, hörte es ein zweites Mal.
Er spulte zurück, hörte es ein drittes Mal.
Tränen liefen die Wangen herab.
Wieder und wieder spulte er zurück.
Ein zehntes Mal.
Ein zwanzigstes Mal.
Ein fünfzigstes.
Wieder und wieder hörte er das Stück.
Ein hundertstes Mal.
Die zweite Rotweinflasche war schon lange leer.
Dietrich war zu träge, um Nachschub zu holen.
Einem Roboter gleich spulte er wieder und wieder zurück.
Hörte. Weinte. Spulte. Hörte. Weinte. Spulte zurück. Hörte. Weinte.
Sophie …

Es war früher Morgen, als er den Weg ins Bett fand. Das Bad ließ er aus, er umging die Wasserhahn- und Lichtkontrollen. Zum Einschlafen lohnte es sich nicht mehr, die ersten Vögel waren zu hören. Das erspart auch die Kontrollen des Weckers …
Er verschränkte die Hände hinter seinem Kopf, starrte unbewegt, katatonisch zur Decke. Sophie. Sophie, du musst bald kommen. Zögere nicht noch lange… Ich geh sonst kaputt …

Die Tage vergingen zäh, träge. In der Klink handelte er sich Unmut ein, von Patienten, von Schwestern, von Assistenzarztkollegen, von den Oberärzten, vom Chef. Unkonzentriert unterliefen Fehler, Versäumnisse. Er hatte weiter an Gewicht verloren, schlaksig schlotterten seine Gelenke in den zu weit gewordenen Hosen und Hemden, seine Wangen wirkten unter den Jochbeinen eingefallen, die Orbitae hohläugig, das Gesicht fahl und grau.
Die Stunden zu Hause verbachte er in nahezu permanenter Kontrolltätigkeit.
Das Wochenende schlug wieder erbarmungslos zu. Anstatt am Samstag einzukaufen, kontrollierte er bis zur Erschöpfung. Stundenlang hatte er im Keller an der Waschmaschine zugebracht.
Wann war sie eigentlich das letzte Mal an? Egal – sie musste kontrolliert werden. Zehnfach. Hundertfach. Erbarmungslos.

Abends aß er einige Gummibärchen, außer den Alkoholika die letzten verwertbaren Energieträger.

Die Fruchtgummis führten zu Magenkrämpfen.

Dietrich kontrollierte zwei Stunden lang alle einzelnen Fenster des Hauses bis er völlig erschöpft auf sein Sofa fiel.

Er trank Rotwein, überdachte den Tag. Es ist Wahnsinn, was ich da tue. Ich bin wahnsinnig geworden …

Dietrich trank in großen Schlucken. Er rekapitulierte die letzten Tage. Es ist schlimmer geworden mit den Kontrollen, viel schlimmer …

Katastrophal eigentlich …

Ich bin in einer Kontrollkrise.

Gleichzeitig geht es mir katastrophal und fürchterlich - wegen Sophie.

Bedingt das eine das andere oder unterhält das eine das andere?

Muss ich mehr und mehr kontrollieren, weil es mir seelisch nicht gut geht? Weil ich Liebeskummer habe? Verstärkt dies die Kontrollen? Ist das Benzin für die Angstflamme?

Dietrich trank. Was würde eigentlich passieren, wenn ich aufhörte mit dem Kontrollieren? Von heute auf morgen – peng, keine einzige Kontrolle mehr. Was würde passieren?

Er sah hoch zur Decke. Wahrscheinlich gar nichts …

Aber ich muss.

Ich muss kontrollieren.

Ich muss nachsehen.

Ich muss.

Ich habe keine Wahl.

Ich werde auch müssen, wenn Sophie da ist, ich brauche mir nichts vorzumachen.

Ich habe die Kontrollen nicht mehr unter Kontrolle.

Ich vermag nicht mehr über sie zu verfügen.

Meine Kontrollen sind außer Kontrolle geraten, völlig außer Kontrolle …

Ich bin nicht mehr Herr über sie.

Er schenkte nach, trank. Der Rotwein bereitete ihm Übelkeit.

Ob ich es nochmals medikamentös versuche? Es sind neue Serotoninwiederaufnahmehemmer auf dem Markt … Ein Versuch wäre es wert …

Er trank, schüttelte den Kopf. Nein, es hat keinen Sinn.

Was würde Sophie dazu sagen, wenn sie mich Psychopharmaka nehmen sähe?

Was, wenn es wieder unerwünschte Nebenwirkungen gäbe? Wie schon mal?

Was, wenn ich davon sediert würde, unfähig zur Arbeit?

Was, wenn ich davon süchtig würde? Abhängig?

Nein, ich muss den Kampf selbst aufnehmen …

Auch wenn ich momentan arg in der Defensive zu sein scheine, die Angstflamme die Oberhand hat.

Wenn aber erst Sophie da ist …
Es war auch schon früher so – wenn Mitmenschen, Zeugen, Beobachter zugegen waren, wütete die Angstflamme nicht so unkontrolliert wie jetzt, wo ich stundenlang allein bin, allein und unbeobachtet, und sich die Kontrollen ungestört, unkontrolliert austoben können.
Wenn erst mal wieder jemand im Haus ist, dann wird's auch wieder besser. Außerdem bin ich dann seelisch wieder ausgeglichener, das scheint auf die Angstflamme Einfluss zu haben.

Er schaltete sich durch die drei Dutzend Fernsehkanäle. Nichts vermochte zu interessieren. Er holte eine neue Flasche Wein. Die erste war, bereits geleert, versehentlich mit dem Fuß angestoßen, umgefallen und unter den Beistelltisch gekullert. Sie verblieb dort unaufgehoben.
Er schaltete den Fernseher wieder aus. Er sah auf sein Mobiltelefon. Keine Nachricht von Sophie. Der Schmerz packte ihn.
Wieso schreibt sie in letzter Zeit seltener? Ein signum malum?
Oder braucht sie Ruhe zum Nachdenken?
Was gibt es denn noch zum Nachdenken?
Sie war doch schon entschieden!
Sie wollte ihn doch verlassen!
Sie konnte es ihm doch nur nicht sagen, seiner dämlichen Gesundheit wegen!
Die Schlacht war doch schon geschlagen! Wieso jetzt das Zögern?
Dietrich trank. Bald muss ich neuen Wein holen, Nachschub …
Ist sie Olaf wieder näher gekommen? Ist sie in Zweifel geraten? Zweifel, ihn zu verlassen? Bestimmt tut er ihr arg leid, wie er da liegt, mit seinen Schmerzen … Dietrich verzog das Gesicht, angewidert grimassierend.
Olaf, ich bring dich um, ich stoß dich irgendwo 'runter, und wenn's in einem Rollstuhl ist. Ich mach dich fertig, wie Nollendorf, wie Yvette!
Mühsam taumelte er hoch, ihm war sehr schwindlig. Mit ataktischen Schritten ging er zur Toilette. Er plumpste zurück zum Sofa, schenkte Wein nach. Die Gedanken an Sophie schmerzten. Er sah zur Uhr. Halb zwölf. Längst Schichtende. Sie müsste jetzt schon aus der Klinik 'raus sein. Wieso möchte sie sich mit mir nicht treffen? Vielleicht braucht sie wirklich Ruhe. Zeit für sich … Um sich von Olaf zu lösen, um die Entscheidung ihres Lebens zu treffen, um zu mir zu kommen. Ich werde sie jetzt nicht mit einer ‚SMS' nerven, ich werde ihr Ruhe lassen. Aber bitte Sophie … entscheide dich bald. Ich gehe kaputt. Ich gehe vor die Hunde. Ich bin völlig unsortiert.

Der Sonntag verlief grauenhaft.
Er erwachte am frühen Nachmittag auf dem Sofa.
Habe ich die zweite Flasche tatsächlich noch getrunken?
Er duschte.
Ein Kaffee täte jetzt gut. Aber die Maschine …
Ich müsste sie ja anschalten.

Und dann, wenn sie angewesen wäre … Nach dem Ausschalten …
Ich müsste sie hundertfach, tausendfach kontrollieren …
Die Kaffeemaschine ist wirklich wichtig, es könnte einen Brand geben, ließe
man sie lange genug an …
Dietrich nahm seine Jeans. Sie riecht tatsächlich, müffelt … Sie war innen
im Schritt gelblich. Unwirsch warf er sie ins Eck.
Im Schrank war noch eine einzige brauchbare Hose.
Ich muss irgendwann 'mal waschen. Aber dazu muss man die Maschine …
und auch den Trockner …
Er schüttelte sich. Nein, das ist ausgeschlossen … Ich müsste einige Hundert
Kontrollen in der Waschküche ausführen, nachdem …
Nein, das geht beim besten Willen nicht …
Ich werde sie in die Reinigung bringen. Scheißegal.
Und wenn sie blöd glotzen, wegen dem Müffeln? Auch scheißegal …
Morgen, nach der Klinik bringe ich sie hin.

Er setzte sich aufs Sofa. Jetzt sitze ich hier schon direkt nach dem Aufstehen.
Ich erwache, dusche und sitze schon gleich hier, auf dem Sofa. Warte. Harre
der Dinge. Zur Untätigkeit verdammt. Ich kann nichts machen. Rein gar
nichts. Muss hier sitzen und warten. ,Maulaffen feil halten', hätte meine
Oma gesagt. Warten. Abwarten. Ausharren. Warten, dass was passiert.
Warten, bis Sophie sich entscheidet. Bis sie Olaf verlässt. Zu mir kommt.
Bei mir ein-zieht. Mit mir lebt. Mich liebt. Unsere Liebe leben lässt.

Ihm war, als hätte er Ewigkeiten auf dem Sofa verbracht. Mühsam quälte er
sich hoch. Ich muss was tun. Spazieren gehen …
Er sah hinaus. Strahlender Sonnenschein.
Er sah den verwilderten Garten. Unkraut wucherte, wohin er blickte. Das
Gras stand kniehoch. Die Nachbarn tuscheln bestimmt. Scheißegal …
Nein, zum Spazierengehen bin ich zu müde, zu träge, zu erschöpft, zu … zu
traurig. Ja, wenn jemand mit mir ginge, untergehakt vielleicht, ja dann …
Mit Sophie über eine Blumenwiese rennend, ja … Das wäre was anderes …
Aber so? Nein, warum die Couch verlassen? Morgen wird's anstrengend,
drei große OPs, da kann ich noch genug stehen.
Er blieb sitzen. Die Gummibärchen oder der Rotwein oder beides in Kombi-
nation hatten dumpfe Bauchmerzen hinterlassen.
Er wollte noch nichts trinken, Bier wäre noch reichlich da.
Essen? Nein, essen kann ich nichts …
Er sah wieder aus dem Fenster. Vögel zwitscherten. Sportflugzeuge
brummten leise am wolkenlosen Himmel.
Jasper? Nein, zu anstrengend. 'Kann jetzt nicht seine manische Logorrhoe
über das traute Familienglück ertragen.
Dietrich sah in den Himmel hinauf. Sophie, bitte entscheide dich bald. Ich
kann nicht mehr. Ich bin am Ende meiner Kraft.

Gegen sechs Uhr wankte er wieder zur Toilette. Er hatte Stuhldrang, es gelangte jedoch nichts Produktives in die Schlüssel. Die Angstflamme lenkte ihn von Sophie ab. Das Bad. Der Keller. Die Waschmaschine. Der Trockner. Die Kellerfenster. Die Fenster im Erdgeschoss. Die Haustüre, es war immerhin schon früher Abend! Die Küche: Der Herd – schon lange nicht mehr in Aktion, aber man hätte die Drehknöpfe streifen können, akzidentell, unabsichtlich unbemerkt, ihn aus Versehen anmachen können … Das Telefon – war es sicher auf der Ladestation? Das letzte Gespräch ganz sicher unterbrochen? Wie lange mag es schon zurückliegen? Tage, Wochen? Das Bad. Die Wasserhähne. Die Dusche. Das Licht. Das Schlafzimmer. Der Wecker. Ich muss ihn jetzt schon stellen, für morgen. Wer weiß, wie viel ich wieder trinke. Kurz vor sechs Uhr stellen und: Kontrollieren! Kontrolle ‚eins'. Kontrolle ‚zwei' … Kontrolle ‚fünfunddreißig' … Kontrolle ‚hundertfünfzig' … Kontrolle … Dietrich wankte wieder aufs Sofa. Es war schon zehn Uhr durch… Mann, über vier Stunden kontrolliert … Das schlaucht. Er holte sich ein Bier. Er sah auf sein Mobiltelefon. Keine Nachricht von Sophie. Ihm fiel nichts ein, was er schreiben könnte, nichts, was sie nicht schon wüsste. Er trank am Bier. Mann, ich habe heute nichts gegessen … Ich brauche morgen neue Vitamintabletten …

Er fiel in den Schlaf. Wieder auf dem Sofa. Zu unbestimmter Zeit. Ein zweites Bier hatte er sich noch geholt gehabt. Mehr wusste er am nächsten Morgen nicht mehr. Er war vom Wecker im Schlafzimmer geweckt worden, dessen penetrantes Alarmgeräusch das ganze Haus erfüllte. Er trug in seine Datenbank für den Sonntag 50 Gramm ein. Ein Liter Bier, das waren etwa 50 Gramm Alkohol. Er betrachte die Zahlenkolonnen. 50 Gramm Alkohol sind eine weit unterdurchschnittliche Menge für die letzte Zeit. Ich saufe mir noch den Verstand weg …
Er rasierte sich im Bad, nahm sich vor, heute in der Klinik konzentrierter zu sein als in letzten Tagen.

Die dritte Operation ging bis in den späten Nachmittag hinein. Bei der Verlegung des Patienten auf die Intensivstation sah er kurz Sophie. Ihr weit geschnittenes Arbeitshemd ließen ihre bekannt wohlgeformten Brüste teils ersehen, teils erahnen. Sie lächelte ihm aus der Entfernung von zwei Intensivbetten zu.
Ist das Lächeln lieb gemeint? Ist es ein Liebeslächeln?
Oder ist es ein Abschiedslächeln? Ein boshaftes, ein böses, ein dämonisches Lächeln?
Dietrich hatte nur noch das Lächeln vor Augen, als er auf Station kam. Was bedeutete es? Es war so sonderbar, anders als sonst … Völlig unkonzentriert hastete er sich durch die Visite.
„Entschuldigung, ich bin heute etwas unsortiert", antwortete er auf die vorwurfsvollen Blicke der begleitenden Schwester.

„Dein Lächeln war schön. Ein kurzer Moment, der Wärme in meinen kalten, dunklen Tag brachte. Es war schön, Dich zu sehen. Wenngleich nur einen kurzen Augenblick. Ich liebe Dich über alles. Dietrich, Dein Herzfüßler."

Er drückte auf ‚Senden'. Das Briefsymbol blinkte kurz auf dem kleinen Bildschirm, dann wurde das erfolgreiche Verschicken der SMS attestiert.
Vor elf Uhr wird sie nicht zurückschreiben, sie ist ja noch auf der Intensivstation in der Spätschicht ...
Dietrich trank ein rasches Weißbier, nur wenige Schlucke waren notwendig. Das Zweite trank er langsamer. Er saß auf dem Sofa. Musik? Nein, zu traurig ... Lesen? Nein, zu müde ... Fernsehen? Nein, zu langweilig ... Ich muss warten, abwarten, ausharren, zur Untätigkeit verdammt. Er war nach dem dritten Weißbier eingenickt. Er fuhr hoch vom Geräusch des Telefons. Eine neue Nachricht!

Seine Hände zitterten.
„Ja, ich habe Dich auch gesehen. Ich bin viel am Nachdenken. Bitte gebe mir noch Zeit. LG Sophie".

Er fiel zurück in die Couch.
Wie wenig Wärme in den wenigen Worten.
Die abgekürzten, verstümmelten ‚Lieben Grüße' stießen ihm fast so übel auf wie die neologistischen Anglizismen seiner Ärztekollegen.
Sie muss ‚nachdenken' ...
Er holte ein neues Bier.
Tränen liefen die Wangen herab.
Es war die nüchternste SMS seit langem, vielleicht seit jeher.
Ist das das Ende? Er schluchzte. Er weinte lauthals. Sophie, bitte entscheide! Entscheide dich für mich! Ich flehe dich an. Ich bin am Ende ...

*

Erratisch verliefen die Tage. Dietrich quälte sich dumpf durch Stunde um Stunde, durch Tag um Tag. Der SMS Dialog mit Sophie bestand aus Wiederholungen. Dietrich beteuerte Tag um Tag seine Liebe, Sophie bat um Bedenkzeit. Die Kontrollen waren völlig außer Kontrolle. Zu Hause angekommen schrien sie nach ihm, die Haustüre, die Fenster, die Waschmaschine, der Herd, die Wasserhähne, das Telefon, der Wecker. Sie schrien nach ihm, erbarmungslos. Dutzende noch so konzentrierter Kontrollen vermochten die Schreie nicht zum Verstummen zu bringen. Die Feuer waren unlöschbar.

Bis in die tiefste Nacht hinein kontrollierte er. Oftmals fand er keinen Schlaf mehr. Nicht weniger lautstark schrie sein Herz. Es schrie nicht weniger erbarmungslos, nicht weniger gellend laut, brennend in seiner Brust, marternd, quälend. Es brannte, wenn Sophie nicht schrieb, es brannte, wenn sie in ihrer SMS um Zeit bat. Olaf war wieder von der Reha zu Hause. Er konnte sich nur mit Gehhilfen mühselig fortbewegen. Sophie erbat sich weitere Zeit, sie hatte momentan Nachtschicht.

Er sehnte sich nach dem Liebeskeller. Er sehnte sich nach ihrer physischen Wärme, ihrem Geruch, ihrem Atem, ihrem Herzschlag, ihrer Haut, ihrem Körper, ihrer Worte. Stattdessen empfing er nur sich wiederholende Formulierungen auf dem winzigen Bildschirm seines Mobiltelefons.

Die Kontrollen erdrücken mich. Die Schmerzen erdrücken mich. Sophie – du erdrückst mich. Weißt du das? Du erdrückst mich. Bitte komme zu mir. Verlass ihn! Ich flehe dich an …

Die Tage verliefen gleichförmig marternd. Er vermochte nicht mehr zu sagen, wie lange die Marter des Wartens schon ging. War es nur eine Woche oder waren es schon Monate? Es war außer Kontrolle geraten, sein Herz, seine Kontrollen, sein Leben. Er hatte wieder einmal einen Nachtdienst überstanden. Nach der Intensiv-Visite und 24 Stunden ununterbrochener Arbeit ging er in sein Arztzimmer. Die Geräusche geschäftigen Treibens klangen leise gedämpft in den Raum. Es sind doch alles brave Menschen, die Schwestern und Pfleger hier, die Studenten, die Praktikanten, die Assistenzarztkollegen, die Oberärzte, der Chef da draußen. Er blickte zur Uhr. Gerade beginnen zwei große Operationen. Tagtäglich verrichten sie ihren Dienst an kranken Menschen. Es sind brave Kollegen … Dietrich zog seine müffelnden Klamotten an. Er sortierte die Kugelschreiber und Schriftstücke ordentlich auf seinem Schreibtisch. Er nahm sein Mobiltelefon und tipselte eine Nachricht an Sophie. Schon zwei Tage hatte sie sich nicht mehr gemeldet. Er subsummierte auf das Wesentliche. Er schrieb.

„Ich liebe Dich.“

Senden. Kurzes Blinken. Fertig.
Bald wird sie antworten, sie brauche noch Zeit. Die immergleiche Replik der letzten Tage.
Dietrich ging ins Stationszimmer. Niemand beachtete ihn. Niemand sprach mit ihm. Niemand grüßte oder verabschiedete ihn. Niemand schien ihn zu sehen. Er ging an den Schrank, holte einige Ampullen. Niemand nahm Notiz davon. Er ging im hinteren Bereich an den Kühlschrank. Er holte eine weitere Ampulle. Wortlos, ohne Gruß ging er von Station. Es sind alles liebe Menschen hier …

Zu Hause hörte er einige ältere Kassetten. Sorgfältig wurde jede wieder an ihren angestammten Platz verbracht. Er kontrollierte die Fenster, den Herd, die Wasserhähne, das Telefon. Alles in Ordnung. Den Keller mit der Waschküche ließ er aus. War es die Müdigkeit? Es war halb ein Uhr, als er in den Wagen stieg. An einer Tankstelle holte er sich eine Büchse Bier. Gute Tradition ... Er trank während des Weiterfahrens, die Büchse zwischen den Knien, metallischen Nachgeschmack im Mund.

Wenige Minuten nach ein Uhr erreichte er sein Ziel. Der Flurbereinigungweg verlief ein Stück parallel zur Bundesstraße. Blauer Himmel, strahlender Sonnenschein, ein leichter, angenehmer Wind. Er stellte den Wagen ab, wenige Meter von der Brücke über die vierspurige Straße. Dietrich atmete durch, sah zur Uhr. Ich bin gut in der Zeit. Alles im grünen Bereich. Er legte den Stauschlauch an seinen linken Oberarm an, wie er es bei unzähligen Patienten verrichtet hatte. Sogleich kamen großkalibrige Venen, bläulich schimmernd, wurmähnlich zum Vorschein. Ein kurzer Stich. Die mitgebrachte Kanüle saß. Eine Desinfektion erschien entbehrlich. Er spritze sich zunächst das Morphin. Eine ganze Ampulle. 10 Milligramm intravenös. Das Morphin hat die längste Halbwertszeit, es macht Sinn, es als erste Substanz zu verabreichen. Er spürte nichts. Als wäre es Kochsalzlösung ... Jetzt zog er die Ampulle Heparin auf. 10 000 Einheiten als Bolus. Er drückte den Spritzen-kolben herunter. Dietrich verspürte wiederum nichts. Rund zwei Stunden würde es seine Hemmwirkung auf die Blutgerinnung aufrechterhalten. Jetzt das Thrombolytikum. Er sog mit der Spritze das kleine Fläschchen auf. Actilyse. Es würde die Blutgerinnung maximal hemmen. Dazu käme noch der Effekt des Heparins. Er injizierte die Lyse. Sie brannte in der Vene, die Lösung war kalt, das Thrombolytikum war im Kühlschrank gelagert. Man nutzte die Lyse zur Auflösung von thrombotischen Gefäßverschlüssen. Die Gerinnung ist jetzt völlig außer Gefecht. Sie macht jetzt gar nichts mehr. Das allerkleinste Bagatelltrauma – und ich würde sofort verbluten ... Ihr werdet keine Chance haben, nicht die geringste.

Dietrich stieg aus dem Wagen, schwankte. Mann, ist mir schwindlig, wahrscheinlich vom Morphium ... Schwankend ging er zur Brücke. Er sah zur Uhr. Acht Minuten nach eins. Die Autos rasten unter ihm. Es bestand Tempo einhundert, die wenigsten Fahrer hielten sich daran. Dietrich lehnte sich über das Geländer, sah den kommenden und davonrasenden Wagen nach. Ich werde keine Schmerzen verspüren. 10 Milligramm Morphin reichen ... Und: Sie werden mich nicht retten können. Niemals! Mit der Thrombolyse und dem Heparin in mir verblute ich in jedem Fall. Damit könnte ich sogar in der verkehrsberuhigten Zone vor ein Auto springen. Meine Blutgerinnung ist maximal gehemmt. Ich werde ausbluten. Sie haben keine Chance, mich zu retten ... Ein Gedanke durchzuckte ihn. Das Auto! Rasch lief er zum

Wagen zurück. Ein Blick zur Uhr. Zehn nach eins. Schnell, du hast nur noch wenige Minuten! Er kontrollierte zunächst das Licht. Die Sonne fiel von vorn auf den Wagen, da war es besser, das Rücklicht zu kontrollieren. Zwanzig Kontrollen, das müsste reichen. Das Licht war aus. Sicher aus. Ganz sicher. Jetzt die Türen! Er rüttelte an der Fahrertüre. Das Knöpfchen ist sicher unten, die Türe sicher verschlossen. Ganz sicher. Absolut sicher. Er nahm sich dreißig Kontrollen vor. Das müsste auch noch zeitlich im Rahmen sein. Erschöpft wankte er zurück auf die Brücke. Mann, ist das krank. Nicht einmal jetzt, nicht einmal hier lassen mich die Kontrollen in Frieden … Egal.
Er verspürte einen Anflug von Übelkeit, wohl durch das Morphium. Er lehnte sich über das Brückengeländer, sah die ankommenden Wagen heranrasen, die meisten oberhalb der Geschwindigkeitsbegrenzung. Er sah zurück zu seinem eigenen, kontrollierten Auto. So, das war's. Meine letzte Kontrolle…
Er blickte zur Uhr. Vierzehn Minuten nach eins. Ob ich nochmals meinen Wagen …? Bei den Türen war ich nicht so ganz sicher … Ich war unkonzentriert … Ich müsste nochmals … „Nein!" Dietrich schrie es laut in den Wind, ungehört. Einmal musste Schluss sein. Ein einziges Mal musste er seine Kontrollen besiegen. Ein Mal nur.

Er konzentrierte sich auf die heranfahrenden Fahrzeuge. Er sah zur Uhr. Sechzehn nach eins. Er verspürte keine Angst. War es das Morphin? War es die Gewissheit? Da! Er sah den Wagen schon aus großer Distanz. Das helle Rot. Das offene Verdeck. Sophie! Dietrich stieg auf das Geländer. Absprungbereit. Jetzt brauche ich nur noch das richtige ‚Timing'. Jetzt bin ich auch noch selber an den Anglizismen erkrankt. Na denn … Hoffentlich fährt sie niemandem dicht auf. Nein. Vor Sophies knallrotem Cabrio war eine Fahrzeuglücke von über hundert Metern. Was sie gerade denken mag, auf ihrem Weg zur Spätschicht? Denkt sie gerade an mich? Wenn nicht, wird sie es gleich tun. Ganz bestimmt, Sophie. Ja, du wirst es gleich tun. Du wirst mich nicht vergessen, dein Leben lang nicht.
Sophie war noch etwa zweihundert Meter vor der Brücke, da sprang er.
Es waren vielleicht etwas mehr als drei Meter.
Es kam ihm nur geringfügig höher vor als im Schwimmbad auf dem Sprungturm.
Während des Falls erinnerte er sich an den Schulsport im Gymnasium. Er war im Schwimmen schwach gewesen. Er entsann sich seiner Ängste, wenn der Sportlehrer für die kommende Stunde den Gang ins Hallenbad ankündigt hatte. Er erinnerte sich, wie er auf dem Dreimeterbrett gestanden und unter johlendem Gelächter seiner Klassenkameraden wieder die Leiter heruntergeklettert war. Was waren das Zeiten …

Dietrich landete auf den Füßen, ging in die Hocke. Ein blitzartiger, elektri-
sierender Schmerz durchzuckte seine Sprunggelenke. Was ist mit dem Morphin ...? Er vernahm das Quietschen der Bremsen. Gleich wird mich ihr
Cabrioflitzer zermalmen. Nur ein einziges Mal bin ich in ihm mitgefahren.
Am Tag, an dem alles begann. Auch an dem besagten Tag hatte er mich ja
leicht gerammt ... Fahr mich zusammen, Sophie! Anna Karenina lässt
grüßen! Kennst du den Roman überhaupt? Ich hätte ihn dir noch schicken
sollen ... Dietrich verspürte einen brutalen Schlag, dann gab es ein dumpfes
Geräusch. Er dachte wieder an die Schule. An seinen ersten Tag im
Gymnasium. Wie stolz seine Eltern gewesen waren, als sie ihn zur
Anmeldung begleitet hatten. Ihr Sohn! Auf der höheren Schule .... Er sah
Hannah. Wie sie im Garten geraucht hatte. Wie sie ihm ein Küsschen auf die
Wange gehauchte hatte. Er sah sich im Bus. Wie Hannah ihn missachtet, ihn
geschnitten hatte. Er sah Jasper, seinen langjährigen Freund. Seinen besten,
seinen einzigen Freund. Er sah ihn bei Zoe sitzen, ihren trommelartig
aufgetriebenen Bauch streichelnd, ihr ins Ohr liebkosend Worte sagend. Er
sah Yvette. Wie er bei ihr in ihrer Studentenbude war, an ihrem Geburtstag.
Er sah die Hochzeit. Die Geburt, als er zu spät in den Kreißsaal kam, der
Kontrollen wegen ... Meine Kontrollen ... Die ganzen Kontrollen meines
Lebens ... Dietrich sah sich selbst kontrollieren. Am Herd. Am Auto. An
den Laborbefunden ... Er sah Lisa. Wie sie lachte. Wie sie tot im Bettchen
lag. Er sah Sophie. Wie sie sich auf der Intensivstation in der Nachtschicht
unterhalten hatten. Wie Sophie über den Nahtod referiert hatte ... Er sah
sich, wie Sophie, ihn mit ihrem roten Flitzer auf dem Klinikparkplatz
touchiert hatte ... Wie sie Kaffee-trinken waren. Er sah sich mit ihr vor dem
Aquarium ... im Liebeskeller ... Er sah sie nackt ... Er hörte sie stöhnen ...
Dietrich sah Nollendorf. Wie er verstümmelt, mit den offenen
Knochenbrüchen, dem zertrümmerten Schädel auf ihn zuwankte, er sah
Yvette hinter ihm, anklagend auf die Kanüle in ihrer Armvene zeigend ...

Dietrich sah sich selbst im Gras liegen. Nichts schmerzte. Er fühlte sich
leicht, befreit. Seine Beine waren in Kniehöhe zertrümmert, sein Brustkorb
deformiert. Er lag auf der Seite, schmerzlos, ruhig. Aus seiner Nase und
seinem linken Ohr quoll dunkles Blut hervor, ein kleines Rinnsal nur. Seine
Augen waren geschlossen. Ein junger Mann Anfang Zwanzig beugte sich
über ihn. „Ich hatte keine Chance. Er ist direkt vor mir von der Brücke
'runter ...“
Da entdeckte er sie.
Sophie.
Sie lief langsam auf ihn zu. Wie aus einer Vogelperspektive sah er auch ihren
roten Flitzer. Eine lange Bremsspur zeigten die letzten Meter ihrer Fahrt auf.
Zwei schwarze, parallele Linien verliefen zunächst in Fahrtrichtung, dann
musste sie geistesgegenwärtig von der Bremse weg zu einer ausweichenden
Lenkbewegung waghalsig in die Böschung gegangen sein. Ihr Cabrio stand

unversehrt ihm Gras. Sie hat mich gar nicht erwischt! Die gute Sophie! Ich habe ihr Reaktionsvermögen unterschätzt. Ich hätte eine halbe Sekunde später springen sollen. Dann wäre es ihr unmöglich gewesen, auszuweichen, zu flüchten, der Tat zu entgehen. So hat mich jemand anderes … Zahlreiche Wagen hatten mittlerweile gestoppt. Dietrich nahm war, wie sich ein Stau entwickelte. Aus der Ferne vernahm er Martinshörner. Er sah Sophie auf seinen Körper zulaufen. Das Martinshorn kam näher. Ein Passant telefonierte aufgeregt mit seinem Mobiltelefon. Ein weiterer Fahrer lief besonnen einige Meter retour und stellte ein Warndreieck auf. Dietrich sah Sophie, wie sie sich über seinen Körper beugte. Er sah, wie ihre Hand an seinen seitlichen Hals ging. Keine Sorge, Sophie. Ich habe es hinter mir. Auch ohne das Thrombolytikum wäre ich durch den Frontalaufprall hinüber … Aber mit der Actilyse und dem Heparin – sicher ist sicher. Mit ausgeschalteter Blutgerinnung ist nicht mehr zu machen … Sophie zog die Hand vom Hals zurück. Kein Carotispuls war tastbar. Dietrich sah unvermindert Blut aus seinem linken Ohr laufen. Er sah, wie sich Sophie über sein Gesicht beugte und ihm einen zarten Kuss auf die Wangen hauchte.
„Kannten Sie den Wahnsinnigen?", hörte er einen der Passanten fragen.

Dietrich sah alles, das ganze Szenario. Jetzt kam der Rettungswagen an. Marzialisch sprangen Sanitäter und ein manisch wirkender Notarzt heraus. Bemüht euch nicht, Jungs … Ich habe vorgesorgt … Stimmt es doch, was Sophie über die Nahtoderlebnisse erzählte? Dietrich sah alles. Du hattest Recht, Sophie! Er konzentrierte sich jetzt auf Sophie. Er sah sie zu ihrem Wagen gehen, er hing an einer Böschung. Er sah genauer. Er sah Tränen über ihre Wangen laufen. Sie beugte sich über die geöffnete Fahrertür. Jetzt erkannte er es deutlicher. Sie weinte. Dietrich sah, wie sie ihr Mobiltelefon nahm. Wie durch ein Fernrohr, wie durch ein Teleskop mit riesiger Vergrößerungskapazität sah er auf den winzigen Bildschirm ihres Mobiltelefons. Sie drückte das Feld ‚Gesendete Nachrichten'. Die letzte SMS hatte sie um 12 Uhr 30 verschickt. Sophie rief die SMS auf. Dietrich sah auf die winzigen Buchstaben.

„Lieber Dietrich. Ich habe Olaf verlassen. Nach meiner Spätschicht fahre ich zu Dir nach Hause. Meine Sachen kann ich noch später holen. Es ist eine Entscheidung meines Herzens über die Vernunft. Ich liebe Dich. Deine Sophie."

Dietrich sah wie sie mit ihrem Wagen zurücksetze. Er schien unbeschädigt. Sophie kam zurück auf die Straße und fuhr einfach weiter, Richtung Stadt, Richtung Klinikum. Er sah, von weit oben, die Rücklichter ihres Wagens, wie sie am Horizont stetig kleiner und schwächer wurden.